COLL

James Baldwin

Un autre pays

*Traduit de l'anglais
par Jean Autret*

Gallimard

Titre original :

ANOTHER COUNTRY

© James Baldwin, 1960, 1962.
Copyright renewed.
This translation published by arrangement
with the James Baldwin Estate.
© *Éditions Gallimard, 1964, pour la traduction française.*

James Baldwin est né en 1924 dans le quartier de Harlem à New York. Poussé par la misère, il quitte Harlem dans les années quarante et travaille comme ouvrier, puis plongeur et aide de cuisine.

En 1948, il décide de s'installer à Paris où il retrouve d'autres Américains expatriés. Ayant achevé son premier roman, *Dites-le à la montagne*, il repart à New York en 1952 pour essayer de se faire publier. Il écrit une pièce de théâtre, *Le coin des «Amen»* qui ne sera jouée que dix ans plus tard. Peu à peu, il se révèle comme le porte-parole du mouvement intégrationniste. Il revient à Paris, puis s'installe à Saint-Paul-de-Vence où il meurt le 30 novembre 1987.

Ses romans (*Giovanni mon ami*; *Un autre pays*; *L'homme qui meurt*), ses nouvelles (*Face à l'homme blanc*) et ses essais (*Personne ne sait mon nom*; *La prochaine fois, le feu*; *Nous les nègres*; *Le racisme en question*) l'ont fait connaître et il est considéré comme l'un des plus grands écrivains américains de sa génération.

Ce qui, en eux, frappe par-dessus tout, c'est qu'ils rendent compte de leurs faits et gestes sans jamais utiliser aucun des termes déjà consacrés par l'usage humain. À ce langage inarticulé, ils apportent la contribution la plus importante et la plus originale; insondable est le mystère de ce qu'ils ressentent, de ce qu'ils veulent, de ce qu'ils se croient en train d'exprimer.

Henry James.

À Mary S. Painter.

LIVRE PREMIER

Le voyageur insouciant

> *Je lui ai dit que les voyageurs insouciants*
> *Devaient rester où ils étaient,*
> *Alors il a dû faire patte de velours,*
> *Mais y a pas loin à aller.*
>
> W. C. Handy.

1

Il était face à la Septième Avenue, devant Times Square... Minuit passé... Il était resté au cinéma, au dernier rang du balcon, depuis deux heures de l'après-midi. Deux fois il avait été réveillé par les violents accents du film italien ; une fois l'ouvreuse l'avait réveillé, et deux fois il avait été réveillé par des doigts qui s'insinuaient entre ses cuisses comme des chenilles. Il était si fatigué, il était tombé si bas qu'il avait à peine eu l'énergie de se fâcher ; aucune partie de son être ne lui appartenait plus — *tu as pris le meilleur, alors, pourquoi ne pas prendre le reste ?* — mais il avait grogné dans son sommeil, il avait découvert ses dents blanches au bas de son visage noir et il avait croisé les jambes. Puis il n'y eut presque plus personne au balcon ; le film italien approchait de son sommet ; d'un pas mal assuré, il descendit l'escalier interminable pour sortir. Il avait faim, il avait un goût de fiel dans la bouche. Il se rendit compte trop tard, en passant les portes, qu'il avait envie d'uriner. Il n'avait plus un sou. Il ne savait pas où aller.

L'agent le regarda passer. Rufus tourna la tête et remonta le col de sa veste de cuir : le vent le mordait avec délices à travers son pantalon de toile. Il prit la Septième Avenue et partit vers le nord. Il avait songé à descendre en ville réveiller Vivaldo — le seul ami qui lui restât dans cette ville, et peut-être même dans le monde entier —, mais il décida de remonter jusqu'à une boîte de nuit où l'on jouait du jazz. Peut-être que quelqu'un le verrait et le reconnaîtrait. Peut-être qu'un copain lui donnerait assez de pain pour apaiser sa faim, ou en tout cas il récolterait au moins un ticket de métro. Et, en même temps, il espérait que personne ne le reconnaîtrait.

L'avenue était d'ailleurs silencieuse. La plupart de ses lumières s'étaient éteintes. De temps en temps une femme passait, de temps en temps un homme, rarement un couple. Au coin des rues, sous les lumières, près des drugstores, de petits groupes de Blancs bavardaient joyeusement, se pelotaient, sifflaient un taxi, partaient en trombe, disparaissaient dans les drugstores ou dans les rues noires. Des kiosques à journaux, semblables à de petits cubes noirs posés sur une planche, occupaient les coins des trottoirs ; et les agents, les chauffeurs de taxi et d'autres, moins faciles à identifier, battaient la semelle devant et échangeaient quelques mots avec le vendeur emmitouflé qui était à l'intérieur. Une réclame vantait les mérites du chewing-gum qui vous aide à vous détendre et à sourire. L'enseigne d'un hôtel, en énormes lettres de néon, défiait le ciel sans étoiles, avec les noms des vedettes de cinéma et des acteurs de Broadway, et ceux, en lettres d'un kilomètre de haut, des véhicules qui les transporteraient vers l'immortalité. Les grands immeubles noirs, ronds comme des phallus ou pointus comme des lances, gardaient la cité qui ne dormait jamais.

À leurs pieds, Rufus allait ; il était un de ceux qui étaient tombés — car le poids de cette cité était meurtrier — un de ceux qui avaient été écrasés le jour où ces tours étaient tombées. Ne tombaient-elles pas tous les jours ? Bien que seul — et cette solitude le tuait — il faisait partie d'une multitude sans précédent. Il y avait des garçons et des filles qui buvaient du café au comptoir des drugstores et qui étaient séparés de sa condition par des barrières aussi fragiles que leurs cigarettes qui se consumaient. Ils pouvaient à peine supporter ce qu'ils savaient, et ils n'auraient pu supporter de voir Rufus, mais ils savaient pourquoi il était dans les rues cette nuit-là, pourquoi il restait dans le métro toute la nuit, pourquoi son estomac hurlait, pourquoi ses cheveux étaient poisseux, ses aisselles moites, son pantalon et ses chaussures trop minces, et pourquoi il n'osait pas s'arrêter pour pisser.

Maintenant, il était dans l'entrée enfumée du jazz-bar ; il scrutait l'intérieur et sentait plutôt qu'il ne voyait les Noirs frénétiques sur l'estrade et la foule insouciante et mélangée du bar. La musique beuglait dans une sorte de vide, personne ne faisait quoi que ce soit, et elle était jetée à la foule comme une malédiction à laquelle ceux-là même qui haïssaient le plus profondément ne croyaient plus. Ils savaient que personne n'entendait et qu'on ne peut pas faire verser le sang à des hommes exsangues. Alors ils soufflaient ce que tout le monde avait déjà entendu, ils rassuraient tout le monde en affirmant que rien de terrible ne se produirait, et les gens assis aux tables trouvaient agréable de dominer par leurs cris cette confirmation étourdissante, et les gens debout au comptoir, protégés par ce bruit sans lequel ils auraient à peine pu vivre, poursuivaient leur petit bonhomme de chemin.

Il avait envie d'entrer et d'aller aux toilettes, mais il avait honte de son allure. Il se cachait, en fait, depuis un mois. Et il se voyait maintenant, en imagination, traîner les pieds au milieu de cette foule, jusqu'aux toilettes, puis se glisser dans la rue pendant que tout le monde le suivrait du regard avec pitié, ironie ou mépris. Et, naturellement, quelqu'un allait murmurer : *N'est-ce pas Rufus Scott ?* Quelqu'un le regarderait avec horreur, puis retournerait à ses occupations avec un long soupir apitoyé. Non ! Il ne pouvait pas. Et il dansait d'un pied sur l'autre, et les larmes lui montaient aux yeux.

Un couple de Blancs entra, le regardant à peine. La chaleur, l'odeur des gens, du whisky, de la bière et de la fumée qui sortit pour le frapper quand la porte s'ouvrit le fit presque pleurer pour de bon et fit hurler de nouveau son estomac vide.

Ce spectacle lui rappelait les jours et les nuits, les jours et les nuits où il avait été là-dedans, sur l'estrade ou dans la foule, plein de dynamisme et adulé. Il se payait toutes les filles qu'il voulait, il allait à des soirées, il s'excitait et s'enivrait et chahutait avec les musiciens qui étaient ses amis et qui le respectaient. Puis il rentrait chez lui, dans sa chambre à lui, il fermait sa porte à clé et retirait ses chaussures, et parfois il buvait un verre, parfois il écoutait un disque, allongé sur le lit, parfois il téléphonait à une fille. Et il changeait de caleçon, de chaussettes et de chemise, se rasait, prenait une douche et partait pour Harlem ; il passait chez le coiffeur, puis allait voir son père et sa mère, et il taquinait Ida ; et il mangeait : des côtes de porc ou du poulet ou des haricots, du pain de maïs ou des patates ou des biscuits. Pendant un moment, il crut qu'il allait s'évanouir de faim. Il alla jusqu'à un mur et s'y appuya. Son front était moite d'une sueur glacée. Il songea : il faut que cela cesse, Rufus. Cette merde doit finir. Puis, par lassitude et insouciance, ne voyant personne dans la rue et espérant que personne ne sortirait aux portes, appuyé d'une main contre le mur, il envoya son urine éclabousser le trottoir de pierre froide, en regardant s'élever la vapeur légère.

Il se souvint de Leona. Ou plutôt une nausée soudaine, froide et familière, l'envahit et il sut qu'il se souvenait de Leona. Et il commença à s'éloigner de la musique, très lentement, les mains dans les poches et la tête basse. Il ne sentait plus le froid. Car revoir Leona, c'était aussi, en quelque sorte, revoir les yeux de sa mère, la fureur de son père, la beauté de sa sœur. C'était revoir les rues de Harlem, les gamins sur les perrons, les filles derrière les escaliers et sur les toits, le policier blanc qui lui avait appris à haïr, les parties de stickball[1] dans les rues, les femmes penchées aux fenêtres et les numéros[2] qu'ils jouaient chaque jour, espérant le coup heureux que son père n'avait jamais réussi à faire. C'était revoir le juke-box, les taquineries, la danse et l'excitation qu'elle procurait, les bagarres de bandes et les orgies sexuelles en commun, sa première batterie — offerte par son père —, la première fois qu'il avait goûté à la marijuana, son premier contact avec l'héroïne. Oui : et les garçons aussi, trop loin, poignardés sur les perrons, le gamin tué par une dose trop forte sur le toit, dans la neige. C'était aussi évoquer le rythme. *Un nègre*, disait son père, *vit toute son existence, il vit et il meurt en suivant un rythme. Merde, il baise sur ce rythme, et le gosse qu'il fait, eh bien, il saute sur ce rythme, et il sort neuf mois plus tard comme un sacré tambourin*. Le rythme : mains, pieds, tambourins, tambours, pianos, rires, jurons, lames de rasoir ; l'homme qui se raidit dans un rire, un grognement et un ronron-

---

1. Jeu de base-ball pratiqué par les enfants avec un matériel rudimentaire *(N.d.T.)*
2. Sorte de jeu de loto. *(N.d.T.)*

nement et la femme qui se ramollit et se mouille dans un murmure, dans un soupir et dans un cri. Le rythme, à Harlem, en été, on pouvait presque le voir, scandé au-dessus des trottoirs et des toits.

Et il s'était enfui, du moins l'avait-il cru, il avait fui le rythme de Harlem, qui était seulement le rythme de son propre cœur. Dans un camp d'entraînement de la marine et sur la mer furieuse. Pendant qu'il était encore dans l'U.S. Navy, il avait rapporté d'un de ses voyages un châle indien pour Ida. Il l'avait trouvé quelque part en Angleterre. Le jour où il le lui donna, quand elle l'essaya, quelque chose remua en lui, quelque chose qui n'avait jamais vibré auparavant. Il n'avait encore jamais vu la beauté des Noires. Mais en fixant Ida, debout près de la fenêtre de la cuisine de Harlem, quand il vit qu'elle n'était plus seulement sa sœur cadette mais une jeune fille qui serait bientôt une femme, elle se trouva associée aux couleurs du soleil et à une splendeur infiniment plus ancienne que la pierre grise de l'île sur laquelle ils étaient nés. Il se dit que cette splendeur reviendrait peut-être un jour, dans le monde qu'ils connaissaient. Des siècles plus tôt, Ida n'avait pas été simplement une descendante d'esclave. En observant son visage brun à la lumière du soleil, adouci et ombré par le châle superbe, on voyait qu'elle avait été autrefois une reine. Puis il regarda par la fenêtre, il vit la bouche d'aération et songea aux prostituées de la Septième Avenue. Il pensa aux policiers blancs et à l'argent qu'ils gagnaient grâce à la chair noire, à l'argent que le monde entier gagnait.

Son regard revint se poser sur sa sœur. Sur son petit doigt effilé, elle tournait la bague — un serpent à l'œil de rubis —, qu'il lui avait rapportée d'un autre voyage.

— Garde-la, avait-elle dit, et tu feras de moi la fille la mieux habillée du quartier.

Il était heureux qu'Ida ne puisse pas le voir maintenant. Elle aurait dit : « Mon Dieu, Rufus, faut pas errer dans les rues comme ça. Tu sais pas que nous comptons sur toi ? »

Sept mois plus tôt, toute une vie plus tôt, il était allé jouer dans une nouvelle boîte de Harlem. Le patron était un Noir. Ce fut leur dernière nuit. Tout s'était bien passé ; tout le monde était content. La plupart des musiciens, après la séance, devaient se rendre chez un chanteur noir célèbre qui venait de commencer à tourner son premier film. Comme la boîte venait de démarrer, elle était archicomble. Récemment, il avait entendu dire que les affaires ne marchaient plus si bien. Bref, il y avait toutes sortes de gens cette nuit-là, des Blancs et des Noirs, des riches et des fauchés, des gens qui venaient pour la musique et d'autres qui passaient leur vie dans les boîtes de nuit pour des raisons différentes. Il y avait deux visons et deux simili-visons et un tas de Dieu-sait-quoi qui étincelaient aux poignets, aux oreilles et dans les cheveux des femmes. Les Noirs étaient heureux, car ils sentaient que, pour une raison ou pour une autre, cette foule était avec eux de tout cœur ; et les Blancs étaient heureux parce que personne ne leur reprochait la couleur de leur peau. En somme, comme aurait dit Fats Waller, il y avait une ambiance du tonnerre de Dieu.

On avait bu pas mal sur la scène, et il était un peu éméché. Il se sentait en pleine forme. Pendant le dernier morceau, il avait été particulièrement heureux, car le saxo, qui avait été excellent toute la soirée, s'était lancé dans un solo sensationnel. C'était un gars à peu près du même âge que Rufus qui venait d'un endroit ridicule comme Syracuse ou Jersey City, mais, en tout cas, il savait s'exprimer avec un saxophone. Il avait un tas de choses à dire. Planté sur l'estrade, les jambes écartées, il battait l'air, emplissait ses poumons et, frémissant à la musique de ses vingt ans, il hurlait dans son instrument : *Est-ce que vous m'aimez ? Est-ce que vous m'aimez ?* Et encore : *Est-ce que vous m'aimez ? Est-ce que vous m'aimez ? Est-ce que vous m'aimez ?* C'était en tout cas la question que Rufus entendait, la même phrase répétée sans cesse, sur des airs variés, presque insoutenable, avec toute la force que le gars pouvait y mettre. Le silence des auditeurs devint total, l'attention de chacun se figea soudain, les cigarettes restèrent éteintes et les verres ne quittèrent plus les tables. Sur tous les visages, même les plus ravagés et les plus apathiques, une lueur curieuse et prudente apparaissait. Ils étaient attaqués par le saxophoniste qui peut-être ne voulait plus de leur amour et se contentait de leur lancer son outrage avec la même fierté païenne et méprisante que celle qui lui faisait battre l'air de son instrument. Et pourtant la question était terrible et réelle ; le garçon soufflait avec ses poumons et avec ses tripes l'expérience de son court passé ; quelque part dans ce passé, dans les ruisseaux ou dans les bagarres de bandes, ou dans les orgies sexuelles, dans la chambre âcre, sur la couverture raidie par le sperme, sous l'effet de la marijuana ou de l'héroïne, dans l'odeur de pisse de la prison, il avait reçu le coup dont il ne se remettrait jamais, et c'est ce que personne ne voulait croire. *Est-ce que vous m'aimez ? Est-ce que vous m'aimez ? Est-ce que vous m'aimez ?* Les hommes sur l'estrade l'accompagnaient, mais restaient froids ; ils gardaient leurs distances, ils en ajoutaient, ils questionnaient, ils confirmaient, ils le contenaient comme ils pouvaient avec une certaine ironie ; mais chacun savait que le garçon jouait pour eux tous. Quand le morceau s'acheva, ils étaient en eau. Rufus sentit son odeur et celle des hommes qui l'entouraient et « Parfait, ça y est », dit le contrebassiste. La foule hurlait bis, mais ils jouèrent leur indicatif et la lumière revint. Et lui avait joué le dernier morceau de son dernier concert.

Il allait laisser là tout son attirail jusqu'au lundi après-midi. Quand il descendit de l'estrade, il vit cette fille blonde, vêtue très simplement, qui le regardait.

— À quoi pensez-vous, bébé? lui demanda-t-il.

Tout le monde s'affairait autour d'eux; on se préparait à partir. On était au printemps et l'air était lourd.

— Et vous, à quoi pensez-vous? rétorqua-t-elle.

Mais il était clair qu'elle n'avait tout simplement pas su quoi dire d'autre.

Elle en avait dit assez. Elle venait du Sud. Et quelque chose tressaillit en Rufus quand il regarda ce visage moite et incolore, ce visage de pauvre Blanche du Sud, et ces cheveux raides et pâles. Elle était beaucoup plus vieille que lui; elle avait plus de trente ans probablement, et son corps était trop mince. Pourtant, pour Rufus, ce fut le corps le plus excitant qu'il eût vu depuis longtemps.

— Ma pépée, dit-il, avec un sourire en coin, tu dois être drôlement loin de chez toi?

— Ça oui, dit-elle. Et je vais jamais y retourner.

Il rit et elle rit.

— Alors, miss Anne[1], dit-il, si nous pensons à la même chose tous les deux, allons-y ensemble à cette soirée.

Et il lui prit le bras délibérément, touchant un de ses seins du revers de la main.

— Vous ne vous appelez pas vraiment Anne, n'est-ce pas?

---

1. Miss Anne: toute femme blanche dans l'argot des Noirs. *(N.d.T.)*

— Non, dit-elle ; je m'appelle Leona.

— Leona ? — Il sourit de nouveau. Son sourire pouvait être très efficace. — C'est un joli nom.

— Et vous ?

— Moi ? Rufus Scott.

Il se demanda ce qu'elle faisait dans cette boîte, à Harlem. Elle ne semblait pas du tout d'un genre à s'intéresser au jazz et encore moins à aller dans les bars louches toute seule. Elle portait une veste légère et ses longs cheveux étaient simplement ramenés en arrière et retenus par des épingles. Elle avait très peu de rouge à lèvres et aucun autre maquillage.

— Venez, dit-il. On va prendre un taxi.

— Êtes-vous sûr qu'il soit convenable que je vous accompagne ?

Il suçota ses dents.

— Si ce n'était pas convenable, je ne vous le proposerais pas. Si je dis que c'est correct, c'est parce que c'est correct.

— Bien, dit-elle avec un petit rire. Alors d'accord.

Ils sortirent en même temps que la foule qui, avec beaucoup d'interruptions, de bavardages, de rires et de confusion érotique, se déversait dans les rues. Il était trois heures du matin et les noceurs rutilaient autour d'eux. Ils sifflaient pour accaparer tous les taxis. D'autres, d'apparence beaucoup moins cossue — ils étaient sur le bord ouest de la 125e Rue — restaient en petits groupes et déambulaient sur le trottoir en musardant, d'un air important parfois, en coulant de biais, ou en fixant bien en face des regards plus calculateurs que simplement curieux. Les agents faisaient des rondes ; tout dans leur allure suggérait un certain mystère et aussi une certaine prudence : ils se rendaient compte que si les Noirs qui se trouvaient là étaient dehors à une heure aussi tardive, et ivres pour la plupart, ils ne devaient pourtant pas être traités de la manière habituelle, pas plus que les Blancs qui étaient avec eux.

Mais Rufus se rendit soudain compte que Leona serait bientôt la seule Blanche à rester dans le quartier. Il en ressentit une certaine gêne, ce qui l'irrita.

Le chauffeur de taxi, un Blanc, n'eut pas l'air d'hésiter à s'arrêter pour les prendre, ni, une fois arrêté, d'en éprouver quelque regret.

— Vous travaillez demain ? demanda-t-il à Leona.

Maintenant qu'ils se trouvaient seuls tous les deux, il se sentait un peu intimidé.

— Non, dit-elle. Demain, c'est dimanche.
— En effet.

Il était heureux. Il se sentait libre. Il avait projeté d'aller voir sa famille, mais il songeait aux délices qu'il éprouverait à rester au lit toute la journée avec Leona. Il coula un œil dans sa direction, notant que si la jeune femme était petite, elle n'en était pas moins fort bien proportionnée. Il se demanda à quoi elle pensait. Il lui offrit une cigarette, posant une main sur la sienne rapidement. Elle refusa.

— Vous ne fumez pas ?
— Quelquefois. Quand je bois.
— Et c'est souvent ?

Elle rit.

— Non, je n'aime pas boire seule.
— Eh bien, dit-il, vous n'allez pas boire seule pendant un bon bout de temps.

Elle ne répondit rien, mais, dans le noir, on eût dit qu'elle rougissait et se raidissait. Elle regarda par la vitre, de son côté.

— C'est bien agréable pour moi de ne pas avoir à vous ramener chez vous de bonne heure ce soir.

— Ni ce soir ni un autre jour. Je suis une grande fille.
— Mon chou, dit-il, vous n'êtes pas plus grande qu'une minute, comme on dit dans le Sud.
Elle soupira.
— Y a des fois où une minute ça peut être drôlement long.

Il décida qu'il valait mieux ne pas lui demander ce qu'elle entendait par là. Il dit, en lui décochant un regard lourd de sous-entendus :
— C'est rudement vrai.
Mais elle n'eut pas l'air de comprendre.

Ils étaient dans Riverside Drive. Ils approchaient de leur destination. À leur gauche, des lumières blafardes accusaient l'obscurité qui régnait sur Jersey Shore. Il se renversa en arrière, s'appuyant un peu contre Leona, et regarda la nuit et les lumières défiler. Puis le taxi tourna. Il entrevit brièvement au loin le pont qui luisait une inscription dans le ciel. Le taxi ralentit, pour repérer le numéro des maisons. Juste devant eux, une voiture de place qui venait de décharger une demi-douzaine de personnes s'en allait.
— Nous y sommes, dit Rufus.
— Ça m'a l'air d'une fameuse soirée, dit le chauffeur en clignant de l'œil.

Rufus ne dit rien. Il paya l'homme. Ils descendirent et pénétrèrent dans le vestibule qui était vaste et hideux, et encombré de glaces et de chaises. L'ascenseur venait de monter. Ils entendaient la foule des invités.
— Que faisiez-vous dans ce club toute seule, Leona ? demanda-t-il.
Elle le regarda, un peu surprise, puis :
— Je ne sais pas, dit-elle. Je voulais seulement voir Harlem. Alors j'y suis montée, pour me rendre compte. En passant devant ce club, j'ai entendu la musique. Je

suis entrée, et je suis restée. Elle me plaisait, cette musique.

Elle lui lança un regard moqueur.

— Ça va comme ça ?

Il rit et ne dit rien.

Elle se détourna de lui au moment où ils entendirent résonner le bruit des portes de l'ascenseur qui se refermaient. Puis ce fut le murmure des câbles quand la cage se mit à descendre. Elle regarda les portes closes comme si sa vie dépendait d'elles.

— C'est la première fois que vous venez à New York ?

— Oui, la première fois, dit-elle.

Mais elle en avait rêvé toute sa vie. Elle se retourna à demi vers lui, avec un petit sourire.

Les hésitations qu'elle marquait, à tout propos, avaient quelque chose d'émouvant pour Rufus. Elle était comme un animal sauvage qui ne savait pas s'il devait venir vers la main qu'on lui tendait ou s'enfuir, et ne cessait de faire de petits bonds, tantôt dans une direction, tantôt dans l'autre.

— Je suis né ici, dit-il en la regardant bien en face.

— Je le sais, dit-elle, alors pour vous ça ne peut pas avoir l'air aussi merveilleux que pour moi.

Il rit de nouveau. Il se souvint soudain de son séjour dans le camp d'entraînement de la marine dans le Sud, et il sentit le contact de la chaussure d'un officier blanc contre sa bouche. Il était dans son uniforme blanc, sur le sol, contre l'argile rouge et poussiéreuse. Quelques copains à lui, des Noirs, le retenaient, lui criaient à l'oreille, en l'aidant à se relever. L'officier blanc, ayant lâché un juron, avait disparu ; il était parti à jamais, hors d'atteinte de la vengeance. Il avait le visage plein d'argile, de larmes et de sang. Il crachait du sang rouge dans la poussière rouge.

L'ascenseur arriva et les portes s'ouvrirent. Il prit le bras de Leona pour entrer et le pressa contre sa poitrine.

— Je vous trouve très très gentille.

— Vous aussi, vous êtes gentil, dit-elle.

Dans la cage qui s'était refermée et commençait à monter, sa voix tremblait étrangement et son corps tremblait aussi — très faiblement, comme agité par la brise légère et printanière qui soufflait au-dehors.

Il accentua sa pression sur le bras de la jeune fille.

— On ne vous a pas prévenue, chez vous, contre les nègres que vous trouveriez dans le Nord?

Elle inspira à fond.

— Je n'ai jamais eu peur des Noirs. Ce sont des hommes comme les autres, pour moi.

«On dit ça», pensa-t-il, mais il lui fut pourtant reconnaissant du ton qu'elle avait pris. Cela lui donna un moment pour se raffermir, car lui aussi tremblait légèrement.

— Pourquoi êtes-vous venue dans le Nord? demanda-t-il.

Il se demanda s'il devait lui faire des propositions ou attendre qu'elle lui en fasse. Il ne pouvait pas mendier, mais elle, oui peut-être. Les poils de son aine commençaient à le démanger légèrement. Au bas de son ventre, le terrible muscle commençait à devenir chaud et à durcir.

L'ascenseur s'arrêta, les portes s'ouvrirent et ils enfilèrent un long corridor en direction d'une porte ouverte à demi. Elle dit:

— Je ne pouvais plus rester là-bas. J'étais mariée mais j'ai rompu avec mon mari et ils m'ont enlevé mon gosse — ils ne voulaient même pas me laisser le voir —, alors je me suis dit que plutôt que de rester les deux pieds dans le même sabot et devenir maboule, il valait mieux essayer de refaire ma vie par ici.

Rufus sentit quelque chose toucher son imagination pendant un moment, quelque chose qui suggérait que Leona était une personne, qu'elle avait son histoire, et que toutes les histoires posaient des problèmes. Mais il chassa cette idée. Il ne resterait pas avec elle assez longtemps pour s'embarrasser de cette histoire. Il la voulait seulement pour la nuit.

Il frappa à la porte et entra sans attendre de réponse. Juste en face d'eux, dans le vaste salon qui aboutissait à des portes-fenêtres ouvertes sur le balcon, plus de cent personnes étaient rassemblées, certaines en tenue de soirée, d'autres en pantalon de toile et pull-over. Loin au-dessus de leur tête pendait une énorme boule d'argent qui reflétait les coins inattendus de la pièce — fournissant ainsi son propre commentaire, sans aménité celui-là, sur les gens qui s'y trouvaient réunis. Et il y avait tant d'allées et venues dans ce salon, les bijoux, les verres et les cigarettes étaient si nombreux, que la lourde boule semblait presque vivre.

Le maître de maison — qu'il ne connaissait pas très bien en fait — n'était nulle part en vue. À leur droite, il y avait trois pièces. Dans la première, on avait empilé un énorme tas de manteaux et de pardessus.

Le cornet de Charlie Parker, provenant du meuble hi-fi, dominait toutes les voix.

— Enlevez votre manteau, dit-il à Leona, et je vais essayer de voir si je connais quelqu'un dans cette turne.

— Oh, dit-elle, je suis sûre que vous les connaissez tous.

— Allez-y maintenant, dit-il avec un sourire, en la poussant doucement vers l'intérieur de la pièce. Faites ce que je vous dis.

Pendant qu'elle enlevait son manteau — et se repoudrait le nez, probablement — il se rappela qu'il avait promis de téléphoner à Vivaldo. Il erra dans la maison, à la recherche d'un téléphone relativement isolé, et en trouva un dans la cuisine.

Il composa le numéro de Vivaldo.

— Hello, baby. Comment va ?

— Pas mal, je crois. Que se passe-t-il ? Tu devais m'appeler plus tôt que ça. J'allais laisser tomber.

— Eh bien, je viens seulement d'arriver.

Il baissa la voix car un couple était entré dans la cuisine, une fille blonde au chignon en désordre et un grand nègre. La fille s'appuya contre l'évier et le garçon se planta devant elle et promena lentement ses mains le long des cuisses de la blonde. Ils avaient à peine regardé Rufus.

— Y a des élégants dans le secteur, tu piges ?

— Ouais, dit Vivaldo. — Il y eut un silence. — Tu trouves que ça valait le coup d'aller là-bas ?

— Ben, j'en sais rien. Si tu as *mieux* à faire...

— Jane est ici, dit Vivaldo très vite.

Rufus comprit que Jane était probablement couchée sur le lit, écoutant la conversation.

— Oh, tu as ta grand-mère avec toi, alors tu n'as besoin de rien par ici. — Il n'aimait pas Jane, qui était plus âgée que Vivaldo et avait des cheveux prématurément gris. — Ici il n'y a personne d'assez vieux pour toi.

— En voilà assez, espèce de salaud.

Il entendit Jane et Vivaldo chuchoter, mais il ne put distinguer ce qu'ils disaient. Puis la voix de Vivaldo s'éleva de nouveau au bout du fil.

— Je crois que je vais laisser tomber.

— T'as raison. À demain.

— Je viendrai peut-être dans ta piaule.

— D'ac. Dis à ta grand-mère de ne pas trop t'user.

Paraît que les femmes deviennent féroces quand elles arrivent à cet âge.

— Avec moi, elles sont jamais trop féroces, papa.

Rufus éclata de rire.

— Tu ferais mieux de renoncer à rivaliser avec moi. Tu n'y arriveras jamais. À bientôt.

— À la prochaine.

Il raccrocha en souriant et alla retrouver Leona. Debout dans le hall d'entrée, elle regardait d'un air désespéré le maître de maison qui disait bonsoir à plusieurs personnes.

— Vous avez cru que je vous avais abandonnée?

— Non, je savais que vous ne feriez pas ça.

Il lui sourit et la toucha au menton avec son poing. Le maître de maison tourna le dos à la porte et vint à eux.

— Allez, les enfants, entrez et servez-vous à boire, dit-il. Entrez, et faites comme chez vous.

C'était un bel homme grand et expansif qui s'était frayé un chemin parmi les grands du spectacle, en exerçant d'abord les professions moins nobles de boxeur et de souteneur, entre autres. Il devait plus sa popularité actuelle à sa vitalité et à son physique qu'à sa voix, et il le savait. Il n'était pas homme à s'abuser, et Rufus trouvait sympathiques sa rudesse, sa générosité et sa bonté. Mais Rufus avait aussi un peu peur de lui ; il y avait quelque chose en lui, en dépit de son charme, qui n'encourageait pas l'intimité. Il avait beaucoup de succès auprès des femmes qu'il traitait avec un grand mépris teinté d'une certaine tendresse.

Il prit Leona et Rufus par le bras et les entraîna un peu à l'écart.

— Nous pourrons vraiment nous amuser si ces caves se décident à ficher le camp, dit-il. Restez là.

— Quel effet ça vous fait d'être quelqu'un de respectable ? demanda Rufus en souriant.

— De la foutaise. J'ai été respectable à ma manière toute ma vie, moi. Mais ce sont ceux-là, ceux que l'on révère, qui ont fait tout le mal. Ils ont dépouillé les Noirs, mon vieux. Et les nègres les ont aidés. — Il rit. — Vous savez, à chaque fois qu'ils me donnent un de leurs gros chèques, je me dis qu'ils me rendent seulement un petit peu de ce qu'ils m'ont volé depuis si longtemps. Vous voyez ce que je veux dire. — Il donna à Rufus une tape dans le dos. — Tâchez de veiller à ce que la petite Eva ne s'embête pas ici.

La foule des invités commençait à se clairsemer ; la plupart des «bourgeois» prenaient congé. Une fois qu'ils seraient partis, la réception changerait de caractère ; elle serait très agréable, tranquille et intime. Les lumières baisseraient, la musique allait devenir plus douce ; et la conversation plus sporadique et plus sincère. Quelqu'un chanterait peut-être, ou jouerait du piano. Ils échangeraient des histoires drôles, parleraient des concerts auxquels ils avaient participé, des improvisations dont ils se souvenaient, ou des scènes pénibles qu'ils avaient vues. Quelqu'un allait peut-être rouler une cigarette de marijuana et la passer lentement à la ronde, comme le calumet de la paix. Un autre, pelotonné sur une couverture, dans un coin de la pièce, commencerait à ronfler. Les danseurs évolueraient plus langoureusement, en se tenant bien serrés. Les ombres de la pièce seraient vivantes. Et vers la fin, au matin, quand la cacophonie de la cité commencerait son invasion par les portes-fenêtres, quelqu'un irait dans la cuisine et apporterait du café. Alors ils pilleraient la glacière et rentreraient chez eux. Le maître et la maîtresse de maison se glisseraient enfin entre leurs draps pour rester au lit toute la journée.

Plusieurs fois, Rufus se surprit à lever les yeux vers la boule d'argent accrochée au plafond, mais il ne réussit jamais à se voir avec Leona.

— Allons sur le balcon, dit-il à la jeune fille.

Il alla jusqu'à la table et remplit deux verres d'une très forte liqueur. Puis il revint vers elle.

— Prête?

Elle prit son verre et ils franchirent la porte-fenêtre.

— Attention que la petite Eva n'attrape pas froid, lança leur hôte.

Il cria:

— Elle va peut-être brûler, mon pote, mais elle ne va certainement pas geler.

Juste devant eux, à leurs pieds, s'étendaient les lumières de Jersey Shore. De là où il était, Rufus avait l'impression d'entendre le murmure de l'eau.

Pendant son enfance, il avait vécu sur la rive est de Harlem, à cent mètres de la Harlem River. Lui et d'autres enfants avaient pataugé dans l'eau, près des rives souillées d'immondices, ou plongé à partir de quelque promontoire d'ordures. Un été, un garçon s'était noyé. Du haut de son perron, Rufus avait regardé un petit groupe traverser Park Avenue, sous l'ombre pesante des voies de chemin de fer, et émerger au soleil; au milieu, un homme, le père du garçon, portait le poids incroyablement lourd du petit cadavre que l'on avait caché sous une couverture. Il n'avait jamais oublié la courbure des épaules de l'homme ni la stupeur exprimée par l'angle de la tête. Un grand bruit s'était élevé à l'autre bout des immeubles et la mère de l'enfant, les cheveux noués, enveloppée dans un peignoir de bain, chancelant comme une femme ivre, s'était précipitée vers le groupe silencieux.

Il ramena les épaules en arrière, comme pour se

débarrasser d'un fardeau, et alla rejoindre Leona au bord du balcon. Elle regardait le fleuve, du côté du pont George Washington.

— C'est vraiment beau, dit-elle. Très beau.

— Vous avez l'air d'aimer New York.

Elle se tourna vers lui, le regarda et avala quelques gorgées d'alcool.

— Ah ça, oui! Je peux vous demander une cigarette?

Il lui donna une cigarette, la lui alluma, puis en alluma une pour lui.

— Vous arrivez à vous débrouiller ici?

— Oh, je me défends, dit-elle. Je suis serveuse dans un restaurant Downtown, près de Wall Street. C'est un très joli quartier. Je loge avec deux autres filles — ils ne pourraient pas aller chez elle, dans ces conditions — et ma foi, je me plais bien.

Et elle leva vers lui son sourire triste et doux de pauvre Blanche.

Une fois encore, quelque chose enjoignit à Rufus de s'arrêter, de laisser tranquille cette pauvre petite fille; et en même temps, le fait de voir en elle une pauvre petite fille le fit sourire avec une réelle tendresse. Il dit:

— Vous avez beaucoup de courage, Leona.

— Il en faut bien, dans ma situation, dit-elle. Parfois je me dis que je vais laisser tomber. Mais... comment peut-on laisser tomber?

Elle paraissait si perdue et si comique qu'il éclata de rire, et, au bout d'un moment, elle rit aussi.

— Si mon mari me voyait en ce moment, gloussa-t-elle, mon Dieu, mon Dieu.

— Pourquoi? Que dirait-il, votre mari?

— Pourquoi, je ne sais pas. — Mais, cette fois, elle ne rit pas. Elle le regarda comme si elle sortait lentement d'un rêve. — Dites, croyez-vous que je pourrais boire un autre verre ?

— Bien sûr, Leona.

Il lui prit son verre, et leurs mains et leurs corps entrèrent en contact un moment. Elle baissa les yeux.

— Je reviens tout de suite, dit-il.

Il entra dans la pièce plongée maintenant dans une obscurité presque totale. Quelqu'un jouait du piano.

— Dis donc, mon vieux, comment ça va avec Eva ? demanda le maître de maison.

— Très bien, très bien. Nous buvons un bon coup.

— C'est une idée. Donne-lui à boire à la petite Eva. Il faut qu'elle s'amuse.

— Vous pouvez compter sur moi pour qu'elle ait du plaisir, dit-il.

— Ce sacré Rufus l'a laissée dehors à regarder l'Empire State Building, mon vieux, dit le saxophoniste en riant.

— Donnez-moi de ça, dit Rufus.

Quelqu'un lui tendit une cigarette très fine et il aspira quelques bouffées.

— Garde-la, mon vieux. C'est du premier choix.

Il emplit deux verres et resta dans la pièce un moment, pour finir la cigarette de marijuana, les yeux fixés sur le piano. Une douce euphorie l'envahit ; il se sentait au-dessus des contingences et il était en proie à une légère exaltation quand il revint au balcon.

— Tout le monde est reparti ? demanda-t-elle avec anxiété. On n'entend plus rien.

— Non, dit-il. Ils sont tous assis.

Elle semblait plus jolie soudain, et plus douce, et les lumières du fleuve tombaient derrière elle comme un rideau. Ce rideau paraissait se mouvoir quand elle bougeait, un rideau fastueux, pesant et éblouissant.

— Je ne savais pas, dit-il, que vous étiez une princesse.

Il lui tendit son verre, et leurs mains se touchèrent encore.

— Vous devez être ivre, dit-elle d'une voix comblée.

Et maintenant, au-dessus du verre, ses yeux lui lançaient comme une invitation. Aucun doute n'était possible.

Il attendit. Tout semblait très simple maintenant. Il lui prit les doigts.

— Vous avez vu quelque chose que vous désiriez depuis que vous êtes à New York?

— Oh! dit-elle. Je veux tout.

— Et maintenant, vous voyez quelque chose que vous voudriez?

Les doigts de Leona se raidirent, mais il tint bon.

— Continuez. Dites-moi. Vous n'avez pas lieu d'avoir peur.

Ces mots se répétèrent dans sa tête comme un écho. Il avait déjà dit cela, des années plus tôt, à quelqu'un d'autre. Une bourrasque soudaine enveloppa son corps et fit voler ses cheveux. Puis le vent s'apaisa.

— Et vous? demanda-t-elle d'une voix faible.

— Quoi, moi?

— Vous voyez quelque chose que vous désirez?

Il se rendait compte qu'il était ivre à la manière dont ses doigts s'agrippaient à ceux de la jeune fille, et aussi à sa façon de fixer sa gorge. Il voulait y coller sa bouche et mordiller à petits coups, pour la bleuir et la noircir. Au même moment, il se rendit compte qu'ils étaient très haut au-dessus de la ville, et les lumières d'en bas lui lancèrent comme un appel. Il alla au bord du balcon et regarda vers le bas. Il était sur une falaise, en pleine nature, et il voyait un royaume et un fleuve qu'il n'avait encore jamais aperçus. Il pouvait saisir chaque pouce du territoire qui s'étendait maintenant autour de lui; inconsciemment, il se mit à siffler un air, et son pied se déplaça pour trouver la pédale de la batterie. Il posa soigneusement son verre à terre et battit le rythme avec ses doigts sur le parapet de pierre.

— Vous ne m'avez pas répondu.
— Comment?

Il se tourna vers Leona, qui tenait son verre à deux mains. Ses sourcils étaient levés sur ses yeux désespérés et son tendre sourire formulait une interrogation muette.

— Vous n'avez pas répondu à la mienne.
— Mais oui. — Elle avait une voix plus plaintive que jamais. — J'ai dit que je voulais tout.

Il lui prit son verre et en but la moitié, puis il le lui rendit en allant vers la partie la moins éclairée du balcon.

— Eh bien, alors, viens le prendre, chuchota-t-il.

Elle s'approcha de lui, tenant son verre contre sa poitrine. Au tout dernier moment, debout près de lui, elle murmura, avec une rage impuissante:

— Qu'essayez-vous de me faire?
— Mon petit, répondit-il, voilà ce que je fais, et il l'attira à lui, aussi rudement qu'il le put. — Il s'était attendu à de la résistance. Elle résista en effet, tenant le verre entre eux, et essayant avec frénésie d'écarter son corps de celui de Rufus. D'un revers de main, il envoya promener le verre qui tomba à terre avec un bruit mou et roula sur le sol. — Continue, se dit-il avec bonne humeur. Si je te laissais tranquille maintenant, tu serais si désemparée que tu serais capable de te jeter à bas de ce balcon.

Il chuchota:

— Continue, débats-toi. J'aime ça. C'est comme ça qu'on fait dans ton pays?

— Oh, mon Dieu, murmura-t-elle.

Elle se mit à pleurer. Presque en même temps, sa résistance cessa. Elle leva les mains et les posa sur le visage de Rufus comme une aveugle. Puis elle lui entoura le cou de ses deux bras et se colla à lui, tremblant encore. Les lèvres et les dents de Rufus entrèrent en contact avec ses oreilles et son cou et il lui dit:

— Allons, mon petit, tu n'as pas lieu de pleurer pour le moment.

Oui, il était ivre; tout ce qu'il faisait, il se voyait le faire et il commença à éprouver à l'égard de Leona une tendresse qu'il n'avait pas escomptée. Il tenta, intérieurement, de réparer le mal qu'il faisait — le mal qu'il lui faisait. Tout semblait prendre un temps très long. Il resta les mains crispées sur les seins de Leona qui ressortaient comme des mottes de crème jaune, puis s'acharna sur le bout des seins, durs, bruns et savoureux, les maniant puis les reniflant pour ensuite les mordiller, pendant que Leona gémissait et geignait. Ses genoux se dérobèrent sous elle. Il abaissa doucement la jeune femme vers le sol, puis l'allongea sur lui. Il la tenait serrée à la taille et à l'épaule. Une partie de sa conscience s'inquiétait de ce que le maître et la maîtresse de maison, ainsi que les autres gens présents dans le salon, allaient penser, mais une autre partie de lui-même ne pouvait empêcher la folie qui commençait à se faire. Les doigts de la femme ouvrirent la chemise de Rufus jusqu'au nombril, sa langue lui brûlait le cou et la poitrine, et Rufus retroussa sa jupe et lui caressa la face interne des cuisses. Au bout d'un long moment d'exaltation, pendant lequel il fut secoué par les frémissements du corps de Leona, il se mit sur elle avec effort et pénétra en elle. Pendant un instant, il crut qu'elle allait crier, elle avait tellement bu, et elle respirait si bruyamment ; et puis son corps se raidissait à l'extrême. Mais elle se mit à geindre et à se mouvoir sous lui. Et depuis le centre de l'ouragan qui se déchaînait en lui, lentement et délibérément, il commença le lent voyage vers la félicité.

Leona le portait, comme la mer porte un bateau, d'un mouvement lent de bercement, avec des montées et des descentes, suggérant à peine la violence sous-jacente. Ils murmuraient et sanglotaient au cours de ce voyage, et lui, doucement mais avec insistance, il jurait. Chacun s'efforçait d'atteindre un port. Il ne pourrait pas y avoir de repos tant que ce mouvement ne serait pas accéléré, au point de devenir insoutenable, par la puissance qui surgissait en eux. Rufus ouvrit les yeux un moment et regarda le visage de la femme, transfiguré par une joie délirante, qui luisait dans le noir comme de l'albâtre. Des larmes s'attardaient au coin de ses yeux, et ses cheveux étaient moites près du front. Elle respirait avec des gémissements et de petits cris, disait des mots qu'il ne pouvait comprendre, et, malgré lui, il commença à aller plus vite, et plus loin. Il voulait qu'elle se souvienne de lui, jusqu'à la mort. Et rien n'eût pu l'arrêter alors, ni le Dieu blanc lui-même, ni une foule accourue pour le lyncher. À mi-voix, il maudit cette chienne d'un blanc de lait et poussa un grognement en faisant aller son arme entre les cuisses de la femme. Elle se mit à pleurer. « Je te l'avais dit, gronda-t-il, que je te ferais pleurer pour quelque chose », et, aussitôt, il sentit qu'il manquait d'air ; il allait exploser ou mourir. Un gémissement et un juron s'échappèrent pendant qu'il la martelait de toutes ses forces, et sentit le venin jaillir, assez de venin pour faire cent bébés nègres-blancs.

Il s'allongea sur le dos, le souffle court. Il entendait la musique provenant du salon et une sirène sur le fleuve.

Il avait peur et sa gorge était sèche. L'air le glaçait là où il était trempé.

Elle le toucha et il sursauta. Puis il se força à se tourner vers elle et à regarder ses yeux qui étaient encore humides, profonds et noirs; ses lèvres tremblantes se courbaient légèrement en un sourire timide et triomphant. Il l'attira vers lui, en souhaitant pouvoir se reposer. Il espérait qu'elle ne dirait rien, mais :

— C'était si merveilleux, dit-elle, et elle l'embrassa.

Et ces mots, sans éveiller en lui aucune tendresse, ni chasser sa crainte sourde et mystérieuse, se mirent à ranimer son désir.

Il s'assit.

— Tu es une drôle de petite bonne femme, dit-il. — Il l'observa. — Je ne sais pas ce que tu vas raconter à ton mari quand tu rentreras chez toi avec un petit bébé noir.

— J'en aurai plus de bébés, dit-elle, t'as pas besoin de te tracasser pour ça. — Elle ne dit plus rien, mais elle avait encore beaucoup à dire. — À force de me battre, il a fini par me rendre stérile, dit-elle enfin.

Il aurait voulu entendre son histoire. Et il ne voulait savoir rien d'autre d'elle.

— Entrons nous nettoyer, dit-il.

Elle blottit sa tête contre la poitrine de Rufus.

— J'ai peur d'entrer maintenant.

Il rit et lui caressa les cheveux. Il recommençait à éprouver de la tendresse pour elle.

— T'as pas l'intention de passer la nuit sur le balcon, dis donc ?

— Qu'est-ce que tes amis vont penser ?

— En tout cas, il y a un fait certain, Leona, Ils ne vont pas appeler la police. — Il l'embrassa. — Ils ne vont rien penser, mon petit.

— Tu entres avec moi ?

— Oui, naturellement, j'entre avec toi. — Il l'écarta un moment. — Tu n'as qu'à remettre de l'ordre dans tes vêtements.

Il caressa le corps de Leona en la regardant dans les yeux.

— Et te passer la main dans les cheveux, comme ça, ajouta-t-il en lui rejetant les cheveux en arrière.

Elle ne le quitta pas des yeux. Il s'entendit demander.

— Tu m'aimes ?

Elle avala sa salive. Il regarda la veine de son cou. Elle semblait si fragile !

— Oui, dit-elle. — Elle baissa les yeux. — Rufus, reprit-elle, je t'aime vraiment beaucoup. Je t'en prie, ne me fais pas de mal.

— Pourquoi voudrais-je te faire du mal, Leona ?

Il caressa son cou d'une main en la fixant d'un œil grave.

— Qu'est-ce qui te fait croire que je veux te faire du mal ?

— Les gens se font toujours du mal, dit-elle enfin.

— Quelqu'un te fait souffrir, Leona ?

Elle resta sans rien dire, le visage appuyé contre la paume de Rufus.

— Mon mari, dit-elle faiblement. Je croyais qu'il m'aimait, mais ce n'était pas vrai — oh, je savais qu'il était brutal, mais je ne le croyais pas méchant. Et il ne pouvait pas m'aimer puisqu'il m'a enlevé mon gosse, pour que je ne puisse plus le voir.

Elle leva vers Rufus ses yeux pleins de larmes.

— Il disait que je n'étais pas une mère comme il faut parce que... je... buvais trop. C'est vrai, je buvais trop, il n'y a que comme ça que je pouvais supporter de vivre avec lui. Mais je serais morte pour mon gosse, jamais il ne lui serait rien arrivé.

Il ne dit rien. Il sentit des larmes tomber sur son poignet brun.

— Il est encore là-bas, dit-elle. Je parle de mon mari. Lui et ma mère et mon frère s'entendent comme larrons en foire. Ils sont persuadés que je ne vaux rien. Enfin, bon Dieu, à force d'entendre les gens répéter que vous ne valez rien — elle essaya de rire — vous finissez par tourner mal.

Il chassa de son esprit toutes les questions qu'il aurait voulu poser. Il commençait à faire froid sur le balcon, il avait faim et il voulait boire, et il voulait rentrer se coucher...

— Bon, dit-il enfin, moi, je ne vais pas te faire de mal.

Il se leva et alla jusqu'au bord du balcon. Son caleçon était comme une corde entre ses jambes. Il le rajusta et sentit qu'il était tout collant à l'intérieur. Il remonta la fermeture éclair de sa braguette, les jambes écartées au maximum. Les étoiles avaient disparu et les lumières de Jersey Shore s'étaient éteintes. Une péniche de charbon descendait lentement le fleuve.

— Comment suis-je ? demanda-t-elle.

— Jolie, dit-il. — C'était vrai. Elle avait l'air d'une enfant fatiguée. — Tu veux venir chez moi ?

— Si tu veux bien de moi.

— Oui, je veux bien de toi.

Mais il se demandait pourquoi il se cramponnait à elle.

Vivaldo arriva tard l'après-midi suivant ; il trouva Rufus encore au lit et Leona qui préparait le déjeuner.

C'est Leona qui ouvrit la porte. Et Rufus nota avec plaisir l'air surpris qui apparut lentement sur le visage de Vivaldo quand son regard alla de Leona, enveloppée dans le peignoir de Rufus, à Rufus assis sur le lit, tout nu sous les couvertures.

« Il faut que ce salaud de libéral blanc en ait pour son argent », se disait-il.

— Allez, mon pote, lança-t-il. Amène-toi. Tu arrives juste à temps pour déjeuner.

— J'ai déjà déjeuné, moi, dit Vivaldo. Mais vous n'êtes pas encore présentables, vous autres. Je reviendrai plus tard.

— Tu nous emmerdes, mon vieux. Amène-toi. Voici Leona. Leona, voici un ami, Vivaldo. Pour abréger. Son vrai nom est Daniel Vivaldo Moore. C'est un de ces maudits immigrants irlandais.

— Rufus est bourré de préjugés contre tout le monde, dit Leona en souriant. Entrez.

Vivaldo referma gauchement la porte derrière lui et s'assit sur le bord du lit. Chaque fois qu'il était mal à l'aise — c'est-à-dire souvent — ses bras et ses jambes semblaient atteindre des proportions monstrueuses et il les remuait avec un dégoût effaré comme s'il en avait été affligé quelques instants auparavant seulement.

— Vous mangerez bien un morceau avec nous, dit Leona. Il y en a pour un régiment et ce sera prêt dans une seconde.

— Je vais prendre une tasse de café avec vous, dit Vivaldo, à moins que vous ayez de la bière. — Puis il regarda Rufus. — Je vois que la soirée s'est très bien passée.

Rufus sourit.

— Pas mal, pas mal.

Leona prit de la bière et en versa dans un verre qu'elle apporta à Vivaldo. Il le prit en regardant Leona avec un rapide sourire complice, renversant de la bière sur une de ses jambes.

— Tu en veux, Rufus?
— Non, mon petit, je vais d'abord manger.
Leona s'en fut dans la cuisine.
— C'est pas un spécimen splendide de femme du Sud? demanda Rufus. Là-bas, ils apprennent à leurs femmes comment servir les hommes.
De la cuisine vint le rire de Leona.
— Ils nous apprennent rien d'autre en tout cas!
— Ma chérie, du moment que tu sais rendre un homme aussi heureux que moi en ce moment, tu n'as pas besoin d'en savoir davantage.
Rufus et Vivaldo se regardèrent un moment. Puis Vivaldo sourit.
— Alors, Rufus, tu vas te lever le derrière de ce lit?
Rufus rejeta les couvertures et sauta à bas du lit. Il leva haut les bras, bâilla et s'étira.
— Tu donnes un vrai spectacle, cet après-midi, dit Vivaldo.
Il lui lança un caleçon.
Rufus enfila le caleçon puis un vieux pantalon de toile grise et une chemisette d'un vert passé.
— T'aurais dû venir à cette soirée, dit-il. Il y avait des femmes, je te le dis.
— Ouais. J'ai eu des ennuis, hier soir.
— À cause de Jane? Comme d'habitude?
— Oui, elle avait trop bu et ça a fait des histoires. Tu sais bien, elle est malade à chaque fois.
— Je le sais très bien qu'elle est malade. Mais toi, qu'est-ce qui ne va pas?
— Sans doute que j'aime bien qu'on me cogne sur la tête.
Ils s'approchèrent de la table.
— C'est la première fois que vous venez au Village, Leona?

— Non, je me suis déjà un peu baladée dans le secteur. Mais on ne connaît pas vraiment un coin tant qu'on ne s'est pas lié avec des gens qui y vivent.

— Vous nous connaissez maintenant, dit Vivaldo, et nous vous présenterons à un tas d'autres gens.

Quelque chose dans la manière dont Vivaldo dit ces mots irrita Rufus. Son euphorie tomba, d'aigres soupçons l'envahirent. Il coula un regard rapide sur Vivaldo qui sirotait sa bière et regardait Leona avec un sourire impénétrable, impénétrable justement parce qu'il paraissait si ouvert et si jovial. Il regarda Leona qui, cet après-midi-là en tout cas, noyée dans le peignoir de Rufus, les cheveux ramassés en chignon au sommet de la tête et le visage dépourvu de maquillage, ne pouvait pas prétendre passer pour jolie. Peut-être Vivaldo la méprisait-il parce qu'elle n'était pas belle — ce qui signifiait que Vivaldo méprisait Rufus. Ou peut-être flirtait-il avec elle parce qu'elle avait l'air d'une fille facile et sans problème. N'était-elle pas venue chez Rufus?

Leona le regarda de l'autre côté de la table et lui sourit. Son cœur et son ventre tressaillirent; il se souvint de leur violence et de leur tendresse, et il se dit: la barbe pour Vivaldo. Il avait quelque chose que Vivaldo ne pourrait jamais toucher.

Il se pencha au-dessus de la table et embrassa Leona.

— Je peux avoir encore de la bière? demanda Vivaldo en souriant.

— Tu sais où elle est, dit Rufus.

Leona prit le verre vide et alla dans la cuisine. Rufus tira la langue à Vivaldo qui fixait sur lui un regard légèrement inquisiteur.

Leona revint et posa la bière fraîche devant Vivaldo. Elle dit:

— Bon, restez là à manger; je vais m'habiller.

Elle rassembla ses vêtements et disparut dans la salle de bains.

Le silence régna un moment autour de la table.

— Elle va demeurer ici avec toi? demanda Vivaldo.

— Je ne sais pas encore. Rien n'a été décidé. Mais je crois qu'elle le désire...

— Oh, c'est visible. Mais ce n'est pas trop petit pour deux, ici?

— Nous trouverons peut-être un appartement plus grand. De toute manière, tu sais, je ne suis pas tellement souvent chez moi.

Vivaldo parut réfléchir, puis il dit:

— J'espère que tu sais ce que tu fais, mon vieux. Je sais que ça ne me regarde pas, mais...

Rufus le regarda.

— Elle ne te plaît pas?

— Oui, elle m'est très sympathique. Elle est gentille. — Il avala une gorgée de bière. — Seulement la question, c'est: jusqu'à quel point l'aimes-tu?

— Et tu ne le vois pas?

Rufus sourit de toutes ses dents.

— Eh bien non, franchement. Enfin, tu l'aimes, bien sûr, mais... Oh, je ne sais pas.

Le silence revint. Vivaldo baissa les yeux.

— Tu n'as pas lieu de t'inquiéter, dit Rufus. Je suis un grand garçon, tu sais.

Vivaldo leva les yeux et dit:

— Le monde est grand lui aussi, mon vieux. J'espère que tu y as réfléchi.

— J'y ai réfléchi.

— L'ennui, c'est que je suis trop paternel à ton égard, espèce de fils de pute.

— C'est toujours l'ennui avec les salauds de Blancs que vous êtes.

Ils firent face au vaste monde quand ils sortirent dans les rues ce dimanche-là. Le vaste monde les dévisagea sans aménité à travers les yeux des passants. Et Rufus s'aperçut qu'il n'avait pas du tout pensé à ce monde ni à sa puissance de haine et de destruction. Il n'avait pas pensé à son avenir avec Leona pour la raison qu'il n'avait jamais cru qu'ils en auraient un. Et pourtant elle était là, et elle manifestait clairement l'intention de rester avec lui s'il voulait d'elle. Mais le prix était lourd : ennuis avec le propriétaire, avec les voisins, avec tous les adolescents du Village, et avec tous ceux qui y venaient aux week-ends. Et sa famille allait piquer une crise. Le pis, ce n'était pas son père et sa mère ; leur crise, ayant duré toute leur vie, n'était maintenant rien de plus qu'un acte réflexe. Mais il savait qu'Ida allait haïr Leona instantanément. Elle avait toujours beaucoup attendu de Rufus, et la couleur de la peau avait pour elle une importance considérable. Elle dirait : « Tu n'aurais jamais regardé cette fille, Rufus, si elle avait été Noire. Mais tu ramasserais n'importe quelle ordure blanche parce qu'elle est blanche. Que t'arrive-t-il ? Tu as honte d'être un Noir ? »

Et alors, pour la première fois de sa vie, il se posa cette question — ou plutôt cette question surgit un moment dans son esprit, puis, très vite, comme en s'excusant, elle disparut. Il jeta un regard de côté sur Leona. Maintenant elle était tout à fait jolie. Elle avait arrangé ses cheveux en tresses attachées par des épingles, et cette coiffure démodée la rajeunissait considérablement.

Un jeune couple vint vers eux, portant les journaux du dimanche.

Rufus étudia les yeux de l'homme qui fixait Leona ; et

puis l'homme et la femme, ensemble, regardèrent Vivaldo puis Rufus comme pour décider lequel des deux était son amoureux. Et puisqu'ils se trouvaient au Village — le lieu du défoulement par excellence — Rufus devina au regard rapide, presque penaud, que l'homme lui décocha en passant, qu'il avait opté pour le couple Rufus-Leona. Le visage de sa femme, cependant, se ferma complètement, comme une porte.

Ils atteignirent le jardin public. De vieilles femmes mal soignées descendues des taudis du Village et de l'East Side étaient assises sur des bancs, seules en général, parfois avec des hommes grisonnants et étiques. Des dames des grands immeubles de la Cinquième Avenue, vaguement et désespérément élégantes, étaient aussi dans le parc, promenant leur chien ; et des nourrices noires, qui tournaient vers le monde des adultes un regard de pierre, susurraient des paroles anxieuses à leurs voitures d'enfants. Ouvriers et petits artisans italiens déambulaient avec leur famille, ou restaient assis sous les arbres à se parler ; certains jouaient aux échecs ou lisaient *L'Espresso*. Les autres *Villageois* étaient assis sur des bancs ; ils lisaient — Kierkegaard était le nom qui hurlait sur la couverture d'un livre broché que tenait une jeune fille aux cheveux très courts, en bluejeans — ou discutaient avec acharnement sur des sujets abstraits, bavardaient ou riaient — ou bien ils restaient immobiles, soit avec un effort invisible et immense qui brisait presque les bancs et les arbres, soit avec une mollesse qui indiquait qu'ils ne bougeraient jamais plus.

Rufus et Vivaldo — mais surtout Vivaldo — avaient connu beaucoup de ces gens, certains intimement, si longtemps auparavant que cela aurait pu être dans une autre vie. Il y avait quelque chose d'effrayant dans l'aspect des vieux amis, des anciennes maîtresses qui, mystérieusement, s'étaient réduits au néant. Et cela dénotait la présence de quelque cancer qui les avait rongés sans relâche, invisible, et qui maintenant accomplissait peut-être son œuvre dans leur cœur. Nombre d'entre eux avaient disparu, naturellement ; ils étaient repartis vers les havres d'où ils s'étaient enfuis. Mais beaucoup de ces gens étaient encore visibles ; ils étaient devenus des ivrognes ou des drogués ou alors ils s'étaient lancés à la recherche épuisante du psychiatre parfait ; ils étaient devenus des époux ou des parents vindicatifs et ventripotents ; ils faisaient les mêmes rêves que dix ans plus tôt, rêves qu'ils enveloppaient des mêmes arguments, ils citaient les mêmes maîtres, et le plus horrible, c'est qu'ils s'imaginaient dégager le même charme qu'avant la chute de leurs dents et de leurs cheveux. Ils étaient plus hostiles maintenant qu'ils ne l'avaient jamais été ; leur ton avait changé, inévitablement, et leurs yeux n'avaient plus que la vitalité que confère la hargne.

Puis Vivaldo fut accosté dans l'allée par une grosse fille joviale qui avait manifestement beaucoup bu. Rufus et Leona s'arrêtèrent pour l'attendre.

— Ton ami est vraiment gentil, dit Leona. Il est très « naturel ». J'ai l'impression que nous nous connaissons depuis des années.

Maintenant que Vivaldo n'était plus avec eux, il y avait une différence dans les regards qui les observaient. Les habitants du Village, esclaves et libres à la fois, les regardaient comme si tous deux se trouvaient sur une estrade, pour être vendus à l'encan, ou encore dans un haras. Le pâle soleil printanier lui chauffait très fort la nuque et le front. Devant lui, Leona avait un visage rayonnant. Elle semblait avoir oublié tout et tout le monde sauf lui. Et s'il y avait eu quelques doutes sur la nature de leurs relations, les yeux de Leona auraient suffi pour les dissiper. Alors, se dit-il, si elle pouvait prendre les choses avec un tel calme, si elle ne remarquait rien, pourquoi n'en faisait-il pas autant? Peut-être se faisait-il des idées? Peut-être personne ne leur prêtait-il attention? Puis il leva les yeux et rencontra ceux d'un jeune Italien. Le garçon qu'éclaboussait le soleil qui tombait à travers les arbres le fixa d'un œil haineux. Il regarda ensuite Leona lentement et passa avec insolence — il avait exprimé sa désapprobation; son dos même paraissait hargneux.

— Pauvre mec! murmura Rufus.

La réaction de Leona le surprit.

— Tu parles de ce garçon? Il s'ennuie tout seul, il ne sait pas comment s'occuper. Tu pourrais peut-être t'en faire un ami si tu essayais vraiment.

Il éclata de rire.

— Bah oui, c'est cela qu'ils ont presque tous, insista Leona d'un ton plaintif. Ils ont personne à qui causer. C'est pour ça qu'ils sont méchants. Je te le dis, mon garçon, parce que je le sais.

— Ne m'appelle pas «mon garçon».

— Bon, dit-elle, l'air surpris. Je ne voulais pas te vexer, mon chéri.

Elle lui prit le bras et ils se retournèrent pour regarder Vivaldo. La grosse fille le tenait au collet, et lui essayait de se dégager en riant.

— Ce Vivaldo, dit Rufus, amusé; il en a des ennuis avec les femmes!

— Ça a l'air de lui plaire, dit Leona. À elle aussi, d'ailleurs, j'en ai l'impression.

La grosse fille l'avait lâché et elle paraissait sur le point de tomber en pâmoison dans l'allée, tant elle riait. Les gens souriaient avec indulgence, en reconnaissant deux habitants du Village, après avoir levé les yeux de leurs bancs, du gazon ou de leurs livres.

Puis Rufus leur en voulut à tous. Il se demanda si Leona et lui oseraient se donner ainsi en spectacle, si le jour de le faire viendrait jamais pour eux. Aucun badaud n'osait regarder Vivaldo, même quand il était avec n'importe quelle fille, de la même façon qu'il regardait Rufus maintenant; jamais on ne regardait la fille comme on regardait Leona. La prostituée la plus ignoble de Manhattan serait protégée tant qu'elle aurait Vivaldo à son bras. Parce que Vivaldo était un Blanc.

Il se revit lors d'une soirée pluvieuse de l'hiver dernier; il venait de rentrer de Boston où il avait participé à un concert, et Vivaldo et lui étaient sortis avec Jane. Il n'avait jamais compris ce que Vivaldo trouvait de bien chez Jane, cette femme agressive et sale qui était trop vieille pour lui; ses cheveux gris n'étaient jamais peignés, ses pull-overs, dont elle semblait posséder des milliers, étaient tous aussi informes et effilochés; des taches de peinture maculaient ses blue-jeans en accordéon.

« Elle s'habille comme un épouvantail », avait dit un jour Rufus à Vivaldo, et il avait ri en voyant l'air horrifié de son ami. Son visage s'était froncé comme si quelqu'un avait cassé un œuf pourri sous son nez. Mais Rufus n'avait pas vraiment haï Jane avant ce soir-là.

Un soir terrible; on eût dit que la pluie se déversait par de grands baquets de fer-blanc; elle emplissait l'air de ses martèlements, de ses gémissements et de ses grondements et rendait les lumières, les rues et les maisons aussi fluides qu'elle-même. Elle crépitait et ruisselait sur les vitres de ce bar fétide pour pauvres hères où Jane les avait amenés. Un bar où ils ne connaissaient personne. Il était rempli de femmes crasseuses et informes avec qui Jane buvait apparemment dans la journée, et d'hommes blêmes, mal tenus et maussades qui travaillaient sur les quais et qui n'avaient pas l'air d'apprécier la présence de Rufus parmi eux. Il voulait partir, mais il attendait que la pluie cesse un peu. Sans dire mot, il écoutait avec ennui les rodomontades de Jane sur ses peintures, et il avait honte de Vivaldo qui supportait tout cela. Comment la bagarre avait-elle commencé ? Il avait toujours accusé Jane d'en être à l'origine. Finalement, pour ne pas s'endormir, il s'était mis à taquiner un peu Jane ; mais en réalité, il avait profité de ce jeu pour lui dire ce qu'il pensait d'elle, et elle s'en était vite rendu compte. Vivaldo les observait avec un léger sourire plein de circonspection. Lui aussi en avait assez des propos prétentieux de Jane.

— De toute manière, dit Jane, vous n'êtes pas un artiste et je ne vois pas comment vous pourriez juger le travail que je fais.

— Oh, assez, dit Vivaldo. Ce que tu peux avoir l'air ridicule ! En somme, d'après toi, tu ne peindrais que pour ces lopettes de peintres du secteur ?

— Laisse-la causer, mon vieux, dit Rufus, qui commençait à s'amuser. — Il se pencha en avant et décocha à Jane un sourire à la fois paillard et sardonique. — Cette poulette est trop forte pour nous, mon vieux, et nous sommes incapables de piger les foutaises qu'elle pond.

— C'est vous les snobs, pas moi. Je suis prête à parier que j'ai touché plus de gens honnêtes, travailleurs et ignorants, rien qu'ici dans ce bar, que l'un ou l'autre de vous deux. Les gens que vous touchez vous, sont *morts* — au moins les miens à moi, ils sont *vivants*.

Rufus éclata de rire.

— Je me disais aussi que ça sentait drôle ici. Alors, c'est ça. Merde. C'est l'odeur de la vie, hein ? — Et il rit de nouveau.

Mais il se rendait compte aussi qu'il commençait à attirer l'attention des consommateurs et il jeta un coup d'œil vers les vitres sur lesquelles ruisselait la pluie en se disant : « Ça va, Rufus, tiens-toi tranquille. » Et il se tourna de nouveau vers ses compagnons, dans le box où ils étaient assis.

Il l'avait vexée, et elle répliqua avec la seule arme qu'elle possédait, cet instrument informe qui avait pu être de la fureur ou de la hargne.

— Ça ne sent pas plus mauvais que là d'où vous venez, mon petit.

Vivaldo et Rufus se regardèrent. Les lèvres de Vivaldo blanchirent. Il dit :

— Si tu ouvres encore la bouche, ma petite, je te fais rentrer les dents dans la gorge.

Elle se délecta profondément de ces paroles. Elle devint d'un seul coup Bette Davis. Elle hurla à tue-tête :

— De quoi ? Des menaces ?

Tout le monde se retourna pour les regarder.

— Ah, la barbe, dit Rufus. Foutons le camp.

— Oui, dit Vivaldo, sortons d'ici. — Il regarda Jane. — Amène-toi, espèce de sale garce.

Et maintenant, elle avait l'air de regretter. Elle se pencha pour prendre la main de Rufus.

— Je ne voulais pas vous vexer, dit-elle.

Il essaya de retirer sa main, mais elle tenait bon. Il céda pour ne pas avoir l'air de se battre avec elle. Maintenant, elle était Joan Fontaine.

— Je vous en prie, il *faut* me croire, Rufus.

— Je vous crois, dit-il.

Et il se leva, pour trouver un Irlandais énorme planté devant lui. Ils se regardèrent un moment, puis l'homme lui cracha à la figure. Il entendit Jane crier mais il était déjà loin. Il frappa, ou crut frapper ; un poing le cogna au visage et quelque chose s'abattit sur sa nuque.

Le monde, l'air devinrent rouges et noirs, puis lui vomirent en plein visage des faces et des poings. Le bas de son dos heurta un objet froid, dur, rectiligne ; il supposa que c'était le bout du comptoir et il se demanda comment il était arrivé jusque-là. Au loin, il vit un haut tabouret immobile au-dessus de la tête de Vivaldo et il entendit Jane pousser un cri perçant.

Il ne savait pas qu'il y avait tant d'hommes dans le café. Il frappa une face ; il sentit de l'os sous l'os de son poing, et des yeux vert pâle qui le fixaient comme des phares au moment d'une collision se fermèrent avec une expression de détresse. Quelqu'un l'avait atteint au ventre, un autre à la tête. On le faisait virevolter ; il ne pouvait plus frapper, mais seulement se défendre. Il resta la tête baissée, essayant de louvoyer, poussant et tirant, et il s'accroupit pour s'efforcer de se protéger les parties. Il entendit le fracas d'un verre. L'espace d'un moment, il vit Vivaldo à l'extrémité du bar, le nez et le front ruisselant de sang, entouré par trois ou quatre hommes ; et il vit le dos d'une main propulser Jane qui alla en tournant sur elle-même jusqu'au milieu du bar. Du verre se cassa encore, et il entendit des craquements de bois que l'on brise. Il y avait un pied sur son épaule, et un pied sur une de ses chevilles. Il se cala les fesses sur le plancher et allongea sa jambe libre au maximum ; puis, d'un bras, il essaya de contenir le poing qui lui martelait sans cesse le visage. Loin derrière le poing, était la face de l'Irlandais et les yeux verts et flamboyants. Ensuite il ne vit rien, n'entendit rien, ne sentit rien. Puis il entendit des pas précipités. Il était allongé sur le dos derrière le comptoir. Il n'y avait personne près de lui. Il se redressa et glissa la tête vers l'extérieur. Le tenancier était à la porte ; il jetait ses clients à la rue ; une vieille femme était assise au comptoir, sirotant tranquillement du gin. Vivaldo gisait face contre terre dans une mare de sang. Jane le regardait avec désespoir. Et le bruit de la pluie revint.

— Je crois qu'il est mort, dit Jane.

Il la regarda. Il la haïssait de tout son être. Il dit :

— Si seulement ç'avait pu être vous, espèce de salope.

Elle fondit en larmes.

Il se pencha vers Vivaldo et l'aida à se lever. Courbés en avant et se soutenant l'un l'autre, ils gagnèrent la porte. Jane leur emboîta le pas.

— Laissez-moi vous aider.

Vivaldo s'arrêta et essaya de se redresser. Ils étaient presque sortis du café. Le tenancier les observait. Vivaldo regarda l'homme, puis Jane. Rufus et lui sortirent ensemble sous la pluie, en chancelant.

— Laissez-moi donc vous aider, cria de nouveau Jane.

Mais elle s'arrêta à la porte assez longtemps pour dire au tenancier qui tournait vers elle un visage dépourvu de toute expression :

— Vous aurez de mes nouvelles, croyez-moi. Je vais faire fermer cette boîte et vous jeter à la rue, vous pouvez compter sur moi.

Puis elle courut sous la pluie et aida Rufus à soutenir Vivaldo.

Vivaldo eut un mouvement de recul à son contact ; il glissa et faillit tomber.

— Ne me touche pas. Ne me touche pas. Tu en as assez fait pour ce soir.

— Il faut que tu entres quelque part, s'écria Jane.

— T'en fais pas pour moi. T'en fais pas pour moi. Tu

peux crever, te faire voir ailleurs, ou aller te faire foutre. Nous allons à l'hôpital.

Rufus regarda le visage de Vivaldo et il eut peur. Les deux yeux étaient fermés et le sang coulait à flot d'une blessure dans le cuir chevelu. Et il pleurait.

— Cette façon qu'elle avait de parler à mon copain, gémissait-il sans cesse. Ah ! cette façon de parler à mon copain.

— Allons chez elle, murmura Rufus. C'est plus près.
— Vivaldo n'eut pas l'air d'entendre. — Allez, mon vieux, allons chez Jane. Ça n'a pas d'importance.

Il avait peur que Vivaldo ne soit grièvement blessé et il savait ce qui se passerait à l'hôpital si deux Blancs et un Noir arrivaient ensanglantés. Car les docteurs et les infirmiers étaient avant tout des citoyens blancs honorables dont l'existence était irréprochable. Mais ce n'était pas vraiment pour lui qu'il avait peur, c'était pour Vivaldo qui en savait si peu sur ses congénères.

Donc, glissant et titubant, avec Jane qui tantôt tournait autour d'eux, inutile, tantôt leur montrait le chemin, comme une Jeanne d'Arc aux grosses fesses, ils arrivèrent chez Jane. Il monta Vivaldo dans la salle de bains et l'assit. Il se regarda dans la glace. Son visage évoquait une sorte de marmelade, mais les plaies allaient probablement se cicatriser ; seul un œil était tuméfié ; quand il commença à laver Vivaldo, il trouva une grande plaie dans le cuir chevelu et il eut peur.

— Dis donc, chuchota-t-il, il faut que t'ailles à l'hôpital.
— C'est ce que j'ai dit. D'accord, allons-y.
Et il essaya de se lever.

— Non, mon vieux, écoute. Si je vais avec toi, ils vont m'en faire tout un plat ; ils vont m'accuser de t'avoir frappé, parce que je suis Noir et que tu es Blanc. Tu piges ? Je dis les choses telles qu'elles sont.

— Ne me raconte pas de pareilles conneries ; je ne veux pas les entendre.

— En tout cas, c'est vrai, que tu veuilles l'entendre ou non. C'est Jane qui va t'accompagner à l'hôpital ; je ne veux pas y aller avec vous. — Les yeux de Vivaldo étaient clos et son visage était blême. — Vivaldo ?

Il ouvrit les yeux.

— Tu es fâché contre moi, Rufus ?

— Mais non, mon vieux ; pourquoi je serais fâché contre toi ? — Mais il savait ce qui tracassait Vivaldo. Il se pencha vers lui et murmura — Ne t'inquiète pas, mon vieux, tout va très bien. Et je sais que tu es mon ami.

— Je t'aime bien, espèce de salopard. Vraiment, tu sais.

— Moi aussi, je t'aime bien. Maintenant, en route pour l'hôpital. J'ai pas envie de te voir claquer dans la salle de bains de cette maudite Blanche. Je t'attendrai ici. Je serai très bien.

Vite, il sortit de la salle de bains. Il dit à Jane :

— Emmenez-le à l'hôpital. Il est plus touché que moi. J'attendrai ici.

Elle eut alors le bon sens de ne rien dire. Vivaldo resta à l'hôpital dix jours et on lui mit trois agrafes dans le cuir chevelu. Le lendemain matin, Rufus alla voir un docteur en ville et il resta au lit une semaine. Vivaldo et lui ne reparlèrent jamais de cette nuit, et bien qu'il sût que Vivaldo avait fini par retourner la voir, ils ne parlèrent jamais plus de Jane. Mais à partir de ce jour-là, Rufus avait accordé toute sa confiance à Vivaldo — même maintenant, il se fiait à lui, tout en le regardant d'un œil amer plaisanter avec la grosse fille dans l'allée. Il ne savait pas pourquoi, il était à peine conscient de cette confiance. Vivaldo était différent des autres, car ceux-là, tous les autres, ne pouvaient l'étonner que par leur bonté ou leur fidélité ; seul Vivaldo avait le pouvoir de l'étonner par sa traîtrise. Et même sa liaison avec Jane plaidait en sa faveur, car s'il avait dû trahir son ami pour une femme, ainsi que semblaient le faire la plupart des Blancs, surtout si l'ami était Noir, alors il se serait trouvé une compagne plus jolie, ayant les manières d'une dame et l'âme d'une catin. Mais Jane avait absolument l'air de ce qu'elle était : une monstrueuse souillon, et ainsi, sans le savoir, elle maintenait Rufus et Vivaldo sur un pied d'égalité.

Enfin, Vivaldo fut libéré ; il se précipita vers eux, avec un large sourire en faisant du bras à quelqu'un qui était derrière eux.

— Regardez, lança-t-il. C'est Cass.

Rufus se retourna et l'aperçut, assise toute seule sur la bordure de pierre, frêle et jolie. Pour lui, elle était le mystère par excellence. Il ne pouvait jamais bien la situer dans le monde des Blancs auquel elle semblait appartenir. Elle venait de Nouvelle-Angleterre, de vieille souche américaine cent pour cent, du moins l'affirmait-elle. Elle aimait beaucoup rappeler que l'une de ses ancêtres avait été brûlée vive comme sorcière. Elle avait épousé Richard, un Polonais, et ils avaient deux enfants. Richard avait été le professeur d'anglais de Vivaldo au collège, des années plus tôt. Ils l'avaient connu tout gosse, disaient-ils — et ils n'avaient pas beaucoup changé. Ils étaient ses plus vieux amis.

Avec Leona entre eux deux, Rufus et Vivaldo traversèrent la rue.

Cass leva les yeux vers eux avec son sourire à la fois chaud et glacial. Chaud parce qu'affectueux, ce sourire glaçait Rufus parce qu'il était amusé.

— Eh bien, je ne sais pas si je vais vous parler à l'un

comme à l'autre. Vous nous avez laissé tomber; c'est une honte! Richard vous a rayés de sa liste. — Elle regarda Leona et sourit. — Je suis Cass Silenski.

— Je vous présente Leona, dit Rufus en mettant une main sur l'épaule de Leona.

Cass parut plus amusée et, en même temps, plus affectueuse que jamais.

— Je suis très heureuse de faire votre connaissance.

— Moi aussi, je suis très heureuse, dit Leona.

Ils s'assirent sur la bordure de pierre de la fontaine au centre de laquelle un peu d'eau jouait, assez pour que de jeunes enfants puissent y patauger.

— Parlez-moi de vous, dit Cass. Pourquoi n'êtes-vous pas venus nous voir?

— Oh, dit Vivaldo, j'ai eu de l'occupation. J'ai travaillé à mon roman.

— Il travaille à un roman, dit Cass à Leona, depuis que nous le connaissons. Il avait alors dix-sept ans, et maintenant il en a près de trente.

— Ce n'est pas gentil ce que tu dis là, dit Vivaldo d'un ton enjoué. Pourtant on le sentait un peu honteux et vexé.

— Eh bien, Richard aussi travaillait à un roman. Il avait alors vingt-cinq ans et maintenant il en a près de quarante. — Elle considéra Vivaldo un moment et reprit : — Seulement, il a une inspiration toute neuve, et il travaille comme un fou. Je crois que c'est une des raisons pour lesquelles il espérait votre visite; il devait vouloir en discuter avec vous.

— Qu'est-ce que c'est que cette nouvelle inspiration? demanda Vivaldo. À première vue, ça m'a l'air bizarroïde.

— Ah! — elle haussa les épaules et très longuement tira sur sa cigarette — je n'ai pas été consultée et on me laisse dans le noir. Tu connais Richard. Il se lève avant l'aube et va droit à son bureau, et il y reste jusqu'à l'heure du coucher. Je le vois à peine. Les enfants n'ont plus de père et moi, je n'ai plus de mari. — Elle éclata de rire. — Il a réussi à grommeler quelque chose l'autre matin.

— Ça m'a en effet l'air de marcher. — Vivaldo regarda Cass avec envie. — Et tu dis que c'est nouveau ? Ce n'est pas le même roman qu'avant ?

— Je crois que non. Mais, au fond, je ne sais rien de rien. Elle tira encore sur sa cigarette, puis l'écrasa sous son talon et se mit immédiatement à en chercher une autre dans son sac.

— Bien, il va donc falloir que j'aille me rendre compte par moi-même, dit Vivaldo. À ce train, il sera célèbre avant moi.

— Oh, j'en ai toujours été convaincue, dit Cass en allumant son autre cigarette.

Rufus regarda les pigeons qui se pavanaient dans les allées et les bandes d'adolescents qui erraient de côté et d'autre. Il voulait partir de là, quitter ce danger. Leona mit une main sur la sienne. Il saisit un de ses doigts et le serra.

Cass se tourna vers Rufus.

— Et vous, vous n'avez pas travaillé à un roman. Pourquoi n'êtes-vous pas venu ?

— Je travaillais en ville. C'est vous qui aviez promis de venir m'écouter. Vous vous rappelez ?

— Nous avons été dans une mouise terrible, Rufus.

— Quand je travaille dans une boîte, vous n'avez pas à vous inquiéter si vous êtes fauchés, je l'ai déjà dit cent fois.

— C'est un grand musicien, dit Leona. Je l'ai entendu pour la première fois hier soir.

Rufus parut contrarié.

— Le concert s'est terminé hier soir. Je vais rien avoir à faire pour un bout de temps, sauf m'occuper de ma vieille mère, ajouta-t-il en riant.

Cass et Leona échangèrent un rapide coup d'œil et sourirent.

— Depuis combien de temps êtes-vous par ici, Leona? demanda Cass.

— Oh, un peu plus d'un mois.

— Et vous aimez cette ville?

— Oh, oui, je l'aime. C'est le jour et la nuit, à côté du Sud. Je ne peux pas vous dire....

Cass lança un regard bref à Rufus.

— C'est merveilleux, dit-elle gravement. Je suis très contente pour vous.

— Oui, je m'en rends bien compte. Vous avez l'air très gentille.

— Merci, dit Cass en rougissant.

— Comment vas-tu pouvoir t'occuper de ta vieille mère, demanda Vivaldo, si tu ne travailles pas?

— Oh, j'ai un ou deux disques en vue; ne t'inquiète pas pour le vieux Rufus.

Vivaldo soupira.

— C'est pour moi que je m'inquiète. Je suis dans la mauvaise branche, ou plutôt je n'y suis même pas. Personne ne veut entendre mon histoire.

Rufus le regarda.

— Ne m'oblige pas à parler de mes problèmes professionnels.

— Rien n'est facile pour personne, dit Vivaldo.

Rufus considéra le parc inondé de soleil.

— Personne n'a jamais eu besoin de faire la quête pour enterrer les directeurs ou les agents littéraires, dit Rufus, mais tous les jours, on balance des musiciens à la rue.

— Ne t'en fais pas, dit doucement Leona, on ne va pas te jeter à la rue.

Elle posa la main sur la tête de Rufus et la caressa. Il leva le bras et enleva la main de la jeune femme.

Il y eut un silence, puis Cass se leva.

— Ça me dégoûte fort de mettre fin à cette conversation, mais il faut que je rentre. J'ai une voisine qui a emmené les gosses au zoo, mais ils doivent être de retour maintenant. Je vais donner un coup de main à Richard.

— Comment ils vont, vos gosses? demanda Rufus.

— Ça a l'air de vous tracasser. Ça serait bien fait s'ils vous avaient oublié complètement. Ils vont bien. Ils ont beaucoup plus de dynamisme que leurs parents.

— Je raccompagne Cass chez elle, dit Vivaldo. Qu'est-ce que vous faites après?

Rufus ressentit une crainte sourde et un ressentiment à peine conscient, presque comme si Vivaldo l'avait abandonné.

— Oh, je ne sais pas. Je crois que nous allons rentrer...

— Il faut que j'aille en ville, Rufus, dit Leona. J'ai rien pour aller travailler demain.

Cass tendit la main à Leona.

— Je suis contente d'avoir fait votre connaissance. Décidez Rufus à venir nous voir un de ces jours.

— Ça m'a fait grand plaisir de vous rencontrer. Ces derniers temps, j'ai fait la connaissance de gens vraiment charmants.

— La prochaine fois, dit Cass, nous irons toutes les deux prendre un verre quelque part, sans les hommes.

Tous s'esclaffèrent.

— Ça me ferait grand plaisir.

— Et si je te retrouvais au Benno's, dit Rufus à Vivaldo. Vers dix heures et demie?

— Bonne idée. Nous pourrons peut-être descendre en ville pour écouter un peu de jazz.
— Parfait.
— Au revoir, Leona. Bien content de vous avoir vue.
— Moi aussi. À très bientôt.
— Bien des choses, dit Rufus, à Richard et aux gosses, et dites-leur que j'irai les voir.
— D'accord. Mais surtout, venez ; nous serions tellement contents.

Cass et Vivaldo partirent lentement vers l'entrée du parc. Au couchant, le soleil rouge vif enflammait leur silhouette, auréolant la tête brune et la tête dorée. Rufus et Leona restèrent à les regarder. Quand ils furent sous le porche, Cass et Vivaldo se retournèrent et firent au revoir de la main.

— Vaudrait mieux y aller aussi, dit Rufus.
— Je crois.

Ils repartirent vers l'entrée.

— Tu as des amis vraiment gentils, Rufus. Tu as de la chance. Ils t'aiment vraiment. Ils pensent que tu es quelqu'un.
— Tu crois ?
— J'en suis sûre. Je le vois bien à leur façon de te parler, à leur façon de te traiter.
— Je crois qu'ils sont assez gentils, dit-il, en effet.

Elle rit.

— Tu es un drôle de garçon — elle se corrigea — un drôle d'homme. Tu agis comme si tu ne savais pas qui tu es.
— Je sais très bien qui je suis, dit-il.

Il voyait les yeux qui le regardaient passer, il entendait le murmure à peine perceptible qui venait des bancs ou de sous les arbres. Il serra la petite main de sa compagne entre son coude et son flanc.

— Je suis ton homme. Tu sais ce que ça veut dire ?
— Qu'est-ce que ça veut dire ?
— Ça veut dire qu'il faut que tu sois gentille avec moi.
— Bien, Rufus. Je vais essayer, pour sûr.

Maintenant, accablé par le souvenir de tout ce qui s'était passé ce jour-là, il errait dans les rues, désespéré. Il revint dans la 42e Rue et s'arrêta devant le grand bar avec grill-room qui faisait le coin. Près de lui, juste de l'autre côté des vitres, le vendeur de sandwichs était derrière son comptoir ; la viande attendait sur la table chauffante, à côté de lui.

Les baguettes et les petits pains, la moutarde, les condiments, le sel et le poivre arrivaient au niveau de sa poitrine. C'était un gros homme tout vêtu de blanc avec une face rouge et brutale, dépourvue d'expression. De temps en temps, il préparait d'une main experte un sandwich destiné à l'une des épaves humaines qui étaient à l'intérieur.

Les vieux semblaient parfaitement résignés à leur présence en ce lieu, à leur absence de dents, de cheveux, de vie. Certains riaient ensemble, les jeunes, avec des yeux morts sertis dans des faces jaunies ; leur corps flasque criait l'histoire de leur dégradation. Ils étaient la proie que l'on ne chassait plus, bien qu'ils eussent à peine conscience de leur nouvelle condition ; et ils ne pouvaient pas quitter ce lieu où ils avaient subi la première atteinte de la pourriture. Et les chasseurs étaient là, beaucoup plus patients et beaucoup plus sûrs d'eux que leur proie. Dans n'importe quelle cité du monde, par une nuit d'hiver, un garçon peut être acheté pour le prix d'une bière et la promesse de couvertures chaudes.

Rufus frissonna, les poings au fond des poches, les yeux fixés sur la vitre. Il se demandait que faire. Il pensa aller jusqu'à Harlem, mais il avait peur des policiers qu'il rencontrerait en traversant la ville. Et il ne voyait pas comment il pourrait affronter ses parents et sa sœur. Quand il avait vu Ida pour la dernière fois, il lui avait dit qu'ils s'apprêtaient, Leona et lui, à partir pour le Mexique où, d'après lui, les gens leur ficheraient la paix. Et personne n'avait plus entendu parler de lui depuis.

Soudain, un gros homme au visage rude, bien vêtu, un Blanc aux cheveux poivre et sel, sortit du bar. Il s'arrêta près de Rufus regardant de côté et d'autre dans la rue. Rufus ne bougea pas malgré son désir de s'en aller ; son esprit se mit à vagabonder douloureusement, et son estomac vide fut secoué par une sorte de spasme. Une fois de plus, la sueur apparut sur son front. Quelque chose en lui savait ce qui allait arriver. Quelque chose en lui mourut en cette seconde glacée où l'homme alla jusqu'à lui et dit :

— Il fait froid dehors. Accepterez-vous d'entrer prendre un verre avec moi ?

— Je préférerais un sandwich, murmura Rufus.

Et il se dit : *Tu as vraiment touché le fond maintenant*.

— Eh bien, vous pourrez prendre un sandwich aussi ; aucune loi ne vous l'interdit.

Rufus regarda de chaque côté de la rue, puis il considéra le visage blanc et glacial de l'homme. Il savait ce qui allait se produire ensuite ; ce n'était d'ailleurs pas la première fois, depuis le début de sa vie errante, qu'il consentait à ces mornes contacts physiques ; et pourtant il savait qu'il ne pourrait jamais supporter d'être touché par cet homme. Ils entrèrent dans le café.

— Quel genre de sandwich voulez-vous ?

— Du corned-beef, murmura Rufus, avec du pain bis.

Ils regardèrent le serveur couper la viande, la jeter sur le pain et placer le tout sur le comptoir. L'homme paya et Rufus alla avec son sandwich jusqu'au bar. Il sentait que tout le monde savait ce qui se passait, savait que Rufus se vendait à un inconnu. Mais personne n'avait l'air de s'en soucier. Les bruits continuaient dans le café, la radio beuglait toujours. Le barman servit une bière pour Rufus et un whisky pour l'homme, et rangea l'argent dans un tintement de caisse enregistreuse. Rufus essaya de détourner son esprit de ce qui lui arrivait. Il dévora son sandwich. Mais le pain lourd, la viande tiède commençaient à lui lever le cœur. Tout vacilla devant ses yeux pendant un moment ; il but sa bière à petites gorgées pour tenter de faire descendre le sandwich.

— Vous aviez faim.

« Rufus, songeait-il, tu ne peux pas accepter ça. En aucune façon. Rufus, laisse tomber ce type. Sors de là-dedans. »

— Vous voulez un autre sandwich ?

Le premier sandwich menaçait encore de remonter. Dans le bar flottaient des relents de bière éventée, d'urine, de viande avariée et de corps mal lavés.

Soudain, il sentit qu'il allait pleurer.

— Non, merci, dit-il. Ça va mieux maintenant.

L'homme le considéra un moment.

— Alors, prenez une autre bière.

— Non, merci.

Mais il appuya sa tête contre le comptoir. Il tremblait.

— Hé !

Les lumières tourbillonnaient, le comptoir tout entier vacillait, se redressait, les visages dansaient autour de lui, la musique de la radio lui cognait dans le crâne. La face de l'homme était tout près de la sienne : les yeux durs, le nez cruel, les lèvres flasques et bestiales. Il sentit l'odeur de l'homme. Il s'écarta.

— Je vais bien.

— Vous avez presque perdu connaissance pendant une minute.

Le serveur les regardait.

— Vous feriez mieux de boire quelque chose. Mac, donne à boire à ce garçon.

— Vous êtes sûr qu'il est bien ?

— Ouais, il est très bien. Je le connais. Donne-lui à boire. Le serveur emplit un petit verre de whisky et le posa devant Rufus. Et Rufus fixa le liquide étincelant ; il priait : « Dieu, ne laisse pas faire cela. Ne me laisse pas aller chez cet individu... Il me reste si peu de choses, mon Dieu... Ne me fais pas perdre tout. »

— Buvez. Ça vous fera du bien. Ensuite, vous pourrez venir chez moi dormir un peu.

Il but le whisky, ce qui accrut d'abord sa nausée, puis le réchauffa. Il se redressa.

— Vous habitez par ici ? demanda-t-il à l'homme.

« Si jamais tu me touches, pensait-il, sentant encore ces larmes étranges qui menaçaient de déborder à tout moment, je te casse la gueule. Je ne veux plus le contact de ses mains sur moi. C'est fini, fini, fini. »

— Pas très loin. 46e Rue.

Ils sortirent du bar et marchèrent dans les rues.

— On se sent seul dans cette ville, dit l'homme tandis qu'ils marchaient. Je me sens seul, et vous, vous ne vous sentez pas seul ?

Rufus ne dit rien.

— Peut-être que nous pourrions nous procurer quelque réconfort pour une nuit.

Rufus regarda les feux rouges, les rues noires presque

désertes, les immeubles sombres et silencieux, l'ombre profonde des portes.

— Vous voyez ce que je veux dire.

— Je ne suis pas le garçon qu'il vous faut, monsieur, dit-il enfin.

Et soudain, il se souvint qu'il avait dit exactement les mêmes mots à Eric, longtemps auparavant.

— Comment pouvez-vous dire que vous n'êtes pas le garçon qu'il me faut ? — Et l'homme essaya de rire. — Ne suis-je pas mieux placé pour juger ?

Rufus dit :

— Je n'ai rien à vous donner. Je n'ai rien à donner à personne. Ne me faites pas passer par là, je vous en prie.

Ils s'arrêtèrent dans l'avenue silencieuse, face à face. Les yeux de l'homme se durcirent ; il plissa les paupières.

— Vous ne saviez pas où je voulais en venir, là-bas ?

— J'avais faim, dit Rufus.

— À quoi jouez-vous donc ? À exciter les gens pour rien ?

— J'avais faim.

— Vous n'avez pas de famille, pas d'amis ?

Rufus baissa les yeux. Il ne répondit pas tout de suite. Puis il dit :

— Je ne veux pas mourir, monsieur. Je ne voulais pas vous ennuyer. Laissez-moi retrouver mes amis.

— Vous savez où les trouver ?

— Je sais où trouver l'un d'eux.

Il y eut un silence. Rufus fixa le trottoir et, très lentement, les larmes emplirent ses yeux et commencèrent à couler le long de son nez.

L'homme lui prit le bras.

— Viens, viens chez moi.

Mais maintenant, ce n'était plus possible; tous deux le sentaient; l'homme lui lâcha le bras.
— Tu es beau garçon, dit-il.
Rufus s'écarta.
— Au revoir, monsieur. Merci.
L'homme ne dit rien. Rufus le regarda s'éloigner. Puis lui aussi il tourna les talons et partit vers le centre. Il pensa à Eric, pour la première fois depuis des années, et se demanda s'il rôdait dans les rues en quête d'une proie, ce soir, dans quelque pays étranger. Pour la première fois, il entrevit l'étendue et la vraie nature de la solitude d'Eric et le danger auquel elle l'avait exposé; il regretta de ne pas lui avoir manifesté plus de compréhension. Eric avait toujours été très gentil pour Rufus. Il lui avait fait faire une paire de boutons de manchettes pour son anniversaire avec l'argent qu'il aurait dû utiliser pour acheter ses alliances; et ce cadeau, cette confession, le livrait aux mains de Rufus. Rufus l'avait méprisé parce qu'il venait de l'Alabama; peut-être avait-il permis à Eric de faire l'amour avec lui pour le mépriser plus complètement. Eric avait fini par comprendre et il avait fui Rufus; il s'était réfugié à Paris. Mais ses yeux bleus tourmentés, ses cheveux roux et ardents, son accent traînant et hésitant, tout cela revenait douloureusement à la mémoire de Rufus.

Allez, dis-moi. Tu n'as pas besoin d'avoir peur.

Et comme Eric hésitait, Rufus avait ajouté, en souriant sournoisement, sans le quitter du regard.
— Tu te conduis comme une fillette, tiens.

Et même maintenant, il y avait quelque chose de capiteux et de presque agréable, dans le souvenir de l'aisance avec laquelle il avait manié Eric et arraché son aveu. Quand Eric avait fini de parler, Rufus avait dit lentement:

— Je ne suis pas l'homme qu'il te faut. Je ne mange pas de ce pain-là.

Eric avait placé leurs mains côte à côte, et il les avait fixées, les rouges et les brunes.

— Je sais, dit-il.

Il était allé au milieu de la pièce.

— Mais je ne puis m'empêcher de souhaiter que tu sois cet homme. Je voudrais que tu essaies.

Alors, avec un terrible effort, Rufus entendit sa voix, dans un souffle, répondre :

— Je ferai n'importe quoi. J'essaierai n'importe quoi. Pour que tu sois content.

Puis, avec un sourire :

— Je suis presque aussi jeune que toi. Je ne... sais pas... grand-chose.

Rufus l'avait regardé en souriant. Il se sentait envahi par un flot de tendresse pour Eric. Et il avait conscience de son propre pouvoir.

Il alla à Eric et posa ses mains sur ses épaules. Il ne savait pas ce qu'il allait dire ou faire, mais avec ses mains sur les épaules d'Eric, l'affection, la puissance et la curiosité s'étaient toutes nouées ensemble en lui, avec une violence cachée et imprévue qui l'effrayait un peu ; les mains qui auraient dû retenir Eric semblaient l'attirer. Ce courant qui avait commencé à affluer, il ne savait comment l'arrêter.

Enfin, il dit à voix basse, avec un sourire.

— J'essaierai n'importe quoi un de ces jours, mon vieux pote.

Ces boutons de manchettes étaient maintenant à Harlem dans le tiroir du bureau d'Ida. Et quand Eric fut parti, Rufus oublia leurs combats ; il oublia son indicible gêne physique ainsi que la manière dont il avait fait payer à Eric les plaisirs que ce dernier avait donnés ou reçus. Il se souvint seulement qu'Eric l'avait aimé; de même qu'il se souvenait maintenant que Leona l'avait aimé. Il avait méprisé la virilité d'Eric en le considérant comme une femme, en lui disant à quel point il était inférieur à une femme, en ne voyant en lui rien de plus qu'une hideuse anomalie sexuelle. Mais Leona n'avait pas été anormale. Et il avait usé à son égard des mêmes épithètes que pour Eric, absolument de la même manière, avec le même grondement dans sa tête et la même intolérable oppression dans sa poitrine.

Vivaldo vivait seul dans un appartement au premier étage de Bank Street. Il était chez lui. Rufus vit la lumière à la fenêtre. Il ralentit le pas un moment mais l'air glacé lui refusait toute hésitation; il franchit à la hâte la porte de la rue laissée ouverte, en se disant: «Eh bien, autant être débarrassé de ça tout de suite.»

Et vite il frappa à la porte de Vivaldo.

Il avait entendu le bruit d'une machine à écrire, puis ce fut le silence. Rufus frappa encore.

— Qui est là? demanda Vivaldo d'une voix très contrariée.

— C'est moi. Moi, Rufus.

La lumière brutale, quand Vivaldo ouvrit la porte, lui fit un choc. Le visage de Vivaldo aussi.

— Mon Dieu, dit Vivaldo.

Il attrapa Rufus par le cou, le tira à l'intérieur. Ils restèrent un moment ainsi, adossés contre la porte.

— Mon Dieu, répéta Vivaldo. Où étais-tu? Tu ne sais pas que tu ne devrais jamais faire des choses comme celles-là. Tu nous as fichu une peur bleue, mon vieux. Nous t'avons cherché partout.

Le choc avait été violent, et Rufus en était tout affaibli, comme si on l'avait frappé au ventre. Il s'agrippait à Vivaldo comme aux cordes d'un ring. Puis il s'écarta.

Vivaldo le regarda; il le dévisagea de la tête aux pieds. En voyant la tête de Vivaldo, Rufus comprit qu'il avait un aspect effrayant. Il s'éloigna de la porte, fuyant le regard inquisiteur de Vivaldo.

— Ida est venue ici; elle est à demi folle. Te rends-tu compte que tu es parti depuis un mois sans nous donner aucun signe de vie?

— Oui, dit-il.

Il se laissa tomber lourdement sur le fauteuil de Vivaldo — qui s'affaissa sous lui, presque jusqu'au plancher. Il examina la pièce qui avait été autrefois si familière et qui maintenant semblait si étrange.

Il se pencha en arrière, les mains sur les yeux.

— Enlève ta veste, dit Vivaldo. Je vais voir si je peux te dégotter quelque chose à manger. Tu as faim?

— Non, pas maintenant. Dis-moi: comment va Ida?

— Eh bien, elle est très inquiète, tu sais, mais elle va bien. Rufus, tu veux quelque chose à boire?

— Quand est-elle venue?

— Hier. Et elle m'a téléphoné ce soir. Elle est allée prévenir la police. Tout le monde est très inquiet: Cass, Richard, tout le monde.

Il se redressa.

— La police me recherche?

— Eh bien, oui, mon vieux, naturellement; les gens ne disparaissent pas pour le plaisir, en général.

Il entra dans sa cuisine minuscule et encombrée et ouvrit son frigidaire qui contenait un litre de lait et une moitié de pamplemousse. Il fixa sur le tout un œil désespéré.

— Il va falloir que je t'emmène quelque part. Je n'ai rien à manger dans cette piaule. — Il referma la porte du frigidaire. — Tu peux boire un coup, en tout cas. J'ai du bourbon.

Vivaldo emplit deux verres, en donna un à Rufus et s'assit sur l'autre siège, une chaise au dossier droit.

— Alors, raconte, qu'as-tu fait ? Où étais-tu ?
— Je rôdais dans les rues, tout simplement.
— Mon Dieu, Rufus, par un temps pareil ? Où dormais-tu ?
— Oh, le métro, les porches, le cinéma quelquefois.
— Et comment mangeais-tu ?

Il avala une gorgée de bourbon. Il avait peut être eu tort de venir.

— Oh, dit-il, étonné de s'entendre dire la vérité, parfois je faisais le trottoir.

Vivaldo tourna vers lui un regard effaré.

— T'as dû avoir pas mal de concurrence. — Il alluma une cigarette, puis lança le paquet et la boîte d'allumettes à Rufus. — Tu aurais mieux fait de rester en contact avec l'un d'entre nous et lui dire ce qui se passait.

— Je pouvais pas. Vraiment pas.
— Nous sommes censés être des amis, toi et moi.

Il se leva, tenant à la main sa cigarette encore éteinte, et fit le tour du petit studio, en touchant des objets.

— Je ne sais pas. Je ne sais pas à quoi je pensais. — Il alluma la cigarette. — Je sais ce que j'ai fait à Leona. Je suis pas dingue.

— Moi aussi, je sais ce que tu lui as fait à Leona. Moi non plus, je suis pas dingue.

— Vois-tu, je m'imaginais...
— Quoi ?
— Que tout le monde s'en ficherait.

Un silence lourd plana dans la pièce. Vivaldo se leva et alla vers son phonographe.

— Tu croyais qu'Ida s'en ficherait? Que je m'en ficherais, moi aussi?

Rufus se sentait suffoquer.

— Je ne sais pas; je ne sais pas ce que je croyais.

Vivaldo ne dit rien. Blême et irrité, il se concentrait sur ses disques. Finalement, il en posa un sur l'appareil. C'était James Pete Johnson et Bessie Smith interprétant *Backwater Blues*.

— Alors, dit Vivaldo avec désespoir.

Il se rassit.

À part le tourne-disque de Vivaldo, il n'y avait plus grand-chose dans l'appartement: une lampe qu'il avait bricolée lui-même, des étagères à livres sur des briques, des disques, un lit qui s'effondrait, le fauteuil à ressorts et la chaise à dossier droit. Il y avait un haut tabouret devant la table de travail de Vivaldo; ce dernier se balançait dessus maintenant; ses gros cheveux noirs et bouclés pendaient sur son front; les yeux étaient sombres et la bouche amère. Sur la table, on voyait ses crayons, ses papiers, sa machine à écrire et le téléphone. Dans une petite alcôve était nichée la cuisine dont la lampe centrale brûlait. L'évier était empli d'un tas de vaisselle sale que coiffait une boîte de conserve ouverte aux bords déchiquetés. Un sac en papier plein d'ordures s'appuyait contre l'un des pieds incertains de la table.

Y a des milliers de gens, chantait maintenant Bessie, *qui n'ont nulle part où aller*, et, pour la première fois, Rufus commença à entendre, dans la monotonie sévère et sobre de ce blues, quelque chose qui parlait à son esprit troublé. Le piano était comme un témoin stoïque et ironique. Maintenant que Rufus lui-même n'avait nulle part où aller — *parce que ma maison est tombée, et je ne peux plus y habiter*, chantait Bessie — il entendait le texte et l'intonation de la chanteuse, et il se demandait comment d'autres avaient surmonté le vide et l'horreur qu'il affrontait maintenant.

Vivaldo le regardait. Puis il toussa pour s'éclaircir la gorge et dit :

— Ce serait peut-être une bonne chose pour toi, de changer de décor, Rufus. Tout ce qui t'entoure ici te rappellera toujours... parfois il est préférable d'effacer l'ardoise et de partir. Tu devrais peut-être aller sur la Côte.

— Il ne s'y passe rien, sur la Côte.

— Un tas de musiciens y sont allés.

— Ils sont sur la paille là-bas aussi. C'est pareil qu'à New York.

— Non, ils travaillent. Tu aurais peut-être un autre état d'esprit là-bas avec le soleil, les oranges et tout le reste. — Il sourit. — Fais de toi un autre homme, mon vieux.

— Tu crois donc, dit Rufus avec hargne, qu'il est temps que j'essaie de devenir un autre homme ?

Il y eut un silence, puis Vivaldo dit :

— Ce n'est pas tellement ce que je pense moi, mais ce que tu penses toi.

Rufus considéra ce grand garçon maigre et gauche qui était son meilleur ami et le désir de le faire souffrir l'assaillit, le suffoqua presque.

— Rufus, dit soudain Vivaldo, crois-moi, je sais, je sais... que beaucoup de choses te font souffrir, des choses que je ne peux pas vraiment comprendre. — Il joua machinalement avec les touches de la machine à écrire. — Il y a des tas de choses qui me font mal à moi aussi, et je ne les comprends pas moi-même.

Rufus, assis sur le bord du fauteuil, considérait gravement Vivaldo.

— Tu me blâmes pour ce qui est arrivé à Leona ?

— Rufus, qu'est-ce que ça donnerait que je te blâme ? Tu t'adresses déjà assez de reproches, et c'est le tort que tu as, d'ailleurs. À quoi ça avancerait que je te reproche ta conduite ?

Il voyait pourtant que Vivaldo avait espéré lui aussi pouvoir éviter cette question.

— Me blâmes-tu, oui ou non ? Dis-moi la vérité.

— Rufus, si je n'avais pas été ton ami, je crois que je t'aurais blâmé, c'est sûr. Tu t'es conduit comme un salaud. Mais je te comprends, je crois, j'essaie, en tout cas. De toute manière, puisque tu es mon ami, et qu'après tout, reconnaissons-le, tu représentes beaucoup plus pour moi que Leona, eh bien je ne pense pas devoir te laisser tomber uniquement parce que tu t'es conduit comme un salaud. Nous sommes *tous* des salauds. C'est pour cela que nous avons besoin de nos amis.

— Si seulement je pouvais te dire ce que ç'a été, dit Rufus, au bout d'un long silence. Je voudrais pouvoir repartir à zéro.

— Tu ne peux pas. Alors, je t'en prie, commence à essayer d'oublier.

Rufus se disait : C'est impossible d'oublier quelqu'un à qui vous teniez tant, qui tenait tant à vous. Impossible d'oublier quelque chose qui a fait tant souffrir, qui est allé aussi profond et a changé le monde pour toujours. Il n'est pas possible d'oublier quelqu'un que l'on a détruit.

Il but une longue lampée de bourbon, la retint un moment dans sa bouche, puis la fit descendre à petits coups dans sa gorge. Il ne pourrait jamais oublier les yeux clairs et étonnés de Leona, son doux sourire, son accent traînant et plaintif, son corps mince et insatiable.

Il haletait un peu. Il posa son verre et écrasa sa cigarette dans le cendrier qui débordait.

— Je parie que tu ne me croiras pas, dit-il, mais j'aimais Leona. Parfaitement.

— Oh, dit Vivaldo, je te crois. Naturellement que je te crois. Et c'est à cause de cet amour qu'il y avait tant de drames.

Il se leva et retourna le disque. Puis il y eut un silence que la voix de Bessie Smith rompait, seule :

Quand mon lit se trouve vide, ça me rend terriblement méchante et ça me fout le cafard.

— Oui, chante, Bessie, murmura Vivaldo.

Les ressorts se rouillent, quand je dors toute seule, comme en ce moment.

Rufus prit son verre et le vida.

— As-tu déjà eu l'impression, demanda-t-il, qu'une femme te dévorait ? Mais te dévorait vraiment... quoi qu'elle ait pu être et quoi qu'elle ait pu faire par ailleurs ?

— Oui, dit Vivaldo.

Rufus se leva. Il arpenta la pièce de long en large.

— Elle ne peut pas s'en empêcher. Et toi, tu ne peux pas l'éviter. Et voilà. — Il s'interrompit un moment. — Naturellement pour Leona et moi, il y avait aussi un tas d'autres choses...

Puis il y eut un long silence. Ils écoutaient Bessie.

— As-tu jamais souhaité être homosexuel ? demanda soudain Rufus.

Vivaldo sourit en regardant son verre.

— Autrefois, je pensais que j'en étais peut-être un. Bon Dieu. Je crois que j'ai même souhaité en être un. — Il rit. — Mais ce n'est pas le cas. Dommage !

Rufus alla jusqu'à la fenêtre de Vivaldo.

— Alors, toi aussi tu as remonté cette rue, jusqu'au bout, pour la redescendre ensuite, dit-il.

— Nous avons tous remonté les mêmes rues. Y en a pas tant que ça de rues. Seulement on nous a tellement appris à mentir, sur tant de choses, que nous savons à peine où nous en sommes.

Rufus ne dit rien. Il se remit à arpenter la pièce. Vivaldo reprit.

— Tu devrais peut-être rester ici, Rufus, pour un jour ou deux, jusqu'à ce que tu aies pris une décision.

— Je ne veux pas être dans tes jambes, Vivaldo.

Vivaldo prit le verre vide de Rufus. Il s'arrêta sous la voûte qui menait à la cuisine.

— Tu peux dormir ici le matin et regarder mon plafond. Il est plein de craquelures qui font toutes sortes de dessins. Peut-être qu'il te dira des choses qu'il ne m'a pas dites. Je vais te remplir ton verre.

Une fois de plus, il eut l'impression d'étouffer.

— Merci, Vivaldo.

Vivaldo sortit de la glace, puis il emplit deux verres. Il revint dans le studio.

— Tiens, buvons à tout ce que nous ne savons pas. Ils burent.

— Tu m'as donné du souci, dit Vivaldo. Je suis content que tu sois revenu.

— Je suis content de te voir, dit Rufus.

— Ta sœur m'a laissé un numéro de téléphone pour que je l'appelle au cas où je te verrais. C'est la dame qui habite près de chez vous. Il faudrait peut-être téléphoner tout de suite.

— Non, dit Rufus au bout d'un moment, il est trop tard. J'irai là-bas dans la matinée.

Cette pensée, la pensée qu'il allait bientôt voir ses

parents, sa sœur, le paralysa et le glaça. Il se rassit dans le fauteuil et se renversa en arrière, les mains sur les yeux.

« Rufus, avait dit Leona — à maintes reprises — c'est pas un déshonneur d'être un Noir. »

Quelquefois, quand elle disait cela, il se contentait de la fixer froidement, de très loin, comme s'il se demandait ce qu'elle pouvait bien tenter de dire. Son regard semblait l'accuser d'ignorance et d'indifférence. Et lorsque Leona regardait Rufus, ses yeux devenaient plus désespérés que jamais, mais en même temps ils semblaient pleins de quelque immense secret sexuel qui la tourmentait.

Il avait retardé le plus possible le moment de retourner au travail, puis il s'était mis à avoir peur d'aller travailler.

Quelquefois, quand elle disait qu'il n'y avait rien de mal à être un Noir il répondait :

— Pas pour une Blanche qui n'a pas le sou.

La première fois qu'il parla ainsi, elle tressaillit et ne répliqua pas. La seconde fois, elle le gifla. Et il la gifla. Ils se battaient sans arrêt. Ils se battaient avec leurs mains, avec leurs paroles, et puis avec leurs corps ; et une tempête ressemblait à une autre. Bien des fois — Rufus se pétrifia sur sa chaise, dans la nuit qu'il imprimait à ses yeux, écoutant la musique —, il avait jeté Leona, terrifiée et pleurnichante, sur le lit ou sur le plancher. Il l'avait clouée contre un mur ou contre une table ; elle tentait de le frapper faiblement, en geignant, indiciblement abjecte ; il tordait ses doigts dans ses longs cheveux clairs et usait d'elle de toutes les manières qui allaient l'humilier le plus. Ce n'était pas de l'amour qu'il ressentait pendant ces actes d'amour ; épuisé et tremblant, totalement insatisfait, il s'enfuyait de cette femme violentée pour se réfugier dans les bars. Et là, personne n'applaudissait à son triomphe, personne ne condamnait sa faute. Il commença à se quereller avec des Blancs. On le jeta à la porte des bars. Les yeux de ses amis l'avertissaient qu'il tombait. Son propre cœur le lui disait aussi. Mais l'air dans lequel il se mouvait était sa prison, et il ne pouvait même pas en mobiliser suffisamment pour appeler à l'aide.

Peut-être alors, pourtant, avait-il atteint le fond. Ce qu'il y a de bien, se disait-il, c'est qu'on ne peut pas tomber plus bas. Il essaya de se consoler avec cette idée. Mais, au fond de son cœur, il commença à soupçonner que le fond n'existait pas réellement.

— Je ne veux pas mourir, s'entendit-il dire, et il se mit à pleurer.

La musique continuait, loin de lui, terriblement bruyante.

Les lumières étaient vives et brûlantes. Il suait, sa peau le démangeait; il sentait mauvais. Vivaldo était tout près de lui; il lui caressait la tête; l'étoffe du pullover de Vivaldo l'étouffait. Il voulait s'arrêter de pleurer, se lever, respirer, mais il ne pouvait que rester là, le visage dans les mains. Vivaldo murmura:

— Vas-y, mon vieux, dis tout. Dis tout ce que tu as sur le cœur.

Il voulait se lever, respirer, et en même temps, il voulait s'allonger de tout son long par terre et se laisser submerger par tout ce qui pourrait arrêter cette souffrance.

Pourtant, il se rendait compte, pour la première fois peut-être, que rien ne l'arrêterait, rien. Tel était son tempérament. Rufus avait conscience de chaque pouce de Rufus. Il était chair: chair, os, muscle, liquides, orifices, cheveux et peau. Son corps était gouverné par des lois qu'il ne comprenait pas. Et il ne comprenait pas non plus quelle force intérieure l'avait poussé dans un tel abîme de souffrance. Le plus impénétrable des mystères se mut dans ce noir, pendant moins d'une seconde, suggérant la réconciliation. Et la musique continuait toujours. Bessie disait qu'elle ne demandait pas mieux que d'aller en prison, mais qu'il lui faudrait y rester si longtemps...

— Excuse-moi, dit-il.

Et il leva la tête.

Vivaldo lui tendit un mouchoir. Il s'essuya les yeux et se moucha.

— Ne sois pas triste, dit Vivaldo. Il faut être content. — Il resta penché au-dessus de Rufus un moment encore, puis il dit : — Je vais t'emmener manger une pizza. T'as faim, mon vieux, c'est pour ça que tu te laisses aller.

Il entra dans la cuisine et se lava la figure. Rufus sourit en le voyant, penché sur l'évier, dans la lumière hideuse. C'était comme dans la cuisine, à St. James Slip. C'est là que Leona et lui avaient achevé leur vie en commun, tout au bord de l'île. Quand Rufus avait cessé de travailler, que tout l'argent avait fondu et qu'il n'y avait plus rien eu à donner au prêteur sur gages, ils n'avaient plus eu que l'argent rapporté du restaurant par Leona. Puis elle perdit sa place. Leur vie, une existence de beuveries horribles, était telle que Leona avait de plus en plus de mal à arriver à l'heure ; et de plus en plus, elle prenait l'aspect d'une épave. Un soir, à demi ivre, Rufus était allé la chercher au restaurant. Le lendemain elle était congédiée. Elle ne réussit plus jamais à avoir un emploi stable.

Un soir, Vivaldo vint les voir dans leur dernier appartement. Ils entendaient les sirènes des remorqueurs toute la journée et toute la nuit. Vivaldo trouva Leona assise à terre, dans la salle de bains, les cheveux dans les yeux, le visage gonflé et souillé par les larmes. Rufus l'avait battue. Il était assis sur le lit. Il ne disait rien.

— Pourquoi ? s'écria Vivaldo.

— J'sais pas, sanglota Leona. J'ai rien fait. Il est toujours en train de me battre, pour rien, pour rien !

Elle ouvrait la bouche d'un mouvement spasmodique, comme une enfant, et à ce moment Vivaldo haït vraiment Rufus, et Rufus s'en aperçut.

— Il dit que je couche avec d'autres Noirs aussitôt qu'il a le dos tourné et c'est pas vrai. Dieu le sait que c'est pas vrai.

— Rufus le sait aussi, dit Vivaldo. — Il regarda Rufus, qui ne dit rien. Il se retourna vers Leona. — Levez-vous, Leona. Debout. Lavez-vous la figure.

Il entra dans la salle de bains, l'aida à se mettre debout et fit couler l'eau.

— Allez, Leona, reprenez-vous un peu ; ayez du courage.

Elle essaya de s'arrêter de sangloter et se jeta de l'eau au visage. Vivaldo lui tapota l'épaule, tout étonné de découvrir à quel point elle était frêle. Il revint dans la chambre.

Rufus leva les yeux vers lui.

— Je suis chez moi ici, dit-il, et cette fille est à moi. Tu n'as pas à mettre ton nez là-dedans. Fous-moi le camp d'ici.

— Tu pourrais payer tout cela très cher, dit Vivaldo. Elle n'a qu'à seulement crier. Et moi, je n'ai qu'à aller chercher un agent au coin de la rue...

— T'essayes de me faire peur ? Va le chercher, ton flic.

— Tu dois avoir perdu la raison. Un simple coup

d'œil sur ce qui se passe ici et on te colle en taule. — Il retourna à la porte de la salle de bains. — Venez, Leona, mettez votre manteau. Je vais vous emmener loin d'ici.

— Je ne suis pas fou, dit Rufus, mais toi tu l'es. Où crois-tu que tu vas emmener Leona?

— J'ai nulle part où aller, murmura Leona.

— Vous pouvez rester chez moi jusqu'à ce que vous trouviez quelque chose. En tout cas, je ne vous laisse pas ici.

Rufus renversa la tête en arrière et éclata de rire. Vivaldo et Leona se retournèrent tous deux pour le regarder. Rufus cria en direction du plafond:

— Il vient chez *moi*, il me prend *ma* maîtresse et il s'imagine que le pauvre négro que je suis va rester assis et le laisser faire. Non mais regardez-moi ce salaud!

Il se coucha sur le côté, riant encore.

Vivaldo s'écria:

— Pour l'amour du Ciel, Rufus! *Rufus!*

Rufus cessa de rire, il s'assit sur le lit; le buste droit.

— Quoi? Crois-tu que tu vas te foutre de moi longtemps? Je sais parfaitement que tu n'as qu'un seul lit dans ta piaule.

— Oh, Rufus, gémit Leona. Vivaldo cherche seulement à rendre service...

— Ta gueule, coupa-t-il en la foudroyant du regard.

— Tout le monde ne se conduit pas comme une bête, marmonna-t-elle.

— Tu veux dire comme moi?

Elle ne répondit pas. Vivaldo les considérait tous les deux.

— Tu veux dire comme moi, salope? Ou bien comme toi?

— Si je me conduis comme une bête, rugit-elle — peut-être était-elle enhardie par la présence de Vivaldo

— laisse-moi te dire que c'est de ta faute. C'est toi qui m'as dit de le faire.

— Quoi ? C'est ton mari, espèce de salope. Tu m'as dit toi-même qu'il avait un chose gros comme celui d'un cheval. Tu m'as expliqué ce qu'il te faisait, il ne cessait de te raconter qu'il avait le plus gros chose du Sud, blanc ou noir. Et tu m'as dit que tu ne pouvais pas le supporter. Ha ha ha ! J'ai jamais rien entendu de plus marrant.

— Je vois, dit-elle avec lassitude, après un silence, que je t'en ai dit beaucoup plus que je n'aurais dû.

Rufus ricana :

— Un petit peu, oui. — Il dit à Vivaldo, à la chambre, au fleuve : — C'est son mari qui a fait le malheur de cette salope. Ton mari et tous ces froussards de nègres qui t'ont baisée dans les buissons. C'est pour ça que ton mari t'a foutue dehors ? Pourquoi tu dis pas la vérité ? J'aurais pas eu besoin de te taper dessus si tu avais dit la vérité. — Il sourit à Vivaldo. — Mon pote, elle en a jamais assez, cette poule.

Puis, il se tut, regardant fixement Leona.

— Rufus, dit Vivaldo en s'efforçant de rester calme. Je ne sais pas ce que tu trouves à critiquer. Tu dois être maboule. Tu as trouvé une fille sensationnelle, qui se jetterait à l'eau pour toi — et tu le sais — et tu n'arrêtes pas de lui balancer des boniments. Qu'est-ce qui se passe dans ta tête, mon vieux ? — Il essaya de sourire. — Écoute, arrête un peu, je t'en prie.

Rufus ne dit rien. Il reprit la position qu'il occupait sur le lit quand Vivaldo était entré.

— Venez, Leona, dit enfin Vivaldo et Rufus se leva, fixant sur eux un petit sourire haineux.

— Je l'emmène seulement pour quelques jours, pour te laisser le temps de te calmer. Ce serait idiot de continuer comme ça.

— Sir Walter Raleigh... en train de bander, persifla Rufus.

— Écoute, dit Vivaldo, si tu n'as pas confiance en moi, mon vieux, je prendrai une chambre à l'Asile de Nuit. Je reviendrai te voir. Mais enfin, bon Dieu, cria-t-il, je ne cherche pas à te faucher ton amie. Tu sais bien que je ne suis pas comme ça.

Rufus dit avec une humilité surprenante, pleine de menaces :

— Tu crois sans doute qu'elle n'est pas assez bien pour toi ?

— Ah, merde ! C'est toi qui t'es dit qu'elle n'était pas assez bien pour toi.

— Non, dit Leona, et les deux hommes se retournèrent pour la regarder, vous avez tort tous les deux. Rufus ne croit pas être assez bien pour *moi*.

Rufus et elle se toisèrent. Un remorqueur siffla au loin. Rufus sourit.

— Tu vois ? Tu remets toujours ça sur le tapis. C'est toi qui cherches la bagarre. Comment veux-tu que je m'entende avec une poule comme toi ?

— C'est ainsi qu'on t'a élevé, dit-elle, et je suppose que c'est plus fort que toi.

Une fois encore, il y eut un silence. Leona pinça les lèvres et ses yeux se remplirent de larmes. On eût dit qu'elle souhaitait pouvoir effacer les mots, annuler le temps et tout recommencer à zéro. Mais elle ne trouvait rien à dire et le silence se prolongeait. Rufus fit la moue.

— Fous le camp, souillon, dit-il, fous le camp avec ton amoureux d'au-delà des mers. Mais il pourra pas t'être utile à grand-chose. Pas maintenant. Tu reviendras. Tu ne peux pas te passer de moi maintenant. — Et il s'allongea à plat ventre sur le lit. — Moi, je vais passer une bonne nuit. Pour changer.

Vivaldo poussa Leona jusqu'à la porte et sortit à reculons sans quitter Rufus des yeux.

— Je reviendrai, dit-il.

— Non, dit Rufus, si tu reviens, je te descends.

Leona le regarda très vite, pour lui faire signe de ne rien dire et Vivaldo ferma la porte derrière eux.

— Leona? demanda-t-il quand ils furent dans la rue, ça dure ainsi depuis combien de temps? Pourquoi avez-vous supporté cette existence?

— Pourquoi, demanda Leona d'une voix lasse, les gens supportent-ils quelque chose? Parce qu'ils ne peuvent pas faire autrement, sans doute. En tout cas, pour moi, c'est ça. Dieu m'est témoin, je ne sais pas quoi faire. — Elle se remit à pleurer. Les rues étaient noires et vides. — Je sais qu'il est malade et je ne cesse d'espérer que ça s'arrangera. Il ne veut pas voir le docteur. Il sait bien que je ne fais rien de tout ce qu'il raconte, il le sait bien.

— Mais ça ne peut pas continuer ainsi, Leona. Il peut vous tuer tous les deux.

— Il dit que c'est moi qui essaie de nous tuer. — Elle s'efforça de rire. — Il s'est battu la semaine dernière avec un type dans le métro, un pauvre homme ignorant et malheureux qui n'avait pas l'air d'approuver que nous soyons ensemble, vous voyez. Eh bien, c'est à moi qu'il reproche cette altercation. Il dit que j'ai encouragé l'autre. Enfin, Viv, je ne l'avais même pas vu ce type, pas avant qu'il ouvre la bouche. Mais Rufus, il le cherche tout le temps, le mal; il le voit là où il n'est pas et il ne voit plus rien d'autre. Il dit que je lui ai gâché sa vie. En tout cas, à la mienne, il ne lui a pas fait grand bien.

Elle tenta de s'essuyer les yeux. Vivaldo lui tendit son mouchoir et passa un bras autour de ses épaules.

— Vous savez, le monde est assez dur et les gens assez méchants pour qu'on n'ait pas besoin de chercher le mal sans cesse, de le remuer et de faire empirer les choses. Je ne cesse de le lui répéter. Je connais un tas de gens qui n'apprécient pas ce que je fais. Mais ça m'est égal. Qu'ils passent leur chemin, moi je passerai le mien.

Un agent les croisa ; il les regarda. Vivaldo sentit un frisson traverser le corps de Leona. Puis il frémit lui aussi. Il n'avait jamais eu peur des policiers, avant ; il s'était contenté de les mépriser. Mais maintenant il était sensible à l'impersonnalité de l'uniforme, au vide des rues. Il sentait ce que le policier aurait pu dire ou faire, si Rufus avait été à sa place, tenant Leona ainsi.

Il dit néanmoins, au bout d'un moment :

— Vous devriez le quitter. Vous devriez quitter cette ville.

— Je vous dirai, Viv, que je continue d'espérer... que ça s'arrangera d'une manière ou d'une autre. Il n'était pas comme ça quand je l'ai connu, et il n'est vraiment pas comme ça au fond. Je le sais bien. Il y a quelque chose qui s'est mis tout de travers dans sa tête et il n'y peut rien.

Ils étaient debout sous un réverbère. Le visage de Leona était hideux, et pourtant le chagrin lui avait conféré une beauté indicible. Des larmes roulaient sur ses joues décharnées et elle faisait des efforts sporadiques et vains pour arrêter le tremblement de sa bouche de petite fille.

— Je l'aime, dit-elle avec désespoir, je l'aime, c'est plus fort que moi. Quoi qu'il me fasse. Il ne sait plus où il en est, et il me bat parce qu'il ne trouve rien d'autre sur quoi taper.

Il attira contre lui, pendant qu'elle pleurait, cette

femme maigre et fatiguée, héritière involontaire de générations de malheurs. Il ne trouvait rien à dire. Une lumière tournait lentement en lui, une lumière effrayante. Il voyait — confusément — les dangers des mystères, des gouffres dont l'existence ne lui était jamais apparue.

— Voici un taxi, dit-il.

Elle se redressa et essaya encore de sécher ses yeux.

— Je vais avec vous, dit-il, et je reviendrai aussitôt après.

— Non, dit-elle, donnez-moi les clés. Je me débrouillerai. Allez tout de suite voir Rufus.

— Rufus a dit qu'il me tuerait, dit-il avec un demi-sourire.

Le taxi s'arrêta à leur hauteur. Vivaldo donna ses clés à Leona. Elle ouvrit la portière en se détournant pour que le chauffeur ne voie pas son visage.

— Rufus ne tuera personne d'autre que lui-même, dit-elle, s'il ne trouve pas un ami pour l'aider. — Elle s'arrêta et ajouta avant de refermer la portière : — Et vous êtes son seul ami, Vivaldo.

Il lui tendit quelque argent pour le taxi ; pour la première fois depuis des mois qu'ils se connaissaient, il y avait enfin dans son regard quelque chose de précis et de clair pour eux deux : tous deux aimaient Rufus. Et tous deux étaient blancs. Maintenant que ce fait leur éclatait au visage dans toute sa hideur, chacun pouvait voir quels efforts désespérés l'autre avait fait pour éviter cette confrontation.

— Vous y allez maintenant? demanda-t-il. Vous y allez chez moi?

— Oui, j'y vais. Retournez voir Rufus. Vous pouvez peut-être lui être utile. Il a besoin d'aide.

Vivaldo donna son adresse au chauffeur et regarda le

taxi s'en aller. Puis il tourna les talons et repartit dans la direction d'où il était venu.

La route lui paraissait plus longue, maintenant qu'il était seul, et l'obscurité semblait plus épaisse. Il savait que l'agent rôdait quelque part dans la nuit, près de lui, et le silence n'en était que plus inquiétant. Il se sentait menacé; il se sentait totalement étranger dans cette ville où il était né; cette ville pour laquelle il éprouvait parfois une affection un peu froide, parce que c'était sa seule patrie. Pourtant, il n'était chez lui nulle part — le taudis de Bank Street n'était pas un logis. Il s'était toujours dit qu'un jour il y fonderait un foyer, pour lui. Maintenant, il commençait à se demander s'il était possible d'enfoncer des racines dans le roc, ou plutôt il commençait à voir les formes prises par celles qu'il y avait enfouies. Et il commençait à s'interroger sur la forme qu'il avait prise lui-même.

Il avait souvent considéré sa solitude, par exemple, comme une marque de supériorité. Mais les gens qui n'étaient pas supérieurs restaient néanmoins extrêmement solitaires — et incapables de briser leur isolement, justement parce qu'ils n'étaient pas outillés pour y entrer. Sa propre solitude, grandie des millions de fois, rendait plus froid l'air de la nuit. Il se souvint à quels excès, à quels pièges et à quels cauchemars sa solitude l'avait amené et il se demanda vers quel destin un vide aussi violent pouvait pousser une ville entière.

En même temps, à mesure qu'il se rapprochait de chez Rufus, il essayait, de toutes ses forces, de ne pas penser à Rufus.

Il était dans un quartier d'entrepôts. Peu de gens habitaient par là. Dans la journée, les camions encombraient les rues; il y avait sur ces débarcadères glauques des ouvriers qui manipulaient de gros colis, en proférant des jurons ; comme lui autrefois ; il avait été l'un d'eux pendant longtemps. Il avait été fier de sa dextérité et de ses muscles, et heureux d'être accepté comme un homme parmi des hommes. Seulement c'était eux qui voyaient en lui quelque chose qu'ils ne pouvaient pas accepter et qui les mettait mal à l'aise. De temps à autre, en allumant sa cigarette, un homme le fixait d'un regard interrogateur, avec un petit sourire. Le sourire masquait une hostilité involontaire et défensive. On disait qu'il était un «garçon brillant», qu'il «ferait son chemin» et ils lui faisaient clairement comprendre qu'ils désiraient le voir partir. Où? cela n'avait pas d'importance ; ce qui était sûr, c'est qu'il n'était pas à sa place avec eux.

Mais, au fond de son esprit, le problème posé par Rufus le hantait et le harcelait. Il y avait eu quelques élèves noirs dans son collège mais ils étaient restés ensemble, s'il s'en souvenait bien. Il avait connu des garçons qui prenaient plaisir à aller taper sur les nègres. Il lui paraissait à peine possible — à peine juste, même — que des garçons noirs que l'on avait battus au collège, deviennent des hommes acharnés à frapper tout le monde, y compris, ou peut-être surtout, les gens qui ne s'étaient jamais, d'une manière ou d'une autre, souciés de leur présence.

Il regarda la lumière qui éclairait la fenêtre de Rufus ; la seule lumière allumée du quartier.

Puis il se rappela une aventure qui lui était arrivée longtemps auparavant, deux ou trois ans plus tôt. C'était le moment où il passait le plus clair de son temps à Harlem, à courir après les prostituées. Une nuit, alors que tombait une bruine légère, il remonta la Septième Avenue. Il marchait d'un bon pas car il était très tard et cette partie de l'avenue était presque entièrement déserte : il craignait d'être arrêté par une voiture de police. Au carrefour de la 116e Rue, il entra dans un bar, choisissant délibérément un établissement qu'il ne connaissait pas. Comme il se trouvait dans un lieu inconnu, il ressentit une gêne inhabituelle et se demanda ce que cachaient les visages qui l'entouraient. En tout cas, ils le cachaient bien. Tout le monde continua à boire et à parler et à mettre des pièces dans le juke-box. Il n'apparaissait certes pas que sa présence obligeât qui que ce fût à se tenir sur ses gardes ou à mesurer ses paroles. Pourtant, personne ne faisait l'effort de lui parler, et un voile presque imperceptible tombait sur les yeux des consommateurs chaque fois qu'ils regardaient dans sa direction. Ce voile persistait quand ils souriaient. Le tenancier, par exemple, sourit à quelque chose que Vivaldo avait dit, et pourtant il fit comprendre clairement, en poussant le verre sur le comptoir, que la largeur de ce comptoir ne représentait que bien faiblement l'énorme gouffre qui les séparait.

Ce fut la nuit où il vit le voile disparaître. Un peu plus tard, une fille l'accosta. Ils gagnèrent sa chambre, dans l'autre rue. Vivaldo avait desserré sa cravate et ôté son pantalon, et ils s'apprêtaient à passer à l'action quand la porte s'ouvrit. Le « mari » entra. C'était un des hommes au visage avenant qui avait ri dans le café avec les autres. La fille poussa un cri, assez harmonieux d'ailleurs et, avec calme, commença à se rhabiller. Vivaldo avait d'abord été si déçu qu'il avait eu envie de pleurer ; puis sa colère fut telle qu'il voulut tuer. Ce n'est que lorsqu'il vit le regard de l'homme qu'il commença à avoir peur.

L'homme le considéra un moment et sourit.

— Où croyais-tu que tu allais mettre ça, petit Blanc ?

Vivaldo ne dit rien. Lentement, il commença à remonter son pantalon. L'homme était très noir et très grand, presque aussi grand que Vivaldo, et naturellement, à ce moment, beaucoup mieux préparé au combat.

La fille s'assit sur le bord du lit et enfila ses chaussures. Un silence total régnait dans la pièce, interrompu de temps à autre par son fredonnement à peine perceptible. Il ne reconnaissait pas l'air qu'elle fredonnait, et, bêtement, cela le mit hors de lui.

— Vous auriez pu au moins attendre deux minutes, dit Vivaldo. Je ne l'avais même pas pénétrée.

Il prononça ces mots en bouclant sa ceinture, sans raison spéciale, espérant peut-être ainsi parvenir à détendre l'atmosphère. Il avait à peine achevé que l'homme l'avait frappé, deux fois, la paume ouverte, en plein visage. Vivaldo recula en chancelant du lit jusqu'au coin où se trouvait le lavabo ; un verre à eau se fracassa sur le plancher.

— Sacré Bon Dieu, lança la fille vivement, y a pas lieu de foutre tout à feu et à sang. — Elle se baissa pour ramasser les morceaux de verre. Mais il parut aussi à Vivaldo qu'elle avait un peu peur, et un peu honte. — Fais ce que tu dois faire, dit-elle, à genoux, et mets-le à la porte.

Vivaldo et l'homme se regardèrent fixement, et sa colère commença à faire place à la terreur. Ce n'était pas seulement la situation qui l'épouvantait ; c'étaient les yeux de l'homme. Ils fixaient Vivaldo avec une haine calme et froide, inaccessible et irréfragable comme la démence.

— T'as un sacré pot de ne pas l'avoir pénétrée, dit-il. Tu serais en train de le regretter, je te le dis. Plus question après de rentrer cette bitte blanche dans une chatte noire je te le garantis.

Eh bien, si c'est ce qui te chagrine, voulait dire Vivaldo, pourquoi donc lui fais-tu faire le trottoir ? Mais il paraissait vraiment plus recommandé — et il lui semblait, aussi fantastique que cela puisse paraître que la fille essayait, en silence, de le lui faire comprendre — d'en dire le moins possible.

Au bout d'un moment, il dit seulement, le plus doucement qu'il put :

— Parfait. Je me suis fait avoir comme un bleu. D'accord. Combien voulez-vous ?

Ce que l'homme voulait, c'était trop pour qu'il puisse le dire. Il regarda Vivaldo, attendant que Vivaldo parle encore. L'esprit de Vivaldo fut soudain plein d'une image qu'il avait vue au cinéma longtemps auparavant. Il vit un chien de chasse, le corps tendu, en arrêt ; il ne proférait pas un son ; il attendait qu'une bande de cailles cède à la panique et prenne son vol, devenant ainsi une cible facile pour les fusils des chasseurs. Il en était de même dans cette pièce. L'homme attendait que Vivaldo parle. Quoi que Vivaldo puisse dire, ce serait le signal de la boucherie. Vivaldo retenait son souffle, espérant que son épouvante ne se lisait pas dans ses yeux, et il sentit sa chair se crisper. Puis l'homme jeta un coup d'œil vers la fille debout près du lit et qui le regardait ; lentement, il s'approcha de Vivaldo. Quand il fut tout près de lui, plongeant toujours son regard dans les yeux de Vivaldo comme pour lui percer le crâne et le cerveau et s'emparer du tout, il tendit brusquement la main.

Vivaldo lui donna son portefeuille.

L'homme alluma une cigarette qu'il mit au coin de ses lèvres, tout en commençant, délibérément, avec insolence, à en examiner le contenu.

— Ce que je ne comprends pas, dit-il avec une nonchalance redoutable, c'est pourquoi vous autres, Blancs, venez toujours par ici à renifler nos femmes noires. Vous nous voyez jamais nous, les nègres, flairer vos femmes blanches. — Il leva les yeux. — C'est vrai ou c'est pas vrai ?

N'en sois pas si sûr, songea Vivaldo. Mais il ne dit rien. Pourtant cette réflexion lui avait porté sur les nerfs et la colère le reprit.

— Et si je te disais que cette jeune fille est ma sœur, dit l'homme en désignant la fille. Que ferais-tu, toi, si tu me trouvais avec ta sœur ?

Je m'en foutrais royalement, si tu la fendais en deux, se dit Vivaldo promptement. En même temps, cette question le fit trembler de fureur et il se rendit compte, dans une autre région de son esprit, que c'était le résultat cherché par l'homme.

Pourtant, tout au fond de lui, subsistait une énigme : pourquoi *cette* question le mettait-elle en colère ?

— Enfin, qu'est-ce que tu me ferais ? insista l'homme, tenant toujours le portefeuille et regardant Vivaldo avec un sourire. Je veux que tu détermines toi-même ton châtiment. — Il attendit. Puis : — Allez, tu sais très bien ce que vous faites dans ce cas-là.

Alors, chose étrange, l'homme parut avoir un peu honte, et en même temps, il sembla plus dangereux que jamais.

Vivaldo dit enfin, les dents serrées.

— J'ai pas de sœur, moi.

Il ajusta sa cravate, crispant ses doigts pour qu'ils ne tremblent pas, et commença à chercher sa veste du regard.

L'homme le considéra encore un moment, regarda la fille, puis examina de nouveau le portefeuille. Il sortit tout l'argent.

— C'est tout ce que t'as ?

À cette époque, Vivaldo travaillait régulièrement. Son portefeuille contenait près de soixante dollars.

— Oui, dit-il.

— T'as rien dans les poches ?

Vivaldo vida ses poches des billets et des pièces qu'elles contenaient ; cinq dollars peut-être en tout. L'homme s'en empara.

— Il m'en faut un peu pour rentrer chez moi, dit Vivaldo.

L'homme lui rendit le portefeuille.

— Tu rentreras à pied, dit-il. Tu as de la chance de le pouvoir. Si jamais je te repique ici, je te montrerai ce qui est arrivé à un nègre que je connais bien quand Mr. Charlie l'a trouvé avec Miss Anne.

Vivaldo mit le portefeuille dans sa poche revolver et ramassa sa veste sur le plancher. L'homme le regarda. La fille observait l'homme. Il alla à la porte et l'ouvrit. Il s'aperçut qu'il avait les jambes en coton.

— Bon, dit-il. Merci pour le numéro de Grand Guignol, et il descendit l'escalier d'un pas mal assuré. Il avait atteint le premier palier quand il entendit au-dessus de lui une porte s'ouvrir ; quelqu'un descendait à pas rapides et discrets ; puis la fille apparut au-dessus de lui ; elle lui tendit la main au-dessus de la rampe.

— Tenez, chuchota-t-elle. Prenez ça.

Et se penchant dangereusement au-dessus de la rambarde, elle mit un dollar dans sa poche poitrine.

— Rentrez chez vous maintenant. Vite.

Et elle remonta l'escalier en courant.

Les yeux de l'homme le hantèrent longtemps après la rage, la honte et la fureur de cette soirée. Et ils étaient encore en lui, maintenant qu'il montait l'escalier menant à l'appartement de Rufus. Il entra sans frapper. Rufus était debout près de la porte, un couteau à la main.

— C'est pour moi ou pour toi ? À moins que ce ne soit pour te couper un rond de saucisson ?

Il se força à rester où il était et à regarder Rufus dans les yeux.

— J'ai l'intention de te le planter dans le corps, petit salaud.

Mais il n'avait pas bougé. Vivaldo souffla lentement.

— Eh bien, fais-le. Si j'avais jamais vu un pauvre type ayant besoin de ses amis, j'en vois un en ce moment.

Ils s'observèrent pendant un temps qui lui parut très long. Ni l'un ni l'autre ne bougea. Ils se regardaient dans les yeux, cherchant peut-être l'ami dont chacun se souvenait. Vivaldo connaissait si bien le visage qu'il avait devant lui qu'il avait cessé, en quelque sorte, de le regarder; et soudain le cœur lui manqua quand il vit ce que le temps avait fait à Rufus. Il n'avait encore jamais vu les lignes creusées sur le front, la ride profonde et courbe entre les sourcils, la tension qui rendait les lèvres amères. Il se demanda ce que les yeux voyaient — et qu'ils n'avaient pas vu depuis des années. Il n'avait jamais associé Rufus à la violence car sa démarche était toujours lente et délibérée, sa voix doucement ironique; mais maintenant, il revoyait Rufus à la batterie.

Il avança encore d'un pas; il regardait Rufus, il regardait le couteau.

— Ne me tue pas, Rufus, s'entendit-il dire; je ne cherche pas à te faire mal. J'essaie seulement de t'aider.

La porte de la salle de bains était encore ouverte et la lumière brûlait toujours. Dans la cuisine, l'ampoule nue jetait une clarté impitoyable sur les deux caisses à oranges qui servaient de table, sur le lavabo et sur le tub exposés à tous les regard. Du linge sale gisait dans un coin. Un peu plus loin, dans la chambre plongée dans une demi-obscurité, deux valises, celle de Rufus et celle de Leona, béaient sur le plancher: sur le lit s'emmêlaient un drap gris tordu et une mince couverture.

Rufus le regardait fixement. Il n'avait pas l'air de croire Vivaldo, mais on eût dit qu'il voulait le croire. Son visage se contorsionna; il laissa tomber le couteau et se jeta contre Vivaldo, l'entourant de ses deux bras. Il tremblait.

Vivaldo l'emmena dans la chambre et ils s'assirent sur le lit.

— Il faut que quelqu'un m'aide, dit enfin Rufus. Il faut que l'on m'aide. Il faut que cette merde cesse.

— Peux-tu te confier à moi ? Tu es en train de gâcher ton existence. Et je ne sais pas pourquoi.

Rufus poussa un soupir; il s'allongea sur le dos, les mains sous la nuque, et fixa le plafond.

— Je ne le sais pas moi-même. Je ne sais rien. Je ne sais plus ce que je fais.

La maison était plongée dans un silence total. La chambre où ils se trouvaient paraissait très loin de la vie qui palpitait tout autour d'eux, sur toute l'étendue de l'île.

Vivaldo reprit doucement :

— Tu sais ce que tu fais à Leona — ce n'est pas bien. Même si elle est aussi coupable que tu le prétends — ce n'est pas bien. Si tu ne sais pas faire autre chose que de lui taper dessus, alors, mieux vaut la quitter.

Rufus semblait sourire.

— Je crois que j'ai quelque chose qui ne tourne pas rond dans ma tête.

Puis il se tut encore; il tortilla son corps sur le lit et se retourna vers Vivaldo.

— Tu l'as mise dans un taxi ?
— Oui, dit Vivaldo.
— Elle est partie chez toi ?
— Oui.
— Tu y vas aussi ?

— Je me suis dit qu'il vaudrait peut-être mieux que je reste ici un moment.

— Qu'est-ce que tu veux faire au juste... me surveiller ?

Il avait dit cela avec un sourire, mais sa voix ne souriait pas.

— J'ai simplement l'impression que tu as besoin de compagnie.

Rufus sauta à bas du lit et se mit à arpenter les deux pièces, inlassablement.

— Je n'ai pas besoin de compagnie. J'ai eu assez de compagnie pour jusqu'à la fin de mes jours. — Il marcha vers la fenêtre et resta immobile, le dos tourné. — Comme je les hais tous, ces salauds de Blancs. Ils essaient de me tuer, tu crois que je ne le sais pas ? Ils tiennent le monde au collet, mon vieux, ces maudites lopettes de Blancs, et ils essaient de me prendre au collet, moi aussi ; ils sont en train de me tuer, *moi*. — Il tourna les talons, il ne regarda pas Vivaldo. — Parfois, allongé ici, j'écoute. J'écoute simplement. Ils sont là, dehors, ils se démènent, ils s'emplissent les poches, ils s'imaginent que ça va durer toujours. Quelquefois, je m'étends sur le lit, et j'écoute, j'attends la bombe, mon vieux, la bombe qui tombera sur cette ville et arrêtera tout ce bruit. J'écoute pour les entendre *crier*, mon vieux, et appeler à l'aide. Ils pourront crier longtemps avant que j'y aille.

Il s'interrompit, ses yeux étaient luisants de larmes et de haine.

— Ça va arriver un de ces jours ; il faut que ça arrive. Et je voudrais bien voir ça, ah oui !

Il retourna à la fenêtre.

— Parfois, reprit-il, j'écoute ces bateaux sur le fleuve ; j'écoute ces sirènes — et je me dis que ce serait agréable de monter à bord et d'aller quelque part, loin de tous ces minables, là où un homme peut être traité comme un homme.

Il s'essuya les yeux du revers de la main, puis soudain abattit son poing sur le rebord de la fenêtre.

— Il faut que tu te battes avec le propriétaire parce que le propriétaire est Blanc. Il faut que tu te battes avec le garçon d'ascenseur, parce que ce petit salaud est un Blanc. N'importe quel pauvre mec de la Bowery peut t'emmerder jusqu'à la gauche; il ne voit rien, il n'entend rien, il ne sait pas marcher, il ne sait pas baiser — mais il est *Blanc*.

— Rufus. Rufus. Et... — Il voulait dire: et moi, Rufus? Je suis Blanc. Il dit: — Rufus, tout le monde n'est pas ainsi.

— Non? Première nouvelle.

— Leona t'aime.

— Elle aime les Noirs à un tel point, dit Rufus, que parfois je ne puis le supporter. Tu sais ce que cette poule sait de moi? La *seule* chose qu'elle connaît? — Il mit la main sur son sexe, brutalement, comme pour l'arracher, et il parut heureux de voir Vivaldo tressaillir. Il se rassit sur le lit. — C'est tout.

— Je crois que tu divagues, dit Vivaldo.

Mais la peur vidait sa voix de toute conviction.

— Et c'est la seule fille qui compte pour moi, en ce monde, ajouta Rufus au bout d'un moment. Faut-il qu'elle soit garce!

— Tu es en train de la détruire, cette fille. C'est ça que tu veux?

— Elle aussi me détruit, dit Rufus.

— Eh bien, c'est cela que tu veux?

— Qu'est-ce qu'on veut, quand on est deux? demanda Rufus. Tu le sais, toi?

— Eh bien, en tout cas, on ne cherche pas à se rendre fou mutuellement. Ça, je le sais.

— Tu en sais plus que moi, dit Rufus d'un ton sardonique. Qu'est-ce que tu veux, toi, quand tu te trouves avec une fille ?

— Ce que je veux ?

— Oui, qu'est-ce que tu veux ?

— Eh bien, dit Vivaldo luttant contre son épouvante et essayant de sourire, je veux simplement me coucher, mon vieux.

Mais il regardait fixement Rufus; il sentait remuer en lui des choses terribles.

— Ouais ? — Et Rufus le regardait curieusement, comme s'il pensait : «Ainsi, voilà donc ce que font les Blancs.» — C'est tout ?

— Eh bien — il baissa la tête — je veux que la fille m'aime. Je veux faire en sorte qu'elle m'aime. Je veux être aimé.

Il y eut un silence. Puis Rufus demanda :

— C'est déjà arrivé ?

— Non, dit Vivaldo, en pensant à des filles, des catholiques, et à des prostituées, je ne pense pas.

— Et comment tu t'y prends ? chuchota Rufus. Qu'est-ce que tu fais ? — Il regarda Vivaldo avec un demi-sourire. Qu'est-ce que tu fais, toi ?

— Comment ça, ce que je fais ?

Il essaya de sourire, mais il savait ce que Rufus voulait dire.

— Tu te contentes de faire comme on t'a appris ? — Il tira sur la manche de Vivaldo; il baissa la voix. — Ton espèce de gonzesse blanche — Jane — elle t'a déjà fait un pompier ?

Oh, Rufus, voulait-il crier, *arrête ces ordures!* et il sentait des larmes au bord de ses yeux. Son cœur battait à tout rompre et le sang refluait de son visage.

— Je n'ai pas eu de poule aussi savante, dit-il brièvement, pensant encore aux terribles bigotes avec lesquelles il avait grandi ; à sa sœur, sa mère et son père. Il essaya de forcer sa mémoire à revoir les lits dans lesquels il avait couché — il y avait comme un mur dans son esprit. — Sauf, dit-il soudain, avec des putains.

Et il sentit dans le silence qui tombait alors que la violence du meurtre était là, sur ce lit, à leurs côtés. Il regarda Rufus.

Rufus rit. Il s'allongea sur le lit et rit jusqu'à ce que les larmes commencent à couler du coin de ses yeux. C'était le pire des rires que Vivaldo eût jamais entendus et il voulait secouer Rufus, ou le gifler, faire n'importe quoi pour qu'il s'arrête. Mais il se contint, il alluma une cigarette. Les paumes de ses mains étaient moites. Rufus s'étouffa, crachota et se redressa. Il tourna son visage tourmenté vers Vivaldo pendant un instant. Puis :

— Des putains ! s'écria-t-il.

Et il éclata de rire de nouveau.

— Qu'y a-t-il de si drôle ? demanda Vivaldo posément.

— Si tu ne le vois pas, je ne peux pas te le dire, dit Rufus. — Il avait cessé de rire. Il était sérieux et calme. — Tout le monde est sur le même bateau. Toi, tu le prends à un bout de la ville, et moi à l'autre — c'est idiot.

Puis, une fois de plus, il regarda Vivaldo avec haine et dit :

— Leona et moi... c'est la maîtresse la plus fortiche que j'aie jamais eue... Y a rien que nous ne fassions pas.

— Ridicule, dit Vivaldo.

Il écrasa sa cigarette sur le plancher. La colère le gagnait. Et en même temps, il avait envie de rire.
— Mais ça n'a servi à rien, dit Rufus. Ça n'a rien donné.
Ils entendirent les sirènes sur la rivière. Il alla à la fenêtre une fois de plus.
— Il faut que je sorte d'ici. Ça vaudrait mieux.
— Eh bien, va, alors. Ne reste pas là à attendre. Va-t'en.
— Je vais m'en aller, dit Rufus. Je vais m'en aller. Seulement je veux revoir Leona une fois encore. — Il regarda Vivaldo fixement. — Je veux simplement faire l'amour, me faire faire un pompier, être aimé, une fois encore.
— Tu sais, dit Vivaldo, je n'éprouve aucun intérêt véritable pour ta vie sexuelle.
Rufus sourit.
— Non ? Je croyais que vous autres Blancs, vous vous intéressiez beaucoup à nos méthodes et à nos procédés.
— Eh bien, dit Vivaldo, je ne suis pas comme les autres.
— Ouais, fit Rufus ; tu l'as dit.
— Je veux seulement être ton ami. C'est tout. Mais tu ne veux pas avoir d'amis, hein ?
— Oui, j'en veux, dit Rufus, oui j'en veux. — Il s'interrompit. Puis, lentement, avec difficulté : — Ne t'inquiète pas. Je sais que tu es le seul ami qui me reste au monde, Vivaldo.
Et c'est pour ça que tu me détestes, se dit Vivaldo ; il était abattu et triste ; il se sentait désarmé.

Maintenant, Vivaldo et Rufus étaient assis tous deux en silence près de la vitre de la *pizzeria*. Il ne leur restait pas grand-chose à se dire. Ils avaient tout dit ou en tout cas Rufus avait tout dit et Vivaldo avait écouté. La musique d'une boîte de nuit voisine leur parvenait faiblement par les fenêtres, ainsi que le bourdonnement monotone et incessant des rues. Et Rufus regardait intensément au-dehors, triste et désespéré, comme s'il attendait Leona. Ces rues l'avaient réclamée. On l'avait trouvée, avait dit Rufus, par une nuit glacée, à demi nue, à la recherche de son bébé. Elle savait où il était, où on l'avait caché. Elle connaissait la maison, mais elle ne se souvenait pas de l'adresse.

Et puis, continua Rufus, on l'avait emmenée à Bellevue et il n'avait pu réussir à l'en faire sortir. Les docteurs avaient trouvé qu'il serait criminel de la remettre entre les mains de l'homme qui était le principal responsable de sa déchéance et qui, en outre, n'avait légalement aucun droit sur elle. Ils avaient prévenu la famille de Leona, et son frère était accouru du Sud pour la ramener avec lui. Maintenant, elle se trouvait quelque part en Géorgie, claquemurée dans un réduit, et elle allait y rester pour toujours.

Vivaldo bâilla; il se sentait coupable. Il était las — las des histoires de Rufus, las de l'effort qu'il faisait pour s'occuper de son ami, las de l'amitié. Il n'avait qu'une envie : rentrer chez lui, fermer sa porte à clé et dormir. Il voulait retourner vers les personnages qu'il inventait : leurs problèmes à eux, il pouvait les supporter.

Mais il avait aussi envie de s'agiter et maintenant qu'il était dehors, il répugnait à rentrer chez lui tout de suite.

— Allons prendre un dernier verre au Benno's, dit-il.
— Et puis, sachant bien que Rufus n'y tenait pas vraiment, il ajouta : — D'accord ?

Rufus hocha la tête. Il avait un peu peur. Vivaldo le

regarda ; et il sentit que tout allait le reprendre : son affection pour Rufus et son chagrin. Il se pencha au-dessus de la table et lui tapota la joue.

— Viens, dit-il. Tu n'as pas à avoir peur de qui que ce soit.

En prononçant ces mots, qui parurent effrayer Rufus davantage, bien qu'un mince sourire fût apparu à la commissure de ses lèvres, Vivaldo sentit que toute la suite était déjà amorcée, qu'au fond, les dés étaient jetés. Il poussa un soupir de soulagement, souhaitant aussi pouvoir effacer ces mots. Le garçon arriva. Vivaldo régla et ils sortirent.

— On est presque déjà au Thanksgiving[1]? dit soudain Rufus. Je ne m'en étais pas rendu compte. — Il rit. — Bientôt ce sera Noël, et la fin de l'année.

Il s'interrompit, levant la tête pour regarder les rues froides.

Un agent de police téléphonait, debout près d'un réverbère, à un croisement. Sur le trottoir d'en face, un jeune homme promenait son chien. La musique de la boîte de nuit s'estompait à mesure qu'ils s'éloignaient pour se rendre au Benno's. Une négresse grosse et laide, chargée de paquets, et un jeune Blanc à lunettes et ventripotent, couraient ensemble vers un taxi. La lumière jaune sur le toit s'éteignit, les portières claquèrent. Le taxi fit demi-tour, vint vers Rufus et Vivaldo et la lumière du réverbère éclaira un moment les visages du couple silencieux assis dans la voiture.

Vivaldo passa un bras autour de Rufus et le poussa devant lui dans le Benno's Bar.

Il y avait foule. Des courtiers en publicité buvaient des doubles portions de bourbon ou de vodka « on the

---

1. Jour d'Action de Grâces (quatrième jeudi de novembre). *(N.d.T.)*

rocks »; il y avait aussi des étudiants dont les doigts moites glissaient sur leur bouteille de bière; des hommes solitaires restaient près des portes ou dans les coins, surveillant les allées et venues des femmes. L'ignorance éclatait sur le visage de ces étudiants rendus fous par l'abstinence; ils faisaient des efforts terribles pour attirer l'attention des femmes mais ne réussissaient qu'à s'attirer l'un l'autre. Des hommes offraient à boire à des femmes qui rôdaient sans cesse entre le juke-box et le comptoir — et ils se faisaient face, arborant des sourires réglés, avec une précision fantastique, à mi-chemin entre le désir et le mépris. Il y avait aussi des couples noirs et blancs; ils étaient plus près l'un de l'autre maintenant qu'ils le seraient tout à l'heure, une fois rentrés chez eux. Leurs drames individuels étaient camouflés par le brouhaha dont les vagues successives déferlaient dans le bar; ils étaient enfermés dans un silence semblable au silence des glaciers. Seul, le juke-box parlait; il égrenait tous les soirs, toute la soirée, ses longues lamentations amoureuses synthétiques et syncopées.

Rufus avait éprouvé quelque difficulté à accommoder sa vue à la lumière jaune, à la fumée, au mouvement. Cet établissement lui apparaissait terriblement étrange, comme s'il l'avait vu en rêve auparavant. Il reconnaissait des visages, des gestes, des voix qu'il avait aperçus dans ce même rêve. Et, comme dans son rêve, personne ne regardait de son côté, personne ne semblait se souvenir de lui. Tout près de là était attablée une fille avec laquelle il avait dansé une fois ou deux. Elle s'appelait Belle. Elle parlait à son ami Lorenzo. Elle écarta de ses yeux ses longs cheveux noirs, et regarda Rufus un moment, mais elle n'eut pas l'air de le reconnaître.

Une voix s'éleva à son oreille.

— Tiens, Rufus. Quand est-ce qu'ils t'ont relâché, mon vieux ?

Il se retourna vers un visage chocolat épanoui, surmonté d'une chevelure abondante et désordonnée qui retombait en avant. Il ne reconnaissait pas cette tête. Il dit :

— Ouais ; ça va ; et toi ?

— Oh, je gagne ma croûte, mon pote ; il le faut, tu sais. — Ses yeux ressortaient de son visage comme deux insectes malveillants ; ses cheveux volaient. Les lèvres et le front étaient moites. La voix devint un chuchotement. — J'ai eu pas mal d'emmerdements, mais ça va maintenant. Il paraît que t'as été en taule ?

— En taule ? Non, je jouais dans les boîtes de Harlem.

— Oui. Parfait, mon vieux. — Il tourna soudain la tête vers la porte en réponse à un appel que Rufus n'avait pas entendu. — Faut que je les mette, mon copain m'attend. Au plaisir, mec.

L'air froid s'engouffra dans le bar et la fumée et la buée se posèrent de nouveau au-dessus de chaque chose.

Puis, alors qu'ils étaient toujours debout, ils n'avaient pas encore pu commander à boire et se demandaient s'ils allaient rester ou non, Cass émergea de la nuit et du bruit. Elle était très élégante, en noir, ses cheveux d'or soigneusement tirés sur le sommet de la tête. Elle tenait un verre et une cigarette dans une main. Derrière l'apparence de la mère de famille plutôt fatiguée qu'elle était actuellement on retrouvait la petite fille malicieuse qu'elle avait été autrefois.

— Que fais-tu ici ? demanda Vivaldo. Et sur ton trente et un, par-dessus le marché. Que se passe-t-il ?

— J'en ai assez de mon mari. Je cherche un autre homme. Mais j'ai l'impression que je me suis trompée de boutique.

— Tu aurais dû attendre le moment des soldes, dit Vivaldo.

Cass se tourna vers Rufus et posa une main sur son bras.

— Je suis contente que vous soyez revenu, dit-elle. — Ses grands yeux bruns le regardaient bien en face. — Ça va ? Vous nous avez manqué à tous.

Il eut un mouvement de recul involontaire en entendant cette voix, en sentant ce contact. Il voulut la remercier. Il dit, hochant la tête et essayant de sourire :

— Ça va bien, Cass. Oui, ça me fait plaisir d'être de retour.

Elle sourit :

— Savez-vous ce que je me dis chaque fois que je vous vois ? Que nous nous ressemblons beaucoup. — Elle se tourna vers Vivaldo. — Je ne vois plus ta vieille maîtresse nulle part. Cherches-tu une autre femme ? Dans ce cas, toi aussi tu t'es trompé de boutique.

— Ça fait une paye que je n'ai pas vu Jane, dit Vivaldo, et ce serait une sacrée affaire, pour nous, de ne plus jamais nous revoir.

Il paraissait soucieux cependant.

— Pauvre Vivaldo, dit Cass. — Au bout d'un moment, tous deux éclatèrent de rire. — Venez par-derrière avec moi. Richard est ici. Il sera content de vous voir.

— Je ne savais pas que vous fréquentiez cette boîte. Seriez-vous incapable de vous contenter de votre bonheur domestique ?

— Nous fêtons un événement ce soir. Richard vient de vendre son roman.

— *Non !*

— Oui. *Oui.* N'est-ce pas merveilleux ?

— Çà alors ! dit Vivaldo stupéfait.

— Venez, dit Cass.

Elle prit Rufus par la main et, Vivaldo ouvrant la marche, ils commencèrent à se frayer un chemin dans la cohue. Ils descendirent bientôt les marches qui menaient à la salle de derrière.

— Richard, s'écria Cass, regarde qui j'ai ramené de chez les morts.

— Tu aurais mieux fait de les y laisser pourrir, dit Richard en souriant. Venez donc et asseyez-vous. Je suis content de vous voir.

— Moi aussi, je suis content de te voir, dit Vivaldo en prenant un siège.

Richard et lui se sourirent. Puis, Richard lança à Rufus un regard aigu et bref et détourna les yeux. Peut-être Richard n'avait-il jamais aimé Rufus autant que les autres. Peut-être lui en voulait-il à cause de Leona.

La chaleur était étouffante. Rufus s'aperçut qu'il sentait mauvais. Il regretta de ne pas avoir pris de douche chez Vivaldo. Il s'assit.

— Ainsi, dit Vivaldo, tu l'as vendu. — Il renversa la tête en arrière et éclata de rire, d'un rire strident, semblable à un hennissement. — Tu l'as vendu. C'est du tonnerre, mon vieux. Quelles sont tes impressions ?

— J'ai fait traîner les choses le plus longtemps possible, dit Richard. Je leur disais sans cesse que mon bon ami Vivaldo allait venir me voir pour jeter un coup d'œil au manuscrit. Ils disaient : « Ce Vivaldo, c'est un poète, mon vieux, un bohème ! Il ne voudrait pas lire un roman policier, même écrit par Dieu Tout-Puissant ! » Alors, comme tu ne venais pas, mon vieux, je me suis dit qu'ils avaient raison, et je le leur ai donné tel qu'il était.

— Dommage, Richard, vraiment dommage. Mais j'ai tellement eu à faire...

— Ouais, je sais. Buvons un coup. Et vous, Rufus ? Qu'est-ce que vous avez fabriqué ces derniers temps ?

— J'ai essayé simplement d'y voir un peu plus clair, dit Rufus avec un sourire.

« Richard est gentil », se disait-il, mais au fond il le trouvait lâche.

— Ne vous croyez pas pire que les autres, dit Cass. Nous essayons nous aussi d'y voir un peu plus clair depuis des années. Vous pouvez constater les progrès que nous avons faits. Vous êtes en très bonne compagnie.

Elle posa sa tête sur l'épaule de Richard. Richard lui caressa les cheveux et saisit sa pipe dans le cendrier.

— Je ne trouve pas que ce soit un simple roman policier, dit-il en brandissant sa pipe. Enfin, je ne vois pas pourquoi on ne pourrait pas faire quelque chose d'assez sérieux dans les limites d'une telle forme littéraire. J'ai toujours été fasciné par le genre en fait.

— Tu ne faisais pourtant pas grand cas des « policiers » quand tu nous enseignais l'anglais au collège, dit Vivaldo avec un sourire.

— J'étais alors plus jeune que toi maintenant. On change, mon petit, en prenant de l'âge... — Le garçon entra dans la salle, l'air ahuri. Richard l'interpella : — Hé! Nous mourons de soif ici! — Il se tourna vers Cass. — Tu veux un autre verre?

— Oh, oui, dit-elle, maintenant que mes amis sont ici. Autant y passer une partie de la nuit. Mais l'alcool me rend tendre. Ça te gênerait que je pose ma tête sur ton épaule?

— Si ça me gêne? — Il éclata de rire, puis, regardant Vivaldo : — Me gêner? Pourquoi à ton avis me suis-je donné tant de mal pour réussir? — Il se pencha vers elle et l'embrassa et son visage juvénile révéla une tendresse passionnée et franche qui lui conférait une allure fort chevaleresque. — Tu peux poser ta tête sur mon épaule quand tu le veux. Chaque fois que tu le désires, ma chérie. Si j'ai des épaules, c'est uniquement pour ça.

Et il lui caressa la tête avec fierté, alors que le garçon s'en allait avec les verres vides.

Vivaldo se tourna vers Richard.

— Quand pourrai-je lire ton livre ? Je suis jaloux. Je veux voir si j'ai des raisons de l'être.

— Eh bien, si tu le prends comme ça, mon salaud, tu n'as qu'à aller l'acheter en librairie après sa publication.

— Ou l'emprunter à la bibliothèque, suggéra Cass.

— Non, sérieusement, quand pourrai-je le lire ? Ce soir ? Demain ? Il est long ?

— Plus de trois cents pages, dit Richard. Viens me voir demain, tu pourras le lire. — Il dit à Cass : — C'est une façon comme une autre de le faire venir à la maison. — Puis il reprit : — Tu ne viens plus nous voir comme autrefois, y a-t-il quelque chose ? Car enfin, nous t'aimons toujours beaucoup.

— Non, il n'y a rien, dit Vivaldo. — Il marqua un temps d'hésitation. — J'ai eu cette liaison avec Jane, et puis nous avons rompu... et... oh, je ne sais pas. Le travail ne marchait pas très bien et... — il regarda Rufus — toutes sortes de trucs. Je buvais trop et je courais trop les filles, alors que j'aurais dû être très sérieux comme toi, et achever mon roman.

— Comment ça marche, ton roman ?

— Oh — il baissa les yeux et but à petites gorgées —, c'est long à venir. Je n'écris pas très bien.

— Ne dis pas de bêtises, dit Richard d'un ton jovial.

Il avait presque repris l'apparence du professeur d'anglais que Vivaldo avait idolâtré, qui avait été la première personne à lui dire les choses que Vivaldo avait besoin d'entendre, la première personne à prendre Vivaldo au sérieux.

— Je suis très content, dit Vivaldo, vraiment très content que tu aies terminé ce sacré bouquin et que tout se soit si bien passé. Et j'espère que tu feras fortune.

Rufus revoyait les après-midi et les soirées passés sur la scène et les gens qui étaient venus le trouver pour hurler leur satisfaction et lui prédire qu'il ferait de grandes choses. Ils l'avaient bien fait marcher! Pourtant, il aurait voulu revenir en arrière, avoir quelqu'un qui le regarderait comme Vivaldo regardait maintenant Richard. Il vit sur le visage de Vivaldo une tendresse que combattait quelque chose de plus froid et de plus spéculatif. Vivaldo était heureux du triomphe de Richard, mais peut-être regrettait-il que ce ne fût pas son propre triomphe. Et en même temps, il s'interrogeait sur la nature et la valeur de cette réussite. C'est un peu ainsi qu'on avait regardé Rufus autrefois. Les gens se demandaient d'où venait cette force qu'ils admiraient. Confusément, ils se demandaient comment il pouvait y résister; ils se demandaient peut-être si elle n'allait pas bientôt le tuer.

Vivaldo tourna la tête, fixa son verre et alluma une cigarette. Richard eut soudain l'air très fatigué.

Une fille élancée, très jolie, vêtue avec recherche — on eût dit un modèle de grand couturier — entra dans la salle, jeta autour d'elle un regard circulaire et fixa longuement leur table. Elle s'arrêta puis s'apprêta à ressortir.

— Dommage que ce ne soit pas moi que vous cherchiez, dit Vivaldo. — Elle se retourna et éclata de rire.

— Vous avez bien de la chance, que je ne sois pas à votre recherche.

Elle avait un rire très séduisant et un léger accent du Sud. Rufus se retourna pour la voir remonter délicatement les marches et disparaître dans le bar surpeuplé.

— Eh bien, ça avait l'air de marcher, mon vieux, dit Rufus. Va donc la retrouver.

— Non, dit Vivaldo en souriant. Vaut mieux la laisser tranquille. — Il regarda fixement la porte par où la fille était sortie. — Jolie, hein? dit-il en partie à lui-même et en partie à son compagnon.

Il regarda encore la porte, en se déplaçant légèrement sur son siège, puis avala le reste de son verre.

Rufus voulait dire: « Il ne faut pas que je t'arrête, mon vieux », mais il n'ouvrit pas la bouche. Il se sentait noir, crasseux et idiot. Il aurait voulu être à des kilomètres de là; il aurait voulu être mort. Il ne cessait de penser à Leona; les images venaient par vagues, comme les élancements d'une dent gâtée ou d'une plaie qui s'est infectée.

Cass se leva et vint s'asseoir à côté de lui; elle le fixa longuement et il eut peur de la sympathie qu'il lisait sur son visage. Il se demanda pourquoi elle le regardait ainsi, et ce que pouvaient être ses souvenirs ou son expérience. Son regard montrait qu'elle savait des choses qu'une fille comme elle n'aurait jamais dû pouvoir connaître, selon Rufus tout au moins.

— Comment va Leona? demanda-t-elle. Où est-elle en ce moment?

Elle ne détourna pas son regard du visage de Rufus.

Il ne voulait pas répondre. Il ne voulait pas parler de Leona, et pourtant il ne pouvait pas parler d'autre chose. Pendant un moment il ressentit presque de la haine pour Cass et puis il dit:

— Elle est dans une maison, quelque part dans le Sud. Ils sont venus la chercher à Bellevue. Je ne sais même pas où elle est.

Elle ne dit rien. Elle lui offrit une cigarette, l'alluma et alluma la sienne.

— J'ai vu son frère une fois. Il fallait que je le voie, et il m'a vu. Il m'a craché en pleine face et m'a dit qu'il m'aurait tué si nous avions été dans le Sud.

Il s'essuya le visage avec le mouchoir que Vivaldo lui avait prêté.

— Mais j'avais l'impression d'être déjà mort. Ils n'ont pas voulu que je la voie. Je n'étais pas un parent. Je n'avais pas le droit de la voir.

Il y eut un silence. Il revoyait les murs blancs de l'hôpital et l'uniforme des docteurs et des infirmières : blanc sur blanc. Et le visage du frère de Leona : blanc. Le sang avait afflué en dessous, épais et amer, jusqu'à la surface de la peau, à la vue de son mortel ennemi. S'ils avaient été dans le Sud, son sang et le sang de son mortel ennemi auraient jailli pour se mêler l'un à l'autre sur la terre insensible, sous un ciel indifférent.

— Au moins, dit enfin Cass, vous n'avez pas eu d'enfant. Remerciez la Providence.

— Elle en avait un, elle, dans le Sud. Ils le lui ont enlevé. — Il ajouta : — C'est pour cela qu'elle est venue dans le Nord.

Et il la revit le soir de leur rencontre.

— Elle était très gentille, dit Cass. Je l'aimais bien.

Il ne dit rien. Il entendit Vivaldo qui disait :

— Mais je ne sais jamais que faire quand je ne travaille pas.

— Tu sais très bien quoi faire, mais il te manque quelqu'un avec qui le faire.

Il écouta leur rire qui sembla le secouer comme une perceuse.

— Tout de même, dit Richard d'un ton soucieux, personne n'est capable de travailler tout le temps.

Du coin de l'œil, Rufus le regarda triturer la table avec sa spatule.

— J'espère, dit Cass, que vous n'allez pas rester à vous accabler de reproches. Pas trop longtemps. Ça ne changera rien. — Elle posa une main sur la sienne. Il la regarda. Elle sourit. — Quand vous serez plus vieux, vous verrez, je crois, que tous nous commettons nos crimes. Ce qu'il faut, c'est ne pas se leurrer à leur sujet, mais essayer de comprendre ce que l'on a fait et pourquoi on l'a fait. — Elle se pencha plus près de lui, ses yeux bruns étincelants et ses cheveux blonds dans la chaleur, dans la pénombre, formaient sur son front une frange moite. — C'est ainsi qu'on peut commencer à se pardonner. C'est très important. Si vous ne vous pardonnez pas à vous-même, vous ne pourrez jamais pardonner aux autres, et vous continuerez éternellement à commettre les mêmes erreurs.

— Je sais, murmura Rufus sans la regarder, penché sur la table, les poings serrés. — Au loin, le juke-box égrenait un air qu'il avait souvent joué. Il pensait à Leona. Son visage ne le quitterait plus. — Je sais, répéta-t-il, bien qu'en fait il ne sût rien.

Il ne savait pas pourquoi cette femme lui parlait ainsi, ni ce qu'elle essayait de lui dire.

— Qu'allez-vous faire maintenant ? demanda-t-elle avec précaution.

— Je vais essayer de me reprendre, dit-il, et de me remettre au travail.

Mais il ne parvenait pas à s'imaginer qu'il retravaillerait un jour, qu'il retrouverait la batterie.

— Avez-vous vu votre famille ? Je crois que Vivaldo a aperçu votre sœur une fois ou deux. Elle s'inquiète beaucoup à votre sujet.

— Je vais aller les voir, dit-il. Jusqu'à présent, j'ai préféré m'abstenir, avec la tête que j'ai !

— Ils s'en moquent de votre tête, dit-elle aussitôt. Ça m'est égal à moi en tout cas. Je suis seulement contente de voir que vous allez bien, et je ne suis même pas de votre famille.

Il se dit, avec un grand étonnement, « C'est vrai », et il se tourna vers elle pour la regarder encore, souriant un peu et au bord des larmes.

— Je vous ai toujours trouvé très gentil, dit-elle. — Elle lui tapota doucement le bras et lui glissa un billet chiffonné dans la main. — Je pourrai vous aider, si vous avez besoin de moi.

— Hé, ma femme, dit Richard, on met les bouts?

— C'est une idée, dit-elle en bâillant. Je crois que nous avons assez fait la fête pour une seule nuit et pour un seul livre.

Elle se leva et, retournant près de sa chaise, commença à rassembler ses affaires. Rufus eut soudain peur en la voyant partir.

— Puis-je aller vous voir bientôt? demanda-t-il avec un sourire.

Elle le regarda de l'autre côté de la table.

— Venez, je vous en prie, dit-elle. Venez bientôt.

Richard prit sa pipe et la fourra dans sa poche, cherchant le garçon du regard. Vivaldo regardait quelque chose, quelqu'un, juste derrière Rufus, et soudain tous crurent qu'il allait bondir de son siège.

— Eh bien, dit-il d'une voix faible. Voici Jane.

Et Jane vint à la table. Ses cheveux courts et grisonnants étaient peignés avec soin, chose inhabituelle, et elle portait une robe sombre, ce qui était également extraordinaire.

Vivaldo était peut-être la seule personne qui l'eût vue sans ses blue-jeans et ses éternels pull-overs.

— B'jour tout le monde, dit-elle en leur décochant

son sourire luisant et hostile. — Elle s'assit. — Ça fait des mois qu'on ne vous voit plus.

— Vous peignez toujours ? demanda Cass. Ou bien avez-vous laissé tomber ?

— J'ai travaillé comme un cheval, dit Jane qui regardait toujours autour d'elle, mais en évitant les yeux de Vivaldo.

— Ça vous réussit, on dirait, marmonna Cass.

Elle mit son manteau.

Jane regarda Rufus ; elle commençait à retrouver son aplomb, semblait-il.

— Comment ça va, Rufus ?

— Pas mal, dit-il.

— Nous avons mené une vie de patachon, dit Richard, mais à vous voir on croirait que vous avez été très sage, et que vous vous êtes couchée à neuf heures tous les soirs.

— Tu es magnifique, s'empressa de dire Vivaldo.

Pour la première fois, elle le regarda en face.

— Ah oui ? Eh bien, en effet, je suis assez en forme. J'ai décidé de boire moins. — Elle rit un peu trop bruyamment et baissa les yeux. Richard réglait l'addition. Il s'était levé, l'imperméable sur le bras. — Vous partez tous ?

— Il le faut, dit Cass. Nous ne sommes qu'un vieux couple terne et sans talent.

Cass lança un coup d'œil à Rufus.

— Soyez sage maintenant. Reposez-vous un peu.

Elle lui sourit. Il aurait voulu faire quelque chose pour prolonger ce sourire, cet instant, mais il ne sourit pas en retour. Il se contenta de hocher la tête. Cass se tourna vers Jane et Vivaldo.

— Au revoir, les enfants. On vous reverra bientôt ?

— Naturellement, dit Jane.

— J'irai vous voir demain, dit Vivaldo.
— Je t'attendrai, dit Richard. Ne me fais pas faux bond. Au revoir, Jane.
— Au revoir.
— Au revoir.

Ils étaient tous partis, sauf Jane, Rufus et Vivaldo.

Ça me serait égal d'aller en prison, mais il faut que j'y reste si longtemps...

Les sièges que les autres avaient occupés formaient comme un abîme entre Rufus et le garçon blanc et la fille blanche.

— Prenons encore quelque chose, dit Vivaldo.

Si longtemps...

— Tu me laisseras régler, dit Jane. J'ai vendu un tableau.
— Ah oui ? Cher ?
— Très cher. C'est sans doute pour cela que j'étais d'une humeur de chien la dernière fois que tu m'as vue — l'affaire se présentait mal.
— Ça, tu peux le dire que tu avais une humeur de chien.

Ça me serait égal d'aller en prison...

— Qu'est-ce que tu prends, Rufus ?
— Encore un scotch, je crois.

Mais il faut que j'y reste...

— Je suis navrée, dit-elle. Je ne sais pas pourquoi je suis si garce.
— Tu bois trop. Prenons seulement un verre ici. Ensuite, je te ramènerai à la maison.

Tous deux coulèrent un regard rapide vers Rufus.

Si longtemps...

— Je vais faire un tour de l'autre côté, dit Rufus. Commandez-moi un scotch avec de l'eau.

Il sortit de l'arrière-salle pour pénétrer dans le bar

tumultueux. Il resta un moment à la porte, regardant les garçons et les filles, les hommes et les femmes dont les bouches humides s'ouvraient et se fermaient, leur visage moite et blême, leurs mains serrées sur le verre ou sur la bouteille ou agrippant une manche, un coude, ou se crispant dans l'air. De petites flammes jaillissaient sans cesse de côté et d'autre et se déplaçaient à travers des couches mouvantes de fumée. La caisse enregistreuse tintait sans discontinuer. Un énorme colosse était planté près de la porte, l'œil aux aguets, et un autre déambulait dans la salle, débarrassant les tables et remettant les chaises en place. Deux garçons, l'un de type espagnol avec une chemise rouge, et l'autre de type danois, en brun, étaient debout devant le juke-box. Ils parlaient de Frank Sinatra.

Rufus regarda longuement une petite blonde qui portait un corsage à rayures très décolleté et une jupe très large avec une grosse ceinture de cuir et une boucle de cuivre étincelante. Elle avait des chaussures à talons plats et des demi-bas noirs. L'encolure de sa blouse descendait assez bas pour qu'il puisse voir la naissance de sa poitrine. Son œil suivit la ligne jusqu'au bout des seins qui pointaient vers l'avant, agressifs; sa main lui entoura la taille, caressa le ventre et écarta lentement les cuisses. Elle parlait à une autre fille. Elle sentit le regard de Rufus posé sur elle et dirigea la tête vers lui. Leurs yeux se rencontrèrent. Il tourna les talons et pénétra dans les toilettes. Il y flottait l'odeur de milliers de voyageurs, d'océans de pisse, de tonnes de bile, de dégueulis et de merde. Il ajouta son ruisseau à l'océan, tenant mollement entre deux doigts la partie de son être qu'il méprisait le plus. *Mais il faut que j'y reste si longtemps* — il regarda les horribles graffiti qui souillaient les murs — numéros de téléphone, pénis, seins, testicules, vagins, tout cela griffonné furieusement, avec haine. *Suce ma bitte. Rien ne vaut une bonne cuite. Il me faut une grande bitte chaude dans les fesses. À bas les Juifs. Tuez les nègres. Je suce les bittes.*

Il se lava les mains très soigneusement, les essuya à la serviette crasseuse et rentra dans le bar. Les deux garçons étaient encore au juke-box. La fille à la blouse rayée parlait toujours à son amie. Il traversa la salle et sortit dans la rue. C'est seulement alors qu'il fouilla dans sa poche pour voir ce que Cass lui avait glissé dans les mains.

Cinq dollars. Bon, il en aurait assez pour jusqu'au matin. Il allait prendre une chambre à l'asile de nuit.

Il traversa Sheridan Square et remonta lentement la 4e Rue Ouest. Les cafés commençaient à fermer. Des gens restaient devant les portes, essayant en vain d'entrer ou cherchant simplement à retarder l'heure du retour chez eux; en dépit du froid, il y avait des flâneurs sous les réverbères. Il poursuivit lentement sa route. Il se sentait aussi éloigné de ces gens qu'il aurait pu l'être d'une clôture, d'une ferme, d'un arbre, vus derrière la vitre d'un train; il approchait d'eux de plus en plus, les détails se transformaient à tout moment, à mesure que l'œil les saisissait; puis ils se pressaient contre la vitre avec l'ardeur d'un messager, ou d'un enfant, pour repartir, diminuer et s'évanouir à tout jamais. *Cette clôture est en train de crouler*, eût-il pu penser lorsque le train se serait précipité vers elle, ou *cette maison a besoin d'un coup de peinture*, ou *cet arbre est mort*. En un instant, disparus en un instant; ce n'était pas sa clôture, sa ferme ou son arbre. De même maintenant, en passant, il reconnaissait les visages, les corps, les attitudes et il pensait: *C'est Ruth* ou: *Voici le vieux Lennie. Ce salaud-là, il a encore sa cuite.* Tout était très silencieux.

Il passa devant Cornelia Street. Eric avait habité là autrefois. Il revit l'appartement, le lampadaire dans le coin. Eric sous la lampe, les livres tombés partout et le lit qui n'était pas fait. Eric... Il était dans la Sixième Avenue, les feux des carrefours et les phares des taxis flamboyaient autour de lui. Deux garçons et deux filles, des Blancs, attendaient sur le trottoir d'en face que le feu se mette au vert. Une demi-douzaine d'hommes, dans une grosse voiture rutilante passèrent devant eux en leur criant quelque chose. Puis il y eut quelqu'un près de son épaule, un jeune Blanc avec un képi vaguement militaire et une veste de cuir noir. Il fixa sur Rufus un regard plein de hargne, puis il commença à descendre l'avenue, sans se presser, en jouant du croupion. Il se retourna, s'arrêta sous l'enseigne d'un cinéma. Le feu se mit au vert. Rufus et les deux couples partirent l'un vers l'autre, arrivant face à face au milieu de l'avenue, et se dépassèrent. Seule, une des filles le regarda avec une sorte d'étonnement apitoyé dans les yeux.

Et alors, salope. Il partit en direction de la 8ᵉ Rue, sans raison. Il reculait simplement le moment où il prendrait le métro.

Puis il s'arrêta devant les marches de la station, les yeux baissés. Chose étrange, surtout à cette heure, il n'y avait personne sur les marches; l'escalier était vide. Il se demanda si l'employé accepterait son billet de cinq dollars. Il commença à descendre.

Puis, lorsque l'homme lui eut rendu la monnaie et qu'il s'en fut allé vers le tourniquet, d'autres gens arrivèrent, affairés et bruyants, et le bousculèrent au passage, comme s'ils étaient des nageurs et lui simplement un pieu dans l'eau. Alors, quelque chose commença à s'éveiller en lui. Quelque chose de nouveau, qui accrut son éloignement; qui accrut sa douleur. Ils se précipitèrent vers le quai, vers les voies. Quelque chose à quoi il n'avait pas songé depuis des années, quelque chose à quoi il n'avait jamais cessé de penser, lui revint, comme il marchait derrière les autres. Le quai du métro était un endroit dangereux — il l'avait toujours pensé ; il s'inclinait vers les voies qui attendaient ; et quand il était tout petit et qu'il était sur le quai à côté de sa mère, il n'osait pas lui lâcher la main.

Maintenant, il était sur le quai, seul avec tous ces gens, dont chacun était seul aussi, et il attendait le train, calmement, ainsi qu'on lui avait appris à le faire.

Mais supposez que quelque chose, quelque part, lâche, que les lumières jaunes s'éteignent et que personne ne puisse plus voir le bord du quai. Supposez que ces poutres tombent. Il vit le train dans le tunnel, qui s'engouffrait sous l'eau, le machiniste devenait fou, aveugle, incapable de voir les signaux et les voies luisantes remontaient à jamais dans un vrombissement hargneux ; le train ne s'arrêtait jamais et les gens hurlaient aux fenêtres et aux portes. Ils se tournaient l'un contre l'autre, avec toute la furie qu'ils avaient accumulée au cours de leur vie de blasphèmes, vidés de tout sentiment, sauf la folie du meurtre ; ils s'arrachaient les membres et s'éclaboussaient de sang, avec joie, pour la première fois, avec joie, avec joie, après un si long emprisonnement dans les chaînes, et ils sautaient à bas du train pour étonner le monde, étonner le monde encore. Ou bien, une fois le train dans le tunnel et l'eau au-dehors, l'électricité manquait, les murs cédaient et l'eau s'élevait, mais pas comme lors d'une inondation, elle déferlait comme une vague sur la tête de ces gens, emplissait leur bouche qui hurlait, leurs cheveux, les dépouillait de leurs vêtements et découvrait le secret que seule l'eau, jusqu'à présent, pouvait utiliser. Cela pouvait arriver.

Cela pouvait arriver, et il aurait voulu que cela se produise, même s'il y perdait la vie lui aussi. Le train entra en gare, emplissant la grande plaie béante des voies. Ils montèrent tous à bord, dans le wagon éclairé qui était loin d'être vide et qui serait bondé avant qu'ils ne soient remontés bien loin ; ils s'installèrent, debout ou assis, dans l'isolement de la cellule que devenait chaque parcelle d'espace qu'ils occupaient.

Le train s'arrêta à la 59e Rue. Rufus était assis près de la vitre, et il regarda les quelques personnes qui montaient. Il y avait une jeune Noire parmi elles, qui ressemblait un peu à sa sœur. Elle le vit. Elle tourna la tête, puis s'assit le plus loin possible de lui. Le train repartit sous le tunnel. Il s'arrêta ensuite à la 34e Rue. Cette fois, une véritable foule s'entassa dans le wagon. Certains tenaient à la main des journaux. Il n'y avait plus de places assises. Un homme, un Blanc, s'agrippa à une poignée de cuir, près de lui. Rufus sentit sa gorge se nouer.

À la 59e Rue, beaucoup de voyageurs montèrent encore et il y en eut aussi un bon nombre qui se précipitèrent de l'autre côté du quai, vers l'omnibus qui attendait. Beaucoup de Blancs et de Noirs, enchaînés ensemble au temps et à l'espace, enchaînés par l'histoire. Tous étaient pressés. Pressés de se fuir, pensait-il, mais nous n'y parviendrons jamais. Nous avons été roulés pour de bon.

Puis les portes claquèrent bruyamment. Rufus sursauta. Le train, comme pour protester contre son lourd fardeau, comme pour protester contre la proximité de fesses blanches et de genoux noirs, gémit, fit une embardée ; les roues parurent patiner sur le rail, avec un bruit déchirant. Puis il commença à remonter vers le quartier nord où les masses se séparaient et où le fardeau s'allégeait. Des lumières surgissaient puis basculaient dans le néant; ils passaient le long d'autres quais où des gens attendaient d'autres trains. Puis, ils eurent le tunnel pour eux seuls. Le train s'engouffra dans le noir avec un abandon phallique, dans le noir qui s'ouvrait pour le recevoir, s'ouvrait, s'ouvrait; le monde entier tremblait sous leur accouplement. Puis, quand il apparut que le grondement et les spasmes ne cesseraient jamais, ils émergèrent aux vives lumières de la 125e Rue. Le train s'arrêta, haletant et gémissant. Rufus avait eu l'intention de descendre là, mais il regarda les gens se diriger vers les portes; il regarda les portes s'ouvrir, il regarda la foule descendre. C'étaient surtout des Noirs. Il avait eu l'intention de descendre ici et d'aller chez lui, mais il regarda la jeune fille qui lui rappelait sa sœur se frayer un chemin d'un air morne parmi les Blancs et rester un moment immobile sur le quai avant de se diriger vers les marches. Soudain, il sentit qu'il ne retournerait plus jamais chez ses parents.

Le train s'ébranlait, à demi vidé maintenant; et à chaque station il s'allégeait; bientôt les Blancs qui étaient encore là lui jetèrent des regards curieux. Il sentait leurs regards fixés sur lui, mais il était loin d'eux. *Vous avez pris le meilleur. Alors, pourquoi ne pas prendre le reste?* Il descendit à la station qui portait le même nom que le pont construit pour honorer le père de ce pays.

Et il remonta les marches et émergea dans les rues vides. De grands immeubles à la façade sombre se profilaient sur le ciel noir et semblaient le regarder, l'écraser de leur masse. Le pont était presque au-dessus de sa tête, à une hauteur insoutenable. Mais il ne voyait pas encore l'eau. Il sentait qu'elle était proche, son odeur parvenait jusqu'à lui. Il songeait qu'il n'avait jamais compris jusqu'à présent qu'un animal puisse flairer l'eau. Mais elle était là-bas, de l'autre côté de la route sur laquelle il voyait les voitures rouler à toute allure.

Il était debout sur le pont ; il fixait l'abîme. Maintenant, les phares des voitures sur la route semblaient tracer un message interminable, à une allure folle, d'une écriture élégante et indéchiffrable. Des lumières falotes apparaissaient sur la rive de Jersey et, de-ci de-là, une enseigne au néon vantait quelque chose que quelqu'un avait à vendre. Il se mit à avancer lentement vers le centre du pont, remarquant que de cette hauteur, la ville qui avait été si noire lorsqu'il l'avait traversée paraissait maintenant embrasée.

Il resta au centre du pont. Il faisait un froid glacial. Il leva les yeux vers le ciel. Il songeait. « Et toi, salaud, sacré fils de salope, je suis pas ton gosse à toi, moi aussi ? » Il se mit à pleurer. Quelque chose qui ne pouvait pas s'exprimer le secoua comme une poupée de chiffon, éclaboussa son visage d'une eau saumâtre, emplit d'angoisse sa gorge et ses narines. Il savait que la douleur ne s'arrêterait jamais. Il ne pourrait jamais plus redescendre dans la cité. Il baissa la tête, comme si quelqu'un l'avait frappé, et il regarda l'eau. Il faisait froid. L'eau devait être glacée.

Il était noir et l'eau était noire.

Il se hissa contre la rambarde, le plus haut qu'il put, et se pencha au maximum. Le vent le gifla au visage, lui martela la tête et les épaules pendant que quelque chose criait en lui : Pourquoi ? Pourquoi ? Il pensa à Eric. Ses bras fatigués menaçaient de céder. *Je ne peux pas faire ça*. Il pensa à Ida. Il murmura : « *Pardon Leona* » et puis, le vent le prit ; il se sentit basculer, la tête en bas, le vent, les étoiles, les lumières, l'eau, tout tournait ensemble. Très bien. Il sentit qu'une de ses chaussures tombait derrière lui; il n'y avait rien autour de lui; seulement le vent, *d'accord, espèce de fils de salope, salaud de Dieu Tout-Puissant, je viens à toi.*

2

Il pleuvait. Cass était assise par terre, dans le salon, avec les journaux du dimanche et une tasse de café. Elle essayait de décider quelle photo de Richard ferait le mieux sur la première page de la rubrique littéraire d'un journal. Le téléphone sonna.

— Allô.

Elle entendit quelqu'un respirer, puis une voix grave, vaguement familière :

— Cass Silenski ?
— Oui.

Elle regarda l'horloge, se demandant qui cela pouvait être. Il était dix heures et demie et elle était la seule personne éveillée dans la maison.

— Eh bien — très vite — je ne sais pas si vous vous souvenez de moi, mais nous nous sommes rencontrées une fois en ville, dans un night-club où Rufus travaillait. Je suis sa sœur, Ida. Ida Scott.

Elle revit une très jeune fille noire, d'une beauté frappante, qui portait une bague, un serpent à l'œil de rubis.

— Eh bien, oui, je me souviens très bien de vous. Comment allez-vous ?

— Très bien. — Enfin — avec un petit rire sec — peut-être pas si bien que ça. Je voudrais savoir où est mon frère. J'ai essayé de téléphoner à Vivaldo toute la matinée, mais il n'est pas chez lui — la voix faisait un effort pour ne pas trembler, pour ne pas se briser — et alors je vous ai appelée, parce que je me suis dit que vous l'aviez peut-être vu, Vivaldo, ou que vous pourriez peut-être m'indiquer où je pourrais le voir.

La jeune fille pleurait maintenant.

— Vous ne l'avez pas vu, n'est-ce pas? Mon frère non plus?

Cass entendit du bruit dans la chambre des enfants.

— Voyons, dit-elle, ne vous laissez donc pas abattre ainsi. Je ne sais pas où est Vivaldo ce matin, mais j'ai vu votre frère hier soir. Il se portait très bien.

— Vous l'avez vu *hier soir*?

— Oui.

— Où l'avez-vous vu? Où était-il?

— Nous avons bu un ou deux verres ensemble au Benno's.

Elle se souvint soudain du visage de Rufus. Elle fut assaillie par une inquiétude involontaire.

— Nous avons parlé un moment. Il avait l'air en forme.

— Oh! — La voix était submergée par le soulagement, et Cass se souvint du sourire de la jeune fille. — Attendez que je lui mette la main dessus. — Puis: — Savez-vous où il est allé? Où il habite?

Les bruits provenant de la chambre indiquaient que Paul et Michael étaient en train de se battre.

— Je ne sais pas. — «J'aurais dû le lui demander», songea-t-elle. — Vivaldo doit le savoir, ils étaient ensemble. Je les ai laissés ensemble. Écoutez — Michael poussa un cri; puis il se mit à pleurer; ils allaient réveiller Richard. — Vivaldo va venir ici cet après-midi; pourquoi ne viendriez-vous pas aussi?

— À quelle heure ?
— Trois heures et demie, quatre heures. Vous savez où nous demeurons ?
— Oui, oui, j'y serai. Merci.
— Et ne vous tourmentez donc pas. Je suis sûre que tout s'arrangera très bien.
— Oui. J'ai bien fait de vous téléphoner.
— À tout à l'heure.
— Oui. Au revoir.
— Au revoir.

Cass courut dans la chambre des enfants et trouva Paul et Michael qui se roulaient furieusement sur le plancher. Michael avait le dessus. Elle le tira pour le remettre sur pied. Paul se releva lentement, l'air méfiant et penaud. Il avait onze ans, après tout, et Michael huit seulement.

— Pourquoi tout ce bruit ?
— Il essayait de me prendre mon jeu d'échecs, dit Michael.

La boîte, l'échiquier et des pions brisés jonchaient les deux lits et le plancher.

— C'est pas vrai, dit Paul en regardant sa mère. Je voulais seulement lui apprendre à jouer.
— Tu ne sais pas jouer, dit Michael. — Voyant que sa mère était dans la chambre, il renifla bruyamment une fois ou deux et commença à rassembler son bien.

Paul savait jouer cependant — ou du moins il savait que le jeu d'échecs comportait des règles qu'il fallait apprendre. Il jouait avec son père de temps à autre. Mais il adorait aussi taquiner son frère qui préférait inventer des histoires avec ses pièces, à mesure qu'il les déplaçait. Pour cela, naturellement, il n'avait pas besoin de partenaire.

En voyant Michael manipuler les pièces brisées du

vieil échiquier de Richard, Paul était toujours saisi d'une grande indignation.

— Aucune importance, dit Cass, tu sais que cet échiquier est à ton frère et qu'il peut en faire tout ce qu'il veut. Maintenant, allez faire votre toilette et habillez-vous.

Elle entra dans la salle de bains pour surveiller les opérations.

— Papa est-il levé? demanda Paul.
— Non, il dort. Il est fatigué.
— Je peux aller le réveiller?
— Non. Pas ce matin. Ne faites pas de bruit.
— Et son déjeuner? demanda Michael.
— Il déjeunera quand il sera levé, dit-elle.
— Nous ne déjeunons plus jamais ensemble, dit Paul. Pourquoi je ne peux pas aller le réveiller?
— Parce que je t'ai dit non.

Ils allèrent dans la cuisine.

— Nous pouvons déjeuner ensemble maintenant, nous autres, mais ton père a besoin de dormir, dit Cass.
— Il dort tout le temps, dit Paul.
— Vous êtes restés dehors drôlement longtemps, dit Michael d'une voix timide.

Cass était une mère assez impartiale; ou du moins, elle essayait de l'être; mais parfois, le charme timide et grave de Michael l'émouvait, tandis que la présence plus directe, plus calculatrice de Paul y parvenait rarement.

— Qu'est-ce que ça peut te faire? dit-elle en passant à rebrousse-poil sa main dans la tignasse roussâtre. Au fait, comment le sais-tu? — Elle se tourna vers Paul. — Je parie que cette femme vous a encore couchés à une heure impossible. À quelle heure êtes-vous allés au lit hier soir?

Le ton qu'elle avait pris les avait aussitôt incités à se

liguer contre elle. Elle était la propriété des deux frères, mais ils avaient plus de points communs entre eux qu'avec elle.

— Pas tellement tard, dit Paul sans se compromettre.

Il cligna de l'œil à son frère et commença à déjeuner.

Elle retint un sourire.

— Quelle heure était-il, Michael ?

— Je ne sais pas, dit Michael ; mais il était très tôt.

— Si cette femme vous a laissés debout après dix heures...

— Oh, il n'était pas si tard que cela, dit Paul.

Elle abandonna la discussion. Elle se versa une autre tasse de café et les regarda manger. Puis elle se souvint du coup de téléphone d'Ida. Elle composa le numéro de Vivaldo. Il n'y eut pas de réponse. Il était probablement chez Jane, mais elle ne savait ni l'adresse de Jane ni son nom de famille.

Elle entendit Richard remuer dans la chambre. Elle se leva pour aller le voir se glisser sous la douche d'un pas mal assuré.

Une fois ressorti, il vint s'asseoir à table. Elle le regarda manger un moment avant de dire :

— Richard, la sœur de Rufus vient de téléphoner.

— Sa sœur ? Ah oui, je me souviens d'elle. Nous l'avons vue une fois. Que voulait-elle ?

— Elle voulait savoir où est Rufus.

— Eh bien, si elle ne le sait pas, pourquoi veut-elle que nous le sachions, nous ?

— Elle semblait très inquiète. Elle ne l'a pas vu depuis longtemps, tu sais.

— Elle s'en plaint ? Ce salopard a sans doute trouvé une autre pauvre fille sans défense qu'il va pouvoir tabasser.

— Oh, la question n'est pas là. Elle s'inquiète au sujet de son frère. Elle veut savoir où il est.

— Ça, elle n'a pas un frère très intéressant; elle finira bien par le rencontrer quelque part un de ces jours. — Il regarda le visage inquiet de Cass. — Au fait, Cass, nous l'avons vu hier soir; il allait très bien.

— Oui, dit-elle, et elle ajouta: — Elle vient ici cet après-midi.

— Oh, zut! À quelle heure?

— Je lui ai dit vers trois ou quatre heures. J'ai pensé que Vivaldo serait chez nous vers ces heures-là.

— Bon.

Il se leva. Ils entrèrent dans le living-room. Paul, debout à la fenêtre, regardait la rue luisante de pluie. Michael était assis par terre, il griffonnait sur son carnet. Il avait beaucoup de carnets tous emplis d'arbres, de maisons, de monstres et d'anecdotes indéchiffrables.

Paul quitta la fenêtre pour venir près de son père.

— Nous partons tout de suite? demanda-t-il. Il se fait tard.

Paul n'oubliait jamais une promesse ou un rendez-vous.

Richard lui cligna de l'œil et se baissa pour donner une petite tape sur la tête de Michael. Michael réagissait alors toujours en manifestant une sorte de satisfaction boudeuse pleine de retenue.

Il semblait dire qu'il aimait assez son père pour supporter un certain manque de dignité de temps à autre.

— Viens maintenant, dit Richard. Si tu veux que je t'emmène au cinéma, amène-toi.

Elle resta à la fenêtre à les regarder tous les trois qui s'en allaient sous le parapluie de Richard.

Douze ans. Elle avait alors vingt-trois ans et lui vingt-cinq; on était au milieu de la guerre. Elle avait fini par échouer à San Francisco où on la payait pour qu'elle participe à la surveillance d'un chantier de constructions navales. Elle aurait pu trouver mieux mais elle s'en moquait. Elle attendait simplement que la guerre finisse et que Richard revienne. Il avait été affecté à un dépôt de l'intendance en Afrique du Nord, et il y avait passé le plus clair de son temps, d'après ce qu'elle avait pu comprendre, à défendre les petits cireurs de souliers arabes et les mendiants contre le cynisme et la malveillance des Français.

Elle était dans la cuisine, occupée à battre la pâte pour un gâteau, quand Richard revint. Il passa la tête à la porte ; l'eau dégoulinait du bout de son nez.

— Comment te sens-tu maintenant ?

Elle rit.

— Plus maussade que jamais. Je fais le gâteau.

— C'est très mauvais signe. Je vois qu'il n'y a pas grand espoir.

Il saisit un torchon et s'essuya le visage.

— Et le parapluie ? Que lui est-il arrivé ?

— Je l'ai laissé aux garçons.

— Oh, Richard, il est tellement grand ! Paul pourra le tenir ?

— Non, naturellement, dit-il. Le parapluie va être balayé par une bourrasque et ils vont être emportés au-dessus des toits. Nous ne les verrons plus jamais. — Il cligna de l'œil. — C'est pour ça que je le leur ai donné. Pas si bête !

Il entra dans son bureau et ferma la porte.

Elle mit le gâteau au four, pela les pommes de terre et les carottes et les laissa dans l'eau ; puis elle se demanda quel temps il faudrait pour cuire le rôti. Elle s'était changée et avait mis le gâteau à refroidir quand la sonnette tinta.

C'était Vivaldo. Il portait un imperméable noir, et ses cheveux épars dégouttaient de pluie. Ses yeux paraissaient plus noirs que d'habitude, et son visage plus pâle.

— Heathcliff! s'écria-t-elle. Que c'est gentil d'être venu! — Elle le tira dans l'appartement, car il ne semblait pas disposé à bouger. — Mets ces affaires mouillées dans la salle de bains, je vais te chercher à boire.

— Que tu es belle! dit-il en souriant à peine; Dieu de Dieu, il pleut comme vache qui pisse.

Il ôta son manteau et disparut dans la salle de bains. Elle alla au bureau et frappa à la porte.

— Richard. Vivaldo est ici.

— O.K. J'arrive.

Elle emplit deux verres et les apporta dans le living-room. Vivaldo était assis sur le divan, ses longues jambes étirées devant lui, il fixait le tapis.

Elle lui tendit un verre.

— Comment ça va?

— Très bien. Où sont les gosses? Il posa avec précaution son verre sur le guéridon.

— Au cinéma. — Elle le considéra un moment. — Tu vas peut-être très bien, mais je t'ai vu avec une meilleure mine.

— Eh bien — encore ce sourire morne — je ne suis pas encore vraiment dessoûlé. J'ai bu comme un trou hier soir avec Jane. Elle ne sait pas faire l'amour quand elle est à jeun.

Il prit son verre et avala une gorgée, sortit une cigarette tordue de l'une de ses poches, et l'alluma. Il eut l'air si triste, si abattu, pendant un moment, penché sur la flamme de son allumette, qu'elle n'osa pas rompre le silence.

— Où est Richard?

— Il arrive. Il est dans son bureau.

Il but à petites gorgées, essayant manifestement de trouver quelque chose à dire, sans y parvenir.

— Vivaldo.

— Oui.

— Rufus a-t-il passé la nuit chez toi ?

— Rufus ? — Il eut un air apeuré. — Non. Pourquoi ?

— Sa sœur a téléphoné pour savoir où il était.

Ils se regardèrent fixement. Une fois de plus, la tête de Vivaldo fit peur à la jeune femme.

— Où est-il allé ? demanda-t-elle.

— Je ne sais pas. Je croyais qu'il était parti pour Harlem. Il a disparu tout d'un coup.

— Vivaldo, elle va venir cet après-midi.

— Qui cela ?

— Sa sœur : Ida. Je lui ai dit qu'il était avec toi quand je suis partie, et que tu viendrais ici avec lui cet après-midi.

— Mais je ne sais pas où il est. J'étais dans l'arrière-salle. Je parlais avec Jane et il a dit qu'il allait aux toilettes. Il n'est jamais revenu. — Il la fixa un moment, puis regarda la fenêtre. — Je me demande où il est passé.

— Peut-être, dit-elle, a-t-il rencontré un ami.

Il ne prit pas la peine de répondre à cette suggestion.

— Il aurait dû savoir que je ne le laisserais pas tomber. Il aurait pu rester chez moi. De toute manière, je suis allé chez Jane.

Cass le regarda écraser sa cigarette dans le cendrier.

— Je n'ai jamais compris, dit-elle avec sérénité, ce que Jane attendait de toi, ou plutôt ce que tu attendais d'elle.

Il examina ses ongles en deuil et tout ébréchés.

— Je ne sais pas. Il me fallait seulement une femme, je suppose, quelqu'un avec qui partager ces longues soirées d'hiver.

— Mais elle est beaucoup plus vieille que toi. — Elle saisit le verre vide de Vivaldo. — Elle est plus vieille que moi.

— Cela n'a rien à voir, dit-il d'un ton maussade. De toute manière il me fallait une fille qui connaissait la vie.

Elle le considéra longuement.

— En tout cas, dit-elle avec un soupir, cette femme sait certainement s'y prendre pour garder sa victime.

— Il me fallait une femme, dit Vivaldo; elle avait besoin d'un homme. Qu'y a-t-il de mal à cela?

— Rien, dit-elle. Si c'est de cela que vous aviez vraiment besoin tous les deux.

— Qu'est-ce que tu croyais que je faisais?

— Oh, je ne sais pas, dit-elle. Je ne sais vraiment pas. Seulement, je te l'ai dit, tu sembles toujours te lier avec des femmes impossibles — prostituées, nymphomanes, alcooliques — et je suis persuadée que tu agis ainsi pour te protéger... de quelque chose de grave. En permanence.

Il soupira, et sourit.

— Mais enfin, je veux simplement avoir des amies.

Elle rit.

— Oh, Vivaldo!

— Toi et moi, nous sommes amis, dit-il.

— Eh bien, oui. Mais j'ai toujours été la femme d'un de tes amis. Alors, tu n'as jamais songé à moi...

— Sur le plan sexuel, dit-il. — Il sourit de toutes ses dents. — N'en sois pas si sûre.

Elle rougit, flattée et ennuyée à la fois.

— Je ne parle pas de tes folies.

— Je t'ai toujours admirée, dit-il laconiquement; et j'ai toujours envié Richard.

— Eh bien, dit-elle, tu ferais mieux d'oublier tout ça.

Il ne dit rien. Il fit tinter la glace dans son verre vide.

— Bien, dit-il. Que veux-tu que je fasse? Je ne suis pas un môme. J'en ai marre de draguer dans les quartiers nord, et de payer pour faire l'amour.

— Parce que c'est à Harlem que tu cherches fortune, dit-elle avec un sourire. Quel bon Américain tu fais!

Ces paroles l'irritèrent.

— Je n'ai jamais dit qu'elles étaient mieux que les Blanches.

Puis il éclata de rire et ajouta :

— Je ferais peut-être mieux d'entrer dans les ordres.

— Ne fais pas l'enfant, Vivaldo. Essaie de parler sérieusement.

— Tu me dis que quelqu'un va venir, quelqu'un qui a besoin de moi?

— Je ne te dis rien, répliqua-t-elle vivement, que tu ne saches déjà. — Ils entendirent la porte du bureau de Richard s'ouvrir. — Je vais te chercher un autre verre. Autant t'enivrer tout à fait si ça risque de te rendre meilleur. — Elle se cogna à Richard dans le vestibule. Il tenait le manuscrit à la main. — Tu veux boire quelque chose tout de suite?

— Avec grand plaisir, dit-il.

Il pénétra dans le living-room. De la cuisine elle entendit leurs voix, un peu trop bruyantes, un peu trop amicales. Quand elle revint dans le living-room, Vivaldo feuilletait le manuscrit. Richard était debout à la fenêtre.

— Lis-le, disait-il, mais ne t'imagine pas que c'est du Dostoïevski ou autre. C'est tout simplement un livre — un bon livre.

Elle tendit un verre à Richard.

— C'est un *très* bon livre, dit-elle.

Elle mit le verre de Vivaldo sur la table à côté de lui.

Elle fut surprise, sans l'être tout à fait cependant, de se rendre compte qu'elle s'inquiétait de l'effet qu'aurait, sur Richard, l'opinion de Vivaldo.

— Le prochain livre sera meilleur, dit Richard. Et très différent.

Vivaldo posa le manuscrit et but à petites gorgées.

— Bien, dit-il avec un large sourire, je le lirai aussitôt que je serai dessoûlé. Si j'y parviens un jour, ajouta-t-il en fronçant les sourcils.

— Et dis-moi la vérité, tu entends, salopard.

Vivaldo leva les yeux vers lui.

— Je te dirai la vérité.

Des années plus tôt, Vivaldo avait apporté ses manuscrits à Richard en disant presque les mêmes mots. Cass s'éloigna un peu des deux hommes et alluma une cigarette. Puis elle entendit la porte de l'ascenseur s'ouvrir et se refermer. Elle regarda la pendule. Il était quatre heures. Elle se tourna vers Vivaldo. La sonnette tinta.

— La voilà, dit Cass.

Vivaldo et elle se regardèrent fixement.

— Du calme, dit Richard. Pourquoi prenez-vous cet air dramatique ?

— Richard, dit-elle, ce doit être la sœur de Rufus.

— Eh bien, fais-la entrer. Ne la laisse pas attendre sur le palier. Il parlait encore quand le timbre retentit une seconde fois.

— Oh, mon Dieu ! dit Vivaldo.

Et il se leva. Malgré sa haute taille il semblait incapable de tenter quoi que ce soit d'efficace. Elle posa son verre et alla vers la porte.

La jeune fille qui lui faisait face était assez grande, robuste et vêtue avec beaucoup de recherche ; elle avait un teint plus foncé que Rufus. Elle portait un imperméable à capuchon et tenait un parapluie à la main.

Sous le capuchon, dans l'ombre du vestibule, les yeux sombres dans le visage sombre fixaient Cass avec une attention soutenue. Quelque chose rappelait vaguement Rufus dans les yeux — grands, intelligents, prudents — et dans le sourire.

— Cass Silenski ?

Cass tendit la main.

— Entrez. Je me souviens très bien de vous. — Elle referma la porte. — Je savais que vous étiez l'une des plus belles jeunes femmes que j'aie jamais vues.

La jeune fille leva les yeux vers elle et Cass s'aperçut, pour la première fois, qu'une Noire pouvait rougir.

— Oh, je vous en prie, Mrs. Silenski.

— Débarrassez-vous. Et appelez-moi donc Cass.

— Alors, vous m'appelez Ida.

Cass emporta les affaires mouillées en demandant :

— Vous voulez boire quelque chose ?

— Oui, je crois que j'en ai besoin, dit Ida. J'ai fouillé la ville je ne sais combien de temps pour retrouver mon sacré farceur de frère.

— Vivaldo est ici, lança Cass qui désirait dire quelque chose pour préparer la jeune fille mais qui ne savait pas comment s'y prendre. — Voulez-vous du bourbon, du scotch ou du rye ? Euh, je crois que nous avons un peu de vodka.

— Du bourbon. — Elle haletait un peu, semblait-il ; elle suivit Cass dans la cuisine et la regarda emplir le verre. Cass le lui tendit et regarda Ida bien dans les yeux. — Vivaldo ne l'a pas vu depuis hier soir, dit-elle.

Les yeux d'Ida s'agrandirent et elle avança sa lèvre inférieure qui tremblait légèrement. Cass la toucha au coude.

— Entrez donc ; essayez de ne pas vous tourmenter.

Elles pénétrèrent dans le living-room.

Vivaldo était encore exactement à l'endroit où elle l'avait laissé, comme s'il n'avait pas bougé d'un pouce. Richard, qui était assis sur un pouf, occupé à se faire les ongles, se leva.

— Voici mon mari, Richard, dit Cass. Et vous connaissez Vivaldo

Ils se serrèrent la main en murmurant des salutations dans un silence qui commençait à s'épaissir dans des proportions inquiétantes. Ils s'assirent.

— Eh bien, dit Ida d'une voix mal assurée, il y a bien longtemps...

— Plus de deux ans, dit Richard. Rufus nous a laissés vous voir une fois ou deux et puis il vous a expédiée quelque part, hors de notre vue. Bonne idée, vraiment!

Vivaldo ne disait rien. Ses yeux, ses sourcils et ses cheveux faisaient songer à autant de morceaux de charbon de bois sur une surface blanche et morte.

— Mais aucun de vous, dit Ida, ne sait où est mon frère en ce moment? — Elle jeta autour d'elle un regard anxieux.

— Il était avec moi hier soir, dit Vivaldo.

Il parlait trop bas, Ida dut tendre l'oreille pour entendre. Il s'éclaircit la voix.

— Nous l'avons tous vu, dit Richard. Il allait très bien.

— Il devait venir chez moi, dit Vivaldo, mais nous... j'ai parlé à quelqu'un et quand j'ai relevé les yeux, il était parti. — Il parut se rendre compte que ce n'était pas la meilleure façon d'expliquer les choses. — Il y avait des tas d'amis dans le secteur; j'ai cru qu'il prenait un verre avec certains d'entre eux, et que peut-être il était parti passer la nuit chez un autre copain.

— Vous les connaissez, ces amis? demanda Ida.

— Eh bien, oui, de vue. Mais je ne sais pas leurs noms.

Le silence se fit et se prolongea. Vivaldo baissa la tête.

— Il avait de l'argent?

— Euh — il regarda en direction de Richard et de Cass — je ne sais pas du tout.

— Quelle tête avait-il?

— Il paraissait très bien. Un peu fatigué peut-être.

— Je m'en doute. — Elle but à petites gorgées; sa main tremblait légèrement. — Je ne veux pas faire des histoires pour rien. Je suis certaine qu'il va très bien, où qu'il soit. Je voudrais seulement savoir. Maman et Papa sont rongés par l'inquiétude. — Elle rit, reprit sa respiration bruyamment et ajouta: — Et c'est aussi un peu mon cas. — Elle demeura un moment silencieuse puis: — Il est mon seul grand frère. — Elle but encore quelques gorgées et posa son verre sur le plancher, à côté de sa chaise. Elle joua avec le serpent à l'œil de rubis qui ornait son petit doigt effilé.

— Je suis certaine qu'il va très bien, dit Cass, consciente du vide lamentable de ses paroles, seulement, Rufus est comme beaucoup de gens que je connais. Quand quelque chose ne va pas, quand il a mal, il veut aller se cacher jusqu'à ce que ce soit fini. Il lèche ses blessures, et puis il revient.

Du regard elle supplia Richard de lui venir en aide. Il fit de son mieux.

— Je suis persuadé que Cass a raison, murmura-t-il.

— Je suis allée partout, dit Ida, partout où il a joué; j'ai parlé à tous ceux que j'ai pu trouver et qui ont travaillé avec lui, à un moment ou à un autre, tous ceux que j'ai pu trouver et à qui il disait bonjour... je suis même allée voir des parents de Brooklyn.

Elle s'interrompit et, se tournant vers Vivaldo:

— Quand vous l'avez vu, où vous a-t-il dit qu'il était allé ?
— Il ne l'a pas dit.
— Vous ne le lui avez pas demandé ?
— Oui. Il n'a pas voulu répondre.
— Je vous ai donné un numéro de téléphone pour me prévenir à la minute où vous le verriez. Pourquoi ne m'avez-vous pas appelée ?
— Il était tard quand il est arrivé chez moi, et il m'a demandé de ne pas téléphoner ; il m'a dit qu'il irait vous voir dans la matinée.

Il avait un air misérable ; on le sentait au bord des larmes. Elle le fixa un moment, puis baissa les yeux. Le silence commença à s'étirer ; une hostilité âpre s'accumulait, émanant de la jeune fille qui était assise seule, sur la chaise ronde, au centre de la pièce. Elle regarda tour à tour chacun des amis de son frère.

— Bizarre qu'il ne soit pas venu, alors, dit-elle.
— Vous savez, dit Richard, Rufus ne parle guère. Vous devez savoir comme c'est difficile de tirer quelque chose de lui.
— Eh bien, répliqua-t-elle vivement, moi, j'aurais réussi à le faire parler.
— Vous êtes sa sœur, dit Cass doucement.
— Oui, dit Ida.
Elle regarda ses mains.
— Vous êtes allée à la police ? demanda Richard.
— Oui. — Elle fit un geste de dégoût, se leva, et alla jusqu'à la fenêtre. — Ils m'ont dit que cela arrive constamment, des Noirs qui fuient leur famille. Ils ont dit qu'ils allaient essayer de le retrouver. Mais ils s'en moquent. Ils se moquent de ce qui peut arriver à un... Noir.
— Allons, allons, s'écria Richard, le visage empour-

pré, est-ce juste ? Enfin, quoi, je suis certain qu'ils vont le chercher exactement comme ils recherchent n'importe quel autre habitant de cette ville.

Elle se tourna vers lui :

— Qu'est-ce que vous en savez ? Je le sais, moi... je sais de quoi je parle. Je dis qu'ils s'en moquent, et ils s'en moquent.

— Il ne faut pas parler ainsi.

Debout à la fenêtre, elle considéra longuement les rues et les maisons.

— Bon sang ! Il est là quelque part. Il faut que je le trouve.

Elle tournait le dos à la pièce. Cass vit que ses épaules commençaient à trembler. Elle alla à la fenêtre et posa sa main sur le bras de la jeune fille.

— Ça va très bien, dit Ida en s'écartant légèrement. — Elle mit la main à la poche de son tailleur, puis revint à la chaise où elle était assise et tira un Kleenex de son sac à main. Elle s'essuya les yeux, se moucha et prit son verre.

Cass lui lança un regard désespéré.

— Attendez, je vais vous en remettre un peu, dit-elle ; et elle partit dans la cuisine avec le verre.

— Ida, disait Vivaldo quand elle revint, s'il y a quelque chose que je puis faire pour vous aider à le trouver... quoi que ce soit. — Il s'interrompit. — Bon sang, dit-il, je l'aime bien, moi aussi. Moi aussi je veux le retrouver. Je me suis assez reproché aujourd'hui de l'avoir laissé filer hier soir.

Quand Vivaldo dit : « Je l'aime bien, moi aussi », Ida le regarda ; elle le fixa d'un œil rond, comme si elle le rencontrait pour la première fois. Puis elle baissa les yeux.

— Je ne vois vraiment pas ce que vous pouvez faire, dit-elle.

— Eh bien, je pourrais vous accompagner pendant que vous cherchez. Nous pourrions chercher ensemble.

Elle réfléchit, le considérant longuement.

— Bon, dit-elle enfin, vous pourriez peut-être venir avec moi dans une ou deux boîtes du Village.

— D'accord.

— C'est plus fort que moi : j'ai l'impression qu'ils me prennent un peu pour une hystérique.

— J'irai avec vous. Ils ne me prendront pas pour une hystérique, moi.

Richard sourit de toutes ses dents.

— Vivaldo n'est jamais hystérique, nous le savons tous. Mais, ajouta-t-il, je ne vois vraiment pas pourquoi vous vous posez tant de problèmes. Rufus a dû aller coucher quelque part.

— Personne ne l'a vu, s'écria Ida, pendant près de six semaines ! Jusqu'à hier soir ! Je connais bien mon frère ; il n'a pas l'habitude d'agir ainsi. Il revient toujours à la maison, où qu'il ait pu aller, quoi qu'il ait pu arriver, pour que nous n'ayons pas d'inquiétude. Il nous apportait de l'argent, et des cadeaux, mais quand il n'avait pas le sou, il venait aussi. Ne me dites pas qu'il est allé coucher quelque part. Six semaines, c'est long !

Elle baissa un peu la voix, et d'un ton venimeux, elle murmura :

— Et vous savez ce qui s'est passé, entre lui et cette sale petite garce qui lui avait mis le grappin dessus ?

— Bon, dit Richard d'un air résigné, au bout d'un long silence, faites à votre idée.

— Mais il n'y a pas lieu, dit Cass, d'aller courir tout de suite sous la pluie. Rufus sait que Vivaldo va venir ici. Il peut arriver d'un moment à l'autre. J'espérais que vous resteriez souper avec nous. Elle sourit à Ida. —

Vous acceptez? Je suis sûre que vous irez mieux après. Tout va peut être s'arranger ce soir.

Ida et Vivaldo se regardèrent; au cours de cet après-midi, ils étaient devenus des alliés, semblait-il.

— Alors? demanda Vivaldo.

— Je ne sais pas. Je suis si lasse, si énervée, que j'ai l'impression de ne plus être capable de raisonner correctement.

Richard parut trouver qu'elle avait entièrement raison.

— Écoutez, dit-il, vous avez prévenu la police, vous avez parlé de Rufus à tous ceux que vous avez pu contacter. Vous avez demandé dans les hôpitaux et — il fixa sur elle un regard interrogateur — la morgue. — Elle fit oui de la tête, sans baisser les yeux... Bon, je ne vois pas pourquoi vous iriez courir sous cette maudite pluie, un dimanche après-midi, alors que vous ne savez même pas où aller. Nous l'avons tous vu hier soir. Nous savons donc qu'il est dans le coin. Alors, reposez-vous une heure ou deux. Et si ça tombe, d'ici là, vous vous apercevrez qu'il n'y avait pas lieu de vous en aller, lorsqu'il arrivera ici.

— Vraiment, dit Cass, il y a de fortes chances pour qu'il vienne ici aujourd'hui.

Ida se tourna vers Cass. Alors, Cass se rendit compte qu'une partie de l'être de la jeune Noire tirait un certain plaisir de cette situation, de l'attention, du pouvoir dont elle jouissait en cette occasion. Cass en conçut quelque irritation mais elle se dit: «Tant mieux. Cela prouve, quelle que soit l'issue, qu'Ida pourra reprendre le dessus.» Sans se l'avouer tout à fait, à partir du moment où Ida avait franchi la porte, elle s'était attendue au pire.

— Bien, dit Ida en regardant Vivaldo. J'ai demandé à maman de me téléphoner ici. À tout hasard.

— Alors, dit Cass, il me semble que tout s'arrange. — Elle consulta la pendule. — Les garçons devraient rentrer d'ici une heure. Nous allons boire encore un verre.
Ida sourit.
— C'est une très bonne idée.
Elle était terriblement séduisante quand elle souriait. Son visage évoquait alors celui d'un jeune «gavroche». Et, en même temps, luisait dans son regard une merveilleuse ironie féminine. Vivaldo ne cessait de la regarder, un léger sourire au coin des lèvres.

La neige qui avait été annoncée pour la veille du Thanksgiving Day ne commença pas à tomber avant la fin de la soirée ; des flocons lents et réticents tourbillonnaient et luisaient dans la nuit, pour fondre aussitôt arrivés au sol.
Toute la journée, un pâle soleil avait brillé sur Manhattan, sans parvenir à donner la moindre chaleur.
Cass s'éveilla un peu plus tôt que d'habitude ; elle fit manger les enfants et les expédia en classe. Richard déjeuna et se retira dans son bureau — il n'était pas de bonne humeur. Cass fit le ménage en pensant au dîner du lendemain et sortit au début de l'après-midi pour faire quelques emplettes et marcher un peu, seule.
Elle s'absenta plus longtemps que prévu, car elle adorait arpenter les rues de la ville. Elle était frigorifiée quand elle reprit le chemin du retour.
Ils habitaient juste au-dessous de la 23e Rue, sur la rive Ouest, dans un quartier qui avait accueilli récemment de nombreux Portoricains. C'est pour cette raison qu'on disait que le quartier déclinait ; à partir de quelle hauteur précédemment atteinte, nul n'eût pu le dire. Pour Cass, il était toujours aussi miteux et peuplé de

gens à l'allure inquiétante. Quant aux Portoricains, elle les trouvait plutôt sympathiques. Elle n'en avait pas peur, au contraire; ils lui paraissaient trop doux pour cet environnement impitoyable. Elle aimait les entendre parler, écouter leur accent doux et riant, avec parfois une violence soudaine où se lisait une hostilité manifeste. Elle aimait leurs yeux vifs et appréciait la manière dont ils traitaient leurs enfants, comme si tous les enfants étaient naturellement sous la responsabilité de tous les adultes. Même quand les adolescents sifflaient sur son passage ou proféraient des obscénités, en riant entre eux, elle ne leur en voulait pas, elle n'avait pas peur; elle ne voyait là aucune intention hostile. Ils ne maudissaient pas quelque chose qu'ils désiraient et dont ils avaient peur; ils plaisantaient de quelque chose qu'ils désiraient et aimaient.

Maintenant, comme elle remontait l'escalier extérieur de l'immeuble, l'un des jeunes Portoricains qu'elle avait vus à maintes reprises dans le voisinage lui ouvrit la porte avec un petit sourire. Elle lui sourit, le remercia aussi nettement qu'elle le put et prit place dans l'ascenseur.

Il y avait quelque chose de particulier dans l'expression de Richard quand elle referma la porte derrière elle, et dans le silence inhabituel qui régnait dans l'appartement. Elle regarda son mari et s'apprêta à l'interroger sur les enfants — mais alors elle les entendit dans le living-room. Richard la suivit dans la cuisine où elle posa ses paquets. Elle le regarda bien en face.

— Qu'y a-t-il? demanda-t-elle. — Puis, après avoir passé en revue toutes les hypothèses possibles: — Rufus, reprit-elle soudain. Tu as eu des nouvelles de Rufus?

— Oui. — Elle regarda une veine minuscule qui palpitait au front de Richard. — Il est mort, Cass. Ils ont trouvé son corps qui flottait dans la rivière.

Elle s'assit à la table de la cuisine.

— Quand ?

— Dans la matinée.

— La mort remonte... à quand ?

— Quelques jours. Ils pensent qu'il a dû sauter du pont George Washington.

— Mon Dieu, dit-elle... Qui... ?

— Vivaldo. Il a téléphoné. Juste après ton départ. C'est Ida qui l'a prévenu.

— Mon Dieu, répéta-t-elle. Cette nouvelle va tuer la pauvre fille.

— Vivaldo avait l'air absolument atterré.

— Où est-il ?

— J'ai essayé de le faire venir ici. Mais il allait à Harlem, chez la jeune fille... Ida... Je ne sais pas quelle consolation il peut lui apporter.

— C'est-à-dire qu'il était un ami de Rufus plus intime que nous.

— Tu veux boire quelque chose ?

— Oui, dit-elle. Je crois que ça me fera du bien. — Elle resta immobile, fixant la table. — Je me demande s'il y a quelque chose que... nous... que n'importe qui aurait pu faire.

— Non, dit-il en versant un peu de whisky dans un verre qu'il posa devant elle, il n'y a rien que personne ait pu faire. Il était trop tard. Il voulait mourir.

Elle resta silencieuse, buvant son whisky à petites gorgées. Elle regardait le rayon de soleil qui tombait sur la table.

Richard posa une main sur son épaule.

— Ne prends pas cela trop au tragique, Cass. Après tout...

Elle revit son visage tel qu'il avait été la dernière fois qu'elle lui avait parlé, l'expression qu'elle avait lue dans ses yeux et son sourire quand il avait demandé : « *Puis-je aller vous voir bientôt ?* » Comme elle regrettait maintenant qu'il ne soit pas resté un peu plus longtemps pour lui parler. Peut-être... elle but lentement son whisky en s'étonnant que les enfants soient si calmes. Des larmes emplirent ses yeux, roulèrent lentement sur son visage et tombèrent sur la table.

— C'est vraiment un sale coup, dit-elle. Une chose terrible, terrible, terrible.

— Il s'était embarqué dans cette voie, dit doucement Richard ; rien, personne n'auraient pu l'arrêter.

— Comment le savons-nous ? demanda Cass.

— Oh, ma chérie, tu sais comment il a été ces derniers mois. Nous ne l'avons guère vu, mais tout le monde le savait.

Savait quoi ? voulait demander Cass. Qu'est-ce que les gens savaient donc au juste ? Mais elle sécha ses larmes et se leva.

— Vivaldo a fait l'impossible pour mettre fin à la vie d'enfer qu'il faisait mener à Leona. Et s'il avait réussi à l'empêcher de continuer... eh bien, peut-être aurait-il pu ainsi éviter le drame.

C'est vrai, songeait-elle. Elle regarda Richard qui, dans de telles circonstances, la surprenait toujours par sa facilité à retrouver son aplomb.

— Je l'aimais beaucoup, dit-elle d'une voix désespérée. Il y avait quelque chose de très doux en lui.

Il la regarda avec un léger sourire.

— Eh bien, je vois que tu es d'un naturel meilleur que le mien. Je n'étais pas de cet avis. Je le trouvais extrêmement égoïste, si tu veux savoir la vérité.

— Oh, dit-elle, égoïste. En connais-tu beaucoup qui ne le soient pas?

— Toi, dit-il. Tu penses aux autres et tu t'efforces de bien les traiter. Tu passes ta vie à t'occuper des enfants, et de moi.

— Oui, mais vous êtes toute ma vie, toi et les enfants. Que ferais-je, que serais-je sans vous? Je suis tout aussi égoïste que les autres. Tu comprends?

Il sourit et lui passa brusquement la main sur les cheveux.

— Non. Je ne veux plus discuter de cela. — Mais au bout d'un moment il reprit: — Je n'aimais pas Rufus, pas comme tu l'aimais toi, comme vous l'aimiez tous. Je ne pouvais m'empêcher de penser que si vous faisiez un si grand cas de lui, c'était en partie parce qu'il était un Noir. Ce qui est une belle raison d'aimer n'importe qui. Moi, je ne voyais rien de plus en lui que dans n'importe qui d'autre. Et je ne pouvais pas lui pardonner ce qu'il faisait à Leona. Tu m'as dit un jour que tu ne le pouvais pas non plus.

— J'ai réfléchi depuis. Il le fallait.

— Et qu'as-tu conclu? Tu as trouvé une justification à sa conduite?

— Non. Je n'essayais pas de la justifier. Elle ne peut pas se justifier. Mais maintenant je pense... que je n'en sais pas assez pour pouvoir le juger. Il a dû... il a dû souffrir beaucoup. Il a dû l'aimer.

Elle se tourna vers lui, épiant son visage.

— Je suis sûre qu'il l'aimait.

— Drôle d'amour.

— Richard, toi et moi, nous nous sommes fait souffrir bien des fois. Parfois, c'était involontaire, parfois non. Et n'était-ce pas parce que — justement *parce que* nous nous aimions?

Il lui jeta un regard étrange, la tête penchée de côté.
— Cass, comment peux-tu comparer ? Nous n'avons jamais essayé de nous détruire. As-tu jamais essayé de me détruire ?

Ils se regardèrent. Elle ne dit rien. Il répéta :
— Je n'ai jamais essayé de te détruire. As-tu jamais essayé de me détruire ?

Elle pensa à son visage, tel qu'il avait été quand ils s'étaient rencontrés, et elle le considéra maintenant. Elle songea à tout ce qu'ils avaient découvert ensemble, à tout ce qu'ils étaient l'un pour l'autre, et au nombre de petits mensonges qui avaient contribué à édifier leur vérité unique et particulière ; cet amour qui les unissait l'un à l'autre. Elle avait dit non bien des fois, à bien des choses, alors qu'elle savait qu'elle aurait pu dire oui, à cause de Richard ; elle avait cru, à cause de Richard, à beaucoup de choses auxquelles elle n'était pas certaine de croire vraiment. Richard lui était devenu absolument nécessaire — du moins s'en était-elle persuadée, et cela revenait au même — elle s'était donc attachée à lui, et sa vie avait pris forme autour de lui.

Elle ne regrettait rien pour elle-même. « Je le veux », avait dit quelque chose en elle, des années plus tôt. Et elle l'avait lié à elle ; il avait été son salut ; et il l'était encore. Elle ne regrettait rien pour elle et pourtant, elle commença à se demander s'il n'y avait pas quelque chose à regretter, quelque chose qu'elle avait donné à Richard et que Richard ne voyait pas.

— Non, dit-elle faiblement. — Puis, ce fut plus fort qu'elle, elle ajouta : — Je n'aurais pas voulu être obligée d'essayer.

— Que veux-tu dire ?

— Eh bien... — Il la regardait intensément ; elle se rassit et expliqua, jouant machinalement avec son verre de whisky : — Un homme rencontre une femme. Et il a besoin d'elle Mais elle utilise ce besoin contre lui, elle l'utilise pour le saper. Et c'est facile. Les femmes ne voient pas les hommes comme ils voudraient qu'elles les voient. Elles voient tous les endroits tendres, tous les endroits où le sang pourrait couler. — Elle acheva son whisky. — Tu vois ce que je veux dire?

— Non, dit-il, franchement pas du tout. Je ne crois pas à toutes ces conneries d'intuition féminine. C'est une chose que les femmes ont rêvée.

— Tu peux te permettre de dire cela sur un ton pareil! — Elle répéta en le singeant: — « Une chose que les femmes ont rêvée. » Mais moi, je ne peux pas dire cela. Ce que les hommes ont « rêvé », c'est toute la réalité; le monde qu'ils ont rêvé est bel et bien le monde.

Il rit. Elle ajouta, d'un ton plus calme:

— C'est vrai, tu sais.

— Tu es vraiment une drôle de femme! Quelle mentalité phallique!

— Celle de la plupart des hommes, rétorqua-t-elle, et il rit. Enfin, bref, reprit-elle d'un ton modéré, je voulais dire qu'il fallait que j'essaye de m'adapter à toi et non faire en sorte que tu t'adaptes à moi. C'est tout, et ça n'a pas été facile.

— Non?

— Non, parce que je t'aime.

— Ah, dit-il. — Il s'esclaffa bruyamment. — Tu es une drôle de femme. Je t'aime aussi, tu sais.

— Je l'espère.

— Toi qui me connais si bien, tu n'en es pas certaine? Qu'est-il donc arrivé à toute cette intuition? à tout ce point de vue *spécialisé*?

— Au-delà d'un certain point, dit-elle avec un sourire maussade, ça n'a pas l'air de marcher aussi bien.

Il l'attira à lui et l'enlaça de ses deux bras, posant sa joue contre les cheveux de Cass.

— Quelle importance, ma chérie ?

Tout ce qui était Richard, son souffle qui lui caressait les cheveux, ses bras, sa poitrine, son odeur, tout était familier, attirant, indiciblement cher. Elle tourna la tête légèrement pour regarder la fenêtre de la cuisine.

— Mon amour, dit-elle en regardant le pâle soleil. — Elle pensa au fleuve glacé, et à leur ami, ce cher vieux Noir. Elle ferma les yeux. — Mon amour, répéta-t-elle, mon amour.

Le samedi, Richard resta avec les enfants pendant que Cass et Vivaldo se rendaient à Harlem, aux obsèques de Rufus. Elle ne voulait pas y aller, mais elle ne put dire non à Vivaldo qui pensait devoir y assister mais redoutait de s'y trouver seul.

La cérémonie avait lieu le matin, et Rufus devait être amené au cimetière immédiatement après. De bonne heure, ce samedi-là, par un temps froid et sec, Vivaldo arriva, tout en noir et blanc : chemise blanche, cravate noire, costume noir, chaussures noires, manteau noir, les cheveux noirs ainsi que les yeux et les sourcils, le visage osseux et sec, blanc comme celui d'un mort. Elle fut frappée par son angoisse et son chagrin ; sans un mot, elle enfila son manteau noir et mit sa main dans la sienne ; puis ils descendirent par l'ascenseur sans mot dire. Elle le regarda dans le miroir. L'affliction lui allait bien. Sa beauté et son élégance ressortaient — comme les os qui saillent sous la peau après une longue maladie.

Ils prirent place dans un taxi et partirent en direction de Harlem.

Vivaldo, assis à côté d'elle, les mains sur les genoux,

regardait droit devant lui. Elle contempla les rues. La circulation était dense, mais les voitures parvenaient à rouler ; le taxi se faufilait par saccades avec des ralentissements et des accélérations brusques mais il réussissait à ne pas s'arrêter. Puis, à la 34e Rue, un feu rouge l'obligea à s'immobiliser. Ils étaient entourés par un magma de voitures, de gros camions, d'autobus verts qui traversaient pesamment la ville, de garçons — des Noirs — qui poussaient des chariots en bois pleins de vêtements. Les piétons débordaient sur la rue. Des femmes aux épais manteaux avançaient lourdement, transportant d'énormes paquets et d'immenses cabas — car le Thanksgiving Day était passé, mais les enseignes annonçaient le nombre des journées qui restaient avant Noël. Les hommes, relativement peu chargés, étaient partis à la recherche de l'argent que Noël exige ; ils se hâtaient sur les trottoirs ; des garçons aux cheveux très longs se dandinaient sur l'asphalte noir et froid, comme sur une piste de danse. De l'autre côté de la vitre, aussi près d'elle que l'était Vivaldo, un jeune Noir arrêta son chariot, alluma une cigarette et éclata de rire. Le taxi ne pouvait pas avancer et le chauffeur se mit à jurer. Cass alluma une cigarette et la tendit à Vivaldo. Elle en alluma une autre pour elle. Puis, brusquement, le taxi bondit en avant.

Le chauffeur mit la radio en marche et le véhicule fut soudain envahi par le son d'une guitare ; une voix aiguë, semblable à un hennissement, et un chœur, criaient : « Aime-moi. » Les autres mots étaient avalés par les gémissements gutturaux du chanteur qui étaient presque aussi obscènes que l'avaient été les jurons du chauffeur ; mais ces deux mots revenaient sans cesse.

— Toute ma famille croit que je suis un bohème, dit Vivaldo. Ils m'ont tous laissé tomber en somme, mais je sais qu'ils ont peur de moi, de ce que je vais faire maintenant.

Elle ne dit rien. Il regarda par la vitre. Ils traversaient Columbus Circle.

— Certains jours, comme aujourd'hui, reprit-il, je me dis qu'ils ont sans doute raison et que moi, je me suis aveuglé sur mon compte. À tous points de vue.

Les murs du parc étaient maintenant tout près, de chaque côté de la rue, et au-delà de ces murs, entre les arbres dénudés, ils apercevaient les murs des hôtels et des immeubles.

— Dans ma famille, on pense que je me suis mariée au-dessous de ma condition, dit-elle. Au-dessous d'eux.

Elle lui sourit et écrasa sa cigarette par terre.

— Je ne crois pas avoir jamais vu mon père dessoûlé, dit-il, depuis des années. Il disait toujours : « Je veux que tu me dises la vérité maintenant. Dis-moi toujours la vérité. » Et si je lui disais la vérité, d'une calotte il m'envoyait la tête contre le mur. Alors, naturellement, je ne lui disais jamais la vérité. Je lui racontais n'importe quel mensonge ; ce qui me passait par la tête. La dernière fois que je suis allé les voir à la maison, j'avais ma chemise rouge et il a dit : « Qu'est-ce qui t'arrive ? T'es de la pédale, maintenant ? »

Elle alluma une autre cigarette et écouta.

Une femme faisait du cheval dans l'allée ; elle avait un teint pâle et un visage hautain, un peu hagard. Cass eut le temps de se dire, sans le vouloir, comme la cavalière disparaissait à jamais de sa vue, qu'elle aurait pu être cette femme, bien longtemps auparavant, en Nouvelle-Angleterre.

— Ce quartier était terrible, dit Vivaldo ; il fallait être deux, sinon ils vous auraient tué. Des gens mouraient sans cesse autour de nous, pour rien. Je n'éprouvais pas un véritable intérêt à traîner avec ces garçons; ils m'ennuyaient. Mais ils me faisaient peur aussi. Je ne pouvais pas supporter la vue de mon père. Il est tellement lâche! Toute sa vie, il a fui les réalités — en fait, je ne sais pas très bien ce qu'il voulait me faire croire; que tout était sensationnel, sans doute — pendant que sa femme perdait peu à peu la raison dans la quincaillerie que nous avions achetée. Et il savait que ni moi ni mon frère n'avions de respect pour lui. Et sa fille devenait la plus grande allumeuse d'hommes que nous ayons jamais vue. Elle a fini par se marier. J'aime mieux ne pas penser à ce que son mari a dû lui promettre, chaque fois qu'elle le laisse prendre un peu de bon temps.

Il resta silencieux un moment, puis:

— Naturellement, il se comporte comme une lavette. Grand Dieu! J'aimais bien prendre simplement un autobus et aller dans quelque quartier inconnu de la ville, tout seul, et y flâner, ou aller au cinéma, tout seul, ou simplement lire ou rêvasser. Mais non. Il fallait être un homme, là d'où je viens, et le prouver, le prouver sans cesse. Mais je pourrais te dire des choses... — Il poussa un soupir. — Eh bien, mon père est encore là; il contribue à maintenir la fabrication et le débit des spiritueux à un niveau décent.

«La plupart de mes camarades d'enfance sont morts ou en prison, ou bien ils s'adonnent à la drogue. Moi, je suis seulement un bohème. J'ai de la chance.»

Elle écouta, parce qu'elle savait qu'il y avait quelque chose à quoi il revenait sans cesse, qu'il regardait, qu'il essayait de mettre sur pied, de comprendre, d'exprimer. Mais il n'en avait rien dit. Il avait laissé quelque chose de lui, là-bas, dans les rues de Brooklyn, quelque chose qu'il avait peur de revoir en face.

— Un jour, dit-il, nous sommes montés en voiture

pour aller au cinéma au Village et nous avons ramassé un pédé, un jeune gars que nous avons ramené à Brooklyn. Le pauvre type était mort de frayeur avant que nous ayons fait la moitié du chemin, mais il n'a pas pu sauter à bas de la voiture. Nous l'avons fait entrer dans ce garage, nous étions sept, et nous l'avons obligé à nous faire un pompier à tous, puis nous l'avons battu à mort et nous lui avons pris son argent et ses vêtements. Il est resté étendu sur le sol bétonné et vois-tu c'était l'hiver. — Pour la première fois de la matinée, il la regarda bien en face. — Parfois je me demande si on l'a retrouvé à temps, s'il est mort ou quoi.

Joignant les mains, il regarda par la fenêtre.

— Parfois je me demande si je suis encore le même être que celui qui a fait ces choses il y a si longtemps.

Non. Ce n'avait pas été exprimé. Elle se demanda pourquoi. Peut-être parce que les souvenirs de Vivaldo ne le libéraient en aucune façon de la chose rappelée. Il ne se retrouvait pas dans le garçon qu'il avait été à cette époque. Il le regardait avec une horreur fascinée, romantique, et il cherchait un moyen de le renier.

Peut-être de tels secrets, les secrets de tout un chacun, étaient-ils seulement exprimés quand l'être les amenait laborieusement à la lumière du monde, les imposait au monde, et faisait d'eux une partie de l'expérience du monde. Sans un tel effort, ce recoin secret n'était qu'un danger dans lequel l'être périssait ; sans cet effort, en fait, le monde entier ne serait qu'une nuit inhabitable, et Cass vit, avec une terrible répugnance, pourquoi cet effort était si rare. Avec répugnance car elle se rendit compte alors que Richard l'avait déçue amèrement en écrivant un livre auquel il ne croyait pas. À ce moment, elle le savait, et elle savait que Richard ne voudrait jamais reconnaître que le livre qu'il avait écrit pour gagner de l'argent représentait la limite absolue de son talent. Il ne l'avait pas vraiment écrit pour gagner de l'argent d'ailleurs — si seulement il avait pu le faire! — Il l'avait écrit parce qu'il avait peur, peur de choses noires, étranges, dangereuses, difficiles et profondes.

« Je m'en moque, se dit-elle très vite. Ce n'est pas sa faute s'il n'est pas Dostoïevski, je m'en moque. » Mais qu'elle s'en moquât ou non ne changeait rien. Lui ne s'en moquait pas, et il comptait sur la foi qu'elle avait en lui.

— N'est-il pas étrange, dit-elle soudain, que vous vous souveniez de tout cela maintenant?

— Peut-être, dit-il au bout d'un moment, est-ce à cause d'elle. Quand je suis allé la voir le jour où elle m'a téléphoné pour m'apprendre la mort de Rufus — je ne sais pas — j'ai traversé ce quartier et j'ai marché dans cette maison, et tout me semblait — je ne sais pas — *familier*. — Il tourna son visage blême et tourmenté vers elle, mais elle comprit qu'il regardait le mur haut et dur qui s'élevait entre lui-même et son passé. — Je ne veux pas seulement dire que j'ai passé beaucoup de temps à Harlem — et il détourna son regard avec nervosité —, je n'y suis pour ainsi dire jamais allé de jour. Mais dans le quartier il y avait les mêmes gosses que dans le mien, ils étaient Noirs, mais c'étaient les mêmes, vraiment les mêmes, et les couloirs avaient la même puanteur, et tout le monde euh... essayait de s'en sortir, mais tous savaient qu'ils n'avaient pas grand-chance d'y parvenir. Les mêmes vieux hommes, les mêmes vieilles femmes — peut-être sont-ils un petit peu plus *vivants* — et je suis entré dans cette maison et ils étaient tous assis, Ida, sa mère et son père, et il y avait aussi d'autres gens, des parents peut-être, et des amis. Je ne sais pas, personne ne m'a parlé vraiment, sauf Ida, et elle ne m'a pas dit grand-chose. Et tous m'ont regardé comme si — eh bien

— comme si c'était moi qui étais coupable — et, alors, j'ai eu envie de prendre cette jeune fille dans mes bras et de l'embrasser jusqu'à ce que ce regard disparaisse, jusqu'à ce qu'elle comprenne que je n'étais pas coupable, que je n'avais rien fait, et que celui qui s'était rendu coupable l'était également envers moi. — Il pleurait silencieusement, et il se pencha en avant en cachant son visage dans sa longue main.

— Je sais que je l'ai laissé tomber, mais je l'aimais, et personne ne voulait le savoir. Je ne cessais de me dire : Ils sont Noirs et je suis Blanc mais j'ai subi les mêmes souffrances, absolument les mêmes. Comment pourrais-je le leur faire comprendre ?

— Mais si vous avez subi le même sort, dit-elle, ce n'est pas uniquement parce que vous étiez Blanc. Ça s'est produit comme ça, un point c'est tout. Mais ce qui leur arrive, à Harlem — le taxi sortit du parc ; elle allongea la main, invitant Vivaldo à regarder — leur arrive parce qu'ils sont Noirs. Et c'est là qu'est la différence. — Et, au bout d'un moment, elle osa ajouter : — Il vous faudra l'embrasser longtemps, mon ami, avant de parvenir à effacer tout cela.

Il regarda la vitre en s'essuyant les yeux. Ils étaient dans Lenox Avenue, bien que leur destination fût la Septième Avenue. Et rien de ce qu'ils voyaient ne leur était étranger, car tout portait la marque de la misère. Il n'était pas difficile d'imaginer que les calèches avaient autrefois paradé dans cette large avenue, que des dames et des messieurs enrubannés, fleuris, ornés de brocarts et de panaches, étaient descendus de leur carrosse pour entrer dans ces maisons que le temps et la folie des hommes avaient noircies et dégradées. Les corniches avaient été neuves autrefois ; elles avaient brillé d'un éclat aussi vif que la honte qui les faisait bouder maintenant, ternies et méprisées de tous. Les fenêtres n'avaient pas toujours été aveuglées, les portes n'avaient pas toujours rappelé la méfiance et le silence d'une cité longtemps assiégée. À une certaine époque les gens s'étaient occupés de ces maisons; différence notable: ils avaient été fiers d'arpenter cette avenue. Autrefois, on y avait résidé, tandis que maintenant, on y était en prison.

Maintenant, personne ne s'en occupait plus; cette indifférence était le seul point commun entre ce ghetto et le reste de la ville. Maintenant, tout croulait et les propriétaires s'en moquaient. Personne ne s'en inquiétait. Les beaux enfants bleu-noir, bruns et cuivrés qui tous avaient, dans le vent glacé qui balayait la rue, une cendre grise sur le visage et sur les jambes une cendre semblable à la mince couche de givre qui recouvre une vitre ou une fleur, semblaient se moquer de ce que personne ne remarquât leur beauté. Leurs aînés, des femmes grandes et noires qui cheminaient avec effort, des hommes maigres et besogneux, leur avaient appris, par le précepte ou par l'exemple, ce que cela signifiait que d'afficher l'indifférence ou l'inquiétude. Quels que fussent les préceptes qui étaient perdus chaque jour, les exemples restaient, tous, dans la rue. Les femmes qui cheminaient allaient, s'arrêtaient, entraient et sortaient par des portes noires, se parlaient, parlaient aux hommes, aux policiers, regardaient les vitrines, morigénaient les enfants, riaient, s'arrêtaient pour les caresser. Tous les visages, même ceux des enfants, exprimaient un désenchantement suave ou empoisonné qui donnait à leurs physionomies un contour d'une extraordinaire netteté comme si on les avait taillées dans la pierre.

Le taxi remonta vers le Nord à vive allure, passa devant des hommes qui attendaient près d'un salon de coiffure, devant des gargotes à *barbecue*, et devant des bars; il traversait des rues longues, sombres et bruyantes, bordées de maisons grises qui se penchaient en avant pour découper le ciel. Et à l'ombre de ces maisons les enfants bourdonnaient et proliféraient, aussi denses que des mouches sur un papier gluant. Puis ils quittèrent l'avenue et remontèrent une longue rue grise. Le taxi dut ralentir l'allure car la chaussée était encombrée de badauds nonchalants et les enfants bondissaient d'un trottoir à l'autre, entre les voitures en stationnement. Il y avait des gens sur les perrons, des gens qui criaient à leur fenêtre, et les jeunes scrutaient avec indifférence l'intérieur du taxi, le visage ironique et le regard indéchiffrable.

— Rufus vous avait-il amené par ici? demanda-t-elle. Enfin, pour voir sa famille?

— Oui, dit Vivaldo. Il y a très longtemps. Je l'avais presque oublié. Je l'avais oublié en fait, jusqu'au jour où Ida me l'a rappelé. Elle avait alors de petites tresses; c'était la plus mignonne petite négresse que vous ayez jamais vue. Elle avait quinze ans à peu près. Rufus et moi, nous l'avons emmenée à Radio City.

Elle sourit à cette description d'Ida et au ton qu'il avait pris et qui s'était, inconsciemment, chargé d'érotisme. Le taxi franchit l'avenue et s'arrêta de l'autre côté du pâté de maisons qu'ils avaient traversé, près de la chapelle. Deux femmes, debout sur les marches, conversaient à voix basse. Cass regarda autour d'elle. Vivaldo paya le chauffeur; un jeune homme rejoignit les deux femmes et tous trois entrèrent dans la chapelle.

Soudain, Cass étouffa un juron et mit sa main sur sa tête nue.

— Vivaldo, dit-elle, je ne peux pas entrer.

Il la fixa sans comprendre; le chauffeur cessa de rendre la monnaie.

— Qu'est-ce qui te prend? demanda Vivaldo. Qu'est-ce qui t'arrive?

— Rien, rien. Mais les femmes doivent toujours avoir la tête couverte. Je ne peux pas entrer sans chapeau.

— Mais oui, tu le peux.

Mais, au même moment, il se souvint qu'en effet il n'avait jamais vu une femme entrer tête nue dans une église.

— Non, je ne peux pas. Elles ont toutes un chapeau, toujours. Ce serait une insulte, comme si je venais en blue-jeans. — Elle marqua un temps d'arrêt puis reprit : — C'est une église, Vivaldo, c'est un enterrement. Ce serait une insulte.

Il était déjà convaincu. Il la regarda d'un air désemparé. Le chauffeur de taxi avait toujours la monnaie à la main et il fixait Vivaldo d'un œil soigneusement inexpressif.

— Bon, tu n'as pas d'écharpe?

— Non. — Elle plongea la main dans son sac, dans les poches de son manteau. Elle était au bord des larmes. — Non, rien.

— Alors, ça vient? dit le chauffeur.

Le visage de Vivaldo s'éclaira.

— Et ta ceinture? Tu ne peux pas te la nouer sur la tête? Elle est noire.

— Oh, non, ce n'est pas possible. D'ailleurs, ils verront bien que c'est une ceinture.

— Essaie toujours.

Pour mettre fin à la discussion et prouver qu'elle avait raison, elle ôta sa ceinture et la noua autour de sa tête.

— Tu vois bien? Ce n'est pas possible.

— Alors, qu'est-ce que vous fabriquez? demanda le chauffeur. J'ai pas que ça à faire.
— Il va falloir que j'achète quelque chose, dit Cass.
— Nous allons être en retard.
— Eh bien, entre, toi. Je vais me faire conduire à une boutique dans le quartier et je reviens aussitôt.
— Y a pas de boutiques par ici, ma petite dame, dit le chauffeur.
— Mais oui, il y en a, répliqua sèchement Cass. Entre, Vivaldo. Je reviens tout de suite. Où sommes-nous ici?
Vivaldo lui donna l'adresse et dit:
— Il faut aller dans la 125ᵉ Rue. Il n'y a que là que tu trouveras des boutiques, à ma connaissance. — Puis il prit la monnaie que lui tendait le chauffeur et laissa un pourboire. — La dame veut aller dans la 125ᵉ Rue, dit-il.
Le chauffeur se retourna sur son siège avec résignation, et il actionna son compteur.
— Entre, Vivaldo, répéta Cass. Excuse-moi. Je reviens tout de suite.
— Tu as assez d'argent sur toi?
— Oui. Entre.
Il descendit du taxi, un peu dérouté et ennuyé, puis pénétra dans la chapelle, alors que le taxi s'éloignait. Le chauffeur déposa Cass au carrefour de la 125ᵉ Rue et de la Huitième Avenue, et elle s'aperçut, en descendant à pas pressés la large artère populeuse, qu'elle était dans un état d'esprit étrange; ce n'était ni de la fureur, ni du désespoir, mais c'était très proche de l'un et de l'autre. Une femme blanche et solitaire se hâtant dans la 125ᵉ Rue un samedi matin devait constituer un spectacle bien banal, car personne ne la regardait. Elle ne voyait nulle part de boutiques avec des chapeaux de femme en vitrine. Mais elle marchait trop vite, elle était

trop tendue. Si elle ne se ressaisissait pas, elle risquait de passer la journée à errer dans cette rue. Un moment, elle songea à arrêter une des femmes — une des femmes dont elle regardait le visage comme s'il contenait quelque chose qu'il lui fallait apprendre, pour se renseigner ; elle avait peur de ces gens, de ces rues, de la chapelle où elle devait retourner. Elle se força à marcher plus lentement. Elle avisa une boutique et entra.

Une jeune Noire vint à elle, une jeune fille aux cheveux roux, vaguement ondulés, qui portait une robe d'un vert cru et dont la peau faisait songer à une sorte de cuivre poussiéreux.

— Vous désirez ?

La jeune fille souriait, le même sourire — Cass se le répétait avec insistance — que celui de n'importe quelle vendeuse, n'importe où. Devant ce sourire, Cass se sentit malheureuse et pitoyable. Jamais elle n'avait éprouvé ce sentiment avec une telle intensité. Et, bien qu'elle commençât à trembler d'une colère mystérieuse, elle se rendit compte que sa concision sèche et aristocratique, qui pourtant réussissait toujours à en imposer dans les quartiers chics, ne produisait pas ses effets habituels dans cette boutique.

— Je voudrais, balbutia-t-elle, voir un chapeau.

Elle se souvint alors qu'elle détestait les chapeaux et n'en mettait jamais. La jeune fille qui souriait toujours, ainsi que le lui avaient recommandé ses patrons, eut l'air de quelqu'un qui vendait tous les samedis matin au moins un chapeau à une femme blanche étrange et haletante.

— Voulez-vous venir avec moi ? demanda-t-elle.

— Euh... non, dit soudain Cass, et la jeune fille se retourna, fronçant des sourcils d'un dessin impeccable. Enfin, je ne désire pas tellement un chapeau — Cass essaya de sourire. Elle avait envie de s'enfuir à toutes jambes. Le silence était tombé sur la boutique. — Je crois que je préférerais une écharpe. Noire — avec quelle violence ce mot parut déferler dans toute la boutique ! — pour me mettre sur la tête, ajouta-t-elle, persuadée que d'une minute à l'autre on allait appeler la police. Et elle n'avait aucun papier d'identité.

— Ah bon, dit la jeune fille. — Cass avait réussi à faire disparaître le sourire. — Marie, appela-t-elle d'une voix brève, venez vous occuper de Madame.

Et elle s'en alla et une autre vendeuse, moins jolie et plus âgée, qui était cependant vêtue avec recherche et soigneusement maquillée, elle aussi, s'approcha de Cass en arborant un sourire très différent, un sourire amusé et paillard plein de complicité et de mépris. Cass se sentit rougir. La jeune fille sortit une boîte pleine de foulards. Tous étaient très vaporeux et semblaient fort chers, mais elle était incapable de protester. Elle en prit un, le paya, le noua sur sa tête et sortit. Ses genoux tremblaient. Elle réussit à trouver un taxi au carrefour et, après une courte lutte intérieure, elle donna au chauffeur l'adresse de la chapelle. Un moment, elle avait eu envie de lui dire de la ramener chez elle.

La chapelle était petite et il n'y avait pas grand monde à l'intérieur. Elle entra le plus discrètement qu'elle put, mais quelques têtes se retournèrent. Un homme âgé, le maître de cérémonies sans doute, s'approcha d'elle en silence, mais elle s'assit sur le premier siège qu'elle vit, à la toute dernière rangée, près de la porte. Vivaldo était assez loin devant elle, vers le centre. Ils étaient les seuls Blancs à assister à la cérémonie, semblait-il. Les gens étaient assez dispersés — de la même manière, sans doute, que les éléments de la vie de Rufus — et la chapelle paraissait plus vide qu'elle ne l'était réellement. Il y avait beaucoup de jeunes ; les amis de Rufus, se dit-elle, les garçons et les filles qui ont grandi avec lui. Dans la première rangée, elle distingua six silhouettes ; la famille ; aucun deuil ne pouvait rendre moins altier le dos de la sœur de Rufus. Juste devant la famille, au pied de l'autel, le cercueil clos et nacré dominait la salle.

Quand elle entra, quelqu'un parlait. C'était un très jeune homme qui portait la soutane noire des Évangélistes. Il s'assit. Elle se demanda s'il se pouvait qu'il fût Évangéliste ; il était à peine sorti de l'enfance. Mais il était empreint d'une grande autorité. L'autorité de celui qui a trouvé sa place et qui a fait la paix avec elle. Comme il s'asseyait, une jeune fille très mince remonta l'allée centrale et le garçon en soutane alla au piano, à côté de l'autel.

— Je me souviens de Rufus, dit la jeune fille, alors qu'il était déjà grand et que je n'étais, moi, qu'une petite fille. — Elle essaya de sourire aux gens en deuil assis au premier rang. Cass ne la quitta pas des yeux ; elle vit que la jeune fille faisait de terribles efforts pour ne pas pleurer. — Moi et ma sœur, nous essayions de nous consoler quand Rufus s'en allait avec les grands garçons et refusait de nous laisser jouer avec lui. — Il y eut un murmure amusé et triste à la fois, et, au premier rang, les têtes s'inclinèrent. — Nous étions voisins ; il était comme un frère pour moi.

Elle baissa la tête et tordit un mouchoir blanc, le mouchoir le plus blanc que Cass eût jamais vu, entre ses deux mains brunes. Elle resta silencieuse pendant quelques secondes, puis, une fois de plus, une sorte de souffle parut chuchoter dans la chapelle, comme si toutes les personnes présentes partageaient les souvenirs de la jeune fille et voulaient qu'elle fût soulagée de son chagrin. Le jeune homme assis au piano plaqua un accord.

— Rufus parfois aimait m'entendre chanter cette

chanson, dit soudain la jeune fille. Je vais la lui chanter maintenant.

Le jeune homme joua un prélude de quelques notes. La jeune fille entonna d'une voix sèche, inexperte mais étonnamment puissante :

Je suis un étranger, ne me chassez pas.
Je suis un étranger, ne me chassez pas.
Si vous me chassez, vous risquez d'avoir besoin de moi un
  jour.
Je suis un étranger, ne me chassez pas.

Quand elle eut terminé, elle s'approcha de la bière et l'effleura du bout des doigts. Puis elle retourna s'asseoir.

On pleurait au premier rang. Cass regarda Ida prendre dans ses bras une femme plus âgée, plus lourde. L'un des hommes se moucha bruyamment. L'atmosphère était pesante. Elle se prit à souhaiter que tout fût terminé.

Vivaldo restait assis, seul et silencieux, regardant droit devant lui.

Un homme aux cheveux gris émergea de derrière l'autel. Il regarda l'assistance un moment et le garçon à la soutane noire joua un cantique funèbre.

— Certains d'entre vous me connaissent, dit-il enfin, et d'autres ne me connaissent pas. Je suis le Révérend Foster. — Il observa quelques secondes de silence, puis reprit : — Et je connais certains visages, et d'autres me sont étrangers. — Il s'inclina rapidement, d'abord vers Cass, puis vers Vivaldo. — Mais aucun d'entre vous n'est vraiment un étranger. Nous sommes tous ici pour la même raison. Quelqu'un que nous aimions est mort. — Il s'interrompit de nouveau et regarda le cercueil. —

Quelqu'un que nous aimions, avec qui nous avons parlé et ri, avec qui nous nous sommes fâchés — pour qui nous avons prié — est parti. Il n'est plus avec nous. Il est allé en un lieu où les méchants cessent de nous importuner. — Il regarda de nouveau le cercueil. — Jamais plus nous ne reverrons son visage, jamais plus. Il a eu bien du mal à se frayer un chemin dans ce monde, et il a eu bien du mal à en sortir. Quand il se tiendra devant son Créateur, il sera comme beaucoup d'entre nous lorsque nous sommes arrivés ici pour la première fois, il sera visible qu'il a eu bien du mal à franchir le passage. Il était *étroit*. — Il toussa pour s'éclaircir la gorge et se moucha. — Je ne vais pas rester ici à vous débiter un tas de mensonges sur Rufus. Je n'y crois pas. Je connaissais Rufus ; je le connais depuis qu'il est né. C'était un garçon brillant ; le démon était en lui, et il n'y avait pas moyen d'entretenir des relations suivies avec lui. Il a eu un tas d'ennuis, vous le savez tous. Beaucoup de nos jeunes gens ont un tas d'ennuis et certains d'entre vous savent pourquoi. Nous en parlions parfois, lui et moi — on a toujours été assez copains — même quand il est sorti d'ici comme un enragé, et bien qu'il n'ait jamais été à la messe, malgré mon... malgré notre désir de l'y voir... Il fallait qu'il aille son chemin. Il a eu ses ennuis, et il est parti. Il était jeune, il était brillant, il était beau, nous attendions de grandes choses de lui mais il nous a quittés maintenant, et c'est nous qui devrons les faire venir ces grandes choses. Je crois savoir quel terrible chagrin certains d'entre vous éprouvent. Je sais que j'éprouve moi-même un terrible chagrin. Aucune de mes paroles ne va supprimer cette douleur, pas tout de suite. Mais ce garçon était un des meilleurs que j'aie jamais rencontrés ; et j'en ai vu beaucoup. Je vais pas essayer de le juger. C'est pas à nous de faire ça. Vous savez, y a un tas de gens qui disent qu'un homme qui s'est ôté la vie ne devrait pas être inhumé en terre sainte. Je suis pas d'accord. Tout ce que je sais, moi, c'est que Dieu a fabriqué jusqu'au moindre pouce de la terre où je marche et tout ce que Dieu a fait est *sacré*. Et aucun de nous ne sait ce qui se passe dans le cœur d'autrui, et il y en a pas beaucoup parmi nous qui savent ce qu'il y a dans leur propre cœur ; alors personne peut dire pourquoi il a fait ce qu'il a fait. Aucun de nous était là, donc personne le sait. Faut prier pour que le Seigneur l'accueille, comme nous prions pour que le Seigneur nous accueille. C'est tout. *C'est tout*. Et je vais vous dire autre chose ; faut que personne l'oublie ; je connais un tas de gens qui se sont ôté la vie et qui marchent dans les rues aujourd'hui et y en a qui prêchent l'Évangile, et y en a qui se sont assis sur les sièges des puissants. Alors, rappelez-vous de ça. Si le monde était pas si rempli de morts, peut-être que ceux d'entre nous qui essaient de vivre auraient pas à souffrir autant.

Il marcha de long en large derrière l'autel, derrière le cercueil.

— Je sais que rien de ce que je peux vous dire, à vous qui êtes assis devant moi — sa mère et son père, sa sœur, ses parents, ses amis — pourra le faire revenir ou vous empêcher de pleurer sa mort. Je sais. Rien de ce que je peux dire rendra sa vie différente, en fera la vie qu'un autre homme aurait peut-être pu avoir. Tout est terminé, tout est couché sur le papier, là-haut. Mais perdez pas courage, mes amis, perdez pas courage. Soyez pas amers. Essayez de comprendre. Essayez de comprendre. Le monde est déjà assez méchant. Il faut essayer d'être meilleur que le monde.

Il baissa la tête puis regarda le premier rang.

— Il faut vous rappeler, dit-il doucement, qu'il

essayait. Y en a pas beaucoup qui essaient et tous ceux qui essaient doivent souffrir. Soyez fiers de lui. Vous avez le droit d'être fiers. Et c'est tout ce qu'il a jamais désiré au monde.

À part une personne — un homme — qui pleurait au premier rang, le silence était total dans la chapelle. Cass se dit que ce devait être le père de Rufus qui pleurait et elle se demanda s'il croyait ce que disait le prédicateur. Qu'avait été Rufus pour lui ? Un fils turbulent, un étranger pendant qu'il vivait, et maintenant, un étranger dans la mort. On ne saurait plus rien d'autre de lui. Quoi qu'il y ait eu, quoi qu'il ait pu y avoir d'enfermé dans le cœur de Rufus, ou dans le cœur de son père, tout cela était voué à l'oubli, avec Rufus. Ce ne serait plus jamais dit. C'était fini.

— Il y a des amis de Rufus ici, dit le Révérend Foster, et ils vont nous jouer quelque chose. Ensuite, nous partirons.

Deux jeunes hommes remontèrent l'allée centrale, l'un portant une guitare, l'autre une contrebasse. La jeune Noire les suivait. Le garçon en soutane assis au piano fléchit les doigts. Les deux jeunes hommes restèrent debout devant le corps, la jeune fille s'écarta un peu, et vint près du piano. Ils commencèrent à jouer quelque chose que Cass ne reconnut pas ; une mélodie très lente qui ressemblait plus à un blues qu'à un cantique. Puis, la mélopée se fit plus tendue, plus amère et le rythme plus rapide. Les gens fredonnaient, à bouche fermée, et frappaient du pied. La jeune fille s'avança. Elle rejeta la tête en arrière et ferma les yeux, et sa voix retentit de nouveau :

> *Oh, ce grand matin où tous se lèveront*
> *Adieu, Adieu !*

Le Révérend Foster, debout sur une estrade derrière elle, leva les deux mains et joignit sa voix à la sienne.

> *Il viendra de chaque nation*
> *Adieu, Adieu !*

Tous les assistants chantèrent avec eux mais la jeune fille termina seule.

> *Oh, ce grand matin où tous se lèveront*
> *Adieu, Adieu !*

Puis le Révérend Foster dit une courte prière pour que se fît en toute sécurité le voyage de l'âme qui les avait quittés, et le voyage à travers la vie, et après la mort, de toutes les âmes qui pouvaient entendre sa voix. C'était fini.

Les porteurs, deux des hommes assis au premier rang, et les deux musiciens hissèrent la caisse nacrée sur leurs épaules et commencèrent à descendre l'allée centrale. La famille les suivit. Cass était debout près de la porte. Les quatre hommes passèrent devant elle avec leur fardeau, sans tourner la tête, impassibles. Juste derrière eux venaient Ida et sa mère. Ida s'arrêta un moment et la regarda ; elle fixa sur elle, de dessous son voile, un regard indéchiffrable. Alors, elle parut sourire. Puis elle passa ; les autres aussi. Vivaldo la rejoignit et ils sortirent de la chapelle.

Pour la première fois elle vit le char funèbre garé dans l'avenue, tourné vers le centre de la cité.

— Vivaldo, demanda-t-elle, allons-nous au cimetière ?

— Non, dit-il, ils n'ont pas assez de voitures. Je crois que la famille ira seule.

Il regardait l'auto garée derrière le corbillard. Les parents d'Ida y avaient déjà pris place. La jeune fille était debout sur le trottoir. Elle regarda autour d'elle, puis vint rapidement vers eux. Elle les prit chacun par une main.

— Je voulais simplement vous remercier d'être venus, dit-elle très vite.

Elle avait la voix brisée par les larmes; Cass ne put pas distinguer son visage sous le voile.

— Vous ne pouvez pas savoir ce que cela signifie pour moi, pour nous.

Cass serra la main d'Ida, ne sachant que dire. Vivaldo commença :

— Ida, tout ce que nous pourrons faire — tout ce qui est en mon pouvoir — *n'importe quoi...*

— Vous avez fait des merveilles. Vous avez été merveilleux. Je ne l'oublierai jamais.

Elle leur serra la main encore une fois et partit. Elle monta dans la voiture et la portière se referma derrière elle. Le corbillard s'ébranla lentement et la voiture, que suivit une seconde voiture, partit aussi. D'autres personnes qui avaient assisté à la cérémonie coulèrent un regard rapide en direction de Cass et de Vivaldo, restèrent groupés quelques instants, puis commencèrent à se disperser. Cass et Vivaldo descendirent l'avenue.

— Nous prenons le métro? demanda Vivaldo.

— Je ne crois pas que j'en aurai la force.

Ils continuèrent de marcher, cependant, sans but, en silence. Cass avançait, les mains au fond des poches, les yeux fixés sur les craquelures du trottoir.

— Je hais les enterrements, dit-elle enfin ; ils semblent n'avoir jamais rien de commun avec la personne qui est décédée.

— Non, dit-il, les enterrements sont destinés aux vivants.

Ils passèrent devant un porche où se tenaient une poignée d'adolescents qui les fixèrent d'un regard curieux.

— Oui, dit-elle.

Et ils continuèrent de marcher, sans avoir l'énergie, semblait-il, de héler un taxi. Ils ne pouvaient pas parler de la cérémonie; il y avait trop à dire. Peut-être chacun avait-il trop à cacher. Ils descendirent la large avenue bondée de monde, entourés, eût-on dit, par une atmosphère qui empêchait les autres de les bousculer ou de les regarder trop directement, ou trop longtemps. Ils atteignirent la station de métro de la 125e Rue. Les gens émergeaient des ténèbres. Un petit groupe, près du carrefour, attendait l'autobus.

— Prenons un taxi, dit-elle.

Vivaldo héla un taxi et ils y prirent place — elle ne pouvait s'empêcher de se dire qu'il fallait qu'il en soit ainsi —, et ils commencèrent à s'éloigner de la scène sombre et violente sur laquelle tombait maintenant un pâle soleil.

— Je me demande, dit-il. Je me demande...
— Quoi donc?

Elle avait dit ces mots d'un ton plus sec qu'elle ne l'avait voulu. Elle n'aurait pas pu dire pourquoi.

— Ce qu'elle voulait dire en déclarant qu'elle ne l'oublierait jamais.

Quelque chose se déroulait dans l'esprit de Cass, quelque chose qu'elle ne pouvait ni définir ni arrêter; mais c'était presque comme si elle était prisonnière de son propre esprit, comme si l'étau de son esprit s'était refermé sur elle.

— Eh bien, au moins, cela prouve que tu es intelligent, dit-elle. Tant mieux pour toi.

Elle regarda le spectacle de cette avenue qui allait finir par devenir celle qu'elle connaissait bien.

— Je voudrais lui prouver un jour, dit-il — il s'interrompit, regarda par la vitre — je voudrais lui faire savoir que le monde n'est pas aussi noir qu'elle le croit.

— Ou plutôt, dit-elle sèchement, au bout d'un moment, pas aussi blanc.

— Pas aussi blanc, dit-il doucement.

Elle sentit qu'il refusait de s'insurger contre le ton qu'elle avait pris. Il continua :

— Tu ne l'aimes pas, Ida ?

— Je l'aime assez. Je ne la connais pas.

— Voilà qui confirme mon opinion. Tu ne la connais pas, et tu ne tiens pas à la connaître.

— Que j'aime Ida ou non n'a aucune importance, dit-elle. Ce qui compte, c'est qu'elle te plaise à toi. Eh bien, c'est parfait. Je ne sais pas pourquoi tu veux que je proteste. Je ne proteste pas le moins du monde. D'ailleurs, qu'est-ce que cela changerait si je protestais ?

— Rien, dit-il promptement. — Il ajouta : — Ou du moins, je m'interrogerais sur la valeur de mon jugement.

— Le jugement n'a rien à voir avec l'amour.

Il lui lança un regard aigu, mais où se lisait aussi une certaine gratitude.

— Car c'est de l'amour que nous parlons, dit-il.

— Pour ce que tu as l'air d'essayer de prouver, dit-elle, cela vaudrait mieux. — Elle se tut, puis reprit : — Naturellement, elle a peut-être aussi quelque chose à prouver.

— Je crois qu'elle a quelque chose à oublier, dit-il. Je crois que je peux l'aider à l'oublier.

Elle ne dit rien. Elle regarda les arbres froids et le parc glacé. Elle se demanda comment avait marché le travail de Richard dans la matinée; elle pensa aux enfants. Elle eut soudain l'impression de s'être absentée très longtemps, de s'être soustraite à des obligations capitales. Et tout ce qu'elle demandait maintenant, c'était de rentrer chez elle en toute sécurité et de retrouver tout comme elle l'avait laissé depuis si longtemps, depuis le matin.

— Tu es si jeune, s'entendit-elle dire. — Elle avait pris son ton le plus maternel. — Tu en sais si peu — elle sourit — sur la vie. Sur les femmes.

Il sourit aussi. Un sourire pâle et las.

— D'accord. Mais je veux qu'il m'arrive quelque chose de réel. Oui. Comment as-tu effectué tes découvertes — il avait pris un ton ironique — sur la vie? Sur les femmes? Tu en sais long sur les hommes?

Les gros chiffres qui dominaient Columbus Circle luisaient dans le ciel gris et annonçaient qu'il était douze heures vingt-sept. Elle arriverait chez elle juste à temps pour préparer le déjeuner.

Puis l'abattement contre lequel elle avait lutté l'envahit de nouveau, comme si le ciel était tombé pour se transformer en brouillard.

— Une fois, je l'ai cru, dit-elle. Une fois, j'ai cru savoir. J'étais encore plus jeune que toi maintenant.

Il la regarda encore mais il ne dit rien. L'espace d'un instant, à un tournant de la chaussée, ils virent les gratte-ciel se dresser devant eux comme un mur déchiqueté. Puis ils disparurent. Elle alluma une cigarette et se demanda pourquoi, à ce moment, elle avait tant haï ces tours orgueilleuses, ces tentacules avides. Elle n'avait jamais haï la cité auparavant, Pourquoi tout lui semblait-il si pâle, si gratuit, et pourquoi avait-elle si froid, comme si rien ni personne ne pouvaient plus jamais la réchauffer.

Du fond de sa gorge, Vivaldo fredonnait le blues qu'il avait entendu dans la chapelle. Il pensait à Ida, il rêvait d'Ida, il se précipitait vers ce qui l'attendait avec Ida. Pendant un moment, elle détesta cette jeunesse, ces espoirs, ces possibilités. Elle haït cette virilité. Elle enviait Ida. Elle écouta le blues fredonné par Vivaldo.

3

C'était un samedi du début de mars. Debout à sa fenêtre, Vivaldo regardait le matin se lever. Le vent balayait les rues vides avec une sorte de gémissement triste ; il avait soufflé toute la nuit pendant que Vivaldo, assis à sa table de travail, se battait avec un chapitre qui ne marchait pas bien. Il était terriblement las — il avait travaillé à la librairie toute la journée, puis il était descendu en ville pour aider à un déménagement — mais là n'était pas le motif de sa paralysie. Il semblait ne pas en savoir assez sur les personnages de son roman. Ils ne paraissaient pas avoir confiance en lui. Tous étaient identifiés, plus ou moins ; leur destin était fixé, plus ou moins, dans les grandes lignes ; la façon dont il souhaitait les décrire lui apparaissait clairement. Mais elle ne leur paraissait pas claire, à eux. Il pouvait les faire évoluer, mais ils n'évoluaient pas d'eux-mêmes. Il mettait dans leur bouche des mots qu'ils prononçaient sans conviction, d'un ton morne. C'est avec les mêmes efforts, en plus grand, que pour séduire une femme, qu'il essayait de séduire ses personnages : il les suppliait de lui abandonner leur intimité. Ils refusaient et, malgré leur intransigeance malsaine, ils n'exprimaient pas le moindre désir de le quitter. Ils attendaient qu'il trouve le levier, qu'il manœuvre le nerf, qu'il dise la vérité. Alors, semblaient-ils dire, ils lui donneraient tout ce qu'il voulait et même beaucoup plus qu'il ne l'imaginait maintenant. Toute la nuit, avec une fureur et un désespoir croissants, il avait arpenté la pièce, entre sa table de travail et la fenêtre. Il s'était fait du café, il avait fumé cigarette sur cigarette, il avait regardé l'heure. Et la nuit avançait mais son chapitre restait au même point et Vivaldo ne cessait de se dire qu'il devait dormir un peu car ce jour-là, pour la première fois depuis des semaines, il allait voir Ida. C'était le jour de congé de la jeune fille, mais elle allait prendre le café avec l'une de ses amies dans le restaurant où elle travaillait. C'est là qu'il devait la retrouver. Ensuite, ils iraient voir Richard et Cass.

Le roman de Richard allait être publié et il semblait promis à un grand succès. Vivaldo — il en était confus et soulagé à la fois — ne lui avait rien trouvé de remarquable. Mais il n'avait pas eu le courage de le dire à Richard ni de s'avouer qu'il n'aurait jamais lu ce roman si Richard n'en avait pas été l'auteur.

Tous les bruits de la rue s'éteignirent — les moteurs, les crissements veloutés des pneus, les pas, les jurons, les bribes de chansons, les «bonne nuit» sonores et prolongés. La dernière porte de son immeuble avait claqué, les derniers murmures, bruissements et grincements s'étaient évanouis. La nuit se faisait plus paisible autour de lui et sa chambre plus froide. Il alluma le réchaud. Alors, au fond de lui-même, la nuée de témoins accourut, dans un air aussi lourd que l'atmosphère d'une fournaise, et se rassembla, autour de cette Ida si inconnue et tant désirée. Peut-être était-ce à cause d'elle qu'ils étaient tellement silencieux.

Il regarda les rues et se dit — avec amertume, mais aussi avec une sérénité glaciale et étonnée — que tout en les ayant vues depuis si longtemps, il ne les connaissait peut-être pas le moins du monde. Subir l'événement et prendre conscience de ce qui vous arrive, sont deux choses fort différentes. La plupart des hommes n'ont pas vécu — et on ne peut pas dire alors qu'ils en sont morts — une seule de leurs terrifiantes aventures. Ils ont simplement été assommés par le marteau-pilon. Et puis, ils ont passé leur vie dans une sorte de limbe, niant leur souffrance, ou refusant de l'examiner. La grande question devant laquelle il se trouvait ce matin-là était de savoir si, oui ou non, il avait jamais vraiment été présent à sa vie. Car s'il avait jamais été présent, alors il l'était encore et son univers allait s'ouvrir devant lui.

Maintenant, la fille qui habitait en face et qui, il le savait, s'appelait Nancy — elle lui rappelait Jane et c'est pourquoi il ne lui avait jamais adressé la parole — revenait de sa tournée dans les cabarets et les cafés avec une nouvelle conquête: un jeune homme replet. Ils étaient partout ces jeunes gens, ce qui expliquait comment elle les rencontrait; quant à savoir pourquoi elle les ramenait chez elle, c'était une question plus inquiétante. Ceux qui avaient les cheveux longs portaient la barbe, ceux qui avaient les cheveux courts se trouvaient libres de se dispenser de cet accessoire utile mais quelque peu embarrassant. Ils lisaient la poésie, ou l'écrivaient, avec fureur, comme pour prouver qu'ils avaient été prédestinés à des occupations plus viriles. Le spécimen de ce matin-là avait un pantalon blanc, une casquette de yachting, et une petite barbe de paranoïaque qui lui mangeait la moitié inférieure de la face. Cette barbe était son trait le plus agressif; elle seule suggérait la dureté ou la tension de l'homme. La fille, par contre, n'offrait que des angles, des os, des mâchoires et des muscles; même ses seins semblaient de pierre. Les deux jeunes gens descendaient la rue, la main dans la main, mais ils n'étaient pas ensemble. Ils s'arrêtèrent devant les marches qui menaient à la porte de la fille, et elle chancela. Elle s'appuya à lui, avec un rictus et un hoquet d'alcoolique ; la rigidité de l'homme suggérait que le poids qu'il supportait lui était pénible ; et ils gravirent les courtes marches, jusqu'à la porte. Puis la fille resta immobile, lui sourit, faisant ressortir ses seins de pierre, dans un geste de coquette, en ramenant en arrière ses cheveux avec ses mains. L'homme eut l'air de trouver ce retard intolérable. Il marmonna quelque chose à propos du froid, en poussant la fille devant lui pour qu'elle entre plus vite.

Et maintenant, ils allaient le faire — faire quoi ? certainement pas l'amour — et s'il restait à cette fenêtre, d'ici vingt-quatre heures il verrait la même scène se répéter avec un autre homme.

Comment pouvaient-ils supporter cela ? Il avait connu cette existence. Comment l'avait-il supportée ? Le whisky et la marijuana l'avaient aidé ; et il mentait assez bien, ce qui l'avait aidé aussi ; la plupart des femmes lui inspiraient un grand mépris, cela l'avait aidé. Mais il y avait autre chose. Après tout, ce pays, le monde, cette cité, étaient pleins de gens qui se levaient le matin et se couchaient le soir et presque tous se retrouvaient toute leur vie dans le même lit. Ils y faisaient ce que l'on attendait d'eux, et ils élevaient leurs enfants. Et peut-être n'aimait-il pas beaucoup ces gens mais, d'un autre côté, il ne les connaissait pas. Il supposait qu'ils existaient parce qu'on le lui avait dit ; sans aucun doute les visages qu'il voyait dans le métro ou dans les rues appartenaient à ces gens-là, qui étaient admirables parce qu'ils formaient la multitude. Son père et sa mère, sa sœur et son mari, leurs amis, tous faisaient partie de cette foule, et son jeune frère allait bientôt y appartenir. Que savait-il vraiment d'eux, si ce n'est qu'ils avaient honte de lui? Ils ne savaient pas qu'il était réel. Ils semblaient ne pas savoir qu'ils étaient réels eux-mêmes mais lui n'était pas assez simple pour trouver cette idée réconfortante.

Il regarda un homme solitaire remonter la rue, son manteau noir et étroit boutonné jusqu'au menton. Il se retournait de temps à autre, comme s'il espérait qu'on le suivait. Puis le camion des éboueurs apparut, comme un gros insecte sans cervelle. Vivaldo assista au remplissage du camion. Puis, il n'y eut plus rien, plus personne. La lumière du jour augmentait d'intensité. Bientôt les réveils allaient commencer à sonner et les maisons allaient expulser les travailleurs du matin. Il songea à la scène qui se déroulait maintenant entre l'homme et la femme, dans la chambre.

La lumière jaune, éclairage indirect évidemment, s'avère inutile maintenant. On l'éteint donc. La fille a retiré ses chaussures, et elle a mis la radio ou le tourne-disque. Elle est allongée sur le lit. La lumière grise, filtrant à travers les stores de bure, examine, avec la malignité des indifférents, toutes les surfaces, les coins et les angles de cette chambre que personne n'aime. La musique joue en sourdine. Maintenant, ils ont empli les verres, et celui de la fille est sur la table. L'homme tient le sien à la main. Il est assis sur le lit, un peu à l'écart de la femme. Il fixe le plancher. Il a rejeté sa casquette en arrière. Et le silence, en dessous de la musique, est terrible, tant est grande leur frayeur.

Alors, l'un d'eux fait quelque chose pour réagir. Si c'est la fille elle soupire, puis reste immobile. Si c'est l'homme, les gestes sont plus rudes; ou bien il s'approche de la femme, comme pour la violer, ou bien il essaie d'éveiller sa sensualité avec des baiser légers, destinés à embraser, ainsi qu'il l'a vu faire au cinéma. Ces contacts et le jeu de l'imagination ne manquent pas de produire une chaleur et une dureté physiologique ; et la pression feutrée qui s'exerce entre ses cuisses est le signal des gémissements de la femme. Elle redresse un peu la tête et tient l'homme un peu plus serré, et ainsi commence leur descente dans la confusion. La casquette tombe, le lit soupire, la clarté grise les contemple. Puis la veste s'en va. Les mains de l'homme remontent le corsage et dégrafent le soutien-gorge. Tous deux souhaiteraient peut-être s'en tenir là pour entreprendre une découverte réciproque, mais aucun n'ose le faire. Elle gémit, elle se crispe dans le noir, et lui, enlève le corsage, il étreint les seins, sans amour. Les halètements de la femme annoncent déjà l'échec de l'homme. Puis le disque du gramophone s'achève ou bien à la radio une annonce publicitaire fait suite au chant d'amour. Il retrousse la jupe. Alors, la fille, à demi nue, s'excusant dans un murmure, se lève et arrête l'appareil. Debout au milieu de la chambre, peut-être persifle-t-elle sa nudité d'une petite plaisanterie cruelle. Puis, elle va au cabinet. L'homme achève son verre et retire tout, sauf son caleçon. Quand la femme réapparaît, tous deux sont prêts.

Oui, il en avait été là ; il avait commis ces frottements, ces poussées et ces martèlements pour tenter d'éveiller les sens d'une femme glacée. La bataille était terrible, car la femme désirait qu'on l'excite, mais elle avait peur de l'inconnu. Chaque mouvement qui semblait la rapprocher de lui était suivi d'un recul violent qui les séparait l'un de l'autre. Chacun se cramponnait à l'image qu'il concevait plus qu'à son partenaire, et essayait d'extirper le plaisir des replis de l'âme plutôt que de livrer les secrets du corps. Les vrilles de la honte s'emparaient d'eux, quoi qu'ils fassent, et tous les mots obscènes qu'ils connaissaient commentaient chacune de leurs actions. Ces mots permettaient parfois d'atteindre le paroxysme du plaisir — sans joie, dans le dégoût, et trop tôt. Le mieux qu'il eût jamais fait au lit, jusqu'à présent, avait été d'atteindre le maximum de soulagement avec le minimum d'hostilité.

À Harlem, cependant, il s'était contenté de déposer son fardeau, puis de donner l'argent. Ce qui lui avait paru beaucoup plus simple pendant un certain temps. Mais même le simple plaisir que l'on a acheté et payé ne tarde pas à faire défaut. Il s'aperçut que le plaisir n'était pas simple. Quand, errant dans Harlem, il rencontrait une fille qui lui plaisait, il ne manquait pas de regretter de ne pas l'avoir rencontrée dans d'autres circonstances. Il ne manquait pas de réprouver sa situation et de lui demander plus que n'en pouvait donner une femme de sa condition. Si elle ne lui plaisait pas, alors il la méprisait, et il lui était très pénible de mépriser une Noire ; son mépris de lui-même s'en trouvait accru. Si bien que, tout compte fait, aussi pressant qu'ait pu être le fardeau qu'il avait emporté à Harlem, il rentrait chez lui avec un autre fardeau, plus grand encore, et dont il ne pouvait pas se débarrasser aussi aisément.

Pendant des années, il s'était figuré qu'il appartenait à ces rues noires de la haute ville, précisément parce que l'histoire écrite dans la couleur de sa peau contestait son droit de s'y trouver. Il aimait que l'on conteste son droit de se trouver ici ou là ; à Harlem, sa condition d'étranger était visible, et par conséquent presque supportable. Il s'était dit que le danger qu'il y courait était plus tangible, plus franc, que dans les quartiers du centre, et que, ayant choisi de courir ces dangers, il extirpait ainsi sa virilité des eaux tiédasses de la médiocrité pour lui faire subir l'épreuve du feu. Il vivait plus intensément à Harlem car il évoluait dans une flambée de fureur, de contentement de soi et d'excitation charnelle, avec le danger qui, telle une promesse, l'attendait partout. Et pourtant, en dépit de sa témérité et des risques qu'il avait affrontés, les mésaventures qu'il avait connues en fait avaient été fort banales, et il eût pu les subir n'importe où.

Ce dangereux appétit de vivre dont il était la proie n'avait guère réussi qu'à lui procurer une demi-douzaine d'amitiés fort superficielles, dans à peu près autant de bars. Il se souvenait avoir participé à une ou deux séances de marijuana, une ou deux débauches en commun, et il avait connu une ou deux femmes, dont il avait oublié le nom, et une ou deux adresses qu'il avait perdues. Il savait que Harlem était un champ de bataille et qu'une guerre s'y déroulait jour et nuit — mais des objectifs de cette guerre, il ne savait rien.

Cette ignorance ne provenait pas seulement du silence des guerriers — silence spectaculaire d'ailleurs étant donné la violence avec laquelle il retentissait — elle provenait de ce que l'on ne sait des batailles que ce que l'on a accepté de soi-même. Il fut contraint peu à peu, malgré lui, de se rendre compte qu'en affrontant les dangers de Harlem, il n'avait pas mis sa virilité à l'épreuve, ni ennobli le sens qu'il donnait à sa vie. Il s'était simplement réfugié dans l'aventure extérieure afin de se garder de la tension et du tumulte provoqués par l'aventure qui se déroulait inexorablement en lui-même. Peut-être était-ce pour cela qu'il avait parfois l'impression de surprendre, sur les visages bruns qui l'observaient, une pointe d'un mépris amusé, mais point entièrement malveillant. Il devait être vraiment à plaindre, semblaient-ils dire, pour avoir été amené jusqu'ici. Ils savaient qu'il était poussé par une force inconnue, qui l'obligeait à fuir ; les sentiments libéraux, sinon révolutionnaires, dont il était si fier ne signifiaient absolument rien aux yeux des Noirs. Il n'était rien d'autre qu'un pauvre Blanc qui avait des problèmes et ils ne trouvaient rien d'original à sa venue dans le monde des nègres.

Ce sentiment, il avait parfois cru le lire clairement dans les yeux de Rufus. Il avait refusé de l'y voir, car il avait répété que Rufus et lui étaient égaux. Ils étaient amis. Ce n'était pas un fait aussi banal que la couleur de leur peau qui pouvait compromettre cette amitié. Ils avaient dormi ensemble, ils s'étaient enivrés de concert. Ensemble, ils avaient «soulevé» des filles; ils s'étaient accablés d'injures, ils s'étaient prêté de l'argent. Et pourtant, combien de secrets chacun avait-il gardés au fond de son cœur! Ils en avaient fait un jeu, un jeu au cours duquel Rufus avait perdu la vie. Toutes les pressions que chacun avait niées s'étaient accumulées, et l'avaient tué. Pourquoi avait-il fallu nier quoi que ce fût? À quoi ce jeu avait-il rimé? Il se détourna de la fenêtre, alluma une cigarette et se mit à marcher de long en large. Peut-être avaient-ils craint tous les deux, en s'observant trop étroitement, de trouver... Il regarda par la fenêtre. Il avait peur. Il se sentait moite. Chacun avait trouvé l'abîme. Quelque part dans son cœur, le jeune Noir haïssait le jeune Blanc parce qu'il était Blanc. Quelque part dans son cœur, Vivaldo avait craint et haï Rufus parce qu'il était Noir. Ils avaient «soulevé» des filles ensemble, une fois ou deux la même fille — pourquoi? Qu'en avaient-ils tiré? Et puis, ils ne revoyaient jamais la fille. Et ils n'en reparlaient jamais.

Une fois, il était alors dans l'armée, lui et un de ses amis, un Noir, s'étaient soûlés au cours d'une permission à Munich. Ils étaient dans quelque cave; il était très tard; il y avait des bougies sur les tables. Une fille était assise à côté d'eux. Lequel avait défié l'autre? En riant, ils avaient déboutonné leur pantalon et s'étaient montrés, à la fille d'abord, puis l'un à l'autre. La fille était partie, calmement, en disant qu'elle ne comprenait pas les Américains. Mais peut-être les avait-elle compris. Elle avait compris que leur geste ne lui était pas destiné. On ne pouvait pas dire non plus qu'ils avaient tenté de s'attirer l'un l'autre — dans ce cas, ils n'auraient certainement pas cherché à le faire de cette manière. Peut-être avaient-ils seulement essayé de rassurer leur esprit; de se rassurer sur la question de savoir lequel était le meilleur des deux. Et qu'avait pensé le jeune Noir alors? Et lui? Car enfin, c'était là la question: Qu'avait-il pensé, lui? Il s'était dit: « Eh bien, je me défends pas mal. » Il avait peut-être ressenti un certain choc en se rendant compte que son ami était un peu plus avantagé que lui, mais au fond, en gros, il avait été soulagé. Elle était là, au grand jour, sur cette sacrée table pratiquement, et elle était exactement comme la sienne; elle n'avait rien d'effrayant.

Il sourit — *Je parie que la mienne est plus grande que la tienne* — mais se souvint des cauchemars dans lesquels ce même copain, qu'il avait perdu de vue par la suite, le poursuivait dans des forêts impénétrables, se jetait sur lui avec un couteau au bord d'un précipice, menaçait de le jeter à bas d'escaliers abrupts, jusque dans la mer. Et, dans chacun de ces cauchemars, il voulait se venger. Se venger de quoi?

De nouveau, il s'assit à sa table de travail. La page fixée sur la machine à écrire était devant lui, couverte d'hiéroglyphes. Il la relut. Tout cela ne signifiait absolument rien. Il ne se passait rien dans cette page. Il retourna à la fenêtre. Il faisait grand jour maintenant et il y avait des gens dans la rue, ceux que l'on s'attend à voir en plein jour. La grande jeune fille avec son chignon et ses lunettes, enveloppée dans un grand manteau vague, descendait la rue à pas pressés. L'épicerie était ouverte. Le patron, un vieux Roumain, entrait la caisse de lait posée sur le trottoir. Vivaldo se dit encore une fois qu'il ferait mieux de dormir. Il voyait Ida aujourd'hui ; ils iraient déjeuner ensemble chez Richard et Cass. Il était huit heures.

Il s'étendit sur le lit et fixa les craquelures du plafond. Il pensa à Ida. Il l'avait vue pour la première fois environ sept ans plus tôt. Elle avait à peu près quatorze ans. C'était jour de congé et Rufus avait promis de l'emmener quelque part. Et s'il avait demandé à Vivaldo de les accompagner, c'était sans doute parce que Vivaldo allait lui prêter l'argent nécessaire. *Je ne veux pas décevoir ma sœur, mon vieux.*

C'était un jour comme aujourd'hui, clair, froid et dur. Rufus avait observé un silence inhabituel, et lui aussi avait été mal à l'aise. Il sentait qu'il imposait sa présence, là où il n'aurait pas dû être. Mais Rufus l'avait invité et il avait accepté. Aucun d'eux ne pouvait plus se dérober.

Ils étaient arrivés vers une heure de l'après-midi. Mrs. Scott leur avait ouvert la porte. Elle s'était habillée comme pour sortir elle aussi. Elle avait une robe gris foncé, un peu trop courte pour elle. Ses cheveux étaient courts, mais ils venaient de subir la marque du fer à friser. Elle déposa un baiser léger sur la joue de Rufus.

— Alors, dit-elle, comment va mon méchant garçon ?
— Et toi-même ? dit-il en souriant.

Il y avait sur son visage une expression que Vivaldo n'avait encore jamais vue. C'était une sorte de rougeur qui trahissait l'amusement que prenait Rufus à taquiner sa mère ; il affectait de croire que sa mère, avec ses hauts talons, sa robe grise, et ses cheveux tout bouclés, venait d'accomplir quelque prouesse extraordinaire. Et la même rougeur apparut sur le visage plus foncé de Mrs. Scott, tandis qu'elle lui rendait gravement son sourire. On eût dit qu'elle le jaugeait, des pieds à la tête, et qu'elle savait exactement à quoi s'en tenir sur son passé.

— Je te présente un de mes amis, dit Rufus. Vivaldo.

— Comment allez-vous? — Elle lui serra la main sèchement. Non par froideur ou impolitesse, mais par manque d'habitude, simplement. Pour le moment, elle voyait en lui un ami de Rufus, un des habitants du monde dans lequel son fils avait choisi de vivre.

— Asseyez-vous. Ida arrive tout de suite.

— Elle est prête?

— Elle! Elle se prépare depuis plusieurs jours. Elle m'a presque rendue folle. — Ils s'assirent. Vivaldo s'installa près de la fenêtre qui ouvrait sur une arrière-cour sordide et sur l'escalier de secours d'autres immeubles. En face, un homme à la peau très foncée était assis près de sa fenêtre entrouverte. En dépit du froid, il était en gilet de corps. Il n'y avait rien dans la cour, à part des boîtes à conserves, des bouteilles, des papiers, des immondices et un arbre isolé. — S'il était arrivé quelque empêchement, j'aime mieux ne pas penser aux cris et aux pleurs qui auraient retenti dans cette maison. — Elle s'interrompit et se tourna vers la porte qui donnait sur les autres pièces. — Vous voulez peut-être boire un peu de bière, les gars, en l'attendant?

— C'est tout ce que tu as à nous offrir? demanda Rufus avec un sourire. Où est Bert?

— Bert est dans la boutique, en bas. Il n'est pas encore revenu. Tu connais ton père; il va être désolé de ne pas vous avoir vus. — Elle se tourna vers Vivaldo. — Voulez-vous un verre de bière, monsieur? Je suis désolée, mais nous n'avons rien d'autre.

— Oh, la bière ira très bien, dit Vivaldo en regardant Rufus. J'aime beaucoup la bière.

Elle se leva et alla dans la cuisine.

— Qu'est-ce qu'il fait ton ami ? Il est musicien ?

— Nâân, dit Rufus. Il a pas de talent.

Vivaldo rougit. Mrs. Scott revint avec une bouteille d'un litre de bière et trois verres. Elle avait une démarche gracieuse, qui inspirait le respect.

— Faites pas attention à mon fils, dit-elle, il est possédé par le démon ; il n'y peut rien. J'ai essayé de chasser le malin en employant la manière forte, mais j'ai pas eu beaucoup de chance. — Elle sourit à Vivaldo en lui emplissant un verre. — Vous avez l'air timide. Faut pas être timide. Vous êtes ici chez vous, comme dans votre propre maison, vous entendez ? — Elle lui tendit son verre.

— Merci, dit Vivaldo.

Il avala une gorgée de bière en songeant qu'elle serait probablement étonnée si elle savait combien il se sentait peu chez lui dans sa propre maison. Mais peut-être, au fond, n'éprouverait-elle aucune surprise.

— Tu t'es habillée comme pour sortir, maman.

— Oh, dit-elle d'un ton désapprobateur, je vais juste à cent mètres voir Mrs. Braithwaite. Tu te souviens de sa fille, Vickie ? Eh bien, elle vient d'avoir son bébé. Nous allons la voir à l'hôpital.

— Vickie a un bébé ? *Déjà ?*

— Eh bien, les jeunes n'attendent pas aujourd'hui, tu le sais bien. — Elle rit et but sa bière à petits coups.

Rufus regarda Vivaldo, le sourcil froncé.

— Mince, dit-il. Comment va-t-elle ?

— Pas mal, dans cette *situation*. — Le silence qui s'ensuivit suggérait que la situation n'était pas brillante. — Elle a eu un très beau garçon de sept livres.

Elle allait dire autre chose, mais Ida entra.

Elle était déjà grande ; elle avait sans doute atteint à peu près sa taille définitive. Elle aussi avait eu recours aux peignes chauds et aux fers à friser. Si Vivaldo crut se rappeler par la suite qu'elle avait de petites nattes, c'était parce que ses cheveux avaient été bouclés très serrés, sur toute la tête. Sa robe bleue était longue et ample, et l'étoffe soyeuse ondoyait sur ses longues jambes.

Elle entra dans la pièce en ne regardant que son frère, avec un immense sourire enfantin. Rufus et Vivaldo se levèrent.

— Tu vois, je suis arrivé, dit Rufus en souriant.

Sa sœur et lui s'embrassèrent sur la joue. Leur mère les regarda longuement avec un sourire sévère et orgueilleux.

— Je m'en aperçois, dit Ida qui s'écarta légèrement en riant. — Son plaisir à voir son frère était si réel que Vivaldo ressentit une sorte d'angoisse, en pensant à sa propre maison, à sa propre sœur. — Je me demandais si tu tiendrais parole, tu es tellement affairé.

Elle dit ces derniers mots la bouche pincée, mais sous cette irritation perçait l'orgueil de l'adulte qui sait quels inconvénients peuvent entraîner la puissance et la gloire de son frère. Elle n'avait pas regardé Vivaldo, bien qu'il fût manifeste qu'elle l'avait remarqué. Mais Vivaldo n'existerait pas tant que Rufus ne l'aurait pas permis.

Il le permettait maintenant, hésitant, une main sur le cou de sa sœur. Il la tourna vers Vivaldo.

— J'ai amené un copain, Vivaldo Moore. Voici ma sœur, Ida.

Ils se serrèrent la main. La poignée de main d'Ida fut aussi sèche que celle de sa mère mais plus vigoureuse. Et elle regarda Vivaldo différemment, comme s'il était un étranger prestigieux, prestigieux, non seulement en lui-même, et à cause de sa couleur, mais aussi grâce aux relations à peine concevables qu'il entretenait avec son frère.

— Eh bien, demanda Rufus d'un ton taquin, où voudrais-tu aller maintenant ?

Il la regardait en souriant. Mais il y avait dans la pièce une contrainte qui n'avait pas existé auparavant ; elle était entrée avec cette jeune fille qui allait bientôt être une femme. Ida était là, telle une cible, et une prime, comme la proie naturelle de quelqu'un — quelque part — qui allait bientôt se lancer à sa poursuite.

— Oh, je m'en moque, dit-elle. N'importe où tu voudras m'emmener.

— Mais tu es trop élégante. Es-tu sûre que nous ne te ferons pas honte ?

Lui aussi était endimanché ; il avait mis son plus beau costume foncé et une chemise et une cravate qu'il avait empruntées à Vivaldo.

Ida et sa mère éclatèrent de rire.

— Arrête donc de taquiner ta sœur, dit Mrs. Scott.

— Eh bien, va chercher ton manteau, dit Rufus, et après on les met.

— On va *loin* ?

— Assez pour que tu prennes ton manteau.

— Elle ne tient pas tellement à savoir si vous allez loin, dit Mrs. Scott. Elle cherche à savoir *où* vous allez et à quelle heure vous reviendrez.

Ida était près de la porte par laquelle elle était entrée, et elle attendait, hésitante.

— Va, dit sa mère, prends ton manteau et aussi le mien. Je vais vous accompagner jusqu'au coin de la rue.

Ida sortit. Mrs. Scott sourit et dit :

— Si elle avait pensé que j'allais avec vous aujourd'hui, elle aurait été très mécontente. Elle vous veut pour elle toute seule.

Elle prit les verres vides et les emporta dans la cuisine.

— Quand ils étaient plus jeunes, dit-elle à Vivaldo, Ida donnait toujours raison à son frère. — Elle fit couler de l'eau pour rincer les verres. — Elle a toujours eu peur de l'obscurité, voyez-vous. Mais n'empêche que bien des fois, Ida se glissait hors de son lit au milieu de la nuit et traversait en courant la maison toute noire, pour aller coucher avec son frère. On aurait dit qu'elle se sentait en sécurité avec Rufus. Je ne sais pas pourquoi. Il n'a jamais fait beaucoup attention à elle.

— C'est pas vrai, dit Rufus ; j'ai toujours été très gentil avec ma sœur.

Elle posa les verres dans l'égouttoir et s'essuya les mains. Elle se regarda dans un petit miroir, se tapota les cheveux et mit un chapeau avec précaution.

— Tu l'as toujours taquinée énormément, dit-elle.

Ida revint, vêtue d'un manteau doublé de fourrure ; elle portait le vêtement de sa mère sur son bras.

— Ah, s'écria Rufus, elle est sensationnelle.

— Elle est belle, dit Vivaldo.

— Ah, non ! Si vous vous mettez tous à vous moquer de moi, dit Ida, je ne vais avec vous nulle part.

Mrs. Scott enfila son manteau et fixa d'un œil réprobateur la tête nue de sa fille.

— Si elle ne cesse pas d'être aussi sensationnelle, elle va finir par attraper une bonne grippe. — Elle remonta le col de sa fille un peu plus haut et le boutonna. — Impossible d'obtenir qu'il y en ait un qui mette un chapeau dans cette famille, dit-elle, et après ils se demandent pourquoi ils ont toujours le rhume. — Ida fit un geste d'impatience. — Elle a peur d'abîmer sa coiffure. Mais elle n'a pas peur que le vent fasse des dégâts.

Tous rirent, Ida un peu du bout des dents, comme si elle était gênée de voir que le sel de la plaisanterie était partagé par Vivaldo.

Ils longèrent l'austère pâté de maisons. Des enfants jouaient au stickball dans la rue, mais à part cela, le quartier était presque désert. Deux jeunes gens étaient au sommet d'un perron, non loin de là; ils saluèrent Ida, Rufus et Mrs. Scott, et regardèrent Vivaldo avec intérêt. On eût dit qu'ils voyaient en lui le membre d'une bande ennemie, ce qu'il avait été en fait, peu de temps auparavant. Une femme d'un certain âge gravissait les marches de grès d'une bâtisse délabrée. Une pancarte noire annonçait en lettres blanches :

ÉGLISE DE LA FOI APOSTOLIQUE DU MONT DES OLIVIERS

— Je sais pas où est parti ton père, dit Mrs. Scott.

— Il est au café du coin, chez Jimmy, dit Ida sèchement. Je ne crois pas qu'il sera rentré avant moi.

— Parce que je sais que tu n'as pas l'intention de rentrer avant quatre heures du matin, dit Mrs. Scott en souriant.

— Lui, en tout cas, il n'y sera sûrement pas rentré à cette heure-là, dit Ida, et tu le sais aussi bien que moi.

Une jeune fille venait dans leur direction; les hanches étroites, elle avançait à pas pressés. Elle ne payait pas de mine. Elle aussi était tête nue; ses cheveux courts étaient sales et en désordre. Elle portait une veste en daim, trop grande pour elle, et elle la retenait d'une main, par l'encolure. Vivaldo se tourna vers Ida qui regardait la jeune fille approcher.

— Voici Willa Mae, dit Mrs. Scott. La pauvre petite !

La jeune fille était devant eux; elle souriait. Son

sourire la transfigurait complètement. Elle était très jeune.

— Comment ça va, vous tous, aujourd'hui ? demanda-t-elle. Rufus, il y a des siècles que je ne t'ai vu.

— Ça va très bien, dit Rufus. Et toi ?

Il gardait la tête très haute et ses yeux n'exprimaient rien. Ida regarda le sol, et prit sa mère par le bras.

— Oh — elle rit —, je n'ai pas à me plaindre. De toute manière, ça ne servirait à rien.

— Toujours là-bas ?

— 'Turellement. Où veux-tu que j'aille ?

Il y eut un silence. La fille regarda Vivaldo, puis tourna la tête.

— Bon, je me sauve, dit-elle. Bien contente de t'avoir vu.

Elle ne souriait plus.

— Au plaisir, dit Rufus.

Quand elle eut disparu, Ida dit d'un ton désapprobateur :

— Elle a été ta bonne amie, autrefois.

Rufus fit semblant de ne pas entendre. Il dit à Vivaldo :

— C'était une bonne fille. Mais il y a un salopard qui lui a fait goûter à la drogue, et puis il l'a laissée tomber. — Il cracha sur le trottoir. — Quel spectacle, mon vieux !

Mrs. Scott s'arrêta au pied de quelques marches qui menaient à un immeuble. Ida prit Rufus par le bras.

— Je vous laisse ici, les enfants, dit Mrs. Scott. — Elle regarda Rufus. — À quelle heure vas-tu ramener cette fillette à la maison ?

— Oh, je ne sais pas. Pas très tard. Je sais qu'elle veut aller dans une boîte de nuit, mais je ne vais pas la laisser se soûler trop.

Mrs. Scott sourit et tendit la main à Vivaldo.

— Bien heureuse d'avoir fait votre connaissance, jeune homme, dit-elle. Dites à Rufus de vous ramener chez nous. Vous y serez reçu à bras ouverts.

— Je n'y manquerai pas, madame. Merci beaucoup. Je reviendrai très bientôt.

Mais il ne l'avait plus jamais revue, jusqu'à la mort de Rufus. Rufus ne l'avait plus jamais invité chez lui.

— À tout à l'heure, jeune fille, dit-elle. — Elle commença à gravir les marches. — Amusez-vous bien, les enfants.

À cette époque, Ida avait quatorze ou quinze ans. Elle devait en avoir vingt et un ou vingt-deux maintenant. Elle lui avait dit qu'elle se souvenait de ce jour-là, mais il se demandait comment elle le pouvait. Il ne l'avait plus revue avant qu'elle devînt une femme, et lui, il ne s'était pas souvenu alors de leur première rencontre. Maintenant, pourtant, la mémoire lui revenait. Il se rappelait qu'il avait éprouvé un grand plaisir et de la gêne. Que se rappelait-elle?

Il se dit : « Il faut que je dorme un peu. *Il faut que je dorme.* » Mais les personnages de son roman se liguaient contre lui. Ils paraissaient le regarder avec une sorte de reproche suppliant et désespéré. Sa machine à écrire, présence noire et informe, l'accusait, lui rappelait les jours et les nuits, les semaines, les mois, les années maintenant qu'il avait passés sans dormir, à la poursuite de plaisirs plus faciles et moins honorables. Puis il se mit sur le dos avec un soupir furieux. Il se dit : « *J'ai vingt-huit ans.* Je suis trop vieux pour cette petite. » Il ferma les yeux et poussa un grognement. Il songeait : « Il faut que j'achève ce maudit roman. *Oh, mon Dieu! Faites qu'elle m'aime, oh mon Dieu, laissez-moi aimer.* »

— Quelle merveilleuse journée ! s'écria Ida.

Il regarda un moment ce visage, l'air très satisfait, lui aussi, et puis, délicatement, il accentua sa pression sur le coude de la jeune fille beaucoup plus pour le plaisir que ce contact lui procurait que pour accélérer la traversée de la large avenue impatiente et étourdissante.

— Oui, dit-il, c'est une journée superbe.

Ils venaient d'émerger du métro et c'était peut-être cette remontée des ténèbres vers la lumière qui rendait les rues si éblouissantes. Ils étaient dans Broadway, à la hauteur de la 72e Rue, et ils remontaient vers le nord. En effet, Cass et Richard avaient déménagé ; ils gravissaient la « célèbre échelle », comme disait Cass. La lumière semblait tomber avec une dureté accrue, examinant la cité et l'incitant à une violence impitoyable, comme la violence de l'amour, et elle tirait des gris et des noirs de la ville un éclat d'acier. Aux fenêtres des hauts immeubles, des flammes vacillaient, pleines de vie, taillées dans la glace.

Un vent violent soufflait qui enluminait les visages et avivait les yeux des passants ; il leur faisait écarter légèrement les lèvres de sorte qu'on eût dit qu'ils portaient tous, vers quelque immense lieu de rencontre, la bulle brillante et fragile d'une espérance aussi longue que leur vie.

Des jeunes élégants, vêtus de suroîts, certains accompagnés de jeunes filles dont les cheveux et les ongles captaient la lumière, regardaient les devantures des pâtisseries ou d'autres boutiques, s'arrêtaient dans le hall des cinémas pour regarder les photographies étincelantes ; et leurs voix, partageant la dureté de la lumière qui les recouvrait, semblaient se briser dans l'air comme des éclats de verre.

Des bandes d'enfants exultants surgissaient des rues

adjacentes, accompagnés par le fracas de leurs patins à roulettes et se lançaient en rugissant vers leurs aînés comme une vengeance longuement préparée ou la flèche que l'arc vient de décocher.

— Je n'ai jamais vu une pareille journée, dit-il à Ida.

Et c'était vrai. Tout semblait grandi, sous l'effet d'une poussée; tout paraissait mouvant et changeant et prêt à s'épanouir en musique dans une flamme ou dans une révélation

Ida ne disait mot. Il sentait son sourire plus qu'il ne le voyait, et tout son être était transporté par cette beauté. C'était comme si elle s'était faite belle tout exprès pour lui. Elle était plus gentille avec lui qu'elle ne l'avait jamais été. Il n'avait pas l'impression, ce jour-là, contrairement à ce qui s'était passé si longtemps, qu'elle le fuyait, qu'elle s'enfermait loin de lui, qu'elle l'obligeait à rester étranger à sa vie. Ce jour-là, elle était plus gaie et plus naturelle, comme si elle avait enfin décidé de quitter son deuil. Son apparence évoquait le parfum de quelque chose d'acquis, l'atmosphère qui l'entourait suggérait que de dures décisions avaient été prises. Elle était remontée du fond de la vallée.

Elle avançait à grands pas de ses longues jambes superbes, la tête haute, comme si elle avait porté seulement la veille le fardeau d'une jarre d'eau africaine. La tête de sa mère avait supporté le poids du linge des Blancs, et parce qu'Ida n'avait jamais su comment accepter cette situation, — devait-elle en tirer de la gloire ou de la honte ? — à sa beauté royale se mêlait quelque chose du dédain méfiant et trop prompt de la plébéienne. Elle était maintenant serveuse dans une succursale d'une chaîne de restaurants à la limite orientale du Village, et cette ambiguïté se révélait dans son attitude à l'égard des clients, une attitude hautaine et libre à la fois. Il l'avait souvent regardée traverser la salle, avec son tablier à carreaux; son visage était un masque noir derrière lequel l'agressivité le disputait à l'humilité. Il en était de même pour ses yeux qui ne se départaient jamais un seul instant de leur prudence, et on sentait toujours qu'en une fraction de seconde le mépris pouvait les rendre noirs et ternes. Même quand elle était aimable, il y avait quelque chose dans son attitude, dans sa voix, qui lançait un avertissement; elle attendait toujours l'insulte voilée ou la suggestion obscène. Et elle avait de bonnes raisons d'être ainsi; il n'y avait là aucune perversité ni aucun excès d'imagination de sa part. C'est ainsi que le monde traite les jeunes filles qui ont mauvaise réputation, et toutes les jeunes filles noires sont nées avec cette réputation.

Maintenant, elle marchait, pimpante, à ses côtés; son élégance était curieuse: elle portait son lourd manteau bleu foncé et avait la tête recouverte d'un châle antique assez théâtral; il voyait que sa vanité et son mépris se trouvaient gonflés par les regards qui l'effleuraient, aussi brefs, aussi inoubliables, que la morsure d'un fouet. Elle avait la peau d'un noir très foncé. Elle était belle. Et lui s'enorgueillissait d'être avec elle, sans arrière-pensée, d'une manière franche et virile; mais les regards envieux des passants l'accusaient, lui reprochaient une conquête sournoise, une conquête de bas étage. Les hommes blancs la regardaient, puis ils le fixaient, lui. Ils la regardaient comme si elle n'était rien de plus qu'une prostituée, mais une prostituée plus lascive et plus rare que les autres. Et puis les yeux des hommes cherchaient ceux de Vivaldo, chargés d'une complicité louche.

Les femmes aussi voyaient d'abord Ida; elles n'auraient pas demandé mieux que de l'admirer si elle avait été seule. Mais elle était avec Vivaldo, ce qui la ravalait à leurs yeux au rang d'une voleuse. Les moyens qu'elle avait employés pour accomplir cet enlèvement étaient trop bas pour elles, ou peut-être les dépassaient-ils trop, mais leurs yeux lançaient à Vivaldo une brève accusation de trahison, puis ils se concentraient sur un rêve, ou un cauchemar, et se détournaient.

Ida allait à grands pas, sans les voir, semblait-il. Elle montrait ainsi, avec son visage serein et impassible, à quel point elle les sentait inférieures à elle. Elle avait le grand avantage d'être extraordinaire, quelle que fût la manière dont elle pouvait porter cette distinction ou que les autres pussent désirer la lui refuser, tandis que son sourire suggérait que ces gens, les habitants de la cité la plus troublée du monde, étaient des êtres si communs qu'elle ne les voyait même pas. Rien ne lui était plus facile que d'ignorer, ou de paraître ignorer, ces gens; et rien ne leur était plus difficile, à eux, que de l'ignorer elle. Et cette situation, dont ils étaient au fond les seuls responsables, donnait une idée fort précise, et que Vivaldo parvenait à peine à croire, de la pauvreté de leur existence.

Ainsi donc leur passage soulevait des nuages d'hostilité masculine ou féminine qui les fouaillaient au visage, comme de la poussière. Et Ida recevait ce tribut venimeux avec une rage orgueilleuse.

— Que fredonnez-vous ainsi? demanda-t-il.

Elle n'avait pas cessé de chantonner depuis au moins cent mètres.

Elle continua sa chanson pendant quelques instants, pour achever le couplet. Puis elle dit en souriant:

— Vous ne devez pas connaître, c'est un vieux cantique religieux. J'ai cet air dans la tête depuis que je suis levée, et il ne m'a plus quittée de la journée.

— Qu'est-ce que c'est ? Vous ne voulez pas le chanter ?
— Vous n'allez pas vous intéresser à la religion, non ?
— Elle lui lança un sourire en coin. — Moi, j'ai eu une éducation religieuse très poussée. Il y a très longtemps, quand j'étais petite. Vous le saviez ?

— Non, dit-il. Il y a un tas de choses que je ne sais pas sur vous. Chantez votre chanson.

Elle pencha la tête vers lui, s'appuyant plus lourdement sur son bras ; on eût dit deux enfants. Le châle multicolore étincelait au soleil.

Elle chanta de sa voix grave, légèrement rauque, en lui murmurant les paroles :

> *Je me suis réveillée ce matin ; Jésus*
> *Était en moi.*
> *Je me suis réveillée ce matin ; Jésus*
> *Était en moi.*

— Voilà une manière sensationnelle de se réveiller, dit-il.

Elle continua :

> *Et toute la journée, dans mon âme,*
> *Jésus est resté.*
> *Hallelu, Hallelu*
> *Hallelujah !*

— Quel chant merveilleux, dit-il ! C'est extraordinaire. Et vous avez une voix magnifique, vous savez.

— Je me suis éveillée avec ce chant... et alors je me suis sentie, je ne sais pas... différente de ce que j'avais été depuis des mois. Comme si j'avais été délivrée d'un fardeau.

— Vous avez encore l'esprit très pieux, dit-il.

— Eh bien, c'est mon avis aussi. C'est bizarre. Il y a des années que je n'ai pas pensé à la religion, ou à la foi, mais elle est encore là, je le sens. — Elle sourit puis poussa un soupir. — Rien ne nous quitte jamais.

Elle sourit encore et le regarda bien en face. En voyant ce sourire confiant et timide, il sentit que son cœur montait dans sa poitrine, puis restait suspendu, comme la grande roue d'un parc d'attractions quand elle atteint son point culminant.

— On a l'impression que tout s'en va, dit-elle d'un ton pensif, mais non, le souvenir demeure.

Le cœur de Vivaldo plongea ; il regarda ce visage auréolé par le châle chatoyant.

— Je crois que c'est vrai, ce qu'on me disait : si tu peux traverser le pire, tu verras le meilleur.

Ils quittèrent l'avenue pour se diriger vers la maison de Cass.

— Que vous êtes belle ! dit-il. — Elle détourna la tête, fredonnant toujours sa chanson. — Vraiment belle, vous savez.

— Eh bien moi, dit-elle en tournant vers lui son visage, je ne sais pas si je suis belle ou non. Mais je sais que vous êtes fou.

— C'est de vous que je suis fou. J'espère que vous le savez.

Il avait dit ces mots d'un ton léger, en se demandant s'il devait se maudire de sa lâcheté ou se féliciter de sa modération.

— Je ne sais pas ce que j'aurais fait sans vous, dit-elle, ces derniers mois. Je ne vous voyais pas beaucoup, mais je savais que vous étiez là, je sentais votre présence, et ça m'a aidée — oui, beaucoup plus que je ne pourrais vous le dire.

— J'ai eu parfois l'impression, dit-il, que vous me preniez pour un casse-pieds.

Cette fois, il se maudit de n'avoir pas dit avec plus de précision ce qu'il ressentait, d'avoir prononcé des paroles aussi puériles.

Mais il sentait que le grand jour était arrivé. Il avait l'impression de parvenir au bout du tunnel dans lequel il cheminait depuis si longtemps.

— Un casse-pieds, s'écria-t-elle en riant. Vous qui avez été si gentil! C'est moi, ajouta-t-elle, le visage sérieux, qui vous ai cassé les pieds, mais c'était plus fort que moi.

Ils s'arrêtèrent devant un immeuble gris, anonyme. Ils franchirent l'entrée, flanquée de deux piliers inutiles ; une immense cour pavée de faux marbre et d'une pierre fauve rappelant le cuir s'étendait de l'autre côté. Et il se rappela soudain — il l'avait complètement oublié — qu'on les avait invités pour fêter la publication du premier roman de Richard. Il dit à Ida :

— Savez-vous que ce déjeuner est une véritable petite cérémonie? Et j'ai oublié d'apporter quelque chose.

Le garçon d'ascenseur se leva de sa chaise, jetant sur eux un regard inquisiteur. Vivaldo lui donna le numéro de l'étage puis, comme l'homme paraissait encore hésiter, le numéro de l'appartement. L'autre ferma la porte et l'ascenseur commença à monter.

— Qu'est-ce que nous fêtons? demanda Ida.

— Vous et moi. Nous avons fini par avoir un rendez-vous tous les deux. Vous ne m'avez pas téléphoné pour vous décommander à la dernière minute, et vous ne m'avez pas dit qu'il vous fallait rentrer chez vous en vitesse après le premier verre.

Il sourit à Ida, mais il sentait que ses paroles s'adressaient aussi au garçon d'ascenseur auquel il n'avait seulement jamais accordé la moindre attention. Dès ce moment, il conçut pour lui une violente antipathie.

— Non, voyons, que fêtons-nous au juste ? Ou plutôt, je devrais dire, que vont fêter Richard et Cass ?

— Le roman de Richard. Il est publié. Il sera dans toutes les librairies lundi.

— Oh, Vivaldo, dit-elle. C'est merveilleux. Il doit être enchanté. Un vrai écrivain, authentique, que l'on publie !

— Oui, dit-il, c'est un de mes amis qui a fait ça.

Il était ému de son enthousiasme. En même temps, il se rendit compte qu'il avait encore parlé à l'intention du garçon d'ascenseur.

— Ce doit être merveilleux aussi pour Cass, dit-elle. Et pour vous, il est votre ami. — Elle lui lança un regard curieux. — Quand allez-vous publier votre roman ?

Cette question et, plus encore, la façon dont elle l'avait posée, semblaient comporter des sous-entendus dont il osait à peine soupçonner la portée.

— Un de ces jours, murmura-t-il en rougissant.

L'ascenseur s'arrêta et ils enfilèrent un couloir. La porte de Richard était à leur gauche.

— J'ai l'impression que pour le moment, j'ai suffisamment de quoi m'occuper, reprit-il.

— Que voulez-vous dire ? Ça ne marche pas comme vous l'auriez voulu ?

— Vous parlez du roman ?

— Oui. — Puis, comme ils se faisaient face, devant la porte. — De quoi vouliez-vous que je parle ?

— Oh, rien, j'avais bien compris que vous parliez du roman. — Il se disait : *Fais gaffe, c'est pas le moment de tout gâcher en voulant aller trop vite, fais gaffe, pauvre idiot.* — Mais moi, ce n'est pas exactement à cela que je pensais.

— De quoi parlez-vous ? demanda-t-elle en souriant.

— Je voulais dire... j'espérais que j'allais avoir suffisamment d'occupations avec vous. — Le sourire d'Ida disparut en partie, mais elle avait encore un air amusé. Elle le regarda. — Vous savez, les dîners, les déjeuners, les promenades, le cinéma, tout cela avec vous. Avec vous. — Il baissa les yeux. — Vous savez ce que je veux dire ? — Puis dans le silence brûlant, électrique, il leva les yeux vers elle et répéta : — Vous savez ce que je veux dire ?

— Eh bien, nous en parlerons après déjeuner, d'accord ?

Elle s'écarta de lui et fit face à la porte. Il ne bougea pas. Elle fixa sur lui des yeux écarquillés par la surprise.

— Vous ne sonnez pas ?
— Naturellement.

Ils s'observèrent. Ida tendit une main et lui toucha la joue. Il saisit cette main et la tint serrée un moment contre son visage. Avec une grande douceur, elle retira sa main.

— Vous êtes le plus gentil garçon que j'aie jamais vu, dit-elle, vraiment. Sonnez, maintenant ; j'ai faim.

Il rit et appuya sur le bouton. Ils entendirent un tintement aigrelet à l'intérieur de l'appartement, puis une certaine agitation, une porte que l'on claquait, des bruits de pas. Il prit l'une des mains d'Ida dans les deux siennes.

— Je veux être avec vous, dit-il. Je veux que vous soyez avec moi. Je le désire plus que tout.

Puis la porte s'ouvrit et Cass apparut devant eux, vêtue d'une robe orange-rouille. Ses cheveux tirés en arrière retombaient sur ses épaules. Elle tenait une cigarette. Elle fit de la main un geste théâtral de bienvenue.

— Entrez, les enfants, dit-elle. Je suis charmée de vous voir, mais c'est le chaos absolu dans cette maison, aujourd'hui. Tout va de travers. — Elle ferma la porte derrière eux. Ils entendirent un enfant hurler quelque part dans l'appartement, et la voix furieuse de Richard tonna. Cass écouta un moment, le front plissé par l'inquiétude. — C'est Michael, dit-elle avec un geste d'impuissance ; il a été impossible toute la journée. Il s'est battu avec son frère, avec son père et avec moi. Richard a fini par lui coller une fessée et je crois qu'il va lui interdire de quitter la chambre. — Les cris de Michael diminuèrent et ils entendirent les voix de l'enfant et de son père qui, apparemment, négociaient les conditions d'une trêve. Cass leva la tête. — Eh bien, excusez-moi de vous laisser debout dans le vestibule. Débarrassez-vous, je vais vous conduire au salon et vous donner de quoi boire et de quoi grignoter — vous en aurez besoin ; nous allons déjeuner tard, naturellement. Comment allez-vous, Ida ? Ça fait une éternité que je ne vous ai pas vue. — Elle prit le manteau et le châle d'Ida. — Ça ne vous fait rien que je ne les accroche pas au portemanteau ? Je vais tout mettre dans la chambre ; il y aura d'autres visites après le déjeuner.

Ils la suivirent dans la vaste chambre. Ida alla aussitôt devant la glace où elle put se voir de toute sa hauteur. Elle se tapota les cheveux avec application et se remit du rouge à lèvres.

— Ça va très bien, Cass, dit-elle ; mais vous, vous en avez de la veine ! Vous avez un mari célèbre, tout d'un coup. Quel effet ça vous fait ?

— Il n'est pas encore célèbre, dit Cass, et je commence déjà à ne plus tenir le coup. On dirait qu'au fond tout revient à prendre des cocktails et à dîner avec des tas de gens, à qui vous n'adresseriez jamais la parole s'ils n'étaient pas — elle toussota — dans la *profession*. Mon Dieu, quelle *profession*! Je n'en avais aucune idée. — Puis elle éclata de rire. Ils partirent vers le salon. — Essayez de persuader Vivaldo de se faire plombier.

— Non, ma chère, dit Ida, jamais je ne confierais aucun outil à Vivaldo. Il est d'une maladresse! Je m'attends toujours à le voir tomber sur ses pattes de devant. Je n'ai jamais vu personne se servir tant de ses pattes de devant.

Il fallait descendre deux marches pour accéder au salon, les larges fenêtres s'ouvraient sur le fleuve. Ida parut abasourdie, mais un instant seulement, par ce panorama grandiose. Elle s'avança jusqu'au milieu de la pièce.

— C'est merveilleux. Vous avez rudement de la place, dites donc!

— Nous avons eu une veine terrible, dit Cass. Les gens qui occupaient cet appartement sont restés là pendant des années, et ils ont fini par décider d'aller s'installer dans le Connecticut ou quelque chose comme ça. Je ne me souviens plus. De toute manière, comme ils sont restés là très longtemps, le loyer n'a pas beaucoup augmenté, vous savez. Alors, c'est beaucoup moins cher que tout ce que l'on peut trouver de comparable dans cette ville. — Elle regarda Ida. — Vous avez une mine superbe, vraiment, vous savez. Je suis si contente de vous voir.

— Moi aussi, je suis ravie de vous voir, dit Ida, et je me sens si bien, beaucoup mieux que depuis, oh, des années. — Elle alla jusqu'au bar et resta debout, en face de Cass. — On dirait que vous avez attaqué de façon très sérieuse le problème de la boisson, dit-elle d'une voix rauque, comme avinée. Faites-moi goûter un peu de ce Cutty Stark.

Cass éclata de rire.

— Je croyais que vous étiez une femme à bourbon.

Elle mit de la glace dans un verre.

— Quand il s'agit d'alcool, dit Ida, je suis la femme à n'importe quoi. — Et elle s'esclaffa, absolument comme l'aurait fait une petite fille. — Mettez-moi de l'eau, mon petit, j'ai pas envie d'être pompette cet après-midi. — Elle se tourna vers Vivaldo qui les observait du haut des marches. Elle se pencha vers Cass. — Dites donc, ma petite, qui c'est ce drôle de gars qui est là-bas, près de la porte?

— Oh, il vient chez nous de temps en temps. Il a toujours cet air-là. Il est inoffensif.

— Je prendrai la même chose que cette dame, dit Vivaldo en les rejoignant au bar.

— Eh bien, je suis bien contente que vous m'ayez dit qu'il était inoffensif, dit Ida.

Elle lui cligna de l'œil en pianotant de ses longs ongles sur le bar.

— J'en bois un sur le pouce avec vous, dit Cass, et après je me sauve. Il faut que je finisse de préparer mon dîner. Ensuite, il faudra manger et je ne suis même pas habillée.

— Bon, je vais vous aider à la cuisine, dit Ida. À quelle heure arrivent-ils tous les autres?

— Vers cinq heures, je suppose. Il y a ce producteur de télévision, il paraît qu'il est très brillant et très large d'esprit. Steve Ellis, quelque chose comme cela?

— Oh, oui, dit Ida. Il paraît qu'il est très gentil, ce monsieur. Il est très très connu. — Elle parla alors d'un spectacle qu'elle avait vu quelques mois auparavant et qu'il avait monté avec la participation d'acteurs noirs,

s'attirant ainsi un grand nombre de louanges. — Mince!
— Ses épaules frissonnèrent. — Et qui d'autre va venir?

— Voyons. Ellis. Et le directeur littéraire de Richard. Et puis un autre écrivain. Je ne me souviens pas de son nom. Et je crois qu'ils amènent leurs épouses. — Elle but à petites gorgées, d'un air las. — Je ne sais pas du tout pourquoi nous les recevons ici. Je suppose que c'est surtout pour la T.V. Mais les éditeurs de Richard vont donner une petite soirée, lundi, dans leurs bureaux, et il aurait pu voir tous ces gens à cette occasion.

— Allez, du nerf, ma vieille, dit Vivaldo. Il va falloir que tu t'y habitues.

— Je crois, oui. — Elle leur lança un rapide sourire plein de malice et murmura : — Mais ils ont l'air tellement excentriques…! ceux que j'ai rencontrés. Et pour se prendre au sérieux, ils sont un peu là!

Vivaldo s'esclaffa :

— Tu es en train de trahir, Cass, fais attention.

— Je sais, mais vraiment ils comptent beaucoup sur ce livre ; ils ont beaucoup d'espoir. Vous ne l'avez pas encore vu, n'est-ce pas? — Elle alla jusqu'au divan sur lequel étaient éparpillés des brochures et des journaux, et prit le livre d'un air pensif. Elle revint à eux. — Le voici. — Elle posa l'ouvrage sur le comptoir, entre Ida et Vivaldo.

— Ils ont fait tout un battage. Vous voyez le genre : « un livre qui fait penser », « pour adultes », « captivant ». Richard vous montrera la publicité. On a même comparé ça à *Crime et Châtiment* parce que ces deux livres ont une intrigue très dépouillée, je suppose. — Vivaldo lui lança un regard aigu. — Je répète seulement ce qu'ils disent, se hâta-t-elle d'ajouter.

Le soleil avait percé un nuage ; il inonda la pièce. Ils

clignèrent des yeux pour regarder le livre posé sur le comptoir. Cass, debout derrière eux, ne dit plus rien.

La couverture du livre était très sobre : des lettres rouges se détachaient, comme déchiquetées, sur un fond bleu foncé : *L'Étranglé, Histoire d'un meurtre, par Richard Silenski*. Il regarda le volet intérieur de la jaquette : on y avait résumé l'intrigue. Il retourna le livre et put contempler le visage ouvert et avenant de Richard. Le paragraphe au-dessus du portrait présentait la vie de Richard, depuis son enfance : *Mr. Silenski est marié et il est le père de deux fils Paul (11 ans) et Michael (8 ans). Il réside dans la ville de New York.*

Il reposa le livre. Ida le prit.

— C'est merveilleux, dit-il à Cass. Tu dois être fière. — Il lui prit la tête entre ses deux mains et l'embrassa sur le front. Il saisit son verre : — Il y a toujours quelque chose de merveilleux dans un livre, tu sais ? quand il devient vraiment, tout d'un coup, un livre, et qu'il est là, entre les couvertures. Et il y a ton nom dessus. Ça doit faire un effet extraordinaire.

— Oui, dit Cass.

— Vous connaîtrez cette impression bientôt, dit Ida. — Elle examinait le volume avec une grande attention. Elle releva la tête et sourit : — Je crois avoir découvert quelque chose que vous n'avez jamais su, dit-elle à Vivaldo.

— Impossible, dit Vivaldo. Je suis bien certain de savoir tout ce que Richard sait.

— Moi, je n'en suis pas aussi sûre, dit Cass.

— Je parie que vous ne connaissez pas le vrai nom de Cass ?

Cass éclata de rire.

— Il le connaît, mais il l'a oublié.

Il se tourna vers elle.

— C'est vrai, en effet. Quel est ton vrai nom ? Je sais que tu le détestes et c'est pour ça que personne ne l'utilise.

— Sauf Richard, dit-elle. Je crois qu'il l'a mentionné pour me taquiner.

Ida lui montra la dédicace qui était ainsi libellée : *À Clarissa, ma femme.*

— C'est gentil, non ? — Elle regarda Cass — jamais je n'aurais imaginé cela, dites donc. Vous n'avez pas une tête à vous appeler Clarissa.

— C'est pour ça qu'on m'appelle Cass, dit-elle avec un sourire. Ah ! avez-vous vu le petit entrefilet dans la page des spectacles ? — Elle alla au divan, prit un journal et revint vers Vivaldo.

— Regardez, Eric revient.

— Qui c'est, Eric ? demanda Ida.

— Eric Jones, dit Cass. C'est un acteur, un ami qui est en France depuis deux ans. Mais il vient de signer un contrat pour jouer une pièce à Broadway l'automne prochain.

Vivaldo lut. *Lee Bronson a engagé Eric Jones, que l'on a pu voir, il y a trois ans, dans l'éphémère Royaume des Aveugles, pour jouer le rôle du fils aîné dans le drame de Lane Smith :* Happy Hunting Ground, *que l'on pourra voir dans cette ville en novembre.*

— Ce sagouin, dit Vivaldo, avec un air de satisfaction intense. — Il se tourna vers Cass. — Vous avez eu de ses nouvelles ?

— Oh, non, dit Cass. Il y a très longtemps qu'il ne nous a pas écrit.

— Ça me fera plaisir de le revoir, dit Vivaldo. — Il se tourna vers Ida. — Il vous plaira. Rufus le connaissait bien, et nous étions tous très amis. — Il plia le journal et le posa sur le comptoir. — Tout le monde est célèbre, sacré nom... sauf moi.

Richard apparut; les traits de son visage juvénile semblaient tourmentés. Il avait passé un vieux tricot sur un Tee-shirt blanc. Il avait sa ceinture à la main.

— Il est facile de voir ce que tu viens de faire, dit Vivaldo en souriant. On a tout entendu d'ici.

Richard lança un regard penaud à la ceinture et la jeta sur le divan.

— Je n'en ai pas fait usage, mais j'ai bien cru qu'il le faudrait. J'aurais peut-être mieux fait de lui flanquer une bonne raclée, d'ailleurs. — Il se tourna vers Cass et lui demanda : — Qu'est-ce qui lui prend, tout d'un coup ? Il n'a jamais été comme ça !

— Je t'ai déjà dit ce que j'en pensais. C'est le changement de maison et l'excitation de la nouveauté, et puis, il ne te voit pas autant qu'autrefois; il a réagi d'une manière désastreuse. Il finira par se calmer, mais ça va demander un peu de patience.

— Paul n'est pas comme ça. Tiens, il est sorti et il s'est déjà fait des amis. Il est heureux comme un roi.

— Richard, Paul et Michael ne se ressemblent pas du tout.

Il la fixa un moment, puis secoua la tête.

— C'est vrai. Excuse-moi. — Il se tourna vers Ida et Vivaldo. — Excusez-nous, nous sommes littéralement obsédés par nos rejetons. Parfois, nous restons à discuter sur eux pendant des heures. Ida, vous êtes splendide; c'est pour moi un plaisir extraordinaire de vous voir. — Il prit la main de la jeune fille dans la sienne et la regarda dans les yeux. — Comment allez-vous ?

— Très bien, Richard. Et c'est merveilleux de vous voir. Surtout maintenant que vous êtes célèbre.

— Ah, il ne faut pas écouter ma femme, dit-il. — Il

contourna le bar. — Tout le monde a bu sauf moi, à ce que je vois. Et moi — son visage enfantin exprimait le bonheur, la satisfaction de mener une existence bourgeoise — je vais prendre un Martini sec « on the rocks ». — Il ouvrit le seau à glace. — Seulement il n'y a pas de glace.

— Je vais en chercher, dit Cass. — Elle posa son verre sur le bar et prit le seau. — Je crois qu'il va falloir aller en acheter, ajouta-t-elle.

— Bon, nous réglerons ça tout à l'heure, ma poulette. — Il lui pinça la joue. — Ne te tracasse pas.

Cass sortit. Richard sourit à Vivaldo.

— Si tu n'étais pas venu aujourd'hui, je te jure que je t'aurais à tout jamais rayé de la liste de mes amis.

— Tu savais que je viendrais. — Il leva son verre. — Toutes mes félicitations... qu'est-ce que c'est que cette histoire ? Les chaînes de télévision te réclament à cor et à cri ?

— N'exagère pas. Il y a seulement un producteur qui a un projet à me soumettre. Je ne sais pas de quoi il s'agit. Mais mon agent littéraire prétend qu'il vaut mieux que je m'y intéresse.

Vivaldo éclata de rire.

— Ne te défends pas ainsi. J'aime beaucoup la télé.

— Menteur. Tu n'as même pas de poste.

— C'est uniquement parce que je suis pauvre. Quand j'aurai eu autant de succès que toi, j'irai m'en acheter un ; le plus grand écran qu'on puisse trouver sur le marché. — Il regarda la tête de Richard et s'esclaffa encore. — Je te taquine, tu sais.

— Ouais. Ida, voyez ce que vous pouvez faire pour civiliser ce personnage. C'est un barbare.

— Je le sais, dit tristement Ida, mais je ne sais trop que faire. Naturellement, si vous m'offriez un exemplaire dédicacé de votre livre, ça m'inspirerait peut-être.

— C'est un marché que vous me proposez là, dit Richard. — Cass revenait avec le seau à glace. Richard s'en saisit et le posa sur le bar. Il prépara son apéritif. Puis il alla trouver les autres de l'autre côté du comptoir et entoura de son bras les épaules de Cass.

— Puisse-t-il y en avoir beaucoup d'autres. — Il lampa presque tout son Martini d'un trait. — Je vous aime tous, dit-il.

— Nous aussi, nous t'aimons bien, dit Vivaldo.

Cass embrassa Richard sur la joue.

— Avant que j'aille essayer de sauver le déjeuner, dis-moi donc quelles décisions vous avez prises, Michael et toi. Que je le sache au moins.

— Il fait un somme. J'ai promis de le réveiller pour les cocktails. Il faudra lui acheter de la limonade au gingembre.

— Et Paul?

— Oh, Paul. Il va s'arracher à la compagnie de ses petits amis à temps pour monter, se laver et voir tout le monde. Même des chevaux sauvages ne réussiraient pas à l'empêcher de venir. — Il se tourna vers Vivaldo. — Il a chanté mes louanges dans toute la maison.

Cass le considéra un moment.

— Tout s'arrange donc fort bien. Maintenant, je vous laisse.

Ida saisit son verre.

— Attendez, je vous accompagne.

— Ce n'est pas la peine, Ida, je peux m'en tirer seule.

— Oui, mais ces deux individus risquent de s'enivrer si nous les faisons attendre trop longtemps. Je vais vous aider; dans une minute, tout sera prêt. — Elle suivit Cass jusqu'à la porte, puis, un pied sur la marche, elle se retourna. — Maintenant je vous rappelle votre promesse, Richard. À propos de ce livre.

— Et moi la vôtre. Mais c'est vous qui faites la plus mauvaise affaire.

Elle regarda Vivaldo.

— Oh, je ne sais pas. J'aurai peut-être une inspiration.

— J'espère que vous savez à quoi vous vous engagez, dit Cass. Je n'aime pas du tout la tête de Vivaldo en ce moment.

— Oh, c'est un garçon tout simple, je le garantis, dit Ida en riant. Venez, je vais vous raconter ça dans la cuisine.

— Ne croyez pas un mot de ce que Cass vous dira sur mon compte, lança Vivaldo.

— Comment? Elle sait donc quelque chose de vous? Venez, Cass, ma chère, je crois que je vais tout apprendre dès cet après-midi.

Elles disparurent.

— Tu as toujours eu un faible pour les Noires, n'est-ce pas? demanda Richard au bout d'un moment.

Il y avait un curieux désenchantement dans sa voix.

— Non, dit Vivaldo en le regardant bien en face. Je n'ai jamais eu de liaison avec une Noire.

— Non, mais tu as pas mal chassé à Harlem. Et, de toute manière, il paraît tellement logique que tu cherches à frayer avec une Noire, maintenant — tu peux dire que tu as gratté le fond du tonneau blanc.

Malgré lui, Vivaldo fut contraint de sourire.

— Euh, je ne crois pas que la couleur de la peau d'Ida ait quoi que ce soit à voir là-dedans, ni dans un sens ni dans l'autre.

— Tu en es certain? N'est-elle pas seulement une unité de plus à ta collection d'âmes égarées et infortunées?

— Richard, dit Vivaldo en posant son verre sur le comptoir, on dirait que tu essaies de me faire mettre en colère. Qu'est-ce qui te prend ?

— Mais non, je ne cherche pas à t'irriter, naturellement. Je trouve seulement qu'il serait peut-être temps que tu te calmes, que tu te ranges ; il serait temps que tu saches ce que tu veux faire et que tu commences à le faire, au lieu de gambader comme un gamin. Tu n'es pas un gosse.

— Eh bien, moi, je pense qu'il est temps que tu cesses de me considérer comme un gamin. Je sais ce que je veux faire et je suis bel et bien en train de le faire. D'accord ? Et je le ferai à ma façon à moi. Alors, cesse de me casser les pieds.

Il sourit, mais trop tard.

— Je ne croyais pas te casser les pieds, dit Richard. Excuse-moi.

— Ce n'est pas ce que je voulais dire, tu le sais.

— N'en parlons plus. D'accord ?

— Mais, je ne veux pas que tu sois fâché contre moi.

— Je ne suis pas fâché. — Il alla à la fenêtre et resta planté devant, tournant le dos à Vivaldo. Il ajouta : — Tu n'as pas vraiment aimé mon livre, hein ?

— Alors, c'est ça.

— Quoi ?

Richard se retourna ; le soleil éclairait son visage en plein, révélant les rides qui lui striaient le front, le tour et le dessous des yeux et le tour de la bouche et du menton. Cette face était sillonnée de rides ; c'était un visage énergique, une bonne tête, et Vivaldo l'aimait depuis longtemps. Pourtant, il manquait quelque chose à ce visage ; quoi ? Vivaldo n'aurait pu le dire, et il savait que ce jugement négatif était trop sévère.

Il sentit les larmes lui monter aux yeux.

— Richard, nous avons parlé du livre et je t'ai dit ce que j'en pensais. Je t'ai dit que c'était une brillante idée, organisée merveilleusement et écrite à la perfection et...

Il s'interrompit. Il n'avait pas aimé le livre. Il ne pouvait pas le prendre au sérieux. C'était un *tour de force*[1] habile et intelligent qui dénotait une certaine sensibilité, mais jamais il ne signifierait quoi que ce soit pour personne. Dans la partie de l'âme de Vivaldo où vivaient les livres, qu'ils fussent grands, estropiés, mutilés ou démentiels, le livre de Richard n'existait pas. Et il n'y pouvait rien.

— Et tu m'as dit toi-même que le prochain serait meilleur.

— Pourquoi pleures-tu ?

— Pardon ? — Il s'essuya les yeux du dos de la main. — Pour rien. — Il alla au bar et s'y accouda. Quelque ruse étrange et sans nom lui fit ajouter : — Tu parles comme si tu ne voulais plus que nous soyons amis.

— Oh, quelle idiotie ! C'est ça que tu penses ? Mais, oui, nous sommes amis, naturellement, et nous le resterons jusqu'à la mort. — Il revint près du bar et posa une main sur l'épaule de Vivaldo, en se penchant pour mieux voir son visage. — C'est sincère, tu sais.

Ils se serrèrent la main.

— O.K. Mais ne me casse plus les pieds.

— Je ne te les casserai plus, dit Richard en riant, espèce de sacré salopard.

Ida apparut à la porte.

— Le déjeuner est servi. Venez maintenant, vite, avant que ça ne refroidisse.

Ils étaient tous un peu ivres à la fin du repas généreusement arrosé de deux bouteilles de champagne ; ils

---

1. En français dans le texte.

allèrent ensuite s'installer dans le living-room, à l'heure où le soleil s'empourprait avant de se préparer à disparaître. Paul arriva, sale, essoufflé et joyeux. Sa mère l'envoya dans la salle de bains faire sa toilette et se changer. Richard se souvint de la glace qu'il fallait acheter pour la réception et de la limonade au gingembre qu'il avait promis à Michael et il descendit les chercher. Cass décida de se changer et de se recoiffer.

Ida et Vivaldo eurent le living-room pour eux seuls un court instant. Ida passa un vieux disque de Billie Holiday et elle dansa avec Vivaldo.

Un marteau cognait dans la gorge de Vivaldo lorsque Ida vint dans ses bras, avec un doux sourire, mit une main dans la sienne et posa l'autre légèrement sur son coude. Il la tint doucement à la taille. Ses doigts semblaient dotés d'une sensibilité anormale et dangereuse et il priait pour que son visage ne trahisse pas le plaisir énorme et illicite qui l'envahissait après avoir traversé le bout de ses doigts. Il avait l'impression de sentir, sous le lourd tissu de l'ensemble qu'elle portait, la texture du nylon de son corsage, l'obstacle délicat constitué par l'attache de sa jupe, le tissu soyeux de son jupon qui semblait bruire et crépiter entre ses doigts et la peau tiède et lisse d'Ida. Elle paraissait inconsciente des libertés que prenaient ces doigts raides et immobiles. Elle l'accompagnait dans ses évolutions, se laissait guider, le guidait parfois, avec aisance, ses pieds évitant sans mal les contacts des grosses chaussures de Vivaldo. Leurs corps se touchaient à peine, mais les cheveux d'Ida lui chatouillaient le menton et dégageaient un parfum sec et léger qui suggérait, comme tout ce qui provenait de cette jeune fille, une chaleur profonde et sensuelle qui consumait lentement. Il avait envie de la serrer plus fort. C'était peut-être maintenant, tout de suite, comme elle levait les yeux en souriant, qu'il aurait dû baisser la tête et effacer ce sourire de son visage en posant sa bouche qui ne souriait pas sur celle d'Ida.

— Vos mains sont froides, dit-il, car la main qui tenait la sienne était sèche et le bout des doigts tout frais.

— Ce qui, en principe, devrait signifier que j'ai chaud au cœur, mais en réalité, cela provient d'une mauvaise circulation sanguine.

— Je préfère croire que vous avez chaud au cœur.

— Je comptais là-dessus, dit-elle en riant, mais quand vous me connaîtrez mieux, vous verrez que c'est moi qui ai raison. En effet, ajouta-t-elle avec un sourire taquin, un peu crispé, j'ai toujours raison, j'en ai peur. Pour tout ce qui me concerne, en tout cas.

— Je voudrais vous connaître mieux.

— Moi aussi, dit-elle avec un petit sourire bref.

Richard revint; Michael, grave et réservé, sortit de son exil. Paul et lui eurent le droit de boire de la limonade au gingembre «on the rocks». Cass apparut dans une robe bordeaux, au col montant, à l'ancienne mode. Elle avait remonté ses cheveux. Richard avait passé une chemise sport et un tricot convenable. Ida disparut pour se remaquiller. Les invités commencèrent à arriver.

Le premier fut le directeur littéraire de Richard, Loring Montgomery, personnage rondelet, portant lunettes, aux cheveux lisses et grisonnants; il était plus jeune qu'il ne le paraissait — il avait, en fait, près de dix ans de moins que Richard. Ce personnage, très emprunté, émettait de temps à autre un petit gloussement nerveux. L'agent littéraire de Richard l'accompagnait: une jeune femme aux cheveux et aux yeux bruns parée de beaucoup d'argent et d'un peu d'or et qui s'appelait Barbara Wales. Elle aussi était affectée d'un gloussement, mais il n'était pas nerveux, et ses manières, pour être nombreuses, n'étaient pas embarrassées le moins du monde. Tout portait à croire que sa situation d'agent littéraire de Richard créait un lien d'intimité entre elle et Cass; laquelle, réduite à l'impuissance et fascinée, irrésistiblement dominée par le volume de la voix de Miss Wales et par la netteté coupante de son élocution, trottinait docilement derrière elle jusque dans la chambre où les manteaux et les chapeaux devaient être déposés, et où ces dames pouvaient se refaire une beauté.

— Le bar est par ici, lança Richard; quoi que vous buviez, venez le chercher ici.

— J'accepterai bien un autre verre, dit Vivaldo. J'ai bu toute la journée et je n'arrive pas à me soûler.

— Parce que vous essayez? demanda Ida.

Il la regarda et sourit.

— Non, dit-il, non. Mais même si j'essayais, je ne le pourrais pas; pas aujourd'hui. — Ils étaient debout devant la fenêtre. — Vous soupez avec moi, n'est-ce pas?

— Vous n'allez pas me dire que vous avez faim, *déjà*?

— Non, mais vers l'heure du souper, j'aurai faim.

— Bon, dit-elle; demandez-le-moi vers l'heure du souper.

— Vous n'allez pas prétendre que vous devez rentrer chez vous ou autre? Vous n'allez pas filer à l'anglaise?

— Non, dit-elle. Je reste avec vous jusqu'au bout, pour le meilleur et pour le pire. Il faut que vous parliez à cet agent littéraire, vous savez.

— Il le faut vraiment?

Il coula un regard dans la direction de l'étincelante Miss Wales.

— Naturellement, qu'il le faut. Je suis sûre que c'est

en partie pour cela que Richard tenait à votre présence ici, cet après-midi. Et il faut aussi que vous parliez au directeur littéraire.

— Pourquoi ? Je n'ai rien à lui montrer.

— N'empêche. Je suis certaine que Richard a organisé cette réception en partie pour vous. Il faut que vous fassiez preuve de bonne volonté maintenant.

— Et que ferez-vous pendant que je tiendrai toutes ces conférences ?

— Je causerai avec Cass. Personne ne s'intéresse vraiment à nous ; nous n'écrivons pas.

Il déposa un baiser sur ses cheveux.

— Vous êtes adorable, dit-il.

La sonnette de l'entrée tinta. Cette fois, c'était Steve Ellis qu'accompagnait sa femme. Ellis était un petit homme trapu aux cheveux bouclés et au visage poupin. Ses traits commençaient seulement, ainsi qu'il est de règle avec les faces poupines, non point tant à se durcir qu'à se congeler. Il avait la réputation d'être le champion des causes perdues et l'adversaire intrépide de la réaction, et il pénétrait dans les salons mondains comme s'il s'attendait à y trouver l'ennemi embusqué. Sa femme avait un manteau de vison et un chapeau à fleurs ; elle paraissait plus âgée que lui et était assez encline au bavardage.

— Ravi de vous rencontrer, Silenski, dit-il.

Bien qu'il fût obligé de lever les yeux pour regarder Richard, sa tête formait un angle bizarre et agressif, comme s'il levait les yeux pour toiser son interlocuteur de haut avec une condescendance plus manifeste. La main qu'il tendit à Richard avec la rapidité brutale d'une balle suggérait aussi la mollesse arrogante des mains qui ont le pouvoir de créer ou de briser. Seul, l'usage interdisait qu'on baisât cette main. — On m'a raconté des choses terribles sur vous. Nous pourrons peut-être discuter tout à l'heure.

Et son sourire était ouvert, bienveillant et puéril. Quand on lui présenta Ida, il demeura pétrifié, puis avança les bras vers elle avec une ardeur juvénile.

— Vous êtes actrice, dit-il. Il faut que vous soyez actrice.

— Non, dit Ida. Je ne suis pas actrice.

— Mais il faut que vous le soyez. Ça fait des années que je vous cherche. Vous êtes sensationnelle.

— Merci, Mr. Ellis, dit-elle en riant, mais je ne suis pas actrice. — Son rire était un peu contraint, mais Vivaldo ne pouvait dire si c'était à cause de sa nervosité ou de son mécontentement. Les gens souriaient, près d'eux. Cass observait la scène, debout derrière le bar.

Ellis eut un sourire de conspirateur et pencha légèrement la tête en avant.

— Que faites-vous, alors ? Allez, dites-moi.

— Eh bien, pour le moment, dit Ida avec une certaine réticence, je travaille comme serveuse.

— Serveuse. Comme ma femme est ici, je ne vais pas vous demander où vous travaillez. — Il s'approcha encore d'Ida. — Mais à quoi pensez-vous, quand vous servez les clients ?

Ida hésita ; il sourit encore, se fit cajoleur et tendre.

— Allons, vous n'allez pas me dire que vos ambitions se bornent à monter en grade dans cette profession.

Ida rit. Ses lèvres prirent une courbe amère ; elle dit :

— Non. — Elle hésita et regarda Vivaldo. Ellis suivit son regard. — J'ai parfois songé à chanter. C'est cela qui me plairait.

— Ah ! cria-t-il d'une voix triomphante, je savais que vous finiriez par me le dire. — Il tira une carte de sa poche poitrine. — Quand vous serez prête à vous lancer

— que ce soit le plus tôt possible — venez me voir. N'oubliez pas.

— Vous ne vous souviendrez plus de mon nom, Mr. Ellis, dit-elle d'un ton léger. Le regard dont elle toisa Ellis ne donna à Vivaldo aucune indication sur ce qui se passait dans son esprit.

— Vous vous appelez Ida Scott. C'est cela?

— Oui.

— Eh bien, je n'oublie jamais ni les noms ni les visages. Mettez-moi à l'épreuve.

— C'est vrai, dit sa femme. Il n'oublie jamais ni un nom ni un visage; je ne sais pas comment il fait.

— Moi, dit Vivaldo, je ne suis pas une actrice.

Ellis parut surpris, puis il s'esclaffa:

— J'aurais pu m'y tromper, dit-il. — Il prit Vivaldo par le coude. — Venez boire quelque chose avec moi, je vous en prie.

— Je ne sais pas pourquoi j'ai dit cela. Je plaisantais à moitié.

— Mais à moitié seulement. Quel est votre nom?

— Vivaldo. Vivaldo Moore.

— Et vous n'êtes pas une actrice...?

— Je suis écrivain. Non publié.

— *Aha!* Vous travaillez à quelque chose?

— Un roman.

— Sur quoi?

— Mon roman est sur Brooklyn.

— Le Lys? Ou bien les gosses; les assassins ou les drogués? Vivaldo avala sa salive avec effort.

— Sur tout à la fois.

— Un sacré programme. Et ne m'en veuillez pas si je vous dis que tout cela paraît un peu démodé. — Il mit sa main devant sa bouche pour éructer discrètement. — Brooklyn, c'est fini. Bien fini.

« Non, ce n'est pas fini », songea Vivaldo.

— Vous voulez dire, fit-il avec un sourire, que la télévision n'a rien à en tirer.

— Ce n'est pas si sûr, vous savez. — Il regarda Vivaldo avec un intérêt amical. — Vous avez eu l'air de ricaner quand vous avez parlé de télévision, vous savez ? De quoi avez-vous si peur ? — Il donna à Vivaldo une tape sur la poitrine. — L'art n'existe pas dans le vide. Il n'existe pas uniquement pour vous et une poignée d'amis. Bon Dieu, si vous saviez ce que j'en ai marre de ces foutaises de « jeunes hommes sensibles ».

— Moi aussi j'en ai marre, dit Vivaldo. Je ne me considère pas comme un jeune homme sensible.

— Ah, non ? Vous parlez pourtant comme eux, et vous réagissez comme eux. Vous toisez tout le monde d'un air supérieur... Oui, insista-t-il car Vivaldo le regardait avec une certaine surprise, vous prenez la plupart des gens pour des pauvres types, et vous préféreriez mourir plutôt que vous salir à pratiquer l'un quelconque des arts *populaires*. — Puis il mesura Vivaldo d'un regard délibérément insolent. — Et vous voilà avec votre plus beau costume. Je parie que vous logez dans une chambre infecte, sans eau chaude, et que vous ne pouvez même pas emmener votre petite amie dans une boîte de nuit. — Il baissa la voix. — Cette jeune Noire, Miss Scott, vous voyez que j'ai la mémoire des noms, c'est votre amie, n'est-ce pas ? C'est pour cela que vous m'en voulez ? Vous êtes trop susceptible, mon vieux.

— Je vous ai trouvé trop libre avec elle.

— Vous n'auriez pas eu cette impression si elle avait été Blanche.

— J'aurais pensé la même chose pour n'importe quelle jeune fille qui m'aurait accompagné.

Mais il se demanda si Ellis n'avait pas raison. Et il se

rendit compte qu'il ne le saurait jamais, qu'il n'aurait jamais la possibilité de le savoir. Il était persuadé qu'Ellis avait traité Ida avec un irrespect subtil. Mais Ellis avait parlé à la jeune fille de la seule façon qu'il connaissait, et c'est ainsi qu'il parlait à tous.

Dans le monde d'Ellis, les relations sociales étaient marquées, pour chacun, par le souci de ne rien laisser transparaître de ce qu'il pensait des autres et de lui-même. En s'adressant à Ida qui était si manifestement étrangère au seul monde qu'il connût, Ellis était obligé de modifier son attitude et cette transposition provoquait en lui de l'embarras et une certaine tension. Il voulait éviter de prêter le flanc à la critique et de la voir solliciter soudain quelque promesse précise. Pour sincère que fût son premier mouvement, les paroles qui en résultaient sonnaient faux, d'où l'impression de malaise.

Puis, au moment où Ellis se versait un autre verre d'eau-de-vie de cidre, et où lui-même prenait un autre scotch, Vivaldo se rendit compte que les biens possédés par Ellis et ceux que Richard allait maintenant avoir, étaient des biens qu'il convoitait lui-même. Ellis pouvait avoir ce qu'il voulait, rien qu'en décrochant son téléphone ; les maîtres d'hôtel étaient ravis de l'accueillir ; il n'était pas question de contester la valeur de sa signature au bas d'une facture ou d'un chèque. S'il avait besoin d'un costume, il se le payait ; il n'avait certainement jamais de retard dans son loyer ; s'il décidait de partir pour Istanboul par avion du jour au lendemain, il lui suffisait d'appeler son agence de voyages. Célèbre, puissant, il n'était pas beaucoup plus âgé que Vivaldo et il travaillait très dur.

Et puis il pouvait se payer les femmes les plus huppées. Il lui suffisait de leur donner sa carte. Et c'est alors que Vivaldo vit pourquoi il le détestait. Il se demanda quelles épreuves il lui faudrait traverser pour atteindre une réussite comparable. Il se demanda combien il était décidé à donner pour être puissant, pour être adulé, pour pouvoir coucher avec toutes les femmes qui lui plaisaient, pour être sûr de retenir celle qu'il voulait conserver. Et il chercha Ida du regard. Au même moment, il songea que la question ne portait pas autant sur ce qu'il allait « avoir » que sur la façon dont il allait découvrir ses propres possibilités et se réconcilier avec elles.

Richard, maintenant, parlait avec Mrs. Ellis, ou plutôt il l'écoutait ; Ida écoutait Loring ; Cass était assise sur le divan, prêtant l'oreille aux propos de Miss Wales. Paul était debout à côté d'elle ; il regardait de côté et d'autre. Cass le tenait assez distraitement par le coude, pourtant, on eût dit qu'elle s'agrippait à lui avec une sorte de désespoir.

— De toute manière, j'aimerais rester en contact avec vous ; peut-être avez-vous quelque chose. — Et Ellis lui tendit sa carte. — Pourquoi ne me téléphoneriez-vous pas un de ces jours ? C'est très sérieusement que j'ai fait cette proposition à Miss Scott. Je monte de très bons spectacles, vous savez. — Il sourit et donna un coup de poing amical sur l'épaule de Vivaldo. — Vous n'auriez pas besoin d'abaisser votre niveau artistique.

Vivaldo regarda la carte, puis il se tourna vers Ellis.
— Merci, dit-il, je m'en souviendrai.
Ellis sourit.
— Vous me plaisez, dit-il. Je suis même tout disposé à vous suggérer de consulter un psychanalyste. Allons retrouver les autres.

Il se dirigea vers Richard et Mrs. Ellis. Vivaldo rejoignit Ida.

— J'ai essayé d'avoir des renseignements sur votre roman, dit Loring, mais votre jeune amie est très discrète. Elle n'a rien voulu me dire.

— Je ne cesse de lui répéter que je ne sais rien, dit Ida, mais il ne veut pas me croire.

— Elle ne sait pas grand-chose en effet, dit Vivaldo. Je ne suis pas certain d'en savoir plus long moi-même.

Brusquement il sentit qu'il tremblait de lassitude. Il eut envie de partir avec Ida, de la ramener chez lui ; mais elle paraissait contente de se trouver ici. Il n'était pas très tard ; les derniers rayons du soleil couchant pâlissaient derrière le fleuve.

— Eh bien, dit Loring, aussitôt que vous aurez quelque chose, j'espère que vous me préviendrez. Richard pense que vous êtes extraordinairement doué et j'ai une grande confiance dans son jugement.

Il savait qu'Ida était embarrassée, irritée même, par la mollesse de sa réaction. Il essaya de ranimer son propre enthousiasme et la contemplation du visage d'Ida lui fournit quelque réconfort. Il ne pouvait imaginer ce qu'elle pensait d'Ellis et la fureur qu'il éprouvait contre lui-même, sa jalousie, sa crainte et sa confusion avaient contribué à donner à sa réplique évasive une intensité qui sauvait les apparences. Loring semblait plus que jamais certain qu'il était un diamant à l'état brut et Ida plus sûre que jamais qu'il avait besoin de mains pour le pousser.

Et lui-même sentait, plus qu'il ne l'avait encore jamais fait, qu'il était grand temps de plonger. L'eau était là : les gens qui parlaient dans ce salon ; il était bien loin de les trouver appétissants, certes, mais c'était la seule eau qu'il eût à sa disposition.

Miss Wales regardait dans sa direction mais il évita ses yeux, tournant toute son attention vers Ida.

— Allons-nous-en, dit-il à voix basse. Sortons d'ici, j'en ai assez.

— Vous voulez rentrer tout de suite ? Vous n'avez pas parlé à Miss Wales.

Il vit les yeux d'Ida se tourner vers le bar près duquel se tenait Ellis. Et il y avait dans ce visage quelque chose de dur et de calculateur qu'il ne pouvait pas déchiffrer.

— Je ne tiens pas du tout à parler à Miss Wales.

— Mais pourquoi donc ? C'est ridicule.

— Écoutez, dit-il, y a-t-il quelqu'un ici à qui vous désiriez parler vous-même ?

Espèce de crétin, vitupéra-t-il intérieurement. Mais les mots étaient lâchés.

Elle le regarda avec surprise.

— Je ne sais pas ce que vous voulez dire. De quoi parlez-vous ?

— De rien, dit-il d'un ton maussade. Je suis fou. Ne faites pas attention.

— Vous pensiez à quelque chose de précis. À quoi faisiez-vous allusion ?

— À rien, dit-il, à rien, vraiment. — Il sourit. — Ça m'est égal, nous pouvons rester si vous voulez.

— Mais c'est seulement pour vous que je restais.

Il fut sur le point de dire : « Alors nous pouvons partir », mais il jugea plus élégant de s'abstenir. La sonnette de l'entrée tinta. Il dit :

— Je voulais simplement éviter de me trouver entraîné à souper avec l'un ou l'autre de ces personnages, c'est tout.

— Mais *à qui*, insista-t-elle, croyez-vous que je voulais parler ?

— Oh, dit-il, je pensais que, si vous vouliez vraiment chanter, vous désireriez peut-être prendre rendez-vous avec Ellis. Je me suis dit qu'il pourrait vous être utile.

Elle fixa sur lui un regard où se mêlaient la lassitude, l'ironie et la pitié.

— Oh, Vivaldo, dit-elle, quel petit esprit vous avez!

Puis elle changea de ton. Elle ajouta d'une voix glaciale:

— Je peux tout de même parler à qui je veux, ça ne vous regarde pas? Et ce que vous suggérez là n'est pas du tout flatteur pour moi. — Sa voix était restée basse mais elle commençait à trembler. — Peut-être que maintenant mon comportement va répondre à votre attente.

Elle se dirigea vers le bar et s'interposa entre Richard et Ellis. Elle souriait. Ellis posa une main sur son bras et son visage se transforma à mesure qu'il lui parlait, il devint plus avide et plus vulnérable. Richard passa derrière le bar pour verser à boire à Ida.

Vivaldo eût pu les rejoindre, mais il n'osa pas. Cette explosion s'était produite si mystérieusement et avec une telle rapidité qu'il avait peur d'envisager tout ce qui pourrait arriver s'il allait près du bar. Ida avait raison, et lui avait tort. Elle pouvait parler à qui lui plaisait, cela ne le regardait pas.

Mais la réaction d'Ida avait été si vive, et si terrible! Maintenant, son avantage avait disparu. Le capital qu'il avait patiemment amassé et thésaurisé — ce capital de compréhension et de tendre sollicitude — s'était évanoui en un clin d'œil.

— Je voudrais vous présenter Sydney Ingram. Voici Vivaldo Moore.

Cass était à ses côtés; elle lui présentait le nouvel arrivant dont il avait été vaguement conscient de la venue. Il était seul. Vivaldo reconnut ce nom: la publication du premier roman de ce garçon était très récente et Vivaldo voulait lire ces pages. Ingram était grand, presque aussi grand que Vivaldo, et il avait un visage avenant, aux traits un peu lourds, et une épaisse toison de cheveux noirs. Comme Vivaldo, il était vêtu d'un complet sombre, son plus beau probablement.

— Je suis ravi de faire votre connaissance, dit Vivaldo.

Il était vraiment sincère, pour la première fois de la soirée.

— J'ai lu son roman, dit Cass. Il est merveilleux. Il faut que vous le lisiez.

— C'est bien mon intention, dit Vivaldo.

Ingram sourit, l'air gêné, et fixa son verre comme s'il regrettait de ne pas pouvoir s'y plonger.

— J'ai assez circulé pour l'instant, dit Cass. Je vais rester avec vous deux un moment. — Elle les entraîna lentement vers la grande baie. Le crépuscule tombait, le soleil s'était évanoui ; bientôt les réverbères allaient s'allumer. — Je ne sais pourquoi, je n'ai pas l'impression d'avoir assez d'étoffe pour tenir un salon littéraire.

— Pour moi, vous avez été très bien, dit Vivaldo.

— Vous n'avez pas essayé de soutenir une conversation avec moi. Mon attention ne cesse de vagabonder, c'est plus fort que moi. Je ne serais pas moins à l'aise dans un salon empli de physiciens.

— De quoi parlent-ils, là-bas, auprès du bar ? demanda Vivaldo.

— De la responsabilité de Steve Ellis à l'égard des téléspectateurs américains, dit Ingram. — Ils rirent. — Ne riez pas, dit Ingram, lui aussi peut devenir président. En tout cas, il sait lire et écrire.

— Je pensais, dit Cass, que cela risquait plutôt de le desservir.

Elle le prit par le bras et ils restèrent ensemble devant

la fenêtre qui s'obscurcissait de plus en plus, à regarder la grande avenue et le fleuve aux eaux luisantes.

— Quelle différence énorme il y a, dit-elle, entre rêver d'une chose et se trouver face à face avec elle. — Ni Vivaldo ni Ingram ne répondirent. Cass se tourna vers Ingram et d'une voix qu'il ne lui connaissait pas, une voix chargée d'un désir vague, elle demanda : — Travaillez-vous à quelque ouvrage nouveau, Mr. Ingram ? J'espère que oui.

La voix du jeune auteur parut étrangement répondre à la sienne. On eût pu croire qu'ils s'appelaient d'une rive à l'autre de ce large fleuve, qu'ils se cherchaient alors que tombait l'impitoyable nuit.

— Oui, dit-il. C'est un roman. Une histoire d'amour.

— Une histoire d'amour ? dit-elle. Et où se déroule-t-elle ?

— Oh, ici, à New York. De nos jours.

Il y eut un silence. Vivaldo sentit la petite main se crisper sur son coude.

— J'ai hâte de la lire, dit-elle. Vraiment.

— Pas plus, dit-il, que je n'ai hâte qu'elle soit terminée et lue, surtout, si je puis me permettre, par vous.

Elle tourna la tête vers Ingram et Vivaldo ne put voir son sourire, mais il le devina.

— Merci, dit-elle. — Elle se retourna vers la fenêtre et poussa un soupir. — Je crois qu'il faut que je rejoigne mes physiciens.

Ils regardèrent les réverbères s'illuminer.

— Je vais boire un verre, dit Cass. Quelqu'un vient avec moi ?

— Bien sûr, dit Vivaldo.

Ils se dirigèrent vers le bar. Richard, Ellis et Loring étaient assis sur le divan. Miss Wales et Mrs. Ellis étaient debout près du bar. Ida n'était pas dans la pièce.

— Excusez-moi, dit Vivaldo.
— Je crois qu'il y a déjà quelqu'un, s'écria Miss Wales.

Il enfila le couloir, mais n'alla pas jusqu'à la salle de bains. Ida était assise sur le lit, parmi les manteaux et les chapeaux, dans une immobilité totale.

— Ida... ?

Ses mains étaient crispées sur ses genoux et elle fixait le plancher.

— Ida, pourquoi êtes-vous fâchée contre moi ? Je ne voulais pas vous faire de peine.

Elle leva la tête. Ses yeux étaient pleins de larmes.

— Pourquoi avez-vous dit cela tout à l'heure ? Tout était parfait, et j'étais si heureuse jusque-là. Vous me prenez donc pour une poule ? Et c'est uniquement pour ça que vous voulez me voir. — Ses larmes coulèrent sur ses joues. — Vous êtes tous pareils, tous des salopards, vous les Blancs.

— Ida, je vous jure que ce n'est pas vrai. Je vous le jure. — Il se mit sur un genou, à côté du lit, et essaya de lui prendre la main. Elle se détourna. — Ma chérie, je vous aime. J'ai eu peur, j'ai été pris de jalousie, mais je vous jure que je n'ai pas voulu dire cela, non, je ne le pouvais pas ; je vous aime, Ida, je vous en prie, croyez-moi. Je vous aime.

Ida tremblait de tous ses membres et il sentit des larmes sur sa main. Il approcha de ses lèvres les mains de la jeune fille et les embrassa. Il essaya de la regarder dans les yeux, mais elle détourna son visage.

— Ida, Ida, je vous en prie.

— Je ne connais personne ici, dit-elle. Ils me sont parfaitement indifférents. Pour eux, je ne suis qu'une Noire, comme les autres. Ils essaient d'être aimables, mais au fond, ils se moquent de moi. Ils ne veulent pas m'adresser la parole. Si je suis restée, c'est parce que vous me l'avez demandé. Vous avez été si gentil, et j'étais si fière de vous! Maintenant, vous avez tout gâché!

— Ida, dit-il, si j'ai gâché quoi que ce soit entre vous et moi, je ne sais pas comment je vais pouvoir vivre. Vous ne pouvez pas dire ça. Retirez ce que vous avez dit, pardonnez-moi et donnez-moi encore une chance, Ida. — Il posa sa main sur le visage de la jeune fille et le tourna lentement vers lui. — Ida, je vous aime, plus que tout au monde. Il faut me croire. J'aimerais mieux mourir que de vous faire souffrir. — Elle garda le silence. — J'étais jaloux, et j'ai eu peur, et je vous ai dit une énormité. C'est tout. Je ne voulais pas vous peiner.

Elle poussa un soupir et saisit son sac à main. Il lui tendit un mouchoir. Elle essuya ses yeux et se moucha. Elle paraissait très lasse et désemparée.

Il vint s'asseoir à côté d'elle sur le lit. Elle évita de le regarder mais ne bougea pas.

— Ida... — Le son de sa propre voix le surprit : elle exprimait un tel chagrin. On eût dit que ce n'était pas sa voix, elle n'avait pas l'air d'obéir à son contrôle. — Je vous ai dit que je vous aimais. Et vous, m'aimez-vous? — Elle se leva et s'approcha du miroir. Il l'observa. — Je vous en supplie, dites-le-moi.

Elle regarda le miroir, puis elle prit son sac sur le lit. Elle l'ouvrit, le ferma, puis regarda encore le miroir. Enfin, elle se tourna vers Vivaldo.

— Oui, dit-elle d'une voix brisée. Oui.

Il lui prit le visage entre ses deux mains et l'embrassa. D'abord elle resta passive; elle semblait simplement le supporter; on eût dit qu'elle était suspendue dans l'attente. Elle tremblait et lui essayait de maîtriser ses mouvements convulsifs par la force de ses bras et de ses mains. Puis quelque chose parut plier en elle, et céder;

elle passa les bras autour de lui et se colla à lui. Finalement il lui chuchota à l'oreille :

— Sortons d'ici. Allons-nous-en.

— Oui, dit-elle au bout d'un moment, je crois qu'il est temps de partir. — Mais elle ne quitta pas ses bras tout de suite. Elle le regarda et dit : — Je regrette d'avoir été si sotte. Je sais que vous ne vouliez pas me faire de la peine.

— Moi aussi, je regrette. La jalousie m'a rendu méchant. C'était plus fort que moi, je suis fou de vous.

Et il l'embrassa encore.

— Vous partez déjà, dit Miss Wales. Et nous n'avons même pas eu l'occasion de bavarder.

— Vivaldo, dit Cass, je vous téléphonerai dans la semaine. Ida, je ne peux pas vous avoir au téléphone. Vous m'appellerez, vous ? Il faut que nous nous voyions.

— J'attends un scénario de vous, mon vieux, dit Ellis, mais dépêchez-vous de descendre de cette tour d'ivoire branlante. Ravi d'avoir fait votre connaissance, Miss Scott.

— Il est sincère, dit Mrs. Ellis. Il est vraiment sincère.

— Je suis heureux de vous avoir vus tous les deux, dit Ingram, très heureux. Bonne chance pour votre roman.

Richard les accompagna jusqu'à la porte.

— Nous sommes encore amis ?

— Tu plaisantes ? Naturellement que nous sommes encore amis.

Mais il se demandait s'il était sincère.

La porte se ferma derrière eux et ils restèrent dans le couloir face à face.

— Nous allons chez moi ? demanda-t-il.

Elle le considéra longuement de ses grands yeux noirs.

— Vous avez de quoi me donner à manger ?

— Non. Mais les boutiques sont encore ouvertes. Nous pouvons acheter quelque chose.

Elle lui prit le bras et ils allèrent jusqu'à l'ascenseur. Il appuya sur le bouton. Il la regardait comme s'il n'en croyait pas ses yeux.

— Bon, dit-elle. Nous achèterons des provisions et je vous préparerai un souper convenable.

— Je n'ai pas très faim, dit-il.

La porte de l'ascenseur claqua au-dessous d'eux. La cage se mit à monter.

L'odeur du poulet qu'elle avait fait frire la veille flottait encore dans la chambre et les plats étaient encore dans l'évier. Le pilon se desséchait sur la table, entouré de verres poisseux — dans lesquels ils avaient bu la bière — et de tasses à café sales. Les vêtements d'Ida étaient jetés sur une chaise, ceux de Vivaldo gisaient presque tous à terre. Il était éveillé; elle était assoupie. Elle dormait sur le côté, sa tête brune tournée vers le mur; le silence était total.

Il se pencha légèrement vers elle et regarda son visage. Maintenant, ce visage allait être, pour toujours, plus mystérieux, plus impénétrable que celui de n'importe quelle étrangère. Le visage des étrangers ne cache pas de secrets, car l'imagination ne leur en confère pas. Mais le visage d'une amante constitue une inconnue, justement parce qu'on l'a investi d'une part importante de soi-même. C'est un mystère qui, comme tous les mystères, peut être à l'origine de tant de tourments!

Elle dormait. Il sentait que si elle dormait, c'était en partie pour le fuir. Il se renversa sur son oreiller, fixant les craquelures du plafond. Elle était dans le lit de Vivaldo, mais elle était loin de lui; elle était avec lui, et pourtant elle n'était pas avec lui. Dans quelque lieu profond et secret, elle se surveillait, elle restait sur le qui-vive, elle luttait contre lui. Il sentait qu'elle avait décidé, depuis longtemps, de fixer avec précision les limites de son abandon, de déterminer nettement ce qu'elle pouvait donner, et il n'avait pu obtenir d'elle qu'elle donne un sou de plus. Elle faisait l'amour avec lui comme s'il s'agissait d'une technique de pacification, d'un moyen pour atteindre quelque autre fin. Quel que fût son désir apparent d'apporter la volupté à son partenaire, elle semblait surtout vouloir l'épuiser et, avant tout, rester elle-même sur les rives du plaisir, tout en s'efforçant de toute son âme de l'engloutir dans le flot. Son plaisir à lui, semblait-elle dire, était suffisant pour elle ; le plaisir de Vivaldo était aussi le sien. Mais lui voulait que le plaisir d'Ida fût aussi le sien, afin qu'ils puissent plonger ensemble dans le flot.

Il avait dormi, mais mal, conscient de la présence du corps d'Ida tout près du sien, et conscient d'un échec plus subtil que n'importe lequel de ceux qu'il avait déjà essuyés.

Et son esprit était agité de questions qu'il n'avait pas voulu se poser plus tôt. Mais l'heure de les aborder avait sonné. Il se demanda qui avait été avec elle avant lui ; ce que cet homme — ou ces hommes — qui l'avait précédé avait représenté à ses yeux. Et il se demanda si son amant, ou ses amants, avait été noir ou blanc. Qu'est-ce que ça peut faire ? se demanda-t-il. Quelle importance cela peut-il avoir ? Qu'elle en ait eu un ou plusieurs, blanc ou noir ? Elle le lui dirait un jour prochain. Ils apprendraient tout l'un de l'autre, ils en auraient le temps. Elle lui dirait tout. Était-ce bien certain ? Ne se contenterait-elle pas d'accepter ses secrets comme elle avait accepté son corps, heureuse d'être le véhicule de son soulagement et de son plaisir ? Tout en offrant en échange (car elle connaissait les règles) des révélations destinées à l'apaiser et aussi à le déjouer ; à déjouer, en somme, ses tentatives pour pénétrer plus profondément dans cette contrée invraisemblable où, telle la princesse des contes de fées, exilée, enfermée dans une haute tour et gardée par des monstres, elle égrenait le chapelet secret de ses jours d'exil.

Il était tôt, sept heures du matin, peut-être, et le silence était total. La jeune fille remua sans bruit dans son sommeil et leva soudain une main, comme si quelque chose l'avait effrayée. L'œil écarlate qui ornait son petit doigt étincela. La lourde chevelure s'emmêlait à la diable et le visage qu'elle avait pendant son sommeil n'était pas celui des heures de veille. Elle avait ôté tout son maquillage si bien qu'elle n'avait presque pas de sourcils et ses lèvres sans fard étaient plus douces, maintenant, et sans défense. Sa peau était plus brune que pendant le jour et le front rond et assez haut avait un vague reflet acajou. On eût dit une petite fille endormie, mais une petite fille assez méfiante. Une main couvrait à demi son visage et l'autre était cachée entre ses cuisses. Elle lui rappelait, en somme, tous les enfants pauvres endormis. Il effleura son front de ses lèvres puis se leva sans bruit et alla dans la salle de bains. Quand il en ressortit, il resta un moment à regarder la cuisine, puis alluma une cigarette et rapporta un cendrier avec lui auprès du lit. Il s'allongea sur le ventre pour fumer, son long bras pendant jusqu'au cendrier posé à terre.

— Quelle heure est-il ?

Il se redressa en souriant.

— Je ne savais pas que tu étais éveillée.

Chose curieuse, il ressentit une curiosité soudaine,

comme si c'était la première fois qu'il s'éveillait nu près d'une fille nue.

— Oh, dit-elle ; j'aime regarder les gens quand ils s'imaginent que je dors.

— C'est bon à savoir. Il y a longtemps que tu me regardes ?

— Non. Depuis que tu es sorti de la salle de bains seulement. J'ai vu ta tête et je me suis demandé à quoi tu pensais.

— Je pensais à toi. — Il l'embrassa. — Bonjour ; il est sept heures et demie.

— Mon Dieu ! Te réveilles-tu tous les jours aussi tôt ? Elle bâilla puis sourit.

— Non. Mais sans doute que je ne pouvais plus attendre pour te revoir.

— Bien ; je vais m'en souvenir, dit-elle ; quand tu commenceras à te réveiller à midi, et même plus tard, et que tu manifesteras le désir de rester au lit.

— Hé, je n'aurai peut-être pas envie de me lever *tout de suite.*

D'un geste, elle lui demanda la cigarette, et il la lui tint, pendant qu'elle aspirait une ou deux bouffées.

Puis il éteignit la cigarette dans le cendrier. Il se tourna vers elle :

— Et toi ?

— Tu es gentil, dit-elle et au bout d'un moment, elle ajouta : — Tu sais plonger en eau profonde.

Tous deux rougirent. Il posa les mains sur ses seins qu'elle avait lourds et très écartés, avec une pointe d'un brun rougeâtre. Ses amples épaules frissonnèrent un peu, le sang battit à la base de son cou. Elle le regardait d'un air à la fois troublé et détaché, calme et en même temps effrayé.

— Aime-moi, dit-il. Je veux que tu m'aimes.

Elle lui prit la main qui caressait son ventre.

— Tu me considères comme une de ces filles tout juste bonnes à faire l'amour.

— Bien sûr, mon petit, je l'espère bien. Ça va être sensationnel, nous deux, je te le dis. Nous n'avons même pas encore commencé.

Sa voix était devenue un murmure, et leurs deux mains se nouèrent ensemble, par jeu, comme pour une joute.

Elle sourit.

— Combien de fois as-tu déjà dit ça?

Il resta un instant silencieux, regardant au-dessus de sa tête les stores qui retenaient la clarté du matin.

— Je ne crois pas l'avoir jamais dit. Je n'ai jamais éprouvé cette impression. — Il se pencha vers elle et l'embrassa. — Jamais.

Au bout d'un moment, elle dit:

— Moi non plus.

Elle avait prononcé ces mots très vite, comme si, après avoir posé une pilule sur sa langue, elle était étonnée de son goût et inquiète de ses effets.

Il la regarda dans les yeux.

— C'est vrai?

— Oui. — Puis elle ferma les paupières. — Il faudra que je me méfie avec toi.

— Pourquoi? Tu n'as pas confiance en moi?

— C'est peut-être de moi que je me méfie.

— Tu n'as peut-être encore jamais aimé un homme.

— Je n'ai jamais aimé de Blanc; c'est vrai.

— Eh bien, dit-il avec un sourire en s'efforçant de vider son esprit des doutes et des craintes qui l'assaillaient, tu es la bienvenue ici. — Il l'embrassa encore, un peu ivre de sa chaleur, de sa saveur, de son parfum. — Jamais, dit-il gravement, jamais quelqu'un comme toi. — La main d'Ida se détendit; il la fit descendre un peu. Il embrassa son cou et ses épaules. — J'aime les couleurs de ta peau; il y en a tellement, des plus inattendues.

— Seigneur, dit-elle en éclatant d'un rire brusque, nerveux, — elle s'efforça de retirer sa main, mais il tenait bon; la joute commençait. — Je suis de la même couleur partout.

— Tu ne peux pas te voir partout. Moi, oui. Par endroits, tu es du miel; ailleurs c'est du cuivre, parfois c'est de l'or...

— Mon Dieu, qu'allons-nous faire de toi, ce matin ?

— Je vais te montrer. Certains endroits de ton corps sont noirs aussi, comme l'entrée d'un tunnel.

— Vivaldo.

Sa tête frappa l'oreiller dans un mouvement de va-et-vient, avec une sorte de souffrance dont il n'était pas la cause, mais dont il était tout de même responsable. Il posa une main sur son front, qui commençait à être humide, et il fut frappé par la manière dont elle le regarda alors. Elle fixa sur lui le regard d'une vierge destinée à l'épouser depuis sa naissance; on eût dit qu'elle voyait son visage pour la première fois, dans la chambre nuptiale obscure, maintenant que tous les invités étaient partis. Aucun bruit de bombance nulle part, seulement le silence; aucune aide nulle part, sinon dans ce lit une seule perspective: le viol par le corps de l'homme. Pourtant, elle essaya de sourire.

— Jamais je n'ai rencontré un homme comme toi.

Elle avait parlé à voix basse, sur un ton où l'hostilité se mêlait à l'émerveillement.

— Eh bien, je te l'ai dit, jamais encore je n'ai rencontré une fille comme toi.

Mais il se demanda quelle sorte d'hommes elle avait

connue. Doucement, il l'obligea à écarter les cuisses ; elle lui abandonna sa main qu'il posa sur son sexe. Il sentait, pour la première fois, que son corps se présentait à elle comme un mystère, et que, par conséquent, lui-même s'enveloppait dans un mystère total aux yeux de la jeune fille. Elle le toucha pour la première fois, avec émerveillement et terreur en se rendant compte qu'elle ne savait pas comment le caresser. L'idée s'implanta dans l'esprit de la jeune fille que c'était elle qu'il voulait ; cela signifiait qu'elle ne savait plus ce qu'il voulait.

— Tu as déjà couché avec des tas de filles comme moi, n'est-ce pas ? Avec des Noires ?

— J'ai couché avec des tas de filles de toutes sortes.

Ils ne songeaient plus à rire maintenant ; ils chuchotaient et la chaleur montait en eux. Le parfum d'Ida s'élevait jusqu'à lui ; il se mêlait à sa propre sueur, qui était plus âpre. Il était entre les cuisses d'Ida et dans les mains d'Ida ; les yeux d'Ida fixaient ceux de Vivaldo avec crainte.

— Mais avec des Noires aussi ?

— Oui.

Il y eut un silence prolongé ; elle poussa un long soupir frémissant. Elle redressa la tête pour s'éloigner de lui.

— C'étaient des amies de mon frère ?

— Non, non ; je les payais.

— Oh !

Sa tête retomba, elle ferma les yeux, elle serra les cuisses puis les ouvrit. Les couvertures gênaient Vivaldo, il les jeta au loin, et un moment, à demi agenouillé, il contempla le miel et le cuivre et l'or et l'ébène de son corps. Elle haletait, son souffle était court ; elle tremblait. Il voulut lui faire tourner la tête vers lui et ouvrir les yeux.

— Ida, regarde-moi.

Elle émit un son, une sorte de gémissement, et tourna son visage vers lui, mais ses yeux restèrent fermés. Il lui prit la main de nouveau.

— Allons, aide-moi.

Elle ouvrit les yeux une seconde; son regard était voilé, mais elle sourit. Il se coucha sur elle, lentement, et laissa les mains d'Ida le guider. Il l'embrassa sur la bouche. Ils se collèrent l'un à l'autre, tout frissonnants. Ida ôta ses mains qui remontèrent, hésitantes, et les posa sur le dos de Vivaldo. *Je les ai payées.* Elle poussa encore un soupir, un soupir différent, le long soupir de la femme qui s'abandonne. Et le combat commença.

Rien de semblable au martèlement de la nuit précédente car elle s'était cabrée sous lui comme un cheval en furie ou un poisson tiré hors de l'eau. Maintenant, elle était si attentive qu'elle en tremblait, et lui, qui sentait qu'un moment de distraction risquait de la laisser échapper et glisser loin de lui, concentrait aussi toute son attention. Les mains de la jeune fille se déplaçaient le long de son échine, de bas en haut; parfois, on eût dit qu'elles désiraient le rapprocher encore, et parfois, qu'elles étaient tentées de l'écarter; et lui sentait un gémissement se briser au fond de sa gorge. Elle s'ouvrait devant lui, et pourtant elle se refusait aussi à lui; il avait l'impression de remonter un fleuve impétueux à travers la jungle, cherchant la source qui demeurait cachée juste derrière le feuillage noir et dangereux sur lequel l'eau suintait. Puis, un moment, il eut l'impression qu'elle cédait. Ses mains se relâchèrent; ses cuisses se détendirent complètement, leurs ventres se martelèrent cruellement, et un sifflement curieux, à peine perceptible, se fraya un chemin dans la gorge d'Ida et entre ses dents. Puis, ce fut l'arrêt; les mains revinrent se poser sur son cou ; l'instant favorable était passé. Il demeura immobile. Il revint à la charge. Il n'avait jamais été aussi patient, aussi déterminé, aussi cruel. La nuit précédente, elle l'avait observé ; maintenant, c'était son tour à lui ; il était décidé à la faire basculer par-dessus bord, à la posséder, même si au moment où elle finirait par crier son nom, il sentait son propre cœur éclater. C'était plus important pour lui que de jeter sa semence. Il peinait, comme il n'avait encore jamais peiné. Jamais il n'avait été aussi congestionné, et partout où les mains l'avaient touché pour se dérober ensuite, il avait froid. Les mains d'Ida s'agrippaient à son cou, comme si elle se noyait, et elle observait un silence absolu comme un enfant qui attend d'avoir assez de souffle pour hurler, avant que le corps tombe, avant que la longue chute commence. Et, impitoyablement, de toutes ses forces, il la poussa vers le bord. Il ne savait pas si le corps de la femme se mouvait avec le sien ou non, ce corps était si près d'être le sien. Il sentait le lit qui palpitait sous eux et il l'entendait gémir. Les mains d'Ida s'affolèrent, volèrent de son cou à sa gorge, à ses épaules, à sa poitrine ; elle commença à se mouvoir sous lui, tentant de s'en aller, puis essayant de venir plus près. Ses mains enfin, prirent l'initiative ; elles s'agrippaient à son corps dans lequel elles voyaient enfin un ami, le caressaient, le griffaient. *Allez, allez.* Il sentit un frémissement dans le ventre de la femme, juste au-dessous de lui, comme si quelque chose venait de s'y briser ; puis ce ventre sursauta soudain, secoué par un spasme terrifiant ; on eût dit que les seins se scindaient, que Vivaldo l'avait fendue sur toute sa longueur. Elle gémit. C'était un son curieux, comme si elle le mettait en garde, comme si, d'une main, elle tentait de retenir les eaux de l'océan. Ce cri désespéré fit affluer en lui toute son affection, toute sa tendresse, tout son désir. Ils y étaient presque. *Allons, allons, allons, allons, allons!* Il se lança au galop, poussant de petits hennissements voluptueux, et pour la première fois, il fut un peu effrayé à l'idée qu'une part aussi grande de lui-même, une part qu'il avait si longtemps maudite, allait maintenant se déverser au-dehors. Les gémissements d'Ida firent place aux sanglots et aux cris. *Vivaldo. Vivaldo. Vivaldo.* Elle passait par-dessus bord. Il se crispa, se crispa encore, collé à elle comme elle se collait à lui, criant son nom, brûlé par le plaisir qui explosait en lui, aveugle. Et cela se mit à se déverser hors de son être, comme le petit suintement faible encore qui précède les désastres dans les mines. Il sentit que son visage tout entier se plissait, il sentit son souffle dans sa gorge ; il cria le nom de la femme, une fois encore ; tout l'amour qui était en lui affluait vers le bas, affluait vers son ventre et se déversait en elle.

Au bout d'un long moment, il sentit les doigts de la jeune fille dans ses cheveux et il regarda son visage. Elle souriait — un sourire pensif, désemparé.

— Retire-toi de moi. Je ne peux plus bouger.

Il l'embrassa paisiblement, malgré la fatigue qui le terrassait.

— Dis-moi quelque chose d'abord.

Elle eut un sourire rusé, moqueur et amusé ; tout à fait celui d'une femme et tout à fait celui d'une petite fille timide.

— Que veux-tu savoir ?

Il la secoua en riant.

— Allons ; dis-moi.

Elle l'embrassa sur le bout du nez.

— Jamais je n'ai connu cela — pas ainsi, jamais.

— Jamais ?

— Jamais. Presque... mais non, jamais. — Puis : — Ai-je été bien ?
— Oui. Oui. Il ne faudra jamais me quitter.
— Laisse-moi me lever.

Il se mit sur le dos, et elle alla dans la salle de bains. Il regarda disparaître le long corps un peu grisâtre qui maintenant lui appartenait. Il entendit l'eau couler dans la baignoire puis il perçut le bruit de la douche. Il s'endormit.

Il se réveilla au début de l'après-midi. Ida chantait, debout devant le fourneau.

Si vous ne pouvez pas me donner un dollar
Donnez-moi cent malheureux sous.

Elle avait fait la vaisselle, nettoyé la cuisine et rangé les vêtements de Vivaldo. Maintenant elle passait le café.

Je veux seulement donner à manger
À mon homme qui a faim.

LIVRE DEUXIÈME

N'importe quel jour maintenant

Pourquoi ne me prends-tu pas dans tes bras pour m'emmener loin de ce désert?
Conrad, *Victory*.

1

Eric était assis, nu, dans le jardin de la maison qu'il avait louée. Les mouches bruissaient et bourdonnaient dans l'air ardent, et une abeille jaune tournoyait autour de sa tête. Eric demeura immobile, puis il prit ses cigarettes qui étaient à côté de lui et en alluma une dans l'espoir que la fumée chasserait l'abeille. Le petit chat noir et blanc qui appartenait à Yves, s'avança à pas mesurés, comme si le jardin était l'Afrique, se ramassa derrière les mimosas comme une panthère, et bondit.

La maison et le jardin dominaient la mer. Là-bas, au loin, au-delà du sable de la plage, dans le bleu de la Méditerranée, la tête d'Yves plongea, revint, plongea encore. Il disparut complètement. Eric se leva, scrutant la mer, prêt à accourir. Yves aimait retenir son souffle sous l'eau le plus longtemps possible, test d'endurance qu'Eric trouvait absurde et, quand il s'agissait d'Yves, effrayant. Puis la tête d'Yves reparut et un bras s'agita. Même à cette distance, Eric voyait qu'Yves riait — il savait qu'Eric le regarderait du jardin. Yves partit à la nage vers la côte. Eric s'assit. Le chaton accourut pour se frotter contre ses jambes.

On était fin mai. Ils vivaient dans cette maison depuis plus de deux mois. Demain, ils allaient partir. Eric ne resterait plus longtemps dans ce jardin à regarder Yves prendre ses ébats dans l'eau. Il n'y reviendrait peut-être plus jamais. Ils allaient prendre le train pour Paris dans la matinée; deux jours plus tard, Yves accompagnerait Eric jusqu'au bateau pour New York. Eric devait s'installer là-bas, puis Yves irait le rejoindre.

Maintenant que tout était décidé, qu'il n'y avait plus moyen de revenir en arrière, Eric se sentait la proie d'une appréhension, âpre et féroce. Il regarda Yves sortir de l'eau. Ses cheveux bruns, que le soleil commençait à décolorer, luisaient autour de sa tête; son corps long et nerveux était brun comme du pain d'épice. Il se baissa pour ramasser le slip écarlate. Puis il enfila un vieux jean qu'il avait «emprunté» à Eric. Il était trop petit pour lui, mais aucune importance — Yves n'aimait pas beaucoup les Américains mais il appréciait leurs vêtements. Il remonta le raidillon à pas mesurés et s'approcha de la maison, balançant à bout de bras l'étoffe pourpre du slip.

Yves n'avait jamais annoncé son intention d'aller en Amérique, et il n'avait jamais donné à Eric aucune raison de supposer qu'il nourrissait un tel désir. Le désir ne survint, ou en tout cas il ne fut exprimé, que lorsque la possibilité fut apparue: car Eric s'était élevé lentement dans la hiérarchie sociale. D'abord, à demi mort de faim, il avait doublé des films français, puis on lui avait confié de petits rôles dans des films américains tournés à l'étranger. Grâce à l'un de ces rôles, il avait été amené à travailler pour la télévision en Angleterre. Puis un metteur en scène de New York lui avait offert un rôle assez important dans une pièce de Broadway.

Cette offre avait mis Eric face à face avec l'énorme question qu'il avait soigneusement évitée pendant trois ans. L'accepter, c'était mettre un terme à son séjour en

Europe. La refuser, c'était faire de ce séjour un exil. Sa liaison avec Yves remontait à plus de deux ans, et, depuis qu'ils se connaissaient, il habitait chez Yves. Plus exactement, c'était Yves qui était venu vivre chez lui, mais chacun était, pour l'autre, le point d'ancrage que tous deux avaient désespéré de jamais découvrir.

Eric ne voulait pas être séparé d'Yves. Mais quand il dit à Yves que c'était pour cela qu'il avait décidé de rejeter cette offre, Yves lui avait lancé un drôle de regard, en soupirant :

— Alors, il fallait la rejeter tout de suite, ou bien encore ne jamais m'en parler. Tu deviens sentimental — et même peut-être un peu lâche, non ? Tu ne feras jamais une *carrière*[1] ici en France, tu le sais aussi bien que moi. Tu vieilliras, tu t'aigriras, et tu me rendras la vie dure, et alors, c'est moi qui te plaquerai. Mais tu peux devenir un grand acteur, je le crois, à condition d'accepter ce rôle. Ça ne te plairait pas ?

Il se tut et sourit. Eric haussa les épaules, puis rougit. Yves éclata de rire.

— Ce que tu es bête !... Moi aussi j'ai fait des rêves dont je ne t'ai jamais parlé, dit-il.

Il souriait encore, mais il y avait dans ses yeux une expression qu'Eric connaissait maintenant. C'était le regard de l'aventurier endurci et expérimenté qui se demande s'il doit fondre sur sa proie ou bien l'attirer dans un piège. De telles décisions sont nécessairement rapides, et c'était aussi par conséquent le regard de quelqu'un qui s'avançait irrésistiblement vers tout ce qu'il désirait ; et qu'il obtenait toujours à coup sûr. Cette expression effrayait toujours un peu Eric. Elle semblait ne pas avoir sa place dans ce visage de vingt et un ans,

---

1. En français dans le texte.

n'avoir aucun rapport avec ce sourire ouvert et puéril, cet enjouement poupin, l'ardeur juvénile avec laquelle Yves adaptait, puis rejetait les théories, les doctrines et les gens. Cette expression conférait à son visage une amertume extrême, une cruauté profonde qui n'avait pas d'âge; la nature, la férocité de son intelligence, éclataient alors dans ses yeux. L'austérité extraordinaire de son front haut annonçait la maturité et laissait prévoir ce que serait la vieillesse.

Il toucha légèrement le coude d'Eric, comme aurait pu le faire un très jeune enfant.

— Je ne souhaite pas du tout rester ici, dit-il, dans le misérable mausolée qu'est ce pays. Allons à New York! Je ferai mon avenir là-bas. Il n'y a pas d'avenir ici pour un garçon comme moi.

Le mot avenir provoqua chez Eric un léger tremblement, un mouvement imperceptible de recul.

— Tu haïras l'Amérique, dit-il avec véhémence. — Yves fixa sur lui un regard surpris. — De quelle sorte d'avenir rêves-tu?

— Je suis certain qu'il y a là-bas quelque chose que je peux faire, dit Yves avec entêtement. Je peux trouver ma voie. Crois-tu que je désire rester pour toujours sous ta protection? — Et il considéra Eric un moment, comme un ennemi ou un étranger.

— Je ne savais pas que cela te contrariait d'être *protégé* par moi.

— *Ne te fâche pas*[1]. Ça ne me contrarie pas; si cela m'avait contrarié, je serais parti. — Il sourit et reprit avec douceur, d'un ton modéré: — Mais ça ne peut pas durer éternellement. Moi aussi je suis un homme.

— Qu'est-ce qui ne peut pas durer éternellement?

---

1. En français dans le texte.

Mais il savait à quoi Yves faisait allusion et il savait qu'Yves était dans le vrai.

— Eh bien, dit Yves, ma jeunesse. Elle ne peut pas durer toujours. — Puis il sourit. — J'ai toujours eu la certitude que tu retournerais dans ton pays un jour ou l'autre. Autant que ce soit maintenant, pendant que tu m'aimes encore, et que j'ai assez d'influence sur toi pour te décider à m'emmener.

— Tu es un sacré petit vieux séducteur, dit Eric, et tout cela est fort vrai.

— Ah, dit Yves d'un ton espiègle, avec toi, ça a été facile. — Puis il fixa sur Eric un regard grave. — Alors, c'est décidé. — Ce n'était pas une question. — Je suppose qu'il va falloir que j'aille voir ma putain de mère pour lui dire qu'elle ne me verra plus jamais.

Son visage se rembrunit, un pli amer lui tordit la bouche. Sa mère était serveuse dans un bistrot quand les Allemands étaient arrivés à Paris. Yves avait alors cinq ans et son père avait disparu depuis si longtemps qu'il se souvenait à peine de lui. Mais il se rappelait avoir observé le comportement de sa mère avec les Allemands.

— C'était vraiment une *putain*[1]. Je me rappelle être resté bien des fois dans le café à la regarder. Elle ne savait pas que je la voyais. De toute manière, les vieux s'imaginent toujours que les enfants ne s'aperçoivent de rien. Le comptoir était très long et incurvé. J'étais toujours assis derrière, à l'autre bout, de l'autre côté de l'arrondi. Il y avait une glace au-dessus de moi et je les voyais dans cette glace. Et je les voyais dans le zinc du comptoir. Je me souviens de leur uniforme et de leurs bottes de cuir bien astiquées. Ils étaient toujours extrêmement *corrects*, pas comme les Américains qui sont

---

1. En français dans le texte.

venus après. Elle riait toujours; elle ne tenait pas en place. Il y avait toujours la main de quelqu'un sur elle — dans son corsage, au haut de sa cuisse. Il y avait toujours quelqu'un chez nous; l'armée allemande tout entière y a passé. Toute la journée. Quel peuple horrible!

Et puis, comme pour justifier, sans conviction, la conduite de sa mère:

— Plus tard, continua-t-il, elle m'a expliqué qu'elle faisait ça pour moi. Autrement, nous n'aurions rien eu à manger. Mais je n'en crois rien. Je suis persuadé qu'elle faisait ça pour le plaisir. Je suis convaincu qu'elle a toujours été une putain. Avec elle, tout finissait toujours par une coucherie. Quand les Américains sont arrivés, elle a trouvé un officier très gentil. Il était très chic avec moi, je dois le dire — il avait un fils en Amérique; il ne l'avait vu qu'une fois, et il faisait semblant de croire que j'étais son fils bien que je fusse beaucoup plus âgé que l'autre. Il me faisait regretter de ne pas avoir de père, et surtout de ne pas en avoir qu'un — il sourit — un père américain qui aimait vous faire des cadeaux et vous emmenait partout sur ses épaules. J'ai eu du chagrin quand il est parti. Je suis sûr que c'est grâce à lui si elle n'a pas eu la tête tondue, comme elle le méritait. Elle a débité un tas de mensonges sur ce qu'elle avait fait dans la Résistance. *Quelle horreur*[1]*!*

«Cette époque, ce n'était pas très joli. Beaucoup de femmes se sont fait tondre, parfois pour rien, tu sais? Seulement parce qu'elles étaient jolies ou que quelqu'un était jaloux, ou qu'elles avaient refusé de coucher avec quelqu'un. Mais pas ma mère. *Nous, nous étions tranquilles avec notre petit officier*[1], notre bifteck et nos bonbons au chocolat.»

---

1. En français dans le texte.

Puis il acheva en riant :

— Maintenant, c'est elle la patronne du bistrot où elle travaillait. Tu vois le genre de bonne femme. Je n'y mets jamais les pieds.

Ce n'était pas tout à fait vrai. Il s'était enfui de chez lui à quinze ans. Ou plus exactement, il avait établi une trêve particulière, stipulant qu'il ne lui causerait pas d'ennui — c'est-à-dire qu'il s'arrangerait pour ne pas avoir maille à partir avec la police — moyennant quoi elle le laisserait tranquille : en somme, elle n'arguerait pas du fait qu'il était mineur pour le placer sous la tutelle de la loi. Yves avait donc vécu d'expédients sur le pavé de Paris *tapette*[1] à demi, et rat d'hôtel, jusqu'au jour où il avait fait la connaissance d'Eric. Et depuis, une fois de temps en temps, il était allé voir sa mère — quand il était ivre, quand sa faim ou sa tristesse devenaient intolérables — ou plutôt, sans doute, il allait voir le bistrot qui avait bien changé. Le long comptoir arrondi avait été remplacé par un autre, long et rectiligne celui-là. Le néon serpentait au plafond au-dessus des glaces. Il y avait de petites tables multicolores recouvertes d'un formica rutilant, et des chaises étincelantes en plastique, à la place du mobilier en bois dont Yves avait gardé le souvenir. Il y avait un juke-box à l'endroit où les soldats avaient manipulé gauchement les bonshommes métalliques du baby-foot. Il y avait les réclames pour le coca-cola, et du coca-cola. Le plancher avait été recouvert d'un plastique noir. Seul, le W.C. était demeuré le même, un trou dans le sol, avec des emplacements pour les pieds de chaque côté, et des morceaux de papier journal qui pendaient au bout d'une ficelle. Yves allait au bistrot comme un aveugle, à

---

1. En français dans le texte.

la recherche de quelque chose qu'il avait perdu mais qui n'y était plus.

Il s'asseyait dans le même coin qui n'existait plus maintenant, et il regardait sa mère. Les cheveux autrefois bruns avaient pris une invraisemblable teinte orange. La silhouette autrefois légère commençait à s'épaissir, à s'étendre, à s'affaisser. Mais son rire était demeuré le même, et elle paraissait encore éprouver un désespoir violent et désenchanté à rechercher, puis à fuir les mains des hommes.

Elle finissait par aller le retrouver, au bout du comptoir.

— *Je t'offre quelque chose, M'sieur*[1] *?* — Avec un large sourire forcé et plein d'un vague regret.

— *Un cognac, Madame*[1]. — Avec un sourire en coin et l'esquisse d'une courbette ironique. Quand elle arrivait vers le milieu du comptoir, il criait : — *Un double*[1].

— *Ah! Bien sûr, M'sieur*[1].

Elle apportait son verre, et un autre plus petit pour elle-même. Elle le regardait. Ils trinquaient.

— *À la vôtre, Madame*[1].

— *À la vôtre, M'sieur*[1].

Mais parfois il disait :

— *À nos amours*[1].

Et elle répétait sèchement :

— *À nos amours*[1] *!*

Pendant quelques secondes, ils buvaient en silence. Puis elle souriait. Un jour, elle lui dit :

— Tu as très bonne allure. Tu es devenu très beau garçon. Je suis fière de toi.

— Pourquoi serais-tu fière de moi ? Je ne suis qu'un bon à rien, alors autant que je sois beau garçon, c'est

---

1. En français dans le texte.

mon gagne-pain. — Et il la regardait bien en face. — Tu comprends, hein ?

— Puisque tu me parles comme ça, je ne veux rien savoir, rien, de ton existence.

— Pourquoi ? Elle est exactement comme la tienne, quand tu étais jeune. Ou peut-être même maintenant, qui sait ?

Elle but son cognac et leva le menton.

— Pourquoi ne reviens-tu pas ? Tu te rends compte toi-même que le bar marche bien ; ce serait une bonne situation pour toi. Et puis...

— *Et puis quoi*[1] *?...*

— Je ne suis plus très très jeune ; ce serait un *soulagement*[1] si mon fils et moi pouvions être amis.

Yves s'esclaffa.

— Tu as besoin d'amis ? Va-t'en exhumer quelques-uns de ceux que tu as enterrés pour avoir ce bar. Amis ? *Je veux vivre, moi*[1] *!*

— Ah, tu es un ingrat.

Quelquefois, en disant ces mots, elle se tamponnait les yeux avec un mouchoir.

— Ne me casse plus les pieds ; tu sais ce que je pense de toi ; retourne à tes clients.

Et le dernier mot, il le jetait à la face de sa mère comme une malédiction ; parfois, s'il était suffisamment ivre, il avait des larmes dans les yeux.

Il laissait sa mère atteindre le milieu du comptoir avant de crier :

— *Merci pour le cognac, Madame*[1].

Et elle se retournait, courbant légèrement l'échine, en disant :

— *De rien, M'sieur*[1].

---

1. En français dans le texte.

Eric y était allé une fois avec lui; la mère d'Yves lui avait paru plutôt sympathique, mais ils n'y étaient jamais retournés. Et c'est à peine s'ils avaient parlé de cette visite. Il y avait là-dessous quelque chose de caché qu'Yves ne voulait pas voir.

Yves franchit d'un bond le petit mur de pierre et entra dans le jardin en souriant.

— Tu aurais dû venir à l'eau avec moi; elle était formidable. Ç'aurait été rudement bien pour ta ligne. Sais-tu que tu engraisses?

Il donna une chiquenaude avec son slip sur le ventre d'Eric, et se laissa tomber sur le sol, à côté de son ami. Le chat s'approcha avec précaution, flairant le pied d'Yves comme s'il étudiait quelque monstre préhistorique, et Yves l'empoigna et le cala contre son épaule pour le caresser. L'animal ferma les yeux et se mit à ronronner.

— Tu vois s'il m'aime. C'est dommage de le laisser ici. Emmenons-le à New York.

— T'emmener toi en Amérique, ça pose déjà assez de problèmes, mon vieux; faut pas risquer de faire chavirer le bateau. D'ailleurs New York est remplie de chats de ruelles. Et de ruelles.

Il avait prononcé ces derniers mots les yeux fermés, buvant le soleil et les odeurs du jardin ainsi que les senteurs sombres et salines qui provenaient du corps d'Yves. Les enfants de la maison voisine étaient encore sur la plage; il entendait leurs cris.

— Tu n'as aucune sympathie pour les animaux. Il souffrira terriblement quand nous partirons.

— Il se remettra. Les chats tiennent beaucoup mieux le coup que les hommes.

Il garda les yeux clos. Il sentit qu'Yves se retournait pour le regarder.

— Pourquoi cela te tourmente-t-il tant d'aller à New York ?

— New York est un endroit où les raisons de se tourmenter ne manquent pas.

— Je n'ai pas peur des tourments. — Il toucha légèrement la poitrine d'Eric et Eric ouvrit les yeux. Il fixa longuement le visage grave et basané d'Yves. — Mais toi, oui. Tu as peur d'avoir des problèmes à New York. Pourquoi ?

— Je n'ai pas peur, Yves. Mais j'ai eu un tas d'ennuis là-bas.

— Nous en avons eu beaucoup ici aussi, dit Yves avec la gravité brutale et toujours assez choquante qu'il affectionnait ; et nous nous en sommes toujours sortis ; et maintenant, nous sommes mieux que nous ne l'avons jamais été, à mon avis, non ?

— Oui, dit lentement Eric en scrutant le visage d'Yves.

— Alors, à quoi bon se tourmenter ? — Il ramena en arrière les cheveux tombés sur le front d'Eric. — Tu as chaud à la tête. Tu es resté trop longtemps au soleil.

Eric lui saisit la main. Le chat bondit à terre.

— Bon Dieu, ce que tu vas me manquer !

— C'est pour un petit bout de temps seulement. Tu auras de l'occupation. Je serai à New York avant que tu ne t'aperçoives que nous avons été séparés. — Il sourit et mit son menton sur la poitrine d'Eric. — Parle-moi de New York. Tu as beaucoup d'amis là-bas ? Beaucoup d'amis célèbres ?

Eric éclata de rire.

— Pas beaucoup d'amis célèbres, non. Je ne sais

même pas s'il me reste un seul ami en ce moment. Il y a trop longtemps que j'en suis parti.

— Qui étaient tes amis quand tu es parti ? — Il sourit encore et frotta sa joue contre celle d'Eric. — Des garçons comme moi ?

— Il n'y a pas de garçons comme toi. Dieu merci.

— Tu veux dire pas aussi beaux que moi. Ou pas aussi chauds ?

Eric mit les mains sur les épaules d'Yves que blanchissaient le sable et le sel. Il entendait la voix des enfants venant de la mer, ainsi que le bourdonnement et le vrombissement des insectes dans le jardin.

— Non. Pas aussi impossibles.

— Naturellement, maintenant que tu vas partir, tu me trouves impossible. Et à quel point de vue ?

Il attira Yves plus près de lui.

— À tous points de vue.

— *C'est dommage. Moi je t'aime bien*[1].

Ces mots furent chuchotés tout contre son oreille. Ils restèrent immobiles un moment. Eric voulait demander : « Est-ce vrai ? » Mais il savait que c'était vrai. Peut-être ne savait-il pas ce que cela signifiait, mais Yves ne pouvait pas l'aider à comprendre. Seul le temps y pouvait quelque chose, le temps qui livrait tous les secrets, mais à une seule, à une inexorable condition, il le sentait. Il fallait que ce secret ne puisse plus servir à rien.

Il posa ses lèvres sur l'épaule d'Eric et sentit le goût de sel de la Méditerranée. Il pensa à ses amis — quels amis ? Il n'était pas certain d'avoir été vraiment l'ami de Vivaldo, de Richard et de Cass ; et Rufus était mort. Il ne savait même plus qui, longtemps après le drame, lui avait appris la nouvelle — il sentait que ce devait être

---

[1]. En français dans le texte.

Cass. Ce ne pouvait guère être Vivaldo, qui était trop gêné par ce qu'il savait des relations entre Eric et Rufus, sans vouloir admettre qu'il était au courant, et ce n'était certainement pas Richard. En tout cas, personne n'avait écrit très souvent ; Eric n'avait pas vraiment tenu à savoir ce qu'il était advenu des gens qu'il avait fuis. Et il sentait qu'ils s'étaient gardés de s'inquiéter de ce qui se passait en lui. Non, de tous ces gens, Rufus avait été son seul ami. Rufus l'avait fait souffrir, mais Rufus avait osé le connaître. Et quand la souffrance d'Eric s'était estompée, et que Rufus était parti, Eric ne s'était souvenu que de la joie qu'ils avaient parfois partagée, et du timbre de la voix de Rufus ; de sa démarche nonchalante, bondissante et hautaine, de son sourire, de la façon dont il tenait sa cigarette ou rejetait la tête en arrière pour rire. Et il y avait quelque chose chez Yves qui lui rappelait Rufus, quelque chose dans son sourire confiant, dans son allure hardie, dure et vulnérable à la fois.

C'était un jeudi que la nouvelle lui était parvenue. Il pleuvait à verse ; Paris était gris et indécis. Il n'avait pas un sou, ce jour-là ; il attendait un chèque qui, pour une raison mystérieuse, se trouvait empêtré dans une toile d'araignée de la bureaucratie de l'industrie cinématographique française. Yves et lui venaient de partager leur dernière cigarette et Yves était allé essayer d'emprunter de l'argent à un banquier égyptien, qui l'avait autrefois comblé de ses faveurs. Eric demeurait alors rue de la Montagne-Sainte-Geneviève, et il montait péniblement le raidillon, sous le déluge, tête nue ; l'eau ruisselait le long de son nez et de ses sourcils ; elle lui coulait derrière les oreilles et dans le dos et envahissait la poche de son imperméable dans laquelle il avait eu la mauvaise idée de mettre ses cigarettes. Il les sentait presque se désintégrer dans les ténèbres moites et sordides de sa poche, sans que sa main mouillée pût les protéger. Il était comme engourdi par un désespoir sourd et il avait tout simplement décidé de rentrer chez lui, d'ôter ses vêtements et de rester au lit en attendant les secours; les secours, c'est-à-dire Yves, sans doute avec l'argent pour acheter les sandwiches... ce serait probablement juste assez pour leur permettre de passer une autre sinistre journée.

Il traversa la grande cour et commença à monter les marches qui menaient à son immeuble; et derrière lui, près de la *porte cochère*[1] la clochette de la *loge*[1] de la concierge tinta, et la femme cria son nom.

Il revint sur ses pas, espérant qu'elle n'allait pas lui réclamer le loyer. Elle était debout à sa porte, une lettre à la main.

— Ceci vient d'arriver, dit-elle. J'ai pensé que c'était peut-être important.

— Merci, dit-il.

Lui aussi espérait que c'était l'argent qu'il attendait, mais elle ferma la porte derrière elle. Il était presque l'heure du souper et elle faisait la cuisine. D'ailleurs, la rue tout entière semblait faire la cuisine, et ses jambes menaçaient de céder sous lui.

Il ne regarda pas attentivement l'extérieur de l'enveloppe car il avait l'esprit uniquement occupé par ce chèque récalcitrant, et il n'attendait pas d'argent d'Amérique, pays dont la lettre provenait; il la fourra sans la lire dans la poche de son imperméable, traversa la cour et monta dans sa chambre. Une fois chez lui, il mit la lettre sur la table, s'essuya, se dévêtit et se glissa sous les couvertures. Puis il mit les cigarettes à sécher, alluma

---

1. En français dans le texte.

celle qui était la moins mouillée et regarda de nouveau la lettre ; ses yeux tombèrent sur le paragraphe qui commençait ainsi : *Nous l'aimions tous beaucoup, et je sais que vous l'aimiez aussi, vous...* Oui, c'est Cass qui avait dû écrire. Rufus était mort, mort de sa propre main. Rufus était mort.

Des garçons comme moi ? avait plaisanté Yves. Comment pourrait-il dire quoi que ce fût sur Rufus au garçon qui était maintenant couché à côté de lui ? Il lui avait fallu longtemps pour se rendre compte que l'une des raisons pour lesquelles Yves l'avait ému si profondément — il avait oublié que son cœur pût être troublé ainsi — c'était parce qu'il lui rappelait Rufus, d'une certaine façon, tel qu'il l'avait vu un jour. Et il lui avait fallu attendre jusqu'à ce moment même, jusqu'à la veille de son départ, pour reconnaître qu'une partie du grand pouvoir que Rufus avait eu sur lui provenait du passé qu'Eric avait enseveli en quelque recoin profond et noir ; que ce pouvoir n'était pas sans lien avec lui-même, lorsqu'il était dans l'Alabama, *quand je n'étais rien qu'un enfant* ; avec les Blancs froids et les Noirs chauds, chauds du moins à son égard, et aussi nécessaires que le soleil qui baignait maintenant leur corps, le sien et celui de son amant. Étendu dans ce jardin, dans cette chaleur qui le protégeait et aiguisait en même temps ses craintes, il les voyait dans les rues flamboyantes et squelettiques de son enfance, dans les maisons aux volets clos et dans les champs. Ils ne riaient pas comme les autres, c'est du moins l'impression qu'il ressentait ; ils évoluaient avec une beauté et une violence plus grandes et de leur corps émanait l'odeur des bonnes choses que l'on cuit au four.

Mais avait-il jamais aimé Rufus ? Ou bien n'avait-ce pas été uniquement de la fureur, de la nostalgie, un sentiment de culpabilité et de honte? Était-ce au corps de Rufus qu'il s'était agrippé ou au corps des Noirs entrevus dans un jardin ou dans une clairière, longtemps auparavant? La sueur coulait sur leur poitrine chocolat, et sur leurs épaules; ils avaient une voix tonnante; le blanc des épaulettes de leur gilet de corps formait un contraste heureux avec la couleur de la peau; l'un renversait la tête en arrière pour achever son gobelet — et l'eau étincelait et coulait dans sa gorge en murmurant avec un grand bruit d'éclaboussures — un autre, le bras levé, s'apprêtait à frapper de sa hache la base d'un arbre. Certes, il n'avait jamais réussi à faire croire à Rufus qu'il l'aimait. Peut-être Rufus avait-il regardé ses yeux et aperçu le reflet de ces hommes noirs qu'Eric avait vus; et peut-être l'avait haï à cause d'eux.

Il resta allongé dans une immobilité totale, il sentait le poids du corps inerte et confiant de son ami; il sentait la chaleur du soleil.

— Yves...?
— *Oui, mon chou*[1]*?*
— Entrons. Je crois que ça me ferait du bien de prendre une douche et de boire un verre. Je commence à me sentir tout poisseux.

— *Ah, les Américains avec leur alcool*[1]*!* Je vais sûrement devenir alcoolique à New York.

Mais il redressa la tête, embrassa très vite Eric sur le bout du nez et se leva.

Il resta debout entre Eric et le soleil; ses cheveux brillaient d'un éclat intense. Son visage restait dans l'ombre. Il baissa les yeux vers Eric et sourit.

— *Alors, tu es toujours prêt, toi, d'après ce que je vois*[1]*.*
Eric éclata de rire.

---

1. En français dans le texte.

— *Et toi, salaud*[1].
— *Mais moi, je suis Français, mon cher, je suis pas puritain, fort heureusement. T'as dû t'en rendre compte d'ailleurs*[1].

Il releva Eric et lui appliqua un coup de son slip rouge sur le bas des reins.

— *Viens*[1]. Prends ta douche. Je crois qu'il ne nous reste presque rien à boire. Je vais aller à bicyclette au village. Que faut-il que j'achète ?

— Du whisky.

— Naturellement, puisque c'est ça le plus cher. Nous mangeons ici ou au restaurant ?

Ils partirent vers la maison, étroitement enlacés.

— Essaye de voir Mme Belet et dis-lui de venir nous préparer quelque chose pour dîner.

— Qu'est-ce que tu voudrais manger ?

— Je m'en moque. Décide toi-même.

L'habitation était longue et basse. C'était une maison de pierre et elle leur parut très fraîche et très sombre après la chaleur et l'éclat de la lumière du dehors. Le chaton les avait suivis, et maintenant il murmurait avec insistance près de leurs pieds.

— Je vais peut-être lui donner à manger avant de partir. Je n'en ai que pour une minute.

— Il ne peut pas avoir déjà faim ; il mange tout le temps, dit Eric. — Mais Yves avait déjà commencé à préparer le repas du chat.

Ils étaient entrés par la cuisine. Eric la traversa, puis il traversa la salle à manger, pénétra dans leur chambre et se jeta sur le lit. La chambre donnait sur le jardin. Les mimosas se pressaient contre la fenêtre et, un peu plus loin, il y avait deux ou trois orangers qui portaient

---

1. En français dans le texte.

des oranges petites et dures comme les boules dont on orne les arbres de Noël. Il y avait aussi des oliviers dans le jardin, mais on ne s'en occupait plus depuis longtemps; ça ne valait plus la peine de cueillir les olives.

Le manuscrit de la nouvelle pièce était sur la table de bois rustique qui, avec l'âtre de la salle à manger, les avait persuadés de louer cette maison; sur la table, il y avait aussi quelques livres appartenant à Yves; des œuvres de Blaise Cendrars, Jean Genet et Marcel Proust, et à Eric comme *Un acteur se prépare*, *Les Ailes de la Colombe* et *Un Enfant du Pays*. Le bloc à croquis d'Yves était à terre. Ses tennis aussi, de même que ses socquettes et ses sous-vêtements qui se mêlaient à la chemisette d'Eric, à ses sandales et son slip de bain — lequel était moins «explicite» et plus sombre que celui d'Yves, à l'image d'Eric qui était lui-même moins explicite et plus sombre.

Yves entra dans la chambre en faisant claquer ses savates.

— Tu la prends cette douche, oui ou non?

— Oui, tout de suite.

— Eh bien, vas-y. Je m'en vais maintenant. Je serai de retour dans un moment.

— Je les connais tes moments. Tâche de ne pas trop t'enivrer avec les gens du pays.

Il sourit et se leva.

Yves prit ses chaussettes à terre, les enfila et mit ses tennis et un pull délavé.

— *Ah, celui-là, je te jure*[1].

Il prit un peigne dans sa poche et le passa dans ses cheveux ce qui les ébouriffa plus que jamais.

— Je t'accompagne jusqu'à ton vélo.

---

1. En français dans le texte.

Ils passèrent devant les mimosas.

— Reviens vite, dit Eric en souriant.

Yves empoigna sa bicyclette.

— Je serai revenu avant que tu aies eu le temps de t'ennuyer.

Il enfourcha le vélo, passa la barrière et partit sur la route. Debout dans le jardin, Eric le suivit des yeux. La clarté était encore très vive, mais à la manière mystérieuse de la lumière du Sud, elle semblait se replier sur elle-même avant de disparaître. Déjà la rue paraissait plus sombre.

Une fois sur la route, Yves ne se retourna pas. Eric repartit vers la maison.

Il alla sous la douche, dans la salle de bains qui jouxtait la chambre. Il manipula les robinets et l'eau se déversa sur lui, trop froide d'abord, mais il s'obligea à la supporter, puis trop chaude ; il tourna les robinets jusqu'à ce que la température devînt plus supportable. Il se savonna en se demandant s'il grossissait vraiment. Son ventre paraissait assez ferme, mais il avait toujours eu une certaine tendance à l'obésité ; il pensa avec satisfaction qu'une fois à New York, il retournerait au gymnase ; et l'évocation du gymnase, pendant que l'eau tombait sur lui et qu'il était seul avec son corps et avec l'eau, fit que des souvenirs nombreux et pénibles, enfouis très loin dans sa mémoire, commencèrent à revivre. Maintenant que son évasion touchait irrémédiablement à sa fin, une lumière surgissait, tournée vers le passé, et ses terreurs ressortaient, en relief.

Qu'étaient-elles, ces terreurs ? Elles étaient enfouies sous le langage impossible du temps ; elles évoluaient sous terre, là où la quasi-totalité de la vraie sensation du temps fermentait sans cesse dans une atmosphère de haine. Et justement parce qu'elles étaient inexprimables, ces terreurs se trouvaient investies d'une énorme puissance; justement parce qu'elles vivaient dans le noir, leurs formes étaient obscènes. Et comme le goût de l'obscénité est universel et l'appétit de la vérité rare et difficile à cultiver, il avait presque péri dans le fondement de sa vie privée. Ou plus précisément, de ses visions.

Ces visions commençaient comme des visions d'amour et elles s'aigrissaient imperceptiblement pour devenir des visions de violence et d'humiliation. Dans son enfance, il avait été très souvent seul, car sa mère, qui s'occupait de politique, était toujours très affairée, avec ses clubs, les banquets, les discours, les projets, les manifestes, perdue à jamais au-dessus d'une mer de chapeaux fleuris; et son père, plutôt submergé par ce flot bruyant et ruisselant de lumière, avait trouvé un foyer dans sa banque, sur le terrain de golf, dans les pavillons de chasse et près des tables de poker. Il semblait y avoir bien peu de points communs entre sa mère et son père, au-delà naturellement de tout ce qui était routine, courtoisie et contrainte et peut-être chacun d'eux l'aimait-il, mais cette affection ne lui avait jamais paru réelle, puisqu'il n'y avait manifestement pas le moindre amour entre eux. Il s'était pris d'amitié pour la cuisinière, une Noire nommée Grace, qui lui donnait à manger, lui administrait des fessées, le grondait et le choyait et essuyait des larmes que jamais personne ne voyait à la maison. Mais plus encore que Grace, c'est son mari Henry qu'il avait aimé.

Henry était plus jeune, ou paraissait plus jeune que sa femme. Sa présence infligeait à Grace, et probablement à toute la maisonnée, un véritable calvaire, car il buvait trop. Il était factotum et l'une de ses attributions consistait à s'occuper de la chaudière. Eric se souvenait encore de l'aspect et de l'odeur de la chaufferie embrasée, des ombres rouges projetées par la chaudière qui jouaient sur le mur, et de l'odeur âpre et douce à la fois de l'haleine d'Henry. Que d'heures ils avaient passées ensemble, dans ce réduit, Eric sur une caisse, près du genou d'Henry, et Henry, une main posée sur le cou ou l'épaule d'Eric. Sa voix tombait sur Eric comme des ondes de bien-être et de paix. Il connaissait un tas d'histoires. Il racontait comment il avait connu Grace, comment il lui avait plu, et comment (selon lui) il l'avait persuadée de l'épouser ; il racontait des histoires sur les prédicateurs et les joueurs de son quartier — les gens de son quartier semblaient avoir beaucoup de points communs avec lui, et souvent on eût dit qu'il ne s'agissait de personne d'autre que lui-même — comment il avait réussi à déjouer les ruses d'un tel ou de tel autre et comment une fois il était parvenu à éviter la chaîne des forçats. (Et il avait expliqué à Eric ce qu'était la chaîne des forçats.) Une fois, Eric était entré dans la chaufferie alors qu'Henry y était assis tout seul ; quand il parla, Henry ne lui répondit pas et quand il s'approcha, mettant la main sur le genou d'Henry, les larmes de l'homme brûlèrent le dos de sa main. Eric ne se rappelait plus la cause des larmes d'Henry mais il n'oublierait jamais l'étonnement qu'il avait ressenti en touchant alors le visage d'Henry, ni l'impression profonde qu'avaient laissée en lui les frémissements qui agitaient le corps de son ami. Il s'était jeté dans ses bras, sanglotant presque lui-même, et pourtant assez avisé pour retenir ses larmes. Il était possédé par une fureur indicible à l'encontre de tout ce qui avait pu faire mal à Henry. C'était la première fois qu'il sentait sur lui le contact des mains d'un homme, le contact de la poitrine et du ventre d'un homme. Il avait dix ou onze ans. Une frayeur terrible, une frayeur obscure et profonde s'était emparée de lui mais, les années suivantes devaient le prouver, il n'avait pas été assez effrayé. Il savait que ce qu'il ressentait était contraire à la morale et devait être gardé secret ; mais il se disait que si c'était mal, c'était parce qu'Henri était une grande personne et un Noir, alors que lui était petit et blanc.

Henry et Grace finirent par être congédiés, à cause de quelque manquement ou de quelque faute commise par Henry. Comme les parents d'Eric n'avaient jamais approuvé ces rencontres dans la chaufferie, Eric soupçonna toujours qu'elles avaient été la cause véritable du départ de son ami, ce qui rendit plus âpre que jamais le ressentiment qui l'opposait à ses parents. En tout cas, il vécut loin d'eux, en classe dans la journée, devant son miroir la nuit, attifé des vieux vêtements de sa mère ou des quelques haillons bariolés qu'il avait pu récupérer, prenant des poses, et déclamant à mi-voix. Il savait que cela aussi était mal, bien qu'il fût incapable de dire pourquoi. Mais à cette époque, il avait compris que tout ce qu'il faisait était mal aux yeux de ses parents et aux yeux du monde, et que par conséquent, tout devait être vécu en secret.

L'ennui d'une vie secrète, c'est qu'elle est souvent un secret pour celui qui la vit, mais qu'elle n'est pas du tout un secret pour les gens qu'il rencontre. Il ne peut pas faire autrement que de rencontrer ces gens qui voient ses secrets avant de voir autre chose et qui les arrachent hors de son âme, parfois avec l'intention de les utiliser contre lui, parfois dans un but moins malveillant ; mais quel que soit leur dessein, ce moment est affreux et l'accumulation de ces révélations provoque une angoisse indicible. Le but d'un rêveur après tout, c'est de poursuivre son rêve sans être dérangé par les autres. Ses rêves sont sa protection contre le monde. Mais les buts de la vie vont à l'encontre de ceux du rêveur, et les dents du monde sont acérées. Comment Eric aurait-il pu savoir que ses visions, aussi indéchiffrables qu'elles fussent pour lui, étaient inscrites dans chacun de ses gestes, trahies par la moindre inflexion de voix, et vivaient dans ses yeux avec tout l'éclat, la beauté et la terreur du désir ? Il avait toujours été un garçon robuste et vigoureux ; il avait joué comme les autres enfants, il s'était battu comme eux, il avait eu des amis et des ennemis, il avait conclu des pactes secrets et conçu des plans grandioses. Et pourtant, tout compte fait, aucun de ses compagnons de jeux ne s'était jamais assis avec Henry dans la chaufferie, aucun n'avait jamais embrassé Henry sur ses joues saumâtres. Aucun ne s'était affublé de chapeaux, de robes hors d'usage, de sacs, de ceintures, de boucles d'oreilles, de capes et de bracelets pour incarner des personnages de fantaisie, après que toute la maisonnée fut allée se coucher. Plus encore, aucun n'aurait jamais eu l'idée de concevoir les personnages qu'il incarnait, dans le secret de la nuit : les amies de sa mère, ou sa mère elle-même, sa mère telle qu'il se l'imaginait quand elle était jeune, les amies de sa mère ou sa mère telles qu'elles étaient maintenant ; les héroïnes et les héros du roman qu'il lisait et des films qu'il avait vus, ou des personnages qu'il imaginait au gré de sa fantaisie, compte tenu des guenilles dont il disposait.

Aucun doute là-dessus ; à l'école, les garçons avec lesquels il se battait ne ressentaient pas ces curieux aiguillons de la terreur et du plaisir qu'Eric éprouvait quand ils s'empoignaient, quand un garçon jetait l'autre à terre ; et quand Eric voyait des filles, c'est surtout leurs cheveux et leurs vêtements qu'il remarquait : elles n'étaient pas pour lui, comme les garçons, des créatures situées dans une hiérarchie, des créatures que l'on adorait, redoutait ou méprisait. Jamais les garçons ne se voyaient l'un l'autre comme lui les voyait tous. Ses rêves étaient différents — différence subtile, cruelle et criminelle dont on n'avait pas encore pris clairement conscience, mais que l'on sentait déjà confusément. Il était menacé, d'une manière qui lui était particulière et c'est peut-être ce sentiment et l'instinct qui pousse les gens à s'écarter de ceux qui sont marqués, qui expliquaient l'écart irrésistible et sans cesse accru qui l'éloignait des garçons de son âge.

Et naturellement, dans l'Alabama, l'isolement et l'ostracisme croissants qu'Eric subissait étaient expliqués, même par lui, par l'extrême impopularité de son attitude raciale ou plutôt — en ce qui concernait le monde dans lequel il évoluait — par son manque total d'attitude réfléchie. La ville où il habitait était prospère et jouissait d'un prestige certain, mais elle n'était pas très étendue ; pour Eric, le Sud n'était pas très étendu non plus, en tout cas, ainsi qu'il s'avéra par la suite, pas assez étendu pour lui ; et il était le fils unique de gens éminents.

Bientôt donc, aussitôt qu'il arrivait dans un lieu quelconque, on hocha la tête, les lèvres se pincèrent, les langues se firent acérées ou alors, elles dirent son nom avec une violence venimeuse. Ce nom était pourtant celui de son père et Eric rencontra très vite et très souvent, des gens qui le méprisaient sans oser le lui crier. Ils avaient depuis longtemps renoncé à dire ce qu'ils ressentaient réellement ; ils y avaient renoncé depuis si longtemps qu'ils étaient maintenant incapables de penser autrement que la multitude.

Eric sortit de la douche en frottant son corps avec l'énorme serviette-éponge qu'Yves lui avait préparée dans la salle de bains. Yves n'aimait pas prendre de douche, il préférait les longs bains dans une eau très chaude, avec des journaux, des cigarettes et du whisky et une chaise près de la baignoire ; avec Eric à proximité pour lui parler, lui savonner les cheveux et lui frotter le dos. L'impression d'opulence orientale qui envahissait Yves à chaque fois qu'il se baignait faisait sourire Eric. Il souriait mais il était également troublé. Et quand il enfila le peignoir de bain, son corps frémissait moins sous l'effet de la serviette et de l'eau de toilette qu'au souvenir qui l'envahit soudain, de son ami, allongé dans la baignoire, sifflotant, le gant à la main, l'air distrait et paisible, et le sexe luisant et sautillant dans l'eau savonneuse comme un poisson mou et cylindrique ; et moins aussi qu'au souvenir qu'éveillait en lui cette image d'Yves, de ce moment où, près de quinze ans plus tôt environ, le coup inexorable était tombé et où la honte, le combat et l'exil avaient commencé. Il entra dans la salle et se servit à boire. Puis il jeta la bouteille vide dans la corbeille à papier. Il alluma une cigarette et s'assit sur une chaise près de la fenêtre qui s'ouvrait sur la mer. Le soleil sombrait ; la mer était en feu.

Le soleil se couchait aussi ce jour-là ; c'était un dimanche. Une chaude journée. Les cloches de l'église s'étaient tues et le silence du Sud pesait lourdement sur cette ville. Les arbres qui bordaient la promenade ne donnaient pas d'ombre. Les maisons blanches avec leurs portes mornes, leurs porches plongés dans une obscurité noirâtre, semblaient être en guerre avec le soleil : elles frémissaient et peinaient sous la lumière impitoyable. De temps à autre, en passant devant une voûte, on pouvait discerner dans ses profondeurs une silhouette immobile, sans visage, plongée dans l'ombre. Les éternels mioches jouaient dans la crasse invincible. Eric se promenait ce jour-là dans une ruelle, près des confins de la ville avec un jeune Noir. Il s'appelait Le Roy, il avait dix-sept ans, un an de plus qu'Eric, et il était portier au Palais de Justice. Il était grand et taciturne. Il avait une peau très foncée. Eric se demandait toujours à quoi il pensait. Ils étaient amis depuis fort longtemps, depuis le moment où Henry avait été congédié. Mais maintenant, leur amitié, leurs efforts pour poursuivre une liaison impossible, commençaient à leur peser à tous deux. Tout eût — sans doute — été plus simple si Le Roy avait été au service de la famille d'Eric. Alors, tout eût été permis, tout eût été camouflé sous le couvert de la responsabilité qu'Eric était censé assumer à l'égard du jeune Noir. Mais, étant donné la situation, il était suspect, il était indécent qu'un jeune Blanc, surtout un Blanc de la classe bourgeoise comme Eric, un Blanc qui avait une réputation aussi difficile à supporter, se mette à «courir» ainsi que le faisait manifestement Eric, après l'un de ses inférieurs. Eric n'avait pas le choix ; il lui fallait «courir» et insister. Le Roy ne pouvait évidemment pas venir le voir chez lui.

Et pourtant il y avait quelque chose de fort humiliant dans sa situation ; il le ressentait vivement, avec une profonde tristesse, et il savait qu'il en était de même pour Le Roy. Eric ne savait pas, ou peut-être ne voulait-il pas le savoir, qu'il rendait la vie de Le Roy plus difficile et accroissait le danger auquel Le Roy était exposé — car on considérait Le Roy comme un «mauvais» garçon du fait qu'il manquait de respect à l'égard des Blancs. Eric ne savait pas, bien que Le Roy fût naturellement au courant, quelles allusions on faisait déjà à son sujet dans toute la ville. Eric n'avait pas deviné, bien que Le Roy ne le sût que trop bien, que les nègres ne l'aimaient pas non plus. Ils tenaient pour suspects les motifs de son amitié. Ils avaient recherché le plus vil des motifs, et naturellement, ils l'avaient trouvé.

Donc, quelque temps plus tôt, lorsque Eric était apparu dans cette rue, les mains dans les poches, un sifflement rauque et monotone s'échappant de ses lèvres, Le Roy avait bondi de sous la porte cochère et était venu à sa rencontre, à grands pas, comme un ennemi. De sous le porche de Le Roy parvint un ricanement vite étouffé. Une porte claqua ; tous les yeux de la rue étaient fixés sur eux.

Eric balbutia :

— Je passais simplement pour voir ce que tu faisais.

Le Roy cracha sur la route poussiéreuse.

— Je fais rien. Et toi, t'as quelque chose à faire ?

— Tu veux te promener ? demanda Eric.

Pendant un moment, il crut vraiment que Le Roy allait refuser, car le froncement de ses sourcils s'était accentué. Puis un léger sourire effleura les lèvres du jeune Noir.

— D'accord. Mais je ne peux pas aller loin. Il faut que je rentre bientôt.

Ils se mirent en marche.

— Je veux partir de cette ville, dit Eric brusquement.

— On s'en va ensemble, dit Le Roy.

— Nous pouvons peut-être aller dans le Nord, tous les deux, dit Eric au bout d'un moment. Où serait-on le mieux, à ton avis ? À New York ou à Chicago ? À San Francisco peut-être ?

Il avait failli dire Hollywood car il avait vaguement songé à devenir vedette de cinéma. Mais il ne parvenait vraiment pas à se représenter Le Roy en vedette de cinéma, et il ne voulait pas avoir l'air de désirer quelque chose que son ami ne pouvait pas obtenir.

— Il n'est pas question de partir pour moi. Il y a ma mère et tous les gosses. — Il regarda Eric et éclata de rire, mais ce rire n'était pas dépourvu d'amertume. —

Tout le monde a pas un père directeur de banque, tu sais.

Il ramassa un caillou et le jeta dans un arbre.

— Tu sais, mon vieux me donne pas d'argent. Il m'en donnera sûrement pas pour que j'aille dans le Nord; il veut que je reste ici.

— Il mourra bien un jour, Eric, et il faudra bien qu'il laisse son fric à quelqu'un. Et qui ce sera, à ton avis? Moi? — Et de nouveau, il éclata de rire.

— Ben, si tu crois que je vais rester ici le reste de mon existence à attendre que mon vieux meure... Tu parles d'une perspective!

Et il essaya de rire pour accorder son humeur à celle de Le Roy. Mais en fait, il ne comprenait pas pourquoi Le Roy lui parlait ainsi. Qu'y avait-il donc entre eux ce jour-là? Car ce n'était plus seulement le monde — il y avait entre eux quelque chose d'inexprimé, quelque chose d'inexprimable, quelque chose qu'ils n'avaient pas encore fait mais pour lequel chacun ressentait un désir hideux. Et cependant en ce jour lointain et brûlant, bien que cette idée hurlât en lui et retombât autour de lui, comme le soleil, et que tout en lui fût douloureux et désirât cet acte, il n'aurait pas pu donner un nom à cette aspiration, même pour sauver son âme. Il fallait encore qu'elle franchisse le seuil de son imagination, et elle n'avait pas de nom, pas de nom pour lui en tout cas, bien que pour les autres gens, les appellations sordides ne manquassent pas. L'idée avait seulement une forme et cette forme, c'était Le Roy. Et Le Roy contenait le mystère qui le serrait à la gorge.

Il passa son bras autour de l'épaule de Le Roy, et il se frotta le sommet du crâne contre son menton.

— Eh bien, il faut que tu attendes ce dénouement, que ça te plaise ou non, dit Le Roy. — Il mit une main sur le cou d'Eric. — Mais je crois que tu sais ce qu'il faut que j'attende, moi.

Eric sentit qu'il désirait en dire plus mais ne savait comment le dire. Ils poursuivirent leur route quelques secondes en silence et l'occasion se présenta à Le Roy. Une voiture de sport crème transportant six jeunes gens, trois Blancs et trois Blanches, remontait la route dans un violent tourbillon de poussière, suivie d'un sillage poudreux. Eric et Le Roy n'eurent pas le temps de se séparer; un grand rire partit de la voiture et le conducteur scanda une version ironique de la marche nuptiale avec son klaxon — puis laissa sur le levier toute la paume de sa main tandis que la voiture les dépassait. Tous ces jeunes gens étaient des compagnons et des voisins d'Eric.

Il sentit que son visage s'embrasait. Le Roy et lui se séparèrent. Et Le Roy le regarda avec un mélange curieux de pitié et d'indifférence.

— Maintenant, c'est cela que l'on attend de toi, dit-il — il prononça ces mots doucement et tourné vers Eric, se passa la langue sur la lèvre — et c'est là que tu es censé être. Tu n'as pas à déambuler sur cette maudite route de campagne avec un nègre.

— Je me moque bien de ces gens-là, dit Eric — mais il savait qu'il mentait et il n'ignorait pas que Le Roy le savait aussi — ces gens-là ne sont rien pour moi.

Le Roy parut plus apitoyé que jamais, mais il eut aussi l'air exaspéré. La route était maintenant déserte, pas un être vivant n'était en vue; elle était ocre rouge et brune et les arbres se penchaient au-dessus d'elle; le feu filtrait à travers les feuilles; et la route amorçait une descente rapide vers les voies de chemin de fer et l'entrepôt. C'est là que se trouvait la limite de la ville et ils quittaient toujours la route à cet endroit pour s'engager dans un bosquet, sur une éminence qui dominait le ruisseau. Le Roy emmena Eric dans ce havre. Ce jour-là, il le toucha d'une manière différente : insistante, douce, féroce, résignée.

— D'ailleurs, ajouta Eric d'une voix désespérée, tu n'es pas un nègre ; pas pour moi. Tu es Le Roy, tu es mon ami, et je t'aime.

Ces paroles lui firent perdre le souffle, et les larmes montèrent à ses yeux ; ils s'arrêtèrent à l'ombre brûlante d'un arbre. Le Roy s'appuya contre le tronc, fixant Eric avec sur sa face noire une expression terrible qui lui fit peur. Mais il lutta contre sa frayeur pour articuler :

— Je ne sais pas pourquoi les gens ne peuvent pas faire ce qu'ils veulent ; quel *mal* faisons-nous ?

Le Roy éclata de rire. Il allongea le bras et attira Eric contre lui, sous l'ombre des feuilles.

Eric le regarda fixement. Rien n'aurait pu l'inciter à quitter les bras de Le Roy, l'odeur et le contact terrible de son corps ; et pourtant, de même qu'il savait que tout ce qu'il avait jamais désiré ou fait était répréhensible, il savait que cela aussi était répréhensible ; et il sentait l'ampleur de sa chute. Jusqu'où tomberait-il ? Il s'agrippa à Le Roy dont les bras se serrèrent autour de lui.

— Pauvre garçon, murmura Le Roy, pauvre garçon.

Eric enfouit son visage dans le cou de Le Roy et le corps de Le Roy frémit — *la poitrine et le ventre d'un homme !* — puis le Noir repoussa Eric et l'emmena vers le ruisseau au bord duquel ils s'assirent.

— Je crois que tu sais maintenant, dit Le Roy au bout d'un long silence pendant lequel Eric avait plongé sa main dans l'eau, ce qu'ils disent sur nous en ville. Moi, ça m'est égal, mais ça peut nous attirer un tas d'ennuis, et il faut que tu cesses de venir me voir, Eric.

Il n'était pas au courant de ce qu'on disait, ou plutôt il n'avait pas pu se décider à se le demander ; mais maintenant, il n'ignorait plus rien. Il dit, en fixant l'eau, avec un abandon total et mystérieux :

— Eh bien, puisqu'on le dit, autant que nous le fassions ; c'est ainsi que je vois les choses. Je me fous totalement de ces gens ; ils peuvent tous aller se faire voir. Qu'est-ce qu'ils ont à fourrer le nez dans nos affaires ?

Le Roy lança un bref regard à Eric et sourit.

— Tu es un chic type, Eric, mais tu ne te rends pas bien compte de la situation. Ton père est le propriétaire de la moitié des habitants de cette ville, et contre toi on ne peut pas grand-chose. Mais ils s'en prendront *à moi* — et il ouvrit toutes grandes ses mains.

— Je ne permettrai pas qu'on te fasse du mal.

— Tu ferais mieux de quitter cette ville, dit Le Roy en riant. Après tout, ils peuvent te lyncher avant de s'en prendre à moi.

Il rit encore et passa sa main dans les cheveux rouge vif d'Eric.

Eric lui prit la main. Ils se regardèrent. Un silence total, un silence terrible tomba.

— Mon petit, dit Le Roy, d'une voix à peine perceptible. — Puis, au bout d'un moment, il reprit : — T'as vraiment pas fini d'avoir des ennuis.

Puis ils ne dirent plus rien. Ils s'allongèrent côte à côte au bord de la rivière.

Cette journée ! Cette journée ! S'il avait su où cette journée le mènerait, se serait-il tordu de plaisir, avec cette joie mêlée d'angoisse, sous le corps pesant de son premier amant ? Mais s'il avait su, s'il avait été capable de se demander où un tel jour risquait de le mener, il n'aurait jamais été dans la nécessité de provoquer un tel jour. Il avait peur, il avait mal, et le garçon qui le tenait aussi impitoyablement était devenu soudain un étranger, et pourtant cet étranger opérait chez Eric une transformation éternelle et salubre. Bien des années durent s'écouler avant qu'il ne puisse commencer à accepter ce que, ce jour-là, dans ces bras, avec la rivière qui chuchotait à son oreille, il avait découvert ; et pourtant ce jour avait marqué le début de sa vie d'homme. Ce qui lui avait toujours été caché s'était révélé et peu importait que quinze ans plus tard il fût assis dans un fauteuil, devant une mer étrangère, à se débattre encore pour trouver la grâce qui lui permettrait de supporter cette révélation. Car l'essence de la révélation, c'est d'apporter une vérité, une vérité qu'il faut supporter.

Mais comment la supporter ? Il se leva de son siège et fit les cent pas dans le jardin, en proie à une grande agitation. Le chat dormait pelotonné sur le seuil de la porte, aux derniers rayons du soleil. Il entendit le timbre de la bicyclette d'Yves et bientôt la tête de son ami apparut au-dessus du muret de pierre. Il passa, regardant droit devant lui, puis Eric l'entendit dans la cuisine ; il se cogna dans un meuble, puis ouvrit et referma la porte de la glacière.

Bientôt, Yves fut à côté de lui.

— Mme Belet sera ici dans quelques minutes. Elle va nous rôtir un poulet. J'ai rapporté du whisky et des cigarettes. — Il regarda Eric et fronça les sourcils. — Tu es fou de rester ici, avec ce peignoir. Le soleil est couché et il commence à faire froid. Viens, va t'habiller. Je sers à boire.

— Que ferais-je sans toi ?

— Je me le demande. — Eric le suivit dans la maison. — J'ai aussi acheté du champagne, dit soudain Yves en se retournant pour faire face à Eric avec un petit sourire timide, pour fêter notre dernière nuit ici. — Puis il pénétra dans la cuisine. — Habille-toi, lança-t-il. Mme Belet va arriver bientôt.

Eric entra dans la chambre et commença à enfiler ses vêtements.

— Nous sortons après dîner?

— Peut-être. Ça dépend. Si nous n'avons pas trop bu de champagne.

— J'aimerais autant rester ici, moi.

— Oh, il faudrait peut-être voir une dernière fois notre petite station balnéaire.

— Il va falloir faire les valises, tu sais, et nettoyer un peu cette maison, et aussi essayer de dormir un peu.

— Mme Belet nous la nettoiera. De toute manière, nous n'en viendrions jamais à bout. Nous pourrons dormir dans le train. Et puis, il n'y a pas tellement de choses à emballer.

Eric l'entendit laver les verres. Puis il se mit à siffler un air qui faisait songer à une improvisation libre sur un thème de Bach. Eric se coiffa. Ses cheveux étaient trop longs. Il décida de les couper très court avant de rentrer aux États-Unis.

Enfin, ils s'assirent, comme ils l'avaient fait si souvent le soir, devant la fenêtre qui dominait la mer. Yves s'installa sur le pouf, appuyant sa tête sur le genou d'Eric.

— Ça me fera beaucoup de peine de quitter cette maison, dit Yves soudain. Je n'ai jamais été plus heureux qu'ici.

Eric caressa les cheveux d'Yves sans dire mot. Il regarda les lumières du ciel et de la côte qui jouaient sur la mer immobile et noire.

— J'ai été très heureux aussi, dit-il enfin. — Il ajouta : — Je me demande si nous serons jamais aussi heureux.

— Oui, pourquoi pas? Mais ce n'est pas le plus important de toute manière. Que je retrouve ou non le bonheur, et je suis d'ailleurs sûr que je vivrai encore des moments sensationnels, cette maison restera toujours en moi. J'ai découvert quelque chose ici.

— Ah oui? Quoi donc?

Yves tourna la tête et regarda Eric.

— J'avais peur de ne jamais rester rien d'autre qu'un voyou, de ne jamais faire mieux que ma mère. — Il se retourna vers la fenêtre. — Mais finalement, dans cette maison, avec toi, je me suis rendu compte qu'il n'en serait rien. Ce n'est pas parce que ma mère était une putain que je devais lui ressembler. Je vaux mieux que cela. — Il s'interrompit et reprit : — C'est grâce à toi que je m'en suis aperçu. C'est vraiment bizarre, tu sais, parce qu'au début, je croyais que tu me prenais toi aussi pour une petite frappe. Et moi, je te considérais simplement comme un de ces Américains sordides qui ne cherchaient rien d'autre qu'un beau garçon dégénéré.

— Mais tu n'es pas beau, dit Eric en sirotant son whisky. *En fait, tu es plutôt moche*[1].

— *Oh, ça va*[1].

— Tu as le nez retroussé. — Il lui caressa le bout du nez. — Et ta bouche est trop grande. — Yves rit. — Et ton front trop haut. Bientôt, tu n'auras plus de cheveux. — Il lui caressa le front et les cheveux. — Et ces oreilles, mon petit! T'as l'air d'un éléphant ou d'une machine volante.

— Tu es la première personne qui m'ait jamais dit que j'étais laid. C'est peut-être pour ça que tu m'intrigues — il rit.

— Bon. Tes yeux ne sont pas trop moches.

— *Tu parles. J'ai du chien, moi*[1].

---

1. En français dans le texte.

— Eh bien, oui, mon petit, maintenant que tu en parles ; j'ai bien peur que tu aies raison là-dessus.

Ils gardèrent un moment le silence.

— J'ai fréquenté tant de gens horribles, dit Yves gravement, de si bonne heure et pendant si longtemps. Vraiment, c'est merveille que je ne sois pas devenu un véritable *sauvage*[1]. — Il but quelques gorgées de son whisky. Eric ne voyait pas son visage, mais il pouvait s'imaginer l'expression qui s'y lisait : dure et déroutée et terriblement jeune, avec la cruauté que donnent la souffrance et la peur. — D'abord ma mère et tous ces soldats ; *ils étaient mes oncles, tous*[1], dit-il en riant, et puis tous ces hommes visqueux et horribles, je ne sais plus combien... Je me couchais dans un lit ; parfois nous n'allions pas sur le lit, je les laissais geindre et pleurnicher. Certains d'entre eux étaient vraiment fantastiques. Aucune putain n'a jamais dit la vérité sur ceux qui ont recours à elle, j'en suis bien certain ; ils lui trancheraient la tête avant d'oser commencer à écouter. Mais ces choses arrivent, arrivent tout le temps. — Il se redressa, serrant ses genoux dans ses bras, fixant la mer. — Ensuite, je prenais leur argent ; s'ils faisaient des difficultés, je pouvais leur faire peur en disant que j'étais *mineur*[1]. De toute façon, c'était très facile de les effrayer ; la plupart de ces gens-là sont des lâches. — Puis il dit à voix basse : — Jamais je n'aurais cru être heureux qu'un homme me touche et me prenne dans ses bras. Jamais je ne me serais imaginé capable vraiment, de faire l'amour avec un homme. Ou avec qui que ce soit.

— Pourquoi, demanda Eric enfin, n'avais-tu pas recours aux femmes si tu méprisais tant les hommes ?

Yves garda le silence un moment. Puis il dit :

---

1. En français dans le texte.

— Je ne sais pas. *D'abord*[1] j'ai pris ce qu'il y avait — ou plutôt j'ai laissé me prendre ce qu'il y avait. — Il regarda Eric et sourit. Il but quelques gorgées de whisky et se leva. — C'est plus simple avec les hommes et en général plus court. Ça rapporte plus. Les femmes sont beaucoup plus rusées que les hommes, surtout les femmes qui s'intéressent à un garçon comme moi; et, en fait, elles sont encore moins appétissantes, dit-il en riant. Le travail est beaucoup plus dur, et ce n'est pas aussi sûr. — Une fois de plus son visage fut empreint d'une mélancolie austère et inattendue. — On ne rencontre guère de femmes, là où j'ai été; on ne rencontre guère d'êtres humains, d'ailleurs; ils sont tous morts. Morts. — Il s'interrompit, les lèvres pincées, les yeux étincelant à la lumière qui tombait par la fenêtre. — Il y avait beaucoup de putains chez ma mère, mais... eh bien oui, il y a eu quelques femmes, mais je ne pouvais pas les supporter non plus. — Il alla à la fenêtre et demeura immobile, tournant le dos à Eric — *Je n'aime pas l'élégance des femmes*[1]. À chaque fois que je vois une femme avec son manteau de fourrure, ses bijoux et ses robes, j'ai envie de lui arracher tout cela et de la traîner quelque part, dans un *pissoir*[1] et de lui faire renifler l'odeur de beaucoup d'hommes, la pisse de beaucoup d'hommes, et de lui faire comprendre que c'est à *cela* qu'elle est destinée, qu'elle ne vaut pas mieux que ça, qu'elle ne réussit pas à me rouler avec ses loques rutilantes que, de toute façon, elle s'est procurées en exerçant son chantage sur quelque pauvre idiot.

Eric éclata de rire, mais il était effrayé.

— *Comme tu es féroce*[1].

Il regarda Yves tourner le dos à la fenêtre et arpenter

---

1. En français dans le texte.

lentement la pièce — long et dégingandé comme un chat dressé sur ses pattes, perdu dans l'ombre épaisse. Et il vit que le corps d'Yves se transformait, perdait de la dureté de l'adolescent pauvre. Il devenait un homme.

Et il regarda ce corps maussade et nerveux. Il considéra ce visage. Le haut du front paraissait plus remarquable que jamais, plus pur aussi et la bouche, à la fois plus cruelle et plus vulnérable. Cette nudité était la preuve de l'amour et de la confiance d'Yves et elle était aussi la preuve de sa force. Yves, un jour, n'aurait plus autant besoin d'Eric que maintenant.

Il se rassit, pencha sa tête en arrière et acheva son verre. Puis il se tourna vers Eric en souriant.

— Tu bois très lentement ce soir. Qu'est-ce qu'il y a?
— Je vieillis. — Mais il rit, finit son verre et le tendit à Yves.

Et lorsque Yves s'en alla, lorsqu'il l'entendit dans la cuisine, lorsqu'il regarda les lumières jaunes qui scintillaient le long de la mer, quelque chose s'ouvrit en lui; un désespoir inexprimable s'empara de lui. Mme Belet était arrivée et il entendait Yves et la vieille paysanne dans la cuisine.

Ils parlaient d'une voix assourdie.

Le jour où Yves n'aurait plus besoin de lui, Eric retomberait dans le chaos. Il se rappelait cette armée d'hommes solitaires qui s'étaient servis de lui, qui avaient lutté avec lui, l'avaient caressé, s'étaient soumis à lui dans des ténèbres plus épaisses que la plus épaisse des nuits. Ils ne s'étaient pas seulement servis de son corps, mais aussi de bien autre chose; son infirmité avait fait de lui le réceptacle d'une angoisse dont il pouvait à peine croire qu'elle existât. Cette angoisse l'avait désespéré, bien qu'elle lui eût aussi conféré sa grâce et son pouvoir; tous deux inquiétants et condamnés d'avance ; elle le déroutait et lui indiquait les dimensions du traquenard dans lequel il était emprisonné.

Peut-être avait-il parfois rêvé de sortir du drame où il s'était empêtré et de jouer quelque autre rôle. Mais toutes les issues étaient barrées — elles étaient barrées par des hommes avides ; le rôle qu'il jouait était nécessaire, et pas seulement pour lui-même.

Et il pensait à ces hommes, à cette armée d'ignorants. C'étaient des maris, c'étaient des pères, des gangsters, des joueurs de football, des errants ; et ils étaient partout. En tout cas, ils étaient dans tous les endroits où on lui avait affirmé qu'on ne pouvait pas les trouver, et ils étaient à peine conscients de ressentir le besoin qu'ils lui apportaient ; ils passaient leur vie à le renier. Ce besoin les dépassait, les droguait, rendait leurs membres aussi lourds que ceux des dormeurs ou des gens qui se noient, et il ne pouvait se satisfaire que dans la nuit honteuse et impitoyable, à la sauvette, et à l'issue de l'acte, seuls subsistaient l'aversion et l'envie de fuir. Ils fuyaient, après avoir ouvert l'infection, mais les racines de la gangrène étaient encore en eux. Des jours, des semaines ou des mois pouvaient s'écouler — ou même des années — avant que de nouveau, furtivement, dans un réduit vide, sur un escalier désert ou sur un toit, à l'ombre d'un mur ou dans un jardin public, dans une voiture à l'arrêt ou dans la chambre meublée d'un ami absent, ils ne se livrent aux mains, aux caresses, aux baisers, aux câlineries du sexe méprisé et anonyme. Et pourtant, ce besoin ne paraissait pas essentiellement physique. On ne pouvait pas dire qu'ils étaient attirés par les hommes. Ils ne faisaient pas l'amour, ils étaient passifs, ils se laissaient manœuvrer. Il semblait en fait qu'ils avaient justement besoin de cette passivité, de ce don de plaisir illicite, de cette adoration. Si cette armée venait, ce n'était pas dans la joie, mais dans la misère morale, et avec l'ignorance la plus terrifiante. Quelque chose avait été pétrifié en eux ; la racine de leur tendresse avait été pétrifiée et ils ne pouvaient plus accepter la tendresse, bien que ce fût du manque d'affection qu'ils périssaient. La soumission obscure était l'ombre de l'amour — si seulement quelqu'un, quelque part, avait pu les aimer assez pour les caresser ainsi au grand jour, dans la joie. Mais alors, ils ne pourraient plus rester passifs.

Le chaos. Car la grande différence qui l'opposait à ces hommes était aussi la condition de leur rapprochement. Il voyait leur vulnérabilité, et eux voyaient la sienne. Mais ce n'était pas cela qui les incitait à l'aimer. Ils se servaient de lui. Il ne les aimait pas non plus, bien qu'il rêvât de cet amour. Et la rencontre avait lieu, en fin de compte, entre deux rêveurs, dont aucun ne voulait réveiller l'autre, sauf au cours des secondes les plus brèves et les plus amères. Puis le sommeil redescendait, la quête continuait, le chaos revenait.

Et il y avait plus encore. Quand la liaison amorcée si fortuitement survivait aux premières rencontres, quand une sorte de tendresse timide commençait à se frayer un chemin à travers le désert glacé, quand la honte s'apaisait, le chaos régnait plus que jamais. Car la honte, moins qu'elle ne s'était apaisée, avait trouvé un partenaire. La tendresse était apparue, mais par une fissure, une crevasse, et derrière elle survenait le souffle de la terreur. Car l'acte d'amour est une confession. On peut mentir à propos du corps, mais le corps ne ment pas à propos de lui-même ; il ne peut pas mentir sur la force qui le pousse. Et Eric avait découvert, inévitablement, la vérité sur de nombreux hommes qui voulaient chasser du monde à la fois Eric et la vérité.

Où donc était son honneur, dans tout ce chaos ? Il

regarda les lumières qui vacillaient au loin et écouta Yves et Mme Belet dans la cuisine. L'honneur. Il savait qu'il n'avait aucun honneur susceptible d'être reconnu comme tel par les autres. Sa vie, ses passions, ses épreuves, ses amours étaient, au pis, de l'ordure, et, au mieux, des maladies aux yeux du monde et des crimes aux yeux de ses compatriotes. Il n'y avait pour lui de critères moraux que ceux qu'il pouvait se forger lui-même. Il n'y en avait pas d'autres pour lui, parce qu'il ne pouvait pas accepter les définitions, le jargon hideux dont ses contemporains usaient comme des mécaniques. Il ne voyait autour de lui personne qui éveillât en lui quelque envie ; il ne croyait pas à ce vaste sommeil gris que l'on appelait le bien-être ; il ne croyait pas aux remèdes, aux panacées, aux slogans qui affligeaient le monde qu'il connaissait ; et par voie de conséquence, il lui fallait créer ses critères moraux et se forger ses définitions à mesure qu'il avançait en chemin. Il lui appartenait de découvrir qui il était, et il était de sa nécessité de le faire seul, sans recourir aux soins des charlatans de son époque.

— *Mais bien sûr*, disait Yves à Mme Belet, *je suis tout à fait de votre avis*[1].

Mme Belet aimait beaucoup Yves et le faisait profiter, sans qu'il la sollicite, de ses soixante-douze années d'expérience chaque fois qu'elle pouvait le prendre à part.

Il voyait maintenant Yves dans la cuisine, les deux verres à la main, qui tentait de se rapprocher de la porte, un pâle sourire poli et un peu triste sur les lèvres car il éprouvait un grand respect pour les personnes âgées — attendant dans le flot des paroles de Mme Belet la pause qui lui permettrait de s'échapper.

---

1. En français dans le texte.

Mme Belet aimait bien Eric aussi, mais il sentait que cette sympathie venait surtout du fait qu'elle voyait en lui le bienfaiteur un peu excentrique de son protégé. Si Eric avait été Français, elle l'aurait méprisé, mais la France, Dieu merci! ne produisait pas des personnages aussi énigmatiques qu'Eric, et il n'était pas question, pour Mme Belet, de le juger selon les critères appliqués dans son pays aux gens civilisés.

— Et à quelle heure partez-vous? demanda-t-elle.

— Oh, sûrement pas avant midi, madame.

Elle rit. Yves aussi. Il y avait de la paillardise dans leur rire, et il ne put s'empêcher de songer, bien qu'il s'en défendît aussitôt, que cette hilarité les liguait contre lui.

— J'espère que vous vous plairez en Amérique, dit Mme Belet.

— Je deviendrai très riche là-bas, dit Yves, et quand je reviendrai, je vous emmènerai en pèlerinage à Rome.

Car Mme Belet était dévote et elle avait conçu le grand espoir de voir la ville sainte avant de mourir.

— Ah! Vous ne reviendrez jamais.

— Si, je reviendrai, dit Yves.

Sa voix était pleine de doute. Et Eric se rendit compte, pour la première fois, qu'Yves avait peur.

— Ceux qui vont en Amérique, dit Mme Belet, ne reviennent jamais.

— *Au contraire*[1], dit Yves, ils reviennent tout le temps.

Ils reviennent à quoi? se demanda Eric. Mme Belet rit de nouveau. Puis ils se turent. Yves rentra dans la salle. Il tendit un verre à Eric et se rassit sur le pouf, la tête sur les genoux d'Eric.

---

1. En français dans le texte.

— J'ai cru que je ne pourrais jamais m'en aller, murmura-t-il.

— Je pensais aller à ton secours.

Il se pencha et embrassa Yves dans le cou.

Yves mit une main sur la joue d'Eric et ferma les yeux. Ils restèrent immobiles. Une veine palpita sur la gorge d'Yves. Il se retourna et ils s'embrassèrent sur la bouche. Ils s'écartèrent légèrement.

Les yeux d'Yves étaient très noirs, très brillants dans la pièce obscure et vibrante. Ils se regardèrent longtemps dans les yeux et s'embrassèrent encore. Puis Eric poussa un soupir et se pencha en arrière. Une fois de plus Yves s'appuya contre lui.

Eric se demanda à quoi Yves pensait. Les yeux de son ami l'avaient ramené en arrière, à ce moment où, près de deux ans auparavant, dans une chambre d'hôtel obscure, à Chartres, Yves et lui s'étaient aimés pour la première fois. Yves avait visité la cathédrale une fois, des années plus tôt, et il avait voulu qu'Eric la voie. Et ce geste, ce désir de partager avec Eric quelque chose qu'il avait aimé, marquait la fin d'une période d'observation, il indiquait que le jeune Français s'était débarrassé de la méfiance amère avec laquelle il avait l'habitude de considérer le monde et qui lui avait fait tenir Eric en respect. Ils se connaissaient depuis plus de trois mois ; ils s'étaient vus tous les jours, mais aucune caresse n'avait scellé leur amitié.

Et Eric avait attendu, plein d'égards et d'attentions, dans une chasteté totale. Le changement qui s'était produit en lui était celui du prodigue dont l'attention est captée par quelque chose qui vaut plus que tout son or, plus que toutes les babioles qu'il ait jamais achetées ; alors, au lieu de jeter l'argent par les fenêtres, il commence à compter, à économiser et à amasser ; tout ce qu'il a prend de la valeur parce que tout ce qu'il a peut s'avérer trop précieux pour être sacrifié. Eric attendait donc en priant pour que ce gamin blessé par la vie apprenne à l'aimer et à lui faire confiance. Et il savait que le seul moyen par lequel il pouvait espérer y parvenir, était de cesser de se blesser lui-même. S'il ne s'aimait pas lui-même, Yves ne pourrait jamais se mettre à l'aimer.

Alors, il fit ce que lui seul pouvait faire, il purifia du mieux qu'il put sa maison, il ouvrit ses portes. Il établit un ordre précaire au cœur de son chaos et il attendit son invité.

Yves changeait de position. Il se redressa et alluma une cigarette, puis il en alluma une pour Eric.

— Je commence à mourir de faim.
— Moi aussi. Mais nous allons bientôt manger.

Le chaton entra et sauta sur les genoux d'Eric qui le caressa d'une main.

— Tu te souviens comment nous nous sommes connus ?
— Je ne l'oublierai jamais. Je dois beaucoup à Beethoven. Eric sourit.
— Et aux merveilles de la science moderne.

Il remontait la rue des Saints-Pères, par une soirée de printemps, et ses réflexions étaient loin d'être gaies. Paris lui semblait, depuis longtemps, la cité la plus solitaire qu'il y eût sous le ciel. Et tous ceux qui prolongent leur séjour dans cette ville — qui essaient en somme, d'y construire leur foyer — découvrent fatalement que nul n'est à blâmer de ce qui peut lui arriver. En dépit de sa légende, Paris n'offre guère de distractions ou du moins les distractions qu'il offre sont, comme la pâtisserie française, brillantes et inconsistantes, douces à la langue et aigres à l'estomac. Alors le vagabond insatisfait est rejeté sur lui-même — si sa vie doit devenir supportable, il est seul capable de la rendre telle. Et par cette soirée de printemps, remontant la longue rue noire et pleine de murmures vers le boulevard, Eric était la proie du désespoir. Il savait qu'il avait une vie à créer, mais il ne semblait pas pourvu des outils nécessaires.

C'est alors qu'en approchant du boulevard, il entendit la musique. Il crut d'abord qu'elle provenait des maisons, mais il se rendit compte qu'elle émanait des ombres du trottoir d'en face, là où il n'y avait pas de maison. Il s'arrêta pour écouter ; le concerto *L'Empereur* de Beethoven s'éloignait de lui. Il vit alors, sortant de l'ombre, de l'autre côté de la rue, la longue silhouette mince d'un jeune garçon. Debout, près du croisement, attendant que le feu se mette au vert, l'adolescent portait un petit transistor qu'il tenait à deux mains. Eric alla jusqu'au carrefour ; le jeune garçon traversa ; Eric le suivit. Ils descendirent la longue rue noire, le garçon d'un côté, et lui de l'autre, la violence de la musique, qui répondait à la violence qu'il avait au cœur, emplissait l'air doux et printanier.

Ils atteignirent le carrefour de la rue de Rennes. Le concert touchait à sa fin. À droite, au loin, se dressait la masse trapue de la Gare Montparnasse ; à gauche, un peu plus près, c'étaient les cafés et le boulevard, et le clocher gris et acéré de Saint-Germain-des-Prés.

Le jeune garçon hésitait ; il se retourna très vite et ses yeux rencontrèrent ceux d'Eric. Il partit en direction de Saint-Germain-des-Prés. Eric traversa la rue. *Toum-ta-toum*, *toum-ta-toum*, *toum-ta-toum*, *toum-ta-toum*, faisait la musique.

— Bonsoir, dit Eric. J'ai bien peur qu'il ne faille écouter ce concerto jusqu'au bout.

Yves se retourna et Eric fut immédiatement frappé

par ses yeux. Leur candeur était celle d'un enfant, et pourtant il y avait aussi dans l'examen minutieux auquel ils se livraient quelque chose qui n'avait rien de puéril. Eric sentit son cœur cogner à grands coups dans sa poitrine. Yves sourit.

— C'est presque fini, dit-il.
— Je sais.

Ils marchèrent en silence, écoutant la fin du morceau. Quand celui-ci fut terminé, Yves tourna le bouton.

— Voulez-vous boire quelque chose avec moi? demanda Eric. — Il ajouta très vite: — Je suis tout seul, je n'ai personne à qui parler... et... et on ne rencontre pas tous les jours des gens qui écoutent du Beetheven.

— C'est vrai, dit Yves avec un sourire. Vous avez un drôle d'accent. D'où êtes-vous donc?

— Des États-Unis.

— Je me disais aussi que vous deviez être Américain. Mais de quelle région?

— Le Sud. L'Alabama.

— Oh, dit Yves en le considérant avec intérêt. Alors, vous êtes *raciste*[1].

— Mais non, dit Eric plutôt stupéfait, nous ne sommes pas tous comme ça.

— Oh, dit Yves d'un ton majestueux, je lis vos journaux. En outre, j'ai beaucoup d'amis africains, et j'ai remarqué que cela ne plaît pas aux Américains.

— Eh bien, dit Eric, pour moi, il n'y a pas de problèmes. J'ai quitté l'Alabama aussi vite que j'ai pu, et si jamais j'y retourne, ils me tueront probablement.

— Il y a longtemps que vous êtes ici?
— Un an à peu près.
— Et vous ne connaissez encore personne?

---

1. En français dans le texte.

— C'est difficile de se lier d'amitié avec les Français.

— Eh bien, c'est seulement parce que nous sommes plus *réservés*[1] que vous.

— Un peu, oui. — Ils s'arrêtèrent devant le Royal Saint-Germain. — On prend un verre ici ?

— Ça m'est égal. — Yves regarda les tables qui étaient toutes occupées ; il jeta un coup d'œil à l'intérieur, à travers les vitres ; le bar était bondé ; des jeunes hommes presque uniquement.

— Mais il y a un monde fou, dit-il.

— Allons ailleurs.

Ils gagnèrent le carrefour et traversèrent la rue. Tous les cafés étaient pleins. Ils retraversèrent et passèrent devant la brasserie Lipp. Eric avait regardé Yves avec une intensité plus grande qu'il ne l'avait cru, en passant devant la brasserie, l'idée lui vint soudain qu'Yves avait faim. Il ne savait pas comment il s'en était aperçu, car Yves ne disait rien ; il ne s'arrêtait pas, il ne soupirait pas. Et pourtant, Eric n'aurait pas pu être plus certain que le jeune garçon mourait de faim, même s'il s'était soudain effondré sur le trottoir.

— Écoutez, dit Eric, j'ai une idée, j'ai une faim de loup. Je n'ai pas encore soupé. Venez jusqu'aux Halles avec moi, nous mangerons quelque chose. Et, quand nous reviendrons ici, il y aura moins de monde.

Yves le regarda, la tête inclinée, dans une sorte d'expectative étonnée et prudente.

— C'est si loin, murmura-t-il.

Et il fixa sur Eric un regard aigu, soupçonneux et un peu déconcerté ; on eût dit qu'il songeait : « Je suis prêt à jouer n'importe quel jeu, mon ami, mais quelles sont les règles de celui-ci ? Et quelles pénalités encourt-on ? »

---

1. En français dans le texte.

— Je vous ramènerai. — Il sourit, saisit Yves par le bras et partit vers la station de taxis. — Venez, je vous invite, c'est à moi que vous ferez une faveur. Comment vous appelez-vous ?

— *Je m'appelle Yves*[1].

— Et moi Eric.

Il avait souvent songé depuis que sans cette soudaine prémonition, devant la brasserie, Yves et lui ne se seraient jamais revus. Leur premier repas en commun leur avait donné le temps de décrire des espèces de cercles l'un autour de l'autre. Eric parla presque constamment; le fardeau de cette épreuve reposait sur lui. Et Yves se faisait moins circonspect, moins tendu. Eric bavardait, ravi du changement qui s'opérait dans la physionomie du Français, attendant son sourire, attendant son rire. Il voulait qu'Yves sache qu'il n'essayait pas de lui proposer un marché brutal et vulgaire, qu'il ne lui offrait pas un repas afin de l'amener dans son lit. Et petit à petit, cette affirmation tacite incita Yves à hocher gravement la tête, comme s'il la retournait dans son esprit. Sur son visage se lisait aussi une certaine crainte.

C'est cette crainte qu'Eric désespérait parfois de vaincre chez Yves ou en lui-même. C'était la peur d'opérer un engagement total, la peur de prononcer un serment solennel, c'était la peur d'être aimé.

Ce jour-là, à Chartres, ils avaient traversé la ville et observé les femmes agenouillées au bord de l'eau qui frappaient leur linge à coups redoublés sur une planche plate. Yves les avait regardées longtemps; ils avaient erré dans les vieilles rues tortueuses, à la chaude clarté du soleil; Eric se souvint d'un lézard qui partit en flèche

---

1. En français dans le texte.

sur un mur ; et partout la cathédrale les poursuivait. Il est impossible de se trouver dans cette ville sans être à l'ombre de ces hautes tours, impossible de marcher dans ces plaines sans être troublé par cette présence cruelle et élégante, dogmatique et païenne. La ville était pleine de touristes avec leurs appareils photo, leurs trois-quarts, leurs robes ou leurs chemisiers à fleurs multicolores, leurs enfants arborant l'insigne du collège, leurs panamas, leurs cris aigus et nasillards, et leurs automobiles qui se traînaient comme des insectes rutilants et monstrueux dans les rues aux pavés disjoints. Des autocars de touristes hollandais, danois et allemands attendaient sur la place, devant la cathédrale. Des filles et des garçons aux cheveux filasse, l'air sérieux, sac au dos, vêtus de shorts kaki, les cuisses et les fesses rebondies, erraient dans la ville, la face morne. Des soldats américains, certains en uniforme, d'autres en civil, s'accoudaient au parapet des ponts, entraient dans des bistrots en meutes criardes, souriants, mal à l'aise, s'amassaient autour des étalages de cartes postales et s'emparaient de souvenirs pieux d'un goût plus que douteux. Toute la beauté de la ville, toute l'énergie des plaines et toute la puissance et la dignité de ces gens semblaient avoir été pompées par la cathédrale. C'était comme si la cathédrale exigeait et recevait un sacrifice vivant perpétuel. Elle dominait la ville, plus comme une affliction que comme une bénédiction, et par comparaison, elle rendait tout le reste misérable et provisoire. Les maisons dans lesquelles demeuraient les gens ne ressemblaient pas à des abris, elles ne suggéraient pas la sécurité. La grande ombre qui s'étendait au-dessus d'elles en faisait de simples morceaux de bois ou de pierre, voués à la destruction, placés sur le chemin d'un ouragan qui allait les précipiter d'un moment à l'autre dans l'éternité. Et cette ombre pesait lourd sur les gens aussi. Ils paraissaient chétifs et difformes ; l'unique couleur de leur visage suggérait trop de mauvais vin et trop peu de soleil ; jusqu'aux enfants qui paraissaient éclos dans une cave. C'était une ville semblable à certaines localités du Sud de l'Amérique, pétrifiée dans son histoire comme la femme de Loth qui avait été prisonnière du sel, et par conséquent condamnée — car son histoire, ce cadeau omniprésent et accablant de Dieu, ne pouvait pas être remise en question — à être la propriété de la médiocrité grise et aveugle.

Un certain moment, l'après-midi, bien qu'ils ne fussent venus que pour la journée, ils décidèrent de passer la nuit à Chartres. C'est Yves qui émit cette suggestion lorsque, revenus de la cathédrale, ils restèrent debout sur les marches à regarder les saints et les martyrs emprisonnés dans la pierre. Yves avait observé un silence inhabituel toute la journée, et Eric le connaissait assez pour ne pas le pousser à parler ni l'importuner. Il ne s'inquiéta même pas. Il savait que les silences d'Yves indiquaient qu'il livrait contre lui-même quelque étrange bataille, qu'il allait prendre une décision bien à lui, tout de suite, plus tard dans la journée, le lendemain, la semaine suivante. Brusquement, Yves raconterait par le menu les atermoiements par lesquels il passait maintenant en silence. Et chose curieuse, car il semble que ce ne soit pas ainsi que nous vivons maintenant, rien qu'à entendre les pas d'Yves à son côté, à sentir Yves près de lui, à observer ce visage changeant, Eric éprouvait suffisamment de joie — ou presque.

Ils trouvèrent un hôtel qui dominait une rivière et prirent une chambre à deux lits. Leurs fenêtres donnaient sur le cours d'eau ; les tours de la cathédrale se profilaient à droite, dans le lointain. Au moment où ils retinrent leur chambre, le soleil se couchait ; de grandes traînées de feu et d'or mat striaient l'azur paisible.

Devant la fenêtre, des arbres se penchaient dans l'eau ; il y avait des tables et des chaises mais elles étaient inoccupées ; il ne semblait pas y avoir grand monde dans l'hôtel.

Yves s'installa près de la vaste baie et alluma une cigarette, le regard tourné vers les tables et les chaises. Eric était debout à côté de lui, une main sur l'épaule de son ami.

— On va prendre un verre en bas, mon vieux ?

— Grand Dieu non ; on va être dévoré par les punaises. Allons dans un bistrot.

— D'accord.

Il s'écarta. Yves se leva. Ils se regardèrent longuement. — Je crois qu'il va falloir revenir de bonne heure, dit Yves ; il n'y a sûrement rien à faire dans cette ville. — Puis il sourit malicieusement. — *Ça va*[1] ?

— C'est toi qui as eu l'idée de venir ici, dit Eric.

— Oui. — Il se tourna de nouveau vers la fenêtre. — C'est calme, hein ? Et nous pouvons être gentils tous les deux ; nous pouvons passer un moment ensemble. — Il jeta sa cigarette par la fenêtre. Quand il se retourna vers Eric, ses yeux étaient voilés, et sa bouche était devenue très vulnérable. Au bout d'un moment, il dit doucement : — On y va.

Mais c'était presque une question. Et maintenant, ils avaient peur tous les deux. Pour une raison mystérieuse, les tours semblaient plus proches ; soudain, les deux grands lits placés côte à côte parurent être les seuls objets de la pièce. Eric sentit son cœur battre à tout rompre, son sang se mit à s'emballer et puis à s'épaissir.

---

1. En français dans le texte.

Il comprit qu'Yves attendait qu'il fasse un geste ; que tout était entre ses mains. Et il ne pouvait rien faire.

Puis l'ombre rouge et dangereuse se leva, le moment pénible passa et ils se sourirent. Yves alla à la porte et l'ouvrit. Ils redescendirent dans la belle ville endormie.

Car ce n'était pas tout à fait la même ville que quelques heures plus tôt. L'espace d'une seconde, dans la chambre, quelque chose avait fondu entre eux ; un gouffre qui les séparait s'était comblé ; et maintenant l'irrésistible courant les tirait, les attirait lentement, sûrement, vers l'accomplissement de cette promesse.

Et c'est pour cela qu'ils prirent leur temps, qu'ils flânèrent ; ils remettaient à plus tard, avec délices. Ils décidèrent de manger dans un bistrot aux murs nus parce qu'il était vide — vide quand ils entrèrent en tout cas, car il fut envahi, quelque temps après leur arrivée, par une douzaine de soldats à moitié ivres qui jouaient de la musique. Le bruit qu'ils faisaient aurait pu être insupportable à un autre moment, mais maintenant il érigeait une sorte de muraille protectrice entre le monde et eux. Il leur fournissait quelque chose dont ils pouvaient rire — et ils avaient besoin de rire ; la distraction que les soldats offraient aux autres gens qui étaient entrés dans le café leur permettait brièvement de se prendre la main, et ce petit préambule à la terreur calmait leur cœur et leur esprit.

Et puis ils traversèrent la ville dans laquelle pas même un chat ne semblait se mouvoir, et partout où ils allaient, la cathédrale les observait. Ils franchirent un pont et regardèrent la lune dans l'eau. Leurs pas sonnaient sur le pavé. Les murs des maisons étaient tout noirs ; ils traversèrent de vastes zones d'ombre entre deux réverbères éloignés. Mais la cathédrale était illuminée.

Les arbres, les tables, les chaises et l'eau étaient éclairés par la lune. Yves ferma la porte derrière eux; Eric alla à la fenêtre et regarda le ciel et les tours imposantes. Il écouta le murmure de l'eau. Puis Yves l'appela. Il se retourna. Yves était à l'autre bout de la pièce, entre les deux lits; il était nu.

— Quel lit est le meilleur, à ton avis? demanda-t-il.

Et il paraissait vraiment perplexe, comme si c'était là une question difficile à résoudre.

— Comme tu voudras, dit gravement Eric.

Yves rabattit les couvertures du lit le plus proche de la fenêtre et se glissa entre les draps. Il remonta les couvertures jusqu'à son menton et resta sur le dos, regardant Eric. Ses yeux étaient noirs et énormes dans la chambre noire. Un faible sourire effleura ses lèvres.

Et ce regard, ce moment, pénétrèrent en Eric pour rester gravés à jamais. Il y avait une innocence terrifiante dans le visage d'Yves, un abandon magnifique : c'était merveilleux, car Yves, à ce moment, dans ce lit, supprimait, jetait dans l'océan de l'oubli toutes les coucheries sordides, les étreintes hideuses qui l'avaient amené ici. Il se tournait vers l'amant qui ne le trahirait pas, son premier amour. Eric le rejoignit et s'assit sur le lit. Il commença à se dévêtir. Il entendit encore le murmure de la rivière.

— Tu veux me donner une cigarette? demanda Yves.
— Il avait une voix toute changée, empreinte d'un trouble nouveau, et quand Eric le regarda, il vit pour la première fois comment le visage d'un amant devient celui d'un étranger.

— *Bien sûr*[1].

Il alluma deux cigarettes et en tendit une à Yves. Ils se

---

1. En français dans le texte.

regardèrent dans la lumière imperceptible et fantastique et sourirent presque comme des conspirateurs. Puis Eric demanda :

— Yves, est-ce que tu m'aimes ?
— Oui, dit Yves.
— Parfait, dit Eric. Parce que je suis fou de toi. Je t'aime.

Puis, à la clarté violente de la lune, complètement nu, il retira lentement les couvertures sous lesquelles Yves s'était glissé. Ils se regardèrent et il fixa le corps d'Yves pendant un long moment, avant qu'Yves ne levât les bras avec son sourire triste et mystérieux et l'embrassât. Eric sentit entre ses doigts le sexe d'Yves qui frémissait et se raidissait lentement. Ce sexe dominait le long paysage de sa vie comme les tours de la cathédrale dominaient les plaines.

Et maintenant, comme s'il se remémorait lui aussi ce jour et cette nuit-là, Yves tourna la tête et regarda Eric avec son sourire merveilleux, méditatif et triomphant. À ce moment, Mme Belet entra, dans un bruit de couteaux, de fourchettes et d'assiettes, et alluma la lumière. Le visage d'Yves changea, la mer s'évanouit. Yves se leva clignant légèrement des yeux. Mme Belet posa les couverts sur la table avec soin et ressortit aussitôt avec une bouteille de vin et un tire-bouchon. Elle plaça le tout sur la table. Yves s'avança et se mit en devoir de déboucher le vin.

— Elle croit que tu vas m'abandonner, dit-il.

Il versa quelques gouttes dans son verre, puis emplit celui d'Eric. Il lança à Eric un regard rapide et remit du vin dans le premier verre. Puis il posa la bouteille.

— T'abandonner ? dit Eric en riant. — Yves parut soulagé et un peu honteux. — Tu veux dire qu'elle s'imagine que je fuis loin de toi ?

— Elle pense que tu n'as pas vraiment l'intention de me faire venir à New York. Elle dit que les Américains changent du tout au tout... quand... une fois dans leur pays.

— Voyons, comment diable peut-elle savoir? — La colère le saisit soudain. — Et puis merde, c'est pas ses oignons de toute manière. — Mme Belet revenait. Il la foudroya du regard. Impitoyable, elle posa sur la table un ravier contenant *les crudités*[1] et une corbeille pleine de pain. Elle repartit dans la cuisine, le regard malveillant d'Eric posé sur son dos rigide et plein de mépris pour les étrangers. — S'il y a quelque chose que je ne peux pas supporter, c'est bien ces sales vieilles bonnes femmes.

Ils s'assirent.

— Elle est pleine de bonnes intentions, en fait, dit Yves. Elle croyait dire cela pour mon bien.

— Elle s'imagine que c'est bon pour toi de te méfier de moi — juste au moment où je vais m'embarquer? Elle ne trouve pas que nous avons déjà assez d'ennuis?

— Oh, tu sais bien que personne ne prend au sérieux les relations entre garçons. Nous ne trouverons jamais beaucoup de gens qui croient que nous nous aimons. Ils ne s'imaginent pas qu'il peut y avoir des larmes entre hommes. Ils pensent que nous jouons une sorte de jeu destiné uniquement à les choquer.

Eric se tut; il mastiqua les légumes crus et insipides. Il but une gorgée de vin, mais cela ne le réconforta guère. Son ventre se serra et son front se couvrit de sueur.

— Je sais, dit-il enfin. Et ça va être pire encore à New York.

— Oh, et après, dit Yves avec dans sa voix une pointe

---

[1]. En français dans le texte.

inattendue d'un fatalisme émouvant, tant que tu ne m'abandonneras pas, je n'aurai pas peur.

Eric sourit, amusé par le ton et par la teneur de cette déclaration, mais il sentit que la rougeur qui lui brûlait le front s'accentuait et une crainte étrange lui serra la gorge. « Est-ce une promesse ? » demanda-t-il. Il dit ces paroles d'un ton léger, mais sa voix s'étranglait ; et Yves qui avait baissé la tête vers son assiette leva les yeux. Ils se regardèrent. Eric plongea ses yeux dans les yeux noirs d'Yves, terriblement frappé par ce front qui luisait comme un crâne, et en même temps, submergé par un désir immense, il regarda les lèvres d'Yves qui s'arrondissaient et s'écartaient. Ses dents étincelèrent. Eric avait senti la morsure de ces dents sur sa langue et sur sa joue et ces lèvres l'avaient fait trembler et gémir mille fois. Et la table longue et basse semblait trembler entre eux.

— Pourquoi ne payons-nous pas Mme Belet maintenant, pour qu'elle puisse rentrer chez elle ? demanda Eric.

Yves se leva et alla dans la cuisine. Eric reprit une bouchée de légumes crus, parfumés à l'ail, en se disant : *C'est notre dernière nuit ici. Notre dernière nuit.* Une fois de plus, il entendit leurs voix dans la cuisine. Mme Belet protestait, semblait-il, puis elle accepta de revenir le lendemain matin. Il acheva son vin. La porte de la cuisine se referma et Yves reparut.

— Je crois qu'elle est un peu contrariée, dit Yves en souriant, mais elle est partie. Elle reviendra demain matin, pour te dire au revoir. Je crois que ce sera surtout pour s'assurer que tu as bien compris à quel point tu lui étais antipathique. — Il ne se rassit pas, il resta debout près de sa place, les mains sur les hanches. — Elle dit que le poulet est prêt, et qu'il ne faut pas le laisser refroidir. — Il rit, imité par Eric. — Je lui ai dit que ça n'avait pas d'importance, que j'aimais aussi bien le poulet froid que chaud.

Ils éclatèrent de rire encore, puis soudain, le silence tomba entre eux.

Eric se leva et rejoignit Yves, puis tous deux restèrent face à face comme deux lutteurs ; ils se mesuraient du regard, souriants et pâles. Avant l'acte, Yves paraissait toujours hésitant et craintif non pas comme une fille, mais comme un garçon, et cette attente étrangement innocente, ce désarroi viril déchaînait toujours chez Eric une véritable tempête de tendresse.

Du plus profond de lui-même, son être tout entier, sa source mystérieuse et cachée, affluaient comme une vague énorme à peine contenue dans un étroit torrent de montagne. Et il était transi, comme par une eau glaciale, et cela rugissait en lui, et il sentait la menace de choses à peine comprises, à peine maîtrisables ; la violence qui le poussait vers Yves le faisait trembler. C'était cette violence qui l'apaisait, car elle lui faisait peur. Et il toucha du bout des doigts, légèrement, d'un geste émerveillé, les joues d'Yves. Le sourire d'Yves s'estompa. Il regarda Eric. Ils s'étreignirent à bras-le-corps.

Il y avait sur la table la bouteille de vin et les verres, leurs assiettes, le ravier et le pain ; Yves avait laissé une cigarette qui brûlait lentement dans un cendrier sur la table ; elle était presque réduite maintenant à un long cylindre de cendre grise ; et la lumière était allumée dans la cuisine.

— Tu dis que ça t'est égal pour le poulet ? chuchota Eric en riant. Yves éclata de rire, exhalant une bouffée d'ail et une odeur de sueur poivrée. Leur étreinte se resserra, puis ils s'écartèrent l'un de l'autre et, la main dans la main, ils entrèrent d'un pas mal assuré dans la chambre et se glissèrent dans le vaste refuge de leur lit. Peut-être ne leur était-il jamais apparu à ce point, comme un refuge, leur havre à eux, maintenant que les terribles reflux du temps allaient l'emporter. Et peut-être ne s'étaient-ils jamais tant donné ou tant pris que maintenant, brûlants et sanglotants sur le lit qui gémissait.

Ils peinèrent de concert, lentement, avec violence, pendant longtemps ; tous deux redoutaient le dénouement. Tous deux avaient peur du matin, du moment où la lune et les étoiles s'en iraient, où cette chambre serait dure et triste dans le soleil, et où ce lit serait démantelé, dans l'attente d'une autre chair. *L'amour coûte cher*, avait dit un jour Yves de sa voix sèche, empreinte d'un étonnement étrange. *Il faut mettre des meubles autour, sinon il s'en va.* Maintenant, pendant un certain temps, il n'y aurait pas de meubles — combien de temps faudrait-il que cette nuit leur dure ? Qu'allait leur apporter le matin ? Le matin imminent derrière lequel se cachaient tant de matins, tant de nuits.

Et ils gémirent. *Bientôt*, murmura Yves avec insistance, comme un enfant, d'une voix empreinte d'un terrible regret. *Bientôt*. Les mains et la bouche d'Eric se fermèrent sur le corps de son amant, leurs corps se collèrent l'un à l'autre plus fort encore, et Yves fut secoué par un spasme ; il cria le nom d'Eric comme personne ne l'avait encore jamais crié. *Eric. Eric. Eric.* Le bruit de son souffle envahit Eric, submergeant celui de la mer qui battait au loin.

Puis ce fut le silence ; ils haletaient. Le grondement de la mer revint. Ils voyaient la lumière qui brûlait dans la salle et la lampe qu'on avait laissée allumée dans la cuisine. Mais ils ne bougèrent pas. Ils restèrent immobiles dans les bras l'un de l'autre, dans leur lit qui se refroidissait lentement. Bientôt, l'un d'eux — ce serait Yves — allait remuer, il allait allumer deux cigarettes. Ils resteraient couchés à fumer, à parler et à rire. Puis ils prendraient une douche. *Dans quel état nous sommes!* Yves pousserait un cri ; il éclaterait d'un rire triomphant. Puis ils s'habilleraient, ils mangeraient sans doute et sortiraient. Et bientôt la nuit s'achèverait. Mais pour le moment, ils étaient seulement épuisés, en paix l'un avec l'autre, et ils répugnaient à quitter le seul havre qu'ils aient jamais trouvé.

Et, en fait, ils ne bougèrent pas cette nuit-là, ils ne fumèrent pas de cigarettes, ils ne parlèrent pas, ils ne burent pas de champagne. Ils s'endormirent tels qu'ils étaient, en chien de fusil, collés l'un à l'autre, bercés par le martèlement de la mer. Eric s'éveilla une fois, quand le chaton se glissa dans le lit, essayant de trouver sa place tout contre le cou d'Yves. Mais il l'obligea à aller à l'autre bout. Il se retourna, appuyé sur un coude, pour regarder le visage d'Yves. Il songea à se lever et à éteindre toutes les lumières. Il avait un peu faim. Mais rien ne lui parut assez important pour qu'il se lève et s'éloigne d'Yves, même pour un instant. Il se recoucha, fermant les yeux et écoutant son ami respirer. Il s'endormit en songeant : *La vie est très différente à New York*, et il s'éveilla avec cette pensée juste au moment où le soleil commençait à se lever. Yves ne dormait pas. Il le regardait. Eric se dit : *Il va peut-être haïr New York, et alors peut-être me haïra-t-il aussi.* Yves avait un air effrayé et résolu. Ils ne parlèrent pas. Yves prit brusquement Eric dans ses bras, comme s'il était fâché, comme s'il était perdu. Petit à petit, la paix se refit en eux, et ils restèrent allongés en silence, tandis que la fumée de leur cigarette tournoyait dans un rayon de soleil et que le chaton ronronnait à leurs pieds. Puis le bruit de Mme Belet dans la cuisine indiqua à Eric qu'il était temps de partir.

2

Huit jours plus tard, Eric était à New York; les dernières paroles d'Yves lui tintaient encore à l'oreille; il avait son contact et son odeur sur le corps. Et les yeux d'Yves, comme le projecteur de la Tour Eiffel ou le faisceau d'un phare, illuminaient, à intervalles réguliers, la nuit sinistre qui l'entourait et lui apportaient de loin, à travers l'obscurité, son seul point de repère et son seul moyen de navigation.

Le dernier jour à Paris, les dernières heures, tous deux avaient eu la bouche terriblement pâteuse car tous deux avaient passé la nuit à boire chez un ami; ils avaient la face grise et moite; ils tombaient d'épuisement. La confusion était grande autour d'eux, on criait beaucoup et le train haletait comme un insecte hargneux. Ils étaient presque trop fatigués pour éprouver quelque chagrin, mais ils ne l'étaient pas assez pour ne pas avoir peur. La peur était exhalée par leur peau comme les miasmes par la gare St-Lazare, dans l'ombre noire et épaisse de la verrière, alors que leurs amis se tenaient à une distance respectueuse; et l'employé arpentait le quai en criant: *En voiture, s'il vous plaît! En voiture! En voiture*[1]*!!!* et la

---

1. En français dans le texte.

grande aiguille de l'horloge approchait du zéro; ils se regardaient fixement comme des camarades de combat, après la bataille.

— *T'en fais pas*[1], murmura Eric.
— *En voiture*[1] *!*

Eric monta les marches et resta debout à la porte du wagon bondé de voyageurs. Il n'y avait rien à dire; il y avait trop à dire.

— Je hais cette attente, dit-il. Je hais les au revoir.

Soudain, il sentit qu'il allait pleurer, et la panique menaça de le submerger, à cause de tous ces gens qui regardaient. — Nous nous reverrons, dit-il; très bientôt. Je te le promets, Yves. *Tu me fais toujours confiance, j'espère*[1]*?* Et il essaya de sourire.

Yves ne dit rien, mais il hocha la tête, les yeux brillants, la bouche vulnérable, le front haut et tourmenté. Les gens hurlaient par les fenêtres, échangeaient les ultimes propos. Eric était le dernier voyageur à rester debout près de la portière. Il eut l'horrible impression d'oublier quelque chose de très important. Il avait payé la chambre d'hôtel d'Yves, ils étaient allés à l'ambassade des États-Unis, ils avaient vu les autorités françaises; il avait laissé de l'argent à Yves. Qu'y avait-il d'autre? Le train s'ébranla. Yves parut abasourdi un moment. Eric leva les yeux pour dire au revoir aux autres. Yves se mit à courir sur le quai puis il bondit soudain sur le marchepied, s'agrippa d'une main au wagon, et embrassa Eric très fort sur la bouche.

— *Ne m'oublie pas*[1], chuchota-t-il. Tu es tout ce que j'ai dans ce monde.

Puis il sauta à bas du train au moment où le convoi prenait de la vitesse. Il courut encore sur le quai puis

---

1. En français dans le texte.

s'arrêta, mit les mains dans les poches, ouvrant de grands yeux, les cheveux soulevés par le vent. Eric lui fit au revoir de la main. Le quai se rétrécit, diminua de hauteur et s'effaça ; le train amorça une courbe et Yves disparut à sa vue. Cela ne semblait pas possible ; il fixa stupidement les poteaux télégraphiques et les fils qui défilaient devant lui, et une pancarte annonçant PARIS-SAINT-LAZARE sur les murs sans fenêtre d'une bâtisse. Puis les larmes roulèrent le long de ses joues. Il alluma une cigarette et resta debout à l'entrée du wagon pendant que défilait la hideuse banlieue parisienne. « Pourquoi faut-il que je rentre ? » se demanda-t-il. Mais il savait pourquoi. L'heure du retour avait sonné. Pour ne pas perdre tout ce qu'il avait gagné, il lui fallait aller de l'avant et tout remettre en jeu.

New York lui parut vraiment surprenant. Il aurait presque pu, par ses manières étranges et barbares, par le sentiment du danger et de l'horreur qui dormait à peine sous cette surface rude et grégaire, être quelque cité orientale, exotique et impénétrable. Il était si superbement installé dans le présent qu'il semblait indifférent à l'écoulement du temps. Le temps aurait pu le bannir aussi totalement qu'il avait banni Carthage et Pompéi. Il semblait n'avoir aucun sens des exigences de la vie humaine ; il était si familier et si populeux, qu'il devenait enfin la cité la plus sensible, la plus désespérante de toutes. On y était perpétuellement bousculé par la cohue et, pourtant, on désirait sans cesse sentir la proximité des autres, le contact de l'homme. Car bien que l'on ne fût jamais seul à New York — chacun s'en plaignait d'ailleurs — il fallait néanmoins se battre farouchement pour ne pas succomber à la solitude. Cette lutte, qui prenait des aspects si différents, créait le climat étrange de la cité. Dans la Cinquième Avenue, les femmes arboraient leurs toilettes étincelantes comme des sémaphores essayant désespérément de transmettre à l'attention des hommes l'annonce de leur trouble mystérieux. Les hommes ne pouvaient pas lire ce message. Ils allaient à grands pas, vers un objectif bien déterminé, coiffés de leurs petits chapeaux anonymes, ou nu-tête, les cheveux séparés par une raie juvénile ou coupés en brosse, avec leur porte-documents ; ils se ruaient de toute évidence vers les wagons enfumés des trains. Dans ce havre, ils ouvraient leurs journaux et cueillaient les tristes nouvelles du jour. Ou alors on les trouvait, sur le coup de cinq heures, dans des bars où régnait une pénombre discrète et anonyme, mal à l'aise, avec une femme sévère et gênée, ingurgitant leurs martinis sans joie.

Cette note de désespoir, d'un désespoir caché, revenait constamment, avec insistance. Elle arpentait toutes les avenues de New York ; elle était aussi présente à Sutton Palace où demeurait le metteur en scène d'Eric et où les grands du spectacle se réunissaient souvent, qu'à Greenwich Village où il avait loué un appartement, terrifié de voir ce que le temps avait fait aux gens qu'il avait bien connus autrefois. Il ne pouvait s'empêcher de songer qu'une sorte de fléau dévastait la ville bien que l'on niât son existence officiellement, publiquement et en privé. Jusqu'aux jeunes qui paraissaient atteints ; ils semblaient même les plus atteints. Les garçons en blue-jeans allaient par bandes, osant à peine se fier l'un à l'autre, mais unis comme leurs aînés dans une mâle méfiance de la femme. Leur démarche, une sorte de pas allongé, la jambe fléchie, niait l'amour ; elle était une parodie de la locomotion et de la virilité. Ils semblaient fuir tout contact avec leurs organes dont, paradoxalement, le contour se trouvait plus que jamais mis en évidence. Ils semblaient — mais cela se pouvait-il ? et comment cela s'était-il produit ? — accoutumés à la brutalité et à l'indifférence, et terrorisés par la tendresse humaine. Chose étrange, ils ne semblaient pas se trouver dignes d'elle.

Tard dans la soirée, ce dimanche-là, Eric qui était depuis quatre jours à New York et n'avait pas encore prévenu ses parents, dans le Sud, arpentait les rues accablées par une chaleur tropicale, pour aller voir Cass et Richard. Il devait boire un verre avec eux à l'occasion de son retour.

— Je suis heureux que vous pensiez que ça vaut le coup de l'arroser, avait-il dit à Cass au téléphone

Elle avait ri.

— Ce n'est pas très gentil. On dirait que nous ne vous avons pas manqué le moins du monde.

— Mais oui, je désire beaucoup vous voir, mais je ne sais pas si cette ville m'a jamais vraiment manqué. Avez-vous remarqué à quel point elle est laide ?

— Elle l'est de plus en plus, dit Cass. Elle est l'exemple parfait d'une libre entreprise qui a sombré dans la folie.

— Je voulais vous remercier, dit-il au bout d'un moment, pour m'avoir écrit au sujet de Rufus. — Une pensée venimeuse et assez surprenante surgit en lui. — Il n'y a eu personne d'autre pour le faire.

— Oui, je savais, dit-elle, que vous auriez aimé être prévenu. — Puis il y eut un silence. — Vous n'avez jamais connu sa sœur, n'est-ce pas ?

— Eh bien, je savais qu'il en avait une. Je ne l'ai jamais vue. Ce n'était qu'une enfant à l'époque.

— Ce n'est plus une enfant, dit Cass. Elle va chanter

dans le Village, chez un ami de Rufus. Pour la première fois. Nous lui avons promis de vous y amener. Vivaldo y sera aussi.

Il pensa à Rufus. Il ne savait que dire.

— Elle ressemble à son frère ?

— Pas exactement. Oui et non. — Elle se hâta d'ajouter : — Vous verrez.

Un nouveau silence s'ensuivit et, au bout de quelques secondes, ils raccrochèrent.

Il pénétra dans leur immeuble, prit place dans l'ascenseur et dit au garçon où il se rendait. Il avait oublié les manières des employés d'ascenseur américains, mais le souvenir lui revint alors. L'homme, sans prononcer une seule parole hargneuse, ferma la porte et appuya sur le bouton. La nature de son silence faisait sentir sa désapprobation à l'égard du comportement des Silenski et de tous leurs amis, et sa conviction de les valoir largement.

Eric sonna. Cass vint lui ouvrir la porte aussitôt, le visage aussi épanoui que la journée avait été ensoleillée.

— Eric ! — Elle le considéra avec la même ironie affectueuse qu'autrefois. — Ce que vous êtes bien avec vos cheveux courts !

— Et vous, ce que vous êtes bien, dit-il en souriant, avec les vôtres longs ! Ne l'ont-ils pas toujours été d'ailleurs ? C'est le genre de choses qu'une longue absence vous fait oublier.

— Laissez-moi vous regarder. — Elle le tira dans l'appartement et referma la porte. — Vous avez vraiment une mine superbe. Bienvenue dans cette maison ! — Elle se pencha soudain en avant et l'embrassa sur la joue. — C'est comme ça qu'on fait à Paris ?

— Il faut m'embrasser sur les deux joues, dit-il gravement.

— Ah! — Elle parut légèrement embarrassée, mais elle l'embrassa encore. — C'est mieux ainsi?

— Beaucoup mieux, dit-il. — Puis il demanda : — Où sont-ils tous ? — Car le vaste living-room était vide, bien qu'envahi par la musique d'un blues. La voix d'une Noire s'éleva, la voix de Bessie Smith, qui le précipita au centre même de son passé. *Il pleut et la tempête fait rage sur la mer. On dirait que quelqu'un a fait naufrage, pauvre de moi.*

Pendant un moment, Cass le regarda comme si elle reprenait ironiquement sa question en écho. Elle alla à l'autre bout de la pièce et diminua légèrement le volume de la musique.

— Les enfants sont au square avec des camarades. Richard travaille dans son bureau. Mais ils devraient arriver tous d'un moment à l'autre.

— Oh, dit-il, je suis donc en avance. Excusez-moi.

— Vous n'êtes pas en avance, vous êtes à l'heure. Et je suis bien contente. J'espérais pouvoir vous parler seule à seul avant que nous allions à ce concert.

— Vous en avez un passablement agréable en ce moment, dit-il. — Cass alla au bar ; il se laissa tomber sur le divan. — Il fait drôlement frais, ici. C'est terrible dehors. J'avais oublié la chaleur qu'il pouvait y avoir à New York.

Les vastes fenêtres étaient ouvertes et il voyait l'eau s'étaler de l'autre côté, étincelante et paisible, mais moins pure que la Méditerranée. La brise qui envahissait la pièce venait tout droit de la mer ; elle semblait presque apporter l'odeur forte et épicée de l'Europe et le murmure de la voix d'Yves. Eric se renversa contre le dossier, en proie à une mélancolie paisible, réconforté par la cadence du chant de Bessie Smith. Il regarda Cass.

Le soleil faisait comme une auréole autour de ses cheveux d'or qui s'amassaient au sommet de sa tête et retombaient sur son front en formant des boucles semblables à celles d'une petite fille; elles étaient un peu trop naturelles et inattendues. L'ensemble était destiné à adoucir un visage dont le trait dominant avait toujours été une maigreur sèche et diaphane. Il y avait maintenant une fine résille de rides près des grands yeux; le soleil révélait qu'elle avait mis un peu trop de fard. Une tristesse indéfinissable dans la ligne de la bouche et de la mâchoire — elle était debout auprès du bar, la tête baissée — acheva de donner à Eric l'impression que Cass commençait à se faner, à devenir fragile. Un souffle glacial l'avait effleurée.

— Vous voulez du gin, de la vodka, du bourbon, du scotch, de la bière ou de la tequila?

Elle releva la tête en souriant. Bien que sincère, le sourire était las. Il n'exprimait plus le ravissement malicieux dont Eric se souvenait. Et il y avait maintenant, autour du cou, des lignes minuscules qu'il n'avait encore jamais remarquées.

« Nous vieillissons, se dit-il, et vite !

— Je crois que je vais rester fidèle au whisky. Je me soûle trop vite au gin... et je ne sais pas ce que cette soirée nous réserve.

— Ah, dit-elle, Eric voit loin. Et quelle sorte de whisky?

— À Paris, quand nous commandons du whisky — ce que je n'ai pas osé faire depuis longtemps — c'est toujours du scotch.

— Vous aimiez Paris, n'est-ce pas? Il faut le croire, vous êtes resté absent si longtemps. Racontez-moi ça.

Elle prépara deux verres et vint s'asseoir à côté de lui. Au loin, il entendit le tintement étouffé de la sonnette d'une machine à écrire.

Cette sacrée route est longue, mais je vais en trouver le bout, chantait Bessie.

— Ça ne me paraît pas très long maintenant que je suis revenu. — Il était très intimidé, car lorsque Cass avait dit *Vous aimiez Paris*, il avait aussitôt songé *Yves est là-bas*. — C'est une ville formidable, Paris, une ville magnifique... et ça m'a fait énormément de bien d'aller là-bas.

— Je m'en rends compte. Vous avez l'air beaucoup plus heureux. Il y a comme une lumière autour de vous.

Elle prononça ces mots sans hésiter, avec un sourire complice, comme si elle savait la cause de son bonheur et s'en réjouissait pour lui.

Il baissa les yeux, puis les releva.

— C'est seulement le soleil, dit-il, et ils éclatèrent de rire tous deux. — Puis, dans un élan irrésistible : — J'ai vraiment été très heureux là-bas.

— Eh bien, vous n'en êtes pas parti parce que vous n'étiez plus heureux, au moins ?

— Non. *Et quand je serai là-bas, je serrerai la main d'un ami.* — Un gars que je connais et qui me croit doué d'un grand pouvoir psychique — il but une gorgée de whisky en souriant — un Français, m'a persuadé que je deviendrais un grand acteur si je rentrais en Amérique pour jouer cette pièce. Et comme je n'ai pas le courage d'aller à l'encontre de la volonté des étoiles, et encore moins de contredire un Français... Voilà.

Elle rit.

— Je ne savais pas que les Français se lançaient dans des prédictions de ce genre. Je croyais qu'ils étaient très logiques.

— La logique française est très simple. Tout ce que font les Français est logique parce que ce sont eux qui le font. Voilà l'avantage vraiment indiscutable que la logique française possède sur toutes les autres.

— Je vois, dit-elle, riant encore. J'espère que vous avez lu la pièce avant que votre ami ne consulte les étoiles. Votre rôle est-il bon ?

— C'est le meilleur rôle, dit-il au bout d'un moment, que j'aie jamais eu.

Une fois encore il entendit le tintement bref de la machine à écrire. Cass alluma une cigarette, en offrit une à Eric et la lui alluma.

— Vous vous installez ici, maintenant, ou bien avez-vous l'intention de repartir ?

— Je n'ai pas du tout, dit-il vivement, l'intention de repartir là-bas pour le moment, cela dépend beaucoup — et peut-être en totalité — du sort qui sera réservé à cette pièce.

Elle sentit sa réticence et adapta son ton à celui d'Eric.

— Oh, j'aimerais tant assister à des répétitions. J'irais vous chercher du café et des choses comme ça. Ça me donnerait l'impression de contribuer à votre triomphe.

— Parce que vous êtes certaine que ça va être un triomphe, dit-il en souriant. Vous êtes merveilleuse, Cass. Je suppose que c'est une habitude que prennent les femmes des grands hommes.

Pleurant et criant, avec des larmes qui tombent à terre.

L'atmosphère se tendit un peu, entre eux, cependant ; ils savaient pourquoi il avait interrompu si longtemps sa carrière à New York. Puis il s'accorda de penser à la première représentation et il se dit : *Yves sera ici*. Cette idée l'exalta, lui donna un sentiment de bien-être. Pourtant, il était plutôt inquiet maintenant, seul avec Cass ; il n'était pas rassuré, en fait, depuis qu'il avait débarqué. Ses oreilles réclamaient douloureusement le bruit des pas d'Yves à côté de lui ; tant qu'il ne l'entendrait pas, tous les autres bruits seraient dépourvus de sens. *Pleurant et criant, avec des larmes qui tombent à terre.* Tous les autres visages étaient effacés à sa vue par l'évidence aveuglante de l'absence d'Yves.

Il regarda Cass ; il brûlait de lui parler d'Yves mais il n'osait pas ; il ne savait comment commencer.

— Les femmes de grands hommes, vraiment, dit Cass, ce que j'aimerais détruire ce maudit mythe littéraire !

Elle lui lança un regard aigu, buvant gravement son whisky sans paraître y trouver le moindre goût. *Quand je suis arrivé au bout, j'avais tant de chagrin.*

— Vous avez l'air très sûr de vous, dit-elle.

— Ah, oui ? — Il était profondément étonné et satisfait à la fois. — Je ne me sens pas... très sûr de moi, pourtant.

— Je vous revois, avant votre départ. Vous étiez très malheureux alors. Nous nous demandions tous... je me demandais moi aussi... ce qui allait nous arriver. Mais vous n'êtes pas malheureux en ce moment.

— Non, dit-il ; et surprenant son regard inquisiteur, il rougit. — Je ne suis plus malheureux. Mais je ne sais pas encore ce que je vais devenir au juste.

— En tout cas, vous avez mûri, dit-elle. — Elle lui adressa encore son sourire apitoyé, curieusement familier. — C'est un spectacle très agréable, très enviable. Je n'envie pas beaucoup de gens pourtant. Il y a très longtemps que je n'ai pas envié qui que ce soit.

— C'est très bizarre, dit-il, que vous m'enviiez, moi.

Il se leva et alla jusqu'à la fenêtre. Derrière lui, sous la lamentation poignante de la musique, un lourd silence s'accumulait : Cass avait aussi quelque chose à dire, mais il ne tenait pas à savoir ce que c'était. *Tu ne peux te fier à personne, tu ferais mieux de rester seul.* Les yeux fixés sur le fleuve, il demanda :

— Comment était-il, Rufus, juste avant de mourir ?

Au bout d'un moment, il se retourna vers elle.

— Je ne voulais pas vous le demander, mais je crois qu'au fond il fallait que je le sache.

Le visage de Cass, en dépit des mèches de cheveux qui l'adoucissaient, s'allongea et devint méditatif. Elle pinça les lèvres.

— Je vous en ai parlé un peu, dit-elle, dans ma lettre. Mais je ne savais pas où vous en étiez à cette époque, et je ne voyais pas l'utilité de vous importuner. — Elle éteignit sa cigarette et en alluma une autre. — Il était très malheureux, comme... comme vous le savez. Elle marqua un temps d'arrêt. — En fait, nous n'avons jamais été très intimes. Vivaldo le connaissait mieux que... que nous, en tout cas. — Il sentit une curieuse jalousie l'aiguillonner : *Vivaldo !* — Nous ne l'avons pas vu beaucoup. Il a eu une liaison avec une fille du Sud : une Géorgienne.

J'ai retrouvé l'ami perdu depuis longtemps, et je peux aussi bien rester chez moi.

— Vous ne m'aviez pas dit ça, fit-il.

— Non ; il n'était pas très gentil avec elle. Il la battait comme plâtre.

Il la regarda fixement ; il se sentait pâlir ; les souvenirs affluaient plus nombreux qu'il ne l'aurait voulu ; le bonheur auquel il avait tant aspiré lui parut menacé par des forces intérieures invincibles, des forces qui n'avaient pas de nom.

Il revit le visage de Rufus, ses mains, son corps ; il entendit sa voix ; il se remémora l'humiliation constante dont il avait été l'objet.

— Il la battait ? Pourquoi ?

— Eh bien, qui sait? Parce qu'elle était du Sud, parce que c'était une Blanche. Je ne sais pas. Parce qu'il était Rufus. C'était très moche. C'était une très gentille fille mais elle avait un peu trop de sensiblerie peut-être.

— Elle aimait qu'on la batte? Enfin, y avait-il quelque chose comme cela en elle, aimait-elle qu'on l'avilisse?

— Non, je ne crois pas. Je ne le crois vraiment pas. Oui, il y a peut-être en chacun de nous quelque chose qui aime être avili, mais je ne pense pas que la vie soit aussi simple. Je ne crois pas à toutes ces formules. — Elle marqua un temps d'arrêt. — À vrai dire, je crois qu'elle aimait Rufus, qu'elle l'aimait vraiment, et qu'elle voulait que Rufus l'aime.

— Dans quelles anomalies l'être humain peut sombrer!

Il acheva son verre.

Une expression légèrement amusée et un peu amère passa sur le visage de Cass.

— En tout cas, tout a été de mal en pis. Elle a fini par être placée dans un asile...

— Vous voulez dire dans un asile d'aliénés?

— Oui.

— Où?

— Dans le Sud. Sa famille est venue la chercher ici.

— Mon Dieu, dit-il. Continuez.

— Eh bien, à ce moment, Rufus a disparu — pendant un bon bout de temps; j'ai fait alors la connaissance de sa sœur; elle est venue nous voir. Elle le cherchait — elle est revenue une fois depuis. Et puis il est mort.

Elle eut un geste d'impuissance: elle ouvrit une main osseuse puis la referma, crispant le poing.

Eric se retourna vers la fenêtre.

— Une fille du Sud, dit-il.

Il ressentait une douleur très sourde, très lointaine.

Elle lui semblait très éloignée, cette époque où il haletait, tremblait, se glaçait et se consumait. La douleur était lointaine maintenant parce qu'alors elle avait été à peine supportable. Il ne pouvait pas se la rappeler vraiment parce qu'elle était devenue une partie intégrante de son être. Pourtant le pouvoir de cette souffrance, aussi atténué qu'il fût, n'était point mort; le visage de Rufus réapparut devant lui, ce visage sombre avec ces yeux noirs et obliques, ces lèvres lourdes. C'était le visage de Rufus quand il le regardait avec tendresse. Puis, hors de leur cachette, bondirent d'autres visages, le visage rusé et enjôleur du désir, le visage lointain du désir satisfait. L'espace d'une seconde, il vit la tête de Rufus face à la mort, au moment où il tombait dans l'abîme; dans cette eau, l'eau qui s'étendait maintenant devant lui. La vieille souffrance se tapit dans le trou qu'elle s'était fait en lui mais une autre douleur, qui n'avait pas encore trouvé où se loger, commença à lui marteler le cœur; ce n'était pas la première fois: elle se nicherait un jour, de gré ou de force, elle resterait en lui à jamais. *Attrapez-le. Ne laissez pas le cafard ici. Il me secoue dans mon lit; impossible de m'asseoir sur ma chaise.*

— Un autre whisky?

— D'accord. — Elle lui prit son verre. Comme elle allait vers le bar, il dit: — Vous connaissiez la nature de nos relations, je suppose? Tout le monde était au courant, et pourtant nous nous croyions très forts. Et, naturellement, il avait toujours un tas de filles autour de lui.

— Eh bien, mais vous aussi, dit-elle. Au fait, je me souviens vaguement que vous avez songé un moment à vous marier.

Il prit son verre au bar et arpenta la pièce de long en large.

— Oui. Il y a d'ailleurs longtemps que je n'ai pas pensé

à elle. — Il se tut un moment, la bouche tordue par un pli amer. — C'est vrai, il y avait toujours des filles autour de moi. C'est à peine si je me souviens de leur nom. — Au moment où il prononçait ces mots, le nom de deux ou trois de ses anciennes amies surgit dans sa mémoire. — Il y a des années que je n'ai pas pensé à elles.

Il revint près du divan et s'assit. Cass le suivit des yeux, depuis le bar.

— Peut-être, dit-il d'une voix plaintive, les gardais-je dans mon sillage uniquement à cause de Rufus. J'essayais de prouver quelque chose, peut-être ; à ses yeux, et aux miens.

L'ombre s'épaississait dans la pièce. Bessie chantait. *Le cafard m'a fait partir, il court autour de ma maison, il rentre et il sort par ma porte.* Puis l'aiguille grinça inutilement une seconde peut-être, et le disque s'arrêta, avec un déclic.

L'attention d'Eric s'était heurtée douloureusement au souvenir de ces filles qu'il n'avait pas aimées mais qu'il avait désirées. Le grain de leur peau, leur odeur, flottaient jusqu'à lui ; il éprouva un étonnement soudain en songeant qu'il était resté si longtemps sans penser à cet aspect de lui-même. C'était à cause d'Yves. Cette idée l'emplit malgré lui d'un ressentiment hideux : il se souvint des aventures hostiles d'Yves avec les filles du Quartier Latin et de Saint-Germain-des-Prés. Ces aventures n'avaient pas touché Eric parce qu'il était trop clair qu'elles n'avaient pas touché Yves. Mais maintenant, superbement, comme un plongeur qui revient à la surface, sa terreur surgit, nue, à la surface de son âme ; c'est ici qu'il perdrait Yves. C'est à New York que le drame se déroulerait. Il sentit que son épiderme lui faisait mal, que la sueur commençait à suinter.

Il se retourna et sourit à Cass qui était maintenant

assise sur le divan; elle restait immobile, à côté de lui, dans la pénombre. Elle ne le regardait pas. Les mains croisées sur ses genoux, elle s'était abîmée dans ses propres pensées.

— Voilà une fameuse soirée en perspective, dit-il.

Elle se leva en souriant, et se secoua un peu.

— Oui, n'est-ce pas? Je commence à me demander où sont les enfants, ils devraient être rentrés maintenant. Et je ferais peut-être bien de donner un peu de lumière...

Elle alluma une lampe près du bar. Maintenant le fleuve et les lumières qui le bordaient luisaient plus doucement, suggérant l'imminence de la nuit. Tout était d'un gris perle pailleté d'or.

— Je vais aller réveiller Richard.

— Je ne pensais pas, dit-il, qu'il serait si facile de se sentir de nouveau chez soi.

Elle lui lança un regard rapide et sourit.

— Ça vous paraît agréable?

— Je ne sais pas encore.

Il allait dire quelque chose, quelque chose à propos d'Yves, mais il entendit s'ouvrir et se fermer la porte du bureau. Il se retourna pour faire face à Richard au moment où celui-ci entrait dans la pièce; il était très grand, très élégant; il avait une allure juvénile.

— Alors, on a fini par rentrer! On m'a dit qu'il avait fallu racler tous les sous de Schubert Alley. Comment ça va, mon vieux salaud?

— Bien, Richard. Ça me fait plaisir de te voir.

Ils se donnèrent une brève accolade, à l'américaine, une étreinte rapide, bizarrement tronquée, pleine de réticence, puis ils s'écartèrent pour mieux se regarder.

— On m'a dit que tu vendais plus de livres que Franck Yerbi soi-même.

— De meilleurs, dit Richard, mais pas plus. — Il se tourna vers Cass. — Et toi, ma chérie ? Ta migraine ?

— Eric s'est mis à me parler de Paris et je l'ai complètement oubliée. Pourquoi n'allons-nous pas à Paris ? Je crois que ça nous ferait un bien fou.

— Ça ferait du bien à notre compte en banque aussi. — Ne laisse pas ce maudit ex-expatrié venir ici te bourrer le crâne. — Il alla au bar et emplit son verre. — As-tu laissé beaucoup de cœurs brisés là-bas ?

— Les Françaises en étaient plutôt avares. Tous ces siècles de bonne éducation, ça signifie quelque chose, tu sais.

— C'est ce qu'elles ne cessaient de me répéter quand j'y étais. Ça n'avait pourtant pas l'air de signifier grand-chose de plus que la pauvreté, la corruption et la maladie. Comment as-tu trouvé la France ?

— Du tonnerre. Je l'ai adorée. Naturellement, je n'étais pas dans l'armée.

— Et tu as aimé les Français ? Je ne pouvais pas les blairer. Je les trouvais aussi moches que bizarres.

— Je n'ai pas eu cette impression. Ils savent se montrer sacrément exaspérants, ça oui, mais, au fond, je les aimais bien quand même.

— Ouais, naturellement, tu es beaucoup plus patient que je ne l'ai jamais été. — Il sourit. — Et tu parles la langue ?

— La langue *du trottoir*[1]. Mais couramment.

— Tu l'as apprise au lit ?

Il rougit. Richard le regarda et éclata de rire.

— Oui, c'est vrai.

Richard prit son verre et vint s'asseoir sur le divan.

---

1. En français dans le texte.

— Je vois que les voyages n'ont pas amélioré ta moralité. Tu vas rester un moment dans le secteur ?

Eric s'assit dans un fauteuil, en face de Richard.

— Eh bien, il faut que je reste au moins jusqu'aux premières représentations. Mais après... qui sait ?

— Eh bien, dit Richard en levant son verre, il y a de l'espoir. Puisse la pièce durer plus longtemps que *La Route au tabac*.

Eric frissonna.

— Pas avec moi dans la distribution, mon vieux.

Il but et alluma une cigarette ; une certaine crainte familière à laquelle se mêlait quelque irritation commençait à sourdre en lui.

— Parle-moi un peu de toi. Mets-moi au courant.

Mais en prononçant ces mots, il se rendit compte qu'au fond, les faits et gestes de Richard ne l'intéressaient pas. Il se montrait simplement courtois parce que Richard était marié à Cass. Il se demanda s'il avait toujours pensé ainsi. Peut-être n'avait-il jamais réussi à se l'avouer. Peut-être Richard avait-il changé ? Mais les gens changeaient-ils ? Il se demanda ce qu'il penserait de Richard s'il le rencontrait pour la première fois. Puis il se demanda ce qu'Yves penserait de ces gens et ce que ces gens penseraient d'Yves.

— Il n'y a pas grand-chose à dire. Tu es au courant pour le livre. J'en ai un exemplaire pour toi. Un cadeau à l'occasion de ton retour.

— Voilà qui devrait vous réjouir d'être rentré, dit Cass.

Richard la regarda en souriant.

— Pas de sabotage, je t'en prie. — Il dit à Eric : — Cass aime encore se moquer de moi. — Il ajouta : — Un nouveau livre va sortir. Hollywood va peut-être acheter le premier ; la télévision en a fait une « dramatique ».

— Il y aurait un rôle pour moi, là-dedans?
— La distribution est faite. Dommage. Nous n'aurions d'ailleurs pas pu nous assurer ta collaboration de toute façon.

Le timbre de l'entrée retentit. Cass alla ouvrir.

Il y eut soudain une commotion effroyable à la porte; des hurlements et des sanglots; mais Eric ne réagit que lorsqu'il vit le changement subi par le visage de Richard et qu'il entendit Cass crier. Alors Richard et Eric se levèrent et les enfants entrèrent en trombe dans la pièce. Michael sanglotait, et le sang coulait de son nez et de sa bouche sur son tee-shirt aux rayures rouges et blanches. Paul était derrière lui, pâle et silencieux, les joues et les doigts barbouillés de sang; sa chemise blanche était déchirée.

— Ce n'est rien, dit Richard très vite, ce n'est rien. Ils ne sont pas morts. — Michael courut à son père et blottit son visage ensanglanté contre sa poitrine. Richard se tourna vers Paul. — Que s'est-il donc passé?

Cass repoussa Michael et le regarda bien en face.

— Viens, mon chéri, je vais te laver ce sang pour voir ce que tu as au juste. — Michael se tourna vers elle, sanglotant encore, l'air terrorisé. — Allons, mon chéri, c'est fini maintenant, calme-toi, allons.

Michael fut emmené, sa main tremblante étreignant le poignet de Cass, et Richard jeta un bref regard à Eric par-dessus l'épaule de Paul.

— Allons, dit-il à Paul. Que s'est-il passé? Vous avez été pris dans une bagarre ou bien est-ce toi qui l'as arrangé ainsi?

Paul s'assit, les mains jointes.

— Je ne sais pas ce qui s'est passé vraiment. — Il était lui-même au bord des larmes; son père attendit. — Nous avions joué à la balle et nous nous préparions à rentrer; nous ne faisions rien de mal, nous marchions en nous amusant. Je ne faisais pas beaucoup attention à Mike; il était derrière moi avec quelques-uns de ses amis... Et puis — il regarda son père — des garçons, des Noirs, ont descendu la rue en criant quelque chose. Je n'ai pas entendu ce qu'ils criaient. L'un d'eux m'a fait un croche-pied en passant, et ils se sont mis à taper sur les petits. Nous sommes redescendus en courant pour les en empêcher. — Il regarda de nouveau son père. — Nous ne les avions jamais vus; je ne sais pas d'où ils venaient. L'un d'eux maintenait Mike à terre et il lui donnait des coups de poing, mais je l'ai chassé. — Il regarda son poing ensanglanté. — Je crois que je lui ai fait avaler deux dents.

— Bravo. Tu ne t'es pas blessé? Comment te sens-tu?

— Très bien, dit-il, mais il frissonna.

— Lève-toi. Viens ici que je te regarde.

Paul se leva et vint près de son père qui s'agenouilla pour regarder sa figure, palpa doucement son ventre et sa poitrine, puis lui caressa le cou et les joues.

— Tu as reçu un fameux coup de poing à la mâchoire, hein?

— Mike a dégusté plus que moi. — Mais soudain il se mit à pleurer. Richard pinça les lèvres; il prit son fils dans ses bras. — Ne pleure pas, Paul, c'est fini, tu sais.

Mais maintenant qu'il avait commencé, Paul ne pouvait plus s'arrêter.

— Pourquoi ont-ils fait une chose pareille, papa? Nous ne les avions jamais vus.

— Quelquefois, quelquefois le monde est ainsi, Paul. C'est pour cette raison qu'il faut se méfier des gens de cet acabit.

— C'est parce qu'ils sont noirs et nous blancs? C'est pour ça?

Une fois encore, Richard et Eric se regardèrent. Richard avala sa salive avec effort.

— Le monde est plein de toutes sortes de gens, et parfois ils se font des choses terribles, mais... ce n'est pas à cause de ça.

— Il y a des Noirs qui sont très gentils, dit Eric, et il y en a qui ne le sont pas... c'est comme pour les Blancs. Certains sont gentils, d'autres terribles.

Mais il n'avait pas un ton très convaincant et il regrettait déjà de n'avoir pas tenu sa langue.

— Ce genre d'incidents se produit de plus en plus fréquemment ces derniers temps, dit Richard, et franchement, j'ai envie de crier « pouce » et de rendre cette île à ces maudits Indiens. Je ne pense pas qu'ils aient jamais eu envie de nous voir heureux ici. — Il éclata d'un petit rire sec et tourna de nouveau son attention vers Paul.

— Reconnaîtrais-tu l'un ou l'autre de ces garçons si tu les revoyais ?

— Je le crois, dit Paul. — Il reprit haleine et s'essuya les yeux. — Je sais qu'il y en a un que je reconnaîtrais. Celui que j'ai frappé. Quand le sang a jailli de son nez et de sa bouche, il était si... laid... avec sa peau...

Richard le considéra un moment.

— Tu vas aller te nettoyer et nous verrons ce qu'il en est pour ce vieux Michael.

— Michael ne sait pas se battre, dit Paul ; et les autres s'en prennent toujours à lui.

— Eh bien, il va falloir trouver une solution. Il va apprendre à se battre... — Il alla jusqu'à la porte, une main posée sur l'épaule de Paul. Il se tourna vers Eric. — Fais comme chez toi ; nous revenons dans une minute.

Et il sortit avec Paul.

Eric écouta les voix des enfants et de leurs parents, volubiles, indistinctes, effarées.

— Ça arrive à tous les gosses de se battre, disait Richard; il n'y a pas de quoi en faire un drame.

— Ils ne se sont pas vraiment battus, ils ont été attaqués. Ce n'est pas du tout la même chose, il me semble.

— Voyons, Cass, ne dramatisons pas.

— Je pense encore que nous devrions appeler le médecin; nous ne connaissons rien au corps humain, comment pourrions-nous savoir s'il n'y a rien de cassé ou s'il n'y a pas une hémorragie interne? Ça arrive constamment que des gens meurent subitement deux jours après un accident.

— D'accord, d'accord, ne te mets pas dans un état pareil! Tu veux les faire mourir de peur ou quoi?

— Je ne me mets pas dans «un état pareil» et toi, cesse de te prendre pour le Rocher de Gibraltar. Je ne fais pas partie de ton public. Je te connais.

— Mais enfin, que veux-tu dire?

— Rien, rien. Veux-tu appeler le docteur, je te prie.

La voix de Michael s'éleva, aiguë; une terreur enfantine la bouleversait.

— J'ai jamais rien entendu d'aussi ridicule, dit Cass d'une voix changée et avec une grande autorité; mais non, personne ne va venir ici pendant que tu dormiras. Maman et papa sont ici, et Paul aussi.

La voix de Michael l'interrompit encore.

— D'accord, nous ne sortirons pas, dit Cass.

— Nous ne sortirons pas ce soir, dit Richard. Paul et moi, nous allons t'apprendre des prises pour que ces garnements ne viennent plus t'importuner. Et après, ce sont eux qui auront peur de toi. Aussitôt qu'ils te verront arriver, mon garçon, ils déguerpiront sans demander leur reste.

Michael éclata d'un rire nerveux. Puis Eric entendit

qu'on composait un numéro de téléphone; Richard dit quelques mots et il y eut un déclic.

— Je crois que tout compte fait, nous n'allons pas t'accompagner là-bas, dit Richard en rentrant dans le salon. Je suis désolé. Je suis sûr qu'ils n'ont rien, mais Cass veut que le docteur les voie et il va falloir que nous attendions sa venue. De toute manière, je pense qu'il vaut mieux ne pas les laisser seuls ici ce soir. — Il prit le verre d'Eric. — Je vais te remplir ça. — Il alla jusqu'au bar. Il n'était pas aussi calme qu'il voulait le laisser paraître. — Ces petits salauds de Noirs, murmura-t-il; ils auraient pu le tuer, ce gosse. Mais enfin, bon Dieu, ils peuvent pas se bagarrer entre eux?

— Ils lui ont fait mal?

— Et comment! Ils lui ont cassé une dent et aplati le nez, mais surtout ils lui ont flanqué une frousse du diable. Heureusement que Paul était avec lui. — Il observa un court silence et reprit: — Je ne sais pas. Ce quartier, la ville tout entière, tout devient un véritable enfer. Je ne cesse de répéter à Cass que nous devrions déménager, mais elle ne veut rien savoir. Peut-être qu'une histoire comme celle-là la fera changer d'avis.

— Changer d'avis à propos de quoi? demanda Cass.

Elle alla à grands pas au guéridon placé devant le divan, saisit une cigarette et l'alluma.

— À propos du déménagement, dit Richard. — Il ne la quitta pas des yeux pendant qu'il parlait, d'une voix trop calme, comme s'il se contenait.

— Je n'ai rien contre. Seulement nous n'avons jamais pu nous mettre d'accord sur le lieu où nous irions.

— Nous n'avons jamais pu nous mettre d'accord parce que tu es toujours prête à critiquer toutes mes suggestions. J'en conclus que tu ne tiens pas vraiment à déménager.

— Oh, Richard, disons simplement que je ne suis pas terriblement attirée par l'une quelconque de ces colonies littéraires auxquelles tu veux nous faire appartenir.

Les yeux de Richard devinrent sombres comme une eau profonde.

— Cass n'aime pas les écrivains, dit-il à Eric d'un ton léger, du moins s'ils gagnent leur vie avec leur plume. Elle pense que les auteurs ne devraient jamais cesser de crever la faim et de courir la gueuse, comme notre bon ami Vivaldo. Voilà l'idéal pour elle, mon vieux, c'est là ce qu'elle appelle une conduite réfléchie et la condition de l'art. Mais les autres, tous ceux qui essaient d'aimer une femme, d'élever une famille et de gagner un peu d'argent, ils prostituent leur plume.

Cass était livide.

— Je n'ai jamais dit une chose comme celle-là.

— Ah non? Il y a des tas de manières de dire — il imita son intonation — une chose comme celle-là. Tu l'as répétée mille fois. Tu dois me prendre pour un idiot, ma petite. — Il se tourna vers Eric qui, debout près de la fenêtre, n'avait plus qu'une hâte : sortir de là au plus vite. — Si elle était *collée* à un gars comme Vivaldo...

— Ne mets pas Vivaldo sur le tapis. Qu'est-ce qu'il a à voir là-dedans?

Richard émit un rire étonnamment joyeux et répéta :

— Si elle était collée à un gars comme ça, on n'entendrait plus de jérémiades. Oh, quel martyre! Et comme elle l'aimerait. — Il but une gorgée d'alcool et traversa la pièce pour la rejoindre. — Et tu veux savoir pourquoi? Tu veux savoir pourquoi? — Il y eut un silence. Elle leva ses grands yeux vers lui. — Parce que tu es exactement comme toutes les autres Américaines. Tu veux un type que tu pourrais plaindre, un type que tu acceptes d'aimer à condition qu'il soit malheureux. Alors tu peux mettre la main à la pâte, comme tu dis si bien, tu peux *l'aider. L'aider!* — Il rejeta la tête en arrière et éclata de rire. — Et puis un beau jour, le gars sent le froid entre ses jambes; il cherche ses couilles, et il s'aperçoit qu'elle les a prises pour les enfermer dans le placard. — Il acheva son verre et reprit son souffle bruyamment. Sa voix changea. La douleur la rendit presque tendre. — C'est bien cela, n'est-ce pas, mon chou? Tu ne m'aimes plus autant qu'autrefois?

Cass paraissait terriblement lasse; sa peau semblait s'être agrandie; elle posa une main légère sur le bras de Richard.

— Non, dit-elle; ce n'est pas vrai.

Puis une sorte de rage la secoua et les larmes montèrent à ses yeux.

— Tu n'as pas le droit de me dire tout ça; c'est trop injuste. — Il tendit la main pour la poser sur son épaule; elle s'écarta. — Vous feriez mieux de partir, Eric; tout ceci n'est guère agréable pour vous. Transmettez nos excuses à Ida et Vivaldo, je vous prie.

— Tu pourras dire que chez les Silenski, ce couple modèle, le torchon brûlait dur, dit Richard. — Il était blême; il fixait Cass, le souffle court.

Eric reposa son verre lentement; il aurait voulu s'enfuir à toutes jambes.

— Je leur expliquerai que vous avez dû rester à cause des enfants.

— Dis à Vivaldo qu'il faut que cela lui serve d'avertissement. Voilà ce qui vous arrive quand vous avez des enfants, et quand vous finissez par avoir ce que vous voulez. — Pendant un instant, un désarroi total apparut sur son visage juvénile. Puis il dit: — Bon Dieu, je suis désolé, Eric. Nous n'avons jamais eu l'intention de te faire assister à un drame. Reviens donc nous voir; nous ne sommes pas toujours comme ça, je t'assure. Je t'accompagne jusqu'à la porte.

— T'en fais pas, dit Eric, je suis un grand garçon, je comprends bien... Il alla à Cass et ils se serrèrent la main : — Bien content de vous avoir vue.

— Moi aussi. En vous souhaitant que toute cette lumière ne pâlisse pas.

Il rit, mais pourtant ces paroles l'avaient glacé.

— J'essaierai d'entretenir la flamme, dit-il.

Richard et lui se dirigèrent vers la porte du vestibule. Cass resta immobile au milieu du salon.

Richard ouvrit la porte.

— À bientôt, mon petit. On peut te téléphoner ? Cass a ton numéro ?

— Oui. Et j'ai le tien.

— O.K. À bientôt.

— D'accord. À bientôt.

— Au revoir.

La porte se referma derrière lui. Il se retrouva dans le couloir anonyme et bruissant, entouré de portes closes. Il sortit un mouchoir et s'essuya le front, pensant aux millions de scènes de ménage qui éclataient derrière ces murs. Il demanda l'ascenseur qui arriva bientôt, amené par un autre employé, un homme plus âgé que le premier, qui mangeait un sandwich ; et puis ce fut de nouveau la rue. Le long pâté de maisons dans lequel demeuraient Cass et Richard était calme et vide maintenant ; il attendait la nuit. Eric héla un taxi dans l'avenue et se fit conduire dans le centre.

Sa destination était un bar, sur la bordure est du Village. Cet établissement n'avait guère été qu'un estaminet comme les autres jusqu'à ces derniers temps. Mais maintenant il s'était spécialisé dans le jazz et parfois il servait de tremplin à de jeunes talents un peu aguerris et dont la personnalité n'était plus complètement inconnue. On annonçait l'attraction du jour aux passants en collant à la petite vitre un écriteau de la grandeur d'une carte postale et que l'on avait rédigé à la main ; il reconnut le nom d'un batteur que Rufus et lui avaient fréquenté autrefois et qui, certainement, ne le reconnaîtrait pas ; contre le carreau, il vit aussi des extraits de journaux ou de revues qui vantaient les vertus non conformistes de l'établissement.

Le non-conformisme, donc, emplissait la salle, qui était exiguë et basse de plafond, avec un comptoir d'un côté et des tables et des chaises de l'autre. À l'autre extrémité du bar, la salle s'élargissait, laissant la place pour d'autres tables et d'autres chaises ; un couloir très étroit menait aux salons et à la cuisine ; et c'est dans cet espace plus large que se tenait, dans un coin, une petite estrade très haute sur laquelle l'orchestre était juché.

Eric était arrivé pendant l'entracte. Les musiciens sautaient en bas du podium et s'épongeaient le front avec de vastes mouchoirs ; ils allaient vers la porte de la rue qui restait ouverte jusqu'à la fin de l'entracte. La chaleur qui régnait dans la salle était terrifiante et le ventilateur électrique qui tournait au centre du plafond ne pouvait rien y faire. Et cette salle puait ; elle puait une poussière de plusieurs années, la bière éventée, l'alcool éructé, la gargote, l'urine, la sueur, la luxure. Les gens s'entassaient sur trois ou quatre rangées devant le comptoir poisseux et luisant, l'air beaucoup plus heureux que les musiciens qui s'étaient réfugiés sur le trottoir. La plupart des consommateurs assis aux tables n'avaient pas bougé ; ils paraissaient très jeunes, les garçons en chemisette et pantalon collant, les filles avec des blouses amples et des jupes larges.

Sur le trottoir, les musiciens s'éventaient encore avec

leurs mouchoirs, les yeux perdus dans le vague, sans voir les mendiants qui passaient par-là et le policier qui faisait les cent pas, les lèvres pincées, les yeux aveuglés par des soupçons et des terreurs innommables.

Il regretta d'être venu. Il redoutait de voir Vivaldo, de rencontrer Ida et, debout, désemparé, bien en vue au milieu de cette foule moite, il avait l'impression intolérable d'être un étranger qui n'avait pas sa place en ce lieu. Ce n'était pas une sensation nouvelle, mais il ne l'avait pas éprouvée depuis longtemps; il se sentait marqué, comme si tout d'un coup quelqu'un allait l'apostropher, comme si toute cette foule allait se tourner vers lui, pour se moquer de lui et l'insulter. Il avait envie de fuir, mais pourtant il se fraya un chemin dans la salle et commanda à boire. Il n'avait aucune idée de la manière dont il s'y prendrait pour trouver Ida et Vivaldo. Il se dit qu'il faudrait attendre qu'elle commence à chanter. Mais sans doute allaient-ils le chercher, de leur côté.

Et il but son verre, debout, mal à l'aise, serré contre un étudiant obèse et bousculé par le garçon qui chargeait son plateau près de lui. Et en fait, il commençait à attirer une certaine attention encore discrète; il n'avait pas exactement l'air d'un Américain; les gens se demandaient ce qu'il était.

Il les vit avant eux. Quelque chose l'incita à se retourner et à regarder le trottoir par la porte ouverte. Ida et Vivaldo arrivèrent, la main dans la main, et se mirent à causer avec les musiciens. Ida portait une robe blanche étroitement moulée, au décolleté généreux, et ses épaules étaient recouvertes d'un châle. À un petit doigt, elle avait un serpent à l'œil de rubis; le poignet de son autre main était orné d'un lourd bracelet d'argent à l'allure barbare. Ses cheveux tirés en arrière formaient un épais chignon étincelant comme une couronne. Elle était beaucoup plus belle que Rufus et sans un pli amer et superbe de la bouche, elle aurait très bien pu ne pas lui rappeler son frère. Mais ce détail, qu'il connaissait si bien, attira immédiatement son attention, de même qu'un autre qu'il eut, pendant un moment, plus de mal à identifier. Elle rit d'une saillie de l'un des musiciens, rejetant la tête en arrière : ses lourdes boucles d'oreilles d'argent captèrent la lumière. Eric sentit un grand coup dans sa poitrine et entre ses omoplates quand il vit le métal étincelant et cette fille qui riait. Il se sentit soudain prisonnier d'un rêve dont il ne pouvait plus s'échapper. Les boucles d'oreilles étaient lourdes et archaïques ; elles rappelaient la forme d'une flèche empennée : *Rufus ne les avait jamais vraiment aimées*. À l'époque où, une éternité plus tôt, elles avaient été des boutons de manchette offerts par Eric, Rufus les avait à peine portés. Mais il les avait gardés. Et ils étaient là, transformés, sur le corps de sa sœur. Le gros étudiant regardait droit devant lui ; Eric eut l'impression qu'il lui donnait de discrets coups de genou. Eric s'écarta un peu du bar et s'approcha de la porte, afin qu'ils puissent le voir quand ils regarderaient de ce côté.

Il resta à siroter sa consommation dans le bar ; eux ne bougeaient pas du trottoir plongé dans la pénombre. Eric regarda Vivaldo et profita de ces quelques instants de contemplation pour essayer d'évoquer son visage d'autrefois. Vivaldo semblait plus radieux que jamais et moins puéril. Il était encore très svelte, très maigre, mais pourtant il semblait plus lourd. D'après le souvenir qu'Eric avait gardé, Vivaldo posait toujours légèrement son pied sur le sol comme un poulain ombrageux, prêt à tout moment à partir au galop, mais maintenant, il restait immobile, sur place, le sol le supportait, et son allure méfiante, frondeuse, effarouchée, avait disparu ; pas complètement peut-être ; ses yeux noirs volaient d'un visage à l'autre quand il parlait ; quand il écoutait, il examinait, il soupesait ou observait ; ses yeux cachaient plus qu'ils n'en révélaient. La conversation prenait un tour plus sérieux. L'un des musiciens avait soulevé la question des cachets, des syndicats et — avec un geste vers l'endroit où se tenait Eric — des conditions de travail. Les yeux de Vivaldo s'assombrirent ; ses traits se figèrent, et il lança un bref regard en direction d'Ida. Elle considérait le musicien avec une expression amère et pleine d'orgueil.

— Alors, vous feriez mieux de réfléchir, ma petite, conclut le musicien.

— J'ai déjà réfléchi, dit-elle en baissant les yeux.

Elle prit une de ses boucles d'oreilles entre ses doigts. Vivaldo saisit une de ses mains dans la sienne et elle leva les yeux vers lui. Il lui posa un baiser léger sur le bout du nez.

— Eh bien, dit un autre musicien d'un ton las, on y va ?

Il se retourna et entra dans la salle ; il dit : « Excusez-moi, mon vieux », à Eric, en passant devant lui. Ida chuchota quelque chose à l'oreille de Vivaldo ; il écouta, le sourcil froncé. Une mèche tomba sur son front ; il rejeta la tête en arrière, d'un geste soudain, l'air impatienté, et aperçut Eric.

Pendant un moment, ils se contentèrent de se regarder fixement. Un autre musicien qui traversait le bar passa entre eux. Puis Vivaldo s'écria :

— Alors, te voilà ; je n'arrivais pas à croire que tu te déciderais à revenir en Amérique.

— Et pourtant, je suis ici, dit Eric avec un large sourire. Qu'est-ce que tu en dis ?

Vivaldo leva brusquement les bras et éclata de rire

— et le policier surgit derrière lui, l'air menaçant ; on eût dit qu'il attendait un signal occulte pour foncer en avant — puis Vivaldo franchit la distance qui le séparait d'Eric et le prit dans ses bras. Eric faillit laisser tomber le verre qu'il tenait, car Vivaldo lui avait fait perdre l'équilibre ; il lança un sourire au visage souriant de Vivaldo ; et il aperçut Ida, qui fixait sur lui un regard indéchiffrable, et le policier qui attendait.

— Sacré enculé de révolté. Toujours aussi rouquin. T'as pas changé d'un poil. Bon Dieu, ce que je suis content de te voir ! Je n'imaginais pas que ça me ferait un plaisir pareil. — Il lâcha Eric et fit un pas en arrière, inconscient, semblait-il, de la tempête qu'il créait. Il entraîna Eric hors du bar, jusque dans la rue, près d'Ida.

— Voici le fils de pute dont nous avons parlé si longtemps, Ida ; voici Eric. Le dernier humain à être sorti d'Alabama.

Le policier parut tirer de cette situation une conclusion sinistre sinon sanguinaire et, cessant d'attendre une inspiration occulte, il jeta à l'intérieur du bar un regard dominateur. Le signal qu'il reçut alors le fit, lentement, s'écarter un peu. Mais Vivaldo tournait vers Eric un regard rayonnant, comme si Eric avait été sa seule joie et sa seule fierté ; et de nouveau, il dit à Ida en fixant Eric :

— Ida, c'est Eric ; Eric, je te présente Ida.

Il prit leurs mains et les plaça l'une dans l'autre.

Ida serra la main d'Eric en riant et le regarda bien en face.

— Eric, dit-elle, je crois que j'ai plus entendu parler de vous que de n'importe quel autre être vivant. Je ne puis vous dire à quel point je suis ravie de vous connaître! J'avais fini par conclure que vous n'étiez qu'un mythe.

Le contact de cette main produisit un choc en lui. Les yeux, la chaleur et la beauté d'Ida le bouleversèrent.

— Je suis ravi de faire votre connaissance, moi aussi, dit-il. Vous ne pouvez pas avoir entendu parler de moi en *mieux* que je n'ai entendu parler de vous.

Leurs regards se croisèrent encore pendant une seconde; elle souriait toujours: elle portait sa beauté comme une grande reine porte ses robes et elle maintenait entre elle et lui une distance pleine de majesté — et puis l'un des musiciens apparut à la porte et dit:

— Ma petite Ida, le patron vous fait dire d'y aller, si vous êtes toujours décidée.

Et il disparut.

— Venez, suivez-moi, dit Ida. Ils ont retenu une table pour nous par là-bas. — Elle prit le bras d'Eric. — Ils me font une fleur en me permettant d'inviter des amis. Je n'ai encore jamais chanté en public. Je ne peux pas me permettre de les faire attendre.

— Tu vois, dit Vivaldo derrière eux, tu es descendu du bateau juste à temps pour une grande occasion.

— Tu aurais dû le laisser dire ça lui-même, dit Ida.

— Je m'y apprêtais, dit Eric. Vous pouvez me croire sur parole.

Ils se frayèrent un chemin à travers la foule jusqu'à la partie de la salle qui était un peu élargie. Puis Ida s'arrêta et regarda autour d'elle.

Elle leva les yeux vers Eric.

— Qu'est-il arrivé à Cass et à Richard?

— Ils me prient de les excuser auprès de vous. Ils n'ont pas pu venir; l'un des enfants était malade.

En prononçant ces paroles, il sentit en lui une légère rancune contre Ida; comme si elle se trouvait liée dans son esprit aux enfants noirs qui avaient attaqué Paul et Michael dans le parc.

— Un jour comme aujourd'hui !... soupira-t-elle.

En fait, elle ne semblait guère déçue de leur absence. Ses yeux scrutaient toujours la foule ; elle poussa encore un soupir. C'était comme si elle se résignait intérieurement. Les musiciens étaient prêts. Ils s'efforcèrent de rétablir le silence. Un serveur apparut ; il les fit asseoir tous les trois à une table minuscule dans un coin, près des toilettes des dames, et prit leur commande. La chaleur malsaine, maintenant qu'ils étaient pris au piège dans ce réduit, commençait à monter du plancher et à descendre du plafond.

Eric n'écoutait pas réellement la musique, il en était incapable, elle restait complètement extérieure à lui, comme une agitation insignifiante de l'air ambiant. Il regardait les profils d'Ida et de Vivaldo qui, assis en face de lui, s'étaient tournés vers l'orchestre. Ida avait un air radieux, un peu ironique ; elle paraissait parfaitement initiée ; comme si les hommes debout sur le podium rythmaient un message qu'elle leur avait ordonné de transmettre ; mais la tête de Vivaldo était légèrement baissée et il levait les yeux vers l'estrade avec un air de bravade pincé et incertain ; comme si une guerre se déclarait entre lui-même et les musiciens, pour des questions de préséance, de couleur et d'autorité. Ida et lui étaient immobiles et très droits, ils ne se touchaient pas, à croire que devant cet autel, tout contact était interdit.

Les musiciens suaient sang et eau ; ils jouaient très fort et mal avec une sorte de mépris insouciant, et ils ne réussirent pas, au cours du premier morceau, à tomber d'accord sur quoi que ce fût. Naturellement, cela ne changea rien aux applaudissements qui furent bruyants, enthousiastes et prolongés. Seul, Vivaldo ne bougea pas. Le batteur, qui de temps en temps avait laissé son regard errer d'Ida à Vivaldo — pour ensuite le concentrer à nouveau sur sa batterie — enregistra le silence de Vivaldo avec un sourire ironique. Il fit un signe à Ida.

— C'est votre tour, maintenant, dit-il. Montez ici. Voyons ce que vous pouvez faire pour civiliser ces démons. — Et, après un rapide coup d'œil à Eric et Vivaldo, il ajouta: — Vous devez avoir un peu d'entraînement, maintenant.

Ida le regarda bien en face, avec un sourire indéchiffrable où se lisait pourtant une certaine rancune. Elle écrasa sa cigarette, ajusta son châle et se leva, l'air grave.

— Je suis heureuse que vous me croyiez prête. Touche du bois pour moi, mon chéri, dit-elle à Vivaldo, et elle monta sur la scène.

On ne l'annonça pas; le pianiste se contenta d'égrener quelques arpèges; elle vint au micro. Le piano joua les premières mesures mais l'assistance n'eut pas l'air de comprendre.

— Essayons encore une fois, lança Ida d'une voix claire.

Sur ce, les têtes se tournèrent vers elle. Elle les fixa d'un œil calme. Seuls trahissaient son agitation ses doigts qu'elle crispait sans cesse devant elle. Elle se tordait les mains mais elle ne pleurait pas.

Quelqu'un murmura d'une voix distincte:
— Regarde, mon vieux, c'est la frangine du Gosse!

Des gouttes de sueur perlaient au front d'Ida et sur son nez; elle avança une jambe tremblante et la ramena en arrière. Le pianiste se mit à jouer; elle se cramponna au micro comme si elle allait se noyer et ferma soudain les yeux.

Toi,
Tu m'as fait quitter la maison où je fus heureuse
Tu as pris mon amour et maintenant tu es parti
Depuis que je me suis mise à t'aimer.

Elle n'était pas encore une chanteuse ; et en la jugeant uniquement sur sa voix trop grave, trop rude, dotée d'un registre trop limité, on aurait pu dire qu'elle ne le serait jamais. Pourtant, il y avait en elle quelque chose qui incita Eric à lever les yeux et qui imposa le silence à l'assistance ; et Vivaldo fixa Ida comme s'il ne l'avait encore jamais vue. Ce qui lui manquait de puissance dans la voix, et, pour le moment du moins, de métier, elle le compensait par cette qualité si mystérieusement et si implacablement personnelle à laquelle personne n'a jamais pu donner un nom. Cette qualité qui comporte un sentiment du moi si profond et si puissant que, non contente de franchir les barrières, elle les réduit en atomes — tout en les laissant encore debout, toujours solides, là où elles étaient. Et ce terrible sens est personnel, inconnaissable, incommunicable, car il est, littéralement, le reflet de tout autre chose. Il transforme et ravage ; il donne la vie et il tue.

Elle acheva la première chanson ; les applaudissements étaient étonnés et sporadiques. Elle regarda Vivaldo avec un petit haussement d'épaules puéril. Et ce geste révélait en quelque sorte à Eric à quel point elle pouvait être désespérément aimée, à quel point Vivaldo l'aimait désespérément. Le batteur se mit en action. L'orchestre entonna un air qu'Eric n'avait encore jamais entendu.

Betty dit à Dupree

*Qu'elle voulait une bague avec un diamant
Et Dupree dit, Betty
Je te donnerai tout ce que tu voudras.*

— Mince, murmura Vivaldo, elle a travaillé.

Le ton qu'il avait pris impliquait que lui n'avait rien fait et qu'il lui en voulait inconsciemment. Et Eric songea à son propre cas; lui non plus n'avait pas travaillé depuis longtemps; il s'était simplement laissé vivre. À cause d'Yves; c'est du moins ce qu'il s'était dit. Mais était-ce bien vrai? Il regarda le visage blême et passionné de Vivaldo et se demanda si ce dernier ne se disait pas qu'il n'avait pas travaillé à cause d'Ida; laquelle cependant, ne lui avait pas permis de la détourner de son travail. Et elle était là, sur l'estrade et, à moins que toutes les apparences ne fussent fausses, que la route fût, ou non, longue et dure, elle était en chemin. Elle avait commencé.

*Donne à maman mes habits,
Donne à Betty ma bague avec un diamant,
Demain c'est vendredi,
Le jour où je dois nager.*

Ida et les musiciens commençaient à s'amuser, à se stimuler l'un l'autre, tout en scandant cette balade de la cupidité, de la trahison et de la mort; et Ida avait créé dans la salle une atmosphère neuve, elle apportait un intérêt nouveau. Jusqu'à la chaleur qui semblait moins intolérable. Les musiciens jouaient pour elle comme si elle était une vieille amie enfin retrouvée et la fierté qu'ils éprouvaient à son égard avivait leur amour-propre.

Le morceau achevé, Ida descendit à bas de la scène, inondée de sueur et triomphante; les applaudissements tonnaient à ses oreilles comme une eau écumante. Elle vint à la table en souriant à Vivaldo, puis fronça le sourcil d'un air interrogateur ; et, toujours debout, elle but une gorgée. On la rappelait. Le batteur se baissa vers elle et l'aida à monter sur la scène. Les applaudissements continuaient. Eric s'aperçut alors que Vivaldo regardait ailleurs. Il considéra son visage plus orageux que jamais et suivit son regard. Vivaldo observait un petit homme trapu, aux cheveux bouclés et au visage poupin, qui était debout à l'extrémité du comptoir, les yeux fixés sur Ida. L'inconnu sourit et fit un geste de la main. Ida lui adressa un signe de tête et Vivaldo tourna de nouveau son regard vers l'estrade, les yeux plissés, les lèvres pincées, l'air absorbé dans des pensées sinistres.

— Ton amie a du succès, dit Eric.

Vivaldo se tourna vers lui.

— Ça tient de famille, dit-il.

Il avait pris un ton hostile, comme pour reprocher à Eric de s'être moqué de lui ; et ainsi, indirèctement, il faisait allusion à Rufus, pour mieux humilier Eric. Pourtant, il reprit presque aussitôt d'une voix plus amicale :

— Elle va être sensationnelle, et, bon Dieu, il va falloir que j'achète une batte de base-ball pour éloigner tous ces voraces.

Il sourit et regarda de nouveau l'homme debout au comptoir.

Ida revint au micro.

— Cette chanson est destinée à mon frère, dit-elle. — Elle hésita, regardant Vivaldo. — Il est mort juste avant le Thanksgiving, l'année dernière. — Il y eut un murmure dans la salle. Quelqu'un lança d'une voix triomphante : « Qu'est-ce que je vous avais dit ? » — Quelques applaudissements fusèrent, pour saluer la mémoire de Rufus probablement ; et le batteur inclina la tête et mar-

tela sur le bord de sa caisse un rythme bizarre et quelque peu irrévérencieux : « Klook -a-klook, klook-klook, klook-klook ! »
Ida lança :

> *Doux Seigneur, prends ma main.*
> *Conduis-moi. Laisse-moi debout.*

Ses yeux étaient clos ; la tête brune sur le long cou brun était renversée en arrière. Quelque chose qui n'y était pas auparavant apparut dans son visage ; une sorte de rage, une sorte de souffrance passionnée et triomphante. Son beau corps sensuel et souple était maintenant immobile, comme s'il se préparait à une communion plus parfaite que la chair ne pouvait le supporter ; et un froid étrange pénétra dans la salle, ainsi qu'un ressentiment bizarre. Ida ne savait pas quelle grandeur il lui faudrait atteindre, en tant qu'interprète, avant de pouvoir oser exposer à son auditoire, ainsi qu'elle le faisait maintenant, ses peurs et ses souffrances intimes. Après tout, son frère n'avait rien été pour ces gens, ou du moins, rien de comparable à ce qu'il avait été pour elle. Ils ne désiraient aucunement s'associer à son deuil, d'autant moins qu'ils soupçonnaient vaguement que ce deuil impliquait une accusation contre eux-mêmes — une accusation que confirmait leur malaise. Ils supportèrent pourtant sa chanson, mais en restant à l'extérieur. Cependant, l'arrogance et l'innocence d'Ida forçaient leur admiration.

> *Écoutez mon cri, écoutez mon appel,*
> *Prenez ma main de peur qu'elle ne tombe,*
> *Mon doux Seigneur !*

Les applaudissements furent bizarres. Ni tout à fait réticents, ni tout à fait francs. Malgré leur circonspection, ils étaient une sorte d'hommage à une force à laquelle il ne fallait pas se fier entièrement, mais qu'il fallait prendre en considération. Les musiciens jubilaient maintenant ; ils étaient pleins de sollicitude pour Ida, comme si elle était devenue soudain leur propriété. Le batteur ajusta le châle sur ses épaules en disant :

— Vous transpirez ; attention de ne pas prendre froid.

Et comme elle s'apprêtait à descendre, le pianiste se leva et l'embrassa cérémonieusement sur le front. Le contrebassiste dit :

— Hé, il faut au moins leur donner son nom.

Il empoigna le micro et lança :

— Mesdames et messieurs, vous venez d'entendre Ida Scott. C'est la première fois qu'elle monte sur scène. — Et il s'épongea le front comiquement. La foule éclata de rire. Il dit : — Mais ce ne sera pas la dernière. — Les applaudissements crépitèrent de nouveau, plus franchement cette fois, puisque le rôle de juge et de dispensateur avait été rendu au public. — Nous avons assisté, dit le contrebassiste, à un événement historique.

Cette fois, l'assistance, au paroxysme de la fierté et de la joie, applaudit, tapa des pieds, poussa des acclamations.

— Eh bien, dit Vivaldo en prenant les deux mains d'Ida ; te voilà lancée, ma parole.

— Tu es fier de moi ?

Elle ouvrait tout grands ses yeux ; la courbure de ses lèvres était un peu ironique.

— Oui, dit-il gravement au bout d'un moment ; mais je suis toujours fier de toi.

Alors elle rit et l'embrassa très vite sur la joue.

— Mon Vivaldo chéri. Tu n'as encore rien vu.

— J'aimerais, dit Eric, joindre ma voix au chœur universel de la joie et de la gratitude. Vous avez été sensationnelle. Vraiment.

Elle fixa sur lui ses yeux dilatés, mais quelque chose, dans le regard de la jeune fille, fit sentir à Eric qu'elle ne l'aimait pas. Il écarta cette pensée comme il aurait chassé une mouche.

— Je ne suis pas encore sensationnelle, dit-elle, mais je le serai. — Elle leva les deux mains et toucha ses boucles d'oreilles.

— Elles sont très belles vos boucles d'oreilles, dit-il.

— Vous les aimez? C'est mon frère qui les a fait faire pour moi. Juste avant de mourir.

Il resta silencieux, puis dit :

— J'ai connu un peu votre frère. J'ai eu beaucoup de chagrin en apprenant sa... sa mort.

— Beaucoup, beaucoup de gens en ont eu, dit Ida. C'était un très bel homme et un très grand artiste. Mais il a eu... — elle le considéra avec une insolence curieuse et froide — de très mauvaises fréquentations. Il était de ceux qui croient ce que disent les gens. Si vous disiez à Rufus que vous l'aimiez, eh bien, il vous prenait au mot, et il vous restait fidèle jusqu'à la mort. Je ne cessais de lui répéter que le monde n'était pas comme cela. — Elle sourit. — Il était bien meilleur que moi. Cela ne paie pas d'être bon en ce monde.

— C'est peut-être vrai. Pourtant, vous me paraissez très bonne.

— C'est parce que vous ne me connaissez pas. Mais demandez à Vivaldo. — Elle se tourna vers Vivaldo et posa une main sur son bras.

— Il faut que je la rosse de temps en temps, dit Vivaldo. Mais à part ça, elle est du tonnerre. — Il tendit une main en direction du petit homme qui était maintenant debout derrière Ida. — Bonsoir, Mr. Ellis. Quel bon vent vous amène?

Ellis leva exagérément les sourcils et tendit les paumes.

— À votre avis, qu'est-ce qui m'amène ici? J'avais une envie folle de voir les Sammy's Bowery Follies.

Ida se retourna en souriant, toujours appuyée au bras de Vivaldo.

— Mon Dieu, je vous avais vu tout à l'heure au comptoir, mais j'osais à peine croire que c'était vous.

— En chair et en os, dit-il. Et vous savez — il fixa sur elle un regard éperdu d'admiration —, vous êtes une jeune femme extraordinaire. C'est ce que j'avais toujours pensé, il faut bien le dire, mais maintenant, j'ai pu m'en rendre compte *de visu*. Est-ce que vous entrevoyez la carrière fantastique qui s'ouvre devant vous? Je me le demande.

— La route va être terriblement longue, Mr. Ellis. J'ai tant à apprendre.

— Oui, mais ne vous découragez pas. Je suis tout disposé à vous aider personnellement. — Il leva les yeux vers Vivaldo. — Vous ne m'avez pas donné signe de vie. Ce n'est pas gentil du tout.

Vivaldo retint la repartie brutale qu'il avait sur la langue. Il dit d'une voix égale :

— Je trouve seulement que je n'ai guère d'avenir dans la télévision.

— Oh, quel profond manque d'imagination! — Il secoua les épaules d'Ida avec enjouement. — Vous ne pouvez donc rien faire de cet homme? Pourquoi tient-il donc tant à cacher sa lumière sous un fagot?

— La vérité, dit Ida, c'est que la dernière fois que quelqu'un a pris une décision à la place de Vivaldo, c'est la dernière fois qu'on a changé ses couches. Et il y a très longtemps de cela. De toute manière — elle frotta sa joue contre l'épaule de Vivaldo —, il n'est pas question pour moi d'essayer de le changer. Je l'aime tel qu'il est.

Il flottait dans l'air quelque chose d'horrible. Elle s'agrippait à Vivaldo, mais Eric sentit que son étreinte était en partie destinée à Ellis. Et Vivaldo avait l'air de s'en rendre compte, lui aussi. Il s'écarta légèrement d'Ida, tritura son sac à main sur la table — pour se donner une contenance — et dit:

— Vous ne connaissez pas notre ami; il vient d'arriver de Paris. Je vous présente Eric Jones; voici Steve Ellis.

Les deux hommes se serrèrent la main.

— Je vous connais de nom, dit Ellis. Comment se fait-il?

— Il est acteur, dit Ida, et il va jouer à Broadway, à l'ouverture de la saison.

Vivaldo réglait l'addition. Eric sortit son portefeuille, mais Vivaldo l'écarta.

— J'ai entendu parler de vous. Très souvent. — Il toisa Eric de bas en haut d'un air connaisseur. — Bronson vous a engagé pour *Happy Hunting Ground*. C'est bien cela?

— En effet, dit Eric qui ne put voir si Ellis trouvait ou non cet engagement à son goût.

— C'est une pièce intéressante, somme toute, dit Ellis avec précaution, et d'après ce qu'on m'a dit de vous, vous devriez y faire de très bonnes choses — Il se tourna vers Ida et Vivaldo. — Aurais-je la chance de vous persuader de venir prendre un verre avec moi dans un bar tranquille, *à air conditionné*? Je ne pense vraiment pas, dit-il à Ida, que vous ayez intérêt à travailler dans de tels bouges. Vous finirez par mourir de la tuberculose, comme les toreros espagnols qui ont toujours trop chaud ou trop froid.

— Oh, je crois que nous avons tout le temps de prendre un verre, mais un seul, dit Ida en fixant sur Vivaldo un regard interrogateur. Qu'en penses-tu, mon chéri ?

— C'est toi qui décides, ce soir.

Ils se dirigèrent vers la porte.

— J'aimerais profiter de l'occasion pour parler un tout petit peu affaires, dit Ellis.

— Je m'en doutais un peu, dit Vivaldo. Quel castor infatigable vous faites !

— C'est le secret, dit Ellis, de ma grande réussite. — Il se tourna vers Ida. — Je croyais que vous m'aviez dit que Dick Silenski et sa femme seraient ici... ?

Il se produisit alors quelque chose dans le visage d'Ida, puis dans celui d'Ellis. Il apparut, dans celui de l'homme, de l'amertume et une certaine angoisse vite dissimulées. Tous quatre émergèrent dans la large rue ; l'air était brûlant.

— Eric les a vus, dit-elle avec un grand calme ; ils ont eu un ennui ; ils n'ont pas pu venir.

— Les gosses ont été attaqués dans le parc, dit Eric ; ils se sont fait rosser par de jeunes garnements, des Noirs. — Il entendit le souffle d'Ida qui s'altérait ; il se traita de saligaud. — Quand je suis parti, ils attendaient le docteur.

— Tu ne m'avais pas dit ça, s'écria Vivaldo. Grands dieux, je vais leur téléphoner !

— Ce n'est pas ce que vous m'aviez dit non plus, fit Ida.

— Leurs blessures n'étaient pas graves, dit Eric. Ils saignaient seulement du nez. Mais les parents ont préféré qu'un docteur vienne les voir, alors, ils n'ont pas voulu les laisser seuls.

— Je leur téléphonerai, dit Vivaldo, aussitôt que nous serons au café.

— Oui, c'est cela, mon chéri, dit Ida. Quelle vilaine histoire !

Vivaldo ne dit rien ; il allongea un coup de pied à une boîte à bière vide qui traînait sur le trottoir. Ils allaient vers l'ouest, à travers une jungle d'immeubles sordides, d'enfants crasseux, d'adultes suants et d'adolescents qui les fixaient d'un œil rond.

— Quand vous avez parlé de Noirs, reprit Ida, vouliez-vous dire que c'est à cause de cela qu'ils se sont battus ?

— Il ne semble pas, dit Eric, qu'il y ait eu d'autres raisons. Ils n'avaient jamais vu ces garçons auparavant.

— Je suppose, dit Ida, que c'était dans l'esprit des agresseurs une sorte de vengeance pour quelque méfait commis par d'autres auparavant.

— Je le crois aussi, dit Eric.

Ils atteignirent le jardin public au pied de la Cinquième Avenue. Il y avait foule. Eric n'avait pas vu ce parc depuis bien des années et la mélancolie et le dégoût qui l'oppressaient s'accrurent lorsqu'ils commencèrent à le traverser. Bon Dieu, ils étaient là les arbres et les bancs, et les gens, et les ombres noires, dans l'herbe ; le coin des enfants, désert à cette heure, avec les balançoires, les toboggans et le tas de sable ; et la nuit qui enveloppait tout, dans laquelle les malheureux qui n'avaient pas d'enfants se rassemblaient pour se conformer à leurs rites sinistres. Sa vie, sa vie tout entière lui remontait à la gorge ce soir, comme de la bile. L'océan des souvenirs déferla sur lui, puis revint à la charge, sans cesse, et à chaque fois qu'il refluait, il laissait se tordre sur le sable un Eric différent, que l'humiliation accablait. Qu'il était pénible de se mépriser ! Et il était impossible de ne pas se mépriser! Là-bas, des hommes paisibles jouaient aux échecs à la lueur d'un réverbère. Une chanson, le son d'une guitare venaient du centre du jardin. Ils allèrent dans cette direction, sans se presser.

Chacun semblait attendre et redouter l'achèvement de cette soirée. Il y avait foule dans la petite fontaine; en s'approchant, ils virent qu'en réalité il y avait plusieurs petits groupes dont chacun entourait un, deux ou trois chanteurs. Ces derniers, garçons ou filles, avaient des blue-jeans et des cheveux longs, et ils montraient plus d'ardeur que de talent. Pourtant, il y avait quelque chose de fort attirant et de très touchant dans ces visages mal lavés et sans rides, dans ces regards juvéniles, luisants et vides, dans ces voix inexpertes qui ne savaient pas encore mentir. Ils chantaient comme si, grâce à leur chanson, ils allaient pouvoir réaliser la codification et l'immortalité de l'innocence. Leurs auditoires formaient un autre cercle désœuvré, vide et corrompu. Ils s'étaient entassés dans la fontaine de pierre uniquement pour être réconfortés ou enflammés par l'odeur et le contact de la chair humaine. Et les policiers, à la lueur du réverbère, tournaient sans cesse autour d'eux.

Ida et Vivaldo allaient côte à côte. Eric et Ellis marchaient ensemble; mais tous étaient loin les uns des autres. Eric sentait confusément qu'il aurait dû parler à l'homme qui était à côté de lui mais il n'en éprouvait pas le désir; il voulait partir, et il avait peur de partir. Ida et Vivaldo s'étaient tus eux aussi. Mais là, alors qu'ils allaient d'un groupe à l'autre, d'une ballade romantique occidentale à un negro-spiritual édenté, il entendit leur voix. Et il se rendit compte qu'Ellis écoutait lui aussi. C'est ce qui le décida, en fin de compte, à parler à Ellis.

Il entendit Ida:

— Mon poulet, ne sois pas comme ça.

— Ne m'appelle pas mon poulet. C'est ainsi que tu appelles tous les malheureux branleurs qui viennent te flairer les fesses.

— Est-ce vraiment nécessaire que tu parles ainsi?

— Ah, non, je t'en prie, ne prends pas tes grands airs.

— ... Cette façon de parler! Je ne comprendrai jamais les Blancs, jamais. Comment peux-tu parler ainsi? Comment veux-tu que les autres te respectent si tu ne te respectes pas toi-même?

— Pourquoi a-t-il fallu, sacré bordel, que je m'acoquine avec une négresse? D'abord, je ne suis pas «les Blancs».

— ... Je te préviens, je te préviens!

— ... C'est toi qui as commencé. Comme toujours.

— ... Je savais que tu serais jaloux. Car ce n'est rien d'autre...

— Tu t'y es vraiment mal prise pour m'empêcher d'être jaloux, ma petite.

— On ne pourrait pas remettre cette conversation à plus tard? Pourquoi faut-il toujours que tu gâches tout?

— Naturellement, tu l'as dit, c'est toujours moi qui gâche tout.

Eric dit à Ellis:

— Croyez-vous que l'un quelconque de ces chanteurs puisse faire carrière à la télévision?

— Pour meubler les heures creuses, peut-être, dit Ellis en riant.

— Vous êtes dur, fit Eric.

— Non, seulement réaliste. Je sais que tous ces gars-là ne cherchent qu'une chose, glaner des dollars, qu'ils le reconnaissent ou non. Je ne les en blâme pas d'ailleurs. Je voudrais seulement qu'il y en ait davantage qui l'admettent, c'est tout. La plupart de ceux qui s'imaginent me désapprouver, ne me désapprouvent pas en fait. Ils regrettent seulement de ne pas être à ma place.

— Vous avez sans doute raison, dit Eric qui s'ennuyait mortellement.

Ils s'éloignèrent des musiciens.

— Vous avez vécu longtemps à l'étranger ? demanda Ellis avec courtoisie.

— Trois ans environ.

— Où ?

— À Paris, surtout.

— Pour quel motif y êtes-vous allé ? Il n'y a rien à faire là-bas pour un acteur, hein ? Enfin, un acteur américain ?

— Oh, j'ai fait une ou deux bricoles pour la télévision américaine.

Deux «pédales» étincelantes venaient vers eux, dans l'allée, le verbe haut. Eric rentra le ventre et regarda droit devant lui.

— Et j'ai assisté à beaucoup de représentations théâtrales — je ne sais pas, ça m'a fait beaucoup de bien.

Les oiseaux de paradis passèrent, leurs cris rauques s'estompèrent.

Ida dit :

— J'ai toujours eu beaucoup de peine en voyant des gens comme ceux-là.

Elle sourit.

— Et pourquoi ? Ils sont heureux ensemble.

Tous quatre marchaient maintenant de front. Ida prit le bras d'Eric.

— Il y a deux serveurs comme ça dans le restaurant où je travaille. Il faut voir comme les gens les traitent ! Ils me l'ont raconté. Ils me racontent tout. Ils sont très sympathiques, vraiment, et très gentils. Et naturellement, ces gens-là, c'est l'escorte idéale. Ils ne posent absolument aucun problème.

— Ils ne coûtent pas cher non plus, dit Vivaldo. La semaine prochaine, je vais aller t'en chercher un, nous l'installerons à la maison, il nous tiendra compagnie.

— Ne compte pas sur moi, aujourd'hui, pour te dire quelque chose d'aimable.

— Cesse de te donner tant de mal. Ellis, où nous emmenez-vous boire ce verre ?

— Mettez un frein à votre impatience. Nous sommes pratiquement arrivés.

Ils sortirent du jardin public, partirent vers la Huitième Avenue et pénétrèrent dans un bar au sous-sol. Ellis y était connu, naturellement. Ils s'installèrent dans un box et appelèrent le garçon.

— Bon, voilà ce que je voulais vous dire, dit Ellis en regardant Ida, puis Vivaldo. C'est très simple. J'en ai aidé bien d'autres et je crois pouvoir aider Miss Scott. — Il se tourna vers Ida : — Vous n'êtes pas encore prête. Vous avez beaucoup à faire et énormément à apprendre. J'aimerais que vous fassiez un saut jusqu'à mon bureau cette semaine pour que nous puissions voir tout ça en détail. Il va falloir étudier et travailler, mais vous devrez aussi gagner votre vie en attendant ; peut-être pourrais-je vous aider à arranger ça. — Il regarda Vivaldo : — Et vous pouvez venir aussi, si vous croyez que j'essaie d'exploiter Miss Scott. Vous avez l'intention de défendre ses intérêts ?

— Non.

— Vous n'avez aucune raison de vous méfier de moi ; vous me trouvez antipathique, c'est cela ?

— Oui, dit Vivaldo au bout d'un moment. C'est bien ça.

— Oh, Vivaldo, gémit Ida.

— Il a raison ; il est toujours bon de savoir à quoi s'en

tenir. Mais ce n'est certainement pas cette... idée préconçue qui va vous faire mettre des bâtons dans les roues à Miss Scott?

— Pas question. De toute manière, Ida fait ce qu'elle veut.

Ellis le considéra un moment, puis il lança à Ida un bref regard.

— Bien, vous me rassurez. — Il fit signe au garçon et se tourna vers Ida. — Alors, quel jour? Mardi? Mercredi?

— Mercredi, ça serait peut-être mieux, dit-elle d'une voix hésitante.

— Vers trois heures?
— Oui, parfait.
— Alors, c'est réglé.

Il griffonna quelques mots sur son calepin puis sortit son portefeuille et tendit un billet de dix dollars au garçon.

— Donnez à ces messieurs-dames tout ce qu'ils désireront, dit-il ; c'est sur mon compte.

— Oh, partez-vous tout de suite? demanda Ida.

— Oui. Ma femme m'assommera si je n'arrive pas à temps à la maison pour embrasser les gosses avant d'aller au studio. À mercredi. — Il tendit la main à Eric. — Ravi d'avoir fait votre connaissance, Rouquin. Bonne chance. Peut-être travaillerez-vous pour moi un jour. — Il regarda Vivaldo. — À bientôt, génie ; dommage que vous ne m'aimiez pas. Peut-être vous demanderez-vous pourquoi un de ces jours. Ce n'est jamais bon de m'en vouloir, vous savez, quand on ne sait pas comment saisir ou garder ce qu'on veut.

Puis il tourna les talons et partit. Vivaldo regarda les jambes courtaudes monter l'escalier et émerger dans la rue.

Il s'essuya le front avec son mouchoir humide et tous trois restèrent assis un moment, en silence. Puis :

— Je vais téléphoner à Cass, dit Vivaldo.

Il se leva et se dirigea vers la cabine, à l'arrière du café.

— Je crois comprendre, dit Ida avec précaution, que vous étiez un très bon ami de mon frère.

— Oui, dit Eric ; ou du moins, j'ai essayé de l'être.

— Avez-vous donc eu tant de mal à être son ami ?

— Non, non ; ce n'est pas ce que je voulais dire. — Il s'efforça de sourire. — Il était très absorbé par sa musique, il était très... lui-même. J'étais plus jeune alors, je n'ai peut-être pas toujours compris. — Il sentit la sueur couler sous ses aisselles, sur son front, entre ses jambes.

— Ah, oui ! — Elle le regarda de très loin. — Peut-être avez-vous exigé de lui plus qu'il ne pouvait donner ; beaucoup ont été ainsi, hommes ou femmes. — Elle laissa ces paroles suspendues entre eux un moment, puis reprit : — Il était terriblement attirant, n'est-ce pas ? Je pense toujours que c'est pour ça qu'il est mort ; il était trop attirant et il ne savait pas comment... comment tenir les gens à distance. — Elle but une gorgée d'alcool. — Les gens n'ont pas de pitié ; ils vous arrachent les membres, l'un après l'autre, au nom de l'amour. Et quand vous êtes mort, quand ils vous ont tué avec ce qu'ils vous ont fait endurer, ils disent que vous n'aviez pas de caractère. Ils versent de grosses larmes amères — mais pas sur vous, sur eux-mêmes, parce qu'ils ont perdu leur jouet.

— Voilà, dit-il, une vue extrêmement sinistre de l'amour.

— Je sais de quoi je parle. C'est ce que la plupart des gens veulent dire quand ils prétendent aimer. — Elle prit une cigarette et attendit qu'il la lui allume. — Merci. Vous n'étiez pas ici; vous n'avez pas vu la dernière maîtresse de Rufus — une terrible petite catin, une nymphomane, venue de Georgie. Elle ne voulait plus le lâcher et lui a tenté par tous les moyens de se libérer d'elle. Il songeait même à s'enfuir au Mexique. Elle l'épuisait tant qu'il ne pouvait plus travailler — je vous jure, personne ne peut dépasser les Blanches du Sud, quand elles mettent le grappin sur un Noir. — Elle envoya un grand nuage de fumée au-dessus de la tête d'Eric. — Et maintenant, elle vit encore, cette maudite salope de Blanche, et Rufus est mort.

Il dit, espérant qu'elle l'entendrait — mais il savait qu'elle ne l'entendrait pas, qu'elle en était sans doute incapable.

— J'espère que vous ne croyez pas que j'aimais votre frère de la terrible manière que vous décrivez. Je suis convaincu que nous étions de très bons amis et... et ça m'a fait un coup terrible quand j'ai appris sa mort. J'étais à Paris alors.

— Oh, je ne vous accuse pas. Vous et moi, nous allons être amis. N'avez-vous pas cette impression ?

— Je l'espère, certainement.

— Eh bien, voilà qui règle tout, en ce qui me concerne. — Puis elle sourit, et, les yeux dilatés, elle lui demanda : — Qu'est-ce que vous avez fait à Paris pendant tout ce temps ?

— Oh, dit-il en souriant, j'ai essayé de grandir.

— Vous ne pouviez pas le faire ici ? Vous ne le souhaitiez peut-être pas.

— Je ne sais pas. À Paris, c'était plus drôle.

— Je vous crois. — Elle écrasa sa cigarette. — Et vous avez grandi ?

— Je ne sais pas si l'on peut y parvenir.

Elle sourit.

— Vous n'avez peut-être pas tort, mon cher.

Vivaldo revint à la table. Elle leva les yeux vers lui.

— Eh bien, comment vont les gosses ?

— Très bien. Cass avait l'air un peu perdue, mais elle m'a chargé de vous transmettre ses amitiés à tous deux. Elle espère vous voir bientôt. On reste à traîner là ou quoi ?

— Eh bien, allons souper, dit Ida.

— Ne comptez pas sur moi, dit Eric très vite. Je suis crevé. Je rentre chez moi me mettre dans les toiles.

— Mais il n'est pas tard, dit Ida.

— Eh bien, je viens de débarquer, et je suis encore en train de vibrer. — Il se leva. — Ce sera pour une autre fois.

— Vraiment ? — Ida lança à Vivaldo un regard plein d'ironie. — Je regrette que le seigneur et maître ne soit pas de meilleure humeur. — Elle sortit du box. — Il faut que je monte au petit coin. — Attendez-moi dehors.

— Je suis navré, dit Vivaldo en remontant l'escalier qui menait au trottoir. J'aurais beaucoup aimé rester avec toi toute la soirée à blaguer un peu, mais je crois vraiment qu'il vaut mieux que tu nous laisses. Tu comprends, hein ?

— Naturellement, dit Eric. J'irai te voir un de ces jours, la semaine prochaine.

Ils restèrent sur le trottoir à regarder la foule des badauds.

— Ça doit te faire un drôle d'effet, dit Vivaldo, d'être de retour ici. Mais j'espère que tu ne vas pas penser que nous ne sommes plus amis, parce que nous le sommes, tu sais. J'ai beaucoup d'estime pour toi, Eric. Je veux seulement que tu le saches pour que tu n'ailles pas t'imaginer que je te laisse tomber ce soir. Seulement, voilà —

il fixa au-dehors un regard las — j'ai tellement cette fille dans la peau que je ne sais plus où j'en suis.

— Je sais ce que c'est, dit Eric. T'en fais pas. — Il tendit la main. Vivaldo la tint serrée un moment. — J'irai te voir d'ici un jour ou deux, ça ira ? Dis au revoir à Ida de ma part.

— D'accord. Au revoir, Eric. Bonne continuation.

Eric sourit.

— Au plaisir.

Il partit vers la droite en direction de la Sixième Avenue, mais il ne savait pas vraiment où il allait. Il sentait le regard de Vivaldo fixé sur lui ; puis Vivaldo fut masqué par la foule qui se pressait derrière Eric.

Au coin de la Sixième Avenue, il attendit, l'œil aux aguets ; les feux verts et rouges scintillaient. Un camion passa ; Eric regarda le visage du chauffeur et eut terriblement envie de rejoindre cet homme, de rouler dans ce camion, n'importe où.

Mais il traversa la rue et partit vers son appartement. C'était le seul endroit où il serait bien ; il n'avait nulle part où aller. Des étrangers — ils lui paraissaient des étrangers maintenant, mais, un jour, il serait peut-être l'un d'eux à nouveau — le croisaient avec ce regard de côté ineffable et désespéré, mais il gardait les yeux fixés sur le trottoir. *Pas encore, pas vous. Pas encore. Pas encore.*

3

Le mercredi après-midi où Ida alla voir Ellis, Cass passa à la librairie du centre dans laquelle travaillait Vivaldo, et lui demanda si elle pourrait lui offrir un verre après son travail ? Le son de cette voix brève, soumise et malheureuse eut le don de le faire brusquement sortir de son propre abattement. Il dit à Cass de venir le chercher au magasin à six heures.

Cass fut ponctuelle au rendez-vous ; elle avait une robe d'été verte qui lui donnait l'allure d'une jeune fille, et elle tenait un énorme sac à main en osier. Ses cheveux tirés en arrière retombaient sur ses épaules ; et pendant un moment, alors qu'il la regardait pousser la porte, sa silhouette à la fois estompée et rendue plus nette par le grand soleil, elle lui apparut comme la Cass de son adolescence, celle qu'il avait connue bien des années auparavant. Elle avait été la plus belle, la plus précieuse des filles de la terre. Et Richard avait été le plus grand, le plus beau des hommes.

Elle semblait terriblement éprouvée — elle paraissait presque consumée par une passion intime, à peine contenue. Elle lui sourit, un sourire jeune et fatigué à la fois et, pendant un moment, il perçut faiblement sa chaleur, son odeur.

— Comment ça va, Vivaldo ? Ça fait une paye qu'on ne s'est pas vu.

— Un petit peu ! Par ma faute, d'ailleurs. Comment ça va, toi ?

Elle haussa les épaules avec bonne humeur, levant les mains comme une enfant.

— Oh, il y a des hauts et des bas. — Puis, au bout d'un moment, elle ajouta : — Plutôt en bas tout de suite.

Elle jeta un regard autour d'elle dans le magasin. Les gens examinaient les rayons de livres un peu à la manière des enfants qui contemplent des poissons dans un aquarium.

— Es-tu libre ? Pouvons-nous partir maintenant ?

— Oui. Je t'attendais. — Il prit congé de son patron et ils émergèrent dans la chaleur étouffante de la rue. Ils étaient dans le quartier est, à peu près à la hauteur de la 50ᵉ Rue. — Où allons-nous le boire, ce verre ?

— Ça m'est égal. Dans un café à air conditionné. Et sans poste de télévision. J'ai horreur du base-ball en ce moment.

Ils remontèrent vers le nord-est, comme si tous deux souhaitaient s'écarter le plus possible du monde qu'ils connaissaient et des responsabilités qu'ils y assumaient. La présence d'autres gens qui les dépassaient, venaient vers eux, émergeaient brusquement de quelque porte ou de quelque taxi et bondissaient depuis le bord du trottoir, troublait douloureusement leur quiétude et semblait menacer leur intimité. Et chaque homme et chaque femme qui passaient semblaient aussi porter quelque intolérable fardeau ; leur vie privée éclatait sur leur visage brûlant et insatisfait.

— Des jours comme celui-là, dit soudain Cass, je me souviens de ce que c'était — je crois m'en souvenir du moins, — que d'être jeune, très jeune. — Elle leva les yeux vers lui. — Quand tout ce que l'on touche, tout ce qu'on ressent est si nouveau, quand la souffrance elle-même est merveilleuse, car elle est totale.

— Ce n'était guère agréable, Cass. Pour rien au monde, je ne voudrais redevenir jeune à ce point.

Mais il savait ce qu'elle voulait dire. Ses paroles l'avaient distrait un moment des images cruelles d'Ida et d'Ellis qui le hantaient. « Tu m'avais dit que tu ne l'avais pas revu depuis cette soirée. — Euh... Je suis allé le voir une fois, uniquement pour lui parler de cette boîte de nuit. — Pourquoi a-t-il fallu que tu y ailles ? Ça ne suffisait pas de téléphoner ? — Je n'étais pas sûre qu'il se souviendrait de moi. Et puis je ne te l'ai pas dit parce que je savais comment tu réagirais. — Raconte tout ce que tu voudras, ma petite, je sais très bien ce qui l'intéresse ; il cherche uniquement à coucher avec toi. — Oh, Vivaldo ! Tu t'imagines que je ne sais pas comment m'y prendre avec ces petits morveux ? » Et elle lui décocha un regard qui disait presque : *Regarde comment je m'y suis prise avec toi*. Et il n'avait su que dire.

Maintenant, il se revoyait à quinze ou seize ans, quand il nageait dans le ressac de Coney Island ou à la piscine de son quartier ; quand il jouait au hand-ball sur le terrain de jeu, avec son père parfois, quand il gisait dans le ruisseau après une bagarre, vomissant, priant pour qu'aucun ennemi ne profite de cette occasion pour lui faire sauter la cervelle. Il se souvenait de la terreur qu'il ressentait ces jours-là, de cette peur de tout, qu'il dissimulait sous des manières ironiques et dont il se défendait grâce aux balles des mots orduriers. Tout se fait pour la première fois, à quinze ou seize ans ; et comment s'appelait-elle ?

Était-il possible que ce fût elle ? Sur le toit, en été, sous les étoiles sordides de la cité.

Tout pour la première fois, à un âge où les actes n'avaient pas de conséquences, où rien n'était irrévocable, où l'amour était simple et où la douleur elle-même était investie de la dignité d'un état éternel ; il était inimaginable que le temps puisse rien faire pour la diminuer. Où était Zelda en ce moment ? Peut-être était-ce la matrone replète, aux fesses rebondies, et dont les cheveux blonds avaient d'invraisemblables reflets métalliques, qui titubait sur ses hauts talons juste devant eux. Elle aussi, quelque part, un jour ou l'autre, elle avait touché à tout pour la première fois, elle avait senti la caresse d'un vent d'été sur ses seins, comme une bénédiction ; un garçon était entré en elle, et pour la première fois, le sang était sorti de son ventre.

Et que pensait Cass au juste ?

— Oh non, dit-elle lentement. Je ne tiens certainement pas à redevenir la fillette misérable que j'ai été. Je me rappelais seulement à quel point c'était différent alors, différent de maintenant.

Il passa un bras autour de ses frêles épaules.

— Tu as l'air triste, Cass. Dis-moi ce qui se passe.

Il l'entraîna dans un café sombre et frais. Le garçon les mena à une petite table pour deux, prit leur commande et disparut. Cass regarda la table et joua distraitement avec les cacahuètes salées disposées dans le plat de plastique rouge.

— Eh bien, c'est justement pour ça que je suis allée te voir, pour te parler. Mais ce n'est pas si facile. Je ne suis pas certaine de savoir ce qu'il y a. — Le garçon revint et posa leurs verres devant eux. — Non, ce n'est pas vrai. Je crois bien savoir ce qui se passe.

Elle se tut. Elle but quelques gorgées avec nervosité et alluma une cigarette.

— C'est à propos de Richard et moi, dit-elle enfin. Je

ne sais pas ce que nous allons devenir tous les deux. J'ai l'impression que nous n'avons plus rien de commun. — Elle hachait bizarrement ses paroles, comme une écolière presque, comme si elle ne croyait pas ce qu'elle disait. — Ou plutôt, non, il y a un tas de choses entre nous, *il le faut*. Mais rien ne semble marcher. Parfois... parfois, j'ai l'impression qu'il me hait, à cause de notre mariage, à cause des enfants, à cause de son travail. Et d'autres fois, je sais que ce n'est pas vrai, que ça ne peut pas être vrai. — Elle se mordit la lèvre et éteignit sa cigarette. Elle s'efforça de rire. — Pauvre Vivaldo, je sais que tu as des soucis, toi aussi, et que tu n'as pas la moindre idée de ce qu'il faut faire des jérémiades d'une matrone sur le retour qui ne pense qu'à ses petits problèmes.

— Je profite de l'occasion pour te signaler que tu es pratiquement en train de crouler. — Il essaya de sourire. Il ne savait que dire. Ida et Ellis, qui avaient surgi soudain au fond de sa conscience, continuaient pourtant de perpétrer l'infâme violation de sa dignité d'homme. — Ça m'a simplement l'air d'un orage d'été, celui que subissent tous les couples.

— Je ne sais absolument pas ce qui se passe pour les autres, je ne suis pas certaine de savoir quoi que ce soit sur le mariage. — Elle se remit à boire lentement et prononça ces paroles inattendues. — Je voudrais me soûler. — Elle pouffa d'un petit rire, et son visage se brisa soudain. — Je voudrais me soûler et partir avec n'importe qui, un chauffeur de camion ou de taxi, quelqu'un qui me toucherait, quelqu'un qui ferait de moi, de nouveau, une femme.

Elle cacha son visage dans sa main osseuse et les larmes filtrèrent à travers ses doigts. La tête toujours baissée, elle fouilla fébrilement dans son sac à main absurde et en ressortit enfin un petit morceau de Klee-

nex avec lequel elle réussit, ô miracle, à se moucher et à
s'essuyer les yeux.

— Excuse-moi, dit-elle. Je suis restée trop longtemps
avec mes idées noires.

— Pourquoi as-tu le cafard, Cass? Je croyais que
Richard et toi vous vous entendiez bien?

Ses propres paroles lui parurent gauches et insigni-
fiantes. Mais il connaissait Cass et Richard depuis trop
longtemps, il était trop jeune quand il avait fait leur
connaissance; il ne se les était jamais imaginés comme
des amoureux. De temps en temps, naturellement, il
avait regardé Cass évoluer; il se rendait compte que,
malgré sa petite taille, elle était très féminine; elle avait
de jolies jambes et une poitrine appétissante, et elle
savait jouer de la hanche; parfois, en voyant la grosse
patte de Richard sur son poignet, il se demandait comment elle pouvait supporter le poids de son mari. Mais,
comme tous ceux dont la folle existence ne tolère aucune
règle, il avait tendance à considérer que les autres
avaient une vie plus régulière, moins sensuelle et plus
cérébrale que la sienne. Et pour la première fois, il eut
l'impression de voir en Cass une femme passionnée qui
s'était contentée de poursuivre une liaison légale, qui se
tortillait dans les bras de Richard aussi bien et avec aussi
peu de honte que les femmes auxquelles Vivaldo avait
rêvé toutes ces dernières années.

— Je crois, ajouta-t-il, que j'ai plutôt l'air cloche.
Pardonne-moi.

Elle sourit comme si elle avait lu dans ses pensées.

— Non. Moi aussi, j'ai peut-être cru que nous for-
mions le couple idéal. Mais personne n'y parvient
jamais.

Elle alluma une autre cigarette et redressa ses épaules
qui avaient commencé à se voûter, depuis quelques

semaines. On eût dit qu'elle venait de prendre une décision terrible.

— Je ne cesse de me répéter que c'est à cause des changements que notre vie a subis maintenant que Richard commence à être célèbre. Mais ce n'est pas cela. C'est quelque chose qui dure depuis beaucoup plus longtemps. — Elle parlait gravement, d'une voix sèche. Elle regarda Vivaldo à travers la fumée de sa cigarette, les yeux plissés. — Tu sais qu'autrefois, après avoir considéré ton exemple et pensé à tes horribles aventures, je te comparais à Richard et je me disais que nous avions bien de la chance. Il était le premier... — sa voix se brisa. Elle baissa la tête — le tout premier homme que j'aie jamais eu, et j'étais la première pour lui — vraiment la première, en tout cas, la première qu'il ait jamais aimée.

Elle baissa encore la tête ; comme si le poids de sa confession était trop grand. Pourtant tous deux savaient qu'il fallait qu'elle finisse maintenant qu'elle avait commencé.

— Et tu crois qu'il ne t'aime plus ?

Elle ne répondit pas. Elle se prit la tête dans la main gauche, celle qui portait l'alliance, et fixa la soucoupe de cacahuètes salées, comme si la clé de toutes les énigmes s'y trouvait cachée. Les flèches minuscules de sa montre-bracelet marquaient sept heures moins vingt-cinq. Ida avait dû prendre congé d'Ellis depuis longtemps ; elle avait probablement vu le professeur de chant. Maintenant, elle devait être dans son restaurant, à son poste, sanglée dans son uniforme, prête à faire face à l'afflux des dîneurs. Il voyait son visage fermé et hautain lorsqu'elle s'approchait d'une table, manipulant le crayon et le bloc comme une épée et un bouclier. Elle n'avait pas dû rester bien longtemps avec Ellis ; c'était un homme occupé. Mais combien de temps fallait-il à ces gars-là pour s'envoyer une femme entre deux portes, dans leurs bureaux inviolables ? Il s'efforça de se concentrer sur le problème de Cass. Peut-être l'avait-il emmenée prendre un verre ; et s'il l'avait persuadée de ne pas aller au travail, et invitée à dîner ? Peut-être étaient-ils ensemble en ce moment. (Où ?) Peut-être Ellis lui avait-il demandé de le rejoindre à minuit dans un bar proche d'un théâtre, dans un lieu où il pourrait être utile à la jeune Noire d'être vue avec lui. Mais non il ne pouvait pas être utile à Ellis d'être vu avec elle. Ellis était beaucoup trop adroit pour ça — de même qu'il était beaucoup trop adroit pour se livrer à des comparaisons entre son propre pouvoir et celui de Vivaldo. Mais il ne perdrait aucune occasion d'obliger Ida à faire ces comparaisons d'elle-même.

Il se rendait malade avec ses craintes et ses visions.

Ida l'aimait-elle ? Alors, Ellis et tout ce monde étincelant ne comptaient pas pour elle. Si elle ne l'aimait pas, il ne pouvait rien y faire, et plus vite leur liaison prendrait fin, mieux cela vaudrait. Mais il savait que ce n'était pas aussi simple, qu'il n'était pas sincère au fond. Elle pouvait très bien l'aimer et... il frémit et posa son verre brutalement sur la table — être couchée sur un divan de cuir, en train de gémir sous le poids d'Ellis. L'amour qu'elle éprouvait pour lui ne pouvait aucunement émousser sa volonté de devenir une chanteuse — d'entrer dans une carrière qui semblait si facile à embrasser. Il distinguait même ce qu'il pouvait y avoir de vrai, quand elle disait, avec une tendresse véhémente, que c'était lui, que c'était son amour, qui lui avaient donné le courage de commencer. Cette idée ne le consolait guère, car elle suggérait que son rôle était maintenant terminé, qu'il gâchait tout en s'obstinant à refuser de donner ses dernières répliques et de sortir de la scène.

Il secoua la tête. Dans une demi-heure, non, une heure, il irait au restaurant,

— Oh, Cass, s'entendit-il dire. Je voudrais pouvoir t'aider.

Elle sourit et lui toucha la main. Les flèches minuscules de sa montre n'avaient pas bougé.

— Merci, dit-elle d'une voix grave... Je ne sais pas si Richard m'aime encore ou non. Il ne me voit plus. Il ne me voit plus. Il ne m'a pas touchée... — elle leva les yeux vers ceux de Vivaldo ; deux larmes perlèrent puis coulèrent le long de ses joues ; elle ne fit aucun geste pour les arrêter — il ne m'a pas touchée depuis, oh, je ne sais pas depuis combien de temps. Je n'ai jamais été très provocante, je n'avais jamais eu besoin de l'être... — Elle écrasa ses larmes du revers de la main. — Je reste dans cette maison comme une... comme une bonne à tout faire. Je m'occupe des gosses, je prépare les repas, je nettoie les seaux de toilette et je réponds au téléphone. Lui, il ne me voit pas. Il est toujours en train de *travailler*. Il est toujours occupé à discuter affaires avec... avec Ellis, je crois, avec son directeur littéraire et tous ces gens horribles. Peut-être est-il fâché contre moi parce que je ne les aime pas beaucoup, mais c'est plus fort que moi.

Elle reprit son souffle, sortit un autre tampon de Kleenex et réussit à renouveler le même miracle que précédemment.

— Au début, reprit-elle, je le taquinais un peu à leur propos. Je ne le fais plus maintenant, mais je crois que c'est trop tard. Je sais que ce sont des gens très occupés et importants, mais c'est plus fort que moi, je n'arrive pas à prendre leur travail au sérieux. Richard a peut-être raison quand il me traite de snob de Nouvelle-Angleterre et m'accuse de dénigrer tout le monde, mais

Dieu sait que ce n'est pas du tout mon genre. Je ne pense plus que Richard fasse une œuvre valable, et il ne peut pas me le pardonner. Que dois-je faire ?

Elle porta les deux mains à son front, baissa la tête et fondit en larmes. Vivaldo jeta autour de lui un regard inquiet. Personne ne faisait attention à eux dans la salle plongée dans la pénombre. Soudain, il vit que les aiguilles de la montre marquaient sept heures moins le quart.

Il demanda stupidement :

— Vous avez parlé de tout cela, Richard et toi ?

Elle secoua la tête.

— Non. Nous nous sommes simplement querellés ; il paraît impossible que nous nous parlions calmement. Je sais qu'on dit toujours qu'il arrive un moment dans les ménages où tout disparaît, sauf la vie en commun, mais il ne peut pas s'agir de ça, pas déjà. Je ne le veux pas. — Cette fois, l'extraordinaire violence de sa voix fit tourner quelques têtes dans leur direction.

Il lui prit les deux mains en souriant.

— Calme-toi, mon petit. Calme-toi. Je vais te commander autre chose.

— Bonne idée.

Il ne restait guère plus que de l'eau dans son verre mais elle le vida. Vivaldo fit signe au garçon d'apporter de nouvelles consommations.

— Richard sait-il où tu es maintenant ?

— Non... oui. Je lui ai dit que j'allais prendre un verre avec toi.

— À quelle heure va-t-il t'attendre ?

Elle hésita :

— Je ne sais pas. J'ai laissé le souper dans le four. Je lui ai dit de manger et de faire manger les enfants si je n'étais pas rentrée à temps. Il s'est contenté de grommeler quelques mots et il est parti dans son bureau. — Elle alluma une cigarette, l'air à la fois désespérée et lointaine ; et il savait qu'il y avait dans son esprit beaucoup plus qu'elle n'en disait. — Je crois que je vais rentrer, pourtant. À moins que je n'aille au cinéma.

— Tu veux souper avec moi ?

— Non, je n'ai pas envie de manger. D'ailleurs — le garçon revint avec les deux verres ; elle attendit qu'il eût tourné les talons — Richard est un peu jaloux de toi.

— De *moi* ? Pourquoi est-il jaloux *de moi* ?

— Parce que tu peux devenir un vrai écrivain. Et lui, il n'en sera jamais un. Et il le sait. Et c'est de là que vient tout le mal. — Elle prononça ces mots avec un calme total et Vivaldo commença à se rendre compte, pour la première fois, à quel point la vie avec une femme comme Cass pouvait être mortelle pour Richard. — Bon Dieu, ça me serait bien égal, si seulement il ne savait pas lire.

Elle sourit et avala une gorgée.

— Ne crois pas cela. C'est plus fort que toi. Il faut que tu te fasses du souci.

— Eh bien, s'il ne savait pas lire et qu'il s'en rende compte, il pourrait apprendre. Je pourrais l'aider. Mais cela m'est égal qu'il soit écrivain ou non. C'est lui qui s'est fourré toutes ces idées dans la tête. — Elle s'interrompit. Son visage osseux devint songeur. — Il est fils de charpentier, dit-elle, le cinquième fils d'un charpentier venu de Pologne. C'est peut-être pour cela que c'est si important pour lui. Il y a cent ans, il aurait pris le métier de son père, il aurait ouvert un atelier de charpentier. Mais maintenant, il faut qu'il soit écrivain, qu'il aide Steve Ellis à vendre des idées, à flatter des gens. — Férocement, elle éteignit sa cigarette. — Et ni lui, ni aucun autre membre de cette clique ne peut dire quelle différence il peut y avoir. — Elle alluma une autre cigarette aussitôt. — Ne te méprends pas. Je n'ai rien contre Ellis ni aucun de ces gens. Ce sont simplement des Américains normaux qui essaient de réussir. Comme Richard, je suppose.

— Et comme Ida.

— Ida?

— Je crois qu'elle est allée le voir. Je sais qu'elle avait rendez-vous avec Ellis cet après-midi. Il a promis de l'aider... à faire ses débuts.

Il eut un sourire lugubre.

Soudain, Cass éclata de rire.

— Mon Dieu. Ne sommes-nous pas une magnifique paire de pauvres types. Assis ici, dans cette caverne, pleins d'alcool, à nous apitoyer sur notre sort, pendant que nos bien-aimés sont dans un monde véritable, à voir des gens véritables, à faire des choses véritables, à rapporter du vrai pain dans de vraies maisons — sont-ils véritables, oui ou non? Le sont-ils? Parfois, je me réveille la nuit en me posant cette question, je marche dans la maison, et je vais regarder les enfants. Je ne veux pas qu'ils deviennent comme *cela*. Je ne veux pas non plus qu'ils deviennent comme moi. — Elle tourna le visage de côté et fixa sur le mur un regard désespéré. Avec tout l'or de ses cheveux qui tombaient de chaque côté de son visage tourmenté, elle semblait incroyablement jeune. — Que dois-je faire?

— J'ai toujours pensé, hasarda-t-il, que tout était plus simple pour les femmes.

Elle se retourna vers lui, l'air surpris. Elle ne paraissait plus jeune.

— Quoi, «tout»?

— Eh bien, de savoir que faire.

Elle renversa la tête en arrière et rit:

— Oh, Vivaldo, pourquoi ?
— Je ne sais pas. Les hommes doivent penser à tant de choses. Les femmes n'ont que les hommes à qui penser.

Elle rit de nouveau.

— Et qu'y a-t-il là-dedans de tellement facile ?
— Ça ne l'est pas ? Ah bon.
— Vivaldo. Si les hommes ne savent pas ce qui se passe, ce qu'ils font, où ils vont, que vont faire les femmes ? Si Richard ne sait pas quel genre de monde il désire, comment pourrai-je l'aider à l'édifier ? Que dirai-je à nos enfants ?

La question resta suspendue entre eux ; lentement (il était sept heures dix) elle évoqua en lui l'écho de la voix d'Ida quand ils se querellaient. *Oh, vous tous, les Blancs, vous me rendez malade. Tu veux savoir ce qui se passe, mon vieux ; tu n'as qu'une seule chose à faire, payer ton dû.*

Y avait-il, dans toute cette fureur, une sorte de prière ?

— Je te commande autre chose ? dit-il.
— Oui, autant que je sois soutenue par un peu d'alcool pour rentrer chez moi... si je rentre... excuse-moi un moment.

Elle fit un geste désinvolte à l'adresse du garçon, puis elle prit son grand sac à main et se dirigea vers les toilettes.

Tu n'as qu'une seule chose à faire, payer ton dû. Il resta assis, entouré par le bourdonnement confus, la musique futile de ce bar, et il se remémora les fautes et les erreurs de sa vie avec Ida ; sur le moment, il l'en avait rendue responsable. Leur première dispute avait eu lieu en avril, un mois environ après qu'elle fût venue s'installer chez lui. La mère de Vivaldo lui avait téléphoné, un dimanche après-midi, pour lui rappeler qu'il était invité à une petite fête, à l'occasion de l'anniversaire de son frère, la semaine suivante. Sa mère était persuadée qu'il ne voudrait pas venir, et avant qu'il ait pu dire quoi que ce soit, elle avait pris un ton plaintif et désolé. Cela l'avait agacé. Il avait répondu d'une voix sèche et hostile. Et alors ils s'étaient retrouvés, cette femme déjà vieille et son grand fils aux prises avec ce drame qui les séparait depuis l'école maternelle. Ida, dans la cuisine, écoutait, l'œil aux aguets. Vivaldo la vit. Il éclata de rire, et avant de s'être rendu compte de ce qu'il disait, il demanda à sa mère :

— Ça t'ennuierait que j'amène une amie ?

Au même moment, il sentit qu'Ida se raidissait, qu'elle étouffait littéralement de rage.

— Si elle est gentille, amène-la, disait sa mère. Tu sais bien que nous aimons beaucoup faire connaissance avec tes amis.

Il se repentit aussitôt de ses paroles ; il imaginait le visage bouleversé de sa mère ; il savait qu'elle se demanderait pourquoi son fils aîné semblait prendre un malin plaisir à la faire tant souffrir. En même temps, il entendit le fredonnement inquiétant d'Ida dans la cuisine.

— Elle est très gentille, dit-il aussitôt avec une grande sincérité. — Puis il perdit toute assurance en glissant un regard involontaire vers Ida. Il ne savait comment dire, *Maman c'est une fille de couleur*, ne devinant que trop bien la réaction de sa mère et de tous les autres qui concluraient aussitôt que c'était une tentative de plus pour peiner et humilier sa famille. — Je veux que vous fassiez connaissance toutes les deux un de ces jours, vraiment.

Cette fois, sa voix sonnait faux. Il songeait. *Je crois qu'il va falloir que je leur dise. Que je leur fasse accepter ça.* Et puis soudain : *Et puis la barbe pourquoi après tout ?* Il risqua de nouveau un œil vers Ida. Elle fumait une cigarette en regardant un magazine.

— Bien, dit sa mère sans conviction, rien moins que désireuse de voler à sa rencontre sur la route, essaie de l'amener. Tout le monde sera là, et chacun réclamera ta présence ; il y a tellement longtemps qu'on ne t'a pas vu. Je sais que tu manques beaucoup à ton père, bien qu'il n'en dise jamais rien, et Stevie regrette lui aussi que tu ne viennes pas plus souvent ; nous tous aussi, Danny. — On l'appelait Danny chez lui.

Tout le monde : sa sœur et son beau-frère, son frère, son père et sa mère, les oncles, les tantes et les cousins. Et ce qui en résultait : les miasmes de la cagoterie, de la méchanceté, de la suspicion et de la peur. Le bavardage invincible de ces gens sur des gens qui n'avaient pour lui aucune réalité, les discussions d'argent, les insanités sur les maladies des enfants, les honoraires des docteurs, les naissances attendues, les infidélités invraisemblables et hideuses dans un univers de néant, entre zéros et châtrés ; le bourbier morne des histoires ordurières et infantiles et les inepties sur la politique. Tous devraient encore, en fait, vivre dans des écuries, avec les chevaux et les vaches ; on ne pouvait attendre d'eux qu'ils s'intéressent à des sujets situés au-delà de leur compréhension. Il se détesta pour la sincérité de cette réflexion et fut dérouté, comme toujours, par la nature particulière et dangereuse de l'injustice qu'elle contenait.

— Oh, dit-il, essayant d'endiguer le flot des paroles de sa mère.

Elle lui disait que les maux d'estomac de son père étaient revenus. *Maux d'estomac, mon cul. Il n'a plus de foie, un point c'est tout. Un de ces jours, il va dégueuler partout, et quelle puanteur !*

— Alors, tu l'amèneras, ton amie ?

— Je ne sais pas. Je verrai.

Il les voyait avec Ida au milieu d'eux. Il n'y avait que lui pour leur jouer des tours pareils. Lui seul les désespérait et les effrayait ainsi. Ida les jetterait dans une sorte d'hystérie muette et Dieu seul sait ce que le père dirait, persuadé qu'il mettait la jeune Noire à l'aise.

Encore le bavardage de sa mère! C'était comme si chacun de ses contacts avec Vivaldo était si bref et si menacé qu'elle essayait d'établir en quelques minutes une communion qui ne s'était pas produite depuis des années.

— J'irai, dit-il; au revoir.

Il raccrocha.

Oui, il l'avait aimée autrefois; il l'aimait encore; il les aimait tous.

Il regarda le combiné silencieux; il regarda Ida.

— Tu veux venir à un dîner d'anniversaire?

— Non, merci, mon petit. Tu veux faire l'éducation de ta famille, leur apporter des photos, hein? Des photos *en couleur*.

Elle leva sur lui des yeux moqueurs.

Il rit, mais il se sentait si coupable envers Ida et envers sa mère qu'il était incapable de rester indifférent.

— Je voudrais t'emmener avec moi un de ces jours. Ça leur ferait du bien. Ils sont tellement vieux jeu.

— Qu'est-ce qui leur ferait du bien?

Elle accordait encore toute son attention au magazine.

— Eh bien, de te rencontrer. Ce sont de braves gens, mais tellement bornés...

— Je te l'ai dit; je n'éprouve aucun intérêt pour l'éducation de ta famille, Vivaldo.

Obscurément, au plus profond de son être, il fut piqué au vif.

— T'imagines-tu qu'il n'y a aucun espoir pour eux?

— Qu'il y ait de l'espoir ou non, je m'en fous. Mais je sais que je ne vais plus me laisser emmerder par aucun de ces farceurs de Blancs qui n'arrivent pas encore à savoir si je suis ou non un être humain. S'ils ne le savent pas, mon petit, tant pis pour eux. Et je leur souhaite de crever à petit feu, dans des souffrances atroces.

— Ce n'est pas très chrétien, dit-il d'un ton léger.

Mais il était prêt à abandonner la discussion.

— Je peux pas faire mieux. C'est les Blancs qui m'ont initiée à la religion chrétienne.

— Oh, la barbe, dit-il. Nous voilà repartis.

Le magazine lui fut lancé à toute volée à la face et lui atterrit sur le nez.

— Ça veut dire quoi, petit salaud de Blanc. — Elle le singea : — « Nous voilà repartis. » Je suis dans cette maison depuis plus d'un mois et tu penses encore que ce serait une sacrée bonne blague de m'emmener chez toi voir ta mère. Bon Dieu, tu la crois donc supérieure à moi ; espèce de grand trou du cul de libéral blanc ? — Elle reprit son souffle et s'avança vers lui, courbée en avant, la main sur les hanches. — Ou bien alors crois-tu que ça ferait les pieds à ta putain de mère de lui amener une catin noire sous le nez ? Réponds-moi, nom de Dieu.

— Tu vas la fermer ? Une minute encore comme ça et la police rapplique.

— Oui. Et quand les agents seront là, je leur dirai que tu m'as racolée dans la rue et que tu refuses de me payer. Parole. Tu me prends pour une putain, eh bien, traite-moi comme une putain. Tant pis pour ta verge blanche. *Paie !*

— Ida, ce que j'ai dit était idiot, et je le regrette. Mais je n'avais pas l'intention que tu me prêtes. Je ne cherchais pas à t'humilier.

— Si. J'ai parfaitement compris ce que tu voulais. Et

tu sais pourquoi ? Parce que tu ne peux pas faire autrement, voilà tout. Vous êtes tous pareils, vous les Blancs. Et toutes ces gonzesses au cul triste qui s'imaginent que par leur trou à pipi elles ne pissent rien d'autre que la meilleure des limonades au gingembre ! et s'il n'y avait pas les Blancs, aucune de ces salopes ne pourrait se faire baiser. Parfaitement. Vous êtes tous des salauds. Tu m'entends ? Tous des salauds.

— Bon, dit-il, d'un ton las, d'accord ; nous sommes tous des salauds. Maintenant, ferme-la. Nous avons assez d'enquiquinements comme ça ici.

C'était vrai, car le propriétaire, les voisins et le policier du coin désapprouvaient la présence d'Ida. Mais il aurait pu formuler cette remarque à un autre moment.

Elle dit avec une contrition entièrement feinte et pleine de venin :

— C'est vrai. J'oubliais.

Elle tourna les talons, s'en fut dans la cuisine, ouvrit le placard et jeta toutes les assiettes — il n'y en avait pas beaucoup heureusement — sur le plancher.

— Tant que j'y suis, dit-elle, je vais leur donner des motifs de se plaindre.

Il n'y avait que deux verres qu'elle fracassa contre le frigidaire. Vivaldo était allé se poster devant le tourne-disque, et lorsqu'Ida traversa à pas lents la cuisine, les yeux baignés de larmes, il éclata de rire. Elle se rua sur lui, toutes griffes dehors, et le gifla. Il la tint à distance, d'une main, riant toujours. Son ventre lui faisait mal. Les voisins tapaient à coups redoublés sur les tuyaux et sur les murs, mais il ne pouvait s'empêcher de rire. Il se retrouva sur le dos, à terre, riant aux larmes, et finalement Ida, à contrecœur, se mit à rire aussi.

— Relève-toi, crétin. Mon Dieu, ce que tu peux être crétin !

— Nous sommes tous des salauds, mes pareils et moi-même; Seigneur ayez pitié de moi. — Ida riait, désarmée, et il la coucha sur lui. — Aie pitié de moi, mon petit, dit-il. Aie pitié. — On tapait toujours. Il dit: — Ce sont certainement tous des salauds dans cet immeuble. Ils ne veulent même pas nous laisser faire l'amour en paix.

Cass revint; elle était recoiffée et remaquillée, les yeux brillants et secs. Elle reprit sa place dans le box et saisit son verre.

— Je suis prête, dit-elle. Quand tu voudras. — Elle ajouta: — Merci, Vivaldo; si je n'avais pas trouvé un ami à qui parler, je crois que je serais morte.

— Tu exagères, dit-il, mais je te comprends. Tiens, à ta santé, Cass.

Et il leva son verre. Il était huit heures moins vingt, mais maintenant, il avait peur de téléphoner au restaurant. Il attendrait que Cass et lui se fussent séparés.

— Que vas-tu faire? demanda-t-il.

— Je ne sais pas. Je crois que je vais peut-être contrevenir au... c'est le sixième commandement? Me livrer à l'adultère.

— Je voulais dire: dans l'immédiat.

— J'avais compris.

Ils rirent ensemble. Pourtant, il se dit soudain qu'elle parlait sérieusement.

— Je le connais?

— Tu veux rire? Non, mais, tu les vois les gens que tu connais?

Il sourit.

— En effet, mais je t'en prie, ne fais pas de bêtise, Cass.

Elle baissa la tête.

— Non, je ne crois pas, murmura-t-elle. — Puis elle dit : — Demande l'addition.

Ils appelèrent le garçon et les consommations furent réglées. Ils se retrouvèrent dans la rue. Le soleil baissait mais la chaleur n'avait pas diminué. La pierre et l'acier, le bois et la brique, qui toute la journée s'étaient imprégnés de chaleur, allaient la régurgiter toute la nuit. Ils firent deux ou trois cents mètres à pied, jusqu'au coin de la Cinquième Avenue, en silence ; et dans ce silence il y avait quelque chose d'étrange qui incitait Vivaldo à ne pas laisser Cass partir seule.

Le trottoir sur lequel ils se tenaient était absolument désert. Et il y avait très peu de voitures sur la chaussée.

— De quel côté vas-tu ? demanda-t-il.

Elle balaya l'avenue du regard. De la direction du parc montait un taxi jaune et vert.

— Je ne sais pas. Je crois que je vais aller au cinéma.

Le taxi s'arrêta à cent mètres d'eux, à un feu rouge ; Cass leva brusquement la main.

Vivaldo proposa de nouveau ses services.

— Veux-tu que j'aille avec toi ? Je pourrais te protéger.

Elle rit.

— Non, Vivaldo, merci. Je n'ai plus besoin d'être protégée.

Le taxi venait vers eux. Tous deux le regardèrent s'approcher. Il ralentit et s'arrêta. Vivaldo regarda Cass, les sourcils levés.

— Eh bien ? dit-il.

Elle ouvrit la portière. Il la prit par la poignée.

— Merci, Vivaldo, dit-elle. Merci pour tout. Je te reverrai d'ici quelques jours. Ou téléphone-moi ; je serai à la maison.

— Entendu, Cass.

Il ferma le poing et la toucha au menton.

— Sois sage !
— Toi aussi. Au revoir.

Elle monta dans le taxi et il referma la portière. Elle se pencha vers le chauffeur. Le véhicule s'ébranla et descendit vers le centre. Elle se retourna pour faire un signe à l'adresse de Vivaldo. Le taxi prit vers l'ouest.

C'était comme si elle disait au revoir à la terre, et elle n'aurait pu dire ce qui risquerait de lui arriver quand elle la reverrait, si elle la revoyait jamais.

Au carrefour de la 12ᵉ Rue et de la Septième Avenue, elle demanda au chauffeur de l'arrêter cent mètres plus bas, près du guichet du Loew's Sheridan ; elle paya la course et descendit de voiture, puis monta l'escalier qui menait au balcon de ce temple hideux. Elle s'assit. Elle alluma une cigarette, heureuse de cette obscurité qui pourtant ne la protégeait pas, et elle regarda l'écran, mais n'y vit rien d'autre que les trémoussements fort peu convaincants d'une fille, dont le nom, chose incroyable, s'avéra être Doris Day. Elle se dit, assez mal à propos : *Je ne devrais jamais aller au cinéma, je ne peux pas supporter ces films*, et elle se mit à pleurer. Elle pleura, la tête droite ; ses larmes s'interposaient entre elle-même et la grande face rouge de James Cagney, qui du moins semblait, Dieu merci, hors d'atteinte des possibilités du maquillage. Puis elle regarda sa montre et nota qu'il était exactement huit heures. «Est-ce un bien ou un mal ?» se demanda-t-elle stupidement tout en se rendant compte — ce qui entrait toujours pour une part dans ses malheurs — qu'elle se comportait comme une sotte. *Mon Dieu, tu as trente-quatre ans ; descends et téléphone-lui*. Mais elle se força à rester, se demandant sans cesse si elle attendait trop longtemps ou si elle ne téléphonerait pas trop tôt. Finalement, alors que se déchaînait l'orage le plus violent qu'on ait jamais vu en technicolor sur un écran panoramique, elle descendit l'escalier et entra dans la cabine téléphonique. Elle composa un numéro, mais n'obtint pas de réponse. Elle remonta au balcon et reprit sa place.

Mais elle ne pouvait plus supporter ce film dont rien ne laissait encore présager la fin. À neuf heures, elle redescendit l'escalier, avec l'intention de marcher un peu, de boire un verre quelque part et de rentrer chez elle. Chez elle. Et elle composa de nouveau le numéro.

La sonnerie retentit une fois, deux fois. On décrocha ; il y eut un silence. Puis d'une voix traînante et agressive elle dit :

— Allô ?

Elle reprit son souffle.

— Allô ?

— Allô. Eric ?

— Oui.

— Euh, c'est moi. Cass.

— Ah. — Puis très vite : — Comment ça va, Cass, c'est très gentil de me téléphoner. J'étais là à essayer de lire cette pièce et à m'énerver ; j'allais finir par me faire sauter la cervelle.

— J'imagine, dit-elle, que vous avez dû attendre ce coup de téléphone.

«Car enfin, qu'il ne soit jamais dit, songeait-elle, qu'aux prises avec l'irréel et avec l'angoisse, je ne joue pas cartes sur table.»

— Que dites-vous, Cass ?

Mais elle savait, rien qu'au rythme de cette question, qu'il l'avait comprise.

— Je dis : vous avez dû attendre ce coup de fil.

Au bout d'un moment, il dit :

— Oui, dans un sens... Où êtes-vous, Cass ?

— Tout près de chez vous. Je peux monter ?

— Je vous en prie.
— D'accord. Je serai là dans cinq minutes.
— D'accord. Oh, Cass...
— Oui ?
— Je n'ai rien à boire chez moi. Si vous me preniez une bouteille de scotch, je vous rembourserais.
— Vous tenez à une marque spéciale ?
— Oh, ça m'est égal. Prenez ce que vous préférez.

Son cœur parut miraculeusement soulagé d'un fardeau, l'espace d'un moment. Elle rit.

— Black Label ?
— Par exemple.
— Dans une minute, alors.
— Dans une minute, je vous attends.

Elle raccrocha, fixant du regard l'objet noir et luisant, l'instrument de sa délivrance. Elle arriva dans la rue, trouva un marchand de liqueurs et acheta une bouteille. Et soudain, le poids de ce flacon dans son sac rendit tout cela réel ; de même que le paiement d'un billet de chemin de fer prouve l'imminence d'un voyage.

Que lui dirait-elle ? Et lui, que dirait-il ?

Il lança : « C'est vous, Cass ? » Elle répondit : « Oui » et monta gauchement les marches en courant comme une collégienne. Elle arriva tout essoufflée près de sa porte, et il était là, vêtu d'un Tee-shirt et d'un vieux pantalon de l'armée, souriant et pâle. La présence de cet homme lui fit un choc, sa beauté aussi — ou sa vigueur, chez un homme c'est la même chose. Elle avait l'impression de voir pour la première fois ses cheveux roux en désordre, son front carré, buriné de rides profondes, ses sourcils plus épais qu'elle ne s'en souvenait, et ses yeux plus noirs, plus profondément encastrés. Son menton avait une minuscule fossette ; Cass ne l'avait jamais remarquée. Sa bouche lui paraissait plus grande, ses lèvres plus pleines. Ses dents étaient légèrement crochues. Il ne s'était pas rasé et sa barbe rouge se hérissait et luisait dans la faible lumière jaune du carré. Son pantalon n'avait pas de ceinture et il avait chaussé ses pieds nus de sandales de cuir. Il dit : « Entrez » et elle passa rapidement devant lui. Il referma la porte.

Elle alla jusqu'au centre de la pièce et promena autour d'elle un regard effaré sans rien voir ; puis ils se regardèrent, terriblement mal à l'aise et intimidés, n'osant pas imaginer ce qui allait se passer. Eric avait peur, mais il se dominait. Elle sentit qu'il l'étudiait, qu'il se préparait à affronter l'issue de cette énigme, quelle qu'elle fût. Pour le moment, il n'avait pris aucune décision, il essayait de modeler sa conduite sur celle de Cass ; ce qui plaçait la jeune femme devant la nécessité de découvrir ce qu'il y avait dans le cœur de cet homme, en révélant ce que contenait le sien. Et elle ne savait pas encore ce qu'il y avait dans son propre cœur — ou plutôt elle ne souhaitait pas le savoir.

Il lui prit son sac et le posa sur une étagère. La façon dont il s'acquitta de cette tâche fit comprendre à Cass qu'il n'avait pas l'habitude de recevoir des femmes dans cette pièce. Le disque de la *Cinquième Symphonie* était sur le pick-up ; la pièce *Happy Hunting Ground* gisait ouverte sur le lit, sous sa lampe de chevet. La seule autre lumière du studio provenait d'une petite lampe posée sur un bureau. Son appartement était petit et d'une austérité toute monacale. Il était moins conçu pour une vie confortable que pour une existence de labeur, et elle eut la révélation aiguë et soudaine du ressentiment profond que l'intrusion de l'ordre et de la douceur féminine pouvait éveiller en lui.

— Buvons quelque chose, dit-il en tirant la bouteille du sac. Combien vous dois-je ?

Elle le lui dit ; il paya, gauchement, avec des billets chiffonnés qui attendaient sur la cheminée, près des clés. Il alla dans la cuisine en sortant la bouteille de son emballage. Elle le regarda prendre de la glace et des verres. Un désordre indescriptible régnait dans la cuisine et elle grillait du désir de lui offrir de la ranger, mais elle n'osait pas. Pas encore. Elle s'approcha lentement du lit, s'assit sur le bord et saisit le texte de la pièce.

— Je ne puis dire si cette pièce présente quelque intérêt ou non. Je ne puis plus le dire, en tout cas.

À chaque fois qu'il manquait d'assurance, son accent du Sud réapparaissait.

— Quel rôle jouez-vous ?

— Oh, celui d'un méchant ; celui qu'ils appellent Malcolm. — Elle regarda la distribution et s'aperçut que Malcolm était le fils d'Egan. Le texte était généreusement souligné et il y avait de longues notes en marge. En prenant une au hasard, elle lut : *Là-dessus, peut-être, rappelle-toi ce que tu sais d'Yves,* et elle regarda la phrase soulignée ; *Non j'en veux pas de cette saloperie d'aspirine. J'ai mal au crâne, d'accord, mais pourquoi ne le laisses-tu pas découvrir de quelle sorte de migraine il s'agit.*

Eric lança :

— Vous voulez de l'eau ou seulement de la glace ?

— Un peu d'eau, merci.

Il revint dans la pièce et lui tendit un verre ballon.

— J'incarne le dernier fils d'une riche famille américaine. Ils se sont enrichis en se livrant à des escroqueries de toutes sortes, en tuant des gens, et tout le fourbi. Mais je ne peux plus agir ainsi une fois devenu homme parce que tout a été fait déjà et ils ont changé les lois. Alors, je deviens un grand leader syndicaliste et mon père essaie de me faire flanquer en prison comme communiste. Cela permet deux jolies scènes. En fait, nous ne valons pas plus cher l'un que l'autre : — Il sourit. — Ça va probablement être un four complet.

— Bon, en tout cas, procurez-nous des billets pour la première.

Un bref silence tomba, et son *nous* résonna avec plus de force que les tambours de Chostakovitch.

— Oh, je vais remplir la salle avec mes amis, dit-il. Ne craignez rien. — Le silence tomba de nouveau. Il s'assit sur le lit à côté d'elle et la regarda. Elle baissa les yeux.

— Vous éveillez en moi des impressions curieuses, dit-il ; des sensations que je ne croyais plus pouvoir éprouver jamais.

— Quelles impressions ? demanda-t-elle. — Puis elle dit : — Vous me faites un effet semblable.

Elle sentait qu'il prenait l'initiative pour lui venir en aide.

Il se pencha en avant et mit une main sur la sienne ; puis il se leva et s'éloigna, la laissant seule sur le lit.

— Et Richard ?

— Je ne sais pas, dit-elle. Je ne sais pas ce qui va se passer entre Richard et moi. — Elle se força à le regarder dans les yeux et posa son verre sur la table de nuit. — Mais ce n'est pas *vous* qui êtes venu entre Richard et moi — *vous* n'avez rien à voir avec tout ça.

— *Pas en ce moment*, voulez-vous dire. Ou pas encore.

Il posa sa cigarette dans le cendrier, sur la cheminée, derrière lui.

— Mais je crois savoir ce que vous voulez dire, de toute façon.

Il semblait très troublé, et son trouble le repoussa vers elle, vers le lit. Il sentit qu'elle tremblait, mais pourtant il ne la toucha pas ; il la regarda fixement, d'un œil inquiet et interrogateur, les lèvres entrouvertes.

— Chère Cass, dit-il en souriant. Je sais qu'il y a un *maintenant*, mais je ne crois pas que nous ayons beaucoup d'avenir.

Elle songeait : « Peut-être que si nous prenons le maintenant, nous pourrons aussi avoir un avenir. Tout dépend de ce que nous appelons l'avenir. » Elle sentait le souffle d'Eric sur son visage et dans son cou ; puis il se rapprocha d'elle, la tête penchée en avant, et elle sentit ses lèvres. Elle leva les mains pour caresser cette tête et ces cheveux roux. Elle sentait la violence de l'homme et son incertitude qui le faisaient paraître plus jeune qu'elle. Et cela fouettait son désir ; avec une intensité qu'elle n'avait jamais connue auparavant, elle entrevit pour la première fois la force qui poussait les femmes vers les hommes plus jeunes ; et elle eut peur. Elle avait peur car jamais encore elle n'avait joué un rôle aussi inhabituel et parce que rien dans son expérience passée ne lui avait suggéré que son corps pouvait devenir un piège pour les jeunes hommes et le tombeau de sa propre estime. Elle s'était embarquée pour un voyage qui risquait de se terminer, d'ici quelques années, dans quelque horrible ville, près d'une mer bleue, en compagnie de quelque Turc, Espagnol, Juif, Grec ou Arabe taciturne et libidineux. Pourtant elle ne voulait pas que cesse cette aventure. Elle ne savait pas très bien ce qui lui arrivait maintenant, ni où cela la mènerait, et elle avait peur ; mais elle ne voulait pas que cela cesse. Elle voyait la fumée de la cigarette d'Eric décrire des volutes au-dessus de la cheminée — elle espérait que la cigarette était encore dans le cendrier ; le texte de la pièce était sous sa tête ; la symphonie touchait à sa fin. Elle se rendait compte, aussi bien que si elle avait observé la scène avec une caméra, à quel point la situation devait paraître sordide : une femme mariée, plus très jeune, commençant déjà à gémir de concupiscence, qui s'apprêtait à échanger, sur un lit mal fait, des caresses hâtives avec un étranger qui ne l'aimait pas et qu'elle ne pouvait pas aimer. Puis elle se posa la question à propos de l'amour ; quelqu'un savait-il quoi que ce fût de lui ? Eric posa une main sur sa poitrine ; ce contact fut nouveau pour elle ; Richard ne la touchait pas ainsi ; et elle savait que cette main était celle d'Eric ; était-ce ou non de l'amour ? Et que ressentait Eric ? Un plaisir purement sexuel, se dit-elle, mais ce n'était pas vraiment la réponse ou en tout cas, c'était une réponse qui n'éclaircissait rien. Car Eric se redressa avec un soupir et reprit sa cigarette. Il resta penché un moment au-dessus de Cass, à la regarder ; et elle comprit qu'il y avait entre eux le poids des choses qu'ils ne diraient pas et qui rendraient tout impossible. Sur quelle base allaient-ils agir ? Car leur quête aveugle n'était pas une fondation dont on pouvait attendre qu'elle supportât un poids quelconque.

Il revint au lit et s'assit, puis il dit :

— Bien, écoutez. Je suis au courant pour Richard. Je ne vous crois pas tout à fait quand vous dites que je n'ai rien à voir avec ce qui se passe entre vous et lui, parce que c'est manifestement faux.

Elle ouvrit la bouche pour parler, mais d'un geste, il lui imposa le silence.

— Mais c'est aussi bien ainsi. Je n'ai pas l'intention de faire un laïus. Je ne suis pas très bien placé pour défendre... la morale conventionnelle. — Il sourit. — Il se passe entre nous quelque chose que je ne comprends pas vraiment, mais je suis disposé à l'envisager avec confiance. — Il lui prit la main et la mit contre sa joue rugueuse. — Mais j'aime quelqu'un, Cass ; un garçon, un Français. Et il doit arriver à New York dans quelques semaines. Je ne sais vraiment pas ce qui va se passer quand il sera ici, mais... — il lâcha la main de Cass, se leva et se mit à arpenter la chambre — il va venir et nous vivons ensemble depuis deux ans. Cela signifie quelque chose, non ? Sans lui, je ne serais sans doute pas resté là-bas aussi longtemps. — Et il se tourna vers elle, et lança, avec une violence contenue : — Qu'importe ce qui arrive ; je l'aimais beaucoup, Cass, et je l'aime encore. Je ne crois pas avoir jamais aimé quelqu'un tout à fait autant et — il frémit — je ne suis pas certain de jamais aimer quelqu'un aussi fort un jour.

Elle ne fut pas effrayée le moins du monde par l'existence de cet homme. Elle se rappelait le nom écrit en marge : Yves. Mais il valait mieux qu'Eric prononce lui-même ce nom. Elle se sentait étrangement émue, comme si elle pouvait l'aider à supporter le poids du garçon qui avait un tel pouvoir sur lui.

— Il doit être tout à fait remarquable, dit-elle. Dites-moi son nom. Parlez-moi de lui.

— Il n'y a pas grand-chose à dire. — Il s'appelle Yves. — Il se tut. — Je n'arrive pas à imaginer ce qu'il va penser de l'Amérique.

— Et de nous tous ?

Il acquiesça avec un sourire.

— De nous tous aussi. Je ne suis pas certain de savoir ce que je pense moi-même. — Ils rirent ; elle but une gorgée ; l'atmosphère commençait à se détendre entre eux ; ils se sentaient presque amis. — Mais il sera sous ma responsabilité quand il arrivera ici. Sans moi, il ne viendrait pas. — Il la regarda. — Il est le fils d'un homme dont il peut à peine se souvenir et sa mère tient un bistrot à Paris. Il hait sa mère, du moins il le croit.

— C'est assez inhabituel, n'est-ce pas ? — Elle regretta ses paroles. Elle regretta de ne pas pouvoir les effacer. Mais il était trop tard, en fait, pour faire autre chose que de tenter d'atténuer l'effet de son mot malheureux. — Je veux dire, que, d'après ce qu'on raconte, la plupart des hommes qui sont attirés par les hommes aiment leur mère et haïssent leur père.

— On nous en raconte de toutes les couleurs, observa-t-il avec une certaine ironie. J'ai connu à Paris des hommes de la rue qui n'ont jamais eu l'occasion de haïr leur mère ou leur père. Naturellement ils haïssaient *les flics*, et je suppose qu'un quelconque Américain en conclurait tout bonnement qu'ils haïssaient les flics parce que ces derniers étaient des symboles de l'autorité paternelle — nous en connaissons un rayon sur les symboles de la paternité ici, parce que nous ne savons rien des pères ; ils ne sont plus à la mode — mais il me paraît tout aussi probable qu'ils haïssaient les flics parce que les flics prenaient plaisir à les passer à tabac.

Elle éprouvait maintenant une impression étrange — elle sentait qu'elle voulait se tenir à l'écart, non pas de lui, mais d'une telle vision du monde. Elle ne voulait pas qu'il voie le monde ainsi, parce qu'une telle vision ne pouvait pas le rendre heureux, et tout ce qui le rendait malheureux la menaçait. Elle n'avait jamais eu affaire à un policier, et jamais elle n'avait songé qu'elle pourrait se sentir menacée par l'un d'eux. Les policiers n'étaient ni des amis ni des ennemis ; ils faisaient partie du paysage ; ils étaient là pour assurer l'ordre et le respect de la loi. — Et si un policier — car elle ne les avait jamais considérés comme des gens particulièrement éclairés — semblait oublier sa place, il était relativement facile de lui rafraîchir la mémoire. Relativement facile quand on occupait un rang plus élevé que lui, si l'on représentait ou si l'on pouvait suggérer un pouvoir plus grand que le sien. Car tous les policiers étaient assez intelligents pour savoir pour qui ils travaillaient, et nulle part dans le monde, ils ne travaillaient pour le compte des humbles.

Elle caressa les cheveux d'Eric ; elle se souvint que Richard et elle, lors de leur première rencontre, avaient discuté de cette question : car il avait été très conscient, à cette époque, de sa propre pauvreté, et de la situation privilégiée de Cass. Il l'avait appelée «l'héritière de tous les siècles retenue par les glaces» et elle avait travaillé très dur pour lui prouver qu'il avait tort et se dissocier, dans l'esprit de Richard, de ceux qui brandissaient le knout du pouvoir.

Eric posa sa tête sur ses genoux. Il dit :

— Eh bien, de toute manière, telle est l'histoire, toute l'histoire, que je suis capable de te raconter maintenant. Je me suis dit qu'il fallait que tu saches. — Il hésita. — Elle regarda sa pomme d'Adam remuer quand il avala sa salive et il dit : — Je ne peux rien te promettre, Cass.

— Je ne t'ai demandé aucune promesse... — Elle se pencha en avant et l'embrassa sur la bouche. — Tu es très beau, dit-elle, et très fort. Je n'ai pas peur.

Il la considéra longuement ; pour elle, en ce moment, il était à la fois un homme et un enfant. Elle sentit que ses cuisses tremblaient. Il l'embrassa encore et ôta les deux épingles qui retenaient ses cheveux ; les lourdes mèches d'or tombèrent sur lui. Il se retourna, et la serra contre lui. Comme des enfants, avec la même joie et les mêmes frissons, ils se dévêtirent complètement et se regardèrent ; et elle se vit ramenée en arrière, à une époque oubliée, inimaginable, où elle n'avait pas été la Cass de maintenant, mais la *Clarissa* toute simple, douce, arrogante, qui attendait l'amour, à une époque où elle n'était pas lasse, où l'amour était sur la route et où il n'était pas encore à la porte. Il regarda son corps, comme s'il était nouvellement créé, encore humide du vaste firmament, et son émerveillement la gagna. Elle admira le corps entièrement nu d'Eric lorsqu'il traversa la pièce pour éteindre la lumière, et elle pensa au corps de ses enfants, Paul et Michael, qui étaient sortis du sien, avec leur forme si miraculeusement lourde et pleine d'une promesse secrète. Et comme l'eau qui jaillit dans le désert lorsque Moïse frappa le rocher avec son bâton, les larmes emplirent ses yeux. Eric luisait dans la clarté de la lampe au-dessus de sa tête. Elle ne pouvait supporter l'idée d'éteindre. Elle le regarda se pencher pour ôter le disque depuis longtemps silencieux ; l'œil vert du pick-up s'éteignit avec un déclic ; puis Eric se tourna pour lui faire face, le visage grave, les yeux plus noirs et plus enfoncés que jamais dans leur orbite. Maintenant moins que jamais, elle ne savait ce qu'était l'amour, mais elle sourit joyeusement et il lui répondit par un rire triomphant. Ils étaient étrangement semblables ; peut-être chacun d'eux pouvait-il apprendre à l'autre, sur l'amour, ce qu'aucun ne savait pour le moment. Et tous deux avaient peur des énigmes indéchiffrables et inimaginables qui risquaient de se découvrir dans une clarté aussi impitoyable.

Elle éteignit la lumière à la tête du lit et le regarda venir à elle dans le noir. Il la prit comme un garçon, avec la même vigueur, et avec la même passion de plaire ; et elle avait éveillé quelque chose en lui, un animal enfermé depuis longtemps qui sortait pesamment de sa captivité, avec une fougue qui les étonnait et les transfigurait tous les deux. Puis Eric s'endormit sur son sein, comme un enfant. Elle le regarda, elle regarda ses lèvres entrouvertes et ses dents crochues et le mince filet argenté de salive qui tombait sur sa peau ; elle considéra les minuscules pulsations de la veine du bras — les poils roux luisaient sur l'épiderme — qu'Eric avait passé autour de sa hanche ; une jambe était rejetée derrière lui, un genou pointait vers elle ; le petit doigt de la main la plus éloignée d'elle posée sur le bord du lit, la paume en l'air, se crispa ; le sexe d'Eric et son ventre étaient cachés.

Elle regarda sa montre. Il était une heure dix. Il allait falloir rentrer. Elle fut soulagée de voir qu'elle éprouvait un peu d'appréhension mais qu'elle ne se sentait pas coupable. Au contraire, elle avait l'impression qu'un poids était parti, et qu'elle se retrouvait de nouveau elle-même, dans sa peau, pour la première fois depuis fort longtemps.

Elle se dégagea lentement de sous Eric, l'embrassa sur le front et le recouvrit. Puis elle alla dans la salle de bains et se mit sous la douche. Elle se chantait une chanson, à mi-voix, tandis que l'eau se déversait à grand fracas sur son corps ; elle se servit avec joie de la serviette qui avait l'odeur d'Eric... Elle s'habilla, fredonnant toujours, et se recoiffa. Mais les épingles à cheveux étaient sur la table de nuit. Elle sortit et trouva Eric assis sur le lit, fumant une cigarette. Ils se sourirent.

— Comment va, mon petit ? demanda-t-il.
— À merveille. Et toi ?
— Moi aussi — il eut un rire embarrassé. Puis il demanda : — Faut-il que tu partes déjà ?
— Oui.

Elle vint à la table de nuit et mit les épingles dans ses cheveux. Il allongea la main, l'attira sur le lit et l'embrassa. Ce fut un baiser étrange, insistant et triste. Les yeux d'Eric semblaient chercher en elle quelque chose qu'il avait désespéré de trouver et à quoi il ne croyait pas encore.

— Richard ne va pas être en train de dormir.
— Je ne crois pas. Ça n'a aucune importance. Nous

sommes très rarement ensemble le soir ; il travaille, et moi je lis ou alors, je vais au cinéma ou je regarde la télévision. — Elle lui toucha la joue. — Ne t'inquiète pas.

— Quand te reverrai-je ?
— Bientôt. Je te téléphonerai.
— Ça ne ferait rien si je passais un coup de fil ? Aimes-tu mieux que je ne te téléphone pas ?
Elle hésita.
— Ça n'a pas d'importance.
Tous deux se dirent : *Ça n'a pas encore d'importance.*
Il l'embrassa de nouveau.
— Dommage que tu ne puisses pas rester toute la nuit, dit-il. — Il éclata de rire. — Nous n'en étions encore qu'au début, j'espère que tu t'en rends compte.
— Oh, oui, dit-elle, je le vois bien. — Il cala sa joue rugueuse contre celle de Cass. — Mais il faut que je m'en aille maintenant.
— Je t'accompagne jusqu'au taxi ?
— Oh, Eric, ne sois pas stupide. Ce n'est absolument pas la peine.
— Ça me ferait plaisir. J'en ai pour une minute.
Il sauta à bas du lit et entra dans la salle de bains. Elle écouta l'eau qui coulait à grand bruit en observant l'appartement qui lui paraissait terriblement familier déjà. Elle allait essayer de venir faire un peu de ménage un jour prochain. Il lui serait peut-être difficile de s'échapper dans la journée, sauf peut-être le samedi. Puis il lui vint à l'idée qu'elle allait avoir besoin d'un « paravent ». Il lui faudrait avoir recours à Vivaldo et à Ida.

Eric sortit de la salle de bains ; il enfila un caleçon, un pantalon et un maillot de corps. Il chaussa ses sandales. Il avait un visage fatigué, chiffonné, et un teint terreux.

Ses lèvres enflées et très rouges évoquaient celles des dieux de l'Antiquité.

— Prête ? demanda-t-il.

— Prête.

Il prit le sac d'osier et le tendit à Cass. Ils échangèrent un bref baiser, descendirent l'escalier et sortirent dans la rue. Il la prit par la taille. Ils marchèrent en silence sur le trottoir désert. Mais il y avait dans les bars des gens qui gesticulaient et hurlaient, semblait-il, dans la lumière jaune, derrière les vitres enfumées ; et dans les rues adjacentes, les passants flânaient ou rasaient les murs ; des chiens tenus en laisse par leurs maîtres allaient en flairant le sol. Ils passèrent devant le cinéma et se retrouvèrent sur l'avenue, face à l'hôpital. Et à l'ombre de la vaste marquise plongée dans l'obscurité, ils se sourirent.

— Je suis heureux que tu sois venue, dit-il. Si heureux !

— Je suis contente que tu aies été chez toi.

Ils aperçurent un taxi qui arrivait et Eric leva une main.

— J'irai te voir dans quelques jours, dit-elle. Un vendredi ou un samedi.

— D'accord. — Le taxi s'arrêta ; Eric ouvrit la porte, aida Cass à monter, se pencha à l'intérieur et l'embrassa. — Sois sage, petite fille.

— Toi aussi.

Il ferma la portière et fit un signe de la main. Le véhicule s'ébranla. Cass regarda Eric marcher seul, dans la longue rue noire.

Il n'y avait pas de cabine téléphonique dans la Cinquième Avenue déserte à cette heure et Vivaldo longea les hautes bâtisses silencieuses jusqu'à la Sixième Avenue ; puis il entra dans le premier bar qu'il trouva. Il alla tout droit à la cabine téléphonique. Il composa le numéro du restaurant et attendit un bon moment ; une voix d'homme en colère répondit enfin. Il demanda à parler à Miss Ida Scott.

— Elle n'est pas venue ce soir. Elle nous a téléphoné qu'elle était malade. Vous la trouverez sans doute chez elle.

— Merci, dit-il.

Mais l'homme avait déjà raccroché. Il n'éprouvait rien, même pas de la surprise ; pourtant il s'appuya contre la paroi de la cabine, un instant, glacé et défaillant. Puis il fit son propre numéro. Il n'y eut pas de réponse.

Il sortit de la cabine et entra dans le bar ; l'établissement était fréquenté par des ouvriers ; il y avait un match de catch à la télévision. Il commanda un double scotch et s'accouda au comptoir. Il était entouré par les hommes qu'il connaissait depuis son enfance, depuis sa prime jeunesse. C'était la même horreur que si, après un long voyage stérile, il était revenu pour s'apercevoir qu'il était devenu un étranger. Ils ne le regardèrent pas, ou du moins ils feignirent de ne pas le regarder ; mais c'était le genre de réaction que l'on pouvait attendre de ces hommes ; et s'ils en voyaient moins que ce qu'ils avaient sous les yeux, ils en voyaient souvent aussi plus qu'on ne pouvait le supposer.

À côté de lui, deux Noirs en vêtements de travail semblaient avoir engagé des paris sur l'issue du match que, pourtant, ils ne paraissaient pas suivre de très près. Ils ne cessaient de converser d'une voix grave et monocorde, avec humour sans doute car un sourire éclairait sans cesse leur visage ; et, de temps à autre, ils commandaient une nouvelle tournée, ou éclataient de rire, ou bien tournaient leur attention vers l'écran. Partout ailleurs, dans le bar, les hommes gardaient le silence ; seuls le plus souvent, ils regardaient la télévision ou restaient l'œil perdu dans le vide. Il y avait des box dans le fond, à l'autre bout du comptoir. Un couple de Noirs d'un certain âge et un couple de jeunes occupaient un box ; un autre contenait trois jeunes désœuvrés qui buvaient de la bière. Dans le dernier, un homme d'allure étrange, un Iranien peut-être, était occupé à peloter une fille très fardée, aux cheveux raides. Les quatre Noirs discutaient avec ardeur — la vieille femme se penchait en avant avec une grande véhémence ; et les trois jeunes ricanaient et observaient ouvertement le métèque et la fille fardée ; et si cette soirée se terminait pour eux comme toutes les autres, ils allaient partir bientôt en quelque lieu discret pour se masturber de concert. Le barman avait des cheveux poivre et sel et une face mafflue masquée en partie par des lunettes. Appuyé sur un baril, à un bout du comptoir, il regardait l'écran. Vivaldo l'imita et vit deux hommes âgés, aux chairs flasques, se jeter à terre, sur un plancher recouvert de grosse toile ; de temps en temps, une blonde au sourire sensuel venait faire sa réclame — mais son sourire était beaucoup moins érotique que le match de catch — un eunuque au menton de galoche et aux cheveux ras tirait voracement, avec un plaisir débilitant, sur une cigarette. Puis retour aux gémissements des lutteurs, qui auraient mieux fait d'aller se coucher, ensemble probablement.

Où était-elle ? Où donc était-elle ? Avec Ellis, certainement. Où ? Elle avait téléphoné au restaurant et elle ne l'avait pas appelé, lui. Et elle allait dire : « Mais nous n'avions rien prévu pour ce soir, chéri. Je savais que tu voyais Cass, et j'étais sûre que tu souperais avec *elle*. » Où était-elle ? Et puis, qu'elle aille se faire foutre ! Elle allait dire: «Oh, mon chéri, faut pas être comme ça! Si je faisais toute une histoire à chaque fois que tu vas boire un verre avec quelqu'un! J'ai confiance en toi, alors, il faut que tu aies confiance en moi; et si je me lance dans une carrière de chanteuse, il faudra que je voie un tas de gens. Que vas-tu faire *alors?*» Elle lui faisait confiance parce qu'elle se moquait éperdument de ses faits et gestes. Qu'elle aille se faire foutre! Qu'elle aille se faire foutre! Qu'elle aille se faire foutre!

Oh, Ida. Elle allait dire: «Maman est venue me voir après ton départ; elle était toute bouleversée. Papa s'est battu samedi dernier et il a été grièvement blessé. Je sors de l'hôpital à l'instant. Maman voulait que je reste avec elle, mais je savais que tu te ferais du souci, alors, je suis rentrée. Tu sais, ça ne leur plaît pas que je vive ici avec toi; peut-être qu'ils vont s'y habituer, mais je suis sûre que c'est ça qui rend papa si hargneux; il ne s'est pas remis de la mort de Rufus, tu sais, mon amour; tiens, donne-moi à boire; je meurs de soif.»

Qu'elle aille se faire voir! Qu'elle aille se faire voir!

Elle allait dire: «Oh, Vivaldo, pourquoi es-tu si méchant? Tu sais pourtant à quel point je t'aime.» Elle prendrait un air exaspéré, elle serait au bord des larmes. Et puis, bien qu'il sût qu'elle se servait de lui contre lui-même, l'espoir monta en lui, très fort; sa gorge se serra douloureusement, il balaya tous ses doutes. Peut-être l'aimait-elle vraiment; mais alors, comment se faisait-il qu'ils fussent toujours si éloignés l'un de l'autre? Peut-être était-ce lui qui ne savait pas comment donner, qui ne savait pas comment aimer?

L'amour était un domaine dont il ignorait tout. Et il se dit, avec bien des réticences, qu'il n'aimait peut-être pas Ida. Peut-être était-ce parce qu'elle n'était pas Blanche qu'il osait s'offrir à elle. Peut-être avait-il senti quelque part, au tréfonds de son être, qu'elle n'oserait pas le mépriser.

Et si c'était là ce qu'elle soupçonnait, alors la fureur d'Ida était insondable et jamais il ne parviendrait à la conquérir.

Il sortit du bar et arriva dans la rue, ne sachant où aller, mais persuadé qu'il ne pouvait pas rentrer chez lui. Il regrettait de ne pas avoir un ami, un homme, avec lequel il aurait pu parler; et cela lui fit remarquer qu'à l'exception de Rufus, peut-être, il n'avait jamais eu d'amis. Il songea à aller chez Eric mais Eric s'était absenté trop longtemps. Il ne savait plus rien de la vie d'Eric et, ce soir-là, il ne tenait pas à savoir.

Il marcha. Il passa devant la grande cicatrice livide de la 42e Rue; il se rendait compte qu'il ne pourrait pas supporter de rester assis au cinéma; il descendit la Sixième Avenue déserte, jusqu'au Village. Une fois de plus, il songea à Eric, mais il renonça à aller le voir. Il partit vers l'ouest, en direction du parc; il n'y avait pas de chanteurs ce soir-là, seulement des ombres à l'ombre des arbres; un agent entra dans le parc comme Vivaldo en sortait. Il prit la rue Mac Dougal. Il vit des couples de Noires et de Blancs; les Blancs avaient un air de défi; les Noires lançaient des regards flamboyants; et les Italiens les observaient avec hargne; ils haïssaient, en fait, tous les habitants du Village qui donnaient à cette rue une réputation détestable; les Italiens, après tout, ne désiraient qu'une chose : qu'on les considère comme de bons Américains, et on ne pouvait probablement par les blâmer de se rendre compte qu'ils auraient pu avoir une existence plus facile s'ils n'avaient pas été infestés d'autant de Juifs, de drogués, d'ivrognes, de pédérastes et de Noirs. Vivaldo regardait dans les tavernes et dans les cafés, espérant à demi y voir un visage familier et supportable. Mais il n'y avait que des jeunes gens à tête de rat, avec leur barbe, et des filles infantiles et informes, avec leurs cheveux longs.

— Comment ça va, toi et ta négresse ?

Il se retourna. C'était Jane. Elle était ivre. Elle était aux côtés d'un type du genre gogo des quartiers résidentiels qui avait une tête à travailler dans la publicité.

Il la regarda avec étonnement. Elle dit très vite, avec un gros rire :

— Allons, faut pas te fâcher. Je blaguais. Les anciennes amies n'ont-elles pas des droits ?

À l'homme qui l'accompagnait, elle dit :

— Je te présente un vieil ami, Vivaldo Moore : Vivaldo, voici Dick Lincoln.

Vivaldo et Dick Lincoln échangèrent un signe de tête bref et contraint.

— Comment ça va, Jane ? demanda courtoisement Vivaldo ; en même temps il partit dans une direction qu'il espéra ne pas être la leur.

Mais, naturellement, ils prenaient le même chemin.

— Ça va, dit-elle. Je me suis drôlement retapée, un vrai miracle.

— Tu as été malade ?

— Oui, tout juste. Les nerfs. À cause de mes amours malheureuses.

— Quelqu'un que je connais ?

Elle rit à en perdre haleine.

— Espèce de salaud.

— C'est simplement que je suis terriblement habitué à tes tragédies. Mais je suis content de voir que tout est arrangé pour toi maintenant.

— Oh, tout va très bien, dit-elle. — Elle esquissa une gambade grotesque, comme une petite fille, suspendue lourdement à la main de Lincoln. — Dick n'est pas un fanatique de l'introspection mais il fait bien ce qui l'intéresse.

L'homme qu'elle décrivait ainsi marchait à côté d'elle d'un pas raide ; son visage avait le masque rubicond de l'homme nettement déterminé à agir comme il convenait, quelles que fussent les conséquences.

— Viens prendre un verre avec nous, dit Jane. — Ils étaient au coin d'une rue, dans la lumière déversée par un bar. Cette clarté illuminait et déformait horriblement le visage de la femme ; ses yeux ressemblaient à des charbons enflammés et sa bouche s'étirait sans joie sur les gencives. — En souvenir du bon vieux temps.

— Non, merci, dit-il. Je rentre chez moi. J'ai eu une journée longue et dure.

— Tu cours rejoindre ta poule ?

— C'est agréable de retrouver son chez-soi, quand on en a un, fit Dick Lincoln en posant sa main rose et molle sur l'épaule de Jane.

Elle supporta ce contact, mais non sans une certaine crispation puérile. Elle dit :

— Vivaldo a une poule sensationnelle. — Elle se tourna vers Dick Lincoln. — Je parie que tu te prends pour un type aux idées larges, mais ce garçon, mon vieux, te bat de cent coudées. Il est même bien plus émancipé que moi ; si j'avais les idées aussi larges que mon ami Vivaldo ici présent — elle rit ; un grand Noir passa devant eux et leur jeta un regard rapide — eh bien, je ne serais pas avec toi, pauvre vieux con de Blanc. Je serais avec le plus grand nègre que je puisse trouver ! — Vivaldo sentit son épiderme se hérisser. Dick Lincoln rougit. Jane rit et Vivaldo s'aperçut que les passants, les Noirs comme les Blancs, les regardaient. — J'aurais peut-être dû aller avec le frère de cette poule, dit Jane. Tu m'aurais aimée plus, alors ?

Mais n'y allais-tu pas, toi aussi? On sait jamais, avec un gars large d'idées.

Elle posa son visage hilare contre l'épaule de Dick Lincoln.

Lincoln regarda Vivaldo d'un air désemparé.

— Elle est tout à vous, cher monsieur, je vous la laisse, dit Vivaldo.

Là-dessus, Jane leva la tête vers lui. Elle ne riait plus, son visage livide était soudain vieilli par la fureur. Aussitôt, la colère qui avait saisi Vivaldo l'abandonna.

— À bientôt, dit-il en tournant les talons.

Il voulait partir avant que Jane ne provoque une émeute raciale. Et il se rendait compte qu'il était devenu le centre de deux sortes d'attention très différentes. Les Noirs maintenant soupçonnaient en lui la présence d'un allié — mais pas d'un ami, jamais un ami — et les Blancs, en particulier les Italiens du quartier, savaient maintenant qu'ils ne pouvaient plus se fier à cet homme.
— Rentre vite, cria Jane derrière lui, rentre vite. C'est vrai qu'elles ont le sang meilleur que nous? Son sang est-il plus chaud que le mien?

Un rire général retentit dans la rue, après cette remarque, le rire étouffé et obscène des Italiens — car, après tout, Vivaldo était un des leurs, et il avait l'air doué — et le rire ravi et vindicatif des Noirs. Pendant un moment derrière lui, ces rires furent presque à l'unisson — mais alors chacun, entendant l'hilarité des autres, cessa de s'abandonner à cette gaieté. Les Italiens entendirent le rire des Noirs; les Noirs se souvinrent que c'était une des leurs qui était la maîtresse de Vivaldo.

Il traversa l'avenue. Il voulait rentrer chez lui, manger et s'enivrer, et aussi, peut-être uniquement à cause de la rage qui le tenaillait, il voulait faire l'amour — mais il n'avait pas l'impression qu'il lui arriverait quoi que ce soit d'heureux ce soir-là. Et il sentait que, s'il avait été un véritable écrivain, il serait simplement rentré chez lui travailler, en rejetant loin de son esprit tout ce qui lui était étranger, comme l'avaient fait Balzac, Proust, Joyce, James et Faulkner. Mais peut-être n'avaient-ils jamais eu dans leur esprit les choses sans nom qu'il avait dans le sien; il était en proie à une résignation lugubre, particulière; il savait qu'il ne rentrerait pas chez lui avant qu'il fût trop tard pour aller ailleurs, ou avant qu'Ida ait répondu au téléphone; et il y avait en lui une prémonition étrange, comme si, soudain vieilli de plusieurs années, il marchait dans des rues familières où personne ne le connaissait et où personne ne le remarquait, pensant à son amour perdu et se demandant: *Où est-elle maintenant? Où est-elle maintenant?* Il passa le long du cinéma, devant les voyous, jeunes et moins jeunes, qui étaient toujours sur le trottoir. Il était dix heures. Il s'en alla vers l'ouest, gagna Waverley Place et entra dans un bar surpeuplé. Il s'obligea à manger un hamburger et à boire une bière avant de téléphoner de nouveau chez lui. Pas de réponse. Il revint au comptoir et commanda un whisky. Il s'aperçut alors qu'il n'allait plus avoir d'argent. S'il voulait continuer à boire, il lui faudrait aller au Benno's où il avait une ardoise.

Il but son whisky, très lentement, regardant et écoutant la foule des autres consommateurs. Presque tous avaient été autrefois des étudiants, à la même époque que lui, mais comme eux, il avait vieilli. Il comprit, à leur conversation, que ces gens exerçaient maintenant des professions libérales. Son regard erra, vaguement, vers une blonde frêle qui semblait elle aussi, mais un peu moins vaguement, le lorgner; aussi incroyable que cela parût, elle devait être avocate. Et il fut soudain très excité, comme il l'avait été bien des années auparavant, à l'idée de s'envoyer une fille très au-dessus de sa condition. Il venait des taudis de Brooklyn et leur puanteur était encore sur lui; or, c'était cette puanteur qu'elles recherchaient. Elles en avaient marre des garçons qui se lavaient trop, dont les aisselles n'avaient pas d'odeur et qui n'avaient pas de sueur sur la verge.

Il regarda de nouveau la blonde en se demandant quelle tournure elle pouvait avoir une fois déshabillée. Elle était assise à une table près de la porte, en face de lui; elle jouait machinalement avec un verre de daiquiri; elle parlait à un gros homme aux cheveux gris, qui avait un rire strident, qui était un peu ivre, et en qui Vivaldo reconnut un poète relativement célèbre. La blonde lui rappela Cass. Et grâce à elle, il se rendit compte pour la première fois — il est étonnant de constater à quel point l'évidence peut rester cachée — que, quand il avait rencontré Cass, tant d'années auparavant, il avait été terriblement flatté qu'une fille aussi bien née pût remarquer un garçon aussi malodorant. Il n'en était pas revenu. Et il avait adoré Richard sans réserve, non pas, il s'en apercevait maintenant, à cause de son talent que de toute manière il avait alors été incapable de juger, mais simplement à cause du fait que Richard ait eu Cass en sa possession. Il avait envié la prouesse de Richard et avait pris son envie pour de l'affection.

Mais il y avait eu certainement de la tendresse, sinon auraient-ils pu rester amis si longtemps? (Avaient-ils été amis? Que s'étaient-ils jamais dit en fait?) Peut-être la preuve de l'affection de Vivaldo résidait-elle dans le fait qu'il n'avait jamais considéré Cass comme un être de chair, comme une femme: mais seulement comme une dame, comme l'épouse de Richard. Mais plus vraisemblablement, c'était seulement parce qu'ils étaient plus âgés. Il avait besoin de compagnons plus âgés que lui, qui s'occupaient de lui, qui le prenaient au sérieux, sur lesquels il pouvait compter. Il eût payé n'importe quel prix pour obtenir cette «amitié». Ils n'étaient d'ailleurs pas beaucoup plus âgés que lui maintenant. Il avait près de vingt-neuf ans. Richard en avait trente-sept ou trente-huit et Cass trente-trois ou trente-quatre ; mais, à cette époque, quand leur amour était dans tout son éclat, ils lui avaient paru beaucoup plus vieux.

Et maintenant — maintenant il lui semblait qu'ils étaient tous trois sur le même plan, qu'ils connaissaient le même malheur, la même confusion, le même désespoir. Il regarda son visage dans la glace, derrière le comptoir. Il avait encore tous ses cheveux qui n'avaient pas encore commencé à grisonner ; sa face n'avait pas encore commencé à tomber, dans le bas, ni à se plisser au sommet ; il n'était pas encore tout fesses et tout ventre. Mais pourtant... et bientôt. Il coula encore un regard en direction de la blonde. Il se demanda quelle pouvait être son odeur, quel effet ça ferait de la tenir à pleins bras ; pour une nuit, seulement pour une nuit ; puis brusquement, sans transition il s'aperçut qu'il se demandait quel regard Rufus aurait jeté à cette fille ; tout désir le quitta ; il se retrouva froid comme le marbre, et puis le désir afflua de nouveau et le submergea. *Aha*, entendit-il Rufus ricaner, *si tu fais pas gaffe, mon petit salaud, tu vas bander comme un Noir*. Il entendit de nouveau le rire qui l'avait poursuivi tout à l'heure dans la rue. Et quelque chose en lui se brisa. Il effectuait un séjour bref et horrible dans une région où il n'y avait nulle différenciation d'aucune sorte, ni entre les couleurs ni entre les sexes. Tout n'était que bondissement et déchirement, terreur et abandon. Cette terreur que tout semblait faire naître, achever et recommencer — à jamais — dans une caverne, derrière l'œil. Et tout ce qui arpentait ce royaume *voyait*, et annonçait à grands cris ce qu'il voyait sur toute l'étendue de ce royaume impersonnel, bien que l'œil lui-même risquât de périr. Quel ordre pouvait l'emporter sur une vie intérieure aussi sinistre? Et pourtant, sans cet ordre, quelle valeur le mystère pouvait-il avoir? L'ordre. L'ordre. Mets de l'ordre chez toi. Il but son whisky à petites gorgées; bien que maintenant à des années-lumière de la blonde et du bar, il était pourtant plus que jamais présent, et le désagrément était extrême. Quand les hommes ne savent plus qu'un mystère ne peut être approché que par la forme, ils deviennent... ce que les hommes de cette époque et de ce pays étaient devenus, ce qu'il était devenu lui-même.

Ils périssaient dans leurs édifices d'argile, dans l'isolement, passifs, et en fin de compte, ils exhalaient une odeur de sang. Au déchirement et à l'arrachement il ne peut jamais y avoir de fin et Dieu sauve ceux pour lesquels la passion devient impersonnelle.

Il retourna à la cabine téléphonique et, sans aucun espoir, il composa son numéro. La sonnerie retentit à maintes reprises. Il raccrocha et resta près de l'appareil un moment. Maintenant, il se demandait s'il n'était pas vraiment arrivé quelque chose à Ida ou à sa famille, mais il était trop tard pour téléphoner à la voisine des parents d'Ida. Une fois de plus, il songea à appeler Eric et il y renonça encore. Il traversa le bar lentement; il n'avait pas d'argent pour prendre un hot-dog ni rentrer en taxi.

Il dit au poète, mais en regardant la fille, lorsqu'il arriva près de leur table:

— Je veux seulement vous dire que je sais qui vous êtes et que j'admire vos ouvrages depuis longtemps... et... je vous remercie.

Le poète leva des yeux étonnés; la blonde rit et dit:

— C'est très gentil de votre part; vous êtes aussi poète ?

— Non. — Il s'aperçut qu'il songeait qu'il n'avait pas couché avec une Blanche depuis bien longtemps. Il se demanda quel effet ça lui ferait maintenant. — Je suis romancier. Non publié.

— Ah. Quand on vous publiera, vous gagnerez de l'argent. Vous avez été assez intelligent, mon vieux, pour choisir une branche où vous risquez de récolter au moins une modeste pension.

— Je ne sais pas si je suis intelligent, dit Vivaldo. Ça s'est fait simplement, comme ça. — Il était curieux d'en savoir davantage sur cette fille qui l'intriguait vraiment, mais d'autres nécessités occupaient en foule le centre de son esprit, peut-être se rencontreraient-ils à une autre occasion ?

— Bien, je voulais seulement vous remercier, c'est tout. Au plaisir.

— Merci, dit le poète.

— Bonne chance, lança la fille.

Il agita la main, un peu à la manière des « Beatniks » et sortit. Il alla jusqu'au Benno's. L'établissement semblait désolé comme un cimetière. Il y avait là deux couples qu'il connaissait mais qu'il évitait, en général. Ce soir-là pourtant, il n'avait pas de quoi payer, et tout le monde, instinctivement, semblait s'en rendre compte; de toute manière, personne ne peut se permettre d'être difficile, un mercredi soir, dans un bar.

Surtout pas les trois consommateurs à la table desquels il alla; eux aussi étaient à court d'argent, et ils n'avaient pas d'« ardoise » dans la maison. L'un d'eux était Lorenzo, poète d'origine canadienne. Il avait une face de pleine lune et une tignasse toute frisée. Son amie, qui avait fui l'ennui mortel de son patelin du Texas, était affligée d'un visage en ciseaux et de cheveux raides ; elle ricanait toujours en se mâchonnant l'ongle du pouce ; leur compagnon était plus âgé, il avait des mâchoires osseuses et des lèvres torturées ; il fronçait les sourcils quand il était content — ce qui était rare — et arborait un pâle sourire quand il avait peur — ce qui lui arrivait à tout bout de champ — et ainsi il avait la réputation d'avoir un tempérament extrêmement heureux.

— Salut, Vi, s'écria le poète. Viens donc avec nous.

Il n'y avait d'ailleurs rien d'autre à faire, à moins de s'en aller carrément ; Vivaldo commanda donc à boire et s'assit. Ils buvaient tous de la bière et avaient presque fini leur verre. Pour la trentième fois peut-être on lui présenta Belle et Harold.

— Comment ça va, mon vieux ? demanda Lorenzo. On ne te voit plus. — Il avait un sourire épanoui et puéril qui le résumait avec précision bien qu'il commençât à se faire un peu trop vieux pour qu'on le considère encore comme un jeune homme. Pourtant, grâce surtout au contraste qu'il offrait avec son ami et avec l'autre, il semblait être le plus dynamique des trois, et Vivaldo le trouvait plutôt sympathique.

— Y a des hauts et des bas, dit Vivaldo. — Belle émit une série de gloussements et se mâchonna le bout du pouce. — Et, en plus, je me range ; c'est pour ça que vous me voyez plus.

— Tu écris ? demanda Lorenzo en souriant encore.

Car il faisait partie de ces poètes qui échappent à la terreur d'écrire en écrivant sans cesse. Il avait toujours un petit carnet sur lequel il griffonnait assidûment, et quand il était assez ivre, il lisait ses notes à haute voix. Pour l'instant, l'objet était posé devant lui, fermé, sur la table.

— J'essaie, dit Vivaldo. — Il regarda, par-dessus leurs

têtes, vers les fenêtres et vers la rue. — Tout est mort ce soir.

— Tu l'as dit, fit Harold. — Il regarda Vivaldo avec son petit sourire. — Où elle est ta môme, mon pote ? Ne me dis pas qu'elle est partie.

— Non, elle est à Harlem ; elle a des ennuis avec ses parents. — Il se pencha en avant. — Nous avons décidé qu'elle m'enquiquinerait pas avec sa famille ; et que moi, je la laisserais tranquille avec la mienne.

Belle gloussa de nouveau. Lorenzo rit.

— Tu devrais les réunir toutes les deux ; ce serait la plus belle bagarre depuis la Guerre Civile.

— Ou depuis Roméo et Juliette, suggéra Belle.

— J'ai essayé de raconter ça dans un long poème, dit Lorenzo, tu sais, Roméo et Juliette aujourd'hui ; seulement, elle est Noire et lui Blanc.

— Et Mercutio passe la ligne.

— Oui. Et les autres ne pigent rien à rien.

— Appelle ça *Négrillons à gogo*, suggéra Harold.

— Ou bien *Les Petits Négrillons de tout le monde*.

— Ou bien *Un Amateur pour jouer aux Dames*.

Tous s'esclaffèrent. Belle, l'ongle du pouce dans la bouche, riait tant que les larmes lui coulaient sur les joues.

— Vous m'avez l'air d'en avoir un sacré coup dans l'aile, dit Vivaldo.

Les rires reprirent de plus belle.

— Mon petit, s'écria Lorenzo, il faudra que tu me dises un jour comment tu as deviné ça !

— T'as envie de prendre un « remontant » ? demanda Harold.

Il y avait longtemps. Il s'était lassé des gens avec lesquels on se drogue, et il en avait plutôt assez de la marijuana. Ou bien cela ne lui faisait pas assez d'effet, ou bien il avait les sens dérangés plus que de raison. Et il trouvait le réveil terrible. Enfin, cela le gênait dans son travail, et il n'avait jamais pu faire l'amour une fois sous l'effet de la drogue.

Mais il y avait bien longtemps qu'il n'y avait pas goûté. Il n'était que dix heures et demie et il ne savait que faire. Il avait envie de pénétrer dans le chaos qui était en lui, ou bien de l'oublier.

— Peut-être, dit-il. Mais d'abord, je paie une tournée. Qu'est-ce que vous buvez ?

— On pourrait faire ça dans ma piaule, dit Harold avec un léger froncement de sourcil.

— Pour moi, ce sera de la bière, dit Lorenzo.

À voir son expression, on devinait qu'il aurait préféré autre chose, mais il ne voulait pas abuser de la générosité de Vivaldo.

Vivaldo se tourna vers Belle.

— Et vous ?

Elle posa une main sur la table et se pencha en avant.

— Croyez-vous que je pourrais prendre un brandy Alexander ?

— Mince, dit-il, si vous pouvez le boire, je suppose qu'ils peuvent vous en donner.

Elle s'appuya contre le dossier, l'air étrangement digne et il regarda Harold.

— De la bière, papa, dit Harold. Après, on se taille.

Vivaldo alla au comptoir passer la commande et il fit un voyage spécial pour apporter le verre plein à ras bord d'un alexander liquoreux. Il savait que Lorenzo aimait le whisky, il en demanda donc un, avec une bouteille de bière ; pour Harold, il prit un demi, et pour lui-même, ce fut un bourbon double. « Si je suis à fond de cale, se dit-il, je m'en fous. On verra bien ce qui se passera. » Et il ne pouvait vraiment pas dire, parce qu'il ne voulait pas le savoir, s'il agissait ainsi par insouciance ou bien sous l'effet de la panique ou de la souffrance. En tout cas il y avait une chose à laquelle il ne voulait pas songer : où était Ida et que faisait-elle ? Pas maintenant, on verra plus tard, ma petite. Il ne voulait pas rentrer chez lui et passer une nuit blanche à attendre, couché sur son lit, ou à marcher de long en large, ou à fixer sa machine à écrire et les murs. Plus tard, plus tard. Et au-dessous de tout cela, il y avait le vide où se terraient son angoisse et les questions qu'il se posait ; tout cela concernait uniquement Vivaldo et personne d'autre au monde. En bas, tout au fond, c'était la substance brute et informe destinée à la création de Vivaldo, et seul, Vivaldo pouvait la maîtriser.

— À la vôtre, dit-il.

Et, d'une main mal assurée, ils levèrent leur verre et burent.

— Merci, Vivaldo, dit Lorenzo.

Il avala son whisky d'un trait.

Vivaldo regarda ce visage juvénile qui était moite et gris et qui allait bientôt être encore plus moite et plus gris. Les veines du nez devenaient plus épaisses et plus sombres ; et parfois, maintenant par exemple, quand Lorenzo regardait droit devant lui, les yeux exprimaient un grand désarroi et une solitude infiniment plus angoissée que celle d'un enfant.

À de tels moments, Belle le regardait aussi ; la sympathie luttait pour surmonter le vide impitoyable de son visage. Et Harold, lui, semblait avoir revêtu une cagoule ; on eût dit un grand oiseau qui observait le monde du haut d'un arbre.

— J'aimerais beaucoup retourner en Espagne, dit Lorenzo.

— Tu connais l'Espagne ? demanda Vivaldo.

— C'est là qu'il a vécu, dit Belle. Il parle toujours de l'Espagne quand il a bu. Nous devions y aller cet été. — Elle pencha la tête au-dessus de son verre de cocktail, et disparut un moment, telle une tortue phénomène, derrière la citadelle de ses cheveux. — On va y aller mon petit ?

Lorenzo fit un geste d'impuissance, les mains tendues.

— Si nous pouvons avoir assez de fric, nous irons.

— Ça ne coûterait pas cher d'aller en Espagne, dit Harold. Et là-bas, on peut vivre pour presque rien.

— Et c'est un pays merveilleux, dit Lorenzo. J'ai vécu à Barcelone pendant plus d'un an. J'avais eu une bourse. Et j'ai voyagé à travers toute l'Espagne. Vous savez, je crois que ce sont les gens les plus sensationnels du monde ; et les types les plus sympas que j'aie jamais vus, je les ai rencontrés en Espagne. C'est vrai, ils feraient n'importe quoi pour toi, mon vieux ; ils te prêteraient leur chemise, ils te diraient l'heure, ils te rancarderaient...

— Ils te prêteraient leur sœur, dit Harold en riant.

— Mais ils haïssent leurs mères ?

— Non, mon vieux. Ils les aiment aussi. À croire qu'ils n'ont jamais entendu parler de Freud. — Harold s'esclaffa. — Ils vous emmènent chez eux manger, ils partagent n'importe quoi avec vous, et ils sont vexés si vous n'acceptez pas.

— Les mères, les sœurs et les frères, dit Harold, foutez-moi ça dehors. Ouvrez-moi cette fenêtre pour que sorte cet air pestilentiel.

Lorenzo ne releva pas. Il jeta autour de lui un regard circulaire et hocha la tête gravement.

— Oui, c'est vrai, les gars, ce sont des gens sensationnels.

— Et Franco ? demanda Belle.

Elle paraissait plutôt fière de savoir que Franco existait.

— Oh, Franco, c'est un nullard. Il ne compte pas.

— Tu déconnes, s'exclama Harold. Tu crois donc que tous ces uniformes que nous aidons Franco à payer sont partout en Espagne pour des prunes ? Tu crois qu'il n'y a pas de vraies balles dans leurs fusils ? Laisse-moi te dire, mon vieux, que ces types-là sont réels ; ils abattent les gens.

— Et après ? Ça ne retire rien au peuple espagnol, dit Lorenzo.

— Ouais. Mais je voudrais pas être Espagnol, rétorqua Harold.

— J'en ai marre de tout ce baratin sur le bonheur des paysans espagnols, dit Vivaldo. — Il pensait à Ida. Il se pencha vers Lorenzo. — Je parie que tu ne voudrais pas être un Noir dans ce pays, hein ?

— Ah, ah ! s'esclaffa Lorenzo. Ta pépée t'a sûrement fait un lavage de cerveau.

— Un lavage de cerveau ! Tu ne voudrais pas être un Noir ici et tu ne voudrais pas être Espagnol là-bas. — Il y eut une curieuse tension dans sa poitrine ; il avala une large lampée de whisky. — La question est donc : Que voulons-nous être ?

— Je veux être moi, dit Belle avec une férocité inattendue, et elle se mit à mâchonner l'ongle de son pouce.

— Eh bien, demanda Vivaldo en se tournant vers elle, qu'est-ce qui vous en empêche ?

Elle gloussa et mâchouilla. Elle baissa les yeux.

— Je ne sais pas. C'est difficile à expliquer. — Elle regarda comme si elle avait peur qu'il étende la main pour la frapper. — Vous savez ce que je veux dire ?

— Oui, dit-il au bout d'un long moment, après avoir

poussé un profond soupir. Je sais parfaitement ce que vous voulez dire.

Brusquement tous se réfugièrent dans le silence. Vivaldo pensait à sa maîtresse noire, sa pépée de couleur, son Ida bien-aimée, son tourment mystérieux ; son délice et son espoir ; et il pensa à la blancheur de sa propre peau. Que voyait Ida quand elle le regardait ? Il dilata les narines pour tenter de capter sa propre odeur : quel effet cette odeur faisait-elle sur Ida ? Quand elle passait ses doigts dans les cheveux de Vivaldo, ses « beaux cheveux d'Italien », jouait-elle avec de l'eau, comme elle le prétendait, ou bien s'amusait-elle à l'idée de déraciner une forêt ? Quand il pénétrait dans la blessure merveilleuse qu'elle avait en elle, qu'il *la fendait et la déchirait, la fendait et la déchirait !* s'abandonnait-elle dans la joie à son Homme, son Seigneur et son Sauveur, ou bien entrait-il dans une cité déchue et humiliée, tombait-il dans une embuscade, épié par des yeux hostiles qui le guettaient en quelque lieu secret ? « Oh, Ida, songeait-il, j'abandonnerais ma couleur pour toi, ça oui, seulement prends-moi, aime-moi comme je suis. » Comment la prenait-il ? Que lui apportait-il ? Était-ce sa fierté et sa gloire, qu'il apportait, ou bien sa honte ? S'il méprisait sa propre chair, alors, il devait mépriser celle d'Ida. Et si elle méprisait sa chair à elle, alors elle devait mépriser celle de Vivaldo. « Qui peut la blâmer, se dit-il avec lassitude, s'il en est ainsi ? » Et puis il se dit, et cette pensée le surprit : « Qui peut me blâmer, moi ? » Ils menaçaient toujours de couper ce maudit machin, et à quoi rimaient donc toutes ces confessions à la con ? « *J'ai péché en pensée et en action.* J'ai péché, j'ai péché, j'ai péché » — et il était toujours préférable pour dégager la concurrence de l'enfer, de pécher, s'il fallait pécher, dans la solitude. Quel emmerdeur ce sacré Jésus-Christ s'était révélé, et ce n'était sans doute pas la faute de ce pauvre Juif, tendre et soûlé de drogue et marqué pour l'éternité.

Harold le regardait. Il demanda :

— On y va tout de suite, ou bien tu veux d'abord un autre verre ?

Sa voix était rude. Il fronçait les sourcils et souriait en même temps.

— Oh, ça m'est égal, dit Vivaldo. Je suis le mouvement.

Il songea à téléphoner encore, mais il s'aperçut qu'il avait peur. Et puis zut ! Il était une heure et quart. Et, grâce à Dieu, il était au moins un peu ivre.

— Allez, on se taille, dit Lorenzo. Il y aura de la bière chez moi.

Ils se levèrent, sortirent du Benno's et partirent à pied vers l'ouest en direction de la piaule d'Harold. Il habitait dans une ruelle sombre près de la rivière, au dernier étage. La montée fut pénible mais l'appartement était propre et pas trop en désordre... pas du tout le genre de logement que l'on s'attendait à voir occupé par Harold. Il y avait des tapis par terre et des rideaux aux fenêtres. Et même un combiné hi-fi avec des disques. Vivaldo se laissa tomber sur l'étroit divan, contre le mur, dans une sorte d'alcôve formée par deux bibliothèques. Belle s'assit par terre, près de la fenêtre. Lorenzo alla dans la salle de bains puis dans la cuisine et revint avec une bouteille de bière.

— T'as oublié les verres, dit Belle.

— T'as besoin de verres ? On est tous copains, non ?

Pourtant il retourna dans la cuisine.

Harold, pendant ce temps, en hôte méticuleux et méthodique, s'affairait à préparer le « tabac ». Il s'installa devant le guéridon, près de Vivaldo et plaça sur une feuille de journal une petite pince, des cigarettes, du papier à cigarette et un sachet à Bull Durham plein de marijuana.

— Une came du tonnerre de Dieu, dit-il à Vivaldo; c'est une pépée qui m'a rapporté ça du Mexique hier. Et tu sais, mon vieux, ce truc-là, ça se véhicule bien.

Vivaldo s'esclaffa. Lorenzo revint avec les verres et il lança un regard inquiet à Vivaldo.

— Ça va toi?
— On ne peut mieux. T'en fais pas pour moi, tu sais.
— L'habitude...

Il posa un verre de bière avec précaution sur le plancher, près de Vivaldo, et en emplit un pour Harold.

— Il va plus se sentir, lui, dit Harold, joyeux et affairé comme un essaim d'abeilles, aussitôt qu'il aura goûté aux cigarettes-filtre spécial de la vieille mère Harold. Dis donc, vas-tu te mettre à gémir?

Lorenzo remplit un verre de bière pour Belle et posa la bouteille à terre à côté d'elle.

— Un disque? proposa-t-il.
— Vas-y mon vieux.

Vivaldo ferma les yeux, en proie à une langueur et une volupté anticipées. Lorenzo mit un morceau à la fois primesautier et monotone interprété par le Modern Jazz Quartet.

— Là.

Il se redressa, sourit vaguement et, avec précaution, il saisit son verre de bière à terre avant de prendre la cigarette d'Harold. Ce dernier le regarda avec un air pénétré aspirer en tremblant une longue bouffée. Il avala une gorgée de bière et rendit la cigarette. Harold tira longuement à son tour, avec une assurance qui dénotait une longue expérience, et se frotta la poitrine.

— Viens ici, près de la fenêtre, lança Belle.

Elle avait une voix stridente d'enfant satisfaite.

Comme s'il répondait à l'invite d'une enfant, et bien qu'il eût préféré rester seul sur le divan, Vivaldo alla à la fenêtre. Harold le suivit. Belle et Lorenzo s'assirent à terre ; ils tiraient à tour de rôle sur une cigarette en regardant les toits de New York.

— C'est bizarre, dit Belle, que ce soit si laid dans la journée et si beau la nuit.

— Si on montait sur le toit, suggéra Lorenzo.

— Ah, ça, c'est une chouette idée.

Ils rassemblèrent leur matériel ; Belle prit une couverture. Et gais comme des enfants — ils n'oublièrent pas d'emporter la bière — ils sortirent sur la pointe des pieds de l'appartement et montèrent l'escalier qui menait au toit. Une fois là-haut, ils eurent l'impression d'être seuls, enveloppés par le silence. Belle étala la couverture. Comme elle n'était pas assez grande pour eux tous, seul Lorenzo la partagea avec elle. Vivaldo aspira encore une longue bouffée et s'assit sur le bord du toit, les bras autour des genoux.

— Fais pas ça, mon pote, chuchota Lorenzo, t'es trop près du bord. Ça me fait mal de voir ça.

Vivaldo sourit et recula ; il s'allongea à plat ventre à côté d'eux.

— Excuse-moi. Je suis comme toi, d'ailleurs. Je peux très bien m'approcher du bord, mais je suis incapable de regarder quelqu'un d'autre le faire.

Belle prit la main de Vivaldo. Il regarda ce visage blême et maigre encadré de cheveux noirs. Elle sourit ; elle était plus jolie que dans le bar tout à l'heure.

— Je t'aime bien, dit-elle. T'es un type sensationnel. Lorenzo le disait toujours mais je ne l'avais jamais cru.

Son accent, d'ailleurs, se remarquait plus maintenant ; elle parlait comme la plus simple et la plus innocente des filles de la campagne, en admettant que les filles de la campagne fussent innocentes, mais Vivaldo voulait croire qu'elles l'étaient, à un moment quelconque de leur existence.

— Merci bien, dit-il. — Lorenzo, dont le pâle visage luisait à la clarté du ciel et de la terre, lui sourit. Vivaldo dégagea sa main de celle de Belle, allongea le bras et frappa légèrement Lorenzo à la joue. — Vous aussi, je vous aime bien, tous les deux.

— Comment tu te sens, vieux ?

C'était Harold qui paraissait très loin d'eux.

— C'est merveilleux.

C'était vrai, d'une manière étrange, incroyable. Il avait terriblement conscience de la présence de son corps, de la longueur de ses bras et de ses jambes, du vent qui ébouriffait ses cheveux, de Lorenzo et de Belle, appuyés l'un contre l'autre, comme deux chérubins, et d'Harold, prince des ténèbres, gardien infatigable et industrieux de l'herbe sacrée. Harold était assis à l'ombre de la cheminée, il roulait une autre cigarette. Vivaldo s'esclaffa :

— Dis donc, mon pote, tu aimes vraiment ton travail ?

— J'aime seulement voir les gens heureux, dit Harold ; — il sourit soudain ; lui aussi paraissait très différent de ce qu'il avait été dans le bar ; on eût dit qu'il était plus jeune, plus aimable et, quelque part au-dessous de toutes ces apparences, beaucoup plus triste. Vivaldo se repentit des jugements sévères et ironiques qu'il avait portés sur lui. Qu'arrivait-il aux hommes ? Pourquoi souffraient-ils si horriblement ? Et, en même temps, il avait la certitude que jamais Harold et lui ne pourraient être amis, qu'aucun d'eux ne parviendrait jamais vraiment à se rapprocher plus de l'autre que maintenant.

Harold alluma sa cigarette et la passa à Vivaldo.

— Vas-y, petit, dit-il avec une grande tendresse.
Il regarda Vivaldo en souriant.
Vivaldo prit son tour, sous le regard attentif des autres.

C'était comme une tentative de vie en commun; comme s'il était un bébé qui apprend à se servir du petit pot ou qui fait ses premiers pas. Tout juste s'ils n'applaudirent pas quand il passa la cigarette à Lorenzo qui aspira une bouffée et la tendit à Belle.

— Oh, dit Lorenzo, j'ai l'impression de planer.
Il s'allongea, la tête sur les genoux de Belle.
Vivaldo se mit sur le dos, appuyé sur un coude, les genoux pointés vers le ciel. Il avait envie de chanter.

— Ma poule, elle est chanteuse, annonça-t-il.
Le ciel avait maintenant l'apparence d'un océan vaste et amical dans lequel il était interdit de sombrer, et les étoiles semblaient fixes comme des balises. Vers quel pays cet océan conduisait-il? Car les océans menaient toujours à quelque lieu paradisiaque et divin. D'où les marins, les missionnaires, les saints et les Américains.

— Où chante-t-elle? demanda Lorenzo.
Sa voix semblait tomber doucement du ciel. Vivaldo regardait les étoiles.

— Pour le moment, elle n'est pas encore lancée. Mais c'est pour bientôt. Elle va faire une carrière sensationnelle.

— Je l'ai vue, dit Belle. Elle est splendide.
Il tourna la tête dans la direction de la voix.

— Tu l'as vue? Où?

— Au restaurant où elle travaille. J'y suis allée avec quelqu'un. C'était pas avec Lorenzo. — Il l'entendit glousser. — Et le type qui m'accompagnait m'a dit que c'était ta môme. — Il y eut un silence. Elle reprit: — Elle est pas commode.

— Pourquoi dis-tu ça ?

— Oh, je sais pas. Elle a seulement l'air... pas commode, c'est tout. Je veux pas dire qu'elle était pas chouette. Mais elle avait l'air très sûre d'elle. On voyait qu'elle était pas disposée à se laisser marcher sur les pieds.

Il rit.

— Je la reconnais bien là, ma pépée.

— Je voudrais bien être comme elle, dit Belle. Bon Dieu !

— Je t'aime comme tu es, dit Lorenzo.

Du coin de l'œil, très loin, Vivaldo le vit lever les bras et il vit les cheveux noirs de Belle tomber.

Juste au-dessus de ma tête.

C'était une chanson que chantait parfois Ida quand elle errait, sans conviction, dans la cuisine qui paraissait toujours maculée de marc de café et avait un air vaguement immoral avec les mégots écrasés sur la peinture brûlée et boursouflée des étagères.

La réponse était peut-être dans les chansons.

> *Juste au-dessus de ma tête*
> *J'entends la musique dans l'air*
> *Et je commence à croire vraiment*
> *Qu'il y a un Dieu quelque part.*

Mais était-ce de la musique ou des ennuis qu'il y avait dans l'air ? Il se mit à siffloter une autre chanson.

> *J'ai des ennuis, j'ai le cafard,*
> *Mais je n'aurai pas toujours le cafard,*
> *Car le soleil va briller*
> *Sur ma porte de derrière un de ces jours.*

Pourquoi la porte de *derrière* ? Et maintenant le ciel semblait descendre, non plus phosphorescent de possibilités, mais pétrifié par le minéral des choix, lourd comme le poids de la terre finie, sur sa poitrine. Il se sentait oppressé. *Je me hâte*, chantait Ida, *je me hâte de monter*.

Que pouvaient bien signifier ces chansons pour elle ? Car il savait qu'elle les chantait souvent afin d'étaler devant lui des sentiments secrets qu'il ne pourrait jamais espérer pénétrer, et formuler des accusations qu'il ne pourrait jamais espérer déchiffrer, et encore moins rejeter. Et pourtant, s'il pouvait pénétrer dans ce lieu secret, il serait, grâce à cet acte, libéré à jamais du pouvoir de ses accusations. La présence de Vivaldo dans le plus étrange et le plus sinistre des sanctuaires prouverait qu'il avait le droit de s'y trouver de la même manière que le prince, après avoir surmonté tous les dangers et massacré le lion, est introduit en présence de la mariée, de la princesse.

Je vous aime, Porgy, ne le laissez pas m'emmener
Ne le laissez pas me toucher de ses mains brûlantes.

À qui, à qui chantait-elle cette chanson ?
Le cafard est tombé ce matin. Le cafard que mon amant m'avait donné. Une goutte d'eau passa près de son oreille et tomba sur son poignet. Il ne bougea pas et les larmes tombèrent lentement de ses yeux.

— T'es un type sensas, disait Belle.
— Vraiment ?
— Vraiment.
— Essayons d'aller en Espagne. Essayons pour de bon.
— Lundi, je m'habille en bourgeoise — elle gloussa

— et je prends un emploi de réceptionnaire quelque part. Ça me dégoûte, c'est tellement casse-pieds, mais ainsi, nous pourrons partir d'ici.

— D'accord, ma petite. Et moi, je trouverai du travail aussi, je te le promets.

— Tu n'as pas besoin de promettre.

— Mais je promets quand même.

Il entendit leur baiser; il semblait gémir, tendre et sec, et il envia leur innocence inébranlable et inexorable.

— On y va?

— Pas ici, en bas.

Il entendit rire Lorenzo.

— Qu'est-ce qui te prend? Tu deviens timide?

— Non. — Il entendit des gloussements et un murmure. — Allons en bas.

— Ils sont complètement partis, ils ne feront pas attention.

Elle gloussa encore.

— Regardez-les.

Vivaldo ferma les yeux. Il sentit un autre poids sur sa poitrine, le poids d'une main, et il vit le visage d'Harold, terriblement las, ridé et pâli, et ses cheveux moites et bouclés qui lui couvraient le front. Et pourtant, sous cette fatigue apparente, c'était le visage d'un jeune garçon qui le fixait.

— Comment ça va?

— Fameux. C'était sensationnel.

— Je savais que tu apprécierais. Je t'aime bien, mon vieux.

Il était surpris, sans excès toutefois. Il détourna la tête. Puis il mit le poids de la tête d'Harold sur sa poitrine.

— Je t'en prie, mon vieux, lui dit-il au bout d'un moment, ne prends pas cette peine, ça ne vaut pas le coup. Ça ne donnera rien. Il y a trop longtemps...

— Quoi ?

Et Vivaldo se sourit soudain à lui-même ; un sourire aussi triste que ses larmes ; il songeait aux batailles à coup d'allumettes enflammées et aux autres combats qu'il avait livrés sur les toits, dans les sous-sols, dans les réduits et dans les voitures, quinze ans plus tôt. Et il en avait rêvé depuis, bien que ce fût maintenant seulement qu'il se souvînt des rêves qu'il avait eus. Il souffrait du froid maintenant, un froid qui le glaçait de l'intérieur. La main d'Harold était sur son sexe et la tête d'Harold sur sa poitrine ; cela, il le savait ; oui, quelque chose pouvait arriver ; il se remémora ses visions de la bouche de l'homme, des mains de l'homme, de l'organe humain, du postérieur humain. Parfois, un garçon qui lui rappelait toujours un peu son jeune frère, Steve — et peut-être était-ce là ce qui le retenait, alors que chez d'autres c'eût été la clé — passait à côté de lui, et il regardait le visage du garçon, il regardait son postérieur, et il ressentait un désir, le désir de toucher le garçon, de le faire rire, de donner une tape sur ses fesses juvéniles.

Il savait donc que le plaisir s'offrait à lui maintenant, et il n'en était sans doute plus effrayé ; mais c'était peut-être un plaisir trop cher pour lui, et un plaisir qui ne comptait pas assez. Alors il dit à Harold, doucement :

— Comprends-moi, mon vieux. Je ne veux pas te vexer. Mais il y a longtemps que je ne me suis pas intéressé aux garçons. Maintenant, je m'occupe des filles. Excuse-moi.

— Alors, rien ne peut marcher maintenant ?

— J'aime autant pas. Désolé.

Harold sourit.

— Je suis désolé, moi aussi. Je peux me coucher à côté de toi quand même ?

Vivaldo le prit dans ses bras et ferma les yeux. Quand

il les rouvrit, le ciel était comme un grand bol de cuivre.
Harold était allongé près de lui, une main sur la jambe
de Vivaldo ; il dormait. Belle et Lorenzo s'étaient enveloppés dans la couverture, tels deux enfants mal débar-
bouillés. Il se leva, s'approchant un peu trop du bord, et
jeta un coup d'œil horrifié sur les rues qui attendaient,
dans la fournaise. Il avait la bouche comme le Mississipi
aux jours où le coton était roi. Il descendit en courant
l'escalier et se hâta de rentrer chez lui retrouver Ida.
Elle allait dire : « Mon Dieu, Vivaldo ! où étais-tu ? J'ai
téléphoné toute la nuit pour te dire qu'il avait fallu que
j'aille répéter avec les autres à Jersey City. Je ne cesse
de te dire que nous ferions mieux d'avoir un service de
réponse au téléphone, mais tu n'entends jamais rien de
ce que je dis. »

4

Et l'été arriva, cet été new-yorkais qui ne ressemble à aucun autre. La chaleur et le bruit s'unirent pour détraquer les nerfs et anéantir l'intimité de l'existence et des amours. De toutes parts déferlaient les scores de base-ball, les nouvelles — en général exécrables — et les chansons sirupeuses; les rues et les bars étaient bondés de gens hostiles que la chaleur rendait plus agressifs encore. Il n'était pas possible dans cette ville de faire une longue et paisible promenade à n'importe quelle heure du jour ou de la nuit, d'aller prendre un verre dans un bistrot ou de se vautrer à une terrasse ainsi qu'Eric avait pu le faire à Paris — la demi-douzaine de caricatures de cafés à terrasses que l'on peut trouver à New York ne permettent pas le repos. C'était une cité sans oasis, dont le but unique, jusqu'alors, d'après du moins ce que pouvait enregistrer la perception humaine, était d'amasser le plus d'argent possible; et ses habitants semblaient avoir perdu tout à fait le sentiment qu'ils avaient le droit de se renouveler. Quiconque, à New York, tentait de s'accrocher à cet endroit, vivait en exil — il était exilé de la vie qui l'entourait; ce qui, paradoxalement, l'exposait au danger permanent de se voir à jamais interdire toute véritable conscience de soi.

Le soir, et pendant le week-end, Vivaldo s'asseyait, en caleçon devant la machine à écrire, les fesses collées à la chaise ; la sueur lui trempait les aisselles et lui coulait derrière les oreilles et dans les yeux ; les feuilles de papier collaient l'une à l'autre et à ses doigts. Les touches de la machine allaient lentement avec un bruit mat et mouillé, un peu comme le roman de Vivaldo ; sans aucune vie propre, elles se laissaient pousser en avant, pouce après pouce, récalcitrantes, à la force du poignet. Il savait à peine de qui parlait son roman, ou pourquoi il avait seulement souhaité l'écrire, mais il ne pouvait pas le lâcher. Il ne pouvait ni le lâcher, ni le prendre à bras-le-corps car le prix de cette étreinte eût été la perte d'Ida ; du moins le craignait-il. Et cette crainte le maintenait en suspension dans des limbes pestilentielles et stillantes.

Leur situation matérielle, en tout cas, était horrible. Ils avaient un appartement trop petit. Même s'ils avaient bénéficié tous deux d'un horaire régulier, même s'ils avaient travaillé toute la journée pour ne rentrer que le soir, ils se seraient sentis à l'étroit ; mais certaines semaines, Vivaldo travaillait de nuit dans une librairie et d'autres, il travaillait de jour ; quant à Ida, elle avait un tour de service absolument imprévisible au restaurant ; elle « faisait » le déjeuner et le dîner, parfois l'un ou l'autre, parfois les deux. Tous deux haïssaient leur travail — ce qui ne les aidait pas dans leurs relations mutuelles — mais Ida était la serveuse la plus appréciée par les clients et cela lui conférait une certaine liberté dans la maison. Quant à Vivaldo, il ne pouvait plus accepter ces travaux plus éprouvants et plus lucratifs qui lui offraient un avenir dont il ne voulait pas. En somme, tous deux tentaient de lutter de vitesse avec l'orage ; ils se débattaient pour essayer d'arriver, avant d'être happés par ces sables mouvants — qu'ils voyaient tout autour d'eux — d'une bohème sans but, vaincue d'avance, qui les obligerait à rester constamment sur la défensive. Et ils ne pouvaient pas espérer améliorer leur situation matérielle, puisqu'ils étaient à peine capables de conserver l'apparence qu'ils assumaient.

Vivaldo avait souvent suggéré de quitter le Village pour aller s'installer plus bas, dans l'East Side, là où l'on pouvait trouver des mansardes bon marché, mansardes qui étaient parfois fort joliment installées. Mais Ida avait mis son veto. La véritable raison de son refus, elle ne l'avait jamais donnée, mais Vivaldo avait fini par comprendre qu'elle avait horreur de ce quartier parce que c'était là que Rufus avait effectué sa dernière tentative de vie domestique, sinon de vie tout court.

Elle avait dit à Vivaldo :

— Je ne me sentirais pas en sécurité, mon chéri, en rentrant à la maison la nuit, ou dans la journée. Tu ne connais pas ces gens-là comme moi, parce qu'ils ne t'ont jamais traité comme ils m'ont traitée moi. Il y a des types, mon chéri, quand ils réussissent à vous attraper seule sur un quai de métro ou dans votre escalier, qui vont jusqu'à déboutonner leur pantalon en vous demandant de leur faire un pompier. Parfaitement ! Vois-tu, mon chéri, il y a deux ans, je suis allée dans Mott Street, avec Rufus, voir des gens qui nous avaient invités à prendre le thé. C'étaient des Blancs. Nous sommes allés dans l'escalier de secours pour voir passer une noce dans la rue. Il y a des gens de l'immeuble qui nous ont vus. Eh bien sais-tu que trois hommes sont venus jusque dans l'appartement, l'un avec un nerf de bœuf, un autre avec un revolver, et le troisième avec un couteau. Et ils nous ont jetés dehors. Ils disaient — elle éclata de rire — que nous allions donner mauvaise réputation à leur rue.

Elle regarda un moment le visage de Vivaldo.

— C'est vrai, dit-elle doucement. — Elle ajouta : — Restons ici, jusqu'à ce que nous ayons réussi. C'est dur, mais ça pourrait être pire.

Ils essayèrent donc de laisser leur porte ouverte, mais cela présentait des risques, surtout quand Ida était là, allongée sur le divan dans sa courte robe de scène ou qu'elle travaillait ses chansons avec un disque d'accompagnement. Le bruit de la machine à écrire de Vivaldo, le son de la voix d'Ida ou du disque attiraient l'attention des gens qui montaient ou descendaient l'escalier et quand ils jetaient, en passant, un coup d'œil dans l'appartement, la vue d'Ida enflammait leur imagination. Les gens faisaient semblant de croire que la porte ouverte était une invitation à s'arrêter, à écouter ou à regarder ; parfois ils frappaient sous prétexte qu'un de leurs amis avait autrefois demeuré dans ce logement et qu'ils ne savaient pas du tout ce qui était arrivé au bon vieux Tom, à Nancy ou à Joanna. Ou alors, ils les invitaient à une réception à l'étage au-dessous, ou en bas de la rue. Quand ils ne s'invitaient pas chez Vivaldo. Une fois, absolument hors de lui, Vivaldo avait jeté à la rue un garçon qui restait planté dans l'ombre brûlante du palier, les mains dans les poches, les yeux fixés sur Ida — ou plutôt sur l'endroit d'où elle s'était enfuie avec un cri de fureur et une imprécation. Le garçon n'avait pas enlevé les mains de ses poches ; il s'était contenté d'émettre un bref et horrible grognement d'animal ; il s'était affaissé lourdement sur une épaule quand Vivaldo l'avait poussé par la porte d'entrée. Les policiers étaient arrivés peu après, leur fier civisme et leur zèle exacerbés par une imagination prompte à s'enflammer. Après cet incident, Ida et Vivaldo poussèrent la porte et même, ils la fermèrent à clé. Pourtant, la cité tout entière, informe et innommable, semblait être avec eux, dans la pièce, certaines nuits d'été.

Il travaillait, elle travaillait ; il arpentait la pièce, elle allait et venait. Elle voulait qu'il devienne un « grand » écrivain, mais, quand elle ne travaillait pas, elle était incapable de rester seule. Si elle travaillait, le son de sa voix, le bruit de sa musique menaçaient, et le plus souvent, submergeaient, cet autre orchestre qui vivait dans l'esprit de Vivaldo. Quand elle ne travaillait pas, elle lui servait un verre de bière, elle ébouriffait ses cheveux ; elle faisait remarquer que la cigarette de Vivaldo s'était consumée toute seule dans le cendrier et elle lui en allumait une autre ; ou encore elle venait lire par-dessus son épaule, ce qu'il ne pouvait pas supporter — mais il lui était plus facile de supporter cela que de s'entendre accuser de n'avoir aucun respect pour l'intelligence d'Ida. Les soirs où ils étaient ensemble à la maison, il ne pouvait absolument pas travailler, car il ne pouvait pas s'éloigner suffisamment d'elle, il ne pouvait pas entrer en lui-même. Mais il essayait de ne pas lui en vouloir, car les soirs où elle n'était pas là, c'était pire encore.

Une ou deux fois par semaine, ou une fois toutes les deux ou trois semaines, elle allait à Harlem. Mais elle ne lui proposait jamais de venir avec elle. Ou bien elle allait chanter avec des musiciens à Peekskill, Poughkeepsie, Washington, Philadelphie, Baltimore ou Queens. Une fois, il l'accompagna, en voiture, avec les autres musiciens, dans une boîte de Washington. Mais l'atmosphère fut atroce ; les musiciens ne l'avaient pas invité à venir ; les gens du cabaret lui avaient témoigné quelque sympathie, mais ils avaient aussi paru se demander ce qu'il faisait là ; ou peut-être était-ce seulement lui qui se l'était demandé. Ida n'avait chanté que deux chansons, ce qui paraissait bien peu après un voyage aussi long ; par-dessus le marché, elle ne les avait pas bien chantées. Il sentit que cela venait de l'attitude des musiciens — qui semblaient vouloir la punir — et de l'arrogance gênée avec laquelle elle s'était obligée à affronter leur jugement. Il n'était que trop clair que s'il avait été un personnage important, leur attitude eût été différente ; ils se seraient imaginé qu'elle l'exploitait, mais il était manifeste, étant donné la situation, qu'il ne pouvait guère être utile à Ida et que par conséquent c'était lui qui l'exploitait. Et Ida n'avait pas assez de prestige pour les obliger à l'accepter comme le caprice, le favori, ou le mari d'une vedette. Il n'avait aucune fonction à remplir, eux oui. Ils essayaient de lui en remontrer, ils serraient les rangs contre lui.

Très vite, il s'étendit alors, entre Ida et Vivaldo, de vastes zones inexprimées, semblables à des champs de mines que ni l'un ni l'autre n'osaient traverser. Ils ne reparlèrent jamais de Washington, et il ne l'accompagna plus jamais dans ses expéditions hors de la cité. Ils ne parlaient jamais de leur famille. Après cette longue et terrible nuit du mercredi, Vivaldo s'aperçut qu'il n'avait pas le courage de faire allusion à Steve Ellis. Il savait qu'Ellis l'envoyait à un professeur de chant plus exclusif et plus célèbre, ainsi qu'à un répétiteur, et qu'il avait l'intention de lui faire passer une audition pour enregistrer un disque. Ida et Vivaldo enterraient leurs querelles dans le silence, dans le champ de mines. Cela leur semblait préférable plutôt que de se trouver aphones, amers, haletants et plus seuls que jamais. Il ne souhaitait pas s'entendre accuser, une fois de plus, de s'interposer entre elle et sa carrière de chanteuse — il ne le souhaitait pas parce qu'il y avait quelque vérité dans cette accusation. Naturellement, lui aussi sentait qu'Ida, bien qu'inconsciemment, s'efforçait de s'interposer entre lui-même et l'accomplissement de son œuvre. Mais il ne voulait pas le dire. Cela n'aurait mis que trop clairement en évidence leur panique, leur terreur de rester seuls.

Et c'est ainsi donc qu'ils vécurent alors que ce terrible été se poursuivait en gémissant et en bouillonnant ; lui travaillait afin de ne pas être en reste avec elle, et elle travaillait... afin de se libérer de sa tutelle ? Ou afin de créer une base sur laquelle ils pourraient être, plus que jamais, ensemble ? — Il faut que je réussisse, disait-elle parfois, je vais réussir. Et toi aussi, mon chéri, il faut que tu réussisses. Je sens que le succès est à notre portée.

Et à propos d'Ellis :

— Vivaldo, si tu tiens à t'imaginer que je te trompe avec cet homme, ça te regarde. Si tu veux le croire, tu *vas* le croire, mais moi, je ne veux pas me trouver dans l'obligation de *prouver* le contraire. C'est toi que ça regarde. Tu n'as pas confiance en moi, eh bien, au revoir, mon petit. Je fais mes valises et je m'en vais.

Certains soirs, quand Ida rentrait du restaurant, de chez son professeur de chant, de chez ses parents ou autre, lui rapportant de la bière, des cigarettes et des sandwiches, le visage las et paisible et les yeux alanguis par l'amour, il lui paraissait impossible qu'ils rompent un jour. Ils mangeaient, buvaient, parlaient et riaient tous les deux ; ils s'allongeaient nus, sur le lit étroit, dans le noir, près des fenêtres ouvertes à travers lesquelles leur parvenait de temps en temps une brise molle, et ils goûtaient leurs lèvres, et ils se caressaient, en dépit de la chaleur, et ils faisaient de grands projets pour un avenir qui semblait indiscutablement leur appartenir. Et souvent, ils s'endormaient ainsi, satisfaits l'un de l'autre.

Mais d'autres fois, ils ne parvenaient pas à se retrouver. Parfois, incapable d'atteindre Ida et de saisir les personnages de son roman, il sortait, il marchait seul dans les rues chaudes. Elle déclarait, certains soirs, qu'elle ne pouvait pas le supporter une minute de plus, que ses manières bourrues l'agaçaient et elle allait au cinéma. Et parfois, ils sortaient ensemble, ils allaient au Benno's, ou chez Eric — bien qu'alors ce fût souvent Eric et Cass qu'ils voyaient.

Ida se déclarait très frappée par le changement qui se manifestait en Eric — elle voulait dire par là qu'elle n'aimait pas les surprises et qu'Eric l'avait fort étonnée — et ce qu'il y avait en elle d'implacablement, d'inexplicablement puritain, désapprouvait cette liaison nouvelle et surprenante. Elle disait qu'Eric était fou, et Cass malhonnête.

Vivaldo voyait les choses d'un œil plus indulgent — ce n'était pas Eric qui l'avait surpris, mais Cass. Car enfin, elle avait évidemment tout compromis ; et il se souvenait des paroles de la jeune femme : *Non, merci, Vivaldo, je ne veux plus être protégée.* Dans la mesure où son propre trouble lui permettait de comprendre celui de Cass, il était fier de cette femme — non point tellement parce qu'elle s'était placée dans une position dangereuse, que parce qu'elle en avait pris pleinement conscience.

On passait, cet été-là, à New York, un film français dans lequel Eric avait un rôle ; tous quatre décidèrent de se donner rendez-vous pour aller le voir. Ida et Vivaldo devaient retrouver Cass et Eric devant le guichet.

— Qu'est-ce qui lui prend donc ? demanda Ida.

Vivaldo et elle allaient en direction du cinéma, dans les rues chaudes de juillet.

— Elle essaie de vivre, dit doucement Vivaldo.

— Oh, déconne pas, dis. Cass est une grande personne ; elle a deux enfants. Et ses gosses ? Eric n'a pas du tout le genre paternel, surtout avec des enfants de cet âge.

— Quelle infecte petite moraliste tu fais ! Ce que Cass fait de sa vie ne regarde qu'elle. Tu n'as rien à y voir. Elle sait sans doute mieux que toi ce que ses gosses vont devenir ; elle essaie peut-être de vivre comme elle croit devoir le faire afin qu'ils n'aient pas peur de l'inviter quand le moment viendra pour eux. — Il sentait la colère monter en lui. — Et puis tu ne connais pas assez Eric pour parler de lui de cette manière.

— Ses gosses vont la haïr avant longtemps, crois-moi. Et ne me dis pas que je ne connais pas Eric ; j'ai tout compris dès l'instant où je l'ai vu.

— Tu le connais par ouï-dire. Et tu n'avais jamais entendu dire qu'il allait avoir une liaison avec Cass. Tu vois bien que tu n'as rien compris.

— Eric t'en met peut-être plein la vue, et il en met sans doute plein la vue à Cass — naturellement, je crois plutôt qu'elle s'aveugle elle-même — mais moi, je ne suis pas folle. Tu verras.

— Ce n'est pas chanteuse que tu es, c'est cartomancienne. On va te donner de grosses boucles d'oreilles en cuivre et un turban rutilant et on va te mettre au travail.

— Tu peux toujours faire le pitre, dit-elle.

— Et alors, qu'est-ce que ça peut bien te faire ? S'il veut vivre avec elle et si elle veut vivre avec lui, en quoi cela nous dérange-t-il ?

— Ça t'est égal, à toi ? Richard est ton ami.

— Je suis beaucoup plus attaché à Cass qu'à Richard.

— Elle ne se rend pas compte de ce qu'elle fait. Elle a un bon mari qui essaie de gagner quatre sous, et elle ne trouve rien de mieux à faire que de s'envoyer une pauvre pédale de Blanc de l'Alabama. Je te jure, je comprends rien de rien aux Blancs.

— Eric n'est pas pauvre ; il est issu d'une famille riche, dit-il.

Il commençait à transpirer beaucoup, plus que la chaleur ne l'aurait laissé prévoir ; il aurait tout donné pour qu'elle se taise.

— Eh bien, j'espère qu'on ne l'a pas déshérité. Crois-tu qu'Eric réussira jamais comme acteur?

— Je ne vois pas quel rapport ça peut avoir avec le reste. Mais oui, je crois qu'il est un bon acteur.

— Il commence à se faire plutôt vieux, et c'est encore un inconnu. Qu'est-ce qu'il a fabriqué si longtemps, à Paris?

— Je ne sais pas, ma petite, mais j'espère qu'il a pris un peu de bon temps. Bûcheur comme je le connais, je ne lui souhaite rien d'autre.

Il poussa un soupir en se conjurant de laisser tomber cette conversation, de parler d'autre chose. Mais il dit :

— Je ne vois pas du tout en quoi cela peut te gêner, c'est tout. Si ça lui plaît, à Eric, de coucher avec les hommes, hein?

— Il a voulu coucher avec mon frère aussi, dit-elle. Il voulait le rendre aussi malade que lui-même.

— S'il s'est passé quoi que ce soit entre Eric et ton frère, ce n'est pas parce qu'Eric l'a pris de force. Calme-toi donc un peu, ma petite, tu n'en sais pas autant sur les hommes que tu te l'imagines.

Elle lui décocha un petit sourire féroce.

— *S'il* s'est passé quoi que ce soit. Tu es un fieffé menteur, et un lâche par-dessus le marché.

Il la regarda. Il la haïssait, à ce moment

— Pourquoi dis-tu ça?

— Parce que tu sais parfaitement ce qui s'est passé. Seulement, tu ne veux pas savoir...

— Ida, cette histoire ne me regardait pas le moins du monde. Je n'en ai jamais parlé ni à Rufus ni à Eric. Pourquoi l'aurais-je fait?

— Vivaldo, on n'a pas besoin de parler de ce qui se passe pour savoir ce qui se passe. Rufus ne m'a jamais parlé de la vie qu'il menait, mais je savais quand même à quoi m'en tenir.

Il garda un moment le silence. Puis il dit:

— Tu ne me pardonneras jamais la mort de ton frère, n'est-ce pas?

Elle ne répondit pas. Il reprit:

— J'ai aimé ton frère aussi, Ida. Tu ne me crois pas, je le sais, pourtant, c'est vrai. Mais ce n'était qu'un homme, mon petit. Ce n'était pas un saint.

— Je n'ai jamais dit que c'était un saint. Mais je suis une Noire et je sais comment les Blancs traitent les Noirs, filles ou garçons. Ils vous considèrent tout juste bons à tomber dans leur lit.

Il vit les lumières du cinéma trois rues plus bas. L'avenue était noire de monde. Sa gorge se serra. Ses yeux se mirent à lui brûler.

— Depuis si longtemps que nous vivons ensemble, dit-il enfin, tu en es encore persuadée.

— Ce n'est pas parce que nous vivons ensemble que le monde est changé, Vivaldo.

— Pour moi, il a changé, dit-il.

— C'est, dit-elle, parce que tu es un Blanc.

Il sentit soudain qu'il allait se mettre à crier, là, au milieu de cette foule, ou qu'il allait resserrer ses gros doigts autour du cou d'Ida. Les lumières du cinéma vacillèrent devant lui, le trottoir parut s'affaisser.

— Tais-toi, dit-il d'une voix qu'il ne reconnut pas.

Tais-toi. Cesse d'essayer de me harceler. Ce n'est pas ma faute si je suis un Blanc. Ce n'est pas ma faute si tu es Noire. Ce n'est pas ma faute s'il est mort. — Il rejeta vivement la tête en arrière, pour disperser ses larmes, pour que les lumières redeviennent fixes et le trottoir ferme sous ses pas. D'une voix changée, il reprit : — Il est mort, mon chéri, mais nous sommes vivants. Nous sommes en vie, et je t'aime. Je t'en prie, n'essaie pas de me faire souffrir... Tu ne m'aimes donc pas, Ida? M'aimes-tu?

Il tourna la tête vers elle. Elle ne le regarda pas, elle ne dit rien; ils firent en silence au moins cent mètres. Le cinéma approchait. Cass et Eric, qui attendaient sous la verrière, leur firent signe de la main.

— Ce que je ne comprends pas, articula-t-elle, c'est comment tu peux parler d'amour quand tu ne veux pas savoir ce qui se passe. Et ce n'est pas ma faute. Comment peux-tu dire que tu aimais Rufus, alors qu'il y a tant de choses que tu voulais ignorer? Comment puis-je croire que tu m'aimes?

Et, avec un curieux sentiment d'impuissance, elle prit son bras. — Comment peux-tu aimer quelqu'un dont tu ne sais rien? Tu ne sais pas où j'ai été. Tu ne sais pas ce que la vie a été pour moi.

— Mais je ne demande pas mieux, dit-il, que de consacrer le reste de mon existence à essayer de le découvrir.

Elle renversa la tête en arrière et éclata de rire.

— Oh, Vivaldo, tu *peux* consacrer le reste de ton existence à essayer de le découvrir... mais tu ne dis pas que tu le feras volontiers. Que tu désires l'accepter.
— Avec férocité, elle ajouta : — Et ce n'est pas sur moi que tu découvriras quoi que ce soit. Oh, mon Dieu! — Elle lâcha le bras de Vivaldo, et lui lança un regard en coin qu'il ne sut comment interpréter : il

paraissait à la fois apitoyé et glacial. — Je sais que tu n'es pas responsable de... du monde. Et écoute, je ne te blâme pas de ne pas accepter. Je n'accepte pas moi non plus. Personne n'accepte. Personne n'accepte de payer son dû.

Puis elle alla en souriant saluer Cass et Eric.

— Bonsoir, les enfants, dit-elle. — Vivaldo la regarda ; il regarda ce sourire mutin, ces yeux étincelants. — Comment ça va ? — Elle tapota légèrement la joue d'Eric. — Il paraît que vous commencez à vous plaire à New York autant qu'à Paris. Alors, on n'est pas si mal, par ici, n'est-ce pas ?

Eric rougit et pinça comiquement les lèvres.

— Je m'y plairais beaucoup plus si vous aviez mis vos rivières et vos ponts au milieu de la cité, au lieu de les repousser ainsi sur les bords. Il n'y a pas moyen de respirer dans cette ville en été. C'est effrayant. — Il se tourna vers Vivaldo. — Je ne sais comment vous pouvez supporter cela, barbares que vous êtes !

— Si nous n'étions pas là, nous les barbares, dit Vivaldo, vous autres mandarins seriez dans un fameux pétrin. — Il embrassa Cass sur le front et frappa légèrement Eric sur la nuque. — Ça me fait quand même plaisir de te voir.

— Nous avons une bonne nouvelle, dit Cass, mais je crois que je devrais laisser Eric vous l'annoncer.

— Eh bien, nous ne sommes pas absolument certains que ce soit une bonne nouvelle. — Il regarda Ida et Vivaldo. — De toute façon, je crois qu'il vaut mieux prolonger l'incertitude un moment. S'ils ne trouvent pas que je suis dans ce film le plus grand acteur qu'ils aient jamais vu, alors, je crois que nous devrions les laisser découvrir ce qui va se passer quand le grand public s'en apercevra.

Et il leva le menton et s'avança vers le guichet d'un air conquérant.

— Oh, Eric, s'écria Cass, je ne peux pas leur dire ? — Elle ajouta à l'intention d'Ida et de Vivaldo : — Ce n'est pas sans rapport avec le film que nous allons voir.

— Alors, il faut nous le dire, fit Ida, sinon, nous n'entrons pas, tout simplement. — Elle dit, en élevant la voix en direction du dos d'Eric : — Nous connaissons d'autres acteurs, vous savez.

— Allons, Cass, dit Vivaldo. Il faut nous le dire tout de suite.

Mais Cass regarda encore dans la direction d'Eric, avec un petit sourire crispé :

— Je peux leur dire, chéri ?

Il se retourna en souriant, les billets à la main.

— Je ne sais pas comment je pourrais t'arrêter, dit-il.

Il s'approcha de Cass et mit une main sur son épaule.

— Eh bien, dit Cass, plus menue et plus radieuse que jamais — et pendant qu'elle parlait, Eric la considérait avec un sourire tendre et amusé — Eric n'a pas un rôle très important dans ce film ; il n'apparaît que dans une ou deux séquences, et il n'a que deux lignes...

— *Trois* séquences, dit Eric, *une seule* ligne. Si l'un de vous fait le dégoûté, il est mort.

— Mais grâce à cela... s'écria Cass.

— Eh bien, pas seulement grâce à cela, dit Eric.

— Tu vas la laisser parler ? demanda Vivaldo. Continue, Cass.

— Grâce à cette démonstration...

— Exhibition, dit Eric.

— Oh, merde ! s'écria Vivaldo.

— C'est un perfectionniste, dit Cass.

— Lui aussi, il va être un homme mort, dit Ida, s'il ne cesse pas de la ramener. Mon Dieu, ce que ça me déplairait de travailler avec vous. Je vous en prie, continuez, Cass.

— Eh bien, des télégrammes et des coups de téléphone sont arrivés de Hollywood demandant à Eric s'il acceptait de jouer...
Elle regarda Eric.
— Ne vous arrêtez pas maintenant, s'écria Ida.
Eric était très pâle.
— Ils se sont fourré dans le crâne l'idée de tourner une version des *Possédés* pour le cinéma.
— Le roman de Dostoïevski, dit Cass.
— Merci, dit Vivaldo, et alors?
— Ils veulent que je prenne le rôle de Stavroguine, dit Eric.

Un silence total tomba. Tous fixèrent Eric qui leur lança un regard gêné. Une petite couronne de sueur luisait sur son front, juste au-dessous des cheveux. Vivaldo se sentit aiguillonné par une terreur et une jalousie indicibles.
— Mince! dit-il.
Eric le regarda; il semblait lire dans son cœur, et son front se plissa légèrement, comme pour se préparer à une querelle.
— Ça va sans doute être un film horrible, dit-il. Vous les imaginez tournant *Les Possédés*! Je n'ai pas pris cette proposition au sérieux jusqu'au jour où mon directeur artistique m'a appelé. Et puis Bronson m'a téléphoné aussi, parce que, voyez-vous, il va y avoir un problème, du fait que je joue dans *Happy Hunting Ground*. Les répétitions commencent le mois prochain, et qui sait? Ce sera peut-être un succès. Il va donc falloir résoudre ce problème.
— Mais ils sont disposés à faire n'importe quoi pour avoir Eric, expliqua Cass.

— Ce n'est pas tout à fait vrai, dit Eric, ne l'écoutez pas. Ils sont simplement très intéressés, c'est tout. Je ne crois à rien tant que ce n'est pas arrivé. — Il sortit de sa poche-revolver un mouchoir bleu et s'épongea le visage. — Entrons, dit-il.

— Dis donc, fit Vivaldo, tu vas devenir une vedette. — Il embrassa Eric sur le front. — Sacré fils de pute.

— Il n'y a rien de fait, dit Eric en regardant Cass. — Il sourit. — Je bénéficie de leur plan d'économie. Ils peuvent m'avoir pour pas cher, tu sais, et ils ont déjà retenu presque tous ceux dont vous avez déjà entendu parler pour les autres rôles — alors, mon directeur m'a expliqué que mon nom était inscrit juste au-dessous du titre.

— Mais en caractères aussi gros, dit Cass.

— Ils cherchent à m'appâter, dit Eric en riant.

Pour la première fois, il paraissait heureux de cette bonne nouvelle.

— Eh bien, mon vieux, ça m'a tout à fait l'air d'être dans la poche maintenant. Félicitations.

— Ton Français voyait loin, dit Cass. Il ne s'est pas trompé.

— Seulement, que vont-ils faire de ton accent d'avant-guerre? demanda Vivaldo.

— Écoute, dit Eric, allons voir ce film. Je parle français là-dedans. — Il passa un bras autour des épaules de Vivaldo. — Impeccablement.

— Après tout, fit Vivaldo, je ne suis pas tellement d'humeur à aller voir un film. J'aimerais beaucoup mieux vous emmener prendre une bonne cuite.

— Ce sera pour plus tard, dit Eric. Après la séance.

Et ils franchirent en riant la porte du cinéma, juste au moment où le film français commençait. Les titres étaient surimposés sur un montage de vues de Paris le matin; les ouvriers à bicyclette partaient au travail; ils descendaient les collines de Montmartre, traversaient la place de la Concorde et la grande place devant Notre-Dame. Des gros plans montraient les feux de la circulation qui scintillaient ; les bâtons blancs des agents montaient et descendaient ; il devint bientôt évident que l'on avait déjà sous les yeux le personnage central et qu'on allait le suivre jusqu'à destination, laquelle, si on en jugeait d'après la musique, serait un lieu d'exécution. Le film était un de ces drames de la politique, de la vengeance et de l'amour charnel que les Français aiment produire et il y avait dans la distribution un grand acteur français qui était mort lors de l'achèvement du film. De sorte que ce film, qui n'avait rien de remarquable en soi, exerçait l'indéniable fascination de la mort. Travailler avec cet acteur, assister aux efforts de cet homme, avait été l'une des plus grandes aventures de la vie d'Eric. Et, bien que l'intérêt de Cass, Vivaldo et Ida, provînt surtout du fait qu'Eric y apparaissait, l'attention qu'ils lui accordèrent était dictée par l'intensité muette de l'adoration d'Eric. Ils avaient tous entendu parler de ce grand acteur et tous l'admiraient. Mais ils ne pouvaient naturellement pas voir aussi bien qu'Eric avec quelle économie de moyens il réussissait de grands effets et faisait d'un rôle quelconque une création marquante.

Par contre, comme l'aspect politique du film était rendu désespérément frivole par la passion des Français pour la discussion et leur méfiance à l'égard de la communauté, l'exploit étourdissant de la vedette masculine devenait suspect, et on se demandait pourquoi tant d'énergie et tant de talent avaient été dépensés pour un résultat aussi minime.

Ida saisit dans le noir la main de Vivaldo et la serra comme une enfant qui demande en silence d'être rassurée et pardonnée. Il pressa très fort son épaule contre celle de la jeune fille et ils se penchèrent l'un vers l'autre. Au bout d'un certain temps de projection, Cass chuchota quelque chose à Eric qui répondit à voix basse. Cass se tourna vers eux en murmurant: «*Le voici!*» La caméra pénétrait dans un café bondé de clients, pour s'arrêter finalement sur un groupe d'étudiants.

— C'est notre homme! s'écria Ida, à la grande colère des spectateurs qui les entouraient et qui, pendant une seconde, bourdonnèrent comme le plus fantastique des nuages d'insectes.

Cass se pencha vers Eric et l'embrassa sur le nez. Vivaldo murmura:

— Tu as l'air très bien.

Eric était tenu de rester immobile pendant qu'autour de lui les étudiants se chamaillaient. Pourtant, le metteur en scène l'avait placé d'une manière telle que son ivresse somnolente donnait une certaine unité à la scène et faisait ressortir la futilité de ces discussions passionnées. Quelqu'un bouscula la table et la position d'Eric changea légèrement. On eût dit qu'il était en caoutchouc et il semblait, en fait, fuir la controverse qui faisait fureur autour de lui et à laquelle, pourtant, il était fatalement mêlé. Vivaldo avait déjà vu Eric ivre et il savait parfaitement que ce n'était pas ainsi qu'il se comportait alors — au contraire, on assistait à la révolte du Sudiste, et c'était une dureté d'acier qui se manifestait; et Vivaldo constata qu'Eric en montrait beaucoup en faisant très peu, et il entrevit aussi, pour la première fois, la véritable nature d'Eric. C'était très étrange, cette impression de mieux voir Eric quand il jouait que quand il était «lui-même». La caméra se déplaça très peu pendant cette scène et Eric resta constamment dans le champ. Nul changement d'éclairage, et son visage n'était pas exposé comme dans la vie courante. Le metteur en scène avait certainement placé Eric ainsi parce que ce visage faisait l'office d'un commentaire sur le tourment du XXe siècle. Dans la lumière impitoyable, le front crispé, tendu, rude, laissait deviner le crâne obstiné et patient ; cet effet était souligné par la proéminence des sourcils et l'emplacement secret des yeux. Le nez était épaté et légèrement camus, plus os que chair cependant. Et les lèvres pleines, légèrement écartées étaient solitaires et sans défense, à peine protégées par le menton. C'était le visage d'un homme tourmenté. Pourtant, de même que la grande musique dépend, en fin de compte, du grand silence, cette masculinité était définie, et sa puissance accrue, par quelque chose qui n'était pas viril. Mais qui n'était pas féminin non plus, et il y avait dans l'esprit de Vivaldo une force qui s'opposait à l'emploi du mot androgyne. C'était une qualité à laquelle une foule d'individus se montrent sensibles sans savoir ce que c'est au juste. Il y avait une grande force et une grande douceur dans ce visage. Mais, de même que la plupart des femmes ne sont pas douces, ni la plupart des hommes forts, c'était un visage qui suggérait, par résonance, dans les profondeurs, la vérité sur notre nature.

Eric, sans lever la tête, ouvrit soudain les yeux et promena autour de lui un regard vide. Puis il parut pris d'un malaise, il se leva en toute hâte et disparut. Tous les étudiants s'esclaffèrent. Ils étaient pleins de causticité à l'égard de leur camarade, car ils étaient persuadés que le personnage incarné par Eric manquait de courage. Le film se poursuivit. Eric apparut encore deux fois, une fois, silencieux, dans l'arrière-fond, lors d'un conseil de guerre tenu par des jeunes, et la seconde tout à la fin du film, sur un toit, une mitraillette à la main. Comme il disait son unique ligne de texte : «*Nom de Dieu, que j'ai soif* [1] !» la caméra se déplaça pour le montrer encadré dans le viseur d'un fusil ennemi; du sang bouillonna soudain à ses lèvres; il tomba à bas du toit, et disparut. Avec la mort d'Eric, le film mourut aussi pour eux et, fort heureusement, il s'acheva presque aussitôt. Ils sortirent de la fraîche obscurité et retrouvèrent la fournaise de juillet.

— Qui c'est qui me le paie ce pot? demanda Eric. — Un pâle sourire éclaira son visage. Il était assez étonnant de le voir, sur le trottoir, en chair et en os, plus petit qu'il n'était apparu à l'écran. — De toute manière, il faut partir d'ici avant qu'on ne vienne me demander des autographes.

— Ça pourrait bien se produire, mon cher. Tu as une sacrée présence sur l'écran.

— Le film ne vaut pas cher, dit Vivaldo, mais toi, tu étais sensationnel.

— Je n'avais vraiment pas grand-chose à faire, dit Eric.

— Non, dit Ida, c'est exact. Mais ce que vous avez fait était formidable.

Ils marchèrent en silence quelques instants.

— J'ai peur de ne pouvoir prendre qu'un seul verre avec vous, dit Cass; ensuite, il faudra que je rentre.

— Vous avez raison, dit Ida, ne nous attardons pas avec ces individus, jusqu'à une heure impossible. D'ailleurs — elle lança un coup d'œil à Vivaldo et eut un petit sourire — je crois qu'ils ne se sont pas trouvés tous les deux une seule fois depuis qu'Eric a débarqué.

— Et vous trouvez que nous devons leur laisser leur soirée, dit Cass.

— Si nous ne la leur donnons pas, ils vont la prendre.

---

1. En français dans le texte.

Mais de cette manière, nous avons le beau rôle... et c'est toujours plus habile. — Elle rit. — C'est vrai, Cass, il faut que vous soyez adroite si vous voulez garder votre homme.

— J'aurais dû commencer à vous demander des leçons il y a des années, dit Cass.

— Attention, dit doucement Eric, je ne trouve pas que ce soit très flatteur pour moi...

— Je plaisantais, dit Cass.

— Je commençais à être inquiet, dit Eric.

Ils entrèrent au Benno's. Le bar était à demi vide ce soir-là; ils s'assirent, dans un silence brusque et mystérieux, à l'une des tables du fond. Chacun d'eux avait plus de choses en tête qu'il ne pouvait en dire aisément. En somme, la conscience de leur sexe les inhibait. Les femmes désiraient peut-être parler entre elles de leurs hommes mais la présence de ces derniers les en empêchait. Eric et Vivaldo ne pouvaient pas non plus se libérer de leur fardeau en présence des deux femmes. Ils échangèrent donc des propos insignifiants sur le film qu'ils venaient de voir et sur celui dans lequel Eric allait tourner. Et cette conversation elle-même était marquée par la contrainte et la prudence, car Eric ne tenait pas outre mesure à aller à Hollywood. Vivaldo ne parvenait pas à deviner le motif de cette réticence mais une certaine mélancolie et une certaine crainte jouaient sur le visage d'Eric comme la clarté d'un phare; et Vivaldo se dit qu'Eric avait peut-être peur d'être pris au piège sur un sommet, de même qu'il l'avait été précédemment dans un bas-fond. Peut-être redoutait-il, ainsi que Vivaldo avait conscience de le faire lui-même, tout changement dans sa condition. Et il songeait : « Les femmes ont plus de courage que nous. Peut-être qu'elles n'ont pas le choix. »

Le verre achevé, ils allèrent ensemble mettre Ida et Cass dans un taxi.

— Tâche de ne pas me réveiller quand tu rentreras ivre mort tout à l'heure, recommanda Ida.

Et Cass dit :

— Je te téléphonerai demain dans la journée.

Ils firent au revoir de la main aux femmes et virent les feux rouges du taxi disparaître. Puis ils se regardèrent.

— Eh bien, dit Vivaldo en souriant, profitons de l'aubaine. Allons nous enivrer.

— Je ne tiens pas à retourner au Benno's, dit Eric. Allons chez moi, j'ai de quoi boire.

— O.K., dit Vivaldo. J'aime autant te voir aller chez toi que d'être obligé de t'y traîner. — Il sourit à Eric. — Je suis très content que nous puissions rester un peu ensemble, dit-il.

Ils partirent en direction de chez Eric.

— Oui, je désirais te voir, dit Eric, mais — ils échangèrent un rapide regard et tous deux sourirent — nous avons eu pas mal d'occupations.

Vivaldo éclata de rire.

— Nous sommes de bons amants, et des amants fidèles, dit-il. J'espère que Cass n'est pas aussi changeante qu'Ida sait l'être.

— Et moi, dit Eric, j'espère que tu n'es pas aussi changeant que moi.

Vivaldo sourit mais il ne dit rien. Les rues étaient noires et silencieuses. Dans une ruelle, ils virent un arbre solitaire sur lequel se reflétait la lune.

— Nous sommes tous versatiles, d'une manière ou d'une autre, dit-il enfin. Je ne voudrais pas que tu te croies une exception.

— C'est très difficile de vivre dans cette idée, dit Eric. Enfin, avec l'impression que l'on n'est jamais ce que l'on semble être... jamais... et pourtant, ce que l'on semble être, est probablement, dans un sens, presque exactement ce que l'on est vraiment. — Il tourna vers Vivaldo son visage éclairé par un demi-sourire. — Tu sais ce que je veux dire ?

— J'aimerais autant pas, dit lentement Vivaldo. Mais j'ai peur de comprendre.

L'immeuble d'Eric se trouvait dans une rue bordée d'arbres, orientée vers l'ouest, non loin de la rivière. Une rue fort calme, mis à part le bruit venant des deux cafés situés face à face à l'autre bout. Eric y était allé une ou deux fois.

— L'un est réputé « gai » et quel cimetière cela peut être ! L'autre est fréquenté par des dockers, et l'ambiance y est assez sinistre aussi. Les dockers ne vont jamais au bar le plus gai et les clients gais ne vont jamais au café des dockers — mais ils savent où se trouver quand les bars ferment leur porte. Dans la rue. Tout cela me paraît extrêmement triste, mais je suis peut-être resté à l'étranger trop longtemps. Je ne suis plus amateur de ces branlettes de ruelles. Je trouve que le péché doit être amusant.

Vivaldo rit, mais il se dit avec un étonnement mêlé de crainte : « Mon Dieu, ce qu'il a changé ! Il n'a jamais parlé ainsi autrefois. » Il regarda la rue tranquille et les ombres projetées par les maisons et les arbres, avec une conscience nouvelle de la menace dont il était l'objet et de sa terrifiante solitude. Et il regarda de nouveau Eric tout comme il l'avait considéré dans le film, en se demandant encore ce qu'était la vraie nature d'Eric et comment Eric pouvait s'en accommoder.

Ils pénétrèrent dans le vestibule et grimpèrent l'escalier qui menait à l'appartement d'Eric. Une lumière, une veilleuse, brûlait au-dessus du lit.

— Pour éloigner les voleurs, dit Eric.

L'appartement était dans son état de désordre habituel : lit défait, vêtements posés sur des dossiers de chaises ou accrochés à des boutons de porte.

— Pauvre Cass, dit Eric en riant, elle essaie de faire régner un peu d'ordre ici, mais quel travail de Romain ! De toute façon, à voir à quel point nous en sommes, je ne lui donne pas beaucoup de temps pour qu'elle mette sérieusement la main à la pâte.

Il s'affaira de côtés et d'autres, ramassant des vêtements épars qu'il allait empiler sur la table. Il alluma la lumière de la cuisine et ouvrit sa glacière. Vivaldo se laissa tomber sur le lit défait. Eric emplit deux verres et s'assit devant lui sur un fauteuil de bridge. Il y eut un moment de silence.

— Éteins la lampe de la cuisine, dit Vivaldo. Je l'ai en pleine face.

Eric se leva et appuya sur l'interrupteur. Il revint avec la bouteille de whisky qu'il posa à terre. Vivaldo se déchaussa et étendit ses jambes sur le lit, en faisant jouer ses orteils.

— Tu aimes Cass, demanda-t-il brusquement ?

La chevelure rousse d'Eric flamboya dans la pénombre, lorsqu'il baissa la tête pour boire et la releva ensuite vers Vivaldo.

— Non, je ne crois pas. Je le voudrais pourtant. Je lui suis très attaché, mais je ne l'aime pas.

Il but une gorgée d'alcool.

— Mais elle, elle t'aime, dit Vivaldo. N'est-ce pas ?

Eric leva les sourcils.

— Je le crois. Elle se l'imagine en tout cas. Je ne sais pas. Qu'est-ce que c'est *aimer* ? Tu aimes Ida ?

— Oui, dit Vivaldo.

Eric se leva et alla à la fenêtre.

— Tu n'as même pas eu besoin de réfléchir. Voilà qui me renseigne exactement sur mes sentiments.

Il rit. Le dos tourné à Vivaldo, il dit :

— Je t'enviais toujours autrefois, tu le sais ?

— Tu devais être fou, dit Vivaldo. Pourquoi m'enviais-tu ?

— Parce que tu étais normal, dit Eric.

Il se retourna et fit face à Vivaldo.

Vivaldo rejeta la tête en arrière en riant.

— La flatterie ne te mènera nulle part, mon petit. À moins qu'il n'y ait là qu'un subtil camouflet.

— Pas du tout, dit Eric. Mais je suis heureux de ne plus t'envier maintenant.

— C'est moi, dit Vivaldo, qui pourrait aussi bien t'envier. Tu peux coucher aussi bien avec les hommes qu'avec les femmes, et j'ai parfois désiré pouvoir en faire autant, vraiment. — Eric garda le silence. Vivaldo sourit. — Nous avons tous nos ennuis, mon petit.

Eric se rembrunit. Il grommela quelques paroles incompréhensibles et se rassit.

— Tu dis que tu voudrais bien en faire autant, et moi, je regrette de pouvoir le faire.

— Que tu dis !

Ils se regardèrent et sourirent. Puis Eric reprit :

— J'espère que tu t'entendras mieux avec Ida que moi avec son frère.

Vivaldo se sentit envahi par un froid glacial. Son regard quitta Eric et alla se poser sur la fenêtre. Les rues sombres et solitaires semblaient affluer vers eux.

— Comment cela marchait-il avec Rufus ? demanda-t-il.

— C'était terrible. De quoi devenir fou.

— Je m'en doute. — Il regarda Eric. — Est-ce terminé, maintenant? Je veux dire, Cass marque-t-elle le début d'une ère nouvelle pour toi?

— Je ne sais pas. J'ai cru pouvoir parvenir à l'aimer, mais non... je l'aime beaucoup. Nous nous entendons très bien tous les deux. Mais je ne l'ai pas dans les tripes. Ce n'est pas comme pour toi avec Ida.

— C'est peut-être simplement que tu ne l'aimes pas *elle*. Il n'est pas nécessaire que tu aimes à chaque fois que tu couches. Tu n'as pas besoin d'aimer pour que la liaison soit réussie.

Eric garda d'abord le silence. Puis il dit:

— Non, mais une fois qu'on a aimé...

Et il regarda fixement son verre.

— Oui, dit enfin Vivaldo, oui, je sais.

— Je crois, dit Eric, qu'il me faut vraiment accepter — ou décider — certaines choses très étranges. Tout de suite.

Il entra dans la cuisine obscure et en ressortit avec de la glace. Il en mit dans son verre et dans celui de Vivaldo. Il se rassit sur son bridge.

— Il me semble que j'ai passé des années à me dire qu'un beau jour je me réveillerais pour m'apercevoir que tous mes tourments étaient disparus, toutes mes indécisions envolées et qu'aucun homme, aucun garçon, aucun mâle, n'aurait plus jamais aucun pouvoir sur moi.

Vivaldo rougit et alluma une cigarette.

— Je ne puis être certain, dit-il, qu'un beau jour je ne vais pas me trouver accroché à quelque garçon, comme ce type de *Mort à Venise*. Et toi, tu ne peux pas être certain qu'il n'y a pas une femme qui t'attend, toi seul, quelque part au bord de la route.

— En effet, dit Eric, je ne puis en être sûr. Et pourtant, il faut que je me décide.

— Que dois-tu donc décider ?

Eric alluma une cigarette, leva un pied et se prit le genou à deux mains.

— Je crois qu'il faut envisager avec sincérité la vie que l'on mène. Sinon, il n'y a aucune possibilité de vivre l'existence que l'on désire... ou que l'on croit désirer.

— Ou, dit Vivaldo au bout d'un moment, que l'on croit *devoir* désirer.

— La vie que l'on croit *devoir* désirer, dit Eric, est toujours celle qui paraît la plus sûre. — Il se tourna vers la fenêtre. L'unique lumière de la pièce, qui provenait de derrière Vivaldo, jouait sur son visage comme la clarté d'un feu. — Quand je suis avec Cass, c'est amusant, tu sais, et parfois, c'est... eh bien vraiment tout à fait fantastique. Ça me repose, je me sens protégé... et fort... il y a des choses que seule une femme peut vous donner. — Il alla à la fenêtre et regarda à travers les fentes du store comme s'il attendait le moment où les hommes des camps adverses allaient quitter leurs tentes pour se rencontrer à l'ombre des arbres. — Et pourtant, dans un sens, tout cela n'est guère qu'une espèce de gymnastique de haut niveau. C'est un grand défi, un grand test, un grand jeu. Mais je ne sens pas vraiment cette... terreur... et cette angoisse et cette joie que j'ai parfois éprouvées avec... certains hommes. Il n'y a pas une part suffisante de moi-même qui se trouve investie ; c'est presque comme si je faisais ça... pour faire plaisir à Cass. — Il se retourna vers Vivaldo. — Tu comprends ?

— Oui, je crois, dit Vivaldo. Je crois.

Mais il pensait à certaines nuits passées au lit avec Jane, quand elle était ivre au point de devenir insatiable ; il pensait à son souffle, à son corps visqueux, à l'impersonnalité fantastique de ses cris. Une fois, il avait eu de terribles maux d'estomac mais Jane ne lui avait laissé aucun répit et, en fin de compte, pour éviter de lui enfoncer son poing dans la gorge, il s'était jeté sur elle, dans l'espoir insensé de l'épuiser afin de pouvoir prendre ensuite un peu de repos. Mais il savait que ce n'était pas de cela qu'Eric parlait.

— Peut-être, dit Vivaldo d'une voix hésitante, en songeant aux mains d'Harold, à la nuit passée sur le toit avec lui, c'est peut-être l'impression que j'aurais si je couchais avec un homme uniquement par sympathie, parce qu'il le voudrait.

Eric eut un sourire triste.

— Je ne pense pas qu'une telle comparaison soit possible, Vivaldo. Ces problèmes sexuels sont trop personnels. Mais si tu allais coucher avec un gars uniquement parce qu'il le désire, il ne t'incomberait aucune responsabilité. Tu n'aurais rien à faire. C'est lui qui ferait tout le travail. Et la perspective de rester passif est très séduisante pour beaucoup d'hommes, pour la plupart d'entre eux, peut-être.

— Vraiment ? — Vivaldo posa les pieds à terre et but une longue gorgée. Il regarda Eric, poussa un soupir et sourit. — Tu n'as pas l'air de voir les choses en rose mon pote.

— Eh bien, c'est comme ça qu'elles sont, à mon point de vue. — Eric fit une grimace, rejeta la tête en arrière et lampa son whisky. — Si je gémis, c'est peut-être parce que je voulais croire que, quelque part, pour certains, la vie et l'amour étaient plus faciles... qu'ils ne le sont pour moi. Peut-être était-il plus aisé de me traiter de tapette et de dire que tous mes malheurs venaient de là.

Puis le silence envahit la pièce comme une onde glaciale. Eric et Vivaldo se regardèrent fixement avec une intensité curieusement agressive. Il y avait là, dans les yeux d'Eric, une énorme question et Vivaldo se détourna, comme devant un miroir ; il se dirigea vers la porte de la cuisine.

— Tu crois vraiment que ça revient au même ?

— Je ne sais pas. Mais la différence mérite-t-elle qu'on s'y attarde ?

— Eh bien, dit Vivaldo en taquinant les gonds de la porte avec l'ongle de son pouce, je suis convaincu que le véritable plaisir est procuré par les relations entre homme et femme. Et physiquement, elles sont plus aisées. — Il lança un bref regard à Eric. — Tu ne crois pas ? Et puis, ajouta-t-il, il y a les enfants.

De nouveau il regarda Eric très vite.

Eric éclata de rire.

— Je n'ai jamais entendu dire que deux types désiraient laisser tomber parce qu'ils n'étaient pas du même calibre. Quand on aime, on trouve toujours un moyen, mon vieux. Je ne connais rien au base-ball, alors je ne sais pas si la vie ressemble à un match de base-ball. Pour toi, peut-être. Pas pour moi. Si ce sont les enfants qui t'intéressent, tu peux en fabriquer un en cinq minutes et tu n'as pas besoin d'aimer qui que ce soit pour y parvenir. Si tous les enfants qui se font en une année étaient conçus par amour, dis donc, mon vieux, quel monde extraordinaire serait le nôtre !

Vivaldo sentait, tout au fond de son cœur, comme une haine qui montait, malgré lui ; il luttait contre elle, comme il aurait lutté contre une envie de vomir.

— Je ne parviens pas à décider, dit-il, si c'est toi qui veux rendre le monde entier aussi malheureux que toi ou si le monde entier est vraiment aussi malheureux que toi.

— Ne dis pas les choses ainsi, mon vieux. Jusqu'à quel point es-tu heureux, *toi* ? Cela n'a rien à voir avec moi, rien à voir avec ma façon de vivre et de penser ;

que je sois malheureux ou non n'a aucune importance. Es-tu vraiment heureux ?

La question resta suspendue en l'air comme la fumée qui vacillait entre Eric et Vivaldo. La question était aussi dense que le silence. Vivaldo baissa les yeux, fuyant le regard d'Eric, cherchant la réponse dans son cœur. Il avait peur ; il regarda Eric, Eric avait peur aussi. Ils s'observèrent.

— J'aime Ida, dit Vivaldo... Parfois nous atteignons la plénitude du bonheur. Et c'est très très beau. Parfois non, et c'est hideux.

Et il resta où il était, à la porte, immobile.

— Moi aussi, j'aime, dit Eric. Il s'appelle Yves ; il va arriver très prochainement à New York. J'ai reçu une lettre de lui aujourd'hui.

Il se leva, alla à son bureau, prit une enveloppe de la poste aérienne. Vivaldo regarda ce visage qui, en un instant, s'était tiré, puis transfiguré. Eric ouvrit la lettre et la relut. Il leva les yeux vers Vivaldo.

— Parfois, nous sommes heureux, nous aussi, et c'est beau. Et quand nous n'y parvenons pas, c'est hideux. — Il se rassit. — Tout à l'heure, quand je disais que je ne savais pas quelle décision prendre, si j'accepterais ou non, c'est à lui que je pensais.

Il se tut ; il jeta la lettre sur le lit. Il y eut un très long silence que Vivaldo n'osa pas rompre.

— Il faut que je comprenne, dit Eric, que si j'ai songé à m'échapper — et j'y ai songé ; quand a commencé ma liaison avec Cass, je me suis dit que j'avais peut-être là une occasion de me transformer, et j'en étais heureux — eh bien Yves, qui est beaucoup plus jeune que moi, songera lui aussi à s'échapper. Il faut que je me prépare à le laisser partir. Il s'en ira. Et je crois — il leva les yeux vers Vivaldo — qu'il faut qu'il s'en aille... pour devenir un homme probablement.

— Tu veux dire, pour devenir lui-même.
— Oui, dit Eric.
Et le silence tomba de nouveau.
— Tout ce que je puis faire, dit enfin Eric, c'est l'aimer. Mais ça veut dire — n'est-ce pas? — que je ne puis me persuader d'aimer quelqu'un d'autre. Je ne peux pas faire une promesse plus grave que cette promesse que j'ai déjà faite... pas maintenant, pas maintenant, et peut-être ne ferai-je jamais une promesse plus importante. Je ne peux pas être à la fois heureux et malheureux. Je ne peux pas me comporter comme si j'étais libre quand je sais que je ne le suis pas. Est-ce de la logique, ou de la folie?

Il y avait des larmes dans ses yeux. Il rejoignit Vivaldo près de la porte et le regarda bien en face. Puis il se détourna.

— Tu as raison, tu as raison. Il n'y a rien à décider. Il faut tout accepter.

Vivaldo s'écarta de la porte et se jeta à plat ventre sur le lit, laissant ses longs bras pendre jusqu'à terre.

— Cass est-elle au courant... pour Yves?
— Oui. Je lui ai dit tout avant. — Il sourit. — Mais tu sais comment ça se passe... nous voulions avoir une attitude «honorable». Rien n'aurait pu nous arrêter vraiment à ce moment; nous avions trop besoin l'un de l'autre.

— Que vas-tu faire maintenant? Quand — il fit un geste vers la lettre qui était quelque part sous son nombril — Yves va-t-il arriver?

— Dans une quinzaine de jours. Si j'en crois cette lettre. Peut-être un peu plus, peut-être un peu moins.

— L'as-tu dit à Cass?

— Non. Je lui en parlerai demain.
— Comment va-t-elle prendre la chose à ton avis ?
— Eh bien, elle sait depuis le début qu'il doit venir. Je ne sais pas comment elle va réagir quand il arrivera effectivement.

Dans la rue, ils entendirent des pas précipités. Quelqu'un siffla.

Eric fixa le mur, les sourcils froncés.

On entendit d'autres voix dans la rue.

— Je crois que les bars sont en train de fermer, dit Eric.

— Oui. — Vivaldo se hissa sur un coude et regarda le store qui maintenait la jungle à l'extérieur. — Eric, comment peut-on traverser toutes ces épreuves ? Comment peut-on vivre quand on ne peut pas aimer ? Et comment peut-on vivre si l'on aime ?

Il regarda avec insistance Eric qui ne disait rien et dont le visage luisait dans cette lumière jaune, aussi impersonnel, aussi effroyablement émouvant qu'aurait pu l'être le masque mortuaire d'Eric adolescent. Il se rendit compte qu'ils commençaient tous deux à être ivres.

— Je ne vois pas comment je puis vivre avec Ida et je ne vois pas comment je pourrais vivre sans elle. Chaque jour qui passe je le dois à une prière. Chaque matin, quand je m'éveille, je suis étonné de voir qu'elle est encore à mes côtés. — Eric le regardait parfaitement rigide et immobile, respirant à peine, semblait-il ; seuls, ses yeux fixes étaient vivants. — Et pourtant — il inspira l'air un instant — parfois je regrette qu'elle soit là, parfois je regrette de l'avoir rencontrée, parfois je me dis que je ferais mieux d'aller n'importe où pour me débarrasser de ce fardeau. Jamais elle ne me laisse oublier que je suis blanc, jamais elle ne me laisse oublier qu'elle est noire. Et je m'en moque. Je m'en moque... Rufus, te faisait-il ça aussi? Essayait-il de te faire payer?

Eric baissa les yeux, ses lèvres se serrèrent.

— Ah! Il n'a pas seulement *essayé*. Je payais. — Il leva les yeux sur Vivaldo. — Mais je ne regrette rien. Sans Rufus, je n'aurais jamais senti la nécessité de partir, je n'aurais jamais rencontré Yves.

Il se leva et marcha vers la fenêtre derrière laquelle s'élevaient des voix de plus en plus nombreuses.

— C'est peut-être à cela que sert l'amour.

— Tu couches avec quelqu'un d'autre que Cass?

Eric se retourna.

— Non.

— Pardonne-moi. Je croyais. Je ne couche avec personne d'autre qu'Ida.

— On ne peut pas être partout à la fois, dit Eric.

Ils écoutèrent les pas et les voix dans la rue: quelqu'un chantait; quelqu'un appelait; quelqu'un jurait. Quelqu'un courut. Puis ce fut de nouveau le silence.

— Tu sais, dit Eric, il est exact qu'on peut fabriquer des gosses sans amour. Mais quand on aime la femme avec qui on les fait, alors ce doit être fantastique.

— Ida et moi, nous pourrions avoir des enfants sensationnels, dit Vivaldo.

— Crois-tu que vous en aurez?

— Je ne sais pas. J'aimerais beaucoup... mais — il retomba sur le lit et fixa le plafond — je ne sais pas.

L'espace d'un instant, il s'offrit le luxe de rêver aux enfants d'Ida, tout en sachant que ces enfants ne naîtraient jamais, qu'il n'aurait rien d'autre que le songe d'un moment. Pourtant, il rêva d'un bébé qui avait la bouche, les yeux et le front d'Ida, ses cheveux à lui, en plus bouclés, sa conformation et *leur* couleur à tous les deux. Quelle serait cette couleur? Une fois encore, de la rue, parvint un cri, le bruit d'un choc, un rugissement. Eric éteignit la veilleuse et leva le store. Vivaldo le rejoignit à la fenêtre. Mais il n'y avait plus rien à voir, la rue était déserte, noire et tranquille, bien que l'écho atténué de quelques voix parvînt jusqu'à eux.

— L'une des dernières fois que j'ai vu Rufus..., dit soudain Vivaldo.

Il se tut. Il n'y avait pas songé depuis; dans un sens, il n'y avait jamais pensé.

— Oui ?

Il distinguait à peine les traits d'Eric dans le noir. Il se détourna et se rassit sur le lit. Il alluma une cigarette. Et dans la flamme minuscule le visage d'Eric surgit, puis retomba dans la nuit. Il regarda le contour rouge brun de la silhouette d'Eric qui se profilait sur la clarté confuse filtrant à travers la jalousie.

Il revit encore une fois ce terrible appartement, les larmes de Leona, Rufus avec le couteau et le lit défait, le drap gris tordu et la mince couverture; tout cela lui semblait s'être produit des années, des années plus tôt.

En fait, il y avait tout juste quelques mois.

— Je n'ai jamais dit cela à personne, dit-il, et je ne sais vraiment pas pourquoi je t'en parle. La dernière fois que j'ai vu Rufus, avant sa disparition, quand il vivait encore avec Leona — il reprit son souffle, tira sur sa cigarette et la lueur incandescente ramena la chambre dans le monde, puis la laissa retomber dans le chaos — nous nous sommes battus, il disait qu'il allait me tuer. Et en fin de compte, quand il s'est couché, après avoir pleuré, après m'avoir dit... des choses horribles... je l'ai regardé; il était étendu sur le côté, les yeux mi-clos; il s'est retourné vers moi. J'étais en train d'ôter mon pantalon. J'avais installé Leona chez moi et moi, j'allais vivre chez lui. J'avais peur de le laisser seul. Eh bien quand il m'a regardé, juste avant de fermer les yeux et de se retourner de l'autre côté, roulé en boule, j'ai eu l'impression fantastique qu'il voulait que je le prenne dans mes bras. Non pas pour faire l'amour, bien qu'on eût sans doute fini par en arriver là ; j'avais seulement l'impression qu'il voulait que quelqu'un le tienne, le serre très fort, et cette nuit-là, il fallait que ce soit un homme. Je me suis couché, j'y ai songé ; j'ai regardé son dos ; il faisait alors aussi sombre dans cette chambre qu'ici en ce moment. Je suis resté sur le dos, je ne l'ai pas touché, et je n'ai pas dormi. J'ai gardé de cette nuit-là le souvenir d'une sorte de veillée. Je ne sais pas s'il dormait ou non ; j'essayais de le deviner au bruit de sa respiration mais c'était impossible, elle était trop hachée ; sans doute avait-il des cauchemars. J'aimais Rufus, je l'aimais, oui, je ne voulais pas qu'il meure. Mais après sa mort, j'y ai pensé, j'y ai pensé sans cesse... n'est-ce pas curieux ? Je ne savais pas que j'y avais tant songé... et je me demandais, je crois que je me le demande encore, ce qui se serait passé si je l'avais pris dans mes bras, si je l'avais serré, si je n'avais pas eu... peur. Je craignais qu'il ne comprenne pas que c'était uniquement de l'affection. Oui, seulement de l'affection. Mais, oh, mon Dieu, quand il est mort, j'ai pensé que j'aurais peut-être pu le sauver si je m'étais rapproché seulement d'un centimètre, dans ce lit, pour le prendre dans mes bras. — Il sentit les larmes froides sur son visage et il tenta de les chasser. — Tu sais ce que je veux dire ? Je n'en ai pas parlé à Ida, je n'en ai parlé à personne ; je n'y ai même pas pensé depuis qu'il est mort. Mais je crois que je vis avec cette idée depuis. Et je ne saurai jamais. Je ne saurai jamais.

— Non, dit Eric, tu ne le sauras jamais. À ta place, je l'aurais pris dans mes bras... mais ça n'aurait rien changé. Sa petite amie a essayé de le retenir, mais ça n'a rien changé.

Il s'assit sur le lit à côté de Vivaldo.

— Tu veux une tasse de café?

— Bon Dieu, non. — Vivaldo s'essuya les yeux du revers de la main. — Buvons un autre verre. Regardons l'aube se lever.

— D'accord.

Eric s'apprêtait à s'en aller. Vivaldo saisit sa main.

— Eric! — Il regarda les yeux noirs interrogateurs et les lèvres entrouvertes qui souriaient. — Je suis heureux de t'avoir dit tout ça. Je crois que je n'aurais pu le dire à personne d'autre.

Eric parut sourire. Il prit la tête de Vivaldo à deux mains et déposa un baiser léger et rapide sur son front. Puis son ombre disparut et Vivaldo l'entendit remuer dans la cuisine.

— Je n'ai plus de glace.

— T'en fais pas pour la glace.

— De l'eau?

— Non, euh, un peu si tu veux.

Eric revint avec deux verres et en mit un dans la main de Vivaldo. Ils choquèrent les verres.

— À la venue de l'aurore, dit Eric.

— À l'aurore, dit Vivaldo.

Et ils restèrent assis côte à côte, à regarder la lumière monter derrière la fenêtre et s'insinuer dans la chambre. Vivaldo poussa un soupir et Eric se retourna pour regarder ce visage gris et maigre, les longues joues creuses maintenant, la barbe qui commençait à poindre, la bouche merveilleuse et résignée et les yeux noirs qui fixaient droit devant eux... ils étaient fixes parce qu'ils commençaient à regarder ce qui se passait en lui. Et Eric, pour la première fois de sa vie peut-être, eut la conviction qu'il avait trouvé la clé de la camaraderie avec les hommes. Vivaldo était devant lui ; long, amaigri et las, vêtu comme toujours, de noir et de blanc. Sa chemise blanche était ouverte presque jusqu'au nombril et cette chemise était sale maintenant, les poils bouclés de sa poitrine émergeaient dans l'échancrure ; ses cheveux étaient trop longs comme toujours et retombaient emmêlés sur son front ; Eric percevait l'odeur de la sueur de Vivaldo, aux aisselles, à l'aine, et il avait terriblement conscience de la présence de ces longues jambes. Vivaldo était assis là, sur le lit d'Eric ; un centimètre à peine les séparait. Son coude touchait presque celui de Vivaldo : il écoutait le souffle régulier de Vivaldo. Ils étaient comme deux soldats qui se reposent du combat en attendant de repartir se battre.

Vivaldo s'allongea sur le lit, une main sur le front, l'autre main entre les jambes. Il se mit aussitôt à ronfler, puis il frissonna et tourna la tête sur l'oreiller d'Eric, vers le mur. Eric, assis sur le lit, l'observait. Il ôta les chaussures de Vivaldo, il desserra la ceinture de Vivaldo, il tourna le visage de Vivaldo vers lui. La clarté du matin enveloppait le dormeur. Eric se servit un autre verre avec de la glace cette fois, car il en avait trouvé de la nouvelle dans le frigidaire. Il songea à relire la lettre d'Yves, mais il la connaissait par cœur. Et il était terrifié à l'idée qu'Yves allait arriver. Il se rassit sur le lit et regarda le matin... *Mon bien-aimé. Je te préviendrai du jour de mon arrivée. Je prendrai l'avion. J'ai dit au revoir à ma mère. Elle a beaucoup pleuré. J'avoue que ça m'a fait quelque chose. Bon. Paris est mortel sans toi. Je t'adore mon petit, et je t'aime. Comme j'ai envie de te serrer très fort dans mes bras ! Je t'embrasse. Toujours à toi. Ton Yves*[1].

---

1. En français dans le texte.

Ah oui. Quelque part, quelqu'un mit la radio en marche. Le jour était levé. Il acheva son verre, ôta ses chaussures, desserra sa ceinture et s'allongea à côté de Vivaldo. Il posa la tête sur la poitrine de Vivaldo et à l'ombre de ce roc, il s'endormit.

Ida lança au chauffeur :
— À Harlem, s'il vous plaît. Au Small Paradise.
Puis elle se tourna vers Cass avec un sourire contrit.
— Leur nuit à eux, dit-elle en montrant Eric et Vivaldo qui disparaissaient dans la nuit, ne fait que commencer. La mienne aussi ; seulement, pour moi, ça ne va pas être aussi amusant.
— Je croyais que vous rentriez, dit Cass.
— Eh bien, non. J'ai des gens à voir. — Elle regarda pensivement ses ongles puis se tourna vers Cass. — Je n'ai pas pu en parler à Vivaldo, alors, ne le lui dites pas, je vous en prie. Il se frappe toujours... à cause de certains des musiciens. Je ne peux pas lui en vouloir. Mais je ne peux pas leur en vouloir à eux non plus ; je sais ce qu'ils éprouvent. Mais je n'aime pas qu'ils le fassent sentir à Vivaldo. Il a déjà assez d'ennuis comme cela.
Et, au bout d'un moment, elle ajouta à mi-voix :
— Moi aussi, d'ailleurs.
Cass ne dit rien ; elle était trop étonnée. Loin de s'imaginer qu'Ida et elle étaient amies, elle s'était dit depuis longtemps qu'Ida la détestait et se méfiait d'elle. Mais il n'en apparaissait rien maintenant. Ida avait l'air soucieuse et elle semblait redouter la solitude.
— Je voudrais bien que vous veniez boire un verre avec moi là-bas, dit Ida.
Elle ne cessait de tordre la bague qui ornait son petit doigt.

Cass songea aussitôt : « Je vais être terriblement mal à l'aise là-bas, et si vous retrouvez quelqu'un, à quoi ma présence vous servira-t-elle ? » Elle sentait pourtant qu'elle ne pouvait pas dire cela, et qu'Ida avait besoin d'une femme à qui parler, ne serait-ce que quelques minutes, même si la femme était blanche.

— D'accord, acquiesça-t-elle, mais un verre seulement. Il faut que je rentre vite retrouver Richard.

Quand elle eut achevé ces mots, Ida et elle éclatèrent de rire. C'était presque la première fois qu'elles riaient ensemble, et cette hilarité révéla à Cass qu'Ida avait modifié son attitude depuis qu'elle était au courant de la liaison de Cass avec Eric. Peut-être Ida trouvait-elle qu'elle pouvait mieux se fier à Cass, que Cass était davantage une femme, maintenant que sa vertu et sa sécurité avaient disparu. Et il y avait aussi, dans ce rire soudain et spontané, une allusion imperceptible à une sorte de chantage. Ida pouvait être plus libre avec Cass maintenant, puisque le jugement du monde, s'il s'avérait nécessaire de l'affronter, condamnerait Cass encore plus cruellement qu'Ida. Car Ida n'était ni une Blanche, ni une femme mariée, ni une mère. Le monde trouvait naturels les écarts de conduite d'Ida, tandis qu'il jugeait ceux de Cass pervers.

— Les hommes sont des cochons, n'est-ce pas, mon petit, dit Ida d'un ton triste et las. Je ne les comprends pas, je vous le jure.

— J'ai toujours cru que vous les compreniez mieux que je ne l'ai jamais fait, dit Cass.

Ida sourit.

— Eh bien, c'est parce que je faisais semblant. D'ailleurs, les relations avec un homme ne posent pas de problème quand on ne se soucie pas plus de lui que d'une guigne. La plupart des types que j'ai connus ne valaient pas tripette. Et j'ai toujours été convaincue que les hommes sont tous comme ça. — Elle se tut. Elle considéra Cass qui restait immobile les yeux baissés. Le taxi approchait de Times Square. — Vous voyez ce que je veux dire ?

— Je ne sais pas, dit Cass. Je crois que non. Je n'ai connu que deux hommes dans ma vie.

Ida fixa sur elle un regard pensif ; ses lèvres esquissaient un léger sourire ironique.

— Voilà qui est difficile à croire. C'est à peine imaginable.

— C'est que je n'ai jamais été très jolie. Je crois que j'ai vécu assez à l'écart du monde. Et puis je me suis mariée très jeune.

Elle alluma une cigarette et croisa les jambes.

Ida regarda les lumières et la foule.

— Je me demande si je me marierai un jour. — Je crois que non. Je n'épouserai jamais Vivaldo et — elle tapota sa bague — c'est difficile de deviner ce que l'avenir vous réserve. Mais je ne vois pas de mari à l'horizon.

Cass ne dit rien. Puis elle demanda :

— Pourquoi n'épouseriez-vous pas Vivaldo ? Vous ne l'aimez pas ?

— L'amour ne tient pas une aussi grande place qu'on le croit généralement. En somme, voyez-vous, il ne change pas tout. Il peut n'être qu'une sacrée démangeaison de ce que je pense. — Elle s'agitait sans cesse dans l'espace étroit et noir de la voiture. Elle regarda de nouveau de l'autre côté de la vitre. — Naturellement que j'aime Vivaldo ; c'est l'homme le plus chic que j'aie jamais connu. Et je sais que je lui ai mené la vie dure, parfois. C'est plus fort que moi. Mais je ne peux pas me marier avec lui ; ce serait la fin de tout, pour lui comme pour moi.

— Tiens? Pourquoi? — Cass marqua un temps d'arrêt et reprit, avec précaution: — Vous ne voulez pas dire que c'est uniquement parce qu'il est Blanc...

— Parbleu oui! s'exclama Ida, dans un sens, c'est bien à cela que je fais allusion. Ça vous paraît peut-être terrible. Personnellement je me moque de la couleur de sa peau, là n'est pas la question. — Elle se tut; elle cherchait manifestement à découvrir où était la question. — Il n'y a qu'un homme que j'aie connu mieux que Vivaldo; et cet homme était mon frère. Eh bien, voyez-vous, Vivaldo était son meilleur ami... et Rufus allait mourir, mais Vivaldo n'en savait rien. Et moi, qui étais à des kilomètres, *je le savais*.

— Qu'est-ce qui vous fait croire que Vivaldo ne le savait pas? Vous êtes injuste. Et cela vous a avancée à quoi de le savoir? Ça n'a rien changé...

— Il est peut-être impossible d'arrêter ou de changer quoi que ce soit, dit Ida, mais il faut savoir, il faut savoir ce qui se passe.

— Mais Ida, personne ne sait vraiment ce qui se passe... pas vraiment. Vous savez peut-être des choses que j'ignore, mais n'est-il pas également possible que je sache des choses que vous ignorez? Par exemple, je sais ce que c'est que d'avoir un enfant. Vous non.

— Oh, voyons, Cass, je peux très bien avoir un gosse et alors je le saurai. Les bébés ne m'attirent guère, mais voyez-vous, je peux très bien en savoir autant que vous si je le veux. À la manière dont s'y prend Vivaldo, je vais probablement bientôt le savoir, que je le veuille ou non. — Elle émit une série de gloussements incongrus. — Mais, ajouta-t-elle après avoir poussé un soupir, la réciproque n'est pas vraie. Vous, vous ne savez pas, et il est absolument impossible que vous le sachiez, ce que c'est que d'être une Noire, dans ce monde, ni la manière dont les Blancs, et les Noirs aussi d'ailleurs, vous traitent alors. Vous n'avez jamais été amenée à conclure que le monde tout entier n'était qu'un immense bordel et que par conséquent le meilleur moyen de faire votre chemin, c'était de vous décider à devenir la plus grande, la plus froide et la plus dure des putains, en obligeant ainsi le monde à vous payer ce qu'il vous doit. — Elles étaient dans le parc. Ida se pencha en avant et alluma une cigarette, les mains tremblantes, puis elle fit un geste vers la vitre. — Je parie que vous vous croyez dans un parc. Vous ne savez pas que nous sommes dans l'une de ces vastes jungles de ce monde. Vous ne savez pas que derrière ces sacrés bons dieux d'arbres, les gens sont en train de baiser, de se faire sucer, de se droguer et de mourir. De mourir, ma petite, en ce moment, pendant que nous avançons dans ce noir, dans le taxi de cet homme. Et vous ne le savez pas même quand on vous le dit; vous ne le savez pas, même quand vous le voyez.

Cass se sentait très petite et très loin d'Ida. Un froid glacial l'envahit.

— Comment pouvons-nous le savoir, Ida? Comment pouvez-vous nous reprocher de ne pas le savoir? Nous n'avons jamais eu l'occasion de nous en apercevoir. Je connaissais à peine l'existence de Central Park avant de me marier. — Et elle aussi regarda le parc, essayant d'apercevoir ce que Ida y voyait. Mais naturellement, elle ne vit que les arbres, les lumières, les pelouses, la route sinueuse et la silhouette des immeubles qui se dressaient de l'autre côté. — Il n'y avait pour ainsi dire pas de Noirs dans la ville où j'ai grandi... comment aurais-je pu savoir? — Et elle se détesta pour la question qu'elle allait poser ensuite mais elle ne pouvait pas se taire. — Ne trouvez-vous pas que je mérite quelque estime, pour avoir tenté d'être humaine, pour avoir refusé de rester de l'autre côté, pour... m'être échappée?

— Mais de quoi vous êtes-vous échappée, Cass?

— De ce monde, de cette existence vides, de cette vie futile.

Ida éclata de rire. Un rire cruel et pourtant Cass se rendit compte, très nettement, qu'Ida n'essayait pas d'être cruelle. Elle paraissait s'efforcer, intérieurement, de remonter quelque pente abrupte pour la première fois.

— Ne pourrait-on pas dire cela autrement, mon chou, pour s'amuser uniquement. Ne pourrions-nous pas, en somme, dire que c'est la nature qui vous y a poussée, et dire que vous avez vu Richard, qu'il vous a excitée, et qu'ainsi vous ne vous êtes pas vraiment échappée... vous vous êtes seulement mariée.

Cass sentait la colère l'envahir; elle se demanda pourquoi. Elle dit:

— Non, bien avant de rencontrer Richard, je savais que cette vie ne me convenait pas.

Elle disait vrai, et pourtant sa voix manquait de conviction. Et Ida, inexorablement, exprima la question que Cass ne posait pas:

— Et que vous serait-il arrivé si Richard n'était pas venu?

— Je n'en sais rien. Mais la question ne se pose pas. Il est venu. Je me suis enfuie.

L'atmosphère s'alourdissait entre elles comme si elles se trouvaient sur les deux rives opposées d'un précipice, en montagne, essayant de s'apercevoir à travers le brouillard, mais terriblement effrayées par le gouffre qui béait à leurs pieds. Car elle avait quitté Richard, ou en tout cas, elle l'avait trahi; que signifiait l'échec de leur amour? Et que faisait-elle maintenant, avec Eric? à quoi rimait cette liaison? Elle commença, confusément et avec bien des réticences, à pressentir l'ampleur de l'accusation portée par Ida, tandis que les reproches déjà anciens qu'elle s'adressait à propos de son existence avec Richard réapparaissaient, une fois de plus, au premier plan de ses préoccupations. Elle avait toujours vu beaucoup plus loin que Richard; elle en avait toujours su beaucoup plus que lui; elle était plus fine, plus rusée, plus déterminée; et il aurait fallu qu'il fût un homme très différent, plus fort et plus impitoyable pour ne pas l'épouser.

Mais il en avait toujours été ainsi, il en serait toujours ainsi entre les hommes et les femmes, partout. N'était-ce pas vrai? Elle jeta sa cigarette par la vitre baissée. Il est venu. Je me suis échappée. Était-ce bien cela? Le taxi approchait de Harlem. Elle se rendit compte, en frémissant, qu'elle n'était pas allée dans ce quartier depuis le matin des obsèques de Rufus.

— Mais imaginez, disait Ida, qu'il soit arrivé, *cet* homme qui est *votre* homme — parce qu'on s'en rend toujours compte; ce n'est pas tous les jours qu'il en vient un — et qu'il n'y ait pas eu pour vous de possibilité de vous échapper ou d'entrer ailleurs, parce qu'il était arrivé trop tard — à quelque moment qu'il soit arrivé, ç'aurait été trop tard d'ailleurs — parce qu'il s'était passé trop de choses jusqu'à votre naissance et avant que vous ne le rencontriez.

«Je n'en crois rien, songeait Cass. C'est trop facile, je n'en crois rien.» Elle dit:

— Si c'est de vous et de Vivaldo que vous parlez... il y a d'autres pays... n'y avez-vous jamais pensé?

Ida renversa la tête en arrière et éclata de rire.

— Ah oui! Et dans cinq ou dix ans, quand nous aurons amassé assez de fric, nous faisons les malles et nous allons dans l'un de ces pays. — Sauvagement elle ajouta : — Et à votre avis, où en serons-nous au bout de ces cinq années ? Qu'est-ce qu'il nous restera ? — Elle se pencha vers Cass. — Que restera-t-il dans cinq ans entre Eric et vous parce que, je le sais, vous savez fort bien que vous n'allez pas vous marier avec lui ; vous n'êtes pas folle à ce point.

— Nous serons amis, nous serons amis, dit Cass. J'espère que nous resterons toujours amis.

Elle avait froid ; elle pensa aux mains et aux lèvres d'Eric ; et elle regarda Ida.

Ida s'était tournée vers la vitre.

— Ce que vous ne savez pas, vous autres, dit-elle, c'est que la vie est une garce. C'est la plus grande salope qui puisse exister. Vous n'avez pas l'habitude de payer votre dû, et ça va vous paraître diablement dur, ma petite, quand l'heure de régler les comptes sonnera. Il y a un tas d'arrérages à casquer, et je sais très bien que vous n'avez pas un rotin d'avance.

Cass regarda la tête noire et fière qui se détournait d'elle à demi.

— Vous haïssez les Blancs, Ida ?

Ida pinça les lèvres avec colère.

— Qu'est-ce que ça vient faire ici ? Parbleu oui, je les hais ; parfois, je supporterais bien de les voir tous crever. Et parfois non. J'ai un ou deux autres chats à fouetter. — Son visage se transforma. Elle regarda ses doigts et tortilla sa bague. — Si un seul de ces Blancs s'intéresse à vous, cela détruit, en somme, votre détermination. On dit que l'amour et la haine sont très proches l'un de l'autre. En bien, c'est un fait. — Elle se retourna de nouveau vers la vitre. — Mais, Cass, posez-vous la question, pensez-y sérieusement et interrogez-vous... est-ce que vous ne haïriez pas tous les Blancs s'ils vous maintenaient ici en prison ? — Ils remontaient l'étonnante Septième Avenue. La population entière semblait descendue dans la rue, toute vêtue de noir, et depuis les réverbères, les perrons et les bouches à incendie, elle allait, entre les voitures, comme si ces dernières n'existaient pas. — S'ils vous enfermaient là-dedans, s'ils vous amoindrissaient et vous humiliaient, s'ils vous obligeaient à regarder votre mère, votre père, votre sœur, l'homme que vous aimez, votre fils et votre fille, mourir ou devenir fou, tous les jours, tous les jours, pendant des années et des générations. Merde! Ils vous enferment là-dedans parce que vous êtes noire, ces dégueulasses, ces salauds de Blancs, tout en allant crier sur les toits toutes leurs conneries sur la terre de la liberté et la patrie des braves. Et ils veulent que vous vous repaissiez de cette même musique, vous aussi, seulement il faut que vous gardiez vos distances. Je voudrais, ma petite, je voudrais pouvoir me changer en un poing énorme et réduire ce maudit pays en poussière. Il y a des jours, je me dis qu'il n'a pas le droit d'exister. Seulement, vous n'avez jamais éprouvé cela et Vivaldo non plus. Vivaldo ne voulait pas savoir que mon frère se mourait, parce qu'il ne voulait pas savoir que mon frère serait encore en vie s'il n'était pas né noir.

— Je ne sais pas si c'est vrai ou non, dit Cass lentement, mais je crois que je n'ai pas le droit de dire que ce n'est pas vrai.

— Ah non, sûrement pas, ma petite. À moins que vous ne désiriez vraiment vous demander comment vous auriez fait s'ils vous avaient fait subir ce qu'ils ont fait subir à Rufus. Et vous ne pouvez pas vous le demander, parce que rien au monde ne peut vous faire savoir ce que Rufus a souffert ; pas en ce monde, en tout cas, tant que vous serez une Blanche. — Elle sourit. C'était le sourire le plus triste que Cass eût jamais vu. — C'est là, ma chère ; nous sommes arrivées.

Le taxi s'arrêta en face de chez Small.

— On y va, dit Ida d'un ton léger, à croire qu'en un instant elle avait réussi à s'extraire du désespoir le plus profond et s'était préparée à parcourir le long chemin qui sépare les coulisses de la scène. Elle jeta un coup d'œil au compteur et ouvrit son sac.

— C'est à moi, dit Cass. C'est à peu près la seule chose qu'une pauvre Blanche puisse encore faire.

Ida la regarda et sourit.

— Allons, ne parlez pas ainsi, dit-elle, parce que vous pouvez souffrir, et vous avez de la souffrance en perspective, croyez-moi. — Cass tendit un billet au chauffeur. — Vous risquez de tout perdre : votre maison, votre mari, même vos enfants.

Cass resta assise, immobile, attendant la monnaie. On eût dit une petite fille méfiante.

— Je n'abandonnerai jamais mes enfants, dit-elle.

— On pourrait vous les enlever.

— On le pourrait, oui, mais cela ne se produira pas. Cass paya le chauffeur ; elles descendirent du taxi.

— C'est arrivé, dit doucement Ida, tous les jours, à mes ancêtres.

— Peut-être, s'écria Cass, en proie à une colère soudaine et prête à fondre en larmes, c'est arrivé à nous tous. Pourquoi mon mari a-t-il eu honte de parler polonais pendant toute son enfance?... et regardez-le maintenant, il ne sait pas qui il est. Nous sommes peut-être plus à plaindre que vous.

— Ce n'est pas peut-être, dit Ida ; c'est sûr.

— Alors, ayez un peu pitié.

— Vous en demandez beaucoup.

Les hommes qui passaient sur le trottoir fixaient sur elles un regard froidement calculateur et décidaient qu'elles étaient certainement inaccessibles, que leur

« ami » les attendait à l'intérieur. De toute manière, trois policiers blancs, marchant de front, remontaient l'avenue. Cass eut soudain l'impression de se trouver face à un danger et elle regretta d'être venue. Elle se vit quelques minutes plus tard, seule, cherchant un taxi. Mais elle n'osa rien dire à Ida. Ida ouvrit les portes et elles entrèrent.

— Nous ne sommes pas habillées pour venir ici, murmura Cass.

— Aucune importance.

Ida jeta un regard impérieux au-dessus des têtes des consommateurs, scrutant la salle du fond où l'estrade semblait érigée, devant une piste surélevée. Et son arrogance fit sortir de la fumée et du tumulte un gros homme noir qui s'approcha d'elle, les sourcils levés.

— Nous cherchons Mr. Ellis, dit Ida. Voulez-vous nous mener à lui, s'il vous plaît.

L'autre n'insista pas ; on eût même dit qu'il allait s'incliner.

— Oh, oui, dit-il. Suivez-moi donc.

Ida se recula légèrement pour permettre à Cass de passer devant, et lui décocha une rapide œillade. Cass éprouvait de l'admiration et de la fureur, et en même temps, elle avait envie de rire. Elles se mirent en devoir de traverser le café, ces deux femmes solitaires et superbes, inattendues en ce lieu, mais dont la respectabilité, si elle n'avait pas été définie avec précision, n'en était pas moins placée au-delà des limites communes. L'établissement était bondé, mais à une vaste table qui donnait, en quelque sorte, l'impression d'occuper plus que sa part de place, était assis Steve Ellis avec deux couples, un noir et un blanc.

Il se leva. Le garçon disparut.

— Je suis ravi de vous revoir, Mrs. Silenski, dit-il en

souriant. — Il tendit la main dans un geste royal. — Chaque fois que je vois Richard, je le prie de me rappeler à votre bon souvenir... mais vous a-t-il jamais transmis un seul de mes messages? Non, naturellement.

— Non, naturellement, dit Cass en riant. — Et elle se sentit soudain, sans raison, le cœur extrêmement léger. — Richard n'a pas du tout de mémoire. Mais je me figurais toujours que vous alliez revenir nous voir; et vous n'êtes jamais venu.

— Oh, mais j'irai. Vous me verrez beaucoup plus, chère madame, que vous n'avez le courage de l'imaginer. — Il se tourna vers ses compagnons. — Mais que je vous présente. — Il désigna le couple de Noirs. — Voici Mr. et Mrs. Barry; Mrs. Silenski. — Il s'inclina ironiquement en direction d'Ida. — Miss Scott.

Ida répondit à sa courbette par une demi-révérence goguenarde.

Mr. Barry se leva et leur serra les mains. Une étroite moustache surmontait ses lèvres minces, et il eut un sourire hésitant qui ne réussit pas à masquer complètement la curiosité patiente qu'éveillait en lui la présence de ces deux femmes. Son épouse ressemblait à une ancienne figurante. Elle scintillait et rutilait de mille feux. C'était une de ces femmes dont on s'imagine toujours qu'elles brûlent de rentrer chez elles pour dégrafer des lacets invisibles, inextricables et cruels. Sa lèvre inférieure rubiconde retombait ou se repliait sur son menton quand elle souriait, ce qui était très fréquent. L'autre couple s'appelait Nash. L'homme était gros; il avait la face cramoisie, des cheveux gris, un gros cigare et un rire satisfait; il était beaucoup plus âgé que sa femme, créature maigre, pâle et blonde, coiffée à la chien. Ida et Cass furent réparties autour de la table; Ida près d'Ellis, Cass aux côtés de Mrs. Barry. On commanda à boire.

— Miss Scott, dit Ellis, passe une grande partie de son temps à faire semblant d'être serveuse. N'allez jamais nulle part près de la boîte où elle travaille — je ne vous dirai même pas où c'est — elle est abominable. Comme serveuse. Mais c'est une grande chanteuse. Vous entendrez beaucoup parler de Miss Ida Scott. — Il lui prit la main et la caressa passionnément un instant. — Nous pourrions peut-être persuader les gars de l'orchestre de la laisser interpréter un ou deux morceaux.

— Oh, je vous en prie, je ne suis pas habillée. Cass est allée me chercher à mon travail et nous sommes venues telles que nous étions.

Ellis les regarda tous, les uns après les autres.

— Quelqu'un a-t-il quelque chose à dire sur la façon dont Miss Scott est habillée ?

— Mon Dieu, non, dit Mrs. Barry, la face lippue, le front moite de sueur et le souffle court ; elle est absolument charmante.

— Si l'opinion d'un homme peut signifier quoi que ce soit, dit Mr. Nash, je vous affirme que je ne vois rien à redire à ce que miss Scott a décidé, dans sa jolie tête, de porter. Il y a des femmes qui peuvent se permettre... euh, je crois que je ferais mieux de ne pas dire cela devant ma femme, et son gros rire retentit, couvrant presque la musique pendant quelques secondes.

Sa femme, cependant, ne semblait pas disposée à s'amuser aussi facilement.

— De toute manière, dit Ida, ils ont déjà une chanteuse ; elle n'appréciera pas. À sa place, ça ne me plairait pas non plus.

— Bien. Nous allons voir.

Il lui reprit la main.

— Non, vraiment ; je n'y tiens pas.

— Nous allons voir. O.K. ?

— D'accord, dit Ida en retirant sa main. Nous allons voir.

Le garçon arriva et disposa les verres devant eux. Cass regarda autour d'elle. L'orchestre n'était plus là, mais sur la piste de danse quelques couples évoluaient au son de la musique du juke-box. Elle regarda un grand garçon pain d'épice qui dansait avec une fille beaucoup plus foncée que lui. Ils se dandinaient en cadence avec une concentration stupéfiante, bien que l'effort parût totalement inexistant. Parfois ils étaient l'un contre l'autre ; d'autres fois ils s'écartaient, mais ils se rejoignaient toujours, chaque corps faisant la place à l'autre, réagissant aux impulsions de l'autre en apportant son propre commentaire. Leurs visages étaient impassibles. Seuls les yeux, de temps en temps, lançaient un signal ou exprimaient une nuance inattendue. Tout cela paraissait si aisé, si simple ; ils suivaient la musique qui semblait également les suivre ; et pourtant Cass savait qu'elle ne pourrait jamais danser ainsi ; jamais. Jamais ? Elle regarda la fille ; puis elle regarda le garçon. Une grande part de leur aisance venait du fait que c'était le garçon qui dirigeait — son autorité était incontestée — et la fille qui suivait. Mais elle venait aussi, à un stade plus profond, de ce que la fille n'était en aucune manière intimidée par le garçon ; elle n'hésitait jamais un seul instant à répondre à ses initiatives érotiques les plus violentes. Tout cela semblait si aisé, si simple ! Et pourtant, à la réflexion, on se rendait compte que ce n'était pas facile du tout ; au contraire, c'était difficile et délicat, dangereux et profond. Et Cass qui observait la scène avec une grande envie (elle avait d'abord regardé la fille, puis le garçon), commença à se sentir mal à l'aise ; mais eux, chose étrange, sur la piste luisante, en pleine lumière, semblaient dans leur élément naturel. Dans quelle mesure et pour quelle raison lui serait-il à jamais impossible de danser comme eux?

Mr. Barry était en train d'affirmer:

— Nous avons entendu dire énormément de bien de votre mari, Mrs. Silenski. J'ai lu son livre — il sourit cordialement, toutes ses manières semblaient dictées par le souci de rester correct à tout prix — et je dois dire que c'est une œuvre remarquable.

Pendant un instant, Cass ne dit rien. Elle buvait lentement et regardait son visage qui était aussi lisse qu'une gelée de mûres noire. Elle eut d'abord l'impression que ce visage était vide. Mais il n'en était rien. C'était seulement qu'il faisait des efforts désespérés pour se vider de l'intérieur, pour être correct; Dieu seul pouvait deviner à quelle accumulation de bile pouvait mener une attitude aussi rigide. Loin, très loin derrière ces yeux soigneusement voilés et indifférents, la jungle hurlait et se débattait, et des oiseaux étincelants gisaient, morts. Son problème était le même que pour sa femme, seulement, lui ne pourrait jamais se dégager de ses corsets de fer.

Elle en conçut un grand regret pour lui, puis elle fut secouée par un frisson; il la haïssait; et elle comprenait que cette haine n'était pas sans rapport avec son désir, à peine conscient, de voir le garçon qui dansait faire l'amour avec elle. Il la haïssait donc beaucoup plus qu'Ida et elle était beaucoup plus à la merci de cette haine qui, depuis le temps qu'elle piétinait, brûlait de s'élancer dans les airs et de pulvériser le monde.

Mais lui ne pouvait pas se permettre d'en prendre conscience.

Elle dit avec un sourire un peu crispé:

— Merci beaucoup.

— Vous devez être très fière de votre mari, dit Mr. Barry.

Cass et Ida échangèrent un rapide regard. Cass sourit et dit :

— Eh bien, j'ai toujours été fière de lui en fait, et ce qui nous arrive maintenant n'est absolument pas une surprise pour moi.

Ida sourit.

— C'est vrai. Cass considère Richard comme un être infaillible.

— Même quand elle le prend la main dans le sac, dit Ellis avec un large sourire. Nous avons été souvent ensemble, ces derniers temps, Richard et moi, et il me parle souvent de son bonheur.

Pour une raison inconnue, Cass eut peur. Elle se demanda à quels moments Richard et Ellis se rencontraient. Se voyaient-ils si souvent ? Que disait au juste Richard ? Elle surmonta sa crainte.

— Une foi aveugle, dit-elle, stupidement, voilà ce que nous avons l'un pour l'autre.

Mon Dieu, songeait-elle. Elle regarda la piste de danse. Le couple de tout à l'heure avait disparu.

— Votre mari a bien de la chance, dit Mr. Barry. — Il regarda sa femme et lui prit la main. — Moi aussi.

— Mr. Barry vient d'entrer dans nos services de publicité, dit Ellis. Nous sommes terriblement fiers de l'avoir chez nous. Excusez-moi si je parais me vanter — et puis, non, je vais me vanter sans m'excuser — mais je pense que cela annonce une offensive de grande envergure contre une industrie timorée, aux vues beaucoup trop étroites. — Il sourit et Mr. Barry l'imita. — Si pleine de préjugés, si tôt... !

— Elle était condamnée à ces préjugés dès sa naissance, dit Mr. Nash, de même que votre industrie du cinéma ; et pour la même raison. Elle est devenue tout de suite la propriété des banques — ce que vous appelez bizarrement, vous autres, la libre entreprise, bien que Dieu sache fort bien qu'il n'y ait rien de libre, ni même d'entreprenant — tant s'en faut — dans toute votre clique.

Cass et Ida le regardèrent, les yeux ronds.

— D'où venez-vous ? demanda Cass.

Il lui sourit avec une certaine condescendance.

— De Belfast, dit-il.

— Oh, s'écria Ida. J'ai un ami dont le père est né à Dublin. Vous connaissez Dublin ? C'est loin de Belfast ?

— Géographiquement ? Ça fait une trotte. Par ailleurs, la distance est négligeable... bien que la population de ces deux cités me pendrait haut et court si elle m'entendait en ce moment.

Et il éclata de son rire joyeux, bien huilé.

— Qu'avez-vous donc contre nous ? demanda Cass.

— Moi ? Mais rien, dit Mr. Nash en riant. Grâce à vous, je gagne un argent fou.

— Mr. Nash, dit Ellis, est imprésario. Il n'habite plus à Belfast.

— La libre entreprise, voyez-vous, dit Mr. Nash en clignant de l'œil à Mr. Barry.

Mr. Barry s'esclaffa. Il se pencha vers Mr. Nash.

— Eh bien, je suis du côté de Mrs. Silenski. Qu'avez-vous à reprocher à notre système ? Je trouve que nous avons avancé à pas de géant grâce à lui. — Il leva un doigt osseux, soigneusement manucuré. — Par quoi voudriez-vous le remplacer ?

— Par quoi, demanda soudain Cass, peut-on remplacer le rêve ? Je voudrais bien le savoir.

Mr. Nash rit, puis s'arrêta, comme embarrassé. Ida regardait Cass sans en avoir l'air. Puis Cass sentit, pour la première fois de sa vie, ce que les Noirs pensaient des Blancs — bien qu'en réalité Ida ne sût rien de bien précis sur elle, si ce n'est qu'elle mentait, qu'elle était infidèle, qu'elle jouait la comédie et qu'elle était dans une situation peu enviable — et, l'espace d'une seconde, elle détesta Ida de tout son être. Puis elle se sentit de nouveau indifférente. La seconde était passée.

— Je suppose, dit Ida d'une voix extraordinaire, que l'on remplace le rêve par la réalité.

Tous éclatèrent d'un rire nerveux. La musique reprit. Cass regarda de nouveau la piste de danse mais le couple de tout à l'heure était parti. Elle saisit son verre avec précaution et le porta à sa bouche : il lui parut de glace.

— Seulement, dit Ida, ce n'est pas facile.

Elle prit son verre entre ses deux mains fluettes et regarda Cass. Cass avala le liquide tiède qu'elle avait gardé dans sa bouche et qui lui brûla la gorge. Ida posa son verre et prit Ellis par la main.

— Venez, ami, allons danser.

Ellis se leva.

— Excusez-nous, dit-il ; mais on me demande.

— Exactement, dit Ida.

Elle leur décocha un sourire à tous et partit vers la piste de danse. Ellis la suivit, comme un caniche.

— Elle me rappelle Billie Holiday quand elle était jeune, dit Mr. Barry d'une voix pleine d'un vague regret.

— Oui, j'aimerais beaucoup l'entendre chanter, dit Mrs. Nash.

Elle avait prononcé d'un ton venimeux ces paroles inattendues. Tous se tournèrent vers elle, comme on se tourne vers un médium pendant une séance de spiritisme. Ils attendirent. Mais elle but quelques gorgées et ne dit rien d'autre.

Cass se tourna de nouveau vers la piste de danse et suivit Ida et Ellis du regard. La lumière était toujours aussi vive, et il y avait plus de monde que précédemment ; le juke-box beuglait. Ida avait fait preuve, consciemment ou non, d'une habileté consommée en s'habillant ainsi, étant donné le caractère de l'établissement. Elle avait une robe orange très simple, des chaussures à talons plats et elle s'était très peu maquillée ; ses cheveux, qui d'habitude étaient remontés très haut au-dessus de sa tête, étaient ce soir-là tirés en arrière en une sorte de chignon sévère de vieille demoiselle. Pourtant, elle faisait ainsi plus jeune encore que son âge ; on eût dit une toute jeune fille ; et par voie de conséquence, Ellis, qui était beaucoup plus petit qu'elle, paraissait plus que son âge et semblait aussi plus corrompu que de coutume. À eux deux, ils étaient « La Belle », d'une beauté jamais égalée, et « La Bête », et, pour la première fois, Cass s'interrogea sur la nature réelle de leurs relations. Ida avait dit qu'elle ne voulait pas que Vivaldo s'ennuie en compagnie des musiciens. Mais elle n'était pas venue là pour rencontrer des musiciens ; c'est Ellis qu'elle avait voulu retrouver. Et elle avait amené Cass pour qu'elle lui serve d'écran protecteur... Ellis et elle n'avaient pas dû se voir souvent en public auparavant. En privé alors ? Cass se le demanda en les regardant encore.

Leurs évolutions — le rythme était lent —, loin d'être fluides, étaient gauches et heurtées et pleines d'hésitations. Elle le tenait en respect, il ne pouvait pas imposer sa loi ; pourtant, ils étaient collés l'un à l'autre.

— Je me demande si sa femme sait où il est, dit encore Mrs. Nash *sotto voce* à *s*on mari, avec un petit sourire entendu.

Cass songea à Vivaldo puis à Richard, et elle conçut immédiatement pour Mrs. Nash une haine farouche. *Espèce de sale putain*, pensa-t-elle. Elle rompit le silence gêné qui s'était établi à leur table en disant :

— Mrs. Ellis et Miss Scott se connaissent depuis fort longtemps, bien avant le mariage de Mrs. Ellis.

Pourquoi ai-je dit cela? se demanda-t-elle. *Elle peut facilement voir que je mens.* Elle regarda posément Mrs. Nash, sans essayer aucunement de dissimuler son antipathie. *Mais elle ne se risquera pas à me démentir. Elle n'a ni assez de courage ni assez d'esprit.*

Mrs. Nash regarda Cass avec le mépris écrasant que seules peuvent concevoir les femmes de chambre qui viennent de passer grandes dames.

— Que c'est étrange! murmura-t-elle.

— Pas du tout, dit Cass avec témérité; tous deux travaillaient dans la même usine.

Mrs. Nash la toisa, la lèvre supérieure agitée d'un frémissement à peine perceptible. Cass sourit et lança vers Mr. Nash un regard rapide.

— Vous vous êtes connus à Belfast, votre femme et vous?

— Non, dit Mr. Nash en souriant — et Cass sentit, avec un sursaut d'horreur, mêlé de quelque amusement, à quel point la femme méprisait son mari à ce moment — je l'ai connue à Dublin, au cours d'un voyage d'affaires. — Il saisit la main molle de sa femme dont les yeux pâles et le visage blême ne sourcillèrent pas. — Le voyage le plus important que j'aie jamais fait.

Ça, songeait Cass, *je n'en doute pas, pour tous les deux*. Mais, soudain, elle se sentit en proie à une tristesse et à une lassitude inexplicables. Que faisait-elle donc ici, et pourquoi s'amusait-elle à contrarier cette petite femme absurde? La musique changea, elle se fit plus bruyante, plus rauque et plus rapide; l'attention de tous se tourna, avec soulagement, vers les danseurs. Ida et Ellis avaient commencé une nouvelle danse, ou plutôt Ida avait imaginé un nouveau tourment pour son cavalier. Elle s'était mise à danser comme elle ne l'avait jamais fait depuis son adolescence et Ellis s'efforçait de la suivre. Il n'était pas question, là non plus, de dire qu'il la conduisait. Il essayait, naturellement ; sa silhouette carrée se dandinait et se brisait, et sa face poupine tentait désespérément de se décontracter. Et plus il essayait — *l'idiot!* songeait Cass, — plus elle le fuyait, plus elle accroissait cruellement sa honte. Il n'avait pas l'habitude de mouvoir ainsi son propre corps, ni celui d'Ida, ni celui de qui que ce fût. Il se déhanchait en force, et la grâce et l'amour étaient absents de tous ses gestes ; ses cuisses étaient seulement celles d'un grimpeur ; on eût dit que ses pieds foulaient la vigne. Il ne savait que faire de ses bras qui s'écartaient de son corps comme s'ils étaient sectionnés et mus par des ficelles, et comme s'ils n'avaient aucun point commun avec les mains, ces mains qui avaient saisi et empoigné, mais n'avaient jamais caressé. Ida se vengeait-elle ? Se contentait-elle de l'avertir ? Le front d'Ellis était moite, ses cheveux courts et bouclés paraissaient plus noirs. Cass l'entendait presque ahaner. Ida tournait autour de lui, dans sa robe orange, les jambes luisantes comme des couteaux et les hanches impitoyables. De temps en temps elle tendait vers lui sa main osseuse, brune et féroce, qu'il touchait du bout des doigts. Les autres danseurs s'écartaient devant eux — devant elle. Ellis devait trouver que cette musique n'en finissait pas.

Mais le juke-box se tut enfin et les lumières colorées cessèrent de tourbillonner car l'orchestre revenait. Ida et Ellis revinrent à leur table.

La lumière décroissait. Cass se leva.

— Ida, dit-elle, j'avais promis de prendre un verre et je l'ai bu ; maintenant, il faut que je parte, vraiment. Richard sera très contrarié si je m'attarde plus longtemps.

Sa voix tremblait, inexplicablement, et elle se sentit

rougir en prononçant ces mots. En même temps, elle se rendit compte qu'Ida était maintenant dans un état d'esprit plus dangereux encore qu'avant de commencer à danser.

— Vous n'avez qu'à lui téléphoner, suggéra-t-elle. Même la plus fidèle des épouses a bien le droit de passer la nuit une fois hors de chez elle.

La terreur et le désespoir de Cass étaient tels qu'elle faillit se rasseoir, lentement, sur sa chaise. Mais Ellis, qui essuyait son front luisant et paraissait plus joyeux que jamais, s'écria :

— Je ne trouve pas que cela soit nécessaire, dit-il, arrachant à ses compagnons le rire qu'ils se devaient d'émettre, et, de toute manière, Mrs. Silenski est le garant d'un investissement très important. Son mari représente un capital considérable et nous devons prendre grand soin de son moral.

Ida et Cass échangèrent un bref regard. Ida sourit.

— Le moral de Richard souffrira-t-il donc, si vous ne rentrez pas chez vous ?

— Sans aucun doute, dit Cass. Il faut que je parte.

Le visage d'Ida s'altéra. Elle baissa les yeux. Elle parut soudain triste et lasse.

— Je crois que vous avez raison, dit-elle. Alors, mieux vaut ne pas vous retarder davantage. — Elle se tourna vers Ellis. — Va lui chercher un taxi, mon chou.

— Avec plaisir, dit Ellis.

— Bonsoir à tous, dit Cass. Excusez-moi de vous fausser compagnie aussi brusquement, mais il le faut. — Elle dit à l'intention d'Ida : — Je vous revois bientôt ?

— Oui. À l'endroit habituel ?

— Si c'est encore possible, dit Cass au bout d'un moment, oui.

Elle se détourna et se fraya un chemin dans la salle

plongée dans la pénombre. Ellis trottinait derrière elle. Ils arrivèrent à la rue. Cass se sentait vidée de toute énergie ; elle avait peur. Ellis héla un taxi piloté par un jeune Portoricain.

— Bonsoir, Mrs. Silenski, dit Ellis en lui tendant une main dure et moite. Bien des choses à Richard. Ah ! dites-lui que j'irai le voir dans deux jours.

— Entendu. Je ferai la commission. Merci. Bonne nuit.

Il était parti et elle était seule dans le taxi, derrière les épaules muettes du Portoricain. À tout hasard, elle tenta d'apercevoir le visage de l'homme dans le rétroviseur, puis elle baissa les yeux et alluma une cigarette. Le taxi s'ébranla. Elle ne regarda pas au-dehors. Elle resta tapie dans le noir, consumée par une honte étrange.

Elle n'avait pas honte — elle le croyait, du moins — d'une action qu'elle avait commise, mais elle rougissait, par anticipation en somme, de ce qu'elle pourrait maintenant être amenée à faire. Elle s'était servie d'Ida et de Vivaldo comme d'un paravent pour couvrir son idylle avec Eric : pourquoi alors Ida ne se servirait-elle pas d'elle, pour faciliter ses rencontres avec Ellis ? Elle s'était assuré leur complicité et leur silence vis-à-vis de Richard — c'était son tour d'être réduite au silence vis-à-vis de Vivaldo. Elle sourit, mais la fumée de sa cigarette lui parut amère. Quand elle avait mené une existence rangée et respectable, le monde lui avait paru sûr et respectable ; maintenant, l'univers entier lui semblait hargneux, trompeur, dangereux, prêt à la précipiter à sa perte. Laquelle de ces deux images était la plus illusoire ? Elle était gênée par la présence du chauffeur, par ses épaules, son visage épanoui, sa peau et ses yeux sombres et doux. Il la regardait de temps en temps, dans le rétroviseur — après tout, c'est elle qui l'avait regardé la première, et son état d'esprit avait peut-être établi une tension entre eux, la tension qui précède et annonce l'amour charnel. Sans le vouloir, elle pensa au garçon pain d'épice qu'elle avait vu danser. Et elle se rendit compte (comme si son âme, pour un instant, était devenue une eau limpide dont elle pouvait voir le fond) que s'il l'avait touchée, s'il avait insisté, il aurait obtenu ce qu'il désirait, et elle en aurait été fort heureuse. Elle eût été heureuse de faire connaissance avec le corps de cet homme même si le corps avait été la seule chose qu'elle eût pu connaître de lui. Sa liaison avec Eric, sa perte d'un... état de grâce (?) avait fait d'elle la proie d'ambiguïtés dont elle n'avait jamais encore soupçonné le pouvoir. Richard avait été sa protection, non seulement contre le mal qui sévit dans le monde, mais aussi contre les forces qui ne demandaient qu'à se déchaîner en elle. Et maintenant cette protection lui ferait défaut, à jamais. Elle tenta de s'en réjouir, mais n'y parvint pas. Elle avait peur. Elle était atterrée.

Le chauffeur toussa. Le taxi s'arrêta à un feu rouge, juste avant d'entrer dans le parc, et l'homme alluma une cigarette. Elle l'imita. Et les deux flammes minuscules semblaient presque se répondre. C'est ainsi, elle s'en souvenait maintenant, alors que le taxi reprenait sa course, qu'elle avait erré, amère, dans la ville, quand Richard avait commencé à s'éloigner d'elle. Elle avait voulu qu'on la remarque, qu'un homme la remarque. Et elle y était parvenue ; les hommes s'étaient rendu compte qu'elle mendiait l'amour charnel, cette femme qui n'était plus jeune. Quelle révélation effroyable elle avait eue en perdant la confiance et l'amour d'une seule personne ! Elle avait vu le monde entier se glacer autour d'elle, et elle avait fini par se perdre elle-même. Quelle terrible chose que les conditions de l'amour soient si rigoureuses, que ses interdits et ses libertés aient entre eux des liens aussi étroits!

Il y avait beaucoup de choses qu'elle ne pouvait pas demander à Eric. La poursuite de leurs relations dépendait de sa retenue, à elle. Elle ne pouvait pas aller chez lui maintenant par exemple, à deux heures du matin : cette liberté n'était pas dans leur contrat. La condition première de leur liaison — ou la base de cette comédie — c'est qu'ils étaient tous deux des êtres indépendants qui avaient besoin l'un de l'autre pour un moment, qui seraient toujours amis, mais dont l'amour ne serait pas éternel. Une telle prémisse interdit l'intrusion du futur ou une manifestation trop vive du désir. Eric, en effet, cherchait surtout à temporiser; il attendait... il attendait. Et quand la situation serait éclaircie... par l'arrivée d'Yves, la signature d'un contrat, ou l'acceptation d'un destin malheureux que ni l'un ni l'autre ne pouvaient déterminer, elle serait chassée de son lit à jamais. Il se servirait de tout ce que la vie lui avait donné, ou pris, dans l'exercice de son métier. Telle serait sa vie. Il était trop fier pour se servir d'elle, ou de qui que ce fût, comme d'un refuge, trop fier pour donner à son malheur un terme qui n'aurait pas été forgé de ses propres mains. Et elle ne pouvait pas en concevoir d'amertume, ni regretter qu'il en fût ainsi, car c'était précisément pour cela qu'elle l'aimait. En tout cas, si ce n'était pas pour *cela* — car les motifs, en cette matière, sont soigneusement cachés à la perception humaine — c'était cette qualité qu'elle admirait le plus en lui, et dont elle savait qu'il ne pourrait jamais se départir. La plupart des hommes en étaient capables... et le faisaient; c'est pourquoi elle était si menacée.

Elle aussi temporisait; elle aussi attendait; elle attendait... que le coup soit assené, que la note à payer arrive. Ce ne serait qu'après avoir payé qu'elle saurait vraiment sur quelles ressources elle pouvait compter. Et elle redoutait ce moment, elle le redoutait et parfois sa terreur était telle qu'elle en perdait le souffle. Car non seulement elle ignorait comment elle referait sa vie, mais aussi elle craignait, quand elle vieillirait, d'en venir à se mépriser ; et elle redoutait que ses enfants se mettent à la mépriser aussi. Refaire sa vie, c'eût pu être, tout simplement, quitter la maison de Richard — la maison de *Richard* ! — Depuis quand considérait-elle cette maison comme celle de Richard ? — et se mettre à travailler. Mais conserver l'amour des enfants et les aider à devenir des hommes, c'était une autre affaire.

Le chauffeur de taxi chantonnait, en espagnol.

— Vous avez une jolie voix, dit-elle.

Il tourna la tête, très vite, en souriant ; elle considéra le profil juvénile, les dents qui luisaient faiblement et les yeux étincelants.

— Merci, dit-il. Nous sommes tous des chanteurs, là d'où je viens.

Il avait un accent très prononcé et il zézayait légèrement.

— À Porto Rico ? Il ne doit pas y avoir tellement lieu de chanter là-bas ?

Il rit.

— Oh, mais nous chantons quand même. — Il se tourna de nouveau vers elle. — Vous savez, il n'y a pas non plus beaucoup lieu de chanter ici... personne ne chante à New York.

— C'est vrai, dit-elle en souriant. Je crois que chanter... pour le plaisir est sans doute considéré comme un des plus grands crimes par les Américains.

Il eut l'air de ne comprendre que le sens général de la repartie.

— Vous êtes tous trop sérieux ici. Sérieux, froids et laids.

— Il y a longtemps que vous êtes à New York?

— Deux ans. — Il sourit encore. — J'ai eu de la chance. J'ai travaillé dur et je m'en suis sorti... Seulement, parfois, je me sens seul. Alors je chante. — Tous deux rirent. — Ça fait passer le temps.

— Vous n'avez pas d'amis?

Il haussa les épaules.

— Ça coûte cher, l'amitié. Et je n'ai ni temps ni argent. Il faut que j'envoie des secours à ma famille.

— Oh, vous êtes marié?

Il haussa de nouveau les épaules et se tourna de profil vers elle, mais sans sourire.

— Non. — Son visage s'éclaira. — Ça aussi, ça coûte cher.

Il y eut un silence. Le taxi s'engagea dans la rue de Cass.

— Oui, dit-elle à tout hasard, vous avez raison. — Elle montra la maison. — C'est ici.

Le taxi s'arrêta. Elle fouilla dans son sac. Le chauffeur la regarda.

— Vous êtes mariée? demanda-t-il enfin.

— Oui. — Elle sourit. — J'ai deux enfants.

— Garçons ou filles?

— Deux garçons.

— Très bien.

Elle lui tendit le montant de la course.

— Au revoir. Bonne continuation.

Il sourit. C'était un sourire vraiment très amical.

— À vous aussi. Vous êtes très sympathique. Bonne nuit.

— Bonne nuit.

Elle ouvrit la portière et la lumière tomba en plein sur

leur visage pendant un moment. Il avait une physionomie très jeune et très ouverte dans laquelle Cass lut une sorte d'espoir, et cela la fit rougir un peu. Elle claqua la portière et rentra chez elle sans se retourner. Elle entendit le taxi s'éloigner.

Il y avait de la lumière dans le salon. Richard était étendu sur le divan, tout habillé — il avait pourtant ôté ses chaussures. Il dormait. D'habitude, quand elle rentrait, il était au lit ou bien il travaillait. Elle le regarda un moment. Il y avait un demi-verre de vodka sur la table près de lui et une cigarette éteinte dans le cendrier. Il dormait dans le plus grand silence ; son visage tourmenté paraissait très jeune.

Elle songea à le réveiller, puis se ravisa. Elle entra sur la pointe des pieds dans la chambre où Paul et Michael reposaient. Paul était allongé sur le ventre ; les draps étaient emmêlés à ses pieds ; il avait les bras au-dessus de la tête. Elle ressentit un choc en voyant comme il était grand et massif. Il était déjà presque sorti de l'enfance. Cela était arrivé si vite, comme dans un rêve presque. Elle regarda ce visage endormi et se demanda quelles pensées il cachait, quels jugements il tenait en réserve ; elle vit une jambe qui se crispait et se demanda à quoi il pouvait bien rêver. Avec précautions, elle remonta le drap jusqu'aux épaules. Elle regarda Michael, le plus taciturne des deux ; il était roulé en boule, sur le côté, comme un vers ou un embryon, les mains cachées entre les jambes et ses cheveux collés à son front. Aussi discrètement que possible, elle ramassa le drap à terre et l'étendit sur lui. Elle quitta leur chambre et alla dans la salle de bains. C'est alors qu'elle entendit, dans le salon, les pieds de Richard toucher terre.

Elle se passa de l'eau sur la figure et se recoiffa, regardant dans le miroir son visage las. Puis elle entra dans le salon. Richard était assis sur le divan, le verre de vodka à la main. Il fixait le plancher.

— Bonsoir, dit-elle. Comment se fait-il que tu te sois endormi ici ? — Elle avait laissé son sac dans la salle de bain. Elle alla jusqu'au bar, prit un paquet de cigarettes et en alluma une. Elle demanda, d'un ton moqueur : — Est-ce que tu m'attendais ?

Il la regarda, vida son verre et le tendit vers elle.

— Verse-moi à boire ; et sers-toi quelque chose aussi.

Elle lui prit son verre. Maintenant, le visage de Richard, qui avait paru si jeune dans le sommeil, semblait vieux. Elle se sentit empoignée par la crainte et par la souffrance. Elle pensa, stupidement, en lui tournant le dos, à la lamentation de Cléopâtre : *Son visage était comme les cieux.* Était-ce bien cela ? Elle ne parvenait pas à se rappeler la suite. Elle emplit deux verres : vodka pour lui, whisky pour elle. Le seau à glace était vide.

— Tu veux de la glace ?
— Non.

Elle lui tendit son verre. Elle mit un peu d'eau dans son whisky. En le regardant de nouveau, à la dérobée, elle sentit poindre le remords. *Son visage était semblable aux cieux, Là où luisaient les étoiles et la lune.*

— Assieds-toi, Cass.

Elle s'éloigna du bar, et s'assit dans un fauteuil, face à Richard. Elle avait laissé les cigarettes sur le bar. *Qui poursuivaient leur course et éclairaient ce petit O, la terre.*

Il demanda d'un ton amical :

— D'où viens-tu, Cass ? — Il regarda sa montre. — Il est plus de deux heures.

— Je rentre souvent après deux heures, dit-elle. Est-ce la première fois que tu le remarques ?

L'hostilité de sa propre voix la surprit. Elle but lentement. Sa mémoire commençait à lui jouer des tours étranges; soudain, une image s'imposa à elle; elle se revit dans un pré en Nouvelle-Angleterre, bien des années plus tôt, un pré parsemé çà et là de taches bleues. Il était absolument vide et silencieux; il descendait en pente douce vers une forêt. Ils étaient cachés par les hautes herbes. Le soleil était brûlant. Le visage de Richard était au-dessus d'elle; ses bras et ses mains l'étreignaient et l'embrasaient, son poids l'enfonçait dans les fleurs. Non loin de là elle voyait son képi et sa vareuse; il avait ouvert sa chemise jusqu'à la ceinture et les poils rudes et luisants de sa poitrine torturaient les seins de Cass. Mais elle résistait; elle avait peur; le visage de Richard était plein de douleur et de colère. Désespérément elle allongea le bras pour lui caresser les cheveux. *Oh, je ne peux pas.*

Nous allons nous marier, souviens-toi. Et je pars la semaine prochaine au-delà des océans.

N'importe qui peut nous voir ici.

Il ne vient jamais personne de ce côté. Tout le monde est parti.

Pas ici.

Où alors?

— Non, dit-il avec un calme redoutable. Ce n'est pas la première fois que je le remarque.

— Et après? Quelle importance? Je viens de quitter Ida. — Avec Vivaldo?

Elle hésita. Il sourit.

— Nous avons d'abord été tous ensemble. Ensuite, nous sommes montées elle et moi, à Harlem prendre un verre.

— Seules?

Elle haussa les épaules.

— Avec un tas d'autres gens. Pourquoi? — Mais avant qu'il ait eu le temps de répondre, elle ajouta: —

Ellis était avec nous. Il m'a chargé de te dire qu'il viendrait te voir dans deux jours.

— Ah, dit-il. Ellis était là. — Il avala une gorgée d'alcool. — Et tu l'as laissé avec Ida?

— J'ai laissé Ida avec Ellis et ses amis. — Elle le fixa d'un œil rond. — Qu'est-ce que tu t'imagines?

— Et qu'as-tu fait après avoir quitté Ida?

— Je suis rentrée ici.

— Directement?

— J'ai pris un taxi et je suis rentrée directement. — Elle sentait la colère monter. — Pourquoi cet interrogatoire? Je ne supporterai pas d'être questionnée, tu le sais, ni par toi, ni par qui que ce soit.

Il ne dit mot. Il acheva sa vodka et alla au bar.

— Je crois que tu es assez ivre, dit Cass sèchement. Si tu as une question à me poser, pose-la; sinon, je vais me coucher.

Il se retourna pour lui faire face. Son regard lui fit peur, mais elle se força à rester calme.

— Tu ne vas pas aller te coucher tout de suite. Et il y a beaucoup de choses que je veux te demander.

— Tu peux toujours les dire; je ne suis pas obligée de répondre. Il me semble que tu as attendu bien longtemps pour me les demander. Trop longtemps peut-être.

Ils se mesurèrent du regard. Et elle vit avec un sentiment de triomphe qui la bouleversa, qu'elle était plus forte que lui. Elle pouvait le briser car, pour résister à sa volonté il allait être obligé de s'abaisser jusqu'à des stratagèmes beaucoup trop vils pour lui.

Et son esprit fut de nouveau plein de ce champ bleu et étincelant. Elle frémit au souvenir du poids de Richard et du désir qu'elle avait éprouvé, de sa terreur et de sa ruse. *Pas ici, Où? Oh, Richard.* La cruauté du soleil, l'indifférence de l'azur et eux deux qui brûlaient dans un champ embrasé. Elle savait qu'il lui fallait céder maintenant qu'il était près d'elle ; elle savait qu'elle ne pouvait pas le laisser s'en aller ; et ses mains, oh, ses mains ! Mais elle avait peur, elle se rendait compte qu'elle ne savait rien. *Ne pouvons-nous pas attendre ?* Attendre. Non. Non. Et les lèvres de Richard lui brûlaient le cou et les seins. *Alors, allons dans le bois. Allons dans le bois.* Il avait souri. Le souvenir de ce sourire surgit de sa cachette et lui brisa le cœur. *Il faudrait que tu me portes, ou bien que je me traîne à terre, ne le sens-tu pas ?* Alors. *Laisse-moi faire, Cass, prends-moi, prends-moi. Je te jure que je ne te trahirai pas. Tu le sais que je ne te trahirai pas.*

— Je t'aime, Cass, dit-il, la bouche crispée, les yeux égarés par la douleur. Dis-moi où tu es allée, dis-moi pourquoi tu es partie si loin de moi.

— Pourquoi, demanda-t-elle désespérément, je suis partie si loin de toi, *moi* ?

Le parfum des fleurs écrasées monta à ses narines. Elle fondit en larmes.

Elle n'avait pas baissé la tête ; elle l'avait levée vers le soleil puis elle avait fermé les yeux, et le soleil rugissait dans sa tête. Une main l'avait quittée — là où la main avait été, Cass sentait le froid.

Je ne te ferai pas de mal.
Je t'en prie.
Peut-être un tout petit peu. Au début.
Oh Richard. Je t'en prie.
Dis-moi que tu m'aimes. Dis-le. Dis-le tout de suite.
Oh oui, je t'aime. Je t'aime.
Dis moi que tu m'aimeras toujours.
Oui. Toujours. Toujours.

Il la regardait, accoudé au bar ; il la regardait de très loin. Elle s'essuya les yeux avec le mouchoir qu'il avait jeté sur ses genoux.

— Donne-moi une cigarette, s'il te plaît.

Il lui lança le paquet, puis les allumettes. Elle alluma une cigarette.

— Quand as-tu vu Ida et Vivaldo pour la dernière fois ? Dis-moi la vérité.

— Ce soir.

— Et tu as passé tout ce temps — chaque fois que tu es rentrée si tard — avec Ida et Vivaldo ?

Elle eut peur de nouveau. Elle se rendit compte que sa voix la trahissait.

— Oui.

— Tu mens. Ida n'était pas avec Vivaldo. Elle était avec Ellis. Et il y a longtemps que ça dure ; alors, où étais-tu ? Qui tenait compagnie à Vivaldo quand Ida était partie jusqu'à deux heures du matin ?

Elle le considéra un moment, trop abasourdie pour réfléchir.

— Tu veux dire qu'Ida est la maîtresse d'Ellis ? Depuis combien de temps ? Et comment se fait-il que tu sois au courant ?

— Comment peux-tu... ne pas le savoir ?

— Eh bien... à chaque fois que je les voyais, ils semblaient parfaitement naturels et heureux tous les deux...

— Mais il y a bien des fois où tu me dis avoir été avec eux et où ce n'était pas possible, parce qu'Ida était avec Steve.

Elle n'avait pas encore arrêté un plan de combat bien qu'elle sût que tout cela était vrai ; que de précieuses secondes s'écoulaient et qu'elle allait bientôt devoir se battre pour assurer sa propre défense.

— Comment le sais-tu donc ?

— Steve me l'a dit. Il l'a dans la peau. Il en perd la boule.

Cass se mit à chercher ses arguments, désespérément, en maudissant Ida de ne pas l'avoir prévenue. Mais comment l'aurait-elle pu ? Elle dit, sèchement :

— Ellis en proie à une grande passion ?... Ne me fais pas rigoler.

— Oh je sais bien que tu nous crois pétris de la plus rude et de la plus vulgaire des argiles, que nous sommes insensibles aux frémissements les plus nobles. La question n'est pas là. Tu ne peux pas avoir beaucoup vu Ida... cela je le sais. Et Vivaldo, tu l'as vu beaucoup ? Réponds-moi, Cass.

Elle dit d'un ton pensif... car c'était *cela* qu'elle ne parvenait pas à croire.

— Et Vivaldo ne sait pas...

— Et toi non plus ? Vous êtes les deux seuls habitants de cette ville à l'ignorer. À quelle distraction absorbante avez-vous donc pu vous livrer tous les deux ?

Elle tressaillit et leva son regard vers lui. Elle vit qu'il ne se dominait qu'au prix d'un grand et terrible effort; qu'il voulait savoir la vérité et que pourtant il la redoutait. Elle ne pouvait supporter cette angoisse qu'elle lisait dans ses yeux. Elle tourna la tête.

Comment avait-elle pu douter de l'amour de Richard ?

— Alors, tu l'as vu, Vivaldo ? Dis-moi.

Elle se leva et alla à la fenêtre. Elle avait la nausée... elle avait l'impression que son estomac s'était réduit aux dimensions d'une balle de caoutchouc petite et dure.

— Laisse-moi tranquille. Tu as toujours été jaloux de Vivaldo et nous savons pourquoi l'un comme l'autre, bien que tu refuses de l'admettre. Parfois, j'ai vu Vivaldo, parfois, j'ai vu Vivaldo avec Ida. Parfois je me suis simplement promenée, parfois je suis allée au cinéma.

— Jusqu'à deux heures du matin ?

— Parfois je suis rentrée à minuit, parfois à quatre

heures. Laisse-moi tranquille. Pourquoi tiens-tu tant à savoir ? J'ai vécu dans cette maison comme un fantôme pendant des mois ; la moitié du temps tu ne t'apercevais même pas de ma présence... qu'est-ce que ça peut bien te faire maintenant ?

Le visage de Richard était blême, moite et horrible.

— C'est moi qui ai vécu ici comme un fantôme. Pas toi. Je savais que tu étais ici. Comment aurais-je pu ne pas le savoir ? — Il avança d'un pas vers elle et baissa la voix. — Tu sais comment tu me rendais ta présence perceptible ? Par ta façon de me regarder, par le mépris que je lisais alors dans tes yeux. Qu'est-ce que j'ai fait pour encourir ton mépris ? Qu'ai-je fait, Cass ? Tu m'as aimé un jour, tu m'as aimé. Et tout ce que j'ai fait, je l'ai fait pour toi.

Elle s'entendit répondre d'une voix glaciale :

— Tu en es sûr ? Pour moi ?

— Pour qui veux-tu que ce soit ? Tu es ma vie. Pourquoi t'es-tu éloignée de moi ?

Elle s'assit.

— Nous reparlerons de tout cela demain matin.

— Non. Nous allons en parler tout de suite.

Il se mit à marcher de long en large. Ce qu'il voulait, elle le sentit, c'était ne pas trop s'approcher d'elle, ne pas la toucher ; il ne savait pas lui-même ce qui se serait alors passé. Elle enfouit son visage dans ses mains. Elle revit l'homme à la peau pain d'épice puis le Portoricain. Eric surgit dans sa mémoire, le temps d'un éclair, comme un souvenir. Elle songea au champ de fleurs. Puis elle pensa à ses enfants et son ventre se contracta encore. La douleur qu'elle ressentait au creux de l'estomac lui ôtait une partie de sa lucidité. Elle dit, tout en sentant obscurément qu'elle commettait une faute, et aussi qu'elle se délivrait de quelque fardeau :

— Cesse de te torturer pour Vivaldo — nous n'avons pas couché ensemble.

Il vint tout près de la chaise où elle était assise. Elle ne leva pas la tête.

— Je sais que tu as toujours admiré Vivaldo. Beaucoup plus que moi.

Il y avait dans le ton qu'il prenait un terrible mélange d'humilité et de colère. Cass fut bouleversée. Elle voyait ce qu'il s'efforçait d'accepter. Elle faillit relever la tête, tendre les bras vers lui, aller à son secours et le consoler, mais quelque chose l'en empêcha. Elle dit :

— Admirer quelqu'un et l'aimer, ça fait deux.

— Vraiment. Je n'en suis pas si sûr. Comment peut-on toucher à une femme quand on sait qu'elle vous méprise ? Et quand une femme admire un homme, qu'est-ce donc qu'elle admire, en fait ? Une femme qui admire un homme ne se fait pas prier pour coucher avec lui immédiatement ; elle lui donne tout ce qu'elle a.
— Cass sentait sa chaleur et sa présence au-dessus d'elle comme un nuage ; elle se mordit un doigt. — C'est ce que tu as fait pour moi ; ne t'en souviens-tu pas ? Tu ne veux pas revenir avec moi ?

Elle leva les yeux vers lui, le visage ruisselant de larmes.

— Oh, Richard ; je ne sais pas si je le puis.

— Pourquoi ? Me méprises-tu donc tellement ?

Elle baissa les yeux, tordant son mouchoir. Richard s'accroupit à côté d'elle.

— Je suis navré que nous soyons si étrangers l'un à l'autre — je ne sais même pas comment cela a pu se faire, mais je crois que je t'en voulais parce que... parce que tu paraissais mépriser un peu — il essaya de rire — mon succès. Tu as peut-être raison, je n'en sais rien. Je sais que c'est toi qui as le beau rôle, mais comment pourrions-nous manger autrement, mon petit ? Que puis-je faire d'autre ? Je n'aurais peut-être pas dû me montrer aussi jaloux de Vivaldo, mais cette idée m'a paru tellement logique, dès qu'elle m'est venue ! Et, une fois que j'ai commencé à avoir des doutes, je n'ai plus cessé d'y songer. Je savais qu'il était souvent seul et... et toi aussi tu étais seule.

Elle le regarda, puis détourna les yeux. Il mit une main sur son bras ; elle se mordit la lèvre pour essayer de ne pas trembler.

— Reviens-moi, je t'en supplie. Tu ne m'aimes donc plus ? Tu ne peux pas avoir cessé de m'aimer. Je ne puis vivre sans toi. Tu as toujours été pour moi la seule femme qui existe en ce monde.

Elle pouvait se taire, se jeter dans ses bras, et tout ce qui s'était passé durant ces derniers mois serait effacé — il ne saurait jamais ce qu'elle avait fait. Le monde reprendrait sa forme antérieure. Était-ce possible ? Le silence se prolongea entre eux. Elle ne pouvait pas regarder Richard. Il avait existé trop longtemps dans son esprit ; maintenant, elle était humiliée par la déroutante réalité de sa présence. Elle n'avait pas prévu, par exemple, l'étendue, la nature, la puissance de la douleur de Richard. Il n'était qu'un homme solitaire et limité, qui l'aimait. L'aimait-elle ?

— Je ne te méprise pas, dit-elle. Je suis désolée de t'avoir laissé le croire.

Puis elle se tut. Pourquoi lui dire ? À quoi cela avancerait-il ? Il ne comprendrait jamais ; elle ne réussirait qu'à lui infliger une angoisse qu'il ne pourrait jamais surmonter. Sa confiance serait détruite à tout jamais.

L'aimait-elle ? et si elle l'aimait, qu'allait-elle faire ? Très lentement, avec une grande douceur, elle dégagea son bras de sous la main de Richard et alla à la fenêtre.

Le store était tiré mais elle le souleva légèrement et regarda au-dehors les lumières, l'eau profonde et noire. Le silence faisait retentir dans la pièce, derrière elle, ses gongs puissants. Elle laissa retomber le store et se tourna vers Richard. Il était assis à terre maintenant, près de la chaise qu'elle venait de quitter; son verre était posé entre ses pieds; il avait croisé ses grandes mains au-dessous de ses genoux; la tête penchée de côté, il était tourné vers elle. Elle connaissait bien ce regard, un regard attentif et confiant. Elle s'obligea à ne pas détourner la tête; peut-être ne verrait-elle plus jamais ce regard qui avait été son soutien pendant si longtemps. Le visage de Richard était celui d'un homme qui atteignait la maturité; et c'était aussi — et ce serait toujours pour elle — le visage d'un adolescent. Ses cheveux roussâtres étaient plus longs que d'habitude. Ils commençaient à grisonner; son front était moite et ses cheveux étaient moites. Cass s'aperçut qu'elle l'aimait au cours de la seconde effroyable et incommensurable pendant laquelle elle resta à le regarder. L'eût-elle aimé moins, elle aurait consenti, par lassitude, à continuer de jouer son rôle de rempart protégeant la simplicité de Richard. Mais elle ne pouvait pas faire cela à Richard ni à ses enfants. Il avait le droit de connaître sa femme; elle pria pour qu'il prenne ce droit. Elle dit : — Il faut que je te dise quelque chose, Richard. Je ne sais pas comment tu vas le prendre, ni où cela va nous mener. — Elle s'interrompit. Le visage de Richard s'altéra... *Dépêche-toi*, se dit-elle. — Il faut que je te le dise, car sinon, nous ne pourrons jamais vivre de nouveau ensemble; il n'y aura pour nous deux aucun avenir possible. — Elle sentit encore une fois son estomac se contracter brutalement. Elle eut envie de courir à la salle de bain, mais elle savait que cela n'avancerait à rien. Le spasme était passé. — Vivaldo et moi, nous ne nous sommes jamais touchés. J'ai... — *dépêche-toi* — j'ai été la maîtresse d'Eric.

Quand Richard parla, on eût dit qu'il n'y avait aucune conscience derrière sa voix, que cette voix n'appartenait à personne; c'était une simple vibration de l'air, dépourvue de sens.

— Eric?

Elle alla jusqu'au bar et s'y accouda.

— Oui.

Comme le silence s'accumulait et hurlait!

— Eric. — Il rit. — *Eric?*

C'est son tour, maintenant, songea-t-elle. Elle ne le regarda pas; il se levait; il avança vers le bar en titubant comme un homme ivre. Elle sentait qu'il la regardait fixement. Pour une raison mystérieuse, elle songea à un avion qui tentait d'atterrir. La main de Richard était sur son épaule. Il tourna Cass pour qu'elle se trouve face à lui. Elle se força à le regarder dans les yeux.

— Est-ce bien vrai?

Elle se sentait absolument froide et sèche; elle voulait aller se coucher.

— Oui, Richard. C'est vrai.

Elle s'éloigna et se rassit sur la chaise. Elle s'était donc délivrée. Elle pensa aux enfants et la peur déferla sur elle comme une vague glaciale. Elle regarda droit devant elle, parfaitement immobile, l'oreille aux aguets. Quoi qu'elle ait pu perdre par ailleurs, elle n'abandonnerait pas ses enfants; elle ne les laisserait pas partir.

— Ce n'est pas vrai. Je ne te crois pas. Pourquoi Eric? Pourquoi es-tu allée à lui?

— Il a quelque chose... quelque chose dont j'avais grand besoin.

— Quoi donc, Cass?

— De la personnalité.
— De la personnalité, répéta-t-il lentement, de la personnalité. — Elle sentit le regard de Richard posé sur elle ; elle vit aussi avec quelle effroyable lenteur l'orage s'accumulait en lui, et se rendit compte qu'il serait long à éclater. — Pardonne ton pauvre type de mari, mais j'ai toujours eu l'impression moi, qu'il n'avait pas la moindre personnalité. Il n'a même pas l'air de savoir au juste ce qu'il a entre les jambes ni ce qu'il doit en faire... mais je suppose que je n'ai plus qu'à dire que je me trompe ?

Nous y voilà, songea-t-elle.

Elle dit avec lassitude, d'une voix désespérée :

— Je sais que cela paraît bizarre, Richard. — Les larmes jaillirent de ses yeux. — Mais c'est un garçon merveilleux. Je le sais. Je le connais mieux que toi.

Il dit, émettant un drôle de bruit, mi-grognement, mi-sanglot :

— Je m'en doute, que tu le connais — mais il aurait sans doute préféré coucher avec moi. As-tu jamais songé à cela ? Tu dois être l'une des rares femmes au monde qu'il...

— Non, Richard. Tais-toi. Ça ne changera rien, ça n'avancera à rien.

Il se planta devant elle.

— Comprenons-nous bien. Nous sommes mariés depuis près de treize ans, et pendant tout ce temps, je t'ai aimée, j'ai eu confiance en toi et, à part une fois ou deux quand j'étais dans l'armée, je n'ai jamais couché avec une autre femme. Ce n'est pas que je n'en aie pas eu l'occasion ! Mais ça ne m'a jamais paru en valoir la peine. Et j'ai travaillé, j'ai travaillé très dur, Cass, pour toi et pour nos enfants, pour notre bonheur, pour la réussite de notre mariage. Tu trouves peut-être cela démodé, tu me prends peut-être pour un idiot. Je ne sais pas, tu es tellement plus sensitive que moi. Et maintenant... voilà que... — Il alla au bar et posa son verre. — Et soudain, pour une raison mystérieuse, juste au moment où il semble que les choses vont s'arranger pour nous, tout d'un coup, tu te mets à me faire sentir que je suis un être indésirable qu'il faudrait jeter à la rue. Je ne savais pas ce qui s'était passé, je ne savais pas où tu étais allée. Ça t'a prise tout d'un coup! Je t'ai écoutée rentrer dans cette maison, aller voir les enfants, te glisser dans le lit — je te jure que j'entendais tes moindres faits et gestes — et je restais dans mon bureau comme un petit garçon, parce que je ne savais pas comment, *comment* m'y prendre pour me rapprocher de toi. Je me disais : cela lui passera ; ce n'est qu'un étrange caprice de femme que je ne puis pas comprendre. Je me disais même, mon Dieu, que tu attendais peut-être un autre enfant et que tu ne voulais pas me le dire encore. — Il appuya sa tête contre le bar. — Et bon Dieu de bon Dieu, Eric! Tu arrives pour me dire que tu couches avec Eric! — Il se tourna vers elle. — Depuis combien de temps?

— Quelques semaines.

— Pourquoi? — Elle ne répondit pas. Il revint vers elle. — Réponds-moi, ma petite. Pourquoi? — Il se pencha vers elle, l'emprisonnant dans sa chaise. — Est-ce parce que tu voulais me faire mal?

— Non, je n'ai jamais voulu te faire mal.

— Pourquoi alors? — Il se pencha plus près. — En avais-tu marre de moi? Est-ce qu'il fait l'amour mieux que moi? Connaît-il des choses que j'ignore? Est-ce cela? — Il enroula une mèche de cheveux de Cass autour des doigts de l'une de ses mains. — Est-ce cela? Réponds-moi.

— Richard, tu vas éveiller les enfants.

— La voilà qui s'inquiète pour les enfants, maintenant! — Il tira la tête de Cass vers lui, puis la ramenant brutalement en arrière contre la chaise il la gifla à deux reprises, de toutes ses forces... Le salon sombra dans le noir pendant une seconde, puis revint à la lumière en vacillant; Cass sentit les larmes qui lui montaient aux yeux. Son nez se mit à saigner. — C'est ça, hein? Il t'a baisée par derrière, il t'a fait faire un pompier? Réponds-moi, salope, putain, ordure!

Elle essaya de relever la tête; elle haletait; elle suffoquait. Elle sentait qu'un sang épais coulait sur ses lèvres et tombait sur sa poitrine.

— Non, Richard, non, non, je t'en prie, Richard.

— Oh, bon Dieu de bon Dieu!

Il s'éloigna et, comme dans un rêve, elle vit son grand corps avancer vers le divan d'un pas mal assuré; il tomba à genoux près du divan; il pleurait. Elle tendit l'oreille avec inquiétude. Que faisaient les enfants? Elle se tourna vers la porte qu'ils ouvriraient s'ils venaient; mais ils n'étaient pas là. Il n'y eut pas un bruit. Elle regarda Richard et se cacha le visage un moment. Elle ne pouvait supporter le spectacle de cet homme qui pleurait, de ces épaules vaincues par la douleur. Et elle avait l'impression que sa tête avait grossi du double; quand elle abaissa les mains, elles étaient couvertes de sang. Cass se leva et entra en chancelant dans la salle de bains.

Elle fit couler l'eau, le sang disparut lentement. Puis elle s'assit par terre. Son esprit oscillait de côté et d'autre comme l'aiguille affolée d'un instrument brisé. Elle se demanda si elle aurait encore la figure enflée dans quelques heures et comment elle expliquerait à Paul et Michael. Elle pensa à Ida, à Vivaldo et à Ellis et se demanda ce que ferait Vivaldo quand il saurait; elle en éprouva du chagrin pour lui, assez pour se remettre à pleurer ; ses larmes ruisselaient sur ses poings crispés. Elle pensa à Eric et se demanda si elle l'avait trahi lui aussi en disant la vérité à Richard. Et qu'allait-elle dire à Eric maintenant, et lui, qu'allait-il lui dire ? Elle ne voulait pas quitter le clair refuge de la salle de bains. Au centre de son esprit, il y avait ce qu'elle voyait et ce qu'elle entendait, il y avait l'angoisse de Richard. Elle se demanda s'il subsistait encore quelque espoir pour eux, s'il restait entre eux quelque chose qui serait un nouveau point de départ. Cette dernière question la fit se relever enfin, le ventre douloureusement contracté. Elle enleva sa robe ensanglantée. Elle avait envie de la brûler, de la jeter au panier à linge sale. Elle entra dans la cuisine et fit chauffer du café. Puis elle revint dans la salle de bains, enfila un peignoir et sortit les cigarettes de son sac à main. Elle en alluma une et s'assit sur la table de la cuisine. Il était trois heures du matin. Elle resta immobile, attendant que Richard se lève et vienne la rejoindre.

LIVRE TROISIÈME

Vers Bethléem

> *Quelle défense, dans cette fureur, la beauté*
> * pourra-t-elle offrir,*
> *Elle est aussi faible que la fleur.*
>
> Shakespeare, *Sonnet LXV*.

1

Vivaldo rêve qu'il court; il court, il court dans un pays qu'il connaît depuis toujours mais dont il ne peut se souvenir; il est au milieu des rochers, aveuglé par une pluie battante; ses pieds et ses jambes s'empêtrent dans les rameaux durs et détrempés de la vigne. Il fuit, et en même temps il cherche quelque chose, et dans son rêve, il est sensible à la fuite du temps. Il y a devant lui un haut mur, un haut mur de pierre. Du verre brisé scintille sur la crête; les pointes acérées se dressent en l'air comme des lances. Une musique le hante, une musique qu'il n'entend pourtant pas, la musique est créée par le spectacle de cette pluie qui tombe en longues colonnes cruelles et luisantes, et par le verre brillant qui se dresse, âprement, dans le déluge. Et il sent, dans son corps, quelque chose qui se dresse, en réponse, une poussée fugitive et puissante qui l'agite confusément. Et dans son rêve, en même temps qu'il court, qu'il est propulsé en avant, il se sent accablé et affaibli, par la certitude qu'il a oublié... oublié... quoi? Quelque secret, quelque devoir qui le sauverait. Son souffle est un terrible poids emprisonné dans sa poitrine. Il atteint le mur. Il agrippe la pierre de ses mains ensanglantées, mais la pierre est glissante, il ne peut pas la tenir, il ne peut pas se hisser. Il essaie avec ses pieds, ses pieds glissent ; la pluie se déverse toujours.

Et maintenant il sait que son ennemi est sur lui. Le sel brûle ses yeux. Il n'ose pas se retourner ; saisi d'une violente terreur, il se tasse contre le mur rude et humide, comme si un mur pouvait fondre, comme si on pouvait entrer dans un mur. Il a oublié... quoi ? Comment échapper à son ennemi ou comment le vaincre. Alors il entend le vagissement de trombones et de clarinettes, un martèlement furieux et continu de tambours. Ils jouent un blues qu'il n'a jamais entendu, ils emplissent la terre d'une musique si terrible qu'il ne peut pas la supporter. Où est Ida ? Elle pourrait l'aider. Mais il sent des mains rudes sur lui et, baissant les yeux, il aperçoit la face tourmentée et hargneuse de Rufus. *Monte*, dit Rufus, *je vais t'aider. Monte.* Les mains de Rufus le poussent, le poussent, et bientôt Vivaldo est debout, plus haut que Rufus ne l'a jamais été, sur le pont glacé, face à la mort. Il sait que sa mort est ce que Rufus désire le plus au monde. Il essaie de regarder en bas, d'implorer la pitié de Rufus, mais il ne peut pas bouger sans tomber à bas du mur ou culbuter sur les éclats de verre. Au loin, très loin, au-delà du déluge, il aperçoit Ida dans une verte prairie en pente. Elle marche seule. Que le soleil est beau sur ses cheveux bleu noir et sur son front d'Aztèque ! il y a une petite plaque étincelante au creux de sa gorge. Elle ne regarde pas vers lui, elle marche à pas mesurés, la tête basse ; pourtant, il est sûr qu'elle le voit, qu'elle sait qu'il est là, debout sur le mur cruel et qu'elle attend, de connivence avec son frère, la mort de Vivaldo. Puis Rufus tombe, après une chute rapide dans l'air ; il vient s'empaler sur un épieu de la clôture qui entoure le pré. Ida ne le voit pas ; elle attend. Vivaldo regarde le sang de Rufus qui coule, rouge vif sur les pieux noirs, et va se perdre dans la prairie. Il tente de crier, mais aucun son ne sort de sa gorge ; il essaie de toucher Ida, mais il tombe lourdement sur les mains et sur les genoux sur le verre acéré. Il ne peut supporter cette douleur ; pourtant il sent en lui une poussée subite et voluptueuse. Il est plus désespéré, plus horrifié que jamais, mais il éprouve aussi du plaisir. Il se tord sur les fragments de verre. *Ne me tue pas, Rufus. Rufus. Je t'en supplie. Je t'en supplie. Je t'aime.* Alors, empli de délices et de confusion, il voit Rufus s'allonger à ses côtés et ouvrir les bras. Au moment où il s'abandonne à cette étreinte douce et irrésistible, son rêve, comme du verre, se fracasse. Il entend la pluie qui cogne aux fenêtres. Il revient, avec violence, dans son propre corps, il prend conscience de son odeur et de l'odeur d'Eric, et s'aperçoit que c'est à Eric qu'il s'est agrippé, que c'est Eric qui l'étreint. Les lèvres d'Eric sont sur son cou et sur sa poitrine.

Vivaldo espérait qu'il rêvait encore. Une souffrance indicible le pénétrait, parce qu'il rêvait et parce qu'il était éveillé. Immédiatement, il comprit qu'il avait créé son rêve afin de provoquer cette situation ; il avait réalisé quelque chose qu'il désirait depuis longtemps. Il avait peur et il était en colère — contre Eric ou contre lui-même ? il ne le savait pas. Il voulut s'écarter. Mais il ne le pouvait pas, il ne le voulait pas, il était trop tard. Il songea à garder les yeux fermés pour fuir toute responsabilité. Il eut honte de cette pensée. Il essaya de reconstituer la manière dont le monstrueux processus s'était déroulé. Ils avaient dû dormir en chien de fusil. Eric s'était blotti contre lui... oh, cela faillit lui rappeler quelque chose. Mais quoi ? Vivaldo avait senti contre ses jambes le contact du corps d'Eric, puisque ce corps était là ; et le désir avait surgi dans ce lit monacal, ce lit de célibataire.

Maintenant, il était trop tard, Dieu merci, il était trop tard ; il leur fallait se débarrasser des pantalons, des sous-vêtements et des draps qui les gênaient. Il ouvrit les yeux. Eric le regardait avec un demi-sourire, un sourire troublé, et Vivaldo s'aperçut qu'Eric l'aimait. Eric l'aimait vraiment, il serait fier de donner à Vivaldo tout ce dont Vivaldo avait besoin. Avec un gémissement et un soupir, avec un soulagement indescriptible, Vivaldo ouvrit tout grands les yeux et attira Eric contre lui. Ç'avait été un rêve, sans en être un vraiment ; combien de temps de tels rêves peuvent-ils durer ? Celui-là ne pouvait pas s'éterniser. Aussitôt, alors, tous deux parurent se décider à jouir de cet instant qui leur appartenait, tant qu'il pourrait durer. Ils expédièrent les pantalons au sol, sans dire mot — qu'y avait-il à dire ? — sans oser se lâcher. Puis, comme dans un demi-rêve, désarmé et confiant, Vivaldo sentit qu'Eric lui ôtait sa chemise et le caressait de ses lèvres entrouvertes. Eric se pencha et embrassa Vivaldo sur son ventre à demi enfoui sous une toison épaisse. C'était un hommage à Vivaldo, au corps de Vivaldo, au désir de Vivaldo, et Vivaldo trembla comme il n'avait jamais encore tremblé. Pourtant cette caresse ne lui procura pas un plaisir sans mélange. Il était terriblement mal à l'aise ; il ne savait pas ce qu'on attendait de lui, ce qu'il pouvait attendre d'Eric. Il redressa Eric et l'embrassa sur la bouche ; il pétrit les cuisses d'Eric, il caressa son sexe. Quelle impression étrange procurait ce muscle violent qui s'étirait et palpitait ; il était si semblable au sien, et il appartenait à un autre ! Et cette poitrine, ce ventre, ces jambes, tout était semblable à lui-même ; les tressaillements du souffle d'Eric répondaient en écho aux secousses sismiques qui le bouleversaient. Oh ! Qu'était-ce donc qu'il ne pouvait pas se rappeler ? C'était sa première expérience sexuelle avec un homme depuis bien des années, la première avec un ami. Il avait associé cet acte à la dégradation, à l'avilissement d'un homme par un autre ; l'homme amoindri avait moins d'importance que le mouchoir chiffonné que l'on jette ; mais avec Eric, il n'avait pas cette impression ; d'ailleurs, il ne savait pas ce qu'il ressentait au juste. Ce respect humain qui le torturait incita Vivaldo à redouter que cet instant n'aboutisse pas, tout compte fait. Il ne le voulait pas, il savait que son désir était trop grand, qu'ils étaient allés trop loin, qu'Eric avait pris un trop grand risque. Il avait peur de ce qui pourrait arriver s'ils échouaient. Son désir demeurait, il croissait, il s'échauffait en lui, il martelait à coups redoublés le labyrinthe de son désarroi ; son désir était d'une légèreté, d'une arrogance et d'une cruauté inaccoutumées et pourtant, il s'y mêlait une profonde et incompréhensible tendresse : il ne voulait pas faire souffrir Eric. La douleur physique qu'il avait parfois infligée à des jeunes filles — fantômes maintenant disparus — leur avait été nécessaire. Il leur avait ouvert les portes de la vie. Cette fois, il faisait partie intégrante d'un mystère différent, à la fois plus noir et plus pur. Il tenta de retrouver en lui l'adolescent, il étreignit le corps inconnu d'Eric, il caressa ce sexe inconnu. En même temps il essaya de penser à une femme. (Mais il ne voulait pas que ce fût Ida.) Et ils restèrent étendus, l'un contre l'autre, dans cette attitude antique, la main de l'un sur le sexe de l'autre, les membres emmêlés, le souffle d'Eric tremblant sur la poitrine de Vivaldo. Ces frémissements juvéniles et confiants rendirent à Vivaldo le sens de son propre pouvoir. Il serra très fort le corps d'Eric, le couvrit de son propre corps, comme pour le protéger de la chute du ciel. Mais en même temps, tout se passait comme s'il était lui-même protégé... par l'amour d'Eric.

En somme le bouclier agissait étrangement, et avec insistance, dans les deux sens ; Vivaldo avait l'impression de faire l'amour au milieu de miroirs, ou de mourir englouti par les eaux. Mais c'était aussi comme une musique — les clarinettes les plus aiguës, les plus suaves et les plus solitaires — et c'était comme la pluie. Il couvrit Eric de baisers, tout en se demandant comment ils allaient s'unir. Le corps de l'homme ne lui avait pas paru mystérieux, il ne s'était jamais posé de questions, mais maintenant, c'était pour lui le plus impénétrable des mystères ; cette incertitude lui fit songer à son propre corps — à ses possibilités, à son délabrement imminent et absolu — comme il ne l'avait encore jamais fait. Eric se blottit contre lui et sous lui, aussi assoiffé que le sable de la mer. Vivaldo se demanda ce qui se mouvait dans le corps d'Eric, ce qui le poussait, comme l'oiseau ou la feuille dans la tempête, contre le mur de sa chair ; et il se demanda ce qui se mouvait dans son propre corps : quelle vertu cherchaient-ils, maintenant, à protéger ? Que faisait-il ici ? Absolument aucune espèce de rapport avec les combats nécessaires que vous livrent les femmes. Il aurait déjà pénétré en elle, dans cette femme qui n'était pas là, dont les soupirs eussent été différents et dont l'abandon n'aurait jamais été total. Le sexe de cette femme qui lui livrait le passage demeurait néanmoins, à ses yeux, un objet inconnu, un stimulant, une angoisse et un mystère éternels. Et même maintenant, en ce moment étincelant, pénible et indécis, il savait qu'il était condamné aux femmes. Quelle impression cela faisait-il d'être un homme condamné aux hommes ? Il ne parvenait pas à l'imaginer et il éprouva une vive répulsion, vite réprimée, car elle menaçait son plaisir. Mais, à ce moment même, son excitation s'accrut : il sentit qu'il pouvait faire avec Eric tout ce qu'il voulait.

Maintenant, Vivaldo qui était habitué à peiner, à être celui qui donnait, à obtenir son plaisir de la volupté d'une femme, s'abandonnait au luxe, à la torpeur flamboyante de la passivité, et il chuchota à l'oreille d'Eric une prière ardente et étouffée.

Le rêve vacilla au bord du cauchemar : Quel âge avait ce rite ? cet acte d'amour ? Quelle était sa profondeur ? Dans le temps impersonnel, et chez les intéressés ? Il avait l'impression d'être précipité dans un gouffre, et de flotter dans un air inexorable qui le soutenait comme l'eau de la mer soutient le nageur ; il lui semblait voir des profondeurs vastes et horribles au fond de son cœur, ce cœur qui contenait toutes les possibilités qu'il pouvait nommer et encore bien d'autres qu'il ne pouvait pas nommer. Le moment, leur moment, touchait à sa fin. Il gémit et ses cuisses, comme les cuisses d'une femme, se détendirent ; il poussait dans un sens, Eric dans l'autre. Que c'était étrange ! Que c'était étrange ! Eric était-il maintenant en train de sangloter et de prier en silence comme lui, sur Ida, priait et sanglotait ? Mais Rufus avait certainement vibré et palpité en se sentant monter, de même que Vivaldo vibrait et palpitait et montait maintenant. *Rufus. Rufus.* Était-ce bien ainsi que cela se passait avec lui ? Il avait envie de le demander à Eric. Comment était-ce avec Rufus ? Et Eric, qu'éprouvait-il ? Puis il sentit qu'il tombait, comme si la mer épuisée se dérobait sous lui et l'enveloppait. Comme s'il plongeait... plongeait, en se débattant désespérément pour remonter. Il entendit son propre souffle, rauque et rude, qui arrivait de très loin ; il entendit la pluie qui tambourinait les vitres ; il allait être submergé. Il se souvint comment Ida, au moment où tout était insoutenable, renversait la tête en arrière, et intensifiait son mouvement de va-et-vient en montrant les dents. Et elle criait son nom. Et Rufus ?

Avait-il enfin murmuré, d'une voix étrange, semblable à la sienne maintenant, *Oh, Eric, Eric*. Qu'était-ce que cette rage ? *Eric*. Il étreignit Eric au milieu des draps en débandade, et le tint serré. *Merci*, chuchota Vivaldo. *Merci, Eric, merci*. Eric se blottit contre lui comme un enfant et le sel de son front tomba goutte à goutte sur la poitrine de Vivaldo.

Et ils restèrent l'un contre l'autre, cachés et protégés par le bruit de la pluie. La pluie tombait au-dehors comme un mur providentiel entre eux et le monde. Vivaldo avait l'impression d'être tombé dans une déchirure du temps, d'être retourné vers l'innocence, lavé et vidé, attendant d'être rempli. Il caressa les cheveux rudes à la base du crâne d'Eric, charmé et étonné de l'amour qu'il éprouvait. Le souffle d'Eric tremblait contre les poils de sa poitrine. De temps en temps il effleurait Vivaldo de ses lèvres. Cette profusion, cette chaleur alourdissaient Vivaldo ; elles le faisaient somnoler. Il commença lentement à repartir à la dérive vers le sommeil ; des rayons de lumière jouaient dans son crâne, derrière ses yeux, comme le soleil. Mais au-dessous de cette paix et de cette gratitude, il se demanda ce que pensait Eric. Il voulut ouvrir les yeux, regarder dans les yeux d'Eric mais l'effort était trop grand et risquait en outre de briser la paix de son âme. Il caressa le cou d'Eric, lentement, dans les deux sens, espérant que cette joie se communiquait par le bout de ses doigts. En même temps, il se demanda, et cette pensée le fit presque rire, *après toutes les conneries que j'ai dites hier soir*, ce qu'il faisait dans ce lit, dans les bras de cet homme ? quel était l'homme qu'il chérissait le plus au monde ? Il se sentait fantastiquement protégé, libéré, de savoir que, en quelque lieu que ce fût, quand le jour fatal surviendrait, il se sentirait obligé de partir, quoi qu'il lui arrive d'ici la mort et que même, ou peut-être *surtout*, s'ils ne se retrouvaient jamais dans les bras l'un de l'autre, il y avait sur cette terre un homme qui l'aimait. Son espérance qui avait tant pâli, reprit tout son éclat et retrouva la vie. Il aimait Eric, c'était une grande révélation. Mais une chose était plus étrange encore. Une chose qui le portait vers une liberté et une stabilité sans précédent. Eric l'aimait.

— Eric... ?

Ils ouvrirent les yeux et se regardèrent. Les yeux bleu foncé d'Eric étaient limpides et candides, mais il y avait aussi, tapie tout au fond, une terrible peur. Vivaldo dit :

— Cela a été merveilleux pour moi, Eric. — Il scruta le visage d'Eric. — Et pour toi ?

— Oui, dit Eric. — Et il rougit. Ils parlaient à voix basse. — Je vois que j'en avais besoin. Plus que je ne le croyais.

— Peut-être cela ne se produira-t-il plus jamais ?

— Je sais... Aimerais-tu que cela recommence ?

Vivaldo se tut. Pour la première fois, il eut peur.

— Je ne sais que dire. Oui... oui et non. Mais en tout cas, je t'aime Eric. Je t'aimerai toujours. J'espère que tu le sais. — Il était étonné d'entendre sa voix trembler ainsi. — M'aimes-tu ? Dis-moi que tu m'aimes.

— Mais oui, tu le sais bien, dit Eric. — Il considéra le visage blême et las de Vivaldo, et leva une main pour caresser la barbe qui commençait à poindre sous les pommettes. — Je t'aime beaucoup. Je ferai n'importe quoi pour toi. Tu as dû t'en rendre compte, non ? Et ce n'est pas nouveau, crois-moi, car ça fait un bon bout de temps que je t'aime.

— C'est vrai ? Je n'en avais pas l'impression.

— Moi non plus, dit Eric en souriant. Quelle est drôle cette journée qui commence par de telles révélations.

— Elles sont en train de nous ouvrir, dit Vivaldo,

tous les registres du Paradis. — Il ferma les yeux. Le téléphone sonna. — Ah merde !

— Voici d'autres révélations, dit Eric en souriant.

Il demanda à Vivaldo une cigarette qu'il alluma.

— C'est trop tôt, mon vieux. On ne peut pas se rendormir ?

Le téléphone sonnait sans discontinuer.

— Il est une heure, dit Eric. — Il regarda avec embarras, le téléphone d'abord, puis Vivaldo.

— C'est probablement Cass. Elle rappellera.

— À moins que ce soit Ida. Elle risque de ne pas rappeler.

Eric décrocha.

— Allô ?

Vivaldo entendit confusément, très loin, la voix de Cass au bout du fil.

— Bonjour, mon petit, comment va ? s'écria Eric. — Puis il se tut. Il y avait quelque chose dans ce silence qui incita Vivaldo à s'éveiller tout à fait et à s'asseoir sur le lit. Il observa le visage d'Eric. Il alluma une cigarette et attendit.

— Ah, dit Eric au bout d'un moment. Bon Dieu ! Oh, ma pauvre Cass. — La voix parlait toujours, le visage d'Eric se faisait plus las et plus bouleversé. — Oui, mais maintenant, ça y est. Nous y voilà bien. Jusqu'au cou. — Il lança un coup d'œil rapide à Vivaldo puis regarda sa montre. — Oui, certainement, où cela ? — Il regarda vers la fenêtre. — Ça ne m'a pas l'air de s'éclaircir beaucoup... Non, Cass, je t'en prie, non. — Son visage changea encore ; la surprise et l'émotion s'y lisaient clairement ; il regarda Vivaldo et dit, très vite : — Vivaldo est ici. — Un sourire amer étira ses lèvres. — Comme tu dis. Avec une pluie battante comme celle-là. — Il rit. — Non, personne ne vit sans clichés... comment ? — Il écouta, puis dit, doucement : — Mais je vais commencer bientôt mes répétitions, Cass, et je partirai sans doute sur la Côte. D'ailleurs... — Il regarda Vivaldo en fronçant désespérément les sourcils. — Oui, je comprends bien, Cass. Oui. À quatre heures. D'accord. Du courage, ma chérie, du courage.

Il raccrocha. Il resta assis un moment à regarder la pluie, puis il se tourna vers Vivaldo avec un petit sourire à la fois mélancolique et fier. Il consulta encore sa montre, éteignit sa cigarette et s'allongea, l'œil fixé au plafond, la tête sur les bras.

— Eh bien, tu te rends compte ! Nous voilà dans de beaux draps. Cass est rentrée très tard chez elle et elle s'est disputée avec Richard. Maintenant il est au courant de notre liaison.

Vivaldo émit un sifflement en ouvrant de grands yeux.

— Je savais que tu n'aurais pas dû décrocher. Drôle de pétrin ! Richard va-t-il s'amener ici avec un revolver ? Comment a-t-il découvert le pot aux roses ?

Eric prit un air étrangement coupable. Il dit :

— Eh bien, Cass ne m'a pas donné des explications très claires. Je ne sais vraiment pas. De toute manière ce n'est pas tellement *cela* qui compte maintenant. Il est au courant, ça suffit. — Il s'assit sur le lit. — Il semble qu'il se soit douté de quelque chose. Mais c'est toi qu'il soupçonnait.

— Moi ! Il est fou !

— Eh bien, Cass allait te voir à tout bout de champ. C'est ce qu'elle lui disait en tout cas...

— Et d'après lui, qu'aurait fait Ida pendant que je faisais l'amour avec Cass ? Elle nous aurait chanté des berceuses ?

Eric parut gêné. Il rit pourtant.

— Je ne sais pas ce qu'il s'est imaginé. En tout cas, d'après Cass, il t'en veut à mort parce que... — il hésita, les yeux baissés — parce que tu étais au courant de cette liaison et que tu ne l'as pas prévenu, alors que tu étais censé être son ami... Crois-tu que tu aurais dû le lui dire ?

Vivaldo éteignit sa cigarette.

— Quelle drôle d'idée! J'ai rien d'un boy-scout. D'ailleurs, c'est toi et Cass qui êtes mes amis. Ce n'est pas Richard.

— Ce n'est pas ce qu'il s'imaginait; il est ton ami depuis plus longtemps que moi et... Richard ne m'aime vraiment pas beaucoup... alors naturellement, il croyait que tu lui serais loyal.

Vivaldo poussa un soupir.

— Il y a un tas de choses que Richard ne sait pas, c'est dommage, mais je n'y suis pour rien. Et il fait preuve de malhonnêteté. Il sait très bien que nous ne sommes pas amis depuis si longtemps. Et il ne réussira pas à me donner des remords. — Il sourit. — J'ai déjà assez de remords avec toi.

— Tu regrettes quelque chose ?

Ils se regardèrent fixement. Vivaldo s'esclaffa :

— Ce n'est pas ce que je voulais dire. Mais non, je ne regrette rien et j'espère bien que je ne regretterai jamais rien. C'est une perte de temps monstrueuse.

Eric baissa les yeux.

— Ah oui, Cass m'a dit que Richard allait essayer de te voir aujourd'hui.

— Je le reconnais bien là. Eh bien, je ne serai pas chez moi. — Il éclata de rire. — Ça serait marrant si Richard venait ici.

— S'il te trouvait ici, veux-tu dire ? — Ils rirent en se roulant sur le lit comme des enfants. — Je me demande ce qu'il en dirait.

— Pauvre homme ! Il ne saurait plus que penser.

Ils se regardèrent et de nouveau éclatèrent de rire.

— En tout cas, ce ne sont pas nos marques de sympathie qui l'étoufferont, dit Eric.

— C'est vrai. — Vivaldo s'assit, alluma deux cigarettes et en tendit une à Eric. — Ce pauvre salaud doit vraiment souffrir. Après tout, il ne sait pas d'où lui vient cette infortune... Et je suis sûr que Cass ne rit pas.

— Non. Ni de Richard ni de qui que ce soit. Elle avait l'air à demi folle.

— D'où téléphonait-elle ?

— De chez elle. Richard vient de sortir.

— Je me demande s'il est vraiment allé chez moi. Je ferais peut-être bien de téléphoner pour voir si Ida est rentrée.

Mais il ne fit pas un geste vers le téléphone.

— La situation est aussi peu brillante que possible, dit Eric au bout d'un moment. Richard parle de demander le divorce et d'enlever les enfants à leur mère.

— Oui, et il est probablement sorti pour acheter un fer chaud portant la lettre A, et s'il le pouvait, il ferait de ses pieds et de ses mains pour que Cass aille faire le trottoir, et finisse par mourir de la syphilis. À petit feu. Tout cela parce que monsieur a été blessé dans son amour-propre.

— Eh bien, oui, dit Eric lentement, il a été blessé. C'est sûr. Il n'est pas besoin d'être un individu remarquable pour souffrir.

— Non. Mais je crois que tu peux commencer à devenir *admirable* si, une fois que tu es blessé, tu n'essaies pas de te venger.

Il se tourna vers Eric et posa la main sur sa nuque.

— Tu sais ce que je veux dire ? Si tu peux accepter la

douleur qui te fait presque mourir, peut-être te serviras-tu d'elle pour devenir meilleur.

Eric lui adressa un demi-sourire étrange. Son visage était plein de tendresse et de douleur.

— C'est très difficile, dit-il.

— Il faut quand même essayer.

— Je sais. — Il dit avec précaution, regardant bien Vivaldo : — Sinon, tu te trouves comme pétrifié avec ce qui t'a fait mal, et le mal recommence sans cesse, par ta faute, jusqu'au jour où ta vie... touche à son terme, véritablement — car tu ne peux plus bouger, tu ne peux plus changer, tu ne peux plus aimer.

Vivaldo laissa tomber sa main. Il se rallongea sur le dos.

— Toi, tu essaies de me faire comprendre quelque chose. Quoi ?

— C'est de moi que je parlais.

— Peut-être. Mais je ne crois pas.

— J'espère seulement, dit Eric brusquement, que Cass ne me détestera jamais.

— Pourquoi te détesterait-elle ?

— Je ne peux pas lui être utile à grand-chose. Je ne lui ai rien apporté de valable.

— Tu l'ignores. Cass savait ce qu'elle faisait. Je crois qu'elle avait une vue beaucoup plus claire de la situation que toi... parce que toi, tu sais — il sourit — tu n'as pas les idées très claires.

— Je crois que j'espérais, que nous espérions peut-être, que Richard ne s'apercevrait jamais de rien et qu'Yves arriverait à New York avant...

— Oui, mais la vie n'arrange pas toujours les choses aussi bien.

— Tu as les idées claires, toi.

— Naturellement. — Vivaldo sourit, allongea le bras

et attira Eric contre lui. — Et toi aussi, il faudra que tu aies les idées claires mon vieux, quand j'aurai des ennuis.

— Je ferai de mon mieux, dit gravement Eric.

Vivaldo éclata de rire.

— Personne ne pourrait jamais te haïr. Tu es beaucoup trop comique. — Il s'éloigna d'Eric. — À quelle heure vois-tu Cass?

— À quatre heures. Au Musée d'Art Moderne.

— Bon. Comment va-t-elle s'échapper? À moins que Richard ne l'accompagne...

Eric dit, d'une voix hésitante:

— Elle n'est pas certaine que Richard rentre aujourd'hui.

— Je vois. Nous ferions peut-être bien de prendre une tasse de café... Excuse-moi une minute d'abord.

Il sauta à bas du lit et claqua derrière lui la porte de la salle de bains.

Eric alla dans la cuisine, à peine moins en désordre que ses propres idées, et il mit du café à chauffer. Il resta un moment immobile à regarder la flamme bleue qui luisait dans la pénombre. Il prit deux tasses et sortit le lait et le sucre. Il revint dans le studio, débarrassa la table de nuit des livres et des papiers qu'il avait griffonnés à la hâte — presque toutes les notes qu'il avait maintenant sous les yeux lui paraissaient pleines d'inconséquences — puis il vida le cendrier. Il ramassa ses vêtements et ceux de Vivaldo et les empila sur une chaise et refit rapidement le lit. Il posa les tasses, le lait et le sucre sur la table de nuit, constata qu'il ne restait plus que cinq cigarettes et fouilla, sans succès, ses poches pour en dénicher d'autres. Il avait faim mais le réfrigérateur était vide. Il se dit qu'il pourrait peut-être mobiliser assez d'énergie pour s'habiller et aller chercher quelque nourriture à l'épicerie du coin...

Vivaldo avait sans doute faim aussi. Il alla jusqu'à la fenêtre et regarda à travers les stores. La pluie faisait un véritable mur. Elle martelait puissamment le sol et giclait dans les ruisseaux qu'elle gonflait avec la violence d'une rafale de balles. L'asphalte était large et blanc; on n'y voyait que la pluie. Les trottoirs gris dansaient; ils luisaient; leur pente semblait accentuée. Rien ne bougeait — pas une voiture, pas un passant, pas un chat; et le seul bruit était le bruit de la pluie. Il oublia son envie de sortir et se contenta de regarder la pluie, rassuré par cet anonymat et cette violence, cette violence qui était aussi la paix. Et de même que cette pluie furieuse tordait, estompait et émoussait tous les contours familiers des murs, des fenêtres, des portes, des voitures en stationnement, des bouches à incendie et des arbres, de même Eric, dans cet examen silencieux, essayait d'émousser, de dissimuler et de fuir toutes les énigmes qui surgissaient en lui. *Comment arriverai-je jusqu'au musée par une pluie pareille?* se demandait-il; mais il n'osait se demander ce qu'il dirait à Cass, ce qu'elle lui dirait. Il pensa à Yves avec une détresse proche de la panique; il se sentait doublement infidèle; il sentait que le principal support de son existence s'était dérobé... il s'était dérobé et il se déroberait encore, sous le poids secret, le poids terrible qui ne cessait de s'accumuler. Faiblement, derrière lui, il entendit Vivaldo qui sifflait de l'autre côté de la porte. Comment avait-il pu ignorer ce qu'il était capable de ressentir pour Vivaldo? Et la réponse le gifla, aussi impitoyable que la pluie qui tombait: il l'avait ignoré parce qu'il n'avait pas osé en prendre conscience. Il y a tant de choses qu'on n'ose pas savoir. Et elles attendent patiemment, comme des démons, tapies dans le noir, prêtes à bondir de leur cachette et à se révéler, un dimanche matin, par une pluie battante.

Il laissa retomber le store et se retourna à l'intérieur de la pièce. La sonnerie du téléphone retentit. Il fixa sur le combiné un regard acide. *Encore des révélations*, se dit-il en décrochant.

C'était Harman, son directeur artistique, qui lui cria à l'oreille :

— Bonjour toi... Eric ? Désolé de t'embêter un dimanche matin, mais c'est pas commode de t'atteindre. Je pensais t'envoyer un télégramme.

— Suis-je vraiment si difficile à trouver ? Je n'ai pas bougé de chez moi, il me semble ; je suis resté plongé dans ce délicieux manuscrit...

— Allez, n'essaie pas de me la faire à l'oseille, mon cœur. Je sais que tu as le béguin pour cette pièce, mais faut pas exagérer. Dis plutôt que tu voulais pas répondre au téléphone. Écoute.

— Oui ?

— C'est à propos de ton bout d'essai... T'as un crayon ?

— Attends une minute.

Il trouva sur son bureau un crayon et un bout de papier. Il retourna au téléphone.

— Vas-y, Harman.

— Tu n'iras pas sur la côte. Ils ont décidé que tu tournerais ça à New York. Tu connais les Allied Studios ?

— Oui, naturellement.

— Bien, alors, vas-y mercredi matin. À dix heures. Écoute. Peux-tu déjeuner avec moi demain ?

— Oui, avec joie.

— Bon. Je te donnerai tous les détails. On se retrouve au Rowney's ?

— D'ac. À quelle heure ?

— Une heure. Bon... tu m'écoutes toujours ?

— Je suis tout ouïe, mon petit.

— Dire que j'ai enfin réussi à mettre la main sur cet excentrique, sur ce détraqué qui va devenir une vedette ! Le début des répétitions est définitivement fixé à demain en huit.

— La semaine prochaine.

— Comme tu dis.

— Merveilleux. Bon Dieu, ça me fait tellement plaisir de me remettre au boulot.

Vivaldo sortit de la salle de bains. Il paraissait énorme dans sa nudité toute blanche. Il entra dans la cuisine. Il examina le contenu de la cafetière, revint dans la chambre et se jeta sur le lit.

— Tu vas donc te mettre au travail, Eric. Tu es bien parti, tu sais, tu es bon pour atteindre les sommets, mon vieux. Rien ne pourrait me faire plus plaisir.

— Merci, Harman. J'espère que tu ne te trompes pas.

— Je faisais ce métier depuis longtemps déjà quand tu es arrivé au monde, Eric. Je sais reconnaître les bons numéros quand j'en vois et je ne me suis jamais trompé. Alors, sois gentil, viens me retrouver demain. Au revoir.

Il raccrocha, plein d'une excitation fugace.

— Bonnes nouvelles ?

— C'est mon directeur artistique. Nous commençons les répétitions la semaine prochaine et je vais faire mon bout d'essai mercredi. — C'est alors que la joie éclata en lui. Il se tourna vers Vivaldo. — C'est pas fantastique ?

Vivaldo le regardait en souriant.

— Il faut arroser ça, mon vieux. — Voyant Eric prendre la bouteille vide à terre, il dit : — Ah ! C'est trop triste.

— Mais j'ai un peu de bourbon, dit Eric.

— Formidable !

Eric servit deux bourbons et réduisit la flamme sous le café.

— Le bourbon convient beaucoup mieux, dit-il d'une voix comblée, c'est ce qu'on boit dans mon Sud natal.

Il se rassit sur le lit. Ils trinquèrent.

— À ton premier Oscar ! dit Vivaldo.

Eric éclata de rire.

— Que c'est touchant ! À ton prix Nobel !

— De mieux en mieux ! — Eric remonta le drap jusqu'à son nombril. Vivaldo le regarda faire. — Tu vas être très seul, dit-il soudain.

Eric regarda Vivaldo et haussa les épaules.

— Toi aussi, à ce compte-là... À ce compte-là, ajouta-t-il au bout d'un moment, je suis déjà seul en ce moment.

Vivaldo resta quelques instants silencieux. Puis il dit doucement, d'une voix très triste ;

— Vraiment ? Et tu le seras encore... quand ton ami arrivera ici ?

Eric ne répondit pas tout de suite.

— Non, dit-il enfin. — Il hésita. — Eh bien... oui et non. — Puis il regarda Vivaldo. — Te sens-tu seul quand tu es avec Ida ?

Vivaldo baissa la tête.

— J'ai pensé à ça... ou plutôt, j'ai essayé de ne pas y penser... toute la matinée. — Il leva les yeux vers les yeux d'Eric. — J'espère que tu ne m'en voudras pas si je te parle ainsi... d'ailleurs tu le sais bien, de toute façon, mais en somme, si je suis dans ton lit en ce moment, c'est pour me cacher, et je me suis peut-être réfugié dans tes bras pour mieux fuir Ida... J'essaie d'y voir un peu clair sur ma vie avec elle. — Il baissa de nouveau les yeux. — Je ne cesse de penser que c'est à moi de mettre les choses au point, d'une manière ou d'une autre ; mais je n'en ai pas le courage. Je ne sais comment faire. Je ne veux pas la brusquer parce que j'ai peur de la perdre. — Il parut patauger dans les profon-

deurs du silence d'Eric. — Tu vois ce que je veux dire ?
Tu comprends ?

— Oh, oui, dit Eric d'une voix morne. Je comprends
parfaitement. — Il regarda Vivaldo en souriant et il se
risqua à dire : — Peut-être qu'en ce moment même, pendant que nous sommes tous les deux blottis ici, pour
nous cacher loin des choses qui nous font peur... peut-
être que tu m'aimes et que je t'aime plus que nous n'ai-
merons jamais, plus que nous ne serons jamais aimés
en ce monde.

— Je ne sais pas si je puis accepter cet amour, pas
déjà. Pas encore. Oui, nous nous aimons, certes. — Il leva
les yeux vers Eric. — Mais ce n'est pas vraiment le bonheur parfait, n'est-ce pas ? Tiens, cette journée est
presque achevée. Combien de temps faudra-t-il avant
qu'une journée semblable revienne ? Parce que nous ne
sommes pas des gosses, nous savons ce qu'est la vie, nous
savons que le temps fond littéralement. Je ne me sens pas
capable de soulager ta solitude, d'assurer près de toi une
présence de tous les instants, tous les jours, pendant des
mois et des années. Toi non plus, tu ne peux rien pour
moi. Nous ne sommes pas orientés dans la même direction et je n'y peux rien, pas plus que toi. — Il s'interrompit et fixa Eric avec des yeux énormes et tourmentés. Il
sourit. — Ce serait merveilleux s'il en pouvait être ainsi ;
tu es très beau, Eric. Mais je ne peux pas vraiment te
comprendre comme toi tu dois me comprendre, je crois.
Et si nous essayons de passer outre, de prolonger ces instants, d'imposer notre loi, si nous essayions de prendre
plus que ce que nous avons trouvé par hasard — par
miracle, oui, par miracle, je te le jure — alors je deviendrais un simple parasite. Et, l'un comme l'autre, nous
nous dessécherions. Alors que pouvons-nous faire l'un
pour l'autre, si ce n'est... nous aimer, être le témoin l'un

de l'autre ? Mais n'avons-nous pas le droit d'espérer...
davantage ? Afin de pouvoir accomplir jusqu'au bout ce
que nous sommes vraiment ? Ne le crois-tu pas ? — Avant
qu'Eric ait pu répondre il avala une gorgée de son whisky
et dit d'un ton différent, d'une voix plus basse : — Parce
que tu sais, pendant que j'étais dans la salle de bains, je
pensais que... évidemment... j'aimais bien être dans tes
bras, j'aimais bien te prendre dans mes bras — il rougit
violemment et regarda Eric dans les yeux —, pourquoi
pas, c'est chaud, je suis sensuel, je t'aime... beaucoup...
j'aime beaucoup ta façon de faire l'amour, mais — il
baissa de nouveau les yeux — ce n'est pas mon combat,
ce n'est pas *ma vie* et je le sais. Je ne peux pas abandonner mon combat. Sinon, je mourrai et si je meurs — il
regarda Eric avec un sourire triste et juvénile — tu ne
m'aimeras plus. Et je veux que tu m'aimes toute ma vie.

Eric allongea le bras et toucha le visage de Vivaldo.
Au bout d'un moment, Vivaldo lui prit la main.

— Tiens, finis ton whisky, mon vieux, dit Eric. — À sa
grande surprise, il s'aperçut que sa voix était un murmure grave et rauque. Il toussa pour s'éclaircir la
gorge. — Tu veux du café maintenant ?

Vivaldo secoua la tête. Il vida son verre et le posa sur
la table.

— Finis le tien, dit-il à Eric.

Eric acheva son verre.

— Je ne veux pas de café maintenant, dit-il. — Il
ouvrit les bras. — Et maintenant, profitons au maximum de cette journée qui s'achève.

À quatre heures moins dix, Eric avait réussi à prendre
une douche, à se raser et à s'habiller. Il avait mis son
trench-coat et sa casquette imperméable. Le café était
trop chaud. Il ne réussit à en boire qu'une demi-tasse.
Vivaldo était encore au lit.

— Va-t'en, dit-il. Je vais ranger un peu, et je fermerai la porte à clé.

— D'accord. — Mais Eric redoutait de partir, autant que Vivaldo répugnait à s'habiller. — Je te laisse les cigarettes. Je vais en acheter.

— Tu es très gentil. Va-t'en maintenant. Bien des choses à Cass.

— Et toi, souhaite le bonjour à Ida de ma part.

Tous deux sourirent.

— Je vais lui téléphoner, dit Vivaldo, aussitôt que tu auras mis tes fesses hors d'ici.

— Okay. Je m'en vais.

Pourtant, une fois près de la porte, il s'arrêta et considéra Vivaldo qui était maintenant debout au milieu de la chambre, une tasse de café à la main, fixant le plancher d'un air désemparé. Puis il sentit qu'Eric le regardait et leva la tête. Il posa sa tasse de café et alla à la porte. Il embrassa Eric sur la bouche et le regarda dans les yeux.

— À bientôt, mon petit.

— Oui, dit Eric, à bientôt.

Il ouvrit la porte et sortit.

Vivaldo l'écouta descendre l'escalier. Puis il alla à la fenêtre et releva le store pour essayer de le voir. Eric surgit bientôt, à croire qu'il avait couru ou qu'on l'avait propulsé sur le trottoir. Il regarda d'abord d'un côté puis de l'autre ; puis, les mains dans les poches, la tête basse et les épaules remontées, il longea le vaste pâté de maisons en rasant les murs. Vivaldo le suivit des yeux jusqu'au carrefour.

Puis il revint dans la pièce. Il se sentit pâlir en faisant le bilan de cette journée ; le remords commençait à mordiller la corde avec laquelle il l'avait attaché ; il s'aiguisait les dents pour mieux le mordre. Et pourtant, Vivaldo se sentait joyeux; il était en proie à une lassitude merveilleuse. Il se versa un peu de whisky et s'assit sur le bord du lit. Lentement, il composa le numéro.

On décrocha presque aussitôt et la voix d'Ida lui parvint: avec l'impact d'une décharge électrique.

— Allô?

Il entendit au loin Billie Holiday qui chantait *Billie's Blues*.

— Allô, chérie? C'est ton homme qui prend des nouvelles de sa femme.

— Tu sais l'heure qu'il est? Où donc es-tu?

— Chez Eric. Nous sommes passés par chez lui. Je commence seulement à m'en remettre.

Ida parut soudain soulagée. Il s'en aperçut parce qu'elle essayait de s'en cacher.

— Tu y es resté toute la nuit? Depuis que je t'ai quitté?

— Oui. Nous sommes venus ici et nous nous sommes mis à parler en finissant son whisky. Et il en avait une quantité... alors tu vois.

— Oui. Je sais que tu as pour principe de ne jamais t'arrêter de boire tant qu'il reste quelque chose dans la bouteille. Écoute. Cass a-t-elle téléphoné?

— Oui.

— Tu lui as parlé?

— Non. C'est Eric qui a répondu.

— Ah? Et que t'a dit Eric?

— Comment cela, ce qu'il m'a dit?

— Enfin, qu'est-ce qu'elle a dit, Cass?

— Qu'elle avait des ennuis. Richard a découvert le pot aux roses.

— C'est terrible, non? Qu'a-t-elle dit encore?

— Eh bien... J'ai l'impression qu'elle avait un peu

perdu la tête. Mais je ne crois pas qu'elle ait dit autre chose. Tu étais au courant ?

— *Oui*. Richard est venu. Tu l'as vu, toi ?

— Non.

— Oh, Vivaldo. Ç'a été horrible. Ça m'a fait tellement de peine de le voir ainsi ! Je me doutais bien que tu étais chez Eric, mais j'ai dit que tu étais allé voir tes parents à Brooklyn et que je n'avais ni leur adresse ni leur numéro de téléphone. Quelle triste chose, Vivaldo ! Il t'en veut à mort, il veut te faire du mal. Il dit que tu l'as trahi...

— Oui, évidemment, c'est plus facile pour lui de prendre les choses ainsi. Combien de temps est-il resté ?

— Pas très longtemps. Dix minutes seulement environ. Mais ça m'a paru beaucoup plus long. Il a dit des choses horribles.

— Je m'en doute. Il veut encore me voir ?

— Je ne sais pas... Tu comptes rentrer bientôt ?

— Oui. Tout de suite. Tu seras là ?

— Oui. Viens. Ah ! Où est Eric ?

— Il est parti en ville.

— Pour voir Cass ?

— Oui.

Elle poussa un soupir.

— Mon Dieu quelle situation ! Viens vite, mon chéri. Si Richard doit te tirer dessus, tu ne voudrais pas que ce soit chez Eric. Ce serait vraiment un comble !

Il rit :

— Tu as raison. Tu m'as l'air en forme, aujourd'hui.

— En fait, j'ai un moral de chien. Mais je fais la fière. Je joue les Greer Garson.

Il rit de nouveau :

— Et ça t'avance à quoi ?

— Eh bien, à rien du tout, mon vieux, mais ça rend tout cela plus marrant.

— Admettons. J'arrive dans une minute.
— D'accord, mon chéri. À tout de suite.
— À tout de suite.

Il raccrocha en exultant à l'idée qu'il n'allait pas avoir d'ennuis du côté d'Ida. Il constata avec soulagement qu'il était débarrassé d'un fardeau. Il alla sous la douche et se savonna en chantant. Mais quand il ressortit, il s'aperçut qu'il avait terriblement faim. Toute sa vigueur l'avait abandonné. Pendant qu'il s'habillait, la sonnette de l'entrée tinta.

Convaincu que c'était Richard, il boucla sa ceinture à la hâte et enfila ses chaussures avant d'appuyer sur le bouton qui ouvrait la porte d'en bas. Il se mit, stupidement à refaire le lit, mais il se rendit compte qu'il n'aurait pas le temps et que de toute manière cela n'aurait aucune importance pour Richard que le lit fût fait ou non. Il prêta l'oreille et entendit la porte d'en bas s'ouvrir et se refermer. Il alla sur le palier, mais il ne perçut aucun bruit de pas. Une voix cria :

— Eric Jones!
— C'est ici, s'écria Vivaldo. — Il retint son souffle. Il avança d'un pas. Un jeune employé de la Western Union montait l'escalier.
— C'est vous, Eric Jones?

L'adolescent lui tendit un télégramme et un registre sur lequel il mit sa signature. Il donna vingt cents au télégraphiste et rentra dans l'appartement. Il songea que le câble venait sans doute du metteur en scène ou du directeur artistique d'Eric, mais en le regardant plus attentivement, il se rendit compte qu'il avait été envoyé d'Europe. Il le cala contre le téléphone. Il griffonna sur un papier : *Je t'ai emprunté ton autre imper.* IL Y A UN TÉLÉGRAMME. Il hésita, puis il écrivit : *Ç'a été une fameuse journée!* Et il ajouta : *Avec tout mon amour,*

Vivaldo. Il plaça le billet au centre du bureau d'Eric et posa l'encrier dessus.

Il était prêt. Il considéra la chambre. Le lit était encore défait, il le laissa ainsi ; la bouteille était à terre et les verres sur la table de nuit. Tout était absolument immobile et silencieux, tout sauf la pluie. Il regarda encore le câble, léger et pesant à la fois, qui attendait contre le téléphone. Les télégrammes l'effrayaient toujours un peu. Il ferma la porte derrière lui, s'assura qu'elle était verrouillée, et sortit enfin sous la pluie hostile.

Eric l'aperçut tout de suite, près des marches, juste derrière le distributeur de billets automatique. Elle faisait les cent pas et quand il entra, elle lui tournait le dos. Elle avait mis son imperméable brun et s'était coiffée d'un capuchon assorti ; elle jouait machinalement avec la poignée de son parapluie ; une sorte de griffe en ivoire. Le musée était bondé et plein de cette puanteur fade du dimanche, aggravée encore par l'humidité. Il franchit la porte derrière un écran de grosses dames exubérantes et ruisselantes de pluie qui formaient devant lui un vaste mur bruyant et mobile ; tout en secouant leur parapluie, elles répétaient à l'envi, de leur voix triomphante, que le temps était vraiment détestable. Trois jeunes hommes et deux jeunes filles à la peau laiteuse et bien astiquée, qui rayonnaient de leur passion pour la culture et de l'aisance avec laquelle ils évoluaient dans l'abstraction, tendaient leurs billets pour franchir le tourniquet. Sur les marches, d'autres visiteurs descendaient, montaient ou restaient immobiles, se fixaient du regard comme des oiseaux à demi aveugles et émettaient un bruissement hideux, semblable à un froufrou de plumes et d'ailes arrogantes. Cass, toute menue et pâle, avec son capuchon vieillot, marchait sans cesse et jetait sur ces gens un regard désenchanté; elle lança un coup d'œil indifférent et las vers les bruyantes visiteuses, mais elle ne vit pas Eric; il essayait encore de percer ou de contourner le mur. Il regarda de nouveau les gens qui étaient sur les marches en se demandant pourquoi Cass avait souhaité le rencontrer ici; il n'était que trop probable que ces locaux sacro-saints et stériles contenaient, bloquant un couloir ou à demi dissimulée par une masse traîtresse de statues, quelque personne de connaissance. Cass alluma une cigarette d'un air résigné et fit demi-tour dans sa minuscule cage imaginaire. Les curieux entraient maintenant en rangs compacts derrière Eric, et, sous leur pression, il se trouva propulsé entre les visiteurs. Il toucha Cass à l'épaule.

À ce contact, elle sursauta. Ses yeux reprirent vie aussitôt et ses lèvres blêmes se crispèrent. Elle esquissa un pâle sourire. Elle dit :

— Oh, je croyais que tu n'arriverais jamais.

Il avait surmonté la tentation de ne pas venir tout en espérant à demi ne pas la trouver là. Elle était si pâle et semblait si désemparée dans ce lieu froid et aveuglant qu'il sentit que le cœur lui manquait. Il avait une demi-heure de retard. Il dit :

— Chère Cass, pardonne-moi, je t'en prie. C'est difficile d'aller où que ce soit par un temps pareil. Comment vas-tu ?

— Je suis morte d'épuisement. — Elle ne bougea pas; elle regarda seulement le bout de sa cigarette comme s'il l'hypnotisait. — Je n'ai pas fermé l'œil.

Elle parlait d'une voix faible mais très calme.

— Drôle d'idée de se donner rendez-vous ici.

— Ah oui ? — Elle promena à la ronde des yeux d'aveugle, puis elle le regarda. Son visage vide et désespéré parut l'apercevoir dans le lointain ; il s'adoucit et prit une expression de souffrance. — Je crois, en effet. Je pensais simplement... eh bien, que personne ne nous surprendrait ici... et puis, c'est la seule idée qui me soit venue à l'esprit.

Il avait failli lui proposer de sortir de là, mais en voyant ce visage livide et la pluie qui n'en finissait pas, il y renonça.

— Aucune importance, dit-il.

Il prit son bras et ils commencèrent à remonter les marches, sans savoir où ils allaient. Il s'aperçut qu'il avait une faim terrible.

— Je ne peux pas rester très longtemps, j'ai laissé les enfants seuls. Mais j'ai dit à Richard que je sortais... que j'allais essayer de te voir aujourd'hui.

Ils atteignirent la première salle d'un labyrinthe compliqué, plein du bruissement d'une foule agitée, ils furent entourés de peintures éclatantes qui s'étendaient au loin comme des tombes couvertes d'inscriptions indéchiffrables. Les gens allaient par vagues, comme des touristes qui visitent un cimetière dans un pays étranger. De temps à autre, un pénitent isolé, rêvant à quelque parent disparu, restait en adoration, abîmé dans sa contemplation, devant un monument massif... mais, dans l'ensemble, tout le monde errait sans cesse d'une salle à l'autre, en manifestant une gaieté bien populaire. Cass et Eric, en quête d'un lieu plus calme, évoluaient avec un certain effroi à travers cette foule ; ils traversèrent le domaine des impressionnistes français, puis des cubistes ; effarés par la cacophonie des maîtres modernes ils entrèrent dans une salle plus petite, écrasée par un énorme tableau à dominante rouge, devant lequel deux étudiants, une fille et un garçon, se tenaient la main dans la main.

— Ç'a été dur, Cass, hier soir ? demanda-t-il à mi-voix lorsqu'ils arrivèrent devant le portrait jaune pâle d'une jeune fille au long cou, aux cheveux et à la robe jaunes.

— Oui.

Le capuchon de Cass dissimulait son visage ; il faisait très chaud dans le musée ; elle se découvrit. Ses cheveux étaient dépeignés sur le devant, et ils pendaient raides dans le cou. Elle paraissait vieillie et lasse.

— Au début, reprit-elle, ç'a été terrible parce que je ne savais pas à quel point je l'avais fait souffrir. Mais, tout compte fait, il *peut* souffrir. — Elle lança un bref regard à Eric et tourna la tête. Ils s'éloignèrent du portrait jaune et firent face à une autre toile, une rue avec des canaux, quelque part en Europe. — Et… quoi qu'il ait pu se passer depuis, je l'ai aimé passionnément, il a été ma vie, et il comptera toujours beaucoup pour moi… En le voyant ainsi, j'ai eu de terribles remords. Je ne savais pas que j'éprouverais cela. Je n'y croyais pas… mais… je m'étais trompée. — Elle s'interrompit, les épaules ployées sous le poids de la défaite, vaincues et fières à la fois. Elle posa une main sur celle d'Eric. — Ça me dégoûte de te dire ça… mais il faut que j'essaie de ne rien cacher. Il m'a fait peur aussi ; il m'a fait peur parce que j'ai vu tout d'un coup que j'allais perdre les enfants et je ne peux pas vivre sans eux. — Elle se passa une main sur le front, remontant inutilement ses cheveux. — Rien ne m'obligeait à tout lui dire ; il ne savait vraiment rien, il ne se méfiait pas de toi du tout, naturellement ; c'est Vivaldo qu'il soupçonnait. J'ai parlé parce que j'ai pensé qu'il avait le droit de savoir, que si nous devions… continuer ensemble nous pouvions recommencer sur une base nouvelle après avoir tout éclairci entre nous. Mais j'ai eu tort. Il y a des choses qu'il vaut mieux ne pas éclaircir.

Le garçon et la fille venaient de leur côté. Cass et Eric traversèrent la salle pour aller devant le tableau rouge.

— Ou, peut-être, certaines choses sont-elles claires, seulement nous ne sommes pas capables de leur faire face... je ne sais pas... En tout cas, je ne pensais pas qu'il me menacerait, je ne pensais pas qu'il essaierait de me faire peur. S'il lui arrivait de me quitter, de m'être infidèle — infidèle, quel mot! — je ne crois pas que j'essaierais de le retenir de cette façon, je ne crois pas que j'essaierais de le punir. Après tout, il n'est pas ma propriété. Personne n'appartient à personne.

Ils recommencèrent à marcher; ils enfilèrent un long couloir en direction des autres visiteurs.

— Il m'a dit des choses terribles; il m'a menacée de demander le divorce et de m'enlever Paul et Michael. Et moi je l'écoutais, cela me paraissait impossible. Je ne comprenais pas comment il pouvait me dire cela s'il m'avait jamais aimée. Et je le regardais. Je voyais qu'il ne parlait ainsi que pour me faire souffrir, pour me faire mal parce qu'il avait mal... comme un enfant. Et je voyais que je l'avais aimé comme cela, comme un enfant. Maintenant, le rêve est fini. Il faut payer la note. Comment peut-on rêver aussi longtemps? Et moi qui croyais que c'était la réalité. Maintenant, je ne sais pas où elle est, la réalité. Et je me sens trahie, je sens que je me suis trahie moi-même, que je t'ai trahi, et que j'ai trahi tout... ce qui peut compter à mes yeux, en tout cas, tout ce à quoi on doit pouvoir aspirer; car on ne peut pas se contenter de n'être rien d'autre qu'un monstre gris et informe. — Ils dépassèrent les joyeuses visiteuses, et Cass les regarda avec étonnement et avec haine. — Oh, mon Dieu, que ce monde est misérable!

Il ne dit rien car il ne savait que dire, et ils continuèrent leur promenade effroyable dans cette jungle glaciale et rude. Les couleurs étalées sur les murs flamboyaient devant eux... comme une musique glacée ; Eric avait l'impression que ces salles n'en finiraient jamais de se dérouler, l'une après l'autre, que ce labyrinthe était interminable. Une sorte de pitié à l'égard de Cass l'envahit, une pitié plus forte que l'amour qu'il avait jamais ressenti pour elle. Elle allait, droite comme un soldat ; elle marchait droit devant elle, toute menue. Il aurait voulu la secourir ; il regrettait qu'il ne fût pas en son pouvoir de l'aider, de rendre sa vie moins éprouvante. Mais l'amour seul pouvait accomplir ce miracle de rendre une vie plus supportable — l'amour seul, et l'amour lui-même échouait presque toujours ; et il ne l'avait jamais aimée. Il s'était servi d'elle pour découvrir quelque chose en lui-même. Et même cela, ce n'était pas vrai. Il s'était servi d'elle dans l'espoir d'éviter une confrontation avec lui-même, confrontation qu'il avait néanmoins été forcé de subir, et qui lui avait paru plus pénible encore. En ces heures dramatiques, Cass lui semblait aussi loin de lui qu'Yves pouvait l'être matériellement. L'espace hurlait entre eux comme un torrent en crue. Et tandis que maintenant Yves s'approchait de lui de minute en minute, imposant sa loi à toute cette masse d'eau, de plus en plus irréel à mesure que la distance diminuait, Cass, elle, se trouvait emportée vers un lointain inaccessible où elle allait être engloutie par le réel, à jamais inaltérable, tel un cadavre enseveli dans un linceul. Eric sentit qu'il était impuissant à mettre un frein à cette douleur sans cesse accrue.

— Tu ne seras jamais un monstre, dit-il, jamais. Ce qui t'arrive est terrible, je le sais, mais il ne faut pas t'avouer vaincue. Ne te laisse pas submerger, tu es allée trop loin pour reculer.

— Je crois savoir ce que je ne serai pas. Mais ce que je vais devenir... ça, je n'en ai aucune idée. Et j'ai peur.

Ils passèrent non loin d'un gardien indolent qui semblait ébloui et aveuglé par une lumière dont il n'avait jamais pu se protéger. Devant eux, se dressait une vaste toile aux couleurs violentes où s'entremêlaient et hurlaient des masses et des cercles verts, rouges et noirs, fulgurants comme des dagues. On eût dit qu'elle bondissait, du mur, vers les prunelles des visiteurs. Et en même temps, elle semblait s'étirer voluptueusement, à l'infini, puis se replier sur elle-même, pour sombrer dans un chaos inextricable. Cette toile agressive, superbe, repoussante et indéchiffrable, aurait pu être l'œuvre d'un tyran sanguinaire que l'on aurait dépouillé de ses victimes.

— Que c'est horrible, murmura Cass.

Mais elle ne bougea pas; ils n'étaient que tous les deux dans ce coin de salle; avec le gardien.

— Tu as dit une fois, commença Eric, que tu voulais grandir. N'est-ce pas toujours effrayant? Est-ce que cela ne fait pas toujours souffrir?

C'était une question qu'il se posait à lui même aussi; naturellement; elle se tourna vers lui avec un petit sourire reconnaissant, puis regarda de nouveau la toile.

— Je commence à croire, dit-elle, qu'en grandissant, on ne fait guère que connaître de plus en plus l'angoisse. Ce poison devient ta nourriture. Une fois que tu l'as vu, tu ne peux plus cesser de le voir, c'est là l'ennui. Et il peut... il peut. — Elle se passa une main lasse sur le front — te rendre fou. — Elle s'éloigna un court instant, puis revint sur ses pas. — Tu commences à te rendre compte que toi-même, avec ton innocence et ta droiture, tu as contribué, et tu contribues encore, au malheur du monde. Et ce malheur ne finira jamais parce que nous sommes ce que nous sommes.

Eric regarda son visage et il vit que toute jeunesse l'abandonnait ; tout ce qui rappelait en elle la jeune fille avait disparu. Pourtant, ses traits n'étaient pas précisément fanés ni même vieillis. Ils paraissaient épurés, il y avait en eux quelque chose d'impersonnel dont le dépouillement semblait invincible.

— J'ai regardé Richard ce matin, reprit-elle, et je me suis dit, ainsi que je me l'étais déjà répété bien des fois, que j'étais en grande partie responsable de ce qu'il était, de ce qu'il était devenu. — Elle posa le bout du doigt sur ses lèvres un moment, et ferma les yeux. — Je lui reproche, en somme, d'être un individu de second ordre, de n'avoir aucune passion réelle, de manquer de véritable audace et d'opinions véritablement personnelles. Mais il a toujours été ainsi, il n'a pas changé. J'étais ravie de lui imposer mes propres idées ; quand j'étais avec lui, c'est moi qui avais l'audace et la passion. Et il a pris tout cela, naturellement, comment aurait-il pu savoir que rien ne venait de lui ? Et j'étais heureuse d'être parvenue aussi brillamment, du moins le pensais-je, à faire de lui ce que je voulais qu'il fût. Et naturellement, il ne peut pas comprendre que c'est ce triomphe, justement, qui m'est intolérable maintenant. Je me suis faite moi-même — sans me réaliser pleinement d'ailleurs — en le menant à une eau qu'il ne sait comment boire. Cette eau n'est pas pour lui. Mais maintenant, il est trop tard. — Elle sourit. — Il n'a pas de véritable œuvre à accomplir, c'est là le drame, pour lui ; c'est aussi le problème qui se pose à toute notre époque et à cet invraisemblable pays. Et je suis prisonnière. Et il ne sert à rien de blâmer les hommes, de blâmer une époque — n'est-on pas soi-même tous ces gens à la fois ? Ce sont les hommes qui font une époque.

— Tu penses donc qu'il n'y a aucun espoir pour nous ?

— De l'espoir ? — Le mot parut ricocher d'un mur à l'autre. — De l'espoir ? Non, je ne crois pas qu'il y ait quelque espoir. Nous sommes trop vides ici — ses yeux embrassèrent la foule endimanchée — trop vides ici. — Elle mit la main sur son cœur. — Ce n'est pas un pays, c'est une collection de joueurs de football et de boy-scouts. Des lâches. Nous croyons être heureux, mais nous ne le sommes pas. Nous sommes condamnés. — Elle regarda sa montre. — Il faut que je parte, je voulais te voir un moment seulement, ajouta-t-elle en levant les yeux vers lui.

— Que vas-tu faire ?

— Je ne sais pas encore. Je te préviendrai dès que je le saurai. Richard est parti ; il ne reviendra peut-être pas avant une journée ou deux. Il m'a dit qu'il désirait réfléchir. — Elle poussa un soupir. — Je ne sais pas. — Elle dit avec précaution, tournée vers le tableau : — J'imagine que, dans l'intérêt des enfants, il va décider d'arranger les choses et de continuer avec moi. Je ne sais pas si je le désire ou non. Je ne sais pas si je pourrai le supporter. Mais il ne demandera pas le divorce ; il n'aura pas le courage d'accepter de voir en toi l'homme qui lui a pris sa femme.

Tous deux, à leur grand étonnement, se mirent à rire. Elle le regarda de nouveau.

— Je ne peux pas aller vivre avec toi, dit-elle.

Il y eut un silence.

— Non, dit-il, tu ne peux pas venir avec moi.

— Alors, c'est vraiment un adieu — mais nous nous reverrons sans doute.

— Oui, dit-il. Il fallait que... cela finisse.

— Je le sais. Dommage pourtant que tout se soit terminé ainsi... — elle sourit — tu m'as été très précieux cependant, Eric. Tu me crois, dis ? J'espère que tu n'oublieras jamais... ce que j'ai dit. Je ne t'oublierai jamais.

— Non, dit-il.

Brusquement, il lui prit le bras. Il sentait qu'il tombait, tombait hors du monde. Cass le laissait sombrer dans le chaos. Il l'étreignit pour la dernière fois.

Elle le regarda dans les yeux et dit :

— N'aie pas peur, Eric. Ça m'aidera à tenir, si tu n'as pas peur. Fais cela pour moi. — Elle toucha son visage, ses lèvres. — Sois un homme. On peut supporter une telle situation. Tout peut être supporté.

— Oui. — Mais il la regardait toujours intensément. — Oh, Cass, si seulement je pouvais faire plus.

— Tu ne peux pas, dit-elle, faire plus que ce que tu as fait. Tu m'as aimée et maintenant, tu es mon ami. — Elle lui prit une de ses mains et la contempla longuement. — C'est de toi-même que tu m'as fait don un court instant. Oui, de toi-même.

Ils s'éloignèrent du tableau fulgurant et s'enfoncèrent de nouveau dans la foule ; ils descendirent lentement les marches. Cass remit son capuchon. Eric n'avait pas ôté sa casquette.

— Quand te verrai-je ? demanda-t-il. Tu vas me téléphoner peut-être.

— Je te téléphonerai, dit-elle, demain ou après-demain.

Ils allèrent jusqu'à la porte et demeurèrent immobiles. Il pleuvait encore.

Ils restèrent à regarder la pluie. Personne n'entrait, personne ne sortait. Un taxi s'arrêta le long du trottoir. Deux femmes enveloppées dans une cape en plastique se débattaient avec leur parapluie, leur sac à main et leur monnaie, en se préparant à descendre.

Sans un mot, Eric et Cass se précipitèrent sous la pluie, vers le bord du trottoir. Les femmes coururent, à pas pesants, jusqu'aux marches du musée. Eric ouvrit la portière du taxi.

— Au revoir, Eric.

Elle se pencha vers lui et l'embrassa. Il l'étreignit. Elle avait le visage mouillé, mais il ne savait pas si c'étaient les larmes ou la pluie. Elle se dégagea et monta dans le taxi.

— J'attends ton coup de téléphone, dit-il.
— Oui, je te téléphonerai. Fais attention à toi.
— Merci, Cass. Dieu te protège ! À bientôt.
— À bientôt.

Il ferma la portière derrière elle ; le taxi démarra et partit dans la longue rue luisante et déserte.

La nuit commençait à tomber. Les lumières de la ville allaient bientôt s'embraser, bientôt, le nom d'Eric scintillerait en lettres de feu. Un vent glacial fit ondoyer l'eau du ruisseau à ses pieds. Puis, ce fut l'immobilité complète ; la tristesse qui imprégnait toutes choses était presque réconfortante.

Ida entendit le pas de Vivaldo. Elle courut ouvrir la porte juste au moment où il cherchait ses clés. Elle renversa la tête en arrière et éclata de rire.

— On dirait que tu sors de te faire lyncher, mon vieux. Et où as-tu pêché ce manteau ? — Elle le considéra des pieds à la tête et rit encore. — Entre donc, pauvre rat noyé, avant que les flics n'arrivent.

Elle referma la porte derrière lui ; il ôta l'imperméable d'Eric dans la salle de bains et essuya ses cheveux ruisselant de pluie.

— Il y a quelque chose à manger là-dedans ?

— Oui. Tu as faim ?
— Je la crève. — Il sortit de la salle de bains. — Qu'est-ce qu'il avait à dire, Richard ?

Elle était dans la cuisine ; elle lui tournait le dos, occupée à fourrager dans le placard sous l'évier où elle rangeait ses casseroles. Elle sortit enfin une poêle et jeta à Vivaldo un rapide regard. Il comprit alors que Richard avait réussi à lui faire peur.

— Rien de très agréable. Mais ça n'a pas d'importance pour le moment.

Elle posa la poêle sur la cuisinière et ouvrit le réfrigérateur.

— Je crois que Cass et toi étiez son seul univers. Et maintenant, vous l'avez traité si mal tous les deux, qu'il ne sait plus à quel saint se vouer. — Elle sortit des tomates, une laitue et des côtelettes de porc qu'elle posa sur la table. — Il a essayé de me faire mettre en colère... mais je suis seulement très triste. Il souffre tant... Les hommes sont si désemparés quand ils souffrent.

Il vint derrière elle et l'embrassa.

Elle lui rendit son baiser et dit d'une voix grave :

— Oui. Vous ne croyez pas à ce qui vous arrive. Vous vous imaginez être victime de quelque erreur.

— Ce que tu es savante ! dit-il.

— Non ; je ne suis pas savante. Je ne suis qu'une pauvre Noire ignorante qui essaie de vivre.

Il rit :

— Si tu n'es qu'une pauvre Noire ignorante qui essaie de vivoter, je ne voudrais pas avoir affaire avec une qui aurait réussi ! Bon Dieu non !

— Mais tu ne le saurais pas. Tu crois que les femmes disent la vérité. Ce n'est pas vrai. Elles en sont incapables. — Elle s'écarta de lui, prit une casserole, y versa de l'eau et alluma le gaz. Elle lui lança un regard moqueur. — Les hommes ne les aimeraient peut-être pas si elles disaient la vérité.

— Disons simplement que tu n'aimes pas les hommes.

— Je ne peux pas dire que j'en ai rencontré beaucoup. Pas ce que j'appelle, *moi*, des hommes.

— J'espère que j'en suis un.

— Oh, il y a de l'espoir pour toi, dit-elle avec bonne humeur; tu peux encore en devenir un.

— Voilà probablement, dit-il, la parole la plus aimable que tu m'aies jamais dite depuis que nous nous connaissons.

Elle s'esclaffa, mais il y avait dans son rire une certaine tristesse et une certaine solitude, et Vivaldo en fut confusément troublé. Il se mit à l'observer de très près, sans s'en rendre compte tout à fait.

— Pauvre Vivaldo, dit-elle; je t'en fais voir de toutes les couleurs, n'est-ce pas, mon chou?

— Je ne me plains pas, répondit-il avec précaution.

— Non, dit-elle à mi-voix comme si elle se parlait à elle-même, en passant distraitement ses doigts dans un bol de riz. Pourtant on ne peut pas dire que je te ménage.

— Tu reconnais donc, dit-il, que j'en prends un peu trop pour mon grade.

Elle fronça les sourcils. Elle plongea le riz dans l'eau bouillante.

— Peut-être. Bon Dieu, je n'ai pas l'impression que les femmes savent ce qu'elles veulent; pas plus l'une que l'autre. Regarde Cass... Tu veux boire quelque chose avant de manger? demanda-t-elle brusquement.

— Bien sûr. — Il prit la bouteille et les verres et sortit la glace. — Que veux-tu dire par-là? Tu ne sais pas ce que tu veux, toi?

Elle avait sorti le grand saladier; elle se mit à découper les tomates en rondelles; on eût dit qu'elle n'osait pas demeurer immobile.

— Non, naturellement. J'ai cru que oui, un moment. J'en ai même été sûre. Maintenant, je n'en suis pas si certaine... Et c'est... la nuit dernière seulement que j'ai commencé à y voir clair.

Elle leva vers lui un regard amusé, haussa légèrement les épaules et se mit à découper sauvagement une seconde tomate.

Il posa un verre devant elle.

— Qu'est-ce donc qui t'a ouvert les yeux?

Elle s'esclaffa. Une fois de plus, il fut frappé par la mélancolie qui perçait dans son rire.

— La vie que je mène avec toi... le croirais-tu? Je me suis laissé prendre à ces sornettes...

— Quelles sornettes, ma chérie? De quoi parles-tu donc?

Elle but quelques gorgées.

— Ces idioties sur l'amour, mon chéri. L'amour, l'amour, l'amour.

Le cœur de Vivaldo battit à grand coups dans sa poitrine. Ils se regardèrent. Elle esquissa un sourire mélancolique.

— Essaies-tu de me dire... sans que j'aie besoin de te demander quoi que ce soit... que tu m'aimes? demanda-t-il.

— Est-ce cela?... Je le crois...

Elle lâcha le couteau, s'assit et resta immobile, les yeux baissés, ses doigts tambourinant la table. Puis elle croisa les mains et se mit à jouer avec sa bague qu'elle fit glisser le long de son doigt.

— Mais... c'est merveilleux. — Il lui prit la main. Elle resta dans la sienne, froide, humide et inerte. Une sorte de terreur le secoua un instant, comme une bourrasque.

— C'est bien vrai? Cela me fait grand plaisir... tu me fais beaucoup plaisir.

Elle lui prit la main et la posa contre sa joue.

— Tu crois, Vivaldo?

Elle se leva et alla près de l'évier pour laver sa salade. Il la suivit, et resta debout à côté d'elle, scrutant son visage fermé qui se dérobait.

— Qu'y a-t-il, Ida? — Il lui prit la taille; elle frémit, comme pour protester contre ce contact. Il la lâcha. — Dis-moi, je t'en prie.

— Ce n'est rien, dit-elle en s'efforçant de prendre un ton léger, je te l'ai dit, je suis de méchante humeur. C'est sans doute une mauvaise période.

— Allons, mon petit, n'essaie pas de t'en tirer ainsi.

Elle arrachait les feuilles de laitue, les lavait et les posait dans une serviette. Elle poursuivit sa tâche en silence jusqu'au bout. Elle évitait son regard. Il ne l'avait jamais vue en proie à un tel désarroi. Il eut peur encore une fois.

— Qu'y a-t-il?

— Laisse-moi tranquille, Vivaldo. Nous reparlerons de cela plus tard.

— Pas question. C'est tout de suite que nous allons en parler.

Le riz bouillait. Ida s'écarta vivement de Vivaldo pour réduire la flamme.

— Comme disait toujours maman, mon chéri, on ne peut pas parler et s'occuper en même temps de la cuisine.

— Alors, ne t'occupe pas de la cuisine.

Elle lui décocha le regard amusé et provocant qu'il connaissait depuis si longtemps. Mais maintenant, il voyait le désespoir dans ces grands yeux. Y avait-il toujours eu quelque chose de désespéré dans ses yeux?

— Mais tu m'as dit que tu avais faim, objecta-t-elle.
— Ça suffit. Ce n'est pas drôle, tu sais. — Il l'amena jusqu'à la table. — Je veux savoir ce qu'il y a. C'est quelque chose que Richard t'a dit ?

— Je ne cherche pas à être drôle. Je voudrais te donner à manger. — Puis, avec une colère soudaine, elle ajouta :

— Ça n'a rien à voir avec Richard. Qu'est-ce qu'il peut dire, Richard, après tout ?

Il avait cru, stupidement, que Richard avait inventé une histoire sur Eric et sur lui, et il avait été sur le point de tout nier. Il se reprit, espérant qu'elle ne s'était pas aperçue de sa frayeur ; mais sa crainte s'accrut.

Il dit, très doucement :

— Alors, Ida. Qu'y a-t-il ?

Elle dit d'un ton las :

— Oh, ce serait trop long ; il faudrait remonter trop loin dans le passé. Je ne pourrai jamais te faire comprendre.

— Essaie donc. Tu dis que tu m'aimes. Pourquoi ne peux-tu pas me faire confiance ?

Elle éclata de rire.

— Ah, tu crois que la vie est si simple. — Elle leva les yeux vers lui et rit encore. Ce rire était insoutenable. Il eut envie de la frapper, non par colère, mais seulement pour faire cesser ce rire ; pourtant, il s'obligea à demeurer immobile. — Parce que... je sais que tu es plus âgé que moi... mais je te crois toujours beaucoup plus jeune. Pour moi, tu es toujours un garçon très gentil qui ne connaît pas la vie et qui ne la connaîtra peut-être jamais. Et je ne veux pas être celle qui t'éclairera.

Elle dit ces derniers mots à mi-voix, d'un ton venimeux, en regardant ses mains.

— Allez, continue.

— Continuer ? — Elle leva vers lui des yeux étranges, sauvages. — Tu veux que je continue ?
— Cesse de me tourmenter, Ida. Parle.
— Je te tourmente ?
— Puisque je te le dis.
Elle changea de visage ; elle se leva et retourna vers le fourneau.
— Évidemment, ce doit être ainsi que les choses t'apparaissent, dit-elle d'une voix très humble. — Elle s'appuya à l'évier, et, regardant Vivaldo bien en face, elle reprit : — Mais si je t'ai tourmenté, ce n'est pas volontairement, sois-en bien convaincu. — Elle observa ses réactions. — Je viens seulement de m'apercevoir que j'ai visé trop haut, beaucoup trop haut. — Il fronça les sourcils. Elle reprit brusquement : — Es-tu certain d'être un homme, Vivaldo ?
— Cette question ! Naturellement !
— Parfait, dit-elle.
Elle s'approcha de la cuisinière et alluma le gaz sous la poêle, puis elle ouvrit le paquet de viande. Elle se mit en devoir de saupoudrer une côtelette de sel, de poivre et de paprika, et y enfonça une gousse d'ail, près de l'os. Vivaldo prit son verre et avala une gorgée. Le liquide n'avait plus de goût. Il se versa du whisky.
— Quand Rufus est mort, reprit-elle, il s'est passé quelque chose en moi. — Elle paraissait maintenant très calme et très lasse, comme si c'était l'histoire d'une étrangère qu'elle racontait, comme si, également, elle entendait cette histoire pour la première fois, avec une surprise à peine marquée. Mais le plus étonnant, c'est que Vivaldo écouta alors une histoire qu'il connaissait depuis toujours sans avoir jamais osé y croire. — Je ne peux pas t'expliquer. Rufus avait toujours été pour moi tout mon univers. Je l'aimais.

— Moi aussi, dit-il, trop vite et mal.

Et pour la première fois, l'idée lui vint qu'il mentait peut-être ; qu'il n'avait jamais aimé Rufus, qu'il l'avait seulement craint et envié.

— Ne te crois pas obligé de dire cela, Vivaldo. — Elle fixa sur la poêle un regard attentif, attendant qu'elle fût assez chaude pour y laisser tomber un peu d'huile. — Pour le moment, l'essentiel c'est que je l'aimais, *moi*. Il était plus âgé que moi, mais très vite, je me suis aperçue que j'étais plus forte que lui. Il était gentil, très gentil, quoi que vous ayez tous pu en penser plus tard. En tout cas, aucun de vous ne le connaissait vraiment, ça non !

— Tu dis toujours cela, remarqua-t-il avec lassitude. Pourquoi ?

— Comment avez-vous pu — et pouvez-vous encore — poursuivre ce rêve absurde ? Vous vous imaginez être libres. Ce qui veut dire que vous vous imaginez avoir quelque chose que les autres n'ont pas... quelque chose qu'ils désirent ardemment. De la foutaise ! — Elle lui adressa un sourire en coin. — Et c'est vrai dans un sens. Mais ce n'est pas ce que vous croyez, et vous allez vous en apercevoir, aussitôt que ceux qui n'ont rien commenceront à avoir ce dont vous êtes pourvus maintenant. — Elle secoua la tête. — Je le regrette pour eux, je le regrette pour vous. Et même en quelque sorte pour moi-même, parce que, Dieu m'en est témoin, j'ai souvent regretté que tu ne m'aies pas laissée où j'étais.

— Là-bas, dans la jungle, persifla-t-il.

— Oui, dans la jungle. J'avais peur ; j'étais une Noire parmi les Noirs... mais j'étais moi-même.

Sa poussée de colère s'éteignit aussi vite qu'elle avait surgi.

— Bien, dit-il tranquillement, moi aussi j'éprouve parfois quelques regrets, Ida. — Il considéra ce visage brun et solitaire. Pour la première fois, il devina ce que serait ce visage à soixante ans. — Ce que je n'ai pas compris, dit-il enfin, c'est que tu sois toujours en train de m'accuser d'en faire tout un plat pour la couleur de ta peau et de te la reprocher sans cesse. Mais tu en fais autant. Tu me reproches constamment d'être un Blanc. Tu ne crois pas que cela me fait souffrir? Tu refuses en somme toute communion avec moi-même. Et c'est cette communion totale que je désire le plus au monde. La couleur de ta peau n'a aucune importance pour moi. Ça me serait complètement égal que tu sois rayée comme un zèbre.

Elle éclata de rire.

— N'en crois rien. Mais ce que tu dis là est très gentil... Si je te rejette ainsi hors de moi-même, c'est surtout afin de te protéger.

— Me protéger de quoi? Je n'ai pas besoin d'être protégé. D'ailleurs...

— D'ailleurs?

— Je ne te crois pas, je ne crois pas du tout que ce soit la véritable raison. C'est toi-même que tu veux protéger. Tu veux me haïr parce que je suis Blanc, parce que c'est plus facile pour toi ainsi.

— Je ne te hais pas.

— Alors, pourquoi mets-tu toujours cette question sur le tapis? Pourquoi?

Elle agita le riz qui était presque cuit, prit une passoire et la posa dans l'évier.

— Tout a commencé parce que j'ai dit que vous autres...

— Écoute-toi donc. «*Vous autres.*»

— ... Vous ne saviez rien de Rufus...

— Parce que nous sommes Blancs.

— Non. Parce qu'il était Noir.

— Oh! la barbe. De toute manière, pourquoi faut-il toujours que nous finissions par parler de Rufus?

— J'avais commencé à te dire quelque chose, dit Ida d'une voix calme en le regardant bien en face.

Il but encore un peu de whisky et alluma une cigarette.

— Continue, je t'en prie.

— *Parce que* je suis Noire, dit-elle au bout d'un moment en s'asseyant à côté de lui à la table, je sais mieux que toi ce qui est arrivé à mon frère. J'ai tout vu... depuis le début. J'étais là. Il n'aurait pas dû finir ainsi. C'est pour cela que j'ai tant de mal à accepter. C'était un très beau garçon. La plupart des gens ne sont pas beaux; je le savais très bien, je les regardais et je le savais. Mais il ne le savait pas parce qu'il était beaucoup plus charitable que moi. — Elle se tut. La friture grésillait dans la poêle; la pluie crépitait, monotone. — Il aimait notre père, par exemple. Il l'aimait vraiment. Moi, non. C'était un braillard, un raté, toujours prêt à se soûler et à traînasser à droite et à gauche — il n'était peut-être pas très heureux ainsi, mais c'est tout ce qu'il trouvait à faire; parfois il se mettait à travailler comme un cheval, pour rien... et il jouait de la guitare le samedi pour son fils. — Elle sourit. — Ils étaient quand même bien agréables, ces week-ends. Je revois papa, le ventre en avant, raclant sa guitare; il essayait d'apprendre à Rufus quelque chanson de chez nous. Rufus souriait; il se moquait un peu de lui, en fait, mais très gentiment et il chantait avec lui. Je crois que mon père n'a jamais été plus heureux que quand il chantait pour Rufus. Il n'a plus personne à qui chanter maintenant. Il était si fier de son fils. C'est lui qui a offert à Rufus sa première batterie.

Elle ne cherchait plus à l'exclure de sa vie intime, maintenant. Il avait plutôt l'impression qu'elle essayait de l'enfermer en elle. Il écoutait, en s'efforçant de voir ce qu'elle voyait, de ressentir un peu de ce qu'elle ressentait. Mais il se demandait aussi jusqu'à quel point la mémoire d'Ida était fidèle. Et il se demanda comment pouvait être Rufus à cette époque, quand il avait encore toute sa fougue et toutes ses espérances intactes.

— Quand Rufus est mort, toute la lumière a quitté cette maison, oui, toute la lumière. C'est pourquoi je n'ai pas pu y rester ; je savais que je ne pourrais pas y rester ; j'allais vieillir comme eux, tout d'un coup, et finir comme toutes les autres filles abandonnées qui ne peuvent trouver personne pour les protéger. Je savais depuis toujours que je finirais ainsi, depuis toujours. J'avais compté sur Rufus pour me tirer de là ; je savais qu'il ferait n'importe quoi pour moi, comme moi pour lui-même. Il ne m'était même pas venu à l'idée qu'il en serait autrement.

Elle se leva, s'approcha du réchaud, retira le riz du feu et le versa dans la passoire ; puis elle fit couler de l'eau dessus ; elle emplit une casserole au robinet, la posa sur la flamme et fixa la passoire dessus, après avoir couvert le riz avec une serviette. Elle retourna les côtelettes, puis s'assit.

— Quand nous avons vu le corps de Rufus... je ne peux pas te dire quel effet ça nous a fait. Mon père est resté à le regarder de ses yeux hagards. Ce n'était pas Rufus, c'était... oh ! c'était affreux !... il sortait de l'eau, et il avait dû heurter quelque chose en tombant dans l'eau ; le corps était disloqué ; ça formait une masse... horrible. *Mon* frère ! Et mon père regardait, fixement... et il a dit : « Voilà ce qu'ils font à un homme ; ils ne lui en laissent pas beaucoup, hein ? » Son père avait été assommé à coups de marteau, par un garde-voie. Et on avait ramené son père chez lui, dans le même état. Ma mère a eu si peur qu'elle a voulu obliger mon père à prier. Alors, il a dit, il a crié de toutes ses forces : « Prier ? Prier *qui* ? Je te jure que si un jour je me trouve à côté de ce démon blanc que tu appelles Dieu, je lui arracherai mon fils et mon père de la peau ! Prier ! Ne prononce plus jamais ce mot devant moi, femme, si tu tiens à vivre ! » Et il s'est mis à pleurer. Je ne l'oublierai jamais. Je n'avais peut-être jamais éprouvé aucune affection pour lui jusque-là ; mais à ce moment, j'ai senti que je l'aimais. C'est la dernière fois qu'il a crié ; il n'a plus jamais élevé la voix depuis. Il reste prostré, il ne boit même plus. Parfois, il va écouter les gars qui parlent dans la 125ᵉ Rue et dans la Septième Avenue. Il ne désire plus qu'une chose : vivre assez longtemps... assez longtemps pour...

Vivaldo dit, pour rompre le silence qui s'était abattu soudain autour d'eux :

— Pour se faire payer son dû.

— Oui, dit-elle. Moi, j'avais le même état d'esprit.

Elle retourna près du fourneau.

— J'avais la conviction qu'on m'avait volée. Et j'avais été vraiment dépouillée de... mon seul espoir, par une clique trop lâche pour se rendre seulement compte de ce qu'elle avait fait. Et je trouvais qu'elle ne méritait rien de plus que ce qu'elle m'avait donné. Je me moquais de ce qui leur arriverait, à ces Blancs, du moment qu'ils souffraient. Mais je n'allais pas les laisser me faire, à moi, ce qu'ils avaient fait à Rufus et à ceux qui m'entouraient. Je voulais réussir et prendre tout ce dont j'avais besoin, par tous les moyens.

Il songea : « Nous y voilà donc » et ressentit un soulagement étrange et amer. Il acheva son verre, alluma une autre cigarette et regarda Ida.

Elle avait les yeux fixés sur lui, comme pour s'assurer qu'il écoutait encore.

— Rien de tout ce que tu as dit jusque-là, commença-t-il avec précaution, ne me semble avoir de rapport avec la couleur de ta peau. Sauf ce que tu interprètes, toi. Mais là, personne ne peut rien pour toi.

Elle poussa un soupir, brutalement, avec une sorte de rage.

— C'est peut-être vrai, mais c'est trop facile pour toi de dire ça.

— Ida, il y a beaucoup de ce que tu as dit, depuis le jour où nous nous sommes connus, qui a été trop... facile à dire. — Il leva les yeux vers elle. — N'est-ce pas?... Ma chérie, la souffrance n'a pas de couleur, tu sais. Ne pouvons-nous pas sortir de ce cauchemar? Je donnerais n'importe quoi, je donnerais n'importe quoi pour y parvenir. — Il alla près d'elle et la prit dans ses bras. — Je t'en prie, Ida, tout ce qu'il faudra faire pour nous libérer... faisons-le.

Elle avait les yeux pleins de larmes.

— Laisse-moi finir, dit-elle en baissant la tête.

— Tout ce que tu pourras dire ne changera rien.

— Qu'en sais-tu? Tu as peur?

Il fit un pas en arrière.

— Non... Oui, corrigea-t-il, oui. Tu t'es assez vengée ainsi, je ne peux pas en supporter plus.

— Moi non plus, mais laisse-moi finir.

— Éloigne-toi de ce fourneau. Je ne pourrais plus manger maintenant.

— Tout va être bon à mettre à la poubelle.

— Tant pis. Viens t'asseoir.

Il regretta de ne pas s'être mieux préparé à cet instant, de s'être attardé avec Eric; il aurait voulu que sa faim disparaisse, que sa terreur cesse, que l'amour lui donne une faculté de perception et de concentration supérieure. Mais il se savait faible et fatigué; sans être tout à fait ivre, il avait pourtant beaucoup bu ; une partie de son esprit était fort loin et se repaissait de l'énigme qui le rongeait intérieurement.

Elle éteignit le gaz sous la poêle à frire et vint s'asseoir à la table. Il poussa le verre vers elle mais elle n'y toucha pas.

— Je savais qu'il n'y avait aucun espoir à Harlem. Presque tous ces hommes ont leurs petites affaires, mais en fait, ils ne possèdent rien de bien valable. Mr. Charlie[1] veille au grain. Ceux qui ont vraiment quelque chose ne pouvaient être d'aucune utilité pour moi ; j'ai le teint trop foncé pour eux ; ils voient des filles comme moi dans la Septième Avenue tous les jours. Je ne savais que trop bien ce qu'ils feraient de moi.

Maintenant, Vivaldo savait qu'il ne voulait pas entendre la fin de l'histoire. Il se revit dans la Septième Avenue ; peut-être ne l'avait-il jamais quittée. Il songea aux jours passés, à Eric, à Cass et à Richard, et il se sentit happé par les tourbillons d'une mystérieuse défaite.

— Je n'avais qu'une seule chose à faire, comme le disait Rufus, c'était de « prendre le train de luxe ». Je l'ai pris. Au début, il n'y eut rien de clair dans mon esprit. Je voyais la façon dont les Blancs me regardaient, comme des chiens. Et je pensais à ce que je pouvais leur faire. Comme je les haïssais, eux, leur allure, et leurs paroles ; ils se pavanaient tous dans leur maudite peau blanche, et dans leurs beaux costumes, et leur petit sexe blanc rabougri tressautait dans leur caleçon. On pouvait faire n'importe quelle saloperie avec eux, à condition de leur montrer le chemin ; ils voulaient faire quelque chose de sale et ils savaient qu'on avait la technique. Aucun Noir ne l'ignorait. Seulement, ceux qui avaient de l'éducation

---

1. Mr. Charlie : l'homme blanc (argot des Noirs). *(N.d.T.)*

ne disaient pas «sale», ils disaient «authentique». Je me demandais ce que les Blancs pouvaient faire au lit, entre eux, pour être aussi écœurés. Parce qu'ils sont écœurés et, crois-moi, je sais à quoi m'en tenir. J'avais une ou deux amies et nous sortions de temps en temps avec quelques-uns de ces merdeux. Mais ils étaient malins, eux aussi ; ils savaient qu'ils étaient Blancs et qu'ils pouvaient toujours retourner chez eux ; nous n'y pouvions absolument rien. Et je me disais : «Non, cette vie-là n'est pas pour moi. Parce que je n'en voulais pas de leur menue monnaie. Je ne voulais pas être à leur merci. Je voulais qu'ils soient à ma merci. »

Elle but une gorgée d'alcool.

— Et toi, tu ne cessais de me téléphoner à cette époque, mais je ne pensais pas beaucoup à toi, pas sérieusement en tout cas. Tu me plaisais mais je n'avais évidemment pas envisagé de m'amouracher d'un Blanc qui n'avait pas le sou — en fait, je n'avais pas envisagé de m'amouracher de qui que ce fût. Mais tu me plaisais, et les quelques fois où je t'ai vu, ça m'a en quelque sorte... soulagée... du spectacle de tous ces hommes horribles. Tu étais vraiment gentil avec moi. Il n'y avait pas ce sale regard dans tes yeux ; tu te comportais comme un garçon vraiment chic et, sans le savoir peut-être, j'ai fini par compter sur ta présence. Parfois je te voyais seulement une minute ou deux, nous prenions ensemble une tasse de café ou autre, et je m'enfuyais... mais je me sentais mieux. En somme, j'étais protégée de leurs yeux et de leurs mains. J'étais tellement écœurée, la plupart du temps ! Je ne voulais pas que mon père sache ce que je faisais et j'essayais de ne pas penser à Rufus. C'est alors que j'ai décidé d'essayer de me lancer dans la chanson, pour Rufus, et alors, plus rien d'autre ne compterait. Ce serait là ma revanche. Mais je savais que j'avais besoin d'aide et c'est juste à ce moment-là que j'ai... — Elle se tut, regarda ses mains, puis reprit : — Je crois que je voulais coucher avec toi, non pas me lier à toi, mais simplement coucher avec quelqu'un qui me plaisait. Quelqu'un de jeune, car tous les hommes sont vieux. Ça ne m'était arrivé qu'une fois de coucher avec un garçon sympathique ; il habitait dans notre immeuble, mais il a eu des scrupules religieux, alors tout a été fini, il s'est marié. Et il n'y avait pas d'autres Noirs ; ils avaient tous été fauchés. Comme de l'herbe ! Je ne voyais pas d'autre issue sauf... en fin de compte... toi. Et Ellis.

Elle se tut. Ils écoutèrent la pluie. Il avait fini son verre. Il prit celui d'Ida. Elle baissa les yeux ; il sentit qu'elle ne pouvait plus le regarder et il eut peur de la toucher. Le silence se prolongea. Il brûlait de le rompre et il redoutait le moment où il cesserait ; il ne trouvait rien à dire.

Elle redressa les épaules et prit une cigarette. Vivaldo la lui alluma.

— Richard est au courant pour Ellis et moi, dit-elle d'un ton détaché, mais ce n'est pas ça qui m'a poussé à tout t'avouer. Je te le dis parce que j'essaie de mettre fin à une situation horrible. Si c'est possible.

Elle s'interrompit, puis elle reprit :

— Tu permets que je boive un peu dans ton verre ?

— Il est à toi, dit-il.

Il le lui tendit et s'en remplit un autre.

Elle souffla un nuage de fumée vers le plafond.

— C'est marrant, comme les choses ont tourné. Sans toi, je ne crois pas qu'Ellis se serait tant accroché à moi. Il a très bien vu, lui, mieux que moi, que tu me plaisais vraiment, et il a compris alors que si j'étais capable d'aimer quelqu'un il avait ses chances puisqu'il pouvait me donner beaucoup plus que toi. Et je me disais, moi, que la vie m'avait joué un sale tour en me faisant t'aimer plus que lui. Et tout compte fait, ces deux liaisons me paraissaient aussi durables l'une que l'autre, seulement avec lui, en sachant manœuvrer, j'avais une chance de me retrouver avec quelque chose de concret, une fois que tout serait fini. Et il a été habile; il ne m'a jamais importunée. Il reconnaissait qu'il me désirait, mais, disait-il, de toute façon, je veux vous aider, que vous consentiez à m'aimer ou non. Et en effet, il a été très gentil avec moi, à sa manière; il a tenu parole; il s'est avéré le plus chic de tous les hommes que j'aie jamais rencontrés. Il m'emmenait dîner là où personne d'important ne risquait de le reconnaître. La plupart du temps, nous allions à Harlem, ou alors, s'il savait que je chantais quelque part, il venait me retrouver. Je n'avais pas l'impression qu'il essayait de m'en faire accroire, même quand il me parlait de sa femme ou de ses enfants, tu vois. Il avait vraiment l'air accablé par la solitude. Et après tout, je lui devais beaucoup... et c'était bien agréable d'être traitée de cette manière en sachant qu'il avait assez d'argent pour m'emmener n'importe où, et... eh bien oui, j'ai cédé, je crois que je l'ai su dès le début que j'allais céder. J'ai eu tout de suite l'impression que je ne tiendrais pas le coup longtemps, mais je ne savais que faire pour enrayer le mal. Pour un homme, vous combler de cadeaux et d'attentions avant qu'on lui ait cédé, et continuer de se montrer généreux quand vous cessez de coucher avec lui, sont deux choses très différentes. Il me fallait donc continuer, pour grimper au sommet, pour pouvoir commencer à respirer. Et j'ai vu pourquoi ton existence ne l'a jamais tracassé. C'est vraiment un type intelligent. Il se réjouissait de ma liaison avec toi, il me l'a dit; il était heureux que j'aie un autre amant, parce que ça lui facilitait les choses ; ainsi, je ne lui ferais jamais de scènes, je ne m'aviserais pas de m'amouracher de lui. Et, de cette manière, il disposait d'un atout supplémentaire parce qu'il savait que j'avais peur que tu ne découvres la vérité. Plus j'avais peur, plus il m'était difficile de lui refuser quoi que ce soit. Tu comprends ?

— Oui, dit-il lentement, je crois.

Ils se regardèrent longuement. Elle baissa les yeux.

— Mais tu vois, dit-elle lentement, je crois que tu as toujours su à quoi t'en tenir.

Il ne dit rien. Elle insista, à voix basse :

— Réponds-moi.

— Tu me disais que c'était faux.

— Mais me croyais-tu ?

— ... Il le fallait bien.

— Pourquoi ?

Une fois de plus, il se tut.

— Parce que tu avais peur ?

— Oui, dit-il enfin, j'avais peur.

— C'était plus facile de laisser courir que d'essayer de s'interposer.

— Oui.

— Pourquoi ?

Elle étudiait son visage d'un œil interrogateur. Ce fut son tour de baisser les yeux.

— Je t'ai haï parfois, dit-elle, parce que tu faisais semblant de me croire ; tu ne voulais pas savoir ce qu'il en était vraiment.

— J'essayais de faire à ton idée : j'avais peur que tu ne veuilles me quitter... tu me disais que tu me plaquerais. — Il se leva et arpenta la cuisine, les mains dans les poches, les yeux mouillés de larmes. — Je m'interrogeais sans cesse, sans cesse j'y pensais... mais j'ai fini par chasser ces idées de mon esprit. Tu voulais à tout prix que je te croie... tu ne t'en souviens pas ?

Il la regarda avec haine ; il était debout, à côté d'elle, mais elle paraissait hors d'atteinte de cette colère.

— Oui, je m'en souviens. En fait, tu ne m'as jamais fait confiance. Tu faisais semblant de me croire.

— Qu'aurais-tu fait si j'avais mis les pieds dans le plat ?

— Je ne sais pas, mais si tu avais pris le taureau par les cornes il aurait bien fallu que j'en fasse autant — tant que tu jouais la comédie, je devais la jouer aussi. Je ne te reproche rien, je dis seulement les choses comme elles sont. — Elle leva les yeux vers lui. — Je voyais que ça pourrait durer longtemps ainsi. — Ses lèvres lasses se crispèrent. — En somme, tu en étais passé par où j'avais voulu. Je tenais ma vengeance. Seulement, ce n'est pas à *toi* que j'en voulais. Ce n'est pas à toi que j'essayais de faire du mal.

— C'était à Ellis ?

Elle poussa un soupir et se couvrit les yeux d'une de ses mains.

— Oh, je ne sais pas, je ne sais pas ce que je voulais vraiment. Quelquefois, après avoir quitté Ellis, je venais te retrouver ici, et il me semblait que tu m'attendais comme un chien ou un chat. Et j'avais peur que tu sois là, et j'avais peur que tu ne sois sorti ; je craignais que tu ne me demandes, *vraiment*, d'où je venais, et je craignais que tu ne me demandes rien. Parfois tu essayais, mais je réussissais toujours à te faire taire ; quand tu avais peur, je le voyais dans tes yeux. Je haïssais ce regard, je me haïssais et je te haïssais. Je voyais comment les Blancs prenaient ce regard qu'ils avaient si souvent quand ils se tournaient vers moi ; quelqu'un autrefois leur en avait fait baver, leur avait flanqué une frousse du diable, et maintenant c'était moi qui te tenais. Le plus dur, c'est quand tu me touchais, surtout... — Elle s'interrompit, prit son verre, y trempa ses lèvres, et le reposa sur la table. — Je ne pouvais pas supporter Ellis. Tu ne sais pas ce que c'est que d'avoir sur toi le corps d'un homme qui te dégoûte. Et c'était bien pis pour moi depuis que je te connaissais. Avant je les regardais frétiller, je les écoutais gémir. Et Dieu sait comme ils se prenaient au sérieux, à tel point qu'ils en suaient comme des porcs! Et quelle vanité! À croire que leur malheureux bout de bidoche blanche faisait des miracles. Pour eux, peut-être... mais moi, je restais de glace, je ne désirais qu'une chose : qu'ils tombent encore plus bas! Oui, je sais tout des Blancs; j'ai vu comment ils étaient quand ils se trouvaient seuls avec une fille noire; ils se figuraient qu'elle était aveugle, cette négresse. Ils savaient qu'ils étaient Blancs, mon vieux; ils savaient que le monde était à leurs pieds. Parfois, quand Ellis posait ses mains sur moi, j'avais toutes les peines du monde à m'empêcher de hurler et de vomir. Je me sentais souillée, souillée... par quoi, je ne le sais pas au juste... pas du poison exactement, de la saleté, des déchets, de l'ordure, et je sentais que je ne pourrais jamais ressortir cela de moi, que je ne pourrais jamais me débarrasser de cette saloperie. Et parfois, parfois, parfois... — Elle mit la main sur sa bouche et les larmes coulèrent sur sa main, sur sa bague rouge. Vivaldo était incapable d'esquisser le moindre geste. — Oh, Seigneur Jésus, j'ai fait de terribles choses! Oh Seigneur! Et puis je rentrais ici te retrouver. Il avait toujours ce drôle de petit sourire quand je le quittais; ce sourire, je l'ai déjà vu bien des fois maintenant, quand il a roulé quelqu'un qui ne le sait pas encore. C'est plus fort que lui; c'était comme s'il m'avait dit : «Maintenant que j'ai fini avec toi, va prendre un peu de bon temps avec

Vivaldo. Et souhaite-lui le bonjour de ma part. » Ce sourire !... Je ne pouvais pas le haïr. Je voyais ce qu'il faisait, mais je ne voulais pas le haïr. Je me demandais quel effet cela faisait d'être ainsi, de ne rien éprouver, de se contenter de dire : « Eh bien, maintenant, faisons ceci, et maintenant, faisons cela, et maintenant mangeons, et maintenant faisons l'amour, et maintenant allons-nous-en » et de continuer ainsi toute sa vie. Et puis je rentrais ici et je te regardais. Mais je l'emmenais avec moi. C'était comme si j'étais sale et que tu devais me laver, à chaque fois. Et je savais que tu ne le pourrais jamais, quoi que tu fasses, et je ne le haïssais pas, mais je te haïssais. Et je me haïssais.

— Pourquoi ne t'es-tu pas arrêtée, Ida ? Tu l'aurais pu, tu n'étais pas obligée de continuer.

— Arrêter ? Où serais-je allée ? Non, je me disais : « Eh bien, maintenant, tu es embarquée, ma fille, ferme les yeux, serre les dents, et vas-y. Quand ce sera fini, tu ne le regretteras pas. » Et c'est pour cela que j'ai travaillé aussi dur. Pour échapper à ça.

— Et moi ? Et nous deux ?

Elle leva les yeux vers lui avec un sourire amer.

— Nous deux ? J'espérais que nous y verrions clair quand j'en aurais terminé. Mais hier soir, il s'est passé quelque chose ; j'en ai eu assez. Nous étions au Small Paradise.

— Hier soir ? Toi et Ellis ?

— Oui. Et Cass.

— Cass ?

— Je lui avais demandé de venir prendre un verre avec moi.

— Vous êtes ressorties ensemble ?

— Non.

— C'est donc pour ça qu'elle est rentrée si tard. — Il

la regarda bien en face. — J'ai rudement bien fait ne pas revenir directement ici, hein?

— Qu'aurais-tu fait? s'écria-t-elle. Tu te serais assis un moment devant ta machine à écrire, et puis tu aurais écouté un peu de musique et tu serais allé te soûler. Et quand je serais rentrée, à n'importe quelle heure — aucune importance — tu aurais cru n'importe quel mensonge, parce tu aurais eu peur.

— Quelle salope tu peux être, dit-il.

— Oui, dit-elle avec un calme effroyable, je sais. — Elle alluma une cigarette. La main qui tenait l'allumette tremblait. — Mais j'essaie de m'amender. Je ne sais pas s'il y a quelque espoir ou non. — Elle laissa tomber l'allumette sur la table. — Il m'a fait chanter avec les musiciens. Ça ne les enchantait guère, et moi, je ne voulais pas, mais ils n'osaient pas lui refuser. Alors j'ai chanté. Et naturellement je connaissais quelques-uns de ces musiciens et ils avaient connu Rufus. Vois-tu, quand les musiciens n'ont pas envie de travailler avec toi, ils s'arrangent toujours pour te le faire comprendre. J'ai chanté *Sweet Georgia Brown* et une autre chanson. Je voulais en finir le plus vite possible. À la fin du deuxième morceau, au moment où la salle applaudissait, le contrebassiste m'a dit, à voix basse: «Toi, la putain des Blancs, t'as intérêt à ce que je ne te retrouve pas dans la Septième Avenue, hein. Sinon, ton petit minet noir, je le mets en pièces.»

Les autres musiciens l'ont entendu; ils souriaient. «T'auras droit à deux séances; la première pour tous les Noirs que tu castres à chaque pas que tu fais, et l'autre pour ton pauvre frère. C'était un copain à moi. Il me remerciera, t'en fais pas, ma petite.» Et il m'a donné une tape sur les fesses, très fort; tout le monde l'a vu, et tu sais, ces gens-là, ils ne sont pas fous; avant que j'aie pu m'en aller, il m'a pris la main et l'a levée en l'air en disant: «Voilà la *championne*, n'est-ce pas, messieurs dames? La championne du «walking[1]».

Et il a laissé tomber ma main brusquement, comme si elle était trop brûlante ou trop sale, et j'ai failli tomber à bas de l'estrade. Tous riaient et l'acclamaient; ils avaient compris, et moi aussi, j'avais compris. Je suis revenue à la table. Ellis souriait comme s'il venait d'en entendre une bien bonne. Une bonne blague, en effet! À mes dépens.

Elle se leva pour remplir son verre.

— Alors, il m'a emmenée dans l'appartement qu'il possède du côté de l'East River. Je ne cessais de me demander ce que j'allais faire. Je ne savais pas à quel parti me résoudre. Je l'ai observé dans le taxi. Il a posé une main sur ma cuisse. Et il a essayé de me prendre la main. Mais je ne pouvais pas bouger. Je ne cessais de penser à ce que ce Noir m'avait dit, et au visage qu'il avait eu alors, et je pensais à Rufus, et je pensais à toi. C'était comme un manège, tous ces visages qui ne cessaient de tourner dans mon esprit. Et une chanson tournait et retournait dans ma tête. *Oh, Dieu, est-ce bien Moi?* Et lui était assis, à côté de moi, tirant sur son cigare. Le plus drôle c'est que je savais que si je m'étais mise à pleurer et à le supplier, il m'aurait ramenée ici. Il a horreur des éclats. Mais j'en étais incapable. Et Dieu sait pourtant que j'avais envie de revenir ici. J'espérais que tu n'y serais pas pour pouvoir me glisser entre les draps et sombrer dans le néant. Et ainsi, quand tu serais rentré, j'aurais pu te raconter tout avant que tu te couches et... peut-être... mais non, nous allions chez lui

---

[1]. Jeu de mots sur deux des sens du verbe *to walk*: *a*) interpréter des airs de jazz; *b*) faire le trottoir. *(N.d.T.)*

et je sentais que je méritais cette déchéance. Je sentais que je ne pouvais pas tomber beaucoup plus bas, et qu'il valait mieux aller jusqu'au bout et en finir. Après, nous verrions... s'il restait quoi que ce soit de moi. — Elle avala d'un trait les deux doigts de whisky qui restaient dans son verre, et le remplit aussitôt. — On peut toujours tomber plus bas, toujours, toujours. — Elle quitta la table, le verre dans une main, et s'adossa à la porte du frigidaire. — Et j'ai fait tout ce qu'il a voulu, je l'ai laissé faire. Ce n'était pas moi. Ce n'était pas moi.

Elle fit un geste vague avec son verre, essayant de boire ; il lui échappa des mains ; elle tomba soudain à genoux, à côté de la table, les mains sur le ventre, en sanglotant.

Stupidement, il ramassa les éclats de verre, de peur qu'elle ne se coupe. Elle était à genoux dans le whisky répandu à terre. Le bas de sa jupe était taché. Il mit les morceaux de verre dans le sac en papier qui leur servait de poubelle. Il n'osait pas s'approcher d'elle, il avait peur de la toucher ; c'était comme si elle lui avait dit qu'elle venait d'être atteinte de la peste. Ses mains tremblaient, tous les gestes qu'il pouvait faire lui paraissaient ignobles. Et pourtant, au même moment, alors qu'il se tenait là, désemparé et stupide dans la cuisine qui était devenue soudain immortelle ou qui, en tout cas, allait certainement vivre aussi longtemps que lui et le suivre partout, son cœur se mit à battre d'une angoisse nouvelle qui supprimait l'éloignement — que l'on appelle la pitié — et le plaçait, pour ainsi dire, dans le corps d'Ida, à côté de cette table, sur le plancher souillé par l'alcool. L'unique lumière jaune les frappait tous deux, inexorablement. Il alla à elle, résigné et tendre, désespéré, le ventre endolori par les sanglots d'Ida. Et pourtant, pendant un moment, il fut incapable de la toucher ; il ne sut que faire. Il songeait, malgré lui, à toutes les prostituées, toutes les prostituées noires avec lesquelles il s'était accouplé, à ce qu'il avait espéré d'elles, et il fut saisi d'une nausée rétrospective. Qu'allaient-ils voir quand ils se retrouveraient face à face ?

— Viens, Ida, chuchota-t-il. Viens, Ida, lève-toi.

Et il parvint enfin à toucher ses épaules, à faire des efforts pour la relever. Elle essaya de maîtriser ses sanglots. Elle mit les deux mains sur la table.

— Ça va aller, murmura-t-elle. Donne-moi ton mouchoir.

Il s'agenouilla à côté d'elle et mit son mouchoir — il était tiède et chiffonné, mais encore présentable — dans la main d'Ida. Elle se moucha. Il la prit aux épaules.

— Lève-toi dit-il. Va te laver la figure. Tu veux du café ?

Elle acquiesça d'un signe de tête et se leva lentement. Il se remit debout avec elle. Elle garda la tête baissée et très vite, en titubant, elle entra dans la salle de bains. Il avait la sensation troublante d'avoir déjà vécu tout cela. Il alluma le gaz sous la cafetière, en se disant qu'il allait enfoncer la porte de la salle de bains si Ida y restait trop longtemps. Mais il entendit l'eau couler et, en dessous, le bruit de la pluie. Il mangea une côtelette de porc, gloutonnement, avec du pain, et il but un verre de lait ; il tremblait ; ce devait être la faim. Mais il n'éprouvait rien. La cafetière commençait à geindre ; elle était réelle, de même que la flamme bleue, les côtelettes dans la poêle, et le lait qui semblait être en train de tourner dans son ventre. Les tasses à café, quand il les lava distraitement, étaient réelles, comme l'eau qui coulait sur ses grosses mains pesantes. Le sucre et le lait étaient réels ; il les posa sur la table, réelle elle aussi ; les cigarettes étaient réelles ; il en alluma une. La fumée s'échappa de ses narines et un détail dont il avait besoin pour son roman, qu'il cherchait depuis des mois, tomba, net et précis comme les gorges d'une serrure, à sa place, dans son esprit. Il lui parut invraisemblable de n'y avoir pas songé plus tôt : ce détail illuminait, justifiait, clarifiait tout. Il allait le travailler le soir même ; il se dit qu'il ferait peut-être mieux de le noter tout de suite ; il partit en direction de sa table de travail. Le téléphone sonna. Il saisit le récepteur aussitôt, furtivement, comme s'il y avait quelqu'un qui dormait ou qui était malade dans la maison, et murmura :

— Allô ?
— Allô, Vivaldo ? Ici, Eric.
— Eric ! — La joie l'envahit. Il regarda très vite en direction de la salle de bains. — Comment ça a marché ?
— Bien. Cass a été parfaite, tu t'en doutes. Mais que la vie est implacable !
— Je sais. Vous avez décidé quelque chose ?
— Non, pas spécialement. Elle vient de me téléphoner il y a quelques minutes... Je rentre chez moi à l'instant. Ah ; merci pour le mot que tu m'as laissé. Elle a envie de partir un moment en Nouvelle-Angleterre avec les enfants. Richard n'est pas encore rentré.
— Où est-il ?
— Il doit être en train de se soûler quelque part.
— Avec qui ?
— Eh bien, avec Ellis, peut-être...

Tous deux se turent quand ce nom fut prononcé. Un bourdonnement léger retentit dans les écouteurs. Vivaldo regarda la porte de la salle de bains une nouvelle fois.

— Tu étais au courant ce matin, n'est-ce pas, Eric ?
— Au courant de quoi ?

Il baissa encore la voix ; il se contraignit à dire :

— Pour Ida, tu savais, pour Ida et Ellis. Cass te l'avait dit.

Il y eut un instant de silence.

— Oui... Qui te l'a dit?

— Ida.

— Oh, pauvre Vivaldo... Mais c'est mieux ainsi, n'est-ce pas? Je ne pense pas que c'était à moi de te mettre au courant... surtout... euh, surtout pas ce matin.

Vivaldo resta silencieux.

— Vivaldo?

— Oui?

— Tu ne crois pas que j'ai eu raison? Tu m'en veux?

— Ne sois pas ridicule. Jamais de la vie. C'est... beaucoup mieux ainsi. — Il s'éclaircit la gorge, lentement, délibérément, car il sentit soudain qu'il avait envie de pleurer.

— Vivaldo, ce n'est pas le moment du tout de te demander ça, je le sais, mais accepterais-tu de venir... avec Ida, chez moi, demain soir, ou après-demain soir?

— Pourquoi?

— Yves arrive demain matin. Je sais qu'il voudra connaître mes amis.

— C'était ça le télégramme?

— Oui.

— Tu es content, Eric?

— Je crois. Pour le moment, j'ai seulement un peu peur. Je ne sais pas s'il faut que j'essaie de dormir — il n'est pas tard, mais je suis fatigué comme s'il était minuit — ou que j'aille au cinéma, par exemple.

— J'aurais bien voulu t'accompagner au cinéma. Mais ce soir, c'est impossible.

— Oui. Quand pourras-tu me dire pour demain?

— Je te téléphonerai tout à l'heure. Ou demain matin.

— D'accord. Si tu appelles demain et que personne ne réponde, retéléphone après. Il faut que j'aille à l'aéroport d'Idlewild.

— À quelle heure arrive-t-il ?

— Oh, au début de la matinée, naturellement. Vers sept heures ; avec ça que c'est une heure pratique !

— Pauvre Eric, dit Vivaldo en riant.

— Tu l'as dit. À croire qu'on veut que nous rattrapions le temps perdu. Bonsoir, Vivaldo.

Il raccrocha pensivement, avec un sourire, alluma la lampe de son bureau et griffonna quelques mots. Puis il alla dans la cuisine, éteignit le gaz et servit le café. Il frappa à la porte de la salle de bains.

— Ida, ton café va refroidir.

— Merci. J'arrive.

Il se rassit à son bureau et, presque aussitôt, Ida apparut, le visage bien lavé et reposé, telle une enfant. Il s'obligea à la regarder dans les yeux ; il ignorait ce qu'elle verrait dans les siens. Il ne savait pas ce qu'il allait éprouver lui-même.

— Vivaldo, dit-elle très vite. Je veux seulement que tu saches que je ne serais pas restée avec toi si longtemps, je ne t'en aurais pas fait tant voir, si... — sa voix se brisa ; des deux mains elle se cramponna au dossier d'une chaise — ... si je ne t'avais pas aimé. C'est pourquoi il fallait que je te dise tout ce que je t'ai dit. Enfin... je sais que je ne t'ai pas facilité l'existence. — Elle s'assit et prit sa tasse de café. — Il fallait que je te dise ça tant que j'en étais capable.

Elle avait repris l'avantage sur lui, car il ne savait que dire. Il s'en rendit compte avec une crainte mêlée de honte. Il voulait dire : *Je t'aime*, mais les mots ne venaient pas. Il se demanda quel goût auraient les lèvres d'Ida maintenant, et quel effet son corps aurait sur lui. Il considéra ce visage serein. On l'eût dit absolument passive et pourtant, elle attendait, avec un désespoir qui la glaçait et la durcissait inexorablement, un mot, un geste de sa part. Et lui ne parvenait pas à le trouver, il ne pouvait pas se concentrer assez pour mobiliser l'énergie nécessaire ; il ne pouvait pas tenter quoi que ce fût. Il regarda fixement sa tasse, notant que le café noir n'était pas vraiment noir mais brun foncé. Au fond, en ce monde, rien n'était vraiment noir, pas même la nuit, pas même les mines. Quant à la lumière, elle n'était point blanche non plus et l'on pouvait déceler dans la clarté la plus pâle la teinte du feu qui en était à l'origine. Il songea qu'il avait enfin obtenu d'Ida, de la vraie Ida, ce qu'il désirait le plus au monde : la vérité... et il ne savait pas comment il pourrait vivre avec cette vérité.

— Merci, dit-il, de m'avoir dit tout ce que tu m'as dit. Je sais que ce n'était pas facile.

Elle ne répondit pas. Elle produisit, en buvant son café, un chuintement léger et ce bruit, inexplicablement, parut lui causer une gêne indicible.

— Et pardonne-moi, reprit-il, mais je ne sais trop que dire ; je suis peut-être un peu abasourdi. — Il la regarda et sentit se déchaîner en lui, pêle-mêle, un ouragan de fureur, de pitié, d'amour, de mépris et de désir. Elle était une putain, elle aussi : Que sa trahison lui semblait amère ! — Je ne cherche pas à nier ce que tu as dit, mais tout de même il y a un tas de choses que je n'ai pas comprises et que je ne comprends pas encore, vraiment. Fais preuve d'indulgence à mon égard, je t'en prie, accorde-moi un peu de temps.

— Vivaldo, dit-elle d'une voix lasse, un simple détail. Je ne tiens pas tellement à ce que tu comprennes. Que tu sois bon ou non, ça m'est égal. — Elle le regarda bien en face. L'atmosphère s'enflamma et se tendit violemment entre eux ; ils étaient aussi près de la haine que de l'amour. Elle se radoucit, tendit le bras et lui prit la main. — Tu me le promets ?

— Oui, je te le promets, dit-il. — Avec fureur il ajouta : — Tu sembles oublier que je t'aime.

Ils se regardèrent longuement. Soudain, Vivaldo tendit les bras et l'attira vers lui en frémissant ; les larmes lui brûlaient les yeux et l'aveuglaient ; il couvrit le visage d'Ida de baisers. Elle se blottit contre lui ; avec un soupir, elle enfouit son visage contre sa poitrine. Il n'y avait rien de sensuel dans leur étreinte ; ils étaient comme deux enfants fatigués. Et c'était elle qui le réconfortait. Ses longs doigts lui caressèrent le dos, et lui commença, lentement, avec un bruit rauque, à pleurer. C'était son innocence que les caresses d'Ida faisaient sortir de lui-même. Peu à peu il se calma. Il se leva, entra dans la salle de bains, se passa de l'eau sur le visage et s'assit à sa table de travail. Ida mit un disque de Mahalia Jackson, *Dans la chambre d'en haut*, et s'installa à la fenêtre, les mains sur les genoux, regardant les rues ruisselantes de pluie. Plus tard, beaucoup plus tard, alors qu'il travaillait encore et qu'elle était allongée sur le lit, elle se retourna dans son sommeil et cria son nom. Il s'arrêta d'écrire et attendit, les yeux fixés sur elle, mais elle ne bougea plus, elle ne dit plus rien. Il se leva et alla à la fenêtre. La pluie avait cessé ; dans le ciel bleu-noir, quelques étoiles s'allumaient de loin en loin, et le vent poussait violemment les nuages.

2

Le soleil s'abattait sur l'acier, le bronze, la pierre, le verre, l'eau grise, très loin au-dessous d'eux, les sommets des tourelles, les pare-brise étincelants des voitures qui rampaient sur les grand-routes au tracé invraisemblable — ces grand-routes qui s'étiraient, se contorsionnaient à l'infini — sur les maisons, trapues et carrées avec leurs pignons et leurs antennes horribles, sur les arbres rabougris et clairsemés et sur les tours, que l'on distinguait au loin, de la cité de New York. L'avion vira, descendit et se redressa, la terre tout entière s'inclina vers les hublots de l'avion puis disparut à la vue des passagers. Le ciel était un vide bleu et torride et la lumière statique conférait à toute la matière sa propre absence de mouvement. De là-haut, on ne distinguait que les choses, fruits du labeur humain; mais les hommes n'existaient pas. L'avion se redressa, il monta, comme s'il répugnait à redescendre de cette sérénité altière, puis s'inclina et Yves regarda en bas dans l'espoir d'apercevoir la Statue de la Liberté, bien qu'on l'eût averti qu'il était impossible de la voir de là-haut. Puis l'avion se mit à tomber, comme une pierre; l'eau se rua vers eux, les moteurs gémirent, les ailes frissonnèrent, résistant de toutes leurs forces à la terrible poussée. Et, quand l'eau fut à leurs pieds, la bande blanche de la piste d'atterrissage surgit au-dessous d'eux. Les roues frappèrent le sol avec un bruit bref et lourd, les lumières, les câbles et les tours défilèrent en hurlant. La voix de l'hôtesse retentit ; elle félicitait les passagers de la réussite de leur voyage et exprimait le vœu de les revoir bientôt. L'hôtesse était très jolie ; toute la nuit, à chaque fois que l'occasion s'en était présentée, il avait flirté avec elle, heureux de voir comme c'était facile. Il était ivre et terriblement las, en proie à une surexcitation toute proche de la panique ; en fait, il avait surmonté cette ivresse et cette lassitude pour retrouver une sobriété qui avait la dureté du diamant. Au moment où la voix de l'hôtesse s'éleva, les hommes qui peuplaient cette planète avaient jailli du sol ; ils poussaient des chariots, agitaient les bras, traversaient les rues, sortaient des maisons ou y rentraient. La voix de l'hôtesse demanda aux passagers de bien vouloir rester assis jusqu'à l'arrêt complet de l'appareil. Yves saisit le sac contenant le cognac et les cigarettes qu'il avait achetés à Shannon et il plia soigneusement les exemplaires de *France-Soir*, du *Monde* et de *Paris-Match*, car il savait qu'Eric serait content de les voir. Au sommet d'une bâtisse aux couleurs vives des gens se détachaient sur le ciel ; il chercha la chevelure flamboyante d'Eric et sentit en lui une autre surexcitation qui était proche de la souffrance. Mais les gens étaient trop loin ; ils n'avaient pas encore de visage. Il les regarda bouger, mais ne vit aucun mouvement qui lui rappelât Eric. Pourtant, il était certain qu'Eric était là ; qu'il l'attendait quelque part dans cette foule anonyme, et il se sentit inondé d'une paix et d'un bonheur inusités.

Puis, lentement, l'appareil s'immobilisa. Aussitôt, Yves eut l'impression que les passagers soupiraient tous ensemble en s'apercevant que la faculté de se déplacer leur avait été rendue. Les ceintures de sécurité se débridèrent, bagages, journaux et manteaux surgirent. Le visage qu'ils avaient eu, alors qu'ils étaient suspendus au milieu des airs, à la merci de mystères qu'ils ne pouvaient pas même commencer à sonder, était remplacé par le visage qu'ils montraient sur la terre ferme. La maîtresse de maison voyageant seule, qui durant la traversée était apparue comme une fille plutôt volage, redevenait une maîtresse de maison dont les traits étaient aussi rébarbatifs que le chapeau. L'homme d'affaires qui avait parlé à Yves des eaux du lac Michigan, des vacances qu'il avait passées à y pêcher, rengaina impitoyablement ses histoires et rajusta avec une solennité cruelle le nœud de sa cravate. Yves n'avait pas de cravate ; il portait une chemise bleu ciel à manches courtes et une veste de sport légère ; il se disait maintenant, avec une certaine terreur, qu'il avait eu tort de s'habiller ainsi ; après tout, il n'était pas encore en Amérique. On pouvait lui en interdire l'accès. Mais il était trop tard maintenant. Il boutonna son col, remit sa veste et passa ses doigts dans ses cheveux — qui étaient probablement trop longs. Il se maudit de son imprévoyance et regretta de ne point pouvoir demander à ses compagnons de le rassurer quelque peu. Mais l'occupant du fauteuil voisin, un jeune organiste du Montana, fronça les sourcils, respira à fond et se redressa de toute sa hauteur. Il avait été très gentil pendant le voyage ; il avait même invité Yves à venir le voir ; et maintenant, Yves se rendait compte que l'homme n'avait pas donné d'adresse ; il ne connaissait guère que son prénom : Peter. Il ne lui apparaissait que trop clairement qu'il ne pouvait plus rien demander maintenant. Presque tous les passagers savaient qu'il était Français et qu'il venait aux États-Unis pour la première fois — Yves avait bavardé joyeusement avec tous. Et certains d'entre eux n'ignoraient pas qu'il avait un ami qui était acteur à New York. Tout cela avait paru normal tant qu'ils étaient entre le ciel et l'eau. Mais maintenant, après le retour au sol, en plein jour, ils s'étaient ressaisis et cette histoire leur paraissait suspecte. Il se sentait désespérément Français ; c'était la première fois qu'il éprouvait cette impression. Il les voyait tous s'éloigner de lui, courtoisement mais sans équivoque, avec un sourire crispé et quelque peu réticent ; ils lui montraient clairement qu'ils voulaient maintenir certaines distances, car ils ne savaient pas qui il était. L'idée surgit en lui qu'il avait un examen à passer : il n'avait pas encore mis les pieds dans ce pays ; et si on le refusait ? Il regarda les autres passagers se masser dans le couloir central ; il demeura assis, esquissant un mouvement de recul comme pour trouver un asile dans une solitude méprisante. « Bonne chance », dit son voisin très vite, en prenant place dans l'allée ; il aurait sans doute dit les mêmes paroles, aussi vite, sur le même ton, à un ami que l'on s'apprêtait à emmener en prison. Yves poussa un soupir et, de son fauteuil, il attendit que le flot humain se soit un peu écoulé. Le cœur serré, il songea : *Le plus dur reste à faire*[1].

Puis il rejoignit les derniers et avança lentement vers la porte. Les hôtesses étaient là, souriantes. Elles leur disaient au revoir. Le soleil brillait sur leur visage et sur celui des passagers ; à mesure qu'ils disparaissaient, on eût dit qu'ils plongeaient dans une lumière neuve et vivifiante. Yves avait ses journaux sous le bras ; il changea sa valise de main et rajusta sa ceinture, en trem-

---

1. En français dans le texte.

blant. L'hôtesse avec laquelle il avait flirté était la dernière. «*Au revoir*[1]» dit-elle avec le sourire épanoui, généreux et ironique qu'arboraient tant de ses compatriotes. Il se rendit compte alors qu'il ne la reverrait plus. Pour la première fois, il songea qu'il laissait peut-être derrière lui quelque chose dont il risquait un jour d'avoir besoin, quelque chose qu'il allait peut-être souhaiter de tout son être. «*Bon courage*[1]», dit-elle. Il sourit et dit: «*Merci, mademoiselle. Au revoir*[1]!» Il aurait voulu ajouter: *Vous êtes très jolie*[1] mais il était trop tard. Il avait émergé dans la lumière; le soleil flamboyait au-dessus de lui et tout vacillait dans la chaleur. Il commença à descendre les marches.

Quand il arriva au sol, une voix lança au-dessus de lui: «*Bonjour mon gars. Soyez le bienvenu*[1].» Il leva la tête. Eric était accoudé à la rambarde de la passerelle d'observation; il était vêtu d'une chemise blanche à col ouvert et d'un pantalon kaki. Il souriait; il semblait très à l'aise; il paraissait plus svelte que jamais avec ses cheveux coupés en brosse qui rutilaient sur sa tête. Yves sentit la joie l'inonder. Il agita le bras, incapable de parler. *Eric*. Toute sa crainte s'envola. Il était certain maintenant que tout se passerait très bien. Il sifflotait intérieurement en longeant la ligne qui le séparait des Américains pour entrer dans la salle d'examen; mais tout se passa sans ennuis et très vite; son passeport enfin timbré lui fut rendu avec un sourire et une petite plaisanterie dont le sens exact lui échappa, certes, mais dans laquelle il reconnut une intention bienveillante. Puis il se trouva dans une salle plus grande et attendit sa valise. Eric était au-dessus de lui; il lui souriait à travers la vitre. Enfin, on lui rendit sa valise et il franchit

---

1. En français dans le texte.

les barrières, le cœur plus léger qu'il ne l'avait jamais été pendant son enfance. Il pénétrait dans cette cité dont le peuple élu avait fait son royaume...

Istanbul, 10 décembre 1961.

DU MÊME AUTEUR

Aux Éditions Gallimard

PERSONNE NE SAIT MON NOM.
LA PROCHAINE FOIS, LE FEU.
UN AUTRE PAYS.
FACE À L'HOMME BLANC.
L'HOMME QUI MEURT.
CHRONIQUE D'UN PAYS NATAL.
LE COIN DES « AMEN », *théâtre.*

Composition Interligne.
Impression Bussière Camedan Imprimeries
à Saint-Amand (Cher),
le 21 mai 1996.
Dépôt légal : mai 1996.
Numéro d'imprimeur : 1/1193.
ISBN 2-07-038170-6./Imprimé en France.

58374